4

家在常熟文學叢書

常熟市文学艺术界联合会 编

生动的芦苇

陶玉霖 著

古吴轩出版社
中国·苏州

图书在版编目（CIP）数据

生动的芦苇 / 陶玉霖著．— 苏州：古吴轩出版社，2018.12

（《家在常熟》文学丛书）

ISBN 978-7-5546-1288-0

Ⅰ．①生… Ⅱ．①陶… Ⅲ．①散文集—中国—当代 Ⅳ．①I267

中国版本图书馆 CIP 数据核字（2018）第 257010 号

责任编辑：俞　都
见习编辑：黄菲菲
责任校对：徐小良　王　芳
封面图文：启　明
责任照排：张单键

书　　名：生动的芦苇
著　　者：陶玉霖
出版发行：古吴轩出版社
地址：苏州市十梓街 458 号　　邮编：215006
Http://www.guwuxuancbs.com　　E-mail:gwxcbs@126.com
电话：0512-65233679　　传真：0512-65220750
出 版 人：钱经纬
印　　刷：无锡市证券印刷有限公司
开　　本：880×1230　1/32
印　　张：7.5
版　　次：2018 年 12 月第 1 版　第 1 次印刷
书　　号：ISBN 978-7-5546-1288-0
定　　价：168.00 元（全四册）

总序

改革开放以来的四十年，是常熟历史上发展最快、变化最大的时期。这个发展和变化不止于经济、社会领域，更见于人们的精神世界。

对常熟全方位深刻变化感受最强烈、体会最深切的，当然是生活在这片热土上的常熟人。《家在常熟》文学丛书，以散文和诗歌的文学样式记录了当代常熟人砥砺奋进的足迹，礼赞常熟在新时代的华丽蝶变。

这里有时代脉搏，这里有古韵今风，这里有世道人心，这里有乡愁乡音。

陶玉霖的《生动的芦苇》是一部美文集锦，以精致的文笔写人状物，开掘生活美质，点睛时代精神。

张国灿的《乡愁如歌》纵观时代，抒放情怀，讴歌改革，诗咏故乡，是一部充满激情的时代颂歌。

金曾豪的《文莱轩随笔》发扬随笔以小见大、举重若轻的文体特点，信手成文，涉笔成趣，把常熟人几十年的生活有滋有味地呈现于读者面前，读

来亲切隽永，趣味盎然，让人油生对时代、对乡土的亲情。

袁文龙的《杂谈常熟话》是作家几十年研究家乡方言俚语的成果。区别于一般的吴方言题材出版物，本书不止于语义注释，还侧重方言词汇的源头考据和历史流变,从语言的角度记录了时代的变化。文本有语言学价值，却无学究气，以文史随笔的形式，娓娓道来，轻松活泼，生动有趣，是一份鲜活的乡土教材，是一份有价值的非物质文化遗产研究成果。

丛书的意义并非只是四位作家的作品结集，还局部展示了四十年来常熟文学工作者追随时代、服务人民的努力。

常熟市文学艺术界联合会主席　李忠

小引

我热爱家乡的文化和历史，又长期从事文化工作，积累了一些文字。一片芦苇，一隅旧城，惹起乡愁；一泓清波，一抹青山，撩起情怀。身在江南，重复千遍也不厌倦。巷陌行走，朋友交往，采风记录，灯下随思……大多是文化圈内的人和事，虽然散淡平凡，却有情有趣。不惭平庸，凑成一集，君若有兴，随便翻翻。

目录

贰 为文苑同道点赞，写一些简单故事，
隔行不隔心，情真就好。

叁 采风之旅，留下一些记忆。

后记

壹

一片苇叶撩起乡愁，

行走巷陌，记下星星点点。

生动的芦苇

芦苇是易活的生命，湖滩上有点水就能蓬勃生长，不嫌贫瘠，岁岁枯荣。这是“水芦”，在湿地上生长。旱地上也能生长芦苇，称“旱芦”。水芦和旱芦不同。水芦的叶片宽而鲜亮，四、五月间，新生的叶片摘下来，用来包粽子，有一股特别的清香，俗称“粽箬”。买粽箬时，内行一点的总是拿起来先闻一闻，卖家就会说：“放心，是水芦，香呢！”水芦在湿地里成片地生长，就成了芦苇荡。荡内深深浅浅的河沟，可以行船。

芦苇在九、十月间扬花，天水间舞动起柔和的白色，这时稻谷金黄，鱼蟹正肥，是江南水乡最抒情的季节。芦苇在冬天里泛成一片金黄，它是不死的，它的倒下为的是来年放青。风一暖，滩地上又钻出尖尖的芦芽，很快地抽枝拔节，风也随之而绿。芦苇生命的延续，靠的是芦根，枝枝节节，在湿地里蔓延，芦芽就是从芦根枝节中萌出。潮润的土地是芦苇的母亲，母亲在，根不死，生命就不绝。

芦苇极其平淡朴素，就像当地的农人。单一支芦苇看起来有点脆弱，也成不了景致，不像梅、兰、竹、菊容易入诗入画。芦苇的生存形态是群体的，它们比肩而立，相互呼应，大片的绿色联结成神秘的屏障，风一吹，飒飒地歌唱，便有了众志成城的气势。这种气势演绎出许多故事。

这是我故乡的芦苇。月亮升起的时候，芦苇很静，苇叶上渐渐有了霜的冷意。一阵响动后，墨绿色的芦苇丛中箭一样驶出一只划子船，船头站一个少年，借着月光摘下一片苇眉子，很快折成一个哨子放入口中，鼓着腮吹出一阵清脆的声音，仿佛惊飞的芦雀，喳喳了几声，夜又归于平静。于是，一只船，又一只船，驶出了芦苇荡……这个场景如果放在今天，或许是共青团组织的一次夏令营，而这是1939年冬天隐蔽在芦荡的新四军伤病员的一次转移。这个少年的身影，许多年后化作京剧《沙家浜》中沙四龙出场时一个英武的亮相；这只划子船，今天已被复制成一件永久的瞻仰品，停泊在沙家浜革命纪念馆温馨的灯光里；月色下的那片芦苇，成为一幅油画的背景，烘托着军民并肩作战的历史场景。艺术的创造为血腥和严酷的历史片段注入了崇高和悲壮的诗意，而史实远比这些残酷。船头的少年后来牺牲在日伪的枪口下，当时还不满二十岁；当地的百姓宁可自己嚼芦根，也要把省下的粮食冒死送进芦荡；地下交通站茶馆老板娘的丈夫，被日本人装进麻袋，刺死后掷入长江……这些有名的、无名的故事，都已被写进厚厚的地方史志和乡土教材。

船过芦苇荡

枕河人家

今天的沙家浜已成为一个美丽的风景旅游区。芦苇荡是“红色经典”的见证，也是这片土地永远青春的标识。坐着游船进芦苇荡，你会感知它的广阔和深邃。芦荡中的河道很窄，最窄处刚好能过一只船。青青绿绿、密密层层的芦苇扑面而来。与芦苇一起生长的还有蒲草、茭白、莲荷、红菱，坐在船上的少男少女总喜欢在船舷上弯下身子，捞起几片菱叶来玩。摇船的女子说声“坐稳啰”，就加快了速度，小船摇晃起来，胆小的游人咿咿呀呀惊叫，有人就提议：“阿庆嫂，慢慢摇，你给我们唱一段来！”船娘穿着蓝花印布的短衫，游人总喜欢叫她们“阿庆嫂”。“阿庆嫂”见过世面，电视台来采访时也不怯场，摇船是水乡女子的营生，船歌从小就会唱，于是张口就来：“九月里来稻谷香，芦苇荡里么好风光……”曲调是吴歌一脉，与许多江南小曲相仿，悠扬而自由，朗朗地弥散在绿色的芦苇荡里……

上岸后可以去许多地方，民俗陈列室、小镇老街、旧式宅院……这些景物的设置大都和江浙皖的一些古镇景区相仿。不同的是，这里的景物都是以芦苇为背景的。坐在旧式的茶馆里喝茶或是窗明几净的酒店里举杯，窗外总是离不开水色和芦苇。若走过一座小竹桥，桥边的芦苇丛里会有人探出头问一声：“看看么？阳澄湖大闸蟹。”沙家浜的许多农民在家里承包水面养鱼养蟹，在芦苇荡设立销售点。有上海来的游客，总是显得很内行，会问："正宗吗？"卖主就会从竹篓里掏出一只张牙舞爪的大螃蟹来，翻过来覆过去给他看："你看，青壳，白脐。"这里是阳澄湖水系，正宗得理直气壮。多数游客总是喜欢"就地品尝"，沙家浜景区的酒家不会让人失望。芦花屯酒家、芦苇饭店……你可以自由挑选。这里的螃蟹不同的季节有不同的做法，除了清煮大闸蟹外，还有毛豆炖蟹、油酱蟹、面拖蟹、炒蟹粉等。其美味是不能言传的，品尝后才能得其妙处。芦苇饭店的招牌菜是"芦香八鲜"，与芦苇有关，是老板独家创制。老板是当地的一位青年农民，既是饭店老板，也是主厨。"芦香八鲜"的原料都是芦苇荡出产的小鱼、小虾、螺蛳等，新鲜又便宜，做时把芦根洗净榨汁，加入佐料清蒸，无腥味又鲜美清香。胃口很刁的上海游客、吃惯辣味的四川游客，尝了"芦香八鲜"都啧啧称赞："鲜！鲜！"这位老板不满足自学成才，还参加了烹饪培训班，现已获得"特级厨师证书"。有记者采访，问他有什么理想，他憨厚一笑："希望大家记住我的芦苇饭店和'芦香八鲜'。"人和话都朴实得就像一支芦苇。

沙家浜人很看重芦苇。无论是饭店老板、船娘、卖蟹人，还是导游、讲解员、服务员，他们在这片有芦苇的土地上努力地生活着。尽管“红色经典”有许多深远的意义，但他们的理解往往让年轻记者失望，他们只真诚地希望，“更多的人到芦苇荡来”。其中的道理是再明白不过的。

昨天的沙家浜人像芦苇一样在风雨中比肩挺立，为的是抗御外辱，追求生存和自由。今天他们相互呼应，生机蓬勃，为的是创造自己的生活。如果说“红色经典”是他们光荣的旗帜，那么绿色的芦苇是他们不老的精神。

愿故乡的芦苇永远生动。

尚湖水声

水动起来，就有了声音。山涧细流，湖水拍岸，听起来如琴韵清丽，絮语委婉；山瀑倾泻，激流奔涌，如多声部的合唱，轰轰烈烈，豪情奔放；更有一种精致曼妙的水声，窗前雨打芭蕉，檐头滴雨叩阶，淅淅沥沥，滴滴答答，一种幽静中的期待，能润濡焦虑、抚慰相思。

不同的水声，有不同的意境。一个极有才情的文人，想给自己营造一个舒适的家园，能听到各种不同意境的水声，占天籁为家藏。走出庭院，抬头仰望，有飞瀑倾泻的轰然鸣响；流连山涧，能闻得淙淙流泉轻唱；散步湖边，与拍岸波涛轻轻对话；读书窗前，累了，推开窗户，吸一口新鲜空气，窗外红枫绿梅、海棠芭蕉，这时，一只红胸鸟急急地躲到屋檐下，天下起雨来，侧耳倾听，雨点正在芭蕉叶上密密敲响，檐滴开始打起节拍……

这样的意境是人间天堂。要实现这样的居所理想，似乎有点难。封建时代的读书人做了官，喜欢在故乡营造一个归隐之地，把山水搬到自己的园中，选几块湖石叠一隅假山，挖一泓清塘取其水色，再点缀些亭榭小桥，筑就一个得山水之趣的居所。这就是留给后人的江南园林，这样的园林，是一群精

致小品的组合，完成了中国文人在思维上对大自然的占有，并非真正融入了自然。园林是玲珑的，却无法领略各种意趣的自然水声。跟东方人思维不同，西方人喜欢在大海边建一所别墅，在森林中造一幢小屋，把自己的居所融入自然，这样的融入，也只能选其一而不能兼得其他。

对生活方式的设计和追求，是文化胸怀的一种表达。这位文人竟实现了这样的家居理想，在故乡筑起一处既得尽山水之趣，又能倾听大自然水声的理想居所，取名“拂水山庄”。他就是钱谦益，晚明文坛领袖，诗文盖世，被称为“一代文宗”，官至礼部尚书。他能实现这样的家居理想，得益于他的故乡常熟为他提供了一块山水宝地。

常熟城是镶嵌在山水之间的。山是虞山，葱茏绵延。水是尚湖，江南绿野里的一面镜子，倒映着十里青山和江南村舍。钱谦益的拂水山庄就筑在这山水之间。

虞山和尚湖贴得很近。山水相依，山因水而更为秀丽，水依山而有其形声。翠崖上银帘如注，深涧淙淙琴鸣，自高而下，分流下山。北麓平缓，水脉分七条小溪流入古城，汇入琴河，因而有了“七溪流水皆通海，十里青山半入城”的千古丽句。南坡山势陡峭，各路水脉急匆匆奔流而下，飞瀑、山涧、清泉，自然有了各色水声，最后流入山前塘，

家在常熟
生动的芦苇

在尚湖汇合。虞山之巅有一飞瀑最为壮观，两崖之间，有一深谷，每逢雨后，清泉流泻，形成飞瀑，瀑布在巨石上溅开，隆隆轰鸣之中，玉珠飞溅，水雾升腾，这是虞山上的一大景观，称“拂水岩”。钱谦益的山庄正在拂水岩下。

山庄的规模之宏自不必说。起楼台于山石清泉之间，布亭榭于花芳掩映之中。钱谦益有了倾听大自然水声的愉悦。一夜春雨，清晨，钱谦益走出庭院，仰望虞山之巅，飞瀑轰响，晨风里，水雾拂过山庄，好不惬意，不禁诗兴大发：“拂水悬流万壑连，空山一夜响水泉。奔为匹练垂三沓，挽作银河向九天。”水声已融入这位士大夫文人的审美趣味。与瀑布形成对比的是山涧细流，舒舒缓缓，淌过山庄，绕过楼阁，回旋在小桥亭榭间。“风急蛟龙看喷洒，月明琴筑听潺湲”，月色下，钱谦益“听”的，依然是水声。

山庄的屋宇房舍，分起居、读书、会客、观景、小憩等各色用途，依山临水，各自成景。“春流观瀑”“水阁风云”“梅圃溪堂”“月堤烟柳”……钱谦益的诗文里，多了“山庄八景”的题咏。

按理说，这样的山庄留到今天，应该是规模十分可观的江南园林了。可惜，它最终衰败了、没落了、消失了。尘封的地方志乘里，只留下了“山庄八景”的诗句和一些零落的图片。

山庄没有了，水声还在。雨后的山涧，呜呜咽咽，仿佛在诉说钱谦益的生不逢时。

文坛上极负盛名的钱谦益，文采飞扬，弟子众多，用今天的话说，就是有很多粉丝。当时“秦淮八艳”之首的才女柳如是就是其中之一。明崇祯十三年（1640），柳如是女扮男装，乘一叶扁舟，来到常熟投名拜谒钱谦益，并作诗赠之。钱谦益见诗，不禁暗暗称奇。后来他知道，这位拜谒者是柳如是，顿生爱慕之心。柳如是不但仪态丰美，且才艺出众，善诗文，能书画，是名冠一时的名妓。第二年正月，钱谦益“雇香车”“催玉笛”，与柳如是携手来到拂水山庄，正值梅花初放，二人在山庄赏梅定情。一个士大夫，想纳名妓为妾，不见容于当时礼法，钱、柳不顾族人和舆论反对，在船上举行婚礼。这在今天看来，也是十分浪漫的。这年是崇祯十四年（1641），钱谦益六十岁，柳如是二十四岁，人称“白发红颜”姻缘。才子佳人，双双入住拂水山庄。山水间赋诗，月色下操琴。驾扁舟，尚湖荡碧；听水声，互诉衷肠。这样舒心的日子没有太长，三年后，大明王朝倾覆。

1644年，清兵攻陷北京后，南明弘光小朝廷在南京建立，钱谦益被起用为礼部尚书。第二年五月，清兵南下，钱谦益开城迎降。一代文宗，因“失节”留下历史话柄。后来，钱谦益又因秘密支持“反

夏荷

清复明”活动，被捕入狱，吃尽苦头。清康熙二年（1664），八十三岁的钱谦益抱恨而逝。

悲剧还未完结。钱谦益的诗文才情和“失节”行为的反差，受到后人讥讽，“可惜风流品未全”“行太卑微诗太俊”……清廷本来就看不起贰臣，再加上钱谦益降清后又反清，更为清廷恼怒鄙视。后清廷下令禁止阅读和流传他的诗文著述。如此景况下，拂水山庄的衰败和消失成为必然。

后来的史学界，也有为钱谦益说话的。大明王朝的灭亡，是历史的必然。清兵扬州十日屠城，血流成河，杀声直逼南京城下，大军压境，小朝廷的皇帝逃走了，国已不国，一介书生，如何御敌？开城迎降，出于无奈，至少让城内百姓免遭无辜杀戮……孰是孰非，让史学家们去讨论吧。总之，拂水山庄是没有了。

雨后，飞瀑依旧，水声依旧。山涧的清泉，带着钱、柳的怨忧，呜咽了几百年……

2010年春天，多家媒体报道，常熟在尚湖风景区重建拂水山庄。消息传出，游人纷至沓来。此时的尚湖，桃红柳绿，牡丹盛开，水色波光里，升起一片亭台楼阁。走近拂水山庄大门，门口楹联上刻的是柳如是的诗句：浅深流水琴中听，远近青山画里看。好一个“浅深流水琴中听”，柳如是也喜欢水声。进门有黄石假山壁垒，上面刻的是钱谦益的诗句："东风吹水碧于苔，柳靥梅魂取次回。为有香车今日到，尽教玉笛一时催。"说的正是当年钱、柳二人在山庄赏梅定情的佳事。

山庄内，当年的明发堂、秋水阁、耦耕堂、朝阳榭、花信楼、梅圃溪堂等建筑再复旧观，回廊曲折，亭榭错落。与原来的拂水山庄不同，现在的山庄是碧水环抱，青山如屏，风景开阔疏朗，湖涛轻轻拍岸。这样的水声，更为惬意了。明发堂前，有钱谦益和柳如是的塑像，与真人一般大小，钱谦益手执书卷，听柳如是拂弦操琴，真可谓"浅深流水琴中听"了；明发堂一侧有一亭榭坐落水中，亭上有一匾，上书"琴筑"二字，是"月明琴筑听潺湲"的意境所在。游人在明发堂可以看到钱、柳的史迹和诗文展览。"琴筑"亭的美人靠上，总有年轻恋人相偎而坐，指点着钱、柳的塑像，似乎在为他们"白发红颜"的相爱感叹什么……

拂水山庄，不再是才子佳人的天堂。来来往往的游人，是这里的主角。爱摄影的，在这里取景；爱画画的，正摊开画夹；谈情说爱的，选一个幽静的亭台相偎坐下；喜欢写文章的，细细品读着楹联上的诗文……

"团桂天香"亭上有一副对联，使人想起尚湖的另一种水声。"湖田稼熟秋千顷，烟浦舟行路几湾。"此诗句出自明代王汝玉，写的是尚湖边良田

拂水山庄全景

千顷、丰收在望的景致。“苏常熟，天下足”，江南鱼米乡是国家的粮仓。为了这“天下足”的粮仓，尚湖曾竭泽而耕。1968年冬天，尚湖边一排排抽水机摆开阵势，如蛟龙吐水，水声哗哗，千年湖水离开了她的故乡。湖底裸露了，一片淤泥混沌，尚湖不再有水声。收获了粮食，失去了湖田烟雨和风帆渔火，失去了虞山山麓丰沛的雨季和风调雨顺的期盼。1985年，退田还湖。七月的骄阳下，随着一声“开闸”的命令，水龙呼啸，重返尚湖。常熟人是珍惜自然的，在尚湖筑堤植树，建成了一个远近闻名的旅游胜地。一位当年亲历过围湖造田的诗人在他的诗中写道：“故乡的湖呵，曾是我搁浅的青春。愿我无知的足印，永远沉淀在深深的湖底，成为一千年以后的传说……”

拂水山庄，在虞山尚湖的风景画册里，添了一幅开阔的水墨写意。传承文化，保护自然，已成为常熟人的群体意识，他们的努力，让这座具有近两千年历史的文化名城，又拥有了“国家园林城市”“国际花园城市”等各种殊荣。重建拂水山庄，不是为一位名妓和“失节”仕人树碑立传，而是常熟人尊重文化、亲近自然的手笔体现，一个遥远凄迷的故事，搁置在山水之间，沐浴着阳光空气，映衬着蓝天碧水。在这里，风景比历史更具实际意义。

一位谙熟常熟文史的老者，走进拂水山庄，不断点头称是。但他的眉宇间仿佛有一丝遗憾，拂水山庄贴水而建，青山已退为背景，当年拂水岩“春流观瀑”的水声何处探寻？这时，年轻的导游推开明发堂的后窗，一挂飞瀑从天而降，水声轰然，玉珠飞溅。高耸的黄石假山垒得气势峥嵘，巨石上字迹分明，还你一个“拂水悬流，天河俱会”。江南式的精明和智慧,用人工飞瀑弥补了景致上的缺憾。

拂水山庄，水声依旧。

十里青山半入城

一

“十里青山半入城”是常熟城里妇孺皆知的一句古诗。“青山”指的是虞山，“城”即常熟城。也有古诗版本为“十里虞山半入城”的。温肇桐先生 1949 年发表过一篇褒赞故乡文化渊源的文章，题目就是《十里虞山半入城》。但读起来还是觉得“十里青山”为好，更兼有形象和色彩。

写诗称赞虞山情致的不是常熟人，而是明代吴县（今苏州）人，名沈玄，字从潜。沈玄工诗好琴，通医术，后擢升为御医。这位文贤慕常熟城之名而来，“吴下琴川古有名，放舟落日偶经行”，黄昏的余晖里，沈玄坐一叶扁舟，来到了“古有名”的琴川。常熟城内有七条河流东西横贯，城中有一条古运河南北贯穿而过，连通七条河流，如琴上七弦。故常熟城又称“琴川”。沈玄放舟而来，想必他是穿过了琴川的枕河人家，看见了扑面而来的虞山，故有了“七溪流水皆通海，十里青山半入城”的千古佳句。

沈玄之所以仰慕琴川之名，是因为他对常熟城和虞山的历史以及它曾经拥有的辉煌和人文精神是有所了解的。虞山之魂，文武兼备。现代人一般认为吴地为江南才子之乡，多文贤之秀而少雄武之气，其实不然。古吴大地尚武之风鼎盛，吴王阖闾曾南征越地，北图楚疆，有过辉煌的战绩，成为春秋五霸之一。齐景公慑于吴国强大，将女儿少姜嫁给吴太子波，想通过政治联姻，达到“和亲”目的。可见当时吴人骁勇善战，武力强盛。齐女少姜嫁于吴国后，思齐成疾，死后葬于虞山，故沈玄诗中有“齐女墓荒秋草色”句。关于虞山上的齐女墓，历代文献均有记述，东汉《越绝书》述：“齐女思其国，死葬虞山西。”南梁《虞山招真治碑》曰：“远望仲雍而高坟萧瑟，傍临齐女则哀垄苍茫。”说明了齐女墓位置在虞山仲雍墓旁边。因年代久远，齐女墓址现已湮灭。沈玄“齐女墓荒秋草色”句之后的对仗为“言公家在旧琴声”，言公即言子。琴川河穿过文学桥，岸上即子游巷(言子，字子游，故名“子游巷”，现为言子巷)，为言子故居，言子后裔世居子游巷内。言子为孔子唯一的南方弟子，擅文学，任武城宰时有“弦歌之治”的美誉，返回故里后重视教育，传道育人，开启东南文化，世称“南方夫子”，使吴越之地尚文之风渐盛。吴越之地一时成为学道名邦，文贤荟萃。言子死后葬于虞山，使这座山、这座城充满了智慧，充满了灵气。所以沈玄会在欸乃的橹声里，遐思联翩，听见旧时弦歌琴韵。

虞山门

沈玄是在黄昏前出发的，从吴县到常熟九十里水路顺风顺水，过常熟琴川时已月上中天：“我来正值中秋夜，一路哦诗看月明。”看来，月光下的虞山和城郭，给了这位诗人无限的美感和情愫。齐女睡了，言子睡了，十里青山睡了，而诗人的情绪随着月光下的琴川水波跳跃起银子般的光亮，给我们留下了“十里青山半入城”的诗句。他为虞山的地理位置和人文环境做了一次历史性的注疏和概括，为这座环抱青山的城市构筑了一个永久的存在方式。

二

“十里青山半入城”，一位诗人发现了美，使这种美得以概括和流传。做客常熟，总是有缘结识虞山，不必寻找，徜徉于街市，青山就扑面而来。入城的这一脉，为虞山东岭。它被粉墙黛瓦裹拥着，被多梦的百姓人家裹拥着，被繁华的街市和岁月的脚步裹拥着，裹拥得如此温馨、如此专注、如此疏密有致而一往情深。虞山山麓的斜坡和石阶，与车水马龙的大街，与霓虹闪烁的夜总会，仅一步之遥、一栏之隔。其实，“十里青山半入城”的情形，在沈玄发现和概括之前，已客观存在。不知何年何月，是青山伸入了城池，还是城池环抱了青山？

沈玄所见青山进入的常熟城，已具规模。现虞山上的城门和城楼即在明代遗址上重建。在此之前，元末张士诚已“于西北腾山筑城，城周九里三十步”，城池规模已和明代相仿。

据常熟邑志记载，常熟城始建于西晋太康四年（283），当时称海虞县，距今一千七百多年，城池仅具雏形，至唐武德七年（624），海虞城城池规模形制仍逼仄狭小。那么，建城伊始，它和虞山相距几许？青山究竟何时入城？我们可以从言子故居找到答案。

商末泰伯、仲雍南奔，开拓荆蛮之地，成为吴地始祖。当时这里人群以渔为生，尚未形成城池。随着农耕文明的传播和发展，人口繁衍，居住聚集，物需流通，渐渐形成集市，向城池雏形发展。2500多年前，言子出生时，虞山脚下已有许多人居住。言子故居现位于城中言子巷，言子巷为东西走向的一条小巷，穿过和平街等热闹地段。此处旧时称“北市心”，为常熟城北繁华地带，现为常熟古城闹市区。而言子巷西端与虞山脚下的“小三台”，直线距离仅百步之遥。可见在西晋建城之前，虞山脚下就构筑了民居。也就是说，常熟城从形成之始，就依傍青山。“十里青山半入城”，是人群依存自然的一种必然。一座城市的生存和发展离不开水，“平湖数百里，隐然一山起”，这是范仲淹写虞山的诗

辛峰亭

句，写出了虞山地处江南水网地区的特点。虞山脚下有尚湖、昆承湖，有七溪流水，远古以渔为生的吴人，聚居虞山脚下是理所当然的了。虞山脚下的水网也提供了舟楫的便利，为物需流通、形成集市提供了条件，故旧时城市也称“码头”。常熟城既是依山而建，又是依水而存，山、水、城一体的城市格局源远流长。

入城的虞山东岭以虞山门城墙为界，将半截青山包孕在常熟城内，它所留下的历史遗存和景观十分密集，也体现了一座城市的人文精神。

东岭上除虞山门、明城垣遗址、南宋辛峰亭等古建筑外，还有商末仲雍墓、春秋言子墓、梁昭明太子读书台、清游文书院、清王石谷亭等名胜古迹。这些古迹千百年来历经风雨，历代得到保护和修缮，也说明了一个城市对古代贤哲的尊崇；崇尚淡泊名利的贤者，崇尚开启文明的智者，也体现了一座城市崇尚文化、崇尚读书、崇尚知识的历程和积淀。

“十里青山半入城”，常熟城被国务院批准为“国家历史文化名城”，和虞山上丰富的历史文化遗存密不可分。

三

“十里青山半入城”的江南佳景，成为题咏和丹青的不竭之源。山、水、城相互映衬，风光旖旎，能触发诗人和画家的灵感。在沈玄之前，元末韩奕已有“绿水环城入，青山到县分”的诗句留传。至清代，直接描写青山、城郭相依的诗作就更多。如清康熙进士、户部尚书王鸿绪路过常熟，“携杖登临虞山”，感慨山、城相依之势，有诗曰：“乌目山高临雉堞，桃源涧仄逼城隈。”又如蒋廷锡的《城西秋望》中，有“高阁三层烟树里，青山半角夕阳中”的佳句，描述青山和城郭相映于夕阳中的景象。常熟城依山傍水，历代文人到常熟城，也就到了江南山水之中，人对自然的依附，会在入城的山水风光中，产生共鸣。城内城外，近山近水，登临也罢，凭栏也罢，胸壑中自有一番咏叹，山湖览胜，即景抒怀，便有了许多好诗。自唐以来有关常熟城和虞山山水的诗咏，数以千计，其中不乏名家之作。如唐常建的《题破山寺后禅院》、唐释皎然的《游虞山》、宋范仲淹的《留题常熟顶山僧居》、元倪瓒的《过虞山》、明沈周的《拂水岩》、明文徵明的《题山城图》、明郑成功的《越旬日复同孙爱游桃源涧》、清王材任的《读书台怀古》、清末康有为的《游兴福寺》等，当代文人闻一多、俞平伯、于右任等来常熟后，都有诗作留存。

十里青山能入诗，更能入画。虞山的风光既有清丽婉约之秀，更兼雄奇险峻之美。南坡危崖壁垒，北坡林泉深幽；山上古木参天，松林层叠；山麓竹海拥翠，果园飘香。山坡上，桃园为多，春日桃花盛开，灿若云霞。此时，山前正值油菜花盛开，金黄与粉红相叠，青山为屏，如此绚丽色彩，最能入画。夏日里，满山茶园青翠欲滴，如绿浪起伏；秋来，虞山桂花飘香，栗子结实。虞山上现有百桂园、桂香园等景点，花开时金银满枝，清香沁人心脾，常熟民间有“十里虞山青又青，满山桂花满山金”的吴歌流唱。

虞山的景色四季不同、晨昏不同、晴雨不同，却各有妙处。山上诸多的人文景观和历史遗迹，使虞山的风景更添了厚度和张力。“虞山十八景”是对虞山风光的归纳和提炼，其实虞山远不止十八景。明清时邑志记述的“虞山十景”“虞山十八景”有多种说法，近年常熟市民又重新推选“虞山十八景”，终不能包罗所有景象。新旧“十八景”各有千秋，让人发出“虞山风光皆入画”的感叹。如春有“桃源春霁”，夏有“秦波飞瀑”，秋有“吾谷枫林”，冬有“书台积雪”；晨有“破山清晓”，暮有“辛峰夕照”；晴有“拂水晴岩”，雨有“湖甸烟雨”……如此虞山美景，令多少丹青妙手为之倾倒。虞山的山水风光，也孕育了一大批出类拔萃的画家。如元代画坛巨匠黄公望、清代“六大家”中的王石谷和吴渔山等。常熟邑志上记载的历代画家还有许多。

山里人家

这些画家的诞生，得益于虞山山水风光的熏陶和感染。虞山为画家们提供了用之不竭的创作源泉。

四

“十里青山半入城”的地域环境，使虞山成为一种文化符号。旧时文人诗画题签名号，要冠以“某地某斋”。从常熟走出去的历代文人，以“虞山某氏”题签为多。如曾经为兴福寺题写“毗尼法界”的明代进士孙朝让，官至福建按察使，后在泉州任过官职，泉州有一座闻名全国的唐代古刹“开元寺”，住持请孙朝让题匾，孙朝让题书后，落款是“虞山孙朝让”（现匾仍悬于大殿内），虞山人即常熟人。明代常熟有一位微雕家叫王叔远，在桃核上雕刻《苏东坡游赤壁图》，有魏学洢《核舟记》一文为证。他在船背上题名：虞山五毅叔远甫刻。

虞山既是一座山，又是一座城。它不仅是一个地域的概称，更是一种文化意义上的象征。虞山以虞仲和言子两位先贤开启文明为荣，这种文澜道脉贯穿于历史长河。常熟人在文化的传承和发展过程中，所取得的成就和建树，总会带有地域的印记，体现一个地方的精神和特点。常熟的文化人愿意将这种精神和特点冠以“虞山”的符号，如常熟文化史上出现的诸多文化艺术流派，称作虞山琴派、虞山诗派、虞山画派、虞山印派等，都以其自身的特点跻身艺林而又独树一帜。

虞山琴派以严澂为代表，是明代琴坛的一个重要派别，它与中州派、峨眉派、武陵派、广陵派并列为中国琴史上的“五大琴派”。虞山琴派的艺术特点，追求“清、微、淡、远”的意境，主张发挥音乐本身的表现力，而不必借助文辞。严澂对当时一度风行的为琴曲滥填歌词的做法进行抨击，强调“琴之妙，发于性灵……不尽在文而在声”。虞山琴派成为明代最有影响的派别，被视为琴界正宗。虞山琴派的代表性琴谱有《松弦馆琴谱》，收集曲目 29 首。

虞山诗派是明末清初文坛上一支很有影响的诗歌流派。以“东南文宗”钱谦益为代表，有其学生冯舒、冯班、瞿式耜，族人钱曾、钱陆灿，家眷柳如是等骨干。虞山诗派提倡对前人成果兼取并著，反对诗歌复古。钱谦益的主要作品有《初学集》《有学集》《投笔集》。

虞山画派是清代画坛上一支实力雄厚的艺术流派，以清“六大家”之一的王石谷为代表。王石谷的画，主要以摹古为主。他临遍唐、五代、两宋、元、明各大画家的作品。他的山水画，融南北两宗于一炉，“以元人笔墨，运宋人丘壑，而泽以唐人气韵，乃为大成”。王石谷的画是清代“正宗”画代表之一。他笔墨仿古而精神见新，使摹古作品蕴有生气，作品被后人所重。王石谷的代表作有《南巡图》。虞山画派的主要成员有王石谷的学生及子孙。

虞山印派以近代赵石为代表，赵石所治印章古拙朴茂，恢宏跌宕，寓奇于正，形成了气势充沛、神采飞动的艺术特点。其作品除各家所辑的《赵古泥印存》外，还有自辑的《拜缶庐印存》四十卷。从赵石学印者众多，其女儿赵林及邑人庞士龙为虞山印派的成就卓著者。

虞山，体现一种文化精神，这种精神蕴涵在常熟这座充满灵性的江南古城里。

让我们感谢“十里青山半入城”。

画阁文疏对岸开

要了解和认识一座城市的精神品质，了解其文化是最好的入口。现代人介绍自己的城市，大多从历史、文化、经济、社会事业发展以及人居环境等诸多方面展开，洋洋洒洒，历数家珍。常熟是个好地方，气候温润，物产丰富，人文鼎盛，历史悠长，堪称“温柔富贵地，昌明礼仪乡”。古人介绍自己的家乡，不用GDP，不用数字，却极是生动准确，得尽风流。有清代文人孙原湘一诗为证。孙原湘是常熟人，在外地做了官，有人问他家乡如何，他微微一笑，提笔写道：“软红尘里小蓬莱，画阁文疏对岸开。七水流香穿郭过，半山飞绿进城来。酒多按节倾家酿，花不论钱遍地栽。莫笑耕夫多识字，梁时便有读书台。”常熟是江南鱼米之乡，温柔富贵，仿若人间仙境，故称“软红尘里小蓬莱”，有这样的物质基础，便有了“画阁文疏对岸开”的文化景象。“七水流香”“半山飞绿”是人居环境，酿酒、栽花是生活状态，“耕夫多识字”反映了百姓的总体文化基准。孙原湘从文化着眼，短短一首诗，详细介绍了家乡常熟。其中“画阁文疏对岸开”一句，很值得玩味。

初读“画阁文疏”，应是琴河两岸的建筑形态。

琴河两岸

临水的楼阁，有雕梁画栋，窗上有格子，典雅端庄，文韵四溢。矗立在琴河岸边的文昌阁，掩映在深巷里的名人故居，亭台依旧，楼阁轩昂，就是最好的明证。但仅有这样的解读，还不够完整。“画阁文疏”也蕴含着百姓人家的文化生态，那就是读书人的画室和书房。常熟有太多的枕河人家，虞山上的流泉分七脉，由西向东注入古城，中间有一条运河贯穿南北，如琴上七弦，故常熟又称琴川。琴川两岸今天是古城的历史保护区，许多民居和石桥仍为明清遗构，古风犹存。徜徉其间，粉墙黛瓦，古朴素雅。千百年来，对岸而列的楼阁里，弥散着书香和墨香。因而这座江南古城里走出了许多卓然超群的读书人，他们的名字，在中国文化艺术史上闪着熠熠光辉。单表书画一支，就洋洋大观。庞士龙《常熟书画史汇传》中就收录了常熟历代书画家一千多人，其中不乏大家，如中国画坛巨匠“元四家”之首的黄公望、明代独创“钩花点叶”技法的花鸟画家周之冕、创立虞山画派的清代“画圣”王石谷、“清六家”之一的吴渔山等，他们将生命和激情融入丹青，给中国的艺术宝库留下了珍贵的财富。唐代书法大家张旭，被称为一代“草圣”，他的草书变幻无穷，如有神助，杜甫诗赞其“挥毫落纸如云烟”。张旭在常熟任县尉，琴河边的小巷里，留下他许多传奇故事。当地百姓为得到张旭的墨迹，故

《富春山居图》（局部）

意多次到县衙告状，索求判书。张旭传世的珍迹有《古诗四帖》，烟云环绕，墨气酣畅。《肚痛帖》据传是张旭肚痛时自诊的一纸医案，六行三十字，被后人珍藏，成为摹写草书的法帖，北宋、明代有刻本传世。黄公望的惊世之作《富春山居图》分藏在海峡两岸，2011 年 6 月在台北故宫博物院隆重合璧，再一次牵动两岸人民的血脉之情。王石谷和他的弟子们绘制的巨幅《南巡图》，描绘了康熙帝南巡的浩大场面，在 2010 年上海世博会上华丽亮相，吸引了世界的眼球。清末重臣、两朝帝师翁同龢的书法“老苍之至，无一稚笔”，被称为“同、光第一书家”，他的作品广为流传。今天常熟古城翁同龢纪念馆内，翁同龢的书法作品和翁氏家族中善书者的作品，被专门开设“翁氏一门书法展”，和当代人做超越时空的交谈……

书画同源，墨分五色。中国文人用一支毛笔，吮吸水墨，轻轻扭动手腕，在宣纸和丝帛上表达着自己的人文情怀和艺术个性。常熟历代文人钟情书画，大家辈出，与他们的生活环境不无关联。回到孙原湘的诗，读书人在“画阁文疏”间，倚窗而望，看到的是“七水流香穿郭过，半山飞绿进城来”的景致。江南山水的抒情性，催生了文人书画创作的灵感。常熟山、水、城相互映衬，一山如屏，两湖开镜，民居错落其间，乃一幅天然图景。虞山上林泉深幽、古木参天，山麓竹海拥翠、果园飘香。山坡上桃园为多，春日桃花灼灼，正值乡野油菜花盛开，金黄与粉红相间，绚丽多彩；夏日里满山茶园青翠欲滴，绿浪起伏；秋季金桂飘香，栗子结实……虞山景色四季不同，晨昏晴雨各异。诸多的人文景观和历史遗迹，为虞山的风景更添了厚度和张力。明清以来，就有了“虞山十八景”的描绘和记述，春有“桃源春霁”，夏有“秦波飞瀑”，秋有“吾谷枫林”，冬有“书台积雪”；晨有“破山清晓”，暮有“辛峰夕照”；晴有“拂水晴岩”，雨有“湖甸烟雨”……如此江南山水美景，令多少丹青妙手为之倾倒。在常熟博物馆和民间，至今还珍藏着常熟历代文人们描绘常熟山水风光的诗文和书画作品。

如果说“画阁文疏”是文化景象的外部形态，那么，走进“画阁文疏”，除了文房书香外，还能看到百姓人家的生活状态，“酒多按节倾家酿，花不论钱遍地栽”，庭院里种着花、树，缸坛里酿着米酒，恬静而温馨。文人与酒，总是有许多趣谈。“草圣”张旭喜欢喝酒，《旧唐书》记录他的故事，说他豪饮后“呼叫狂走，乃下笔，索笔挥洒，变化无穷，若有神助”。也有史书记载他大醉后“以头濡墨而书，既醒，自视以为神”。张旭豪饮后，纵情放达，下笔如烟云四起，气象万千。常熟人为纪念这位豪饮的书法大家，给他居住的街巷取名“醉尉街”，保留至今。元代大画家黄公望也喜欢喝酒，和张旭不同，他喜欢在月色之夜乘一叶小舟，沿山前塘，边饮酒，边欣赏月下山湖景色，船行至湖桥，酒也饮尽，他就用绳子把酒瓶吊在船尾，返舟而归；行至齐女墓下时，再提起酒瓶来，发现绳已断，瓶也随波而去，于是“抚掌大笑，声振山谷”。这些故事在鱼翼《海虞画苑略》中都有记述。黄公望喜以酒助兴，感受山水，寄情山水。一日行至虞山脚下，在山涧里拾起一颗碎石，用手一研，呈赭红色。此涧正是“破龙涧”，相传有黑龙白龙在此相斗，破山石去，赭红色的石块是龙血所凝。黄公望将赭石带回，点染山水，给自己的水墨画增加了些许暖意，于是中国画中就有了他首创的“浅绛山水”。明代花鸟画家周之冕也极爱喝酒，郑抡逵《虞山画志》记述“（周之冕）性嗜酒，落拓不羁，游心绘事，下笔耻与随俗流”，正是这种放纵不羁的个性和“耻与随俗流”的品格，使他大胆地用水墨点染叶子，意态生动，成为明代花鸟画钩花点叶派的代表人物。

常熟人文繁盛，名人辈出，是以崇文尚教的群体意识为强大背景的。自从春秋时期言偃北上孔门求学归来，开启东南文化，常熟便成为学道名邦，文脉绵延不断，科举仕进是一个方面，文化艺术也是一个方面。许多读书人不以仕进求闻达，而在文

梁昭明太子读书台

化艺术领域各领风骚。明代毛晋，无意科举，潜心藏书、刻书，成为出版大家；清代“画圣”王石谷，一介布衣，因绘艺精湛，名动京城；近代曾朴，试场墨洒试卷，扬长而去，后来成为文学家、翻译家。读书、习艺，成为常熟人的生活常态。乡村历来倡导“耕读人家”，耕作免饥，读书明理。这样的群体意识和文化气场，为培育卓越的艺术人才提供了深厚的土壤。“莫笑耕夫多识字，梁时便有读书台”，不要惊叹乡间耕夫都断文识字，梁代昭明太子也喜欢这里的文化气息，到这里读书、编书。清末，常熟西乡有一个八岁的男孩，到乡里参加书法比赛，得了最后一名，先生不是责备，而是相赠一篓豆油，意在勉励他不断“加油”，这种友善而又幽默的鼓励方式，来自一种文化的浸润。后来，这个男孩潜心苦练书法、钻研篆刻，成为一代大家，他就是虞山印派的代表人物赵古泥。

文脉传承，绵延不绝。至近现代，常熟书画艺术依然群星灿烂。被誉为“艺术赤子”的庞薰琹，巴黎学艺，心系故土，回国后从事艺术教育，成为中国工艺美术教育的开创者和奠基人。另有海上画派花鸟画家江寒汀，花鸟画大师陆抑非，水彩画大家李咏森……

今天常熟民间，书画艺术的传承蔚然成风。众多的书法家、画家在家中开设课外辅导班，教习少儿学书、学画；乡间有书画协会，以画会友，开展交流，作品出刊展示更是举不胜举……今天的常熟，依然延续着“画阁文疏对岸开”的文化景象。

邑内有许多钟情书画史研究的学者，潜心书斋，史海钩沉，将常熟的书画名家一一梳理，奉献研究成果，自唐至当代，择其精要，汇十五位大家，因而有了《翰墨丹青》一书。它将为世人了解这些书画大家的艺术成就和艺术风格，打开一个探骊的窗口。

琴河心舟

琴河很小，宽不过两三米，不紧不慢地穿过常熟城的老城区。琴河很老，老得有点沉寂。枕河的百姓人家已听不到桨橹击水的声音，看不到宽不盈尺、用轻篙一点就能箭一样驶去的小木舟，自然也不见了叫卖的鱼虾及东乡萝卜或西乡南瓜。岸边人家再也不到自家的水栈上洗濯。寂寞的水栈上，偶尔有一只家猫懒懒地坐着，毫无信心地窥视着水面上的漂浮物。琴河流得有点累，她在城市工业化的进程里，渐渐失去了一些明净和小家碧玉式的美丽。

地图上是找不到琴河的。关于她的记载和描述，在常熟的地方志和文史散文中很容易见到。内容大致告诉你，这个城市原有七条东西流向的河流，被一条南北贯通的河道串起来，常熟的水脉就像一把琴上的琴弦，这条河就叫琴河。琴川也成为常熟的代称。这样的代称很有点女性味道，女人是水做的，江南也是水做的。历代文人对琴河的吟诵也不乏佳句。明代吴讷有“虞城枕山麓，七水流如弦。昔人肇嘉名，千古称琴川”的诗句流传；而诗人沈玄是在落日的余晖里，坐着一叶小舟来吟哦琴河的，“吴下琴川古有名，放舟落日偶经行” 。沈玄的心情很好，“一路哦诗看月明”，因而有了“七溪流水

琴河

皆通海，十里青山半入城”的千古丽句。琴河在明代已被称为“千古琴川”，可见她的源远流长。

一位水利工程师告诉我，琴河是常熟老城区的主要泄洪防洪河道。常熟原有的“七弦”已被岁月湮没其五，仅剩城北的六弦河、七弦河。城市的发展把老城区其他小河道填成宽阔的马路，一些零星的浜斗、池塘也被填平。后来人们才发现，雨季的江南小城，街道的积水退得很慢，雨量稍大，就有一些街面积水如镜，积滞的时间虽不长，但总觉有点遗憾。因而我们不能再失去琴河。琴河的南端，有水闸一座，每逢汛期，外围的水位高，琴河闸借水位落差冲淤，以利泄洪。琴河向北出城，注入福山塘后流向长江，最后汇入大海。“七溪流水皆通海”不只是诗意的夸张，而是一种真实的存在。

年年岁岁，琴河无声地流淌。它有无舟楫，在今天已无关紧要。琴河不会去弄一两条油漆得脂粉气很重的小木船来吸引外乡游客。琴河的打扮应多考虑再洁净一些，明澈一些，大度一些。因为她穿过的这座城市既是一座文化古城，更是一座充满朝气的现代化新城。琴河无舟，我们可以以步当舟，沿着琴河走一走，琴河两岸会给你无穷的妙趣和不同的感悟。巷陌和琴河交错处，总有一座座小桥，这些小桥多为石板桥，用花岗石条并排铺成。石桥指向的小巷里，住着寻常百姓家。石库门里，有时会藏着一个玲珑园林，亭台是前朝遗构，墨迹是文人留香。小巷里的许多名人故居都保留着明清建筑风貌，被辟为展馆或园林。一条以“言子”命名的小巷里有一家大院户，后院有一眼“言子墨井”竟是春秋遗物。琴河的中段最是精彩，东岸古塔高耸，风铃摇响八百年古韵，塔下回廊曲折，碑林参差；西岸是市中心广场，喷泉珠玉飞溅，街市鲜花掩映，商场繁华，行人竞艳，车水马龙，红尘万丈……

琴河是一脉永不断流的乡情。沿着琴河走，我的心绪是一叶小舟。我会从琴河联想到小城的变迁，感怀在变迁中保存下来的历史遗痕；联想到“七弦”，联想到琴河的源头一定是青青虞山上一脉明净的流泉，它润泽草木春秋，养育芸芸众生。对文化遗存的保护和对自然的保护都是我们的责任。我是在琴河边长大的，记忆里的琴河有穿梭的鱼虾。这不是怀旧，琴河可以无舟，但不可无鱼。与这座城市相称，我愿她一天天清丽起来，我在岸上走，但愿能看到绿水间晃动的水草，水草间有小鱼嬉戏，当太阳越过小巷的高墙照在绿缎般的琴河上时，有无数生命在为之欢呼……想到这里，我的心里已是一片绿色阳光。

读书里

读书随处净土，闭门即是深山。少年时看见人家中堂里挂着这样的对联，不解甚意。后来渐渐明白，这是崇尚读书、远离尘嚣的意思，以读书获得灵魂的深邃和宁静。常熟人的读书情怀根深蒂固。自春秋言子开启东南教育，千百年来读书成风，民风淳朴优雅，人才腾蛟起凤。民间倡导“耕读人家”，耕作免饥，读书明理，生生息息，绵延不绝。故而常熟城里与读书有关的人文遗迹不少。在古城的巷陌里，就有一条小巷叫“读书里”。

“读书里”名副其实，在这里能够听见琅琅书声。千百年来，这书声融入晨曦暮色，温雅而自信，可谓源远流长。

读书里先前是一条麻石子小巷，巷口一端靠古城西门大街。两侧高墙相拥，窄窄地伸向山坡。巷里墙门疏朗，有石库门，也有单幅小门。高墙上爬着些藤蔓，春夏是绿的，到了深秋，藤叶显出暗红，星星点点，矜持的样子。谁家院墙上，有时会有蔷薇花或凌霄花探出三枝两枝。墙根上总是长着一层苍苔，昭示着其年岁古旧。小巷很静，谁家门“吱呀”一声，能看见一个小小庭院或一方天井，人们进出，轻轻将门掩上，仿佛要关住许多秘密和传奇。

这样的小巷庭院常常被一些影视导演相中。前些年，常熟电视台首次拍摄电视剧《梦的旋律》，就选定读书里陈姓人家的庭院作为拍摄场地，不置景，不雕饰。天井的墙根边几株花草；一排落地长窗内，案几凳椅；一个朴素的客厅。

小巷不长，百十来步，拐一个弯，通往石梅街，过小三台穿出到北门大街。巷陌蜿蜒在虞山南麓的坡地上，依着山势，起起伏伏。明代诗人沈玄的千古丽句“十里青山半入城”，说的就是这山和城相融的地方。这样的小巷背靠青山，坐拥古城，“结庐在人境，而无车马喧”，正是读书的好地方。

一千五百年前，有一位太子看中了这青山山麓，早早地来到这里。他在山坡的石台上打开书卷，潜心研读，得天地之灵气，汲古今之睿智。他这一坐坐出了千年名胜“读书台”。此人读书读出了名堂，做出了学问，他就是南朝梁武帝萧衍的儿子萧统（501—531），人称昭明太子。地方志记述萧统“爱好文学，博览群书，常集纳贤士，谈古论今”。虞山上的一亭一台，便是千百年的见证。萧统精选了从先秦至南梁间八个朝代一千多年的诗文，共七百多篇，编纂总集《昭明文选》六十卷，对继承和发扬我国古代优秀文化起了很大作用，后人推崇萧统为编纂总集的鼻祖。青山留胜迹，往来成古今。太子的读书处，被称为“读书台”，也成为人们怀古

读书台

思幽的胜景。

读书里巷名源出于此。

走进读书里，先到读书台走走。这里已被辟为“书台公园”，步入清幽之处，靠山而坐，沏一杯清茶，既能欣赏山色佳景，又能听见真真切切的读书声。书台公园极其玲珑精致，园内景致大多与读书有关。石库门里，一条石径在花树掩映中通向圆形扉门，上刻“得天然趣”四个隶书大字，给人别有洞天的感觉。走进扉门，园内古树参天，浓荫蔽日。天竺地柏、黄杨翠竹和各色花卉相映。眼前一山阜上一方亭就是当年的读书台。亭上楹联写得好：五六月间无暑气，千百年来有书声。自昭明太子择此胜地读书以来，这里也就和读书人结缘。园内有仓圣祠，为纪念汉字的创造者仓颉而建。雅集亭为明代所建，也是当时读书人相约觞咏之处。读书台两侧，是建于清代的游文书院，为当时官办的高等小学，清代名臣翁同龢少年时就在这里读书。游文书院后有一幢旧宅，为常熟市图书馆古籍部。常熟市图书馆初创于1915年，1937年迁至游文书院内，当时首任馆长“铁琴铜剑楼”第四代主人瞿启甲带头捐赠家藏典籍以富馆藏，得到许多人效仿，成为美谈。现古籍部藏古籍二十余万册，为全国县级图书馆藏量之首。读书台下望，是一个现代化的新图书馆。它和读书台一样选择青山为背景，绿荫入帘，得尽诗情画意，可谓“青山如屏好读书”。馆内能同时容纳近千人阅读，可见常熟人读书需求之众；现代化的电子阅读，能在屏幕上检索数十万册图书。

读书里通往读书台，通往人类走向进步的阶梯。站在读书台上侧耳倾听，真的听到了读书声，不是昭明太子，不是翁同龢，也不是文人雅集，一墙之隔，就是石梅小学。学子们正打开书本，朗读课文。这是一所百年老校。清光绪二十八年（1902），常熟人修建校舍，将游文书院改办为常昭学堂，为当时较早的新学之一，后称“常昭石梅公校”；1912年3月，竞化女子学堂迁入，更名为“常熟县立女子高等小学”，并试办附设初中。想象当年，小城的早晨，读书里的石子巷里，走着三三两两的女孩子，她们剪着短发，穿着士林蓝的短衫，提着新缝的书包，在古城的静谧里，轻轻地叩响路面，迎接着文明开化的全新世界。1928年，这里定名为“常熟县立石梅小学”。

崇尚读书，是常熟人的群体性格。读书里只是管中一斑。这种读书是广义的，是吮吸知识、文化修养、艺术追求的总和。因而常熟人中走出了许多学者、作家、科学家、艺术家，他们的业绩在常熟的地方志乘里都有记载，这里不再赘述，只将读书里走出的一位艺术家略记一笔。

当年的小巷很静。庭院深深，读书人的爱好是琴棋书画。一家院墙里，飘出一阵琴音，如七弦流水，丝丝缕缕，古朴深幽。弹琴的读书人叫吴景略，生于1907年。他少年时博览群书，喜爱音乐，兼攻书画；20岁时研习古琴，后加入今虞琴社，成为虞山琴派的传承人。吴景略一生打谱40多首，他演奏的《梧叶舞秋风》一曲，演绎出秋风中梧桐叶飘落的意境，受到极高评价。他的美学观提倡琴乐的艺术性、表现性、精神性。吴景略后在中央音乐学院任教授，传授古琴艺术。《虞山文化流派》一书中，评价吴景略是“虞山琴派的一代宗师，是继严天池、徐青山之后的一位重要人物，是虞山琴派当之无愧的殿军”。

读书里，小巷出名流。《梧叶舞秋风》的琴音渐远，但艺术的震颤已刻进聆听者的心里。数十年后，今虞琴社的耆宿樊伯炎回忆当时情景：“忆昔游虞山，聆听吴师景略鼓琴于石梅之读书里故居。余最爱《梧叶舞秋风》一曲，令人心醉……苍松翠竹暮庭前，虞麓听琴忆当年。秋梧叶落凌风舞，尽入冰弦指上传。”可见大师的琴音和读书里的芳名，一起被刻进了历史的记忆里。

如今的读书里，已不见当年模样。城市建设突飞猛进。小巷的出口宽阔豁亮，地面平整，那幽深和静谧已成为记忆。石梅小学的大门已迁建在读书里路口的大街上，和图书馆的南大门比肩而立。不变的是书声，是求知的热忱，是对文化的崇尚，是一座城市的永葆青春的文化品格。

寺路街

常熟城有许多街巷都通往青山。寺路街就是其中一条。沿虞山北路向北，走过古城的繁华地段，向西一折就是寺路街了。

寺路街从形态上来说，是路而不是街。它没有比邻而筑的市井街坊，沿路人家都是当地土生土长的山民，先前的房屋都是平房，用的是山上的黄石夹着砖块砌墙，也算是山野村居的特点了。后来，日子好了，山民们都翻建了别墅小楼。这样的小楼还是一家一户的形制，排在路的两边。沿街的人家开出一个门面，摆放一只柜台，算是小店了，经营一些土特产或饮料、面包之类，断断续续，算不上街市。

其实它就是一条路，一条从喧繁的城市通往青山绿荫的路。这条路已经有些年头了。

走在这条路上的人，心情总是闲适的。来来往往，春夏秋冬。他们脚步从容，不急不赶。他们的心底，有一些祈求需要表达，有一些寂寞需要打理，有一些心绪需要释放。于是，他们走进寺路街，从百里千里外的大城市来，从四镇八乡的村野田陌上来。更多的是居住在这座城市里的人，或三两结伴，或成群结队，或举家老小，或情侣相倚，总之，他们放下手中繁杂，敞亮心境，走进寺路街来了。

从街名可以得知，这条路通向一座古寺，许多人要到古寺焚香许愿，祈求福祉。但来者并非都是香客。走进寺路街几十步，有一座四柱牌坊，坊额上题有“江苏虞山国家森林公园”十个大字。从这里可以步入深山绿荫，探寻山壑林泉之美。寺路街也是通向虞山风景区的要道之一。因而，来这里的除了香客外，还有上山踏青的游客。寺路街第二座牌坊，便是兴福寺的外山门。坊额正面是“兴福禅寺”，背面是“齐梁古刹”。进入山门，一路桂花树、栗子树、毛竹林、茶园，高低参差，把大片的青青绿绿送入你的眼帘。

寺路街，也是风景区。

路边有山民农家的小店或地摊上的土特产，店主热情地招呼着路人。土特产都是山民自产自销，四季各有不同，春天有竹笋、茶叶；夏天有桃子、杨梅；秋天更丰硕，有栗子、野果“金钩钩”、糖桂花等。摆在路边地摊上的还有小型盆景，如首乌、山竹、天竺、蜡梅等。这些小生意对山民来说不是主业，是“外快”，落点零花钱而已。谈起价来，也不太较真。其他如书画店、文房四宝店、玉石店，跟其他的旅游景区也算是大同小异。应景小吃，如豆腐花、小麻团等肩挑叫卖，更不在话下。

“异代并成罗汉果，空山时落曼陀花。”寺路

寺路街

街上不乏历史遗存，路的南侧，黄墙一隅，中间有石坊墓门，黄墙内四冢并列，立石佛塔一座，为“四高僧墓”。此墓安葬着兴福寺唐宋期间四位佛学深厚、操行高洁的高僧，分别是唐代怀述、常远，五代彦偁和宋代晤恩。

四高僧墓的东南，还有一座“二义士墓”值得一提。1936 年 11 月，常熟城东北区义务消防员祝三山和刘耀东在救火时，不料电线烧断落下，两人触电殉职。为纪念义士，人们选在寺路街北侧安葬他们，并树“救火殉职二义士纪念塔”一座。寺路街曾一度称“义士街”。后来山路建设拓宽，二义士墓迁到四高僧墓东南侧。善行和义举，总能得到人们的怀念。

沿寺路街一路上坡，路边林木渐茂。近山时，竹林拥翠，绿意盎然，古木参天，浓荫蔽日，忽见黄墙初露，视线即被路边一小山阜遮掩，过山阜后，地势低落，葱翠山谷之中，“兴福禅寺”的朱门黄墙展现在眼前，钟磬之音，悠悠荡起南朝余韵。这里便是寺路街的尽头了。

在兴福寺和寺路街之间，有一山涧穿过，常年流水潺潺。相传曾有黑龙白龙在此相斗，破山而去，留下一涧，故称“破龙涧”。这一段山麓也称“破山”，唐代兴福寺又称“破山寺”。破龙涧长一百余米，每当大雨之后，山瀑奔腾，水声隆隆，空谷回音，更为古寺添几分气势。这时，寺路街也会迎来更多赏景、摄影的游人。

六百年前，有一位高人走进寺路街，至破龙涧，不为赏景，不为烧香，而是低头寻觅，将涧内的一颗颗暗红的石头收入囊中。来来去去，乐此不疲。这暗红的石头传说是两龙相斗时龙血所凝，能作为绘画的颜料。其实这就是赭石。这位高人就是元代大画家黄公望，他用赭石和水墨结合，首创了“浅绛山水”的绘画艺术。

寺路街来过大画家，也来过大诗人。唐代诗人常建，也曾踏上寺路街，走进破山寺。他是个早起之人，有诗为证：

清晨入古寺，初日照高林。
曲径通幽处，禅房花木深。
山光悦鸟性，潭影空人心。
万籁此俱寂，惟余钟磬音。

其中“曲径通幽”成为千古丽句，兴福寺也更负盛名。

我们何不步着常建的诗韵，去寺内走一走，感受一下千年禅境。

兴福寺不愧是江南名刹，南朝至今，已经有一千五百年的历史。寺院规模宏大，寺内天王殿、三佛殿和大雄宝殿依次而进，菩萨慈悲，烟香缭绕，诵经声声，一派佛地胜景，更有东西两园，风光不凡。当年常建题咏的后禅院，曲径依旧。东院有空心潭、空心亭等景观，均与“潭影空人心”的诗句有关联。东园之北有藏经楼。后山坡有日照亭，取“初日照高林”之诗意。大雄宝殿之西为西园，曲廊回旋，翠竹轻摇，靠山处以山岩为壁，岩下有“君子泉”，久旱不涸，大雨不溢，有君子风度。园内清池一泓，石舫和岸边的亭台相互呼应。如此风光景致，吸引了多少游人香客。

兴福寺西园有一小院“廉饮堂”。清代名臣翁同龢因支持变法被慈禧太后“开缺回籍”。晚年，翁同龢常来到这里，和方丈探讨佛理、研究经文，排解内心忧郁。

寺路街，可曾记得翁相当年苍老而无奈的脚步?

兴福寺内还有两件宝物值得一提。一是刻有常建诗句的石碑，唐代常建的诗、宋代米芾的书法、清代穆大展的镌刻融为一体，被称为“三绝碑”，在大雄宝殿东侧米碑亭内。另一宝物是大雄宝殿西角的一块石头，大如伏牛，纹筋暴突，左看如“兴”，右看如“福”。该石在梁代修建大殿时被发现，被视为祥瑞，称“兴福石”。游人到此，俯身抚石，以求沾得吉祥之气。日久，兴福石光滑如磨。

走完寺路街，游了兴福寺，未必原路折返。从兴福寺出来，沿一侧山路向上攀登，翻过山脊，可往联珠洞、维摩山庄等景点游玩；也可坐索道直上虞山顶峰剑门景区，登高望远，一览江南美景。山下有尚湖，波光粼粼，山湖之间，房舍比邻。你便知道什么叫湖光山色，什么叫“山、水、城一体”了。

寺路街，年年月月，路人的脚步总是那样稠密。现在有人提倡“慢生活”，有个热词叫“休闲”。那么，寺路街便是个好去处。寺路街两侧的民居“藏”有众多的小型茶室。因各家地势地形不同，这些茶室也千姿百态。有的面对大片茶园，有的临近山涧，有的依傍泉水，有的在竹林丛中，有的在古树之下，因山因势，借得风景，装点茶室。茶室的名号也雅致，大多取材于和江南有关的诗词。讲究的还请书法家题字，刻匾悬挂在门口。依山泉而建的，干脆以泉名命名茶室。常熟人历来有喝茶的传统。乡间小镇上的茶馆开早市，男人到镇上吃茶，互通信息，采办油盐，购买农资，成为一种社交方式。大一点的茶馆，下午还兼书场，可以听评弹演唱。城里的茶馆，有室内和园林之分，旧时南门最大的茶馆“得意楼”，是三教九流会聚之所。抗战时期，乡间的茶馆成为党的地下交通站，《沙家浜》中的春来茶馆即是。公园里的茶室，是市民休息的场所。而寺路街上的茶室与这些都不同。一是依山而开，空气好，风景优美；二来是经济实惠。几个茶客进来，叫一声："四只空杯！"店主应诺一声，便端来茶杯、开水。原来茶客可以自带茶叶。这四位茶客要在这里打牌吃茶，这样茶资就便宜多了。空杯收费，5 元 10 元不等，各有奥妙。茶店老板或许会问你："阿要在这里吃饭？"这就是寺路街吃茶的妙处，这里不但可以吃茶，还供应饭、菜、酒、面条、馄饨等各类吃食。各个茶室各显神通。这样的经营，在寺路街的山湾里，星罗棋布。人称"农家乐"。

所以，常熟城里的市民，很喜欢到这里来休闲。星期天去哪儿？兴福吃茶。兴福即寺路街。于是，朋友相逢、同学聚会、亲戚交往，都可以选择寺路街，选一个景致好的、大树下的、山泉旁的茶室，泡上茶，呼吸在山林之间。中午可以点菜，节俭点，也可以吃一碗面。炒浇面、蕈油面，为常熟面食之经典，不再赘述。

欲得心情闲适，何不去寺路街走走。

兴福石

一寺院里有一块顽石，千百年来，被来来往往的香客和游人抚摸得溜光水滑，泛着温润的光晕。一位收藏家见了，说这石头如此光亮滋润，岂“包浆”两字了得。“包浆”是古玩行当里的术语，指历经岁月磨洗，玉器、瓷器等物件表面留下的特有光泽，滋润、温和。这种光泽，可心会而不可言传。而这块石头的外观光泽，已超越“包浆”，可见滋润至极。一块石头，缘何得到人们如此青睐和爱抚，且千年不衰？这块石头，在常熟兴福寺。

朱门黄墙，梵音缭绕。一座齐梁古刹，被虞山山麓的参天古木幽幽环抱。“南朝四百八十寺，多少楼台烟雨中”，寺中胜景自不必说，单说这块石头，兀自伏坐在大雄宝殿内的西北角，石旁标有“兴福石”三字。寺志有如此描述：“兴福石，大如伏牛，隆出地面，石纹左看如‘兴’，右看如‘福’字。”是先有兴福石，寺院因石而名？还是先有兴福寺，石纹巧合“兴福”两字？据地方志记载，兴福寺初建于南齐，其时，邑人郴州刺史倪德光舍宅为寺，始名大慈寺。南朝佛教兴盛，有身份、有条件的人把自己的房舍奉作佛寺，在当时是一种时尚，一种善举。既是舍“宅”，规模有限，可想而知。到梁

兴福石

时，寺庙扩建，有了规模："梁大同三年（537），改为兴福寺，飞泉石桥，修廊复阁，气象雄古……"民间传说是扩建大殿时在殿西北角发现的"兴福石"。也许山寺因石而名，也许寺名兴福而附会于石。未见翔实史料，不敢妄撰。

其实不必认真。再来看看兴福石，伏在地上，峥嵘全无，如面团一般。左看如"兴"么？只见纹路纵横交错，难寻端倪。右看如"福"么？好在石块一角凸出，有点像"福"字的偏旁。仔细一想，凡事只要心里认可，就算像了。再说"兴福"两字蕴含兴旺、福祉之意，千百年来，香客、游人只管认同，无人质疑。从前是僧人告诉香客，抚石能带来兴福好运，香客不疑，俯身轻抚，时间久了，信息相互传递而绵延。如今，这个任务已由导游来完成。

你看那三三两两的香客、游人，拜了佛祖后，来到殿后的兴福石前，欣然抚摩。有女人抱着小孩在石上立一立，说，长得快点，长得高点。可见祈福之事，内容广泛，不断充实完善，民间自有天才的创造力。也有信徒在功德箱里捐助后，不忘把一些零票放在兴福石上，真是虔诚的供奉。兴福石真的很得人心。

一块普通的石头，能和佛祖一起享受人间供奉，这和它所处的位置有关。这样形状的石头，虞山上太多太多，如果生在冷僻地段或榛莽丛中，定然无人问津。如果虽在寺内而不在大雄宝殿内，也不会受到如此厚遇。香客或游人，进得寺来，总是怀着敬畏之心。寺内钟磬荡漾，香烟缭绕，肃穆之感油然而生。各路神佛，俯视着芸芸众生。兴福石一块普通的山石，只因生在如来脚下，与众罗汉并列相望，位置虽低，但也算是“圈中之人”了。圈内和圈外是不一样的。好比给“大好佬”开车的驾驶员，人们也是看高一眼的。一块山石，卧在佛脚下，也算沾了几分禅意，受人青睐，顺理成章。

抚摩兴福石，也是人们拜佛后，一种敬畏心理的放松。人与神，心理上是不对等的。自踏进山门，四大金刚怒目圆睁，弥勒虽是笑容满面，却挺着大肚，高高在上。拜观音，拜如来，拜罗汉群像。所有的神佛都高高在上，凡人在佛前，不敢喧哗，不敢声张，踏着轻步，收着心，默默祈祷，要么俯身跪地膜拜，要么抬头仰望。一圈下来，忽见殿角还有一块石头，它的位置比人低，人可以用俯视的目光看它，可以抚摸它，心情松弛起来。这一摸，就是百年千年，难怪它如此滋润光亮。

兴福寺历史上几经废兴，“文革”中也难逃劫难。唯有这兴福石，安然无恙。一则是一块顽石，没有名分，不碍别人事；二则表面看它温和如面团一般，其实根盘很深，连着一座山，搬它不动。要不然当年扩建寺庙时也不会留它在殿内。至于“兴福”两字，大多靠历代文人帮衬渲染。兴福石不但被写进乡志、寺志，并与寺中空心潭、救虎阁等景致同被列为胜迹。

至于兴福石求兴祈福是否灵验，最不用担心。求福，求安，求升官发财，求如意郎君……只是祈愿而已。好比许多风景区的长寿桥、同心树等，走了桥、系了锁，能否确保寿比南山、爱情永恒，不会有人较真。祈愿是没有打假的。人有愿望就好，有愿望就有奔头，生活就有了滋味。

想到这里，再看看兴福石，像了像了，左看如“兴”，右看如“福”。

寂寞老街

斜阳慵懒地投射在低矮的闼门上。闼门挑起来，光亮就进了屋子。闼门不是门，是江南古老的窗子。人倚在闼门上，能看见窗外的景致。“青山排闼来”说的就是这乡村木窗外的景色。远山近水，绿树村野，都是闼门久远的记忆。倚在这闼门上的，曾经是一个年轻的女子，她看的不是风景，是杂沓脚步声里来来往往的行人。挑担的，掮着口袋的，有人会在她的屋门口停下，光顾她柜台里的生意。柜台就在闼门旁边，半截矮墙，墙内搁着几只木盒，放一些糖果、蜜饯或糕饼之类。这已是很久以前的事了。今天已没有柜台，没有市声，没有往来的脚步，只有一排窄窄的木板关闭了柜台，关闭了所有的故事。

门“吱呀”一声开了，走出来一个穿得很洁净的老太太。岁月已改变一切，当年的年轻女人已满头白发，她端着一只纸盒，倚着门口坐下。早春或还有些寒意，老人借着斜阳的温暖，继续她手中的活计，布满皱纹的手依然很灵巧，把一张张银白的纸折成一个个小小的“元宝”，然后整整齐齐地码放在纸盒里。江南民间有古老的习俗，“过节”时，烧一些纸折的“银锭”，纪念已故的亲人，也慰藉自己的心灵。老太太却笑着对人说，不是不是，这是给自己准备的呢。说着又笑了，急忙用虚握的拳遮在已掉了牙的嘴上。她说，人“走”的时候，要带一些行路的“钱”，自己要做一些准备，不要麻烦小辈，现在的年轻人不会做这样的活了，再说他们也不信。说着继续折她的“元宝”。

这是我们在这条寂寞的老街上近距离接触的第一位老人。她和这条街一样，宁静而有点落寞。在城市文明漫溢到江南乡村的每一个角落时，这样的场景恍若隔世。我们想从老人这里打听一些老街的情况，老人摆手说：“我们这里是街梢头，一爿小糖果店，没有花头的。”说着朝老街的纵深处指了指，又说：“以前这一路过去都是店面，现在都没有了。”

这是一条南北走向的乡村老街，窄窄的。许多低矮的房子，阈门加一个单幅木门式样的居多。檐头很低，一伸手就能摸到屋的瓦当。间或也有一些二层小楼，看得出以前是殷实人家。而现在大多数房子已人去屋空，窗门关闭。街上很少见到行人，偶尔会有一两位老人从屋里探出身子，看突兀而至的一群陌生人端着照相机拍照。

“拍啥呢，有啥拍的，现在破落了。”

“跟他们说说，以前这里闹热哩，店接着店，天不亮就人轧人呢。”

“是呢是呢，任阳、白茆的人上街，都上我们李市来。”

说话的都是留守老人。

李市，一个曾经繁荣热闹的乡间集镇，现在已很寂寞。在前不久的文化遗产调查中，它被列入“苏州市历史文化名村”。是什么样的遗存，让人们开始打量这条被时间遗忘的江南老街呢？

江南乡间被称为“市”的，在常熟并不鲜见，徐市、赵市、何市、王市……这些散落在江南乡村中的商贸集散中心，后来成为乡镇政府的驻地。李市在解放初期曾建过乡，后来乡移建白茆，李市渐渐衰落。李市现在的行政建制是村，隶属常熟古里镇。为便于叙述，还是称它老街。

要认识传统意义上的江南小镇，李市老街有独特的代表性。它和人们熟知的周庄、同里这些旅游古镇是不同的。它没有深宅大院，没有名人故居，没有隐退士人建筑的私家园林。它就是一个最普通的小镇，像一个不施脂粉的乡间村妇，朴素、简单而又端正。它的色调是吴冠中笔下的水乡，灰色调的；它是平民化的乡间小镇，是枕河多梦的百姓人家，是原生态的旧时江南。容颜虽衰却完整地保存江南普通小镇的基本骨架和原来面目，这就是老街的存在价值。

当地的乡志和有关史料对李市有“小桥流水，

枕河人家，渔歌互答，炊烟袅袅”等景状的描述。现在李市住在这景状里的大概有二百来户。

老街的房子门面低矮，院落进深。街面上断断续续保留着一些年代久远的石板路。房屋枕河而建，家家后门有水栈，是女人们洗濯的地方。河道一纵两横，中山河就是当年的黄金水道，舟楫往来，四乡八路的人上李市做生意、采办物资，便在中山河边系缆上岸。河不算宽，石驳岸上依旧保留当年系缆的锁眼。几座石板桥横跨在河上，桥墩上雕刻的花纹依稀可辨。街道和水路纵横交错，便于商贸，便于生活，是典型的江南水乡小镇格局。

老街中段有一户钱姓人家，看家的老太太戴一副黑边老花镜，说话、动作很麻利，喜欢招呼前来拍照的人到她家去看“宝贝”。钱家以前是开中药铺的。走过低矮的堂屋，有一个院子，院里一棵桂花树，枝繁叶茂。墙根上种着些花草。院场上放着一些当年研药用的石钵、石臼等工具。她家的墙壁齐腰的地方嵌有精美古朴的砖雕，老人说，这些砖雕原来在高处，“文革”时毁坏了许多，这些舍不得丢掉，所以砌在墙壁里，都是宝贝呢。在她家灶前、灶台的墙壁上，竟砌有各种各样的砖雕十多块，仔细一看，规格大小不一，都是从别处移来的，有的雕龙兽，有的雕花纹，有的雕忠义故事。老人说，放在灶前，天天能看见。这种民间的保护方式和守望精神，让人感到一阵温暖。院里还放着大大小小的缸。生活在大都市的人给孩子讲“司马光砸缸”的故事，孩子不知“缸”为何物，大人要解释比画半天。这里的人家恋念旧物，有缸，有灶头，也有定时升起的袅袅炊烟。

这些缸是不是用来酿酒的呢？钱家老太说，以前农家都自己酿酒，隔壁连着三五家都是酒店，酿白酒，也酿黄酒。黄酒的酒糟再吊“糟烧”。那一排关闭的旧屋里，就是当年乡间农民和商人歇脚喝酒的地方。融融市声，已归于静谧。说话间有几个老伯捧着茶杯过来凑话，说，何止酒店，李市原来茶馆有五家，书场有三家。然后一一指认当年李市的供销社、医院、邮局、点心店的所在地段。我问一位姓吴的老伯，你家开什么店？吴老伯连忙摇手：“讲勿着的，小糖果店。他家房子多，店多，是大地主呢，朱家，有名的。”说着，指着另一个捧着茶杯的老头儿，那老头儿似乎有点不高兴，说道：“你又来了，又来了。”他不太愿意别人说他家是地主，笑一笑，转身走了。老街一定有许多故事，这些故事正在变得模糊和遥远。

老人们转身进了一个茶室。这里有两张麻将台，解着老人们的寂寞。除了小茶室，现在老街上经营的，只有一些零散的小商店、点心摊和理发店。最不忍下笔的，是老街的破败，有些房子已无人居住，山墙破裂，檐瓦脱落。户主已在市镇上置了新房，这里只留下一块宅基。村里人说，现在李市是历史文化保护区，要等规划出来后才能动。

运筹帷幄的决策者正在筹划李市老街的明天。老街能否成为像周庄、同里一样的古镇旅游地，其实并不重要，这也不是保护老街的终极目标。对历史文化进行保护和守望，是为了让人们能在历史的变迁和发展中得到一个现实的比照。在李市老街的周围，在白茆，在古里，在常熟乃至江南水乡，整个生活状态的变化是急剧的。农民的别墅新村，比比皆是，大路朝阳，花芳掩映。现代文明给农村带来了新的生活方式和生存形态。即使今天的老街，破旧的山墙上也能看到一台台空调外机，现代信息的电缆在檐墙上行走。老街虽然寂寞，但也有电视、网络、自来水和煤气灶。人们不会拒绝现代文明给生活带来的便捷和享受。老街村口是一条宽宽的水泥路，路边停着许多彩色的轿车。年轻人要回来看望父母，看望老家，这里是他们的根。

老街需要保护的不是破旧和落后，是江南小镇的典型格局和人文风貌，是枕河人家的民居结构，是清澈的流水和宁静美丽的生活环境。

我们和老街的百姓一起期待。

老街的明天不会寂寞。

乐声随风潜窗棂

家住新村高楼，凭栏而望，心情畅达。东面临河，耿泾塘绿波如缎，缓缓流过。河对岸尚有小片田野处在楼群的包围之中，看得出这座城市蔓延的速度。向西望去，远处绵延的虞山，渐渐被新起的楼房挤得仅剩下青山一角。夕阳西下时，飞霞满天，也算是不错的风景了。正对面是同样的高楼，遮去了一些视野。俯瞰楼下，小区的绿化满目青翠，花树繁茂，四季各色鲜花更替开放。开发商以“花园洋房”为广告，吸引了买家，也引来成群的子规鸟在这里繁衍生息。绿树丛中常有“咕咕”之声，夜半啼血，唤得春光常驻。

广厦千万间，天下俱欢颜，杜甫应有知，春风满人间。

住在这样的小区，心情一好，又有了许多新的发现，这里竟有“定点音乐”天天上演。

何为“定点音乐”？就是每天的同一时间，有乐声随风飘入窗棂。上午九点，一阵轻疾昂扬的号声飘来，一开始并不在意。号声过后，便知道这是学校的课间操时间。接下来是《共产主义儿童团团歌》，这旋律已传扬了半个多世纪：“准备好了么？时刻准备着，我们都是共产儿童团，将来的主人，必定是我们。滴滴嗒滴嗒滴滴嗒滴嗒……”童声欢快，耳熟能详。乐声是从楼后的绿地小学传来的。我推开后窗，通过两幢楼的间隙，远远看见一角校舍和课间活动的孩子们。童年的理想教育是我们的一种传统，并以红色教育一线贯之。犹记得我童年时期的《中国少年儿童队队歌》是这样唱的：“我们新中国的儿童，我们新少年的先锋，团结起来继承我们的父兄，不怕艰难不怕担子重，为了新中国的建设而奋斗……”不是炫耀记忆力，唱熟的歌，一辈子不会忘记。后来，“中国少年儿童队”更名为“中国少年先锋队”，故事片《英雄小八路》主题歌《我们是共产主义接班人》成为新的队歌。“我们是共产主义接班人，继承革命先辈的光荣传统，爱祖国，爱人民，鲜艳的红领巾飘扬在前胸……”敢问当年读书郎，这样的旋律是否还在耳边荡漾？你是否还记得歌中“时刻准备，建立功勋，要把敌人，消灭干净”的铿锵誓言？老夫虽已年迈，却天天临窗，有福重温少年情怀。

下午的“定点音乐”，在三点左右，我在书房休息，入静时分，乐声自远而近，回旋往复，又渐行渐远。这乐声像电子琴奏出的音质，没有情感色彩，没有悠扬起伏。曲子天天不变，一曲《兰花草》，二十世纪七十年代很流行的校园歌曲。歌词是胡适先生的一首五言白话诗《希望》演变而来的。当年，

城市楼群

朋友赠送胡适一盆兰花草，胡适虽悉心照料，兰花草却至秋而不开，于是胡适作诗曰：“我从山中来，带着兰花草。种在小园中，希望开花好。一日望三回，望到花时过。急坏种花人，苞也无一个……”叹惋之余，胡适“眼见秋天到，移花供在家”，并希望“明年春风回，祝汝满盆花”。歌词富有情趣和意境，加上曲调平和流畅，节奏明快，上口易学，得以广泛流传。让我不解的是，哪个音乐爱好者会天天抱琴而过，天天弹奏《兰花草》？一天我终于发现，这乐声来自一辆小型的马路清洁车。《兰花草》是车笛的开道声音，警示路人注意安全。清洁车绕着小区外的马路缓缓行驶，小车下有两把圆形的刷子旋转，车过之处，路边的垃圾被吸入车肚。“我从山中来，带着兰花草”，用这样的曲调作为清洁车的伴奏之声，平稳舒缓，洁净美好，再适宜不过了。如果用大作品的曲调做车笛，显得大材小用，扫地时过度抒情，也不合时宜。比如《走进新时代》这样气势磅礴的旋律，就不适合做车笛。事实证明，我的判断是片面的。不多久，我真的听到了同样音质的电子车笛由远而近，飘进我的窗棂。这次奏的不是《兰花草》，而真的是《走进新时代》，仔细听来，顺风顺耳，未尝不可。下楼一看，不是那辆小清洁车，而是一辆大型洒水车，它鸣唱着《走进新时代》，缓缓前行，情绪昂扬。车子两翼，喷洒着两大片薄雾，所到之处，尘埃落定，空气一片清新。

月上柳梢，人约黄昏。晚上的“定点音乐”从小区的街角传来。大街拐角处凡有灯光和稍为宽阔的人行道，便是音乐集结点。这是中国当代最广泛、最具亲和力的民间乐声——广场舞曲。主角不仅有“大妈”，还有许多力求身材完美的中年妇女；老头亦有，只是很少，一副谦卑不好意思的样子，躲在舞阵的最后，慢着半个节拍，跟着音乐摇来摇去。广场舞音乐的特点，一是“流行”，《小苹果 》《最炫民族风》……流行什么，便播放什么；二是“怀旧”，这大概和跳舞人群的年龄有关，她们需要重温一些青春的记忆，因而广场舞中会有年代感很强的《北京的金山上》《阿佤人民唱新歌》等曲子。广场舞音乐的最大特点是节奏欢快、明朗，适宜舞蹈踩点。早期的广场舞，是用手提的录音机播放歌曲，舞群中有热心人牵头，收取小费用，买磁带、买电池、请老师教习。现在生活条件突飞猛进，音响、电源一应俱全，曲目网上下载，用 U 盘播放。天天欢愉，乐此不疲，曲终人散，明日依旧。

音乐和生活紧密相伴，是时间长河里的一种情绪、一种记忆、一种约定。人类最早的音乐是没有歌词的。围猎胜利，采集丰收，先人们围着火堆，用木棍敲击地面，一齐吼出有节奏的声浪，这也许是最原始的音乐创作。当先人拉开弓，射出第一支箭时，发出的一声震响，使人类获得了创作乐器的第一灵感。于是从箜篌、古琴到大小提琴，从竹笛、长箫到铜管、鼓号，从编钟到钢琴，人类极富想象地创造出庞大的乐器家族，演奏出流传千年的美妙经典。

今天的音乐，让生活变得更加多姿多彩。音乐会、电视节目……表达和欣赏、记录和传承，音乐的抒情性和实用性已沁入社会生活的每一个毛孔，传扬出生活最真实的表情。

凭栏眺望，风景更好；侧耳聆听，新时代的美妙之声正注入心灵。

剑门之绿

满目青翠的虞山，用铺天盖地的绿色，著写了幽古的历史和永远的风景。这里的绿色是一片起伏绵延的茶园。

春风最早来到这里。

采茶女灵巧的手指间，一片片初春的嫩叶汇聚而来。

春风春水，化作了这一盏盏绿色香茗。这就是漫溢着无限春意的剑门绿茶。

剑门绿茶，因一方天险而名扬天下。

剑门，烟岚高旷，巨石危立。这本是天和神的创造，却被赋予了英雄的传说。相传春秋时吴王夫差在此试剑，青山迸裂，天门洞开。因此称之为“剑门”。

剑门的豪气，在宁静的绿色中，得到了千年滋养，和青山之巅的茶园形成了和谐的景致。剑门绿茶见证了这一方土地种茶、制茶、饮茶的传说。

中国是茶的发祥地，饮茶已有几千年的历史。唐代陆羽在《茶经》中早有记述，千百年来，中国南北各地都有种茶、饮茶的习惯。吴地也是饮茶较早的地区之一，因而剑门绿茶多了一份岁月的醇厚。

为了品饮这一份醇厚，多少人相聚在这青山之巅。这是一座明代建筑，因依傍剑门而筑，被称为“剑阁”。剑阁下面是茶室。山民和茶农在这里开设茶室，为的是让远道而来的游人，能品尝到剑门的绿茶。

泡上一杯剑门绿茶，你能品味天地间的清香和经久不淡的醇厚，你能领悟历史的意蕴和大自然的馈赠。这里是青山最高处，剑门下望，千里平畴，江南美景，河湖港汊，舟楫往来；环视四周，青山葱茏，黄墙掩映，更有山泉松涛，鸟语花香。品茗在这山水之间，剑门绿茶会给你带来身心的愉悦和精神的放达。一首古诗写得好：

野泉烟火白云间，
坐饮香茶爱此山。
岩下维舟不忍去，
青溪流水暮潺潺。

藏海寺的钟声响了，采茶女歇息了，寥寥长风吹过山峦，吹过剑阁。剑门绿茶给人们带来的醇厚挥之不去，长长久久地留在茶客的心头。

饮者意犹未尽，把盏临风，问一声剑门绿茶为何如此沁人心脾？只因它的身世非同一般。茶的身世说的是它的生长环境和制作工艺。

剑门绿茶的身世，值得一说。剑门绿茶的大片

虞山剑门与剑阁

茶园，隐藏在密林深处。"雨后探芳去，云间幽路危"，茶园一定在深山幽路之间。曲径通幽处，幽处有茶园，这正是剑门绿茶不同凡响之处。饮茶的人大多推崇高山茶，因为高山上有云雾、有水气，同样一叶一芽，高山茶在生长期内，既经受了阳光的抚慰，又得到了水分的滋养。这样的茶叶，娇嫩而味浓，清香而醇厚。剑门绿茶的茶园，地处海拔 200 米以上，江南气候湿润，它既具备了云雾茶的生长条件，更是地处密林之中，以高树为绿色屏障，烈日被遮蔽，大风和尘埃被挡住，茶叶在湿润、宁静、洁净的环境中抽芽、生长。这就是著名的"林茶间作"。

"林茶间作"，是剑门绿茶的独创。二十世纪八十年代，这里的茶农和科技人员开发了林茶复合经营，将茶树栽培在松林间，这样减少了有害气体对茶叶的污染和侵袭，减轻了茶树的病虫害。松林的适度遮阳，使茶叶的品质和营养成分大大提高。"林茶间作"的栽培方法在 1991 年通过了中国茶叶研究所有关专家的鉴定，达到了国内领先水平。1995 年，"林茶间作"被中华人民共和国国家林业局评为全国科技成果推广项目之一。

养在深闺有人识。剑门绿茶因它的品质高雅而香闻天下。它清香醇正，经久耐泡。唐代诗人卢仝曾有饮七碗茶而腋下生风的感受，他在诗中描述，从第一碗润喉开始，到解孤闷，发轻汗，毛孔舒展，一直饮到第七碗，腋下生风，只觉欲飞向蓬莱仙境。如今细细品尝剑门绿茶，它汤色纯正，浓香不息，定有卢仝饮“七碗茶”的神仙之感。

剑门绿茶的精髓在于一个“绿”字，这个绿，并非就颜色论事，它包含了茶的气息、韵味和品质，是春风化雨的天成意境。因为剑门绿茶是绿色食品，它的制作工艺，围绕着绿色食品的标准展开。要认识绿色食品的“绿”字，让我们走进维摩茶厂。

维摩茶厂就是今天的维摩剑门绿茶有限公司。何以用“维摩”命名？是因为茶厂地处虞山风景名胜维摩山庄，这里原是明代佛家胜地维摩寺，寺内有望海楼，这里的旭日东升，为虞山一大景观。现在，这些古建筑群为旅游胜地，是人们饮茶休闲的好去处。茶厂和维摩山庄毗邻，因此以“维摩”命名。

维摩茶厂是一个吉祥的名字。

维摩是与释迦牟尼同时代的佛家圣人，人们敬奉维摩以求祛病安康，而饮茶同样能给人带来健康。这在苏东坡的诗中能得到印证：

示病维摩元不病，
在家灵运已忘家。
何须魏帝一丸药，
且尽卢仝七碗茶。

苏东坡在诗中说，祈求维摩以给人健康，还不如畅饮卢仝的“七碗茶”。饮茶能让人安康，不再吃药丸来祛除病邪。

维摩茶厂生产的剑门绿茶，是绿色食品，它更有利于人的健康。它在栽培过程中，不使用化肥，就施有机肥；对生态环境、土壤、大气、水质进行监测分析，确保原料的高品质。采摘以后，在摊晾、杀青、揉捻、烘干等各个加工环节，实行了全程质量监控。

1996年，剑门绿茶被中国绿色食品发展中心认定为A级绿色食品。于是，剑门绿茶的各种荣誉随着品质的提升接踵而来。2000年，剑门绿茶又被认定为AA级绿色食品；2001年，它被列为联合国绿色产业示范项目之一。如今，维摩茶厂生产的剑门绿茶，有了它庞大的家族。世间绝品人难识，闲对茶经忆古人。剑门绿茶，名扬天下。品饮剑门绿茶，更有了文化的意味。

竹下忘言对紫茶，全胜羽客醉流霞。尘心洗净兴难尽，一树蝉声片影斜。

饮茶能洗净人们喧嚣之中的凡尘之心，给人的心灵以安宁。

抚七弦古琴，书古今豪气。焚香宁神，把盏啜饮，细细地品味，你会记住这天地馈赠的极品，这生命的绿色滋养——

不舍不忘，不离不弃的剑门绿茶。

走过古里

江南小镇，柳烟空蒙。枕河的房舍和街市都渐渐融入了现代气息。却偏在小镇的南端，看见一大片青灰的瓦舍，在绿野平畴中坚守着一份古色古香。瓦舍周围花树葱茏，宽阔的广场，成为人们休闲的去处。瓦舍中兀立着一幢二层小楼。高大的石库门里，珍藏着许多故事。走近一看，门额上镌刻着桐音三叠的万古芳名——铁琴铜剑楼。

这里是常熟的文化重镇——古里。汽车沿204国道驶出常熟东郊约十分钟，就能看见这座清代小楼。小楼旁边重新修缮的瞿氏旧宅，已辟为铁琴铜剑楼纪念馆。总有许多文化人士或游客，要到古里走一走，瞻仰小楼，去感受这三百年来弥散不息的阵阵书香。

这是一座闻名海内外的清代藏书楼，曾经与山东聊城杨氏海源阁、浙江钱塘丁氏八千卷楼、浙江归安陆氏皕宋楼合称为清后期四大著名藏书楼。而常熟古里的铁琴铜剑楼的藏书数量之巨、藏品之精，为四大藏书楼中翘楚。与其他藏书楼不同，铁琴铜剑楼藏书为用，藏用结合。当年书楼的主人曾辟出专室，接纳来自各地的读书人士前来浏览、转抄、参阅，让图书得其所用，并为他们提供茶水膳食，

铁琴铜剑楼

在当时的文人雅士中传为佳话。商务印书馆等影印的《四部丛书》《续古逸丛书》等大量珍贵文献，都是铁琴铜剑楼提供的善本。铁琴铜剑楼为中华文明的绵延和传播做出了不可磨灭的贡献。

藏书是中国文化人的一个情结，是智者对文化积淀的崇拜和对历史遗产的保护和传承。自从仓颉创造了中国的象形文字，自从先人把记忆刻在甲骨上，岁月的记载就有了断断续续的连绵。而纸和印刷术的发明,使中国的文化历史有了更清晰的足迹，这块广博的土地上很快涌起了浩瀚的书海。于是，读书人最先意识到，书的保存，就是智慧和财富的保存；有了书，就有了历史文化的比较和传承。铁琴铜剑楼就是见证。

清代乾隆年间，常熟古里小镇上，有一个叫瞿绍基的读书人，开始在自己的小楼里，珍藏前朝古籍。他节衣缩食，不惜钱财购书藏书，积藏各种典籍十万余卷，其中不乏宋元善本，珍藏可观。他的儿子瞿镛秉承父志，成为第二代楼主，并在小楼里置铁琴一架、铜剑一柄，作为镇楼之宝，书楼也因此得名“铁琴铜剑楼”。

琴心剑胆，文化人格的象征。

瞿镛不但悉心珍藏，而且又修订了《铁琴铜剑楼藏书目录》，用今天的话说，规范藏书管理，藏以致用，发挥社会效益。

民间藏书有它的艰难。常熟地方史料记载，瞿氏五代人俭于生活而不惜重金购买宋元善本，以富收藏。他们对财富的意义，有了更高层次的理解。他们乐于过琴心琴韵一般清微淡远的生活，潜心于让书库日丰。他们忙于十多万古籍的整理，编纂书目和镂版刻印，让珍本典籍万古流传。民间藏书更难应对的是兵灾和战火。当中国的历史走到近代，走进一个风云多变、战祸连绵的灾难时期，对藏书来说更是危困艰难。1860 年 5 月，太平军攻占苏州，苏州陷入兵荒马乱之中。第三代楼主瞿秉渊、瞿秉清兄弟，将大部分古籍珍本转移，分别寄存到古里北荷花溇和香塘角等地。同年 9 月，太平军攻入常熟，瞿秉渊、瞿秉清再次将珍本千余种存到常熟徐市一带。后来，这批古籍又辗转被寄藏到长江以北的海门县，直至 1863 年 5 月才被运回古里。宝贵文献得以幸存，瞿家人请画家吴俊绘制《虹月归来图》以示庆祝。民国初期，军阀混战，第四代楼主瞿启甲及时将藏书精品转移到上海爱文义路，租屋秘藏。抗日战争时期，铁琴铜剑楼屋宇遭日本飞机轰炸，幸好书籍被转藏，再次幸免于难。

为藏书节衣缩食，为藏书四处奔波，为藏书担惊受怕。读书人用琴心剑胆保护着这份宝贵遗产。铁琴铜剑楼的十余万珍本古籍得以完好保存，这是瞿氏心血所在，也是清代藏书史上的一个奇迹。

中华人民共和国的建立，让铁琴铜剑楼舒了一口气。小楼的第五代主人看到了私家藏书的艰难，也更体会了它存在的价值。于是，他们打开书橱，把所有的藏书都捐献给国家图书馆。铁琴铜剑楼的名字和它的财富，一起堂皇安然地走进了中国的文化史。

在今天的古里铁琴铜剑楼纪念馆内，陈列着瞿氏五代人藏书的动人事迹，也梳理出常熟的藏书渊源和文化背景。

常熟是国家历史名城。自商末泰伯、仲雍南奔，建立勾吴，文明传播源流绵长；春秋言偃求学孔门，开启东南道脉，几千年来文澜波涌，积淀丰厚。常熟民间藏书，蔚为大观，也形成了自己的藏书流派，在吴文化中独树一帜。有兴趣去古里铁琴铜剑楼看看，书香会浸润你的心灵。

东去两三里，平畴绿野里有一棵高树挺立。树冠葱茏，枝繁叶茂，四周有围墙庇护。这就是历经四百年风雨的红豆树。树下原有一片屋宇，称“红豆山庄”，曾经是明代文宗钱谦益和名妓柳如是的居所。

钱谦益是晚明文坛领袖，诗文盖世，被称为“一代文宗”。1645 年 5 月，清兵南下，围南京，大明弘光政权灭亡，钱谦益开城纳降。钱谦益降清后，受封礼部侍郎，管秘书院事。清廷鄙视贰臣，钱谦益托病告归，即和柳如是居住在白茆红豆山庄。

红豆山庄始建于宋末元初，明正统年间为一顾姓知县的别墅。庄内小桥流水，花芳掩映，其后裔顾耿光从海南移来红豆树植于庄中，山庄因此得名“红豆山庄”。钱谦益是顾玉柱的外孙，幼年在红豆山庄读书。如今再回红豆山庄，心境已大不相同。他和柳如是在庄内读书编经，朝夕流连于红豆树下，心中却怀念大明江山。才女柳如是胆识过人，富有民族气节，她关心时局，与士大夫交往甚多，经常谈论天下兴亡，有“巾帼女杰”之誉，随钱谦益入住红豆山庄后，一直关心时局发展，与钱谦益一起支持黄毓祺、郑成功等义士的反清复明活动，其间变卖田产，散尽金银。起义失败后，钱谦益又被捕入狱，第二年获释，吃尽了苦头。时局艰难，红豆树给钱、柳带来了慰藉。清顺治十八年（1661），正值钱谦益八十岁生日，红豆树突然含苞吐艳，钱谦益就请来诗坛名流赏花吟诗，一时文采风流，传为佳话。清康熙三年（1664），八十三岁的钱谦益逝世，随即家变发生，钱氏族人到柳如是处索逼钱财，污辱其人格，柳如是性情刚烈，用一根白绫结束了自己的生命。

钱、柳已逝，幸好红豆树还在，它枝繁叶茂，树影婆娑，仿佛在四百年风雨中念叨着这段难忘的历史。当地人对这棵红豆树悉心呵护，二十世纪

红豆山庄

八十年代，红豆树出现病枝，他们请来园艺专家，为红豆树施药救治，使其重焕青春，并圈起围墙，加以保护。

近几年，当地政府多次邀请史学界人士和全国著名诗人，相聚红豆树下，探究历史，并对钱谦益、柳如是创立的虞山诗派开展学术研讨。这些活动，都是一种文化胸怀的表达。

前不久，常熟在尚湖风景区重建拂水山庄，水色波光里，升起一片亭台楼阁，成为一个游人聚集的旅游胜地。近悉，相关部门正在规划重建红豆山庄，恢复其旧观。这样，山水间的拂水山庄和绿野丛中的红豆山庄将遥相呼应，成为常熟新的文化景点。保护、传承历史文化，已成为常熟人尊重文化、亲近自然的手笔体现，将一个遥远凄迷的故事，搁置在山水之间，搁置在田畴之中，沐浴着阳光空气，映衬着蓝天碧水。此时，风景比历史更具实际意义。

今天的古里，下辖古里、白茆、淼泉三个区域。一条白茆塘贯穿古里全境，流入长江。白茆塘河岸开阔，舟楫往来。风帆渔火里，两岸山歌悠扬，千百年传唱不息。白茆山歌作为吴歌重要一脉，已被国务院批准为国家级非物质文化遗产。

要考证山歌的历史有点难。山歌的起源与陶器几乎是同步的，有人类活动，就有了山歌，所谓“焙土为陶，踏地而歌”。最早的山歌，也就是人类最原始的情感表达，狩猎后的兴奋，收获后的欢愉，他们用木棍在大地上敲击出节拍，发出内心的呼喊，并在劳动创造中，不断把自己的情感和思想丰富到这种呐喊和号子中，山歌就逐渐形成。因而文史专家肯定山歌的历史“不会比《诗经》更迟”。民间还传说汉代张良曾到常熟白茆教授山歌，白茆山歌有“张良就是唱歌郎，坐看风筝教思乡”的歌词。根据现有史料记载，白茆山歌最早的文字记录见于南朝乐府。南朝乐府中的《吴声歌曲》中记录了不少常熟歌谣，这些歌谣在白茆流传至今。在吴歌最为繁荣的明代，冯梦龙收集的《山歌》中，有许多也是当时常熟人传唱的白茆山歌。民国时期，著名学者顾颉刚、王翼之编写的《吴歌甲集》《吴歌乙集》中的篇目，也有不少来自常熟。

山歌是劳动人民创造的口头文化，口口相传。它音韵流畅、节奏自由、情感真实，像冯梦龙所说“有假诗文而无假山歌”。山歌也成为许多优秀音乐作品的摇篮和土壤。山歌的语言真切自然，清丽含蓄，比兴生动巧妙，具有特别的文学价值，使历代许多文人学者为之倾倒。

常熟相关部门组织文化人士深入民间采风，广搜白茆山歌，经过多年努力，搜集整理白茆山歌千余首，并精选七百余首刊印成书，成为吴歌文库中的宝贵财富。

白茆山歌调式丰富，有大山歌、小山歌、四句头、吭吭调、打夯调、舂调、邀调、划龙船调、搭凉棚调等几十种。按内容分类，有引歌、盘歌、情歌、劳动歌、仪式歌、生活歌、儿歌以及叙事歌等。引歌是起头山歌，自己先唱，以引出他人响应。如“一把芝麻撒上天，肚里山歌万万千……”“白茆塘水最好饮，白茆山歌最好听，千年不断娘家路，唱支山歌表真情……”盘歌由二人或多人对唱，一唱一和，一问一答，表现出歌手的聪明智慧。如“啥个开花节节高？芝麻开花节节高……”“啥个开花结子像灯笼，辣椒开花结子像灯笼……”盘歌有一问一答的，也有连问四句连答四句的。情歌是山歌中最为精彩的部分。青年男女隔河相望，想倾吐爱情，就用山歌表达。小伙子在岸这边朗声唱道：“隔河看见白牡丹，吾要远详（看）嫩（你）几乎难，吾荷叶盘打水滴溜溜转，雨笃知了口难开……”小伙子称赞姑娘美如白牡丹，姑娘听了自然高兴，有心就回声唱道：“结识私情隔丘田，旧年想嫩到今年，银杏花开难看见，晨星难到月身边。”也有情窦初开，拿捏不准的，就这样唱：“天上星多月勿明，河里鱼多水勿清，皇帝笃官多乱仔（了）法，小姐女郎多乱仔心……”有的姑娘心里对小伙子爱慕，却怕家里娘亲反对，也有山歌来答：“郎在河边唱山歌，姐在房里暗思量，唱仔山歌娘要骂，勿唱山歌要断私情……”劳动歌所表达的内容，不但反映出农耕时代的各种生产形态，如种田、莳秧、采桑、织布等，同时也唱出了劳动人民对生活的感受。黄梅雨季，农人在田里莳秧，累了，直起腰来，对着旷野，唱一声：“白米饭好吃田难种啊……”白茆塘里捕鱼的蓑笠翁抖一抖身上的雨珠，接上一句“鲜鱼汤好喝网难张”，他们用歌声排解劳累和忧烦，也用歌声庆祝丰收的喜悦。当地最盛大的赛事“秋后赛歌”，宽阔的白茆塘上，成群的歌手摇着船聚集而来，分成多个阵营，从引歌开始，盘歌对答，一潮高过一潮。观看的人有摇船来的，也有在岸上的，一人唱，众人和，这样的场面，能持续几天。这种大型的赛歌活动历史已久。明代中叶本邑诗人沈海有一首《四野农歌》，极为生动地描述了这样的场景：“烟雨冥蒙昼景昏，农歌四野竞纷纷。东村群唱西村和，南陇余音北陇闻。麦秀新腔良有节，竹枝遗调本无文。不知帝力吾何有，击壤声中又夕曛。”

时代的急剧变革改变了人们的生活形态和方式。山歌的存在和发展面临着新的课题，身处电子信息时代的青年男女，不再用“隔河远详”的对歌方式来表达爱情，发一条短信就可互通情况，相隔千里，也能对着手机屏幕看着对方说话。那种大规模的赛歌活动，也不像农村集体经济时代那样容易组织。今天的白茆山歌究竟如何？是否清音依旧，传唱不衰？

去白茆山歌馆看一看，听一听，就有了答案。今天白茆山歌的传唱方式随着时代的变化而变化。如山歌进入学校，进入乡土教材，山歌手就后继有人。定期举办白茆山歌艺术节，山歌对唱和文艺活动结合，让群众重温山歌带来的欢乐。白茆山歌多次上北京中南海汇报演出，到中央电视台参加节目录制，用歌声传递江南水乡的文化信息。白茆山歌还赴国外参加国际民间艺术交流，参加世博会的演出，努力向世界展示自己的嘹亮和清丽。这些大型活动的音像资料和白茆山歌的经典唱段在山歌馆都有播放。当然，这里的讲解员，个个都是山歌手，他们会用清亮高亢的嗓音，来一段原汁原味的“盘歌对答”或是“三邀三环”，让你听一听白茆山歌的味道如何。

小楼的书香，山庄的红豆树，以及田野里的山歌，正在为我们梳理出一个江南小镇的文化脉络。在古里文化中心的展览厅里，我们还可以读到更多的文化信息和历史遗存。古里东南边缘的李市村，是一条完整保留着江南水乡风貌和格局的老街。村内河道纵横，条石驳岸。河上横跨着多座古桥，桥

白茆山歌表演

栏上石刻依稀可辨。家家枕河而眠，后门有水栈供女人们洗濯。民居大多为清代遗构，院落进深，墙上嵌着砖雕，瓦当上透着古意。这里已被列为“苏州市历史文化名村”，并纳入了当地政府的保护修缮规划。古里镇东街的一所旧宅“刘氏敦厚堂”是保留至今的清代建筑，从这里走出的一位叫刘德斋的年轻人，后来成为中国近代西洋画的重要创始人和传承者，他主持的“土山湾画馆”被称为中国西洋绘画的摇篮。在古里文化中心办公室的案桌上，不经意间会发现几本画册和镇里办的文化杂志，上面的作品不是刘德斋的，而是当地农民书画家的妙笔。文化站的老钱和老邹都是民间丹青高手。以淼泉为例，此一地就有民间书画家五十多人，他们组成书画协会，经常进行切磋交流。他们的农家小楼里，有自己的画室，笔墨纸砚，文气氤氲。书画会友，自娱自乐。也有画商专门到淼泉民间收购作品。一农家父子同研书画，干脆在城里开设画廊……翻阅一本淼泉书画协会出刊的《笔墨情》，江南山水，跃然纸上；正草隶篆，铁画银钩……文化元素浸润着小镇的每一个空间。

古里良好的文化生态，正是常熟这座历史文化名城的一个缩影。江南的富庶和文明，为文化的传承和发展提供了前提条件。今天的古里，经济繁荣，人民生活富足。路过204国道，世界名牌“波司登”的大字会跳入你的眼帘。这里记录着一位乡间裁缝成长为一位大企业家的传奇故事。他们用现代的管理模式和时尚的设计理念，让一个小镇的服装走向世界，也展示出一代新人的文化智慧。改革大潮，孕育了太多的传奇故事，也创造出丰厚的物质财富。依托经济的发展，农民的生活水平有了质的飞跃。有兴趣可以到康博村走一走。这里是农民别墅区，大道宽敞，树木葱茏。小区内亭台点缀，长廊边花芳掩映，荷池内一束喷泉珠玉飞溅，农民的小轿车停在自家的门口……他们的生活不仅拥有酒的醇香和花的色彩。当月色如水，乡村归于宁静，灯影里的小镇人，正在案前滑动鼠标，在互联网上阅读世界，他们敲击键盘，发布着自己的信息。此时，谁家的女孩正在学弹钢琴，稚嫩的音韵弥散开来，融入乡野月色……物质和文化的相互滋养，这一刻正得到印证。

走进古里，你会品读出一个古典优雅的江南，一个时尚现代的江南，一个文明富庶的江南。

沙家浜叙事

江南的一个小镇，阳澄湖畔的一片芦苇。天水蔚蓝，这里本是宁静的。

后来枪声响了，碧水芦苇间有红旗跃动。军民并肩抗日，结下了鱼水深情。沙家浜有了血与火的记忆，青青芦苇被写进了光荣的史册。

许多年后，发生在沙家浜的这件事流传成一出戏文。人们记住了沙家浜，记住了故事里的阿庆嫂和郭建光，也记住了湖畔的春来茶馆。

从戏韵律里走出，人们想起了那片神奇的芦苇。当年从沙家浜枪声中走出来的战士，更无法忘怀那片多情的芦苇。

当年“江抗”司令员谭震林来了，率部东进的新四军六团团长叶飞来了，在芦苇丛中养伤的东路作战处处长夏光和他的伤病员们来了，他们重游芦苇荡，寻访阿庆嫂，回望岁月，两鬓如霜。“阳澄湖畔，虞山之麓，三九年的寒冬，三十六个伤病员，高举共产党的旗帜，在暗影笼罩的鱼米之乡……”枪声已经远去，歌声依旧铿锵。

沙家浜有一段难忘的历史，一面火红的旗帜，一种不老的精神。

一批又一批的客人访问芦苇荡。

芦荡传奇

坐游船去沙家浜的芦苇荡，心情是悠然的。橹声嘎嘎，一路拨开苇叶，呼吸着绿色的空气，闻得水中的甜腥味，捞起一片叶子，问船娘，这可是菱叶吗？这样的情景自然是惬意的，河道越来越窄，芦苇越来越密，行至深处，船慢下来。船娘告诉你，那里边住过新四军、藏过印报所呢。船娘指处，一片深邃的水域，芦苇无际。一群芦雀扑棱扑棱惊飞起，你的心也会为之一愣。芦雀飞远了，躲进更深的芦苇丛里，四周一片寂静。这水上世界无遮无盖，如何住人？当年斗争是何等艰苦，全凭游人想象了。芦苇荡用今天时兴的话来说是生态湿地，高高低低，一片水洼，高的地方可以走人，沟道里可以行船。这地形也为当年艰苦的抗日斗争提供了天然的屏障。曾经在这里战斗过的一位新四军团长，后来在回忆录中这样写道：

在这里行军作战都可以坐船。我们一试，果然很方便，河汊四通八达，两边都是芦苇荡，在岸上一般看不到，十分隐蔽。日军无人带路，只能在一些主干线上耀武扬威，不敢到河汊里来。这样，我们的天地就阔了，不但夜间，白天也可以活动……如果遇上日军“扫荡”，有利时就狠狠打一下，搞它个措手不及；不利时就转身躲进芦苇荡，敌人想

沙家浜瞻仰广场

进进不去，想打打不着……我们依靠广大群众和有利地形，选好机会，给予敌人沉重的打击，使他们的一次次“扫荡”都以损兵折将的惨败而告终……

这位团长就是叶飞，1939 年春天，他奉命带领新四军六团从茅山地区出发，向沪宁线东路地区进发，来到阳澄湖一带开辟和建立苏南抗日根据地。

这也是沙家浜故事的缘起。

阳澄湖附近的水网地区，有常熟的唐市、横泾等小镇，这里已燃起革命的火种。常熟在 1926 年诞生了中共特别支部，1928 年常熟县委建立，领导人民开展革命斗争。抗战爆发，日寇在常熟沿江野猫口一带登陆。常熟地方史志记录了这样一组数字：“日军在登陆点就杀害五百七十一人，奸淫妇女三百七十四人。沿途烧毁民房三万余间，杀害百姓共三千余人。”日军的血腥暴行，给这片土地播下了仇恨的种子。1938 年初，常熟市人民抗日自卫队成立，并联合另一支抗日武装新六梯团，纵横在水乡地区，拉开了抗日斗争的大幕。常熟地处日伪最猖獗的长江三角洲地区，斗争十分严酷。当地抗日武装和人民群众热切盼望新四军进入江南敌后，领导抗日。

铁流东进。新四军六团以“江南抗日义勇军”的名义，穿过苏中大地，来到常熟，和民抗及新六梯团会师，部队集结在阳澄湖水网地区，以芦苇荡为掩护，开展游击战争。

夜袭浒墅关日伪据点、夜袭虹桥机场、徐市反击战……几个月内连续十多次战斗，狠狠打击了日伪气焰，大振了“江抗”军威。

有战斗就有流血，就有伤病员，这是战争的规律。1939 年 9 月，“江抗”部队奉命西撤，留下了三十六个伤病员和一所后方医院。

由于“江抗”主力西撤，斗争更加艰苦。日伪经常“扫荡”，搜捕新四军伤病员，杀害无辜群众。后方医院缺医少药，居无定所，经常转移。以“江抗”东路作战处处长夏光为首的三十六个伤病员大多数伤势较重，丧失战斗能力……

“风声紧，雨意浓，天低云暗。”血腥弥散在阳澄湖上。

“他们是革命的宝贵财产！”这是《沙家浜》中的一句唱词，也是当地人民的心声。新四军是人民的军队，战士是人民的子弟兵，骨肉相连，鱼水情深。为了保护革命的有生力量，坚持开展武装斗争，当时的县委书记李建模，决定把后方医院和伤病员安置在阳澄湖附近的农民家里，依靠人民的掩护，伤病员就有安全保障！一有情况，可以马上转移到芦苇荡。

两双大手紧紧握在一起。李建模和夏光，地方党组织书记和新四军指战员，共同的信心坚如磐石：

“我们定能战胜顽敌渡难关！”

“什么困难也难不倒我们！”

是的，这里有天然屏障芦苇，这里有人民和子弟兵结成的血肉长城。坚持就是胜利！

月黑风高夜，乡亲们把省下的粮食送进芦苇荡，宁可自己孩子饿肚子，也不能让伤病员饿着。

药品告急。地方党组织千方百计想办法，派人到上海采办，秘密送进芦苇荡。送药品的同志把药藏在竹篮里，遇鬼子扫荡，若丢掉篮子就能保全性命，可他视药品为生命，决不丢下篮子，他镇静自如，在敌人的枪口下躲过检查……

敌人汽艇开不进芦苇荡，在外围转悠、放空枪。他们摸不清新四军底细，不敢进芦苇荡，于是扣了船，封锁了芦苇荡。

芦苇荡情况不明。

暴风雨来了。“这芦苇荡无遮无盖，战士们怎么受得了啊！”“沙奶奶”的担心，也是许许多多老百姓的担心。这是戏文，更是实情。没有船，老百姓在夜里凫水过河，把干粮和衣服送进芦苇荡。

芦苇荡不能生火，不能有烟，这是纪律。战士们饿了，喝凉水，嚼芦根，把药品和干粮省给重伤员。一天，几个战士在滩地上抓到几只大螃蟹。这是多么诱人的美味啊！对于饥肠辘辘的战士们来说，这是补充营养的好机会。可是螃蟹只有煮了才能吃啊，芦苇荡不能有火、有烟，不能暴露目标，纪律不能违反。战士们只得把螃蟹放回水中，还笑着说："新四军优待俘虏了！"这些情节，后来在新四军伤病员刘飞、吴志勤的回忆录里，都有生动的描述。

有这样的人民，有这样的战士，有这片多情的芦苇荡，革命的火焰不会熄灭。三十六个伤病员坚持下来了。他们的伤口，在人民群众的悉心呵护中渐渐愈合。

杀敌是战士的天职。以三十六个伤病员为骨干的新四军战士，重新组织起抗日武装。芦苇荡，创造了水乡抗战的奇迹。

阳澄湖畔，芦苇青青，新"江抗"不断扩大队伍，再振军威，红旗跃动，驰骋江南。1940年4月，中共中央东南局和新四军军部派谭震林带着一批干部来到常熟，领导苏常太地区的抗日游击战争，并向沪宁线一带发展，在苏州和常熟等地建立了抗日自救会。至此，苏常太抗战游击根据地基本形成。

故事发生的五十年后，1990年春天，当年的新四军团长、时任全国人大常委会副委员长的叶飞，战地重游，在芦苇荡边写下这样的题词：

沙家浜的意义在于，在沪宁铁路武进以东直到上海地区（即江南东路），能否建立抗日根据地，开展抗日游击战争，发展壮大人民抗日武装力量，一九三九年五月，新四军六团以江抗名义东进，建立了以阳澄湖畔为中心的苏常太根据地，以及澄锡虞、嘉定、青浦根据地，回答了这个问题。

题词是一手飞扬的行草，生动如风中的苇叶。题词中的“苏常太”就是苏州、常熟、太仓一带；澄锡虞，就是阳澄湖、无锡、常熟虞山一带。题词把芦苇荡创造的光荣和传奇定格在抗战的史册里。

如今，题词被镌刻在花岗石上，填上金色，垒成高大的照壁，耸立在沙家浜景区的大门口。照壁前，鲜花盛开。

沙家浜是一本书籍，题词就是序言。

沙家浜是一片风景，题词就是导引。

沙家浜是一段历史，题词就是结论。

戏文流传

沙家浜景区的露天戏台临水而建，岸边杨柳轻拂，水中芦苇摇曳，远处是平野田畴，一幅天然的布景。郭建光在台上唱：“朝霞映在阳澄湖上……”台下看戏的游客就有人接上去：“芦花放，稻谷香，岸柳成行……”可谓身临其境。戏台的对面是春来茶馆，品茶的客人临窗而坐，等着阿庆嫂出场，要听名段“垒起七星灶，铜壶煮三江”。一次

京剧《沙家浜》演出

电视台采访，一位年轻的记者问一位游客："你会唱吗？"这位游客张口就来："摆开八仙桌，招待十六方……"

京剧《沙家浜》深受群众欢迎，有很高的普及率，特别是《军民鱼水情》《智斗》等经典唱段更是脍炙人口，阿庆嫂干练、机智、勇敢的形象也深入人心。《智斗》一开场，阿庆嫂察言观色，探测对方，有句唱词"他们到底是姓蒋还是姓汪"，正好反映了这个历史时期的复杂形势。苏南是日伪统治地区，"姓汪"的，投靠日本人，当汉奸；"姓蒋"的，采取融共、限共的政策，经常制造国共摩擦。地方上的杂牌军，有枪就是草头王，政治面目不清。斗争形势十分复杂。共产党领导的抗日武装，在人民群众的掩护和支持下，开展游击战争和统战工作。谭震林奉命到常熟后，领导新"江抗"在阳澄湖地区连续打了几次很有声势的战斗，大大打击了日伪气焰，也引来了疯狂的报复。1941 年日伪开始进行残酷的"清乡"，当时有几千名群众被捕，其中包括抗日志士和共产党人。日伪手段极其残忍，被捕之人有数百人被关进日本宪兵队，受到严刑拷打；有的被活埋，有的被狼狗咬死，有的被溺毙于河中。苏南抗日根据地遭到严重破坏，党的工作也转入地下。许多茶馆就成为当时共产党的秘密交通站。江南一带，茶馆遍布城乡。上茶馆吃茶，既是消遣，又是一种社交方式。旧时媒体不发达，茶馆就是最好的“传媒”，在这里能听到市场行情、庄户新闻等各种信息。也有游手好闲的，在茶馆斗鸟、斗蟋蟀赌输赢。邻里氏族发生纠纷，就到茶馆“吃讲茶”。茶馆里有农民、商贩、闲人，三教九流，各色人等，特别繁杂，因而也有了很好的掩护性。当时常熟董浜的涵芬阁茶馆、东来茶馆，都是共产党的秘密交通站。谭震林和常熟地方党组织在茶馆碰头、开会，躲过敌伪耳目。《沙家浜》中《智斗》这场戏设在茶馆，源于生活，源于真实的历史。

《沙家浜》的诞生和流传，是历史的必然。

它起始于一个情结。这个情结从萌生、生长、丰满，到最后成为一个成熟的艺术作品，历经了几十年时间。

历尽艰难困苦，在芦苇荡里存活下来的三十六个伤病员，重建武装，驰骋江南，这是一个奇迹。战士对人民的感恩，使他们在精神上获得一种升华。他们要把这种用血肉建立起来的“军民鱼水情”告诉后人。这也成为这支部队、这一代军人的情结。这个情结的最基本元素，是革命的英雄主义和人民战争必胜的坚定信念。

这种情结最早的艺术表现形式是一支歌：《你是游击兵团》。“阳澄湖畔，虞山之麓，三九年的寒冬……”歌词是叙述式的，有几十行，描述了三十六个伤病员在芦苇荡坚持斗争的史实，词中有“保存了有生力量”“江抗江抗，你的威名震彻了江南”等句。词曲作者都是新四军战士。歌曲从1943年开始在“江抗”部队唱响。后来“江抗”队伍不断壮大，成为今天的解放军一七五团（沙家浜团），这支歌也成为他们的团歌。

1948年淮海战场上，华野一纵队司令员刘飞指着打扫战场归来的一支队伍，对一位战地记者说：“这个团前身是新四军十八旅五十二团，最早的一批战斗骨干是留在阳澄湖畔芦苇荡里的‘江抗’伤病员，他们的经历，以后你可以写一写。”刘飞就是当年的伤病员之一，革命的情结依然在他心中生长。

战地记者叫崔左夫，他记住了首长的指示。以后的几年里，他深入苏州、无锡、常熟、太仓采访，在1957年写出了纪实文学《血染着的姓名》。

同一年，刘飞的回忆录《阳澄湖畔》在报刊上发表。

三十六个伤病员坚持敌后斗争和军民鱼水深情的史实，得到了更广泛的传播。

这是一个革命情绪激荡的时代，年轻的共和国需要更多革命题材的文艺作品来鼓舞和激励。创作现代剧，成为许多剧团和作家的光荣职责。上海人民沪剧团的剧作家文牧，阅读了《血染着的姓名》

和《阳澄湖畔》后，产生了创作的冲动，于是到部队体验生活，到常熟横泾一带采访新四军老战士和当年地下党的同志，参观革命文物，最后执笔创作了沪剧《芦荡火种》。

1964年1月，沪剧《芦荡火种》进京演出。后来汪曾祺将沪剧《芦荡火种》改编成京剧，毛主席看了戏后，做出指示，概括起来有几层意思：一是要突出新四军的形象，要有加强军民关系的戏；二是要突出武装斗争，不要用闹剧结尾，新四军要正面打进去；三是为戏改名。毛主席说："芦荡里都是水，革命的火种怎么能燎原呢？再说，当时的抗日形势不是火种，而是火焰了嘛！故事发生在沙家浜，中国有许多戏用地名为戏名，这出戏就叫《沙家浜》吧。"

……

《沙家浜》唱遍神州大地，历久不衰。阿庆嫂、郭建光、沙奶奶等人物形象家喻户晓。军民鱼水情，是全剧的精髓。

许多年后，《军民鱼水情》《智斗》等经典唱段，在中央电视台的节目中反复亮相，这些唱段还被制作成卡拉OK碟片，得到许多年轻人的喜爱。一部好戏，不会过时。

《沙家浜》的流传，使人们对剧中人物的原型产生了浓厚的兴趣。"阿庆嫂"的形象，已成为水乡女子干练、机智的典型。常熟当地经常开展评选“当代阿庆嫂”的活动，各个行业妇女中的杰出人物都在评选之列。“阿庆嫂”“郭建光”等剧中人物，已取得了这个时代的审美认同。有人想弄点“风流小说”之类的东西来诋毁和颠覆这些人物的英雄形象，必然会遭到严肃的批评。

谭震林1982年在南京开华东地区党史工作会议时对台下的人说：“沙家浜的故事是真实的，‘郭建光’就坐在台下，他的名字叫夏光。”夏光就是当年在芦苇荡养伤的东路作战处处长，伤愈后重建新“江抗”。后来有媒体记者问夏光：“你就是‘郭建光’吗？”夏光说：“‘郭建光’代表的是许许多多新四军指战员，我是占一个‘光’字。”说完就笑了。

艺术源于生活，高于生活，这是常识。

会间，谭震林和夫人葛慧敏专程到常熟，去看望他心目中的“阿庆嫂”，了却他多年的一个心愿。

这位“阿庆嫂”就是当年涵芬阁茶馆的老板娘关林嫂。当时，谭震林在涵芬阁开过会，他的夫人葛慧敏和刚出生几十天的女儿在茶馆小楼上住过，关林嫂帮他们带过孩子。关林嫂叫陈二妹，丈夫陈关林是党的地下交通员，1941年8月在日伪“大清乡”中被杀害。谭震林见到陈二妹，并合了影。一位是老首长，一位是乡村妇女，回望岁月，依旧是鱼水深情。在老一辈革命家的心中，千千万万支持过革命斗争的水乡妇女，就是无数个“阿庆嫂”和“沙奶奶”。

《沙家浜》的广泛流传，对于这片土地上的人民来说，意义超越了戏剧本身。最初，横泾的乡亲们看了戏后，心中升起一种激动，这种激动里也包含着一些自豪。戏中唱的不正是我们这里的故事吗？几位老人把自己的想法告诉了公社的领导。1971 年，横泾的芦荡村办起了最早的沙家浜革命传统陈列室，后来又在老百姓中征集革命文物，丰富展览内容，“陈列室”发展成“展览馆”，参观的人越来越多，影响也越来越大。后来乡里建造了房子，扩大了展览规模，还请市里党史办的同志充实和核准内容，办成了像模像样的沙家浜革命历史纪念馆。当时，全国人大常委会副委员长张平、当年的新四军团长叶飞题写了馆名。横泾曾一度更名为芦荡乡。1992 年，经江苏省政府批准，正式设立沙家浜镇，所辖之地，正是当年阳澄湖水网地区游击战争的中心地带。

风景独好

江南水乡的风景，应该有许多颜色。王安石说了一句“春风又绿江南岸”，常人便以为江南的主调是绿色。王维却有言在先，“水上桃花红欲燃”，

水上人家

可见江南景色更加绚丽。绿肥红瘦，莺飞草长，细雨垂杨，杏花小巷……江南的色调全在人的体验中。一位出生江南的画家，坚持说水乡的主色调就应该是灰色的。在他童年的记忆里，江南的屋舍，青砖垒砌的墙院和灰色的瓦脊，与水色相映，烟雨迷蒙，构成了他意识中的灰调。灰调是柔和的，体现了"小桥流水人家"的温馨和宁静。

体验风景，感悟色彩是一种愉悦。沙家浜风景独好，它是水乡风光的极致，不但让你体验丰富的色彩，更让你感悟超越风景的气息和精神。

沙家浜是绿色的。这绿色里有平野田畴和阡陌草色，也有曲径浓荫和杨柳轻风，但更多的是连天接地的芦苇。沙家浜河湖港汊密布，湖边湿地广阔，适宜芦苇生长，枝枝叶叶，密密匝匝，结成绿色的屏障，是沙家浜最辽阔和多情的风景。这是一种声势浩大的绿，神秘深邃的绿，沁人心脾的绿。

成片的芦苇，人们称之为芦苇荡。就在这片芦苇荡里，上演过军民并肩抗战的威武活剧，结下了世代相传的鱼水深情。

芦苇生生不息，绿色铺天盖地。今天沙家浜景区把这片绿色的芦荡称作"芦苇迷宫"，游人可以去探幽寻迹。滩地上地势较高，可以直接走进去。小路弯弯曲曲，引人走进迷途。扑面而来的苇叶带着清香，也暗示着这绿色深处的神秘。水上的迷宫，更能引人入胜，坐上小木船，驶进这无际的绿色，芦苇更密、更盛。船娘把橹轻摇，密不透风的绿色，将你包围。抬头望天，天也窄了许多，苇叶拂过你的面颊，你会感到风也是绿的。所以有人说，沙家浜之旅，是名副其实的“绿色游”。

与绿相应，应该是绚烂的红色。沙家浜的红，已经超越了“水上桃花红欲燃”的自然景色。新世纪的春天里，沙家浜举行盛大的庆典，告诉来访的客人,这里已经成为“全国爱国主义教育示范基地”，并以全新的姿态，走进了全国旅游线路“红色经典”的行列。这里的红，是庆典的彩绸，是照壁前的鲜花，是东进桥上的红旗，是纪念馆大厅深沉的背景。这样的红更具有象征意义。沙家浜也成为“红色游”的首选。读一读照壁上《沙家浜的意义》，走一走红旗飞扬的东进桥；站在鲜花盛开的瞻仰广场上，与军民抗日的群体雕像做一次历史与现实的对视。沙家浜革命纪念馆正翻开红色的史卷，告诉你发生在这里的故事。沙家浜的红，是鲜花和旗帜涌起的春潮，是鲜血和火焰著写的历史，是永不消退的时代精神。

沙家浜又是蓝色的。这是天水之蓝，明净而透澈。沙家浜是水做的。它的水特别明净，大大小小的湖泊是平野上的镜子，晶莹透亮，映着蓝天白云。为了保护它的纯净，沙家浜人杜绝污染，让工业远离景区，远离水域，让大自然的馈赠，保留着天然丽质。站在沙家浜的湖岸上眺望，天水蔚蓝，白云和风帆相映，蓝色里有了流动的旋律。若要亲近湖水，可以泛舟隐湖，贴着水面，能看见水草飘动，小鱼游弋。明净之蓝，沁入人心。

色彩中最为耀眼的是金色。沙家浜的风景里，有一个炫目诱人的季节，这就是“十月阳澄湖蟹正肥”的秋天。金色是这个季节的主调。“芦花放，稻谷香”，原野里泛起稻浪的金黄，这也是农人亮灿灿的心情，谁不为丰收的到来而喜悦呢？芦苇开始扬花，在天水间舞动着，斜阳透过芦花，闪耀起一片金辉。渔舟归来，起网的鱼虾，在落日的余晖里，泛着金色的粼光。最诱人的是阳澄湖金爪大蟹，这是人们无法拒绝的美味。一年一度的螃蟹节，让沙家浜变得更加热闹。蟹市兴旺，游人毕集。有来采办活货的，也有就地品尝的。选一个酒家，来一壶陈酿，临窗而坐，细细品味，定然是“醉里不知身是客”了。沙家浜的金色，不仅是风景，更是江南富庶的象征。

不同的颜色有不同的象征。绿是不息的生命，红是不老的精神，蓝色带给你一片宁静，金色让你走进人间天堂。沙家浜是斑斓多彩的江南锦绣，是抒情悠扬的田园牧歌。

那位画家萦怀不忘的“江南灰调”在哪里呢？

烟雨村落，小桥流水，宅门墙院，青砖灰瓦，沙家浜的景色里不乏精致的江南构建。在水一方的芦花村，高墙灰瓦，是江南村落的缩影，水色迷蒙里，烟村四五家。临水而建的春来茶馆，保留着古朴的乡村旧貌，泡一杯清茶，能品出水乡本色。红石村则多了一些风俗画卷。文昌阁、古戏台屋宇参差，土地庙、大宅院檐角呼应。临水的砖墙瓦当，映出一片灰色。最让人迷恋的是旧梦一样的“昨日小镇”，这是景区内居处修建的“往日沙家浜”。走进小镇，石板街斑驳依旧，老商号栉比而立，旧城墙有点残缺，大宅院的墙根上长满青苔。青灰色的瓦舍和水边的廊坊，都是“去年天气旧亭台”，孤寂的更楼容颜苍老，水边的码头上，两只木船正扬起风帆，准备起航。这一幅画卷，正是地道的江南水灰色调。因此，这里也成为影视拍摄基地“明星”而“片约”不断。旧时江南，凄迷水乡，红粉缠绵，英雄落泪，多少大牌明星的身影留在沙家浜这片往日的“灰色”里。沙家浜的“灰色”，是明星级的。

沙家浜风景独好。走进东胜桥，缅怀历史烽烟；探幽芦苇荡，感受自然清新；“春来”品茗，酒家小酌，让生活多一份悠闲；小镇寻梦，天水泛舟，让心灵放飞自由……

沙家浜正敞开胸怀，迎接着四海宾朋。

贰

为文苑同道点赞，写一些简单故事，隔行不隔心，情真就好。

心泉有舞情未老
——牛小艾和她的江南舞蹈

五月的江南百花芳菲，中国舞蹈家协会采风团来到常熟虞山脚下，建立舞蹈创作基地。他们感受江南灵秀，解读虞山文韵，其中一项重要的活动内容，就是观看牛小艾创作的江南舞蹈专场，为牛小艾的舞蹈举行理论研讨会。

牛小艾在常熟文化馆长期从事群众文化工作。二十多年来，她坚持深入生活，潜心舞蹈创作，一个又一个舞蹈作品在全国各级评比中屡获大奖。这次汇报演出的舞蹈专场，展演了《绣》《织》《耕绿》《井》《染》等部分优秀代表作品。专家们称牛小艾的作品具有浓郁的江南特色和鲜明的时代特征，表达了她对美的追求，对生活的热爱和对劳动的赞美。这些作品倾注了牛小艾的心血，是她二十多年辛勤劳动的结晶。

江南情怀和生活积累

牛小艾不是江南人，却热爱江南舞蹈。二十世纪七十年代，出生在西北的牛小艾在陕西安康地区艺术馆工作，从事群众舞蹈的创作并有所建树。二十世纪八十年代嫁到江南常熟后，她的舞蹈情结没有变，变化的是生活环境。江南的灵秀、柔和、美丽与西北黄土地的雄浑、粗犷、厚重，形成了强烈的反差。全新的生活视野和体验，让牛小艾有了新的灵感和创作的冲动，她暗下决心，用舞蹈来表现江南，表现这里的灵动水色、聪慧女子和富饶美丽，这种情怀一旦建立，牛小艾就在创作中付之长期的探索和辛勤实践，且锲而不舍，持之以恒。深入生活，细心观察，丰富积累，是牛小艾舞蹈创作的不竭源泉。初到江南，她发现常熟农村的田头、竹园、屋檐下，总有江南女子三三两两抱着一大团布在绣制什么。后来她知道，这就是名闻海内外的常熟花边，毛主席纪念堂挂的也是这种花边。当时常熟有 15 万妇女在劳动之余从事花边绣制。牛小艾决定用舞蹈来表现江南妇女的勤劳和聪慧，这就是《绣》。牛小艾在观察中发现，这里的“绣”，不用绷架，而是“手捏雕绣”，妇女们端个小木凳，走到哪里，绣到哪里。于是她在创作的构思中，着重在手的表现上下功夫。舞台上的光束集中在小凳黑色的凳面上，映出三个女子白皙灵巧的双手，变化着，跳跃着，在偌大的舞台中心，手的舞蹈吸引了欣赏的目光，营造出良好的审美效果。当天幕上挂下巨幅花边图案时，水乡妇女的智慧和创造力被渲染到极致。《绣》获得了成功。牛小艾观察生活不但用眼，更是用“心”。她看见河面上成片绿叶浮动，船过时，泛起波浪，这些绿叶却不会散开，便问，这是什么？农民告诉她，这是菱叶。为什么不会散开？因为它有根。牛小艾用“心”去体会这种水波的灵动，这是江南独有的美丽，红菱成熟的季节，姑娘们坐着菱桶，下河采菱，牛小艾的构思也已成熟，完成了表现江南女子勤劳和水色灵动的舞蹈《碧水红菱》的创作。一天，一群青年人握着芦花，骑着自行车与牛小艾擦肩而过，牛小艾回眸时，看到了在斜阳里摇曳着银辉的芦花，于是，她去了沙家浜，去了芦苇荡，后来有了舞蹈《白了芦花》《情系沙家浜》……牛小艾深入生活，积累素材，她的创作就像心灵的源泉，纵情流淌。

审美追求和文化思考

不同于专业舞蹈创作，牛小艾的舞蹈“骨干队伍”是活跃在农村群众中的文化积极分子，她们没有受过专业的舞蹈训练，有的“老骨干”已经当上了妈妈。因此，她的舞蹈创作必须因人制宜，在加强舞蹈队员基本功训练的同时，寻找出适合这些群众舞蹈演员表现能力的舞蹈结构和创作方法。在舞蹈总体构思设计中，她没有走“唯肢体语言为舞蹈”的路子，而是在中国舞蹈的传统美学理论中找到了支撑，追求情、景、意的完美结合，创造出雅俗共赏的舞台审美效果。在舞蹈的编排中，她除了运用

生动的芦苇

牛小艾舞蹈作品《织》

适合演员们表演的肢体动作外，还注重队形的变化，注重舞美的设计和道具的应用。如《碧水红菱》，用皮筋缀上菱叶，营造出了灵动的水色波光。《绣》中巨大的花边从天而降，渲染了劳动创造的美丽。《耕绿》中的“秧草”和绿色的光影相映，变幻出拔秧、担秧、插秧等各种欢快的劳动场面……她通过多种手段，为每一个舞蹈，营造出整体性的艺术氛围，使江南的多彩和富饶，江南女子的柔美、勤劳、聪慧，都在她的审美追求中得到了充分体现。牛小艾创作的舞蹈，并不满足于一般的审美愉悦，而是努力去追求更高的思想品位，因而在她的创作中，更注入了文化的思考。二十多年前，她在江南农村的婆婆家中，第一次看到停在窗前的一台脚踏织布机，当她用手推动机杼，古老的织机发出“嘎”的一声时，她就萌生了创作一个关于“织”的舞蹈的念头。然而关于纺织题材的舞蹈已经很多，要有突破，确有难度。牛小艾在积累中了解了当地农家纺织土布的绵长历史，阅读了关于纺织发展史的许多资料，参观了有关纺织历史博物馆，感受江南织造业的历史、发展和繁荣，甚至对织机的演变也有了一定的了解。她从文化历史的层面去研究和揣摩关于“织”的舞蹈语汇。一个积累了二十多年的念头渐渐理出头绪。她决定不是从一个点或一个面去表现“织”的律动，而是从历史的纵深和劳动创造的永恒中去表现“织”的内涵。那“嘎”的一声，被引用为舞蹈音乐的引子，拉开了“织”的序幕。一根夸张的、放大的经纬线，挂在天幕背景上，织女拉动经纬，变幻出交织的美丽图案。这种全新的意境，突破了同类题材的创作模式，收到了极好的欣赏效果，受到了专家的一致好评。在以后《井》《染》等作品的创作构思中，牛小艾更加注重案头工作，努力从普通题材中，挖掘出更深层次的文化信息，使舞蹈作品的内涵和思想品位更上层楼。

独特视角和创新意识

走过江南小巷，牛小艾一眼瞥见一口古井，青石井栏围上，留下了岁月的道道印痕，牛小艾心里为之一动。井是冷寂的、坚硬的、静止的，它能变成美丽的、柔和的、律动的舞蹈吗？理性的思考和对文化品位的追求，使牛小艾形成了独特的视角和创新意识。在她看来，井是江南的生命之泉，孕育了江南小巷的温馨。随着城市建设的发展，它又成为江南宝贵的文化遗存，并蕴含着大量关于江南民风民俗的文化信息。于是，她开始关注“井”。井边洗濯的女子，那用一根细绳拎着水桶提水的婀娜身姿，渐渐进入了她的创作语汇。她在观察中发现，井是江南生活中女子相聚的社交场所，是郁结不散的故土情结。“井”是可以舞动的。当玫红色的聚光灯照在舞台一侧，一群女子仰卧成一个圈，用支起的膝盖完成了“井”的造型，一个全新的意象，使冰冷的井有了温热的生命。姑娘轻摆柳腰提水时，舞者轻轻摆动膝盖，“井圈”就活了起来，营造出水波微漾的意境。姑娘要出嫁了，“井”的舞动，演绎出江南女子对故土的眷恋。牛小艾把“创新”贯穿在她的舞蹈动作中。有创新才有突破，这使牛小艾很累。她在每一个舞蹈中都努力寻找和创造一个全新的、与众不同的舞蹈意象。专家们称她的舞蹈有独特的视角和鲜明的个性。创新需要积累、需要思考、需要学习。牛小艾的舞蹈创作渐入佳境。在《染》中，当江南女子用蓝叶草染青了双手，当天幕上出现蓝印花布的美丽图案，当这些女子们正在享受劳动成果的欢愉时，用怎样的结尾才能创出新意呢？牛小艾的设计没有去仰望蓝天，而是把目光投向了土地。蓝印花布作坊的工艺已成为历史。牛小艾在查阅史料的同时，又阅读了许多关于江南蓝印花布的散文。有一篇散文这样描述：“蓝印花布的晾晒，有时就平铺在土地上，蓝叶草的清香和泥土的气息轻轻飘散开来……”这是很美的意境。牛小艾把舞蹈的结尾，落在土地上。江南女子在舞台上仰卧，用一个“挑胸腰”的动作，完成了一个蓝色的波动，使观众感受到蓝印花布在土地上飘动起来，仿佛闻到了土地的气息……创新已成为牛小艾舞蹈创作中追求不懈的目标。

牛小艾的舞蹈作品，已数十次入选全国、全省乃至国际文化交流活动并获奖。她曾获得全国舞蹈大赛一等奖，文化部“群星奖”金奖、银奖，CCTV全国舞蹈大赛“最佳编导奖”，江苏省第四届音乐舞蹈节一等奖，江苏省“文学艺术奖”等多项殊荣。

心泉有舞情未老，牛小艾的创作还将继续。牛小艾说，她是幸运的。她的创作得到了各级领导和各方面的关心和支持，组织上为她创造了良好的条件，其中包括资金的投入和舞蹈队伍的培养。而专家们说，牛小艾是幸福的。这种幸福来自一个城市的文化氛围。常熟是国家历史文化名城，丰厚的文化积淀孕育了崇尚文化的人文环境。今天的常熟，经济发达，为文化事业的发展和繁荣奠定了物质基础，各级部门和领导舍得在文化上投资，支持文艺创作。市政府专门为牛小艾等一批优秀的文化工作者颁发了专项奖金；市委的一位主要领导与牛小艾通电话，询问舞蹈创作情况，有什么困难。专家们称常熟的领导有文化胸怀和文化自觉。常熟这座江南名城，在中国的艺术史册上，曾经留下了虞山画派、虞山琴派、虞山诗派、虞山印派等辉煌纪录。而今天的常熟人也正为这片土地上的文化创造留下些什么，许多人在努力着，牛小艾就是其中之一。

蜕变进取中的抒情品格

最初认识苗一峰的摄影作品是在二十多年前，常熟电视台组织“摄影拉力赛”，许多摄影爱好者选送作品，主题是反映改革开放带来的城乡变化，应该算是新闻类或纪实类作品。我当时在台内任编辑工作，有一幅表现江南水乡丰饶景象的作品跳入眼帘。作品不局限于“主题概念”下的“图像对应”，而是更注重了光影和色彩的审美意味。江南乡野，阡陌纵横，稻垛静静地传递着丰收的信息，村落树影，晨雾缭绕，远景近物，相得益彰，具有很强的抒情性。这就是苗一峰选送的《秋》，作品获得了一等奖。当代摄影理论把摄影作品分为纪实类、艺术创作类等。其实，纪实摄影同样可以用抒情的摄影语言来表达客观事件和具体景象。好比中国传统的文人画，用笔墨下的意象表达情感和思想品格。

苗一峰从二十世纪八十年代开始步入摄影圈，他在用镜头纪录客观事物的同时，也表达了主观情感。他的审美趣味里，构图和色彩等技术元素都是为表达情感和思想服务的。他在创作初期，就有了较高的起点。

任何艺术作品的内在特质都是诗性的，诗性即抒情性。苗一峰的抒情品格，使他的摄影作品得到了业界的认可和赞许，一路走来，成果颇丰。1985年至1988年间，《杜鹃》《晚秋》《充“饥”》《水的足迹》《构成》《静物》等作品分别在《大众摄影》《摄影世界》和《光与影》等全国较有影响的专业期刊上发表和获奖。这些作品题材各异，有人物、风景、静物等。如《晚秋》，一片红枫在金色的水面上，创意地表现了诗意和禅意；《构成》用线条的形式美，抽象地、突破性地表现了水乡的景物。抒情性是这些作品的基本特质。从发表作品到参加全国及省级的影展，苗一峰创作势头历久弥盛。1988年，《村里的孩子们》《海之诗》入选全国首届农民摄影展；1989年，《江南晨色》入选江苏省第十二届摄影艺术展览，并获“富士杯”全国摄影十杰赛百佳奖；进入二十一世纪，又有《江南春》入选江苏省第十六届摄影艺术展，并获国家培训摄影师的师资资格。《常熟名胜》入选文化部全国历史文化名城作品展。近几年，数码技术和网络传媒给摄影带来了挑战，摄影队伍和作品海量增加，但苗一峰的作品依然受到关注，以浓厚的特性气息受到圈内外青睐。他的《艺风影踪》等5幅作品参加2008平遥国际摄影大展——中国摄影家协会网优秀摄影师作品展览；作品《哲蚌寺雪顿节》入选中国·承德第二届国际摄影大展；《蓝色畅想》入选“聚焦大桥”全国摄影大展。前不久，《除夕

生动的芦苇

苗一峰作品《鸣雁渡寒》

之夜》又被评为“永远的江南”第四届江南文化节典藏精品奖……业精于勤，行成于思，苗一峰的成绩和荣誉，证明了他的摄影艺术日趋成熟并拥有了个性。浏览他的个人作品集，可以看出苗一峰的艺术之路，历经了思考、求变、进取的思路历程。题材的拓展、手法的变化、数码技术的发展，使苗一峰从当代艺术和现代审美的特征上对摄影有了新的认识和思考。但“超然和浪漫的抒情”依旧是他追求不懈的艺术风格。这种追求来自内心，来自对事物的思考和感悟。他在作品集《摄影的蜕变》中，有这样的表述：“可以通过以物写心，破除时间、空间的限制，达到万物与我为一，使精神自由、舒畅……从自然景物入手，净化心灵，对艺术创作和欣赏超功利的认识和追求也是我在摄影创作中所追崇的精神境界。”苗一峰的江南情结，也为他的抒情性创作提供了广阔天地：“我印象中的江南是一种委婉的淡约、虚幻的空灵，还是一种朦胧又可触摸的意象……从而无法克服内心的冲动而乐此不疲。”苗一峰的抒情作品，有他的思想基础和情感沉淀。

苗一峰的抒情摄影并不局限于江南景色，他从审美的角度，从工业景观的理性结构中，发现了一种超现实的美，从无序的、坚硬的、错杂的形态和线条中去寻找美、发现美，赋予它们现代的审美体验。情感的表达是多方面的，唯美已不是唯一的追求方式，当代摄影的目光已关注到社会的各个层面，其中也包括问题意识。我品赏苗一峰的一组黑白摄影作品，表现的画面有即将消失的旧时江南的市井生活，有工业化建设中的城市边缘，有城市变迁中留下的废墟，等等。用他的观点说：“不管是审美还是提出问题，都是一种不错的表现方式，以客观的影像让观者去体会其中的意味。”

正因为有了这种问题意识，苗一峰更珍惜江南的天生丽质，他对美好事物的记录和表达有了冲动和激情。在前不久市里举办的故土抒情三人展中，苗一峰参展的十多幅作品充分体现了他的江南情结和环境意识。展出对他的评价是：“苗一峰的作品，对唯美的江南风景做了淋漓尽致的表达。它所蕴含的光影语言，带着极强的抒情性扑面而来。作品传递的信息，不只是优美的风景，还是常熟人在工业化的浪潮中，不忘对历史、人文和自然环境的珍重和呵护，这些可贵的文化情怀和群体意识，深深地镶嵌在这些江南图景里。”

苗一峰在摄影艺术的蜕变和进取中，保持了行成于思、情溢于心的抒情品格。这由他的艺术修养和艺术态度所决定。苗一峰对绘画、书法和音乐都有着极高的兴趣和鉴赏能力，平时经常阅读一些艺术理论。广泛的艺术爱好和知识积累，使他获得了艺术的通感，为他的摄影创作开阔了视野，提高了他捕捉题材的起点。一次与他讨论摄影作品的作用与出路时，我门外乱弹，表述为三个方面，一是参展发表，二是审美愉悦，三是商业运营。而苗一峰运用中国传统艺术中关于文艺创作的三个动因做解答：言志缘情、畅神娱人和经世济用。可见他对艺术理论的研习已有所积累。苗一峰的艺术态度是专注、认真和勤奋的。他除了勤于实践、阅读书籍外，这些年来他先后参加了北京联合大学经济管理学院摄影专业学习和北京广播学院新闻系摄影研究班学习，并以丰硕的创作成果，加入了中国摄影家协会。

数码技术给摄影技术带来了更替和变革，一个再老到、成熟的摄影家都必须从暗房中走出，走进一个全新的技术领域。PS 技术，给摄影带来了极为广阔和神奇的表现空间，苗一峰潜入其间，畅游在一片全新的天地里，他知道，只有不断进取、不断学习、掌握新的技术，才能在摄影的变革中不被淘汰。

在与苗一峰的交往中，有缘几次合作，我对他的专注和认真，有了很深的印象。2007 年，市摄影家协会组织赴西藏采风，苗一峰一行七人，驱车万里，行程一个月，历经汽车故障、高原反应、水土不服等多种坎坷和挑战，最终满载而归。高原的风土人物、自然景观、宗教人文，都在作品中体现，并由市文联、摄影家协会举办了影展。苗一峰的作品之优自不必说。他还带回了他的采风手记，记录了他出发前的思考、途中的故事和创作的体会，等等。他在创作前是有所准备的，包括案头的准备和心理上的准备，对西藏高原的向往，对宗教世界的神秘探求，使他在创作时获得捕捉瞬间的确定性。作为一名摄影家，在拍摄的同时，有心做翔实的文案记录，也是专注和认真的表现。一万多字的采风手记《触摸高原》刊登在《常熟田》上，作为编辑，我被他的文字和图片深深打动。

2010 年 3 月，市援建办组织一批作家到对口援建单位四川绵竹土门镇采访报道，只邀请了一位摄影家，就是苗一峰。这是我和苗一峰的再一次共事合作。在采访中，为了拍摄一张反映土门镇灾后援建面貌的全景图，苗一峰的目光一直在搜寻最佳拍摄角度。后来他竟背着相机，爬上六十多米高的电信塔，我在下面，看他渐爬渐高，如蜘蛛侠一般，且无任何保护措施，真替他捏把汗。这种认真和忘我的精神，是他摄影获得成功的最基本要素。后来拍摄重建的学校时，他和小朋友们拉近距离，和他们开心玩耍时，抢拍下了他们欢笑的镜头。他在绵竹拍摄的作品，最后被编入了常熟援建的摄影专集；有一组作品，在苏州市的专题影赛中获得了一等奖等多个奖项。

最近的一次合作，也是我再一次品赏苗一峰抒情作品的好机会。市旅游局要出版一本反映常熟风光的图册，由中国旅游出版社出版，中英文对照，名曰《锦绣江南 烟雨湖山》。图册主要由苗一峰拍摄、组稿并设计。常熟山水集江南风景之精粹，而苗一峰对“烟雨江南”情有独钟，创作已积累多年，无论是虞山尚湖、亭台楼阁、人文遗迹，还是常熟春、夏、秋、冬的四时美景，无不为抒情佳作。图册大部分采用了苗一峰的作品，当时我有幸为这本图册做一些文字补充。苗一峰的作品中，色彩和光影的语言已经表达得十分充分，我的文字已显得力不从心。在这本图册的选编过程中，苗一峰无论选稿还是排版设计都精益求精。他对尚湖某一个景点的图片不十分满意，于是等待一个最恰当的天气、时间、光影条件，包括云彩。一天上午，时机来了，他放下手中的活，驱车去尚湖。这样的例子，对于摄影家苗一峰来说，极其平常。

苗一峰的摄影艺术之路，在蜕变中进取，抒情已成为他的常态。他用镜头记录生活的方式，由成熟走向自由。我们这一代人年轻时曾经受到过“干一行，爱一行”的道德教育。其实这也是计划经济时代的产物，随着时代变革和经济发展，人的理想和追求的实现有了更多的可能，“爱一行，干一行”才是更高的境界。而苗一峰真的是“爱一行，干一行”，他从经商转向经营图片摄影和广告制作，他的职业就是他的爱好，这是一种幸福的状态，体现自我价值的状态。他用自己所喜爱的技能以生存，并美丽地生活着。他用他的艺术给人们带来了美的享受，也为社会提供着服务，真像他所归结的艺术创作的三个动因：言志缘情、畅神娱人、经世济用。

愿苗一峰的工作、生活和他的艺术创作一样，带着历久弥香的抒情品格，走得更高、更远。

追梦光影无止境

梅志强最初端起相机对准景物时，职业习惯使他感到了眼前景物的不确定性。相机所面对的风景、事件或人物有静有动，而需要捕获的只是瞬间，这个瞬间稍纵即逝，犹豫就会失去最佳时机。按下快门，所捕获的效果是否成功，在胶片时代，是有成本核算的。也许是这个缘故，梅志强最初的摄影，静物、风景为多。这种谨慎和选择，与他从事的职业有关，他是电视台的专职摄像记者。1984 年，这位只有18岁的年轻人走上了他漫长的光影之路。他主要采编专题和文艺类节目，每天所面对和捕获的景象是动感的，这种动感是线状的。他可以用时间延线和空间跨度立体表达客观对象，并可以通过镜头的推、拉、摇、移等多种摄像语言来叙述事物的主体、位置、规模及相互关系。所以端起相机时做出的技术选择，除了构图、聚焦、光圈等一些技术元素与摄像相仿外，还有许多不同。电视捕获的是动感过程，相机捕获的是瞬间，按下快门前所做的判断和选择是快速完成的，这需要充分的心理准备和对图像预期的敏感性，只有通过长期的实践和经验积累，才能达到出神入化的自由境界。二者对光线的要求也不同，电视用漫反射光线，获得的图像柔和清晰，若表现主体，推近镜头，观众就会明白；相机的光线要求复杂得多，不同的光源和光感所获得的图片效果和意境是不同的。一幅由多个元素构成的画面，主体的暗示，是通过构图和光线来共同完成的。摄像、摄影，同中有异，各有奥妙。

梅志强的职业是电视摄像，业余爱好是摄影，堪称拥有“双枪”。这位18岁入行的“枪手”，“双枪”交替，遨游在专业和业余的光影世界，屈指一算，二十八年过去了，他的两把“枪”都玩出了点名堂。不是轰轰烈烈，而是脚踏实地，好比一个无言的农夫，辛勤地耕耘，秋后看到了金黄的收获。

电视摄像，是梅志强的职业本分，摄像机一扛，他的年华和技艺一起，从青春走向成熟。我曾在电视台工作，与梅志强有过长期的合作，我担任文字编辑，梅志强担任摄像和剪辑。他平时讷于言，勤于行，凡事有钻研之心，拍摄剪辑，精益求精。二十多年来，他共有一百多个篇目的电视专题、文艺节目，在全国、省、市的各级评比中获奖。由他参与拍摄制作的专题栏目《农家半月谈》（老陆、根根、三婶娘）、大型纪录片《常熟籍院士寻访录》等节目，在观众中都产生了较好的反响。这是他的本职工作，不再赘述。

这里要说的是梅志强光影世界里的另一个方面——业余摄影。业余摄影，没有任务，只有目标，

梅志强作品《茗香梯田》

它出自一种兴趣，出自一种成为摄影家的艺术梦想，这条追梦之路，很长。

初期的摄影，梅志强首先要跳出职业习惯，从把握过程转换到捕获瞬间，这种能力的获得，要培养细致的观察能力和专业敏感。这是一个很长的过程。他是一个细致而极有耐心的摄影爱好者，从最基础的专业技术入手，通过无数次实践和比较，去体会和掌握不同条件下所获得的图像效果。在扎实的技术素养基础上，他的作品渐渐有了唯美的追求和意味。他经常会选择同一地点、同一机位，在不同季节、不同时间、不同光线条件下拍摄同一景物，然后对所拍摄的图像进行比较，这些实践和积累，不仅使他看到了景物和城市在时光中发生的变化，同时也让他悟出了“光线对于主体和细节表达的重要性”。有机会出行，相机随着足迹，记录大好河山。身在江南水乡，总有拍不完的题材，他的镜头，扫遍了这座江南古城的山光水影、人文遗迹、市井巷陌和乡野村舍。这些作品，以扎实的技术素养为基础条件，构图、用光、色彩，给人的基本印象都是精致、准确、饱满，有着大众认可的审美趣味，并正在努力走向唯美。因而，他的作品也有了广泛的实用性。摄影作品的价值取向是多元的，其中包括言志、审美、怡情、实用等。有一次，出版社的一位设计师急需两张常熟人文历史景观的照片，要竖幅的。他在电话里对我说，问问小梅有没有。这位设计师曾经与我和梅志强有过合作，出版过许多反映常熟历史文化的书籍，如《虞山》《常熟民间文艺集萃》《芦荡泛舟》等，配的大部分图片都是梅志强提供的，他对梅志强作品的可靠、实用十分信任。粗略一算，梅志强已为反映常熟人文历史、山水风光、城乡变化的书籍、图册、邮集等二十多种出版物，提供了摄影作品一千多件。一个很惊人的数字，一串很扎实的足迹。

要成为一个真正的摄影家，仅有实用性是不够的。梅志强的追梦之路，必须寻求突破，这种突破是建立在作品内涵提升上的。

梅志强面临着新的困惑。一次入展，使他的摄影思维有了开悟。2000年，他的《春之声》入选中国上海第五届国际摄影艺术展览。《春之声》不是唯美的风光作品，而是一幅反映少数民族生活场景的作品，作品的主体是人群，呈现的是地方风情。它所蕴含的祥和、欢愉的气息是真实的、独特的。此后，他的镜头选择有了一次跳跃，从风景、静物拓展到人，人的具体生活和事件。这样的作品面临着纪实、人文思想和审美的多方面要求，需要摄影技术以外的各个方面的素质支撑。实践是唯一途径。梅志强开始留心观察身边的人和他们的生活。电视职业给了他接触各种人群的机会，在学校、在农村、在部队，他摄取的《倾斜的翅膀》《磨砺》等作品，在市内入展并获奖。成绩虽小，却是一种题材拓展后的进步。为了反映老年人的生活，他连续起早，带着相机到公园去观察他们喝茶、打拳、遛鸟……沙家浜，这块集人文、历史和风光于一体的宝地，也成为他长期观察和实践的摄影基地。近几年来，梅志强每年要去沙家浜几十次，从阴晴雨雪、晨雾暮色、水光云影里的芦荡景象，到游人云集、龙舟竞渡、春来品茗、戏文山歌等人文景象，长期的观察、捕获和积累，使他对沙家浜这片土地的色彩烂熟于心。红色的旗帜，绿色的芦苇，蓝色的水面，金色的收获……他的《如诗如画沙家浜》图册，包含了许多以“人”为主体的作品。沙家浜是梅志强的丰收土壤。《芦荡火种》《飞鸟闲逸》等作品入选全国红色旅游摄品展并被列入“特别收藏”。他在山歌会上拍摄的《水乡姐妹花》，前不久获得了“永远的江南”全国摄影艺术精品展典藏精品奖。《中国摄影报》如此评论这幅作品：“这是一幅极具常熟地方特色的作品，身着蓝印花布的水乡姐妹，手持着同样花色的印有‘沙家浜’字样的晴雨伞，让人首先想到了明媚的阳澄湖畔的沙家浜。作为革命老区，沙家浜风景区是‘全国爱国主义教育示范基地’‘全国百家红色旅游经典景区’、华东地区生态绿地之一。作品以红色为背景，使主题更清晰，似涟漪荡漾的一湖春水，尽显江南水乡的蓝调本色。”

前不久，梅志强加入了江苏省摄影家协会，这也是业界对他的摄影艺术和成绩的认可。对于一个追梦光影的执着者来说，这只是一个开始，梅志强的摄影艺术之路还很长。艺无止境。我想，作为朋友，在祝贺之余，我希望他能在摄影技术之外，再下一点功夫，增加一些阅读和思考，不断丰富自己，相信他会百尺竿头，更进一步，拍摄更多的好作品与我们分享。

为《艺海萍踪》而写

孙丽萍潜心摄影艺术几十年，用执着与真诚去发现和捕捉生活中美的瞬间。年复一年，春华秋实。她在实践中探索，在变化中创新。光影和色彩记录了她的艺术成长和心路历程。自二十世纪八十年代至今，孙丽萍的作品一次次在全国和省、市的各种赛事中获奖，许多佳作被专业刊物选登。她从一个业余摄影爱好者成长为中国摄影家协会会员。《艺海萍踪》正是她众多作品的一个缩影，是她艺术才华的一次靓丽展现。

孙丽萍的创作植根生活。她心系故土，行走江南，许多作品有了厚度和思想。无论是红色记忆中的沙家浜，还是小巷深处的市井生活，她用自信记录了来自世界的友谊，用平视的目光解读了普通百姓的朴素和安详。静谧的古城，幽深的小巷，舞台上婀娜的水袖，乡村里淳朴的民俗……孙丽萍用镜头著写乡愁，抒发着江南文化的无限情韵。

孙丽萍从事平面设计工作，她对构图和色彩的理解也为摄影的选材和创作拓宽了空间。她早期的获奖作品《欲补漏天》《年年有余》《光华》等，都是用色彩的对比和反差获得了视觉冲击。微机技术的发展，为摄影创作和后期制作提供了无限想象和多种可能。摄影工作者走出暗房，进入一个变幻无穷的全新世界。孙丽萍悉心钻研，勤奋实践，为自己打开了一扇通向自由王国的智慧之门。她的创意类作品一露头角，就受到同行青睐。艺术的想象付之精心的制作，增加了摄影的表达维度和审美空间。她让普通的蔬果变成了美丽的江南田园，她将废弃的衣模摄制成一幅世界名画，她让一叶红掌有了少女的体温,她使一幅静物有了水墨丹青的意韵。打开《艺海萍踪》，这些作品让你不忍释卷。

孙丽萍把对生活的热爱，体现在她的摄影创作中。踏实严谨，勤奋好学，不懈追求，求变创新。她的创作态度不仅使她收获了成功，也让她获得了同行的尊重。

《艺海萍踪》问世，为同道中盛事，也为常熟摄影界增添一抹亮色。值此诚挚祝愿：

孙丽萍艺术之树常青。

夜读微言

——《水边的绘事微言》赏析

泡上一杯茶，打开一本银灰色封面的书，夜已经很静了。书里是水乡的景致，淡雅的色调，又有优美的文字映照，细细读来，心也是很静的了。这是苏州版画家沈民义的一百幅版画和常熟女作家赵丽娜的一百篇散文合璧的《水边的绘事微言》。我得到这本书是在苏州市文联举办的《水边的绘事微言》首发式上。初冬暖阳，一群文人相聚在苏州雨村美术馆。来参加首发式的，除苏州市文联的领导外，大多数是作者的朋友，也算是一次文人雅集了。大厅里展览着沈民义的一百幅版画，也就是书中收录的作品。沈民义是当代较有影响的版画家，他的创作题材大多数是江南水乡风情，湖畔小舟、石桥老屋、黑瓦白墙，或是故乡的云、临河的窗、南归的燕，又或是太湖的夜幕、水上的月色和河埠的灯光，等等。匆匆浏览，我被作者浓郁的故乡情结所感动。这样的“绘事”，是沈民义三十年来的创作积累。为这样同一类题材的作品配以百篇散文，却不知作家赵丽娜做如何的感悟和索解。对于我们这些生于斯长于斯的水乡子民来说，见到这些画中的景象，会唤起一些童年记忆或回想起一些江南旧事，若要动笔，也是可以写出一两点感悟的，而要对一百幅作品做一百次感悟、一百次解读、一百次索求，不知赵丽娜是如何铺陈她的锦绣文章的。于是，有了阅读的念头。

说是“微言”，是因为这些文章写得都很精致，配在版画的一侧。长长短短，有舒缓深邃的史海钩沉，有水乡风情的展示和解读，也有古风今韵的抒情短唱。作家赵丽娜真诚地潜入画家所营造的水乡气韵，调动了自己的智慧和积累，从画内到画外，完成了她不同角度、不同形式的疏解和感怀。

在尺幅的风景里解读江南，赵丽娜是做了大量案头工作的。如《太湖渔家》中，对太湖的地理位置、物产、渔具、生产方式等，都做了很翔实的考证；《吴门桥下的渔屋》，则引用了《吴郡图经续记》《平江图》《姑苏志》等文史资料，来印证画中这一片年代悠远的渔屋；而对《古运河畔》的索解，已超越了画面本身，引领读者向历史深处追溯，从运河的开凿、通航到流向，都一一做了表述。这样的篇目，还有许多。文章虽短，却涉及许多的文史知识，体现了作者的严谨和辛勤，她赋予了画面历史的纵深感，追溯水乡景致的文化背景，散文的知识性得到了很好的体现。

“微言”中的另一部分文章，作者调动了阅读和生活的积累，对江南水乡的风情做了形象和动感的展示。她走进图画，细细观察水上人家的窗棂、河埠的水波、窗台前的春梅，忽而又走出图画，用乡情乡音、童年记忆或市井故事拓展画作的空间，让每一幅静态的江南有了灵动和音韵。如在《晨落水巷》中，她听见了“噔噔船”的小锣响起，看见“水波把小巷推得像三月里放飞的鹞子”；在《水巷小景》中，她闻到了梅花糕、海棠糕的香味；在《新月》里，她透过淡淡的月色，叙述一个乡间三月三进香的故事，祖母临窗装香，藤篮里带上点心糖果，在夜间的月光里期待着天色渐渐放亮；《子夜吴歌》是一幅以蓝色为主调的水乡夜景，连灯火也泛着幽蓝的光，作家赵丽娜在这样的蓝色中听见的夜歌，却是母亲温柔甜美的摇篮曲；再看看《缤纷横街》，赵丽娜拐进了小街深处，于是，茶馆、菜摊、剃头担、老虎灶，这些江南旧物和市井生活，又重现在你的眼前。这些散文，已超越了画面本身提供的信息，为读者展开了更为广阔的想象空间。画外有画，画外有声，更有挥不去的江南情韵。

这百篇散文中，还有许多精致的短章，都是可以当作诗来读的。好几年前，苏州出过一本苏州诗人的诗歌集，其中也收录了赵丽娜的诗作，那是我第一次见到赵丽娜的文字。后来我在常熟文联编辑《常熟田》，经常收到她的散文，字里行间，总能感受到浓郁的书卷之气和抒情品格，这和她注重诗歌语言的积累不无关系。诗性是美文的灵魂。她的

“微言”，正展示出这种品格。看《今日水巷》中的句子：“沿岸的柳条绿了，一簇簇，就像翠色的轻云……野花闲草，星星点点，那是生命的顽强意志，在春天里吐出的绿意。”又如《桥头朗月》中的叙述：“离人无语月无声，碧澄澄的圆月下，最是木屐声声清脆；石拱桥上，月光如水水如天，凝望对岸，那暗暗的花格窗，木屐声声，桥上的人，希望他们也像今夜的月亮一般，晶莹透彻，映照千古……”这样的吟唱，犹如心灵的流泉，闪耀着诗性的光芒。赵丽娜在“微言”中的吟唱并不孤单。她一会儿请出欧阳修，一会儿请出白居易、王安石、皮日休……历代文人对江南的吟咏，她总是在不经意间信手拈来，与他们做一次超越时空的对唱，书卷里总是弥散着清清亮亮的古风今韵。

“微言”百篇，体现了作家赵丽娜的学养积累和创作功力。苏州作家王稼句在序言中称赞赵丽娜的散文“文字清新流丽，婀娜多姿，时有掣胜之笔”。继散文随笔集《泡泡文人泡泡茶》《天下常熟》之后，这本“微言”百篇，又是赵丽娜散文创作的一次实力体现。

合上书卷，意犹未尽。《水边的绘事微言》为读者提供了一个新的阅读方式。徜徉在文字和色彩之间，可以摆脱一些粗疏和草率，细细品嚼，获得艺术的浸润。此时，窗外斜月清照，与沈民义的一幅《明月》对应起来。水乡的月色宁静清朗，而赵丽娜的句子越发动人：小镇上的圆月，是个身材姣好的女人，她的身影总是让人产生遐想。

另一种辉煌

地方戏剧带着醇厚的乡韵，在民间的泥土里生存、发展、繁荣，著写着民族文化的辉煌。锡剧作为江南的地方戏剧，跟其他姐妹剧种一样，曾经留下了一幕幕影响深远的优秀剧目，一曲曲脍炙人口的经典唱段，一代代名动市井的“角儿”明星……

这种地方文化的繁荣和辉煌，离不开两个行为主体，一个是剧团，即戏剧的实践者和传播者；另一个是受众，即观众、戏迷、票友，他们是戏剧生存、发展的宽厚土壤。剧团和受众，在戏剧文化的实践中是互为主客体的。一个剧目从创作、排练到演出，剧团是主体，受众是客体。而当一个深受群众喜爱的剧种，不断衍生出一个个文化产品，成为社会的文化需求时，受众就由客体转换成主体。他们走进剧场，完成了戏剧文化的接受、传播、扩张和延续的过程。曾记否，剧院门口的海报前，人头攒动，争相购票；剧场内，大幕开启，丝弦婉转，嗓音清亮，聚光灯下一个亮相，喝彩声潮水般响起……剧团和观众，在舞台上下，共同创造和记录了地方戏剧的无数辉煌。

常熟市锡剧团曾经拥有这样的辉煌。二十世纪五十年代以来，江浙沪一带的城市和农村，留下了他们奔忙的足迹，各地剧场，张贴着常熟锡剧团的演出海报。演戏俗称“跑码头”，演职员们人虽辛苦，但被掌声鼓舞着，被戏迷的崇拜激励着，心情是快乐的。直至二十世纪八十年代初期，常熟锡剧团的演出市场仍然火热，在农村剧场的票价为20至30元不等。他们在上海郊区演出，千把人的剧场连续几场客满。行情看涨，他们的演出水平被上海电视台看中，《珍珠塔》全场在上海电视台录制播出，名动江浙沪。

然而，这种胜利的愉悦突然出现了转折，和全国许多地方戏剧的命运一样，锡剧演出市场每况愈下，一种不可避免的矛盾和考验摆在地方剧团面前，即戏剧的主客体都在发生变化。这种变化源于整个时代经济、文化的伟大变革。戏剧的光彩在多元文化的繁荣里不再耀眼。人们对文化生活的需求，有了更为广泛的选择。文化艺术空前繁荣，海纳百川，西风东渐，世界文化交流融合，摆在人们面前的文艺样式和内容多种多样。文化艺术的载体更为先进多样，电视占领了每一个家庭，各种文艺样式可以在遥控器上随意选择。戏剧、电影、电视连续剧、音乐、舞蹈、曲艺……不出家门，在沙发上品着香茗、嗑着瓜子，便可阅尽天下艺事。当网络进入了一代人的生活，节奏加快，信息和娱乐又夺去了人们的许多时间。问君能有几多闲暇和兴趣，去剧院

常熟锡剧团演出《杨乃武出狱》

看一场地方戏？

剧团的生存，主要依靠演出收入。但还有多少人去买票看戏？观众减少了，剧场萧条了，“跑码头”入不敷出，地方戏剧的辉煌一时暗淡下来。各地的剧团面临着同样的窘境。常熟市锡剧团，一个不大不小的县级剧团，一个曾经在江浙沪有过美好记忆的剧团，一个曾经为传统文化的传承创造过辉煌的剧团，在时代变革的大潮中，如何摆脱困境，生存发展，再创辉煌？

地方党委和政府关注着常熟锡剧团的生存和发展。多一些财政的扶持，增加一些运作的活力。但要解决根本问题，还要靠剧团本身的变革和进取。市文化主管部门支持锡剧团大胆改革，拓展演出市场，找米下锅。生存是第一要务。皮之不存，毛将焉附？剧团演职员几十号人，工资要发；添置舞台灯光、布景，需要投入资金；请导演、创作、排练，需要经费。光靠财政拨款是远远不够的。

剧团必须演出。团领导对“演出”和“票房”的概念有了新的解读和突破。能否通过为社会各部门提供服务性的文艺演出，收取一定费用，取代“票房”收入呢？跨出这一步是艰难的、曲折的、辛苦的。剧团里无论是演员还是团长，他们以戏剧艺术为生存之技，心无他用。他们在台上一亮相，光彩照人；一开嗓，婉转动听。他们的生活节奏是明了简单的。

而现在要拓展演出市场，为社会提供服务性文艺演出，他们的角色转换成“谈生意”的经纪人、策划人。生旦净末丑，走下舞台，与社会各色人等打交道，揽生意，接洽演出业务，可谓“学吃新米饭”。从1995年初建“常熟市文化礼仪演出服务中心”开始，剧团抽调部分演职员工，走上了拓展演出市场的摸索之路。

艺海茫茫，百舸争流。一个正规的专业剧团，一群以艺术为生的梨园弟子，开始接洽企业开业、剪彩、年会等业务演出。服务形式有布置门面、放鞭炮、敲锣鼓、提供礼仪服务等，当然也有一些零星的演出，如锡剧唱段、小节目等。这样的“演出”，小打小闹，人员分散，收入也并不可观。对于演员来说，心情是复杂的。剧团的主业是演戏，他们向往的掌声、聚光灯和流淌在生命里的弦韵鼓板日渐遥远，唱戏人的职业还会再度辉煌吗？

二十年过去，常熟锡剧团用执着和坚持，用辛勤和汗水，走出了自己的生存之路，创造出超越传统剧团的另一种辉煌。在全国地方剧团普遍不景气的状况下，常熟锡剧团现在每年的演出场次竟达两百多场，职工收入稳定，队伍稳定，艺术生产繁荣，大戏的创作、演出屡有获奖。

回眸走过的足迹，时任团长汪耀进和现任团长金冬梅情绪依然十分激动。转机和新的思路出现在

下乡演出

1997 年，当时剧团创作、排练了《乌菱浜》等一批法制内容的戏，在各个乡镇巡回演出。时任团长汪耀进想稳固这样的演出资源，与司法局的领导筹划成立了“法制艺术团”，由司法局提供费用，锡剧团负责组织创作、排练，并到各个乡镇巡回演出。节目的形式有小戏、小品、表演唱、快板等；内容紧紧联系实际，开展普法教育，受到基层的欢迎。一场演出的收入为 3000—5000 元不等，虽然不多，却是一种全新的经营模式。于是，剧团推而广之，逐步拓展演出领域，先后与安监局联合成立了“安全生产艺术团”，与环保局联合成立了“环保绿色艺术团”。操作模式基本相同，由部门提供经费，剧团负责创作、排练，下基层巡回演出。这样的经营模式，使政府部门形象地完成了政策的宣教工作，群众得到文艺享受和知识普及，剧团获得了收入，可谓“三赢”。

演出多了，工作量大了，人员忙了，困难也多了。创作力量明显不够，常熟锡剧团就组织邀请邑内的作家加盟，一起参与到艺术团的节目创作中来。

创作人员较为固定的有四五人。他们在团领导的带领下，到司法局、安监局、环保局等部门采访，部门领导总是会捧出一大摞当前的文件，拟定宣传的主题，剧团领导初拟节目的表演形式，然后分工给各个创作人员，这样的采访务实、高效。创作人员领取了自己需要的文件，回去学习、领会、构思、创作，成稿后由政府部门审定，然后交锡剧团排练演出。这样的演出，政策性强，联系实际，受到基层的欢迎。常熟锡剧团为政府部门承担创作演出任务，取得了很好的反响，又先后与人社局、计生委、地税局、国税局、消保委、消防大队、就业管理中心、园区林场等各个部门，联合组织了多次专题、专场演出。常熟锡剧团的队伍在演出实践中也得到锻炼和成长，以锡剧为主业，一专多能。他们渴望的掌声和人头攒动的场面正在日益重现。

一个地方剧团开拓演出市场、服务社会的探索和实践，受到了国内多家媒体的关注。《中国安全生产报》2012 年报道了常熟市安全生产艺术团应邀在全省各个城市巡演的热况。这次巡演共五十多场，观众达三十多万人次。基层的职工称赞节目内容通俗易懂，让人感到亲切。浙江嘉兴市闻讯后，也邀请常熟安全生产艺术团到嘉兴城乡的基层单位进行安全生产巡回演出，无锡、江阴、苏州吴中区等地都邀请他们做专题、专场演出。常熟锡剧团名声大振，他们的做法和业绩成为地方剧团在新形势下生存的一种经验。常熟市的分管领导、安监局和文化局的领导先后接受中央电视台等媒体的专题采访。锡剧团为少年儿童排练、演出的儿童剧《快乐木马》，2012 年参加了中国儿童戏剧节的演出，多次被《中国文化报》《北京晚报》报道。

梅花香自苦寒来。常熟锡剧团近年来每年的演出场次约两百场。其辛苦程度，业外人士根本无法想象。如果晚上有演出，演职员下午两点就在团内集中，男演员开始装车，无论是“头牌”小生还是普通演员，无论是勤杂工还是联络员，无论是鼓师还是乐师，此刻都是搬运工、装卸工。灯光、音箱、调音台、电缆、服装、道具、乐器，陆续上车，按位置码放整齐。最重头的是拆卸式舞台，用角铁焊成的铁框、铁架、铁座子，可以组合成一个舞台，铺台的大木板厚实而宽大，两个人抬都觉得很重。让人感到惊愕的是，还有近百张凳子要搬上汽车。现在的剧团，送戏到村，自己搭台，还要为观众准备凳子。等到装车完毕，演员们已是热汗一身。卡车载物，面包车坐人，斜阳里向农村开去。演出有在镇上的，有在企业的，也有在村头场地上的。汗水未干，车一到又开始卸车、装台、接线、安装灯光与音响，女演员们开始整理服装，用水壶烧水，为男演员们倒水泡茶。他们的工作已非常熟练，联络员联络当地负责人，落实电源、搭台地点方位。半个多小时后，舞台已经搭好，后幕的铁架高五米多，挂上天幕，铁台上铺上木板，盖上毡毯，接着调试灯光、音响、字幕机。准备周全，此时已近黄昏，男演员们的衣衫再湿。他们匆匆在当地食堂用过便餐后，就回到舞台前准备化妆。带来的近百张塑料凳子放在台前，算是有个规范的场前空地，可见用心良苦。演出很准时，也很热闹，农家的孩子在台前奔来奔去，做鬼脸，豁虎跳，不管你是器乐独奏还是独唱，仿佛要与你一见高低。农村演出是乡下的节日，亲戚跑动，吃过晚饭一起看演出。剧团为了活跃气氛，会准备一些小奖品，来几次有奖问答，题目当然与宣传主题有关。小品、表演唱、器乐、独唱，轮流上演，锡剧是本行，当然要来上一段，《孟丽君》也好，《双推磨》也好，村民们喜欢彩唱，看得过瘾。演出的最后是歌舞收场，村民们总是兴致未尽。一场演出一个半小时到两个小时。曲终人散，而剧团的演员们还要整归道具、收拾线路、拆卸舞台、装车，然后才能踏上归程。团长会说一声："差不多了吧，别忘了东西。"此时，已月上中天。

这样的演出一年两百多场。春夏秋冬，阴晴雨雪，周而复始，岂"辛苦"二字了得。如今常熟锡剧团的骨干演员们正值英年，振兴戏剧，创造辉煌，他们付出了很多，也许他们还有成为一代名角的艺术梦想。让我们多给他们一点祝福，一点敬意。

田苑语丝

《常熟田》是邑内文艺刊物，我任编辑十余年，与作者、读者共同耕耘浇灌。卷首语有如心灵交流窗口，三言两语，相互勉励。选其部分，辑成《田苑语丝》。

心灵之约

对春天的向往起始于对一片叶子的梦想。这是心灵之约。心灵是一颗种子，因相约繁华而产生激情，产生萌动。胚芽以最初的爱意接受了晨露的润濡和微风的温暖，开始倾吐绿色。

心灵之约是一种创意，是实现自我价值的求索过程和精神状态，其形质必须是纯洁的。它排除杂芜和雕饰，但纯洁并不意味着单一。纯洁同样可以呈现繁华和斑斓。于是，相约天空的蔚蓝和流泉的明净，相约田野的葱茏和果实的金黄，相约玫瑰的芬芳和蜂蝶的轻盈，相约阳光的公平和笑容的灿烂……有相约，才有万紫千红的希望。

心灵之约也包孕了叶子对根的情结。这是扎根土壤和奋发向上的支点。有了这样的支点，才有伸展蓬勃的自由和追求成熟的权利。

心灵之约选择了春天，就有了义无反顾的执着。它要抵御各种原始的欲望和媚俗的诱惑，心无旁骛，脚踏实地，就像一滴水决意奔向大海所付出的锲而不舍，一匹骏马驰骋原野所表现的一往无前。有了这种执着，就有了百折不挠和坚定从容。

心灵之约是行云流水的乐章，是山光云影的锦绣，是千姿百态的舞蹈，是波澜起伏的诗行。因为心灵是一颗种子，它必然以生命的历程演示出创造的辉煌。

心有灵动方下笔

一位杂志社的编辑曾对我说，写不出时不要硬写。一开始我不以为然，作为业余作者，我认为勤奋是必需的。日子久了，我对这句话才有所感悟，体会渐深。勤奋不等于逼着自己硬写，硬写是写不出好作品的。

文学创作的任务是发现美、创造美、传播美。作品要拥有读者，必须言之有物。比如：精彩的故事，真实的情感，睿智的思想，丰富的知识，生动的语言，等等。这些元素的获得，依赖于作者的综合修养和长期积累；一个作品的诞生，是作者对生活的观察、思考、提炼和表达的过程。如果没有充分的准备，提起笔来，逼着自己创作，落笔千言，散漫无稽。以己之昏昏，何能使人之昭昭，更何谈拥有读者，影响社会？对浩瀚纷繁的时代生活，作者只有怀着追求真理、歌颂美好、鞭笞丑恶的生活激情和社会担当，才会在观察和思考中，有所发现，有所感悟，才会获得内心的灵光闪动，才会有倾诉和表达欲望的冲动。心有灵动方下笔，是言之有物的前提条件。

业余作者生活在基层，拥有广阔的社会接触和生存视野。努力潜入生活之井，开掘题材，去芜存真，发现珠玑，获得内心的灵光闪动，此时的创作，如十月怀胎后的一朝分娩。一家之言，与文友们共勉。

以真实感人

在生活的砾石中打捞，发现了珠玑，想与人共享，于是有了散文创作的念头。创作不是杜撰，不能随心所欲。忽略了散文的真实性，作品不可信，就不能感染读者。散文的真实性，不是指“纪实”，它与新闻的真实性是有区别的。新闻和纪实作品的真实，是事件本身的真实；而散文的真实是艺术的真实，是指反映生活的正确程度。借用新闻的话说，就是“本质的真实”。

追求散文艺术的真实，以叙事散文为例，你所展示的人物、事件、遭遇，必须来自生活的土壤，来自思想的梳理，给读者一点你的发现和感悟。它是典型的、独特的，而又是客观存在的、合理的。这种存在在纷繁的生活中被淹没、被漠视。作者以自己的社会责任感和批判精神，把发现告诉读者。真实才能感人，才能引发共鸣。

作者的思想高度和表达能力决定了作品的好坏。一个勤奋和聪明的作家，梅花苦寒，宝剑砥砺，总是以艺术的真实赢得读者。

诗心与激情

有人说写诗是一种青春病，却又不全是。年岁渐长，诗心未泯，依旧有作品出世，这样的人才称为诗人。诗人不仅要有作品，还要将写诗当成一种生活状态。诗人有不老的青春情结和对事物充满兴趣的天真童心，这是爱的出发点。只有对生活充满爱的人，才会有倾诉和传播的欲望，才会有敏锐的道德评判和良好的社会责任感,才会有创作的激情。

由诗歌联想到文学艺术。任何艺术作品都具有诗性。创作的冲动同样来自激情，来自对生活的热爱。

社会的变革和发展,产生了多元的思想和文化。纷繁复杂的社会现象，让人产生迷惘和无奈，在生活的旋涡里打转多了，人变得“聪明”。这种“聪明”能消解崇高和激情。世事洞明，人情练达，以至耳顺目顺，见怪不怪，这对怡养性情是好事，对文学创作却未必。没有了激情，笔下就会荒芜。

文学是一种遥远的理想，追随者只有保持一颗不泯的诗心，才能保持创作的激情。诗心意味着刻意求真和不惜付出，不以“黄金屋”和“颜如玉”为目的，因而要放弃许多的实惠。文学的河床很宽，有许多石头磕绊着前行的脚步，用诗心和激情去抚摸每一块石头，穿越险阻，去抵达理想的彼岸。

从山水到诗画

山水风光能入诗入画，关键不在山水而在人。从山水到诗画有一座桥梁。这座桥梁是心情和智慧。

心情是出发点，是对事物的第一感悟。一棵松树在木匠眼里是料，商人眼里是钱，园艺师眼里是景，画家眼里是沧桑岁月，诗人眼里是坚强品性……远离了功利，出发点就变得纯粹。智慧是阅历的积累，能帮助人从同类事物的比较中提炼出不同的个性。同样是水，智者能认知大海的广阔，江河的奔腾，飞瀑的豪放，小溪的细腻，深潭的静谧……有智慧才有灵性。智慧的另一层面是手段。如果离开了诗的手法和画的技能，无论有什么出发点和灵性，山水依旧是山水，成不了诗画。

如果有人批评你的诗只有辞藻，画只有笔墨，多了匠气，少了意境，也不必气馁，反而应该感到高兴。有辞藻和笔墨，说明你练过基本功，有了为诗为画的手段。

一位画家说，“笔墨等于零”，指的是要注重意境，不是不要笔墨。皮之不存，毛将焉附？“匠气”不是坏事，是一个过程，先为“匠”，后为“家”，独具匠心，“巨匠”即“大家”。如果画一个鸡蛋都有困难就去画抽象画，文句不通达就去写现代诗，虽心比天高，终究成不了气候。

阅读

追随文学，就离不开阅读。这种阅读不只是为了获取信息或者故事。当然信息可以增加知识，故事可以消遣娱乐，于文学不无益处。但文学的阅读，更是一种审美状态中的获取。这种阅读包含着对文学的崇拜，也是文学追随者爱上文学的动因。在最初无意的阅读中获得美感，获得崇高，获得感悟，于是产生了对文学的冲动和尊崇。由尊崇到模仿，由模仿走向独立创造，并在创造过程中继续阅读。

这类阅读属于接受美学范畴，因而在阅读中有选择，也有期待。看哪些书，选择哪种文本，从中共鸣一些什么，否定一些什么，有一个心理活动的过程。如果期待落空，对阅读的文本会产生质疑，并成为自己今后创作的警示。如果超越期待，或拍案叫绝，或进入思考，这也将成为自己创作活动的启示。这类阅读是文学的组成部分。

有阅读就有了比照。如果想写些什么，就会自觉进入文学状态，明白自己想为他人提供一个什么样的文本。比如应该分得清小说与故事、散文与杂文、诗歌与快板、报告文学与通讯报道之间有哪些不同，下笔时就有了努力的方向，尽管长时期焦虑和徘徊在文学的边缘，但目标应该是明晰的。

也说征文

各种征文、征稿使文坛热闹起来，作者在应征中获了奖，自然是件好事。这类活动使作者走入基层，多了“发现”和“发言”的机会，他们对社会生活的认知和表达，获得了认可。

但这不是文学质量评价的全部。文学是极其艰苦和寂寞的事业。思考、批判和发现，伴随着文学创作的整个过程。征文只是一个小小的窗口，它的评价体系和标准，有其自身的局限性，其中也包含了主办方的广告和宣传意识。广告和宣传，是一门独立的学问，做好了也大有可为。但它不是文学。一篇抒情的山水文章，在文学的百花园中，只是一朵小花、一篇轻松的“雅舍小品”，在风景区的征文中，也许会获大奖。而一篇经过认真调查和思考，对损害环境和服务质量差进行批评的文章，尽管写得很有质量，但却很可能落选。评价体系决定了征文的入选和获奖标准。

用文学反映当代生活，是文学工作者的责任。甘于寂寞而不冷漠，参与征文活动是件好事，但作者心中要有文学的尺度。认真观察和思考，真实表达客观、表达自我，不以落选而气馁，不以获奖而自喜，积极参与，淡看评奖。一个真正追随文学的人，心中应保留一点独立和孤傲。

作家的行李

作者的美文意识让编者在第一时间欣赏到许多文字精美的作品。《常熟田》因这些作品行世并获得更多读者。无论散文、小说或评论，都应该提倡美文写作。对于“美文”，许多著名作家都有自己的诠释。它不仅是写作的技巧和功力，更是一种求精的创作态度。

一位作家朋友的书房里挂着这样的条幅：汉字是一辈子的行李。细细品味，意韵深远。汉字是中华文化的最基本元素，它构筑了语言、文学、文化历史的浩瀚海洋。人生之航，离不开这样的行李，更何况追随文学、以文字为基本工具的作家？华文写作和阅读，历来被文学界认为是一种艺术生产和享受的过程。准确、生动并富有音乐感的美文能拥有更多的读者。用心创作，需要一副扎实的行李。中央电视台的汉字默写、成语大会、诗词大会、灯谜大会，英华荟萃，展示了中华文化的博大精深和无比灿烂，也使每一个学子感到了自己的浅薄和渺小。

一个有梦想的作家，应该对中华文化有敬畏之心，不要被眼下网络语言和广告语言中的滥造生词、滥用谐音的假幽默所影响。扎扎实实地读书学习，潜入中华文化宝库，从炼字造句到谋篇布局，摆脱粗疏，追求精致。打点好自己的行李，伴随写作和人生。

文学之累

文学之旅好比逆水行舟，不进则退。同道中常感叹，若想前行，心有三“累”。

一是劳累，有许多书要读，有许多文体要研习。晨昏开卷，夜半疾书。休息日少了些娱乐休闲，寒暑间多了些笔底耕耘。这样的累，出于兴趣和自觉，虽累而自得。二是心累，苛求于先知先觉的潜在意识，这是由社会责任感催生的批判精神。写什么？

怎样写？为谁鼓呼？为谁歌唱？文成于思，必劳心于先。文学的实践过程也是追索真理的思想过程。这样的思考和表达，会遭遇质疑，遭遇挤压，遭遇不同价值观的揶揄。在不确定中坚持，在比较中选择和存在，心很累，却获得了成长。三是积累，文学创作需要深厚的储备。无本不能成木，无米何以成炊？阅读、归纳、提炼、做笔记，案头的积累必不可少。我们的前辈有许多好的习惯，阅读有选择，书柜有分类，心得有笔记，资料有卡片。电脑的便捷带来许多好处，也让人学会偷懒。书到用时方恨少，网络搜索虽能救急，常抄近路却使底气亏空。写格律诗词，要下功夫诵读，平仄要娴熟于心。如现写现查，安得佳句？积累能打开心智，积累能增精技艺，积累是走向成功的基础。这叫累得其所。

若倾情文学，请坚持三“累”，与君共勉。

着眼现实生活

文学的着眼点是丰富多彩的生活，对生活的热爱和关注，是文学创作不竭的源泉。散文创作尤其如此。邑中许多散文好手，是《常熟田》的热心作者，大量的来稿中，反映了这些作者关注现实生活的创作态度和思维活力。散文是文学样式中的“轻骑兵”，敏锐、快捷，或直抒胸臆，或曲径通幽。

优美的文字和睿智的思想，是文学长廊里永不落伍的表达方式。生活之井，开掘越深，甘泉越清。这种开掘，是对纷繁生活的细致观察和认真思考，我们想表达什么、呼吁什么、摒弃什么、弘扬什么，既激浊扬清，又文采风流。这使文学工作者很累。沈从文说过一句话："好的文学作品应当具有教育第一流政治家的能力。"这样的累，是十分有意义的。

纵观《常熟田》散文来稿中，似乎回忆性文章多了一些，或江南旧事，或童年记忆。"回忆"是生活的一部分，也是散文选题之一，其中也不乏佳作。"任何历史剧都具有现实意义"，忆旧文章，也应该考虑它的当代意义。想怀念什么，比照什么，作者应该是心中有底的，光是泛泛而忆，仅怀旧而怀旧的文章，就缺乏"捷足先登"的竞争力。作为编者，希望散文来稿中，更多一些反映当代现实生活的作品，沙里淘金，虽累一点，但更能引起共鸣和关注。

真水无香

真水的形态可以表现为一滴露珠。深山崖石边的一棵无名草兰，根极其艰涩地穿过砾石，延伸在干裂的缝隙中，叶片摇曳着墨绿色的灵动，表示对水的渴求。当云天里的水汽在黑夜里沉降，柔曼的轻纱飘过山谷，天地间的灵性就获得了滋润。草兰便是其中之一。简约的叶片在夜色中吮吸，将湿润的气息聚拢成一颗晶亮的水珠，挂在叶尖上。这颗晶亮的水珠就是真水。

无香是真水的本质。无香具有宽容和博大的特征。再微小，也能容下一个太阳。日出时，俯首凝视草兰叶尖上那一滴水珠，一个七彩的太阳正孕育其中。真水的力量和意义在于以无香润濡有香的生命。兰花开放时，馥郁的气息能飘得很远。天地间的所有清芬，都得益于真水。一花一世界，一叶一如来。真水是灵性之源。

真水之宏，无处不在。“行至水穷处，坐看云起时。”真水可以游离于万里云天，升腾或沉降，凝聚或飘散；或汇成一脉涓涓细流，或在山崖上跌落成一幅轰鸣的声响。真水喜欢随意流浪，穿过寂寥的谷地，穿过平畴绿野，无论人间烟火、繁华红尘，无论朱门黄墙、钟磬经诵，都无意顾恋，自个儿一径去了。这就是真水。真水是纯自然状态的存在，不受羁绊，没有欲求，不分苦和甜，也无谓善和恶。

真水既无香，就不以明净和美丽指归。轻波微漾的水库很美，那里的水不是真水。失去了自由的一汪平洋，只是被圈定了的安静，被困郁了的无奈。莲花池里开放的禅意，僧尼眼里放生的一泓清碧也不是真水，只是在世俗的欲海里制作的一块劝人行善的标识。富贵繁华地上造一束喷泉，尽管珠圆玉润，飞溅玲珑，这样的水也不是真水，只是在外界压力的支配下，扭捏造作的欢跃，并无真正的生机。真水更不是装在瓶子里的纯净，贴上“有点甜”的标签，更是多此一举。

真水无香，真水非水。真水是哲学意义上的精神状态，自然、平淡、自由、真实，具有极高的境界。好比少女初恋，母亲分娩，因激动和不安，因疼痛和喜悦，此时沁出的泪花即是真水，极平常又极宝贵，非刻意能为，亦非意志能复制。

叁

采风之旅，

留下一些记忆。

觅野之旅

疲惫的旅程

有个神仙和农民在山上打了一架，后来这地方就叫“神农架”。这是大巴车上的导游小姐给疲惫的游客来的一点小小幽默，想给漫长枯燥的旅途增加一点轻松的气氛。一些零散的漫不经心的笑声算是对导游的回应，接下来依旧是沉闷的嗡嗡行车声。大巴车在这蜿蜒的山路上已行驶了几百公里。疲惫、枯燥、无聊拥塞着整个车厢。窗外，暮秋的山色像一个没有完结的长镜头，不紧不慢地移过惺忪的视线。

我们从温雅精致的江南小城而来，向湖北粗犷原始的神农架进发。疲劳是高密度的奔波累积所致。从常熟出发，刚到浦东机场时，个个精神抖擞，即使是在候机厅里也要观赏一番风景。大玻璃窗外的落日像一颗蛋黄，滚动在远处高架公路的边沿上，疾驰的汽车宛若闪着金光的小小甲虫在缓缓爬行，距离产生的差异景象，吸引着摄影师老高按起了快门。其实，这只是兴致饱满时的一种消遣罢了。第一站到武汉，当然要去黄鹤楼。对我来说，已是梅开二度了，现代的黄鹤楼，用钢筋和水泥构架了它雄浑的骨架和气势，用油漆和名人字画涂抹和点缀出一些人文气息。它的腹中已配有电梯和销售旅游纪念品的柜台，就像是一个豪华的商铺，一点也激不起思古幽情了。登楼远眺，高楼四起，龟蛇锁不住大江，大桥上车水马龙，一个中国腹地的繁华城市，随着苍茫的晨雾散去，变得清晰明亮起来。才下黄鹤楼，高速千里赶赴宜昌，又是五六个小时的车程。到三峡时，已是黄昏时分，我们是最后一批游人。暮色里，三峡没有给我们带来观感上的冲击和惊喜。大坝拦江而立，江面开阔而宁静。曾在画报和影视作品上看见的飞瀑倾泻、激流奔涌的壮美景象，只有在汛期泄洪时才会出现。对于水电站，我们太缺乏常识。过了这前两站，人开始有点累了，然而对前方的神农架，依旧有着兴奋和期待。车窗外的景色，已历经了从平原到山路的转换。一侧是山崖，巨石壁立，藤葛攀爬；另一侧必是山涧低谷，流水潺潺，烟村四五家。偶尔穿过一个暗暗的隧道，豁亮之后，依旧是山崖和低谷，只是左右的景色换了一个位置。车子从一个山头转换到了另一个山头。山上的植物开始茂密起来，秋后的树叶也有了色彩上的变化，见到枯树老藤，心里试图去感受远古和原始的情味。有时经过一个小小的村镇，几家小商店晃过。有一家小饭店的玻璃门上，照样有“内设卡拉OK”的字样。刚刚建立起来的远古拙朴的情绪，一下子荡然无存。现代文明给人们带来的享受已是无孔不入。这样的地方会有野人吗？

其实我们不是为探寻野人而去。我们不是科考队。我们只是想走出家门，离开喧嚣和繁杂，去体会不同的山水，去猎获一些野趣，寻找一些新鲜感罢了。

再美的景色总经不起无数次重复。睡意袭来，车内的人便有了各种俯仰的姿态。于是，导游有了施展才华的机会。

导游小姐是武汉人，她对家乡的夸赞体现了她的敬业精神，除了介绍武汉的物产和风土人情外，还信誓旦旦地告诉我们，武汉的太阳比其他城市出得早，下得比其他城市晚，武汉是一座阳光充沛的城市。小学的地理知识告诉我们，光照时间和纬度及季节变化有关，武汉不会享有特权。出于礼貌和善意，没有人指出她的错误。车上坐的是常熟文联采风团，有作家、书画家和摄影家，想必文化和常识都在小学水准以上，只是不想给这位年轻的导游难堪罢了。车上又有人挑起了关于野人的话题。神农架真的有野人吗？“有啊有啊，”导游不加思索地回着，“要不科考队进山干吗呢？”她还向车上的人透露了一个信息，凡是在神农架发现野人，当地政府奖励人民币50万元。怎么算“发现”呢？是否要执其手并肩留影才算呢？一阵说笑，全未当真。不过也真有不见野人誓不休的执着者。据导游说，有一个姓张的年轻人，立志科考，进入大山多年，他的人生目标就是在神农架找到野人，不见野人不下山，他是坚信神农架有野人的。现在这个张姓人氏头发披肩，胡子垂胸，未见野人，不愿下山，却基本上把自己打造成一个野人了。

车子在一个小村路边停下，山里的风有点凉。男人如厕十分方便，面对大山深沉呼吸。路边的厕所处于农耕时代，女客们皱着眉头，但箭在弦上，不得不发。作家陈蓝弧从农家摊上拎上来一大袋地产橘子，慷慨地发给车上的同道，这种金黄色的水果，用暖阳的光芒和酸甜的汁液滋润和活动着一个个倦意融融的腮帮。车子继续前行。坐车何惧路途远，万山千壑只等闲。我们的心头在呐喊，神农架的同宗兄弟们，我们看你们来了。

不见野人见美人

阳光慷慨地洒在神农架青翠层叠的山峦上。在一片平阔的坡地，车子缓缓地停下，竟闻得一阵悠扬的鼓乐声。循声望去，树木掩映中露出几隅黄墙，古色古香的檐角在绿色的芭蕉丛中时隐时现。不是道观，不是进香的庙堂。这是一个古典的院落，走进大门，青灰色的照壁上分明写着“王昭君纪念馆”。

偏僻纵深的大山旮旯里竟然是美人的故乡。

这是进入神农架的第一个景点。游人很少，参差的屋宇显得有点清冷。馆内有一些关于王昭君的文字介绍，实物只是一些不太关联的出土陶罐、秦砖汉瓦、残损的碑刻等等，以渲染一些远古的气息罢了。我对这些没有太多的兴致。吸引我的倒是一群穿着玫红衣裳的少女在照壁前的舞台上，排练着舞蹈，好像要为谁举行一场隆重的演出。突然眼前一亮，一个身材修长的古典美女从山上的台阶上袅娜娉婷地走来，她的头上挽着高高的发髻，配饰琳琅，身穿鲜艳的粉色罗裙，微露香肩，半抱琵琶，几个姑娘簇拥着，为她提着身后的红绸，踏着乐声款款而来。原来是一场王昭君辞别父母的情景表演。我们真有“惊艳”之福了，两千年前的美女再一次生动地出现在我们面前，我们能听见她暖暖喘喘的呼吸。

一个大山里的少女，因长得美丽，被送入汉宫，和许多年轻的宫女一样，在漫长的时光里等待着皇帝的宠幸。少女的梦是单纯的，渴望着爱，渴望着温情的拥抱。然而后宫有太多的佳丽，皇帝何能一一顾及。许多宫女在清冷的窗棂前痴痴地等待，等得红颜苍老、生命耗散。有一首名曲《汉宫怨》，缠绵悱恻，抒发的就是这样哀怨的情绪。王昭君选择了出塞，与其在寂寞的等待和煎熬中老去，莫如去戈壁大漠，在狂暴的风沙中，倾听一个马背君王的温存话语，去拥有宽厚的肩膀和有力的臂膊。她需要真实的生活和热烈的情爱。至于与异族和亲，消除战争，带来和平，也许并非一个少女的本意，是后来的统治者和文人给予王昭君的褒扬，是社会的需要，已具有太多的政治意味。王昭君是中国民间妇孺皆知的四大古典美女之一。四大美女的身世遭遇各有不同。西施给我的印象是皱着眉头、心事重重的女间谍。她牺牲了自己的爱情去侍奉吴王，不知是否出于自愿。这让我很看不起勾践和范蠡，怎能把战争和复辟的筹码，押给一个弱女子。貂蝉妩媚，却让男人们以命相搏，且不懂珍惜男人，打仗时还让吕布背着，有点过分。最能享受时尚生活的是杨玉环，喝喝酒，跳跳舞，听听音乐，剥剥千里马送来的荔枝，累了，在华清池里泡泡桑拿。弄得唐明皇荒废朝政，引发内乱，最后落得一条白绫赐死，结局太惨。她们的爱情，在宫廷内外的纷争和杀戮中畸变，身后的名声也有了不同的解读。与她们相比，王昭君是幸运的，是值得尊崇的。她在中国多民族融合的历史上，留下了光亮的字行。

情景表演只有十几分钟就结束了，原以为是旅游点的收费项目，后来知道，第二天有一个关于王昭君研究会的高层论坛在当地举行，这是在彩排。要不然，这样一个人气不旺的景点，怎能养活这样一群似花如玉的美人呢？说话间，大家都要去跟这位现代美女扮演的王昭君合影留念，摄影师们咔嚓、咔嚓连按快门。画家老徐执意不去，他笑道，相比之下，男人们显得有猥琐之状。我管不了那么多，除了合影，还抓拍了几个特写。此时，我觉得山岚特别清新，阳光特别明媚。未见野人，先见美人，我的旅途变得十分愉悦。

路过野人栖息地

沿着香溪河前行不久，来到真正的神农架景点——天生桥。斜阳照在高高的山崖巨壁上，迎接我们的是一个宽大的山洞口，它不同于溶洞，更像是山体开裂时留下的巨大豁口。山洞向上通去，原无路可上，洞壁上凿出栈道，沿着石壁攀扶而上，百余级之后，别有洞天，巨石在两个山体间横亘，故称“天生桥”。沿着轰鸣倾泻的山瀑，一步步深入丛林。瀑布是变化着的，急泻处为瀑，珠飞玉溅；平缓处为涧溪，淙淙流淌；蓄着为清潭，闪着蓝莹莹的光芒。远处，一座座山峰相互映照；近处，一团团色彩斑斓的树丛摇曳；身边，掠过的是一片片形状各异的树叶。我们的相机，正记录下一幅幅气象万千的画卷。

神农炎帝在这大山里搭架为梯，尝遍百草，采药为民疗疾。美丽的传说流传千年，不但寄托了人们对神农氏的敬意，也吻合了神农架植被的极度丰富。山峦起伏的原始丛林里，三千余种植物中有一千多种为药用植物。在这个自然保护区里，生活着四百多种脊椎动物，除了金丝猴等珍稀动物外，还隐藏着全世界瞩目的“野人”，中国科考队已探寻了三十多年，除了听见“目击者报告”，或发现脚印、粪便、树干上的棕色毛发外，至今未曾和野人有真正的会面。野人，依然是世界之谜。

蓦然间，眼前有一根青色的石柱挺立，上面刻着“野人栖息地”。石柱旁，树丫交叉，榛莽纵横。有一棵枯树倒在路旁，树干上长满青苔。这里被称为“板壁岩”，有板壁一样的巨石挺立在路口，形状十分奇怪。神农架有各种地质地貌，石林就是其中之一。人们用丰富的想象，给形状各异的石头起着名称，或龟或兔，或鸟或兽，赋予它们生命和体温。走过石林，进入原始林区。山路在晨雾的润濡中有点滑，大家互嘱小心，蹑着脚步前行。山上的风很冷，直往裤管里钻，让人打起寒战。这里远离尘嚣，四周出奇的静。与“天生桥”相比，这里更有原始意味。举目四望，山雾缭绕，像一个未被解读的梦境。野人，你真的在这里栖息过吗？

如果要宏观地俯瞰神农架的大片原始丛林，就要去神农谷的观景台。当我们翻山越岭来到观景台时，大雾弥漫，几米外看不清人脸。这里海拔近

3000 米，我们已身在“白云生处”了。观景台上有粗大的栏杆，凭栏俯视山谷，应该是绵延着、起伏着的大片绿色丛林。可惜了，只有白茫茫一片。几个外国游客摇头晃脑，连连叹气。不巧的是，金丝猴生活的“金猴岭”，又逢修路，汽车无法进入，步行又太远，只得作罢。我们觅野之旅的最后一站“小龙潭”，其实只是一个休闲服务区。山顶上的一块开阔地，有一家销售药材和地产品的商店，吸引着游人消费。看不见跳跃的金丝猴，这里有一个布置着金丝猴照片的展厅和一个野生动物救护站。铁笼子里关着几只被救护的受伤猕猴，有一只只有三条腿，它们在这里无忧吃食，却失去了自由。

神农架太大，我们停留的时间太短。觅野之旅即将结束，我坐在休闲区的长椅上静静地休息，呼吸着山野的风，心情有点落寞，有点沮丧。忽然担心起未曾谋面的“野人”来。如果现代文明人真的有一天“逮”到野人，不知会将他们纳入“人”的范畴，还是列为灵长类的一个新物种。人类孜孜不倦地寻找野人，其实远未做好接纳野人的思想准备。我们如何执着野人的手，在新闻发布会上向世界宣告，这就是我们远古的同宗兄弟，我们将在伦理上碰到极大的尴尬和许多难题，比如语言、法律、领地概念、生存方式、婚配等。如果把它纳入兽类，是否会把它关在宽大的笼子里“保护”起来，卖高昂的门票供人参观？想到这里，虽知是杞人忧天，但仍不寒而栗。

野人，如果你真的存在，请隐藏得深些，再深些，永不被现代人发现，是你们最大的幸运。神农架是你永远的家，你是神农架永远的谜。

再读张家界

有一个闻名世界的地质景观叫张家界。我是十多年前去的张家界，参加一个全国电视文化系列片的观摩评比活动，下榻在张家界的琵琶溪宾馆。文化短片以“华夏一奇”为主题，展示全国各地的人文、山水奇观。当时请了全国著名作家及中央电视台的资深编辑对各地的文化短片展开评述，印象渐淡。唯一不忘的是湖南电视台安排的张家界景区的游览，使我认识了真正意义上的“华夏一奇”，当然也足称“世界一奇”。张家界独有的地质风貌构成了山体奇险景象,被联合国列入了世界自然遗产。二十世纪九十年代初,张家界的旅游开发历时不久，从“养在深闺人未识”的封闭状态中，渐渐撩开神秘的面纱，向世人展示出独特的、丰富的、奇险的地质景观，来者无不为之惊叹。十多年前的国民收入与今天相比，国人在旅游方面的支出还没有什么规模和气象。因而当时的张家界游人不算很多，深幽的森林，旷达的谷地，剑一样的山峰，依旧被静谧和原始的气氛笼罩。在此之前，我已去过“山水甲天下”的桂林，去过“归来不看山”的黄山，自以为不会再被同类的景色感动，但张家界则不然。它让我看到了桂林所没有的磅礴和大气，黄山所没有的奇险和峥嵘。这种美的感召，来自审美经验的认识和比较。桂林是透彻秀丽的，黄山是变幻奇丽的，而张家界给我的是超拔和险峻、突兀和怪异，是误入山谷后的十面埋伏，是突然涌来的千军万马，是指着青天起誓的一柄柄青冷之剑……于是，在我的审美体验里，记住了永远的张家界。

十多年以后的今天，市文联组织湘西采风，再赴张家界，我有了重温旧梦的机会，自然也多了一些理性的思想准备。这次游览的行程，比我十多年前的参观多了不少内容，除了黄狮寨和高峡间的宝峰湖外，还有奇峰屏列的“十里画廊”和仙境一般的黄龙洞等。山依旧，水依旧，张家界还是那样的磅礴峥嵘，然而它给我的感觉已发生了变化。在我的期待里，缺失了一些东西，也多了一些东西。好比离别十多年的恋人，相拥间突然有了一种陌生。这种陌生，与山水本身无关。

张家界的静谧不见了，原始和旷达不见了。十多年前，在山峦间空旷的谷地上大喊一声，能听见山谷回音渐渐融入深邃的绿色丛林；行走在金鞭溪的山涧边，在淙淙的流水声中能分辨树叶飘落的声音。偶尔有游人相逢，三三两两，都被原始的深邃和神秘所感染，连走路都放轻了脚步。高山流水间，游人寒暄犹如渔樵问答，一切充满了远古的诗意。而今天的张家界，游人密集，摩肩接踵。到处是举着小旗的导游，带着一队队游人，举着喇叭，讲述着千篇一律的故事，还说张家界与汉时张良有关。他们是想给张家界寻点故事，编点历史，其实多此一举。张家界是神的创造，是大自然留给人类的奇迹，它不需要故事，游人也不在乎导游讲什么，他们抬头惊叹，用自己的智慧和想象去演绎一座座山峰的故事。

张家界的地质风貌不同于广西桂林和云南石林的喀斯特地貌，它是以砂岩为主的峰林地貌。三亿多年前的地壳运动，曾经使这里成为一片汪洋，一亿多年前，这里又突兀而起。汹涌激流，风雨雷电，神用亿万年的时间打造出一个天地极品。沉浮之间，该流失的流失了，该消融的消融了。有一种石英砂生成的岩石特别坚硬。它的生成历尽了痛苦的洗礼，挤压或崩塌，坚守或裂变……于是，奇迹出现了，不同的品性，有了不同的际遇和结局，挺立到最后的，是坚硬的砂岩峰林。丰富的经历，使它们塑造了各种姿态和精神，它们象征着坚定、无欲、从容和镇定。一座座剑一样尖削的山峰直刺青天，一尊尊千姿百态的峰峦让人遐想无限。人们赋予这些山峰柔美的灵性和美好的指望：“夫妻岩”“姐妹峰”“望郎峰”“五女拜寿”“千里相会”“天书宝匣”“玉阁琼楼”……但调动所有的想象，也无法穷尽它们的形态。这里是步移景异，变幻无穷。

不同的角度，可以领略不同的造型，展开不同的想象，这就是张家界。它是一幅深藏在中国湘西的天地画屏，是一卷千变万化的山水锦绣。

面对这样的画屏锦绣，一种骄傲油然而生。星空间只有一个地球，地球上只有一个张家界。既然如此，我们应该容忍暂时的喧闹，让更多的人来认识张家界。我们就以张家界的名义，欢迎更多的中国人，更多的外国人，来认识张家界，认识这珍藏在深闺的美丽，来解读这神的创造，解读这远古的梦幻。

来张家界游览的真的有许多外国人，最多的是韩国人。导游告诉我们，韩国每天有专机到张家界。然而使我感到的又一种陌生是张家界的景点标牌，上面都用了韩文，韩文在上，中文在下。这样做好像不只是出于方便和礼貌。导游说，张家界旅游开发和建设，许多项目由韩国人投资，韩国方面也专门组团来张家界，韩文标牌专为他们而设。后来一想，现在出钱冠名的事情不足为奇，况且这不是冠名，只是用韩文写景点标牌，没啥大不了。如果需要，我们还可以标上英文、日文、法文……既然是人类的共同遗产，我们可以用各种语言，向全世界展示张家界。中国人要办的事情很多，吸引外国人的钱一起办，应该是好事。

今天的张家界景区，不是桃源仙境，它属于人间，属于芸芸众生，因而它是世俗的，喧闹的，充溢着情趣和欲望。景区的开发，也是以游人的乐趣和方便为出发点的。

所以，今天游览张家界，不用策杖登攀，不再是渔樵问答。我们坐索道直上云天，和峰峦擦肩而过，连飞鸟也不敢驻足的峰尖，正渐渐降落在我们身后；我们坐小火车，沿着谷地，欣赏青山奇峰展示的“十里画廊”；我们抓住皮筏，颠簸在峡谷激流；我们坐着画舫，流连于高峡间的一汪清波。

这一汪清波就是“宝峰湖”。它是张家界群峰中筑坝围成的一个水库。水色明净，透着深邃的绿意。原来高不可及的峰林，都浸没在水中，只露出一个山尖，失去了许多神秘。画舫驶过一个葱茏的山峰，水崖边停着一条船，一个穿少数民族服饰的少女站在船头，唱起了山歌：

郎从门前过，妹在家中坐，泡杯香茶呀，给呀给郎喝……

游人们立刻报以热烈的掌声。这时另一个水崖边，一个英俊少年也站在船上与姑娘对起了山歌，内容也是表达爱情，游人们更加兴奋，有人唱起了自己家乡的山歌。歌声和掌声在湖面上漾开，让人非常愉悦。这些都是安排的游览项目。如果不尽兴，在山坳的平地上，还有一个露天大舞台，定时有少数民族歌舞表演，让远方的客人尽情欣赏。

走出家门，让我有了新的快感，这是我再读张家界的体会。我们的生活不只是探求，不只是去研究文化历史或地域风貌。我们还需要一点愉快，一点享受，一点感悟，一点突然的发现和惊奇。这都来自广泛的游历。行万里路，能让我们开阔眼界，增加心智。江南水乡的人向往高山峻岭，深山沟里的人渴望见到浩瀚大海，南海岸边的人惊愕于冰天雪地，繁华都市的人钟情于田园风光……领略差异，能获得新的认知，能在认知中积累经验，加以比较，能减少思维的片面性，克服狂妄自大。我的家乡常熟有让我们引以为豪的虞山和尚湖，因在平原水乡，便被称为“世上湖山”；我们称“剑门”上几丈高的石头为“奇石”，这都是出于一种家乡情结。张家界的山水好，而他们推介的美食葛根粉就很一般，吃起来不淡不咸，有点像糨糊，这也是张家界人的家乡情结吧。联想我十多年前来张家界参加全国电视片评比选送的两个短片，一个是《常熟花边》，一个是《綵衣堂》。这里也有我的家乡情结，虽竭尽藻饰，但放到全国的平台上，反应还是平常。家乡情结无可非议，但不能为之遮蔽了我们内心的智慧。如果我们有了丰富的阅历和体验，有了多层次的比较和鉴别，我们就有了更接近真理的认识，让自己丰富起来。我想，只要有机会，还是要多出去走走。

春天的希望
——绵竹市土门镇罗荣新村见闻录

废墟潮水般退去，一排排新农房如春笋般崛起，受伤的心灵正回归安宁，春天的枝头鼓爆出新的希望。“5·12”大地震后的重建，出现了一个亮点。这也是川西平原上灾后农房建设的第一个亮点。2009年5月9日，四川日报刊登通讯《土门镇罗荣新村——杜仲树下的江南水乡》，对罗荣新村粉墙黛瓦的崭新农房、现代化的配套设施和江南水乡般小桥流水的生态环境做了翔实报道。

罗荣新村是常熟对口支援绵竹市土门镇灾后重建的援建点之一，位于四川绵竹市西南部。“5·12”大地震中，土门镇95.6%的农房倒塌或严重受损，而最为严重的就是罗荣村，其中第19、20村民组的农房全部被夷为平地。当时村里一位叫方大爷的老人，站在废墟上潸然泪下：“这可怎么办啊！”方大爷家中就老两口，今后的日子要怎么过？他忧心忡忡，创痛的心头仿佛在流血。可就在灾后不到一年的时间里，一个全新的罗荣新村建起来了。到2009年5月12日，地震一周年时，方大爷和罗荣新村的所有农户都搬进了新居。江苏卫视的记者前来拍摄、采访，现场直播了罗荣新村最后一户入住村民乔迁新居的喜庆场面。罗荣新村的许多村民家都办起了酒席，他们不但请来了邻居、亲戚，请来了绵竹市和土门镇的领导，也特地邀请了他们心中最为感谢的客人——常熟援建组的领导和同志们。在村民吴成华喜迁新居的酒席上，德阳市委常委、绵竹市委书记兰开驰说：“罗荣新村充分展示了社会主义新农村的形象，也是绵竹市灾区农村集中居住点建设的一个典范。”村民们举杯共庆，庆贺自己迎来了全新的生活，感谢党和政府的关怀，也感谢常熟人民对他们的无私支援。

新建的罗荣新村，占地54亩，安置了104户农户。农房建设不但保留了大屋面、穿斗墙、挑檐角的川西特色，体现了对当地民居文化的尊重，同时又考虑了生态环境的优化，宅前宅后遍植花卉树木，又融入了小桥流水的江南元素，更为重要的是，村内按照现代化新农村的要求，配套建设了道路、供电、电视、通讯、自来水、排水、污水处理、沼气池等设施，创造了一个生态宜居、环保节能的新农村典型，被誉为“灾后农房重建的样板和新农村建设的典范”。凡到过罗荣新村的领导和媒体，无不发出由衷的赞叹。新华社、中央电视台、四川卫视、经济日报、新华日报、中国建设报、人民网、中广网、新浪网、四川政府网等各大媒体对罗荣村的灾后重建进行了报道。

汽车行进在成都通往绵竹的川西平原上，一片

新农舍

片油菜花炫耀着金黄。2010年新春刚过，常熟方面组织作家、摄影家、文史工作者等人员赴绵竹土门镇采访。我有幸随采访团去往绵竹土门镇罗荣新村，看一看常熟人在援建中交出的这份出色的答卷，去感受这个亮点折射出的常熟援建组的争先精神和聪明才智。

常熟援建组的领导向我们介绍说，他们在2008年7月23日就来到了土门镇，了解情况后马上确定将罗荣村第19、20组农民集居点作为灾后首个农房重建先行点，紧接着开展了规划、设计工作，并指导建立了镇、村、群众共同参与的农房重建委员会。8月26日，罗荣村集居点动工，绵竹市委、市政府的主要领导都来参加了启动仪式。这是绵竹市首个启动、目前集聚规模较大的灾后农房重建项目，也是“5·12”地震一周年时第一个完工的灾后农民集居示范点。用指挥长潘虹的话说，“责任、奉献、专业、合力”就是援建组的工作精神，用这样的精神，去为灾区人民多奉献，为常熟人民多争光。

到达绵竹后，我们先听当地领导介绍，然后到常熟的各个援建点参观。我们在第二天下午来到了心仪已久的罗荣新村。汽车在村口稳稳地停下，但见宽畅的水泥路纵横通达，路边一幢幢崭新的农舍相对而建，拥成“街”的感觉。洁白的墙，灰蓝的瓦，齐齐整整，干干净净。宅前是各家的小院，都种着花树。山茶、扶桑、月季，正争相吐艳。各家门口都贴着大红春联，高挂着大红灯笼，到处透出新春的喜气。环望四周，大片的油菜花在斜阳里更加耀眼。这是一幅何等舒心悦目的乡村新居图啊！

陪同我们前往采访的顾军明，是常熟援建组具体分管联络罗荣新村建设的人员。他告诉我们，这里的民居习惯与江南不同，不强调“朝南”，他们喜欢“门对门”，这样邻里间更有亲近感。常熟援建组在规划建设时，尊重了当地的文化习惯，努力营造出人性化的乡村环境。为了做好新村的规划布局，常熟援建组选聘了具有甲级城市规划设计、甲级建筑设计资质的南京规划设计研究院、常熟市建筑设计研究院，高起点为罗荣新村规划布局和设计基础设施。设计中结合地形地貌，对原宅基地有效整合，并尊重当地的文化习惯，集中组合式布局，既节约了土地，又丰富和美化了小区的空间视觉效果。

我们注意观察这里农房的结构，它既是“面对面”，又是“背靠背”的连体式结构。两户人家连体，可以减少一堵屋墙和两房之间的过道用地，这样全村共节约了土地7亩多，并且减低了建房成本。

说话间，我们来到了村子中央，一条小河清水流淌，一座拱桥横跨在河上，河边种满了各种花、

新生活

树。河岸上用卵石镶嵌，十分美观。河中有一小岛，岛上两株挺拔高大的杜仲树，像两个阅历丰富的老人，俯视着这个生机盎然的新型村庄。这时，我们正体会着“杜仲树下江南水乡”的情致和气息。

这两棵杜仲树是村里灾后留下的原物，它既是罗荣村人对老村的念想，也成了灾后重建的见证。杜仲树已有四五十年树龄。为了保住这两棵杜仲树，重建时人们将村上过去那条又脏又窄的沟渠挖成3米宽的清清小河，并专门为杜仲树筑起了这座小岛。

罗荣新村的村干部带着我们去农户家里参观。我们是随机采访，谁家门开着，就进谁家。这里地处成都平原的西北边缘，当地农业占较大比重，村民以务农、家畜饲养为主，部分外出打工。家里有人的，大多数是务农人家。农民龙世福家，是一个中型的住户。房屋结构分前后两进，前面是起居间和卧室，自来水、卫生间一应俱全；后面是储粮间、猪舍等附房。猪舍下面是沼气池。这里的农房建造，都以这类中小户型为主，经济实用，又方便农户养猪，利用猪粪产生沼气供能。龙家的女主人五十来岁，不善言辞，见我们去，笑着说：“看看我们的新房子啊。”接着又忙着拌饲料喂猪。附房里整齐地摆放着农具家什。我们问：“沼气池能用吗？”女主人笑笑说：“能。”“火力旺不旺？”“旺呢。”她指了指灶间桌上的沼气灶说，依然忙着拌饲料。

我们没好意思让她试试。告别龙家，我们又来到村民杜德清家。老杜正在做木工活，锯着一块花板。他告诉我们，家里有1.9亩承包地，木工是他的手艺，也是副业，女儿在读高中。他家的附房里挂满了自己熏制的腊肉，看上去日子过得殷实。我们问："你家里没养猪么？"老杜说："年底刚出栏，卖了。""那现在沼气还能用吗？""能用能用，气很足呢。"老杜放下手中的活，热情地给我们演示，到灶间，"砰"的一声，打开沼气灶，火苗呼呼地蹿起半尺来高，比我们用的罐装液化气火焰大多了。我们在老杜家的附房里，还发现横梁上搁有许多旧式的花窗和花板。老杜说："是老房子上的，房子倒了，看着这些有年代的花板，舍不得丢掉。"他似乎又回想起什么，又说："多亏了政府和援建组，我们又有了新家。"

我们忽然想起了那位曾在废墟上流泪的方大爷，村干部说，方大爷肯定在家。走进方大爷家时，方大爷满脸笑容地迎接我们："欢迎你们，谢谢领导关心。"看来他是经常接受采访的"明星"了。方大爷家的户型稍小，客厅里规整得干干净净，老两口招呼我们坐，方大爷告诉我们，他现在不但和大家一样住上了新房，村里还给他安排了做保洁的工作，他有了稳定的收入，晚年生活很幸福。我们和他告别时，他又连声说："谢谢常熟的领导哪。"

我们作为常熟人，听了心里如沐春风。

罗荣新村新建的104户农居，共有8种户型，单户面积44平方米到120平方米不等，都是根据农户的实际需要、经济状况等，分户设计建造的，并委托当地具有一定资质的设计部门统一设计。常熟援建组与村建房委员会一起抓进度、抓质量，保证了农房建设的保质保量、按时完成。

我们想要看看大户型的农房，村干部帮我们联系了廖昌明和廖书秀两家，他们家里都住120平方米的大户型房。

到了廖昌明家，我们发现院门特别大，走进院子才明白，院墙边有两间车库，分别停着一辆轿车和一辆面包车。场上铺着水泥，干干净净，靠围墙种着花树。看样子是一户富裕人家。廖昌明夫妇热情地招呼我们进屋，给我们让座沏茶。屋内的装潢说“豪华”一点不过分。地板、吊灯、沙发、50寸大屏幕彩电……侧墙上挂一幅牡丹图，下面是一个一米来宽的大鱼缸，里面金鱼游弋、水草浮动。花格木墙上有各色工艺品点缀。我们未坐定，先里里外外看了所有的房间、卫生间、灶间，完全是城市时尚人家的生活气派了。廖昌明告诉我们，家里有2亩地，主要是妻子在打理，女儿在德阳市新闻网当记者。他自己以前开饭馆，现在做做工程，收入还可以，所以添了两辆车。我们问他，这样大的面积，自己要花多少钱？贷款了吗？廖昌明说，一共贷了4万元。后来我们了解到，灾后重建农房，政府补贴一部分，援建单位支援所有基础设施，农户自己承担一部分，每户可贷2万元，并由常熟援建方付贷款担保金。家中的确有困难无力筹集建房款的农户，由村民小组核实情况公示后，提供特别扶持资金。像廖昌明家这样大的住房，自己花费在8万元左右。

我们问廖昌明，搬进新居，你们办酒了吗？廖昌明说："办了办了，我们叫坝坝宴，也叫流水席，人多么，一拨一拨地吃，所以叫流水席，那天许多领导来了，你们常熟潘书记也来了。"潘书记就是指挥长潘虹，他的称呼很多，有的叫他潘总，有的叫他潘书记，更多的老乡叫他潘大爷。在当地，"大爷"是尊称。

廖书秀家里的装修跟廖昌明家差不多，也富丽豪华。廖书秀在土门中心幼儿园当教师，丈夫是一所中学的校工，儿子经营一家广告公司，今天正好在家。儿子在书房内上网，他告诉我们，网络信号很好。廖书秀让儿子拿他的"作品"给我们看看。她儿子笑嘻嘻地捧出一个模型说："这是我们以前的老宅，现在没有了，做个模型留念。"我们饶有兴趣地看着，问他："老宅的房子和现在的房子哪个好啊？"他说："当然现在的好啦。现在的是现

新学校

代化，电视信号很好，网络开通了，上网方便，给工作也带来了便利。”

罗荣新村全村的基础设施中，通讯、有线电视、供电等专业主管线总长3000多米，自来水主管道总长1200米，污水处理管总长1050米，排水沟渠总长850米，并同步配套了垃圾收集、污水处理和健身设施。现代化的设施让罗荣村村民的生活有了质的飞跃。

我们离开廖书秀家时，斜阳西下，快近黄昏了。村民们陆续回村，与他们攀谈，我们知道这里的老宅基叫“吴家大院子”，户与户挤在一起，最窄的过道，扁担也横不过来；村内有许多淤水沟，还有露天茅厕。现在的环境与过去相比，真是天壤之别了。路过村头的健身设施时，村民很自豪地告诉我们：“以前我们吃过晚饭到镇上去耍，现在是镇上的人常常到我们村里来耍，说我们这里像花园，环境好么。”

我们马上要离开罗荣新村了，所见所闻，让我们想了很多。

常熟在支援土门镇建设过程中，注入了全新的理念，罗荣新村是其中的一个点。用江苏省援建指挥部副总指挥刘大威的评价说，常熟的援建工作，赢就赢在理念，赢在管理。罗荣新村这个点抓得好，思维方式和工作理念已从空间建筑跨越到了生态建筑。

余晖下，田野上的油菜花以金子般的自信孕育着新一年的丰收。这时，一辆拖拉机驶出村口，车上的中年汉子向我们一笑。一户农家小院门口，几个妇女正围在一起，绣着时行的十字绣，孩子们骑着童车，在场院里戏耍，这是一幅多么温馨动人的乡村图景呵。生活在继续，他们正在满怀信心地迎接又一个春天的到来。他们的心灵深处，正在告别灾难带来的阴影，憧憬着美好的未来。全国人民支援四川，江苏人民支援绵竹，常熟人民支援土门镇。大爱，为这片曾经受尽创伤的土地带来了春天的希望。

再一次回眸罗荣新村，两棵高大的杜仲树，枝干挺拔，正爆出一蕾蕾嫩绿的新芽。

情寄思南

要去贵州了，有点小激动。贵州是我游历中的一块空白。电视中常有“多彩贵州”“绿水青山”的广告片，景色极美，却总是一晃而过，心中不足。我对贵州的了解，来自少年时的零星记忆。一张香烟盒纸上有一挂飞瀑叫“黄果树”，地理老师说黄果树瀑布是中国最大、最美的瀑布，就在贵州。一部黑白电影，大概叫《突破乌江天险》，说的是红军长征路上的一个战斗故事，风雨交加，惊涛拍岸，红军冒着枪林弹雨，强渡乌江，进军遵义，后来召开了决定中国命运的“遵义会议”，这些都发生在贵州。贵州又是汉族和众多少数民族的混居之地。苗家服饰的色彩和图案，极具艺术风韵。中国工艺美术大师庞薰琹，早年赴贵州采风，写生描摹苗族的人物和服饰，记录了宝贵的艺术财富和民间智慧。这些信息足以使我对贵州产生长久的向往。

看一看别样的山水风光，体会与江南不同的风土人情。带着神往，带着愉悦，贵州，我来了。

不去黄果树，不去遵义城。文联组织采风，去的是思南。思南被称为“黔中首郡”“乌江明珠”，同样有着悠久的文化历史。这次行程，缘于我们常熟的一位干部在思南任职副县长，这是上级组织部门选派沿海经济发达地区的干部支援贵州各地的建设，从而拓展视野，相互交流，创新观念，推动经济建设，让中国的每一个地方都得到“更充分、更均衡”的发展。

绿水青山，蓝天白云。踏上贵州大地，清新之风扑面而来。贵州多山，公路绵延起伏。进入思南地界，副县长王晓东和当地的几位领导已在路口等候。王晓东就是援黔的常熟干部。千里之外，乡音重逢，倍感亲切。

“带大家先去看看思南县城。”王晓东说着，便领着常熟老乡往山上走。走惯平地的江南人，一上山路，就有点气喘吁吁。抬头望，只有一个小山阜，何处是县城？当地人介绍说，这个山阜叫“兽王台”。即刻到达山顶，山脊上有亭子一座，四周巨石几隅，树木参差，倒像一座小型的休闲公园。登亭而望，眼前豁然开朗。这里竟是一个观景台，能俯瞰思南县城全景。

兽王台上的观景亭，实际建在悬崖顶端。壁垒百丈，险峻陡峭，临风而立，极目四野。但见壁垒之下，一条大江穿过房屋毗邻的古老县城，这就是乌江。乌江两岸青山起伏，翠绿如屏。三座现代的大桥横跨江上，有汽车如甲虫穿梭往来，江水如缎，宁静而美丽。乌江为长江支流，黔中的黄金水道。两岸青山裹挟，战斗岁月曾是天险要冲。而我们今

乌江穿城而过

天见到的乌江，风雨和枪声已经远去。乌江边，新建的一排排高楼和古城的民居相映成趣，比照着一座城市的历史和变迁。

蓦地，一种情愫油然而生。这也是一座山、水、城融为一体的美丽城市。大多数常熟人在城市的审美取向上有一个“山水城”的情结，常熟的虞山、尚湖和古城相融一体，成为城市的风貌特征。走的地方多了，方知道许多美丽的城市都具有不同形态的山、水、城。如名城杭州，城市在湖光山色之中；如西施故里诸暨，浣纱江映照青山，穿城而过。昨晚下榻湘西凤凰，沱江穿过吊脚楼簇拥的古老街市，四周山影幢幢……今天见到的思南，也是山、水、城相拥。常熟和思南多了一层心灵和情感上的感应。

下山进入思南县城，踏上古街，房舍依江而建，江水绿而深邃。街上有许多保存完好的古代建筑，眼前的乌江博物馆辟于明代遗址文庙内，为贵州最早的佛教建筑之一。这里陈列着乌江流域新石器时代古人类文化遗址的图片和资料，也展示了古渡、古纤道、悬崖石刻等文物名胜及各个民族的生存方式和时代变迁。神秘而美丽的乌江，已形象地走进了我们的内心。

思南的老街高低起伏，随台阶拾级而上，便进入另一条街道。在这里，我们看见了一座简约而庄重的纪念馆。这是红军将领旷继勋烈士的故居，现为全国重点文物保护单位。旷继勋早年参加革命，1926 年加入中国共产党，为红军的高级将领，曾与贺龙、周逸群、徐向前等并肩作战，1939 年牺牲时年仅 36 岁。2009 年，旷继勋被中宣部等 11 个部门评为“为新中国成立做出突出贡献的 100 位英雄模范人物”之一。思南的文化历史记录着一座城市的智慧和创造，也纪念着永不褪色的信仰和光荣。

夜幕降临，青山如黛。王晓东带我们再一次认识和领略了夜色中的思南山、水、城。乌江岸边泊着一艘很大的游轮，我们要夜游乌江。同去的还有一些医务工作者，他们是常熟医疗战线选派来的中青年骨干，支援思南的医疗工作。

汽笛一声，游轮在乌江中缓缓行进，两岸的灯光在江水里泛出粼粼光亮。游轮驶出不远，高楼栉比，一幢幢大厦用灯线构出轮廓，光影水色，如蓬莱仙境。有霓虹闪烁，我们认出那座大厦是我们下榻的宾馆。如此美丽的思南夜色，让人迷恋不已。这里与经济发达地区相比，略显“贫困”，是因为地理交通等原因，工业起步较晚，可用的财政资金相对薄弱，而不是真正意义上的贫困。这里山青水秀、环境优美、人民安居乐业。当地领导介绍说，思南正以绿色发展的“一区五高地”为战略，加快经济建设，向着“开放思南、活力思南、诚信思南、

思南老街

效能思南、平安思南、魅力思南”的目标大步迈进。

采风思南，我对贵州有了新的认识。清风明月本无价，远山近水皆有情。这里丰富宝贵的人文资源和环境资源，将给他们带来金山银山。一路走来，梵净山的金顶云霞，千户苗寨的古朴民风，荔波的水上森林，足以让我陶醉。未能去黄果树和遵义，留下一些念想，下次还要来贵州。支援思南的常熟朋友们，你们远离故土，却在祖国的另一方土地上贡献才华。有缘千里来相会，常熟和思南的缘分，我在思南的网页上找到了答案，录此压卷：

思南是贵州优秀的滨江山水园林城市，形成了江在城中，城在山中，山、水、城相映的壮美画卷……

后记

编完这些零散的文字，也算是人生秋阳里一个小结。感谢《家在常熟》丛书的组织者，给我一次结集的机会。散文的写作缘于叙事和言情的欲望，找一个与世人交流的窗口。虽有应景之作，也应以说真话为底线。对故乡的文化历史，怀着热爱和敬畏之心，落笔谨慎，不敢粗疏杜撰。平庸难免，却以用心自慰。感谢摄影家梅志强等朋友为本书提供精美图片，为拙作增色。

杂谈常熟话

袁文龙 著

家在常熟文学丛书

常熟市文学艺术界联合会 编

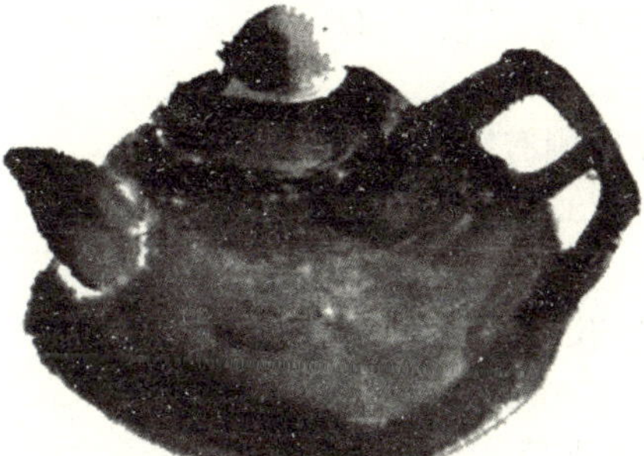

古吴轩出版社
中国·苏州

图书在版编目（CIP）数据

杂谈常熟话 / 袁文龙著．— 苏州：古吴轩出版社，2018.12

（《家在常熟》文学丛书）

ISBN 978-7-5546-1288-0

Ⅰ．①杂… Ⅱ．①袁… Ⅲ．①杂文集—中国—当代 Ⅳ．①I267.1

中国版本图书馆 CIP 数据核字（2018）第 257069 号

责任编辑：俞　都
见习编辑：黄菲菲
责任校对：徐小良　王　芳
封面图文：启　明
责任照排：张单键

书　　名：杂谈常熟话
著　　者：袁文龙
出版发行：古吴轩出版社
地址：苏州市十梓街 458 号　　邮编：215006
Http://www.guwuxuancbs.com　　E-mail:gwxcbs@126.com
电话：0512-65233679　　传真：0512-65220750
出 版 人：钱经纬
印　　刷：无锡市证券印刷有限公司
开　　本：880×1230　1/32
印　　张：8.25
版　　次：2018 年 12 月第 1 版　第 1 次印刷
书　　号：ISBN 978-7-5546-1288-0
定　　价：168.00 元（全四册）

总序

改革开放以来的四十年，是常熟历史上发展最快、变化最大的时期。这个发展和变化不止于经济、社会领域，更见于人们的精神世界。

对常熟全方位深刻变化感受最强烈、体会最深切的，当然是生活在这片热土上的常熟人。《家在常熟》文学丛书，以散文和诗歌的文学样式记录了当代常熟人砥砺奋进的足迹，礼赞常熟在新时代的华丽蝶变。

这里有时代脉搏，这里有古韵今风，这里有世道人心，这里有乡愁乡音。

陶玉霖的《生动的芦苇》是一部美文集锦，以精致的文笔写人状物，开掘生活美质，点睛时代精神。

张国灿的《乡愁如歌》纵观时代，抒放情怀，讴歌改革，诗咏故乡，是一部充满激情的时代颂歌。

金曾豪的《文莱轩随笔》发扬随笔以小见大、举重若轻的文体特点，信手成文，涉笔成趣，把常熟人几十年的生活有滋有味地呈现于读者面前，读

来亲切隽永，趣味盎然，让人油生对时代、对乡土的亲情。

袁文龙的《杂谈常熟话》是作家几十年研究家乡方言俚语的成果。区别于一般的吴方言题材出版物，本书不止于语义注释，还侧重方言词汇的源头考据和历史流变,从语言的角度记录了时代的变化。文本有语言学价值，却无学究气，以文史随笔的形式，娓娓道来，轻松活泼，生动有趣，是一份鲜活的乡土教材，是一份有价值的非物质文化遗产研究成果。

丛书的意义并非只是四位作家的作品结集，还局部展示了四十年来常熟文学工作者追随时代、服务人民的努力。

常熟市文学艺术界联合会主席　李忠

小引

常熟是吴文化的重要发祥地之一。其悠久的历史文化，不但显现、展示在遗存下来的诸多物质实体上，还大量地保留、隐含在非物质的地方语言中。每一个地方的历史文化从来都有一套独特的语言系统做载体，从而鲜活地流传在广大民众中，尤其是乡野市井百姓的口头。接地气的地方语言，有着顽强的存活力。常熟老闲话即方言俗语是吴语系列中很具代表性的一个语种。在语言声调上，它因商末仲雍与兄泰伯让国南来，共建勾吴古国，并生活、卒葬于此，而给其时尚称蛮荒之地的常熟带来先进的中原农耕技术与文化，同时也将浓重的陕西语音融入了常熟土著话语中。所以千百年来常熟话至今还保留着八个声调和部分秦腔古音。这种语言系统的稳定性，使常熟闲话较本真地保存了各个历史时期的地方人文信息。英国著名科学家贝尔纳说："语言是现今仍然活着的古代遗物。"从这个意义上说，保存有丰富历史人文信息的常熟老闲话，堪称是本地历史文化的活化石，殊为可贵，值得珍惜。

近代以来，特别是改革开放后，城乡大建设和全国各地人员迁移流动的频繁加剧，使社会文化发生巨大变化。某些事物、现象逐渐淡出人们的视野，乃至消失、灭绝，甚至来不及留下什么实物可供后人探究，令人不免遗憾可惜。但这些现象却依然或直接或间接地保存在各地的方言俗语老闲话中。品读或解读常熟老闲话，宛如进入了一段段有声有色的时空隧道，虽久经漫长岁月的尘封，也难以磨灭其昔日的光辉，一言一语，一字一句，无不显示出它与当年这座江南古城社会生活的种种联系。它们满载着常熟三千多年历史文化的积淀，包蕴着“岁岁多收常熟田”的鱼米之乡特有的事物与风尚，为后人留下了许多有关“常熟”的记忆，而且随着时光的推移，显得愈发珍贵。记录和收藏方言俗语，无疑成了当今这一代人自觉担当的责任——这正是作者选此课题作为本书主题的初衷所在。

可喜的是，近年来随着国家对非物质文化遗产保护工作的重视与加强，一批由语言文字界专家编撰的研究方言俗语的专著出版问世，为抢救、保护、传承各地方言俗语做出了卓有成效的贡献。但好多专著往往停留在对方言俗语的语音声调、组词结构、话意或词义等的修辞理论研究层面，且阐述方式也大多承袭以彼书注释此书的考据式风格，即以某古籍古文或某名家名文的应用为例证解读某方言俗语的含义，缺乏对该方言俗语前世今生的追根溯源。这种从书本到书本的文本严谨有余，生动不足，不易或少易为非语言文字工作者所关注。其实，方言俗语本是芸芸众生乃至三教九流的口头创作，其最大的流通领域也一直是在民间，尤其很多俗语本身就是将故事与风情浓缩的一种语言叙事，反映了人民群众的生活经验、愿望以及各地不同的风俗习惯，简练形象，生动活泼，为广大民众所喜闻乐“说”。它一开始就带有俗文化的草根属性。因此，若能用通俗明白的语言解读某些正日趋淡化或濒临消失的方言俗语，做一番历史人文意义上的还原探究，并对与方言俗语初创时期相关的历史掌故、神话传说、趣闻轶事甚至戏说流言略做梳理，理清其产生与演变的过程，让方言俗语回归民间亲近大众，那么，这种非学术性的文本，或许更能激发人们对方言俗语的兴趣，从而倡导更多的人来共同关注对方言俗语的保护与传承——这正是作者以随笔形式书写本文的初心所在。

语言是有温度的，方言俗语更有时代的色彩、人情的况味。基于上述的撰写初衷与初心，作者在2015年完成《常熟闲话》（上海文化出版社）后的续写中，加强了对常熟方言俗语的人文意义上的解读，力求保持其语言温度，更亲近日常使用的百姓大众。但方言俗语的内容涉及面极为宽广复杂，很难分门别类。初次尝试，那就只能“脚踏西瓜皮——滑到哪里是哪里”地想到啥就写啥，似闲谈般地不断随笔下去了……有感于此，是为自序，兼作本书小引。

目录

虞

长期流传并至今仍挂在常熟人口头的老闲话，
源自民间，植根于生活，初听似乎很『土』蛮『俗』，
但锣鼓听声，说话听音，细细辨析，
便不难发觉，诸多常熟老闲话，
其实皆是一代又一代常熟老百姓的生活经验与人生哲学的结晶。
土生金木，亦蕴水火，俗能生雅，大俗大雅。
常熟老闲话正是通过或直言不讳、一针见血，
或比喻夸张、嘲讽揶揄的表述，
旷日持久地对人们的日常生活，
特别是对某些人的行为道德，
含蓄婉转地起着规劝、告诫、约束、规范的舆论督促作用，
堪称活态的地方非物质文化现象，值得珍惜，值得传承。
现遴选若干，并试做诠释，与读者共同领略其中韵味。

茶七酒八

常熟是礼仪之乡，待人接物都有约定俗成的文雅规矩，茶七酒八即是其中之一。茶七酒八规定向人敬酒或送茶都不能满杯，以七八成为宜。这是因为满杯茶酒敬献客人或客人饮用满杯茶酒时，殊为不便，一不小心就会碰翻或倾侧，致使茶酒四溅沾湿衣衫，让人难堪狼狈。同时也是借杯中尚留空间的直观，营造主客之间品茶饮酒、对话议事都留有余地的宽松氛围。常熟虞山出产的茶叶，拥有一批资深老茶客。老茶客品茶，头开一定不能满，特别是第一泡，先只沏水四成，待送到客人面前稍顷后，再沏上三成。此时正好茶叶舒展放开，释放茶香扑鼻，是品茶“闻香”“观舞”的最佳时机，故曰“茶七”。而“酒八”则因旧时常熟民间有“酒多按节倾家酿”的传统，所酿米酒俗称“老白酒”，入口甜爽，但后劲很足，不谙此酒酒性之人，常因饮得过快、饮得过量而醉后失态。酒倒八成，有与对方慢饮细啜，也有提醒对方警惕酒醉之意。

与七、八相关的常熟话还有泛指菜肴丰盛的七荤八素，烹饪操作上一种分割食材刀法的横七竖八，以及形容说话前言不接后语、没有逻辑性的七不搭八、瞎七搭八，形容吃足苦头或半死不活的七死八活，形容年纪大的七老八十，此外尚有七零八落、七高八低、七嘴八舌、七手八脚、七颠八倒等。

鲜得来落脱眉毛

这是常熟人形容菜肴味道鲜美的一句赞语。但好多人口上这么说，心里却不明白：味道鲜美怎么会掉眉毛？如果真会掉眉毛，谁还敢吃味道鲜美的菜肴？以掉眉毛来形容极致的鲜美是否有科学根据？答案是否定的。事实证明吃再鲜美的菜肴，哪怕是癞蛤蟆想吃的“天鹅肉”也不会掉眉毛。科学家也证实，舌尖上的鲜美与眉毛的生长没有因果关系。那么“鲜得来落脱眉毛”又是如何挂上人们口头并流传开来的呢？其实这是常熟话“眉毛”与“味道”谐音接近而产生的。

在没有味精的旧时，厨师常用黄鳝骨、猪骨、鸡骨等放在一起熬煮成“高汤”，然后在烧其他菜时用来吊鲜，其味鲜美，而且保持了原有菜肴的鲜味。二十世纪三十年代，味精上市后，好多厨师为图方便快捷，很少再熬煮高汤，改用味精为菜肴吊鲜，而且越放越多。味精之鲜确能蒙混普通食客的味觉，但资深的美食家自有练就舌上的功夫，一辨即知非食材原味，因此有位老饕就对厨师说：“你烧的菜鲜是鲜的，只是鲜得来呒不味道哉！”此语中的“鲜”是指味精的鲜，此语中的“味道”是指原有食材（菜肴）的味道。全句的意思是说，多加味精使菜肴只有味精之鲜，而失去原来菜肴的鲜味，变得反而没有味道了。因方言“味道”与“眉毛”近似谐音，旁人误听为“鲜得来落脱眉毛”，并就此传开了。此语原是批评语，几经讹传，现在倒真的成了肯定菜肴鲜美的赞语了。

头鲜鲜尾巴腌

常熟话将新鲜说成“鲜鲜”，故此话的书面语言应是头新鲜尾巴腌。此语常用来比喻某些人做事不专心、无耐性，更无长性的虎头蛇尾半吊子作风：开始很认真投入，蛮似有活像，可是三分钟热度还没有到就不用心、不用力，半途而废不干了。“这个人随便做啥事体都是头鲜鲜尾巴腌，一歇歇工夫就屎厌臭歇手了！”以鲜头腌尾来形容某些人的办事作风，源自江南水乡民间对鱼的食用方法。常熟是鱼米之乡，盛产鱼类，但旧时家庭没有冰箱之类的冷藏设备，故每有活鱼，特别是大活鱼一次性吃不掉时，就会将最易腐败变质的鱼头（鱼脑部位）先趁新鲜现烹现吃，而将身段及尾部用盐腌起来，日后再慢慢享用。这种不是一次性食用整条鱼的做法，后来不知怎么被借用来形容某些人刚办事时颇有新鲜感，表现出一定热情，可是不久即失去兴趣，有了“厌”的感觉，倒也不算过分牵强附会。头尾有别，“厌”“腌”谐音，话中有话，一语双关也。

家眼不见野眼见

家眼是指家里人的眼睛，也可以扩大为是熟悉或认识的朋友圈内人的眼睛。野眼则是指家眼以外人的眼睛。此语告诫人们做事要光明磊落，循规蹈矩，凡事要经得起时间和群众的检验。千万不要耍小聪明，玩鬼花样，自以为可以神不知鬼不觉地瞒天过海，干些超越道德底线和法律界限的出轨之事。须知隔墙有耳，隔窗有眼，你虽然有可能一时瞒过了家庭成员、亲朋好友，但天网恢恢，疏而不漏，迟早有一天会东窗事发，暴露丑态恶行于光天化日之下。面对铁证如山，面对家眼人和野眼人的共同声讨，不正是应了“家眼不见野眼见”的现世报吗？近几年陆续走上审判台的“老虎”或“苍蝇”级人物，很多人当初都以为一手遮天瞒过了家眼和野眼，但其实是自欺欺人。且不说那些曾同流合污的家眼（如贪官的情妇）看得一清二楚，单说作为旁观者的群众更是眼睛雪亮，早已盯上了此类人物的劣迹了。俗话说你知我知之外，还有天知地知。群众的野眼就是无处不在的天和地。明白了这个道理，“家眼不见野眼见”这句话就是要人们无论是为民还是为官，都要敬畏野眼，敬畏群众，敬畏天地。只有这样才能自觉约束和规范自己的行为，向真、善、美靠拢。人在干，天在看啊。

俏媚眼做给瞎子看

俏媚眼乃一副含情脉脉、优雅温柔的表情姿态，但一个“做”字就道出了这种俏媚眼并非出自内心的真情流露，明显带有表演作秀“做”出来的成分。尽管如此，对于大多数旁观者来说，俏媚眼总还是因动人可爱而吸引人眼球、讨人欢喜的。因此，现实生活中就有人练就了一种动辄可以挤眉弄眼、眯花眼笑取悦对方的俏媚眼“做”功。不过可悲的是这些人“做”功虽好，有时却把瞎子当作了欣赏对象，枉费了一番心机和几多感情投入。出现这种可笑的现象有两种可能。一是做俏媚眼者有强烈的表演欲望或表演惯性,不管对象看得见还是看不见，见有对象就要做俏媚眼，分明有点显格格。二是做俏媚眼者有心讨好对方，意欲以俏媚眼博取对方欢心，实现自己的心中所求。无奈对方虽然不是瞎子却胜似瞎子，不是有眼无珠就是视而不见，对俏媚眼毫无兴趣，无动于衷，眼珠转也不转。做俏媚眼者只落得个热气换冷气，热面孔碰着个冷屁股，于是只得自叹自嘲是“俏媚眼做给瞎子看了”，而旁观者则似看了一个小品，以此语点评、讽刺谄媚奉承者的自作多情，可谓形象逼真、入木三分。

台上演员做俏媚眼，常能博得一片掌声，满堂喝彩；现实生活中善做俏媚眼者，却只落得个自嘲或被人讥讽的下场，岂不可悲可笑，这又何苦呢。

养媳妇做媒人——自身难保

此语脱胎于外地歇后语“泥菩萨过河——自身难保”。常熟话将童养媳说成“养媳妇”，倒也名副其实。它说明了旧时代有些人家的媳妇不是娶来的，而是从小用金钱买来养在家里长大的。其时家道殷实的农家，有早早领养小女孩作为后备儿媳妇的习俗。所谓领养，实际是买卖。童养媳大多出身贫苦家庭，小小年纪被卖到婆家，早期常被当作丫环使唤，受到种种虐待，而且往往失去人身自由，长大后也很难得到善待或有圆满的婚姻，或被当作苦力，或被当作性奴，甚至被转卖牟利。养媳妇的悲惨遭遇从来就值得人们同情，而值得同情的养媳妇偏又大多数心地善良，在自身难保的情况下，还意欲为人做媒撮合姻缘，这种成人之美的良好用心，岂不让人在哀叹其人生不幸的同时，倍觉其处境的尴尬与辛酸吗?

清官吃麦粥

此语是常熟人崇敬、赞美清官的口碑词，流传极为广泛深远，在反腐倡廉的当今仍不时被人提及，奉为官场座右铭。明代永乐年间，常熟进士鱼侃先后官拜刑部、工部主事，并一度出任开封知府，虽官位皆属肥缺，但其为官清廉，两袖清风。退职归里，清贫如洗。因囊中缺钱，只得与老妻以麦粥度日。老妻每煮好麦粥常呼：“清官，来吃麦粥吧！”由此，“清官吃麦粥”一传十，十传百，传遍乡里，成了草根百姓的口头语。其实，吃麦粥在旧时常熟极为普遍，特别是在地势略高以种棉花、小麦为主，不产稻米的东乡，一日三餐中麦制品成了主食。除了将麦加工成面粉后做成面或饼食用外，普通人家往往只用石磨碾成粗粒状的麦粞，或干或稀地煮着食用。即使偶尔改善生活，吃顿大米饭或粥，也要掺入不少麦粞。鱼侃吃的麦粥是单纯用麦粞煮出来的，和草根平民吃的无异。因为鱼侃吃的粥和百姓的粥一个样，鱼侃和老百姓吃到一起去了，所以鱼侃家的麦粥和百姓家的麦粥产生了强烈的共鸣，“清官吃麦粥”就此成为常熟城乡家喻户晓的口头语。

如今时代不同了，人民生活水平提高了，饮食习惯也随之改变了。无论是低乡还是高乡，都已以大米为主食，不再食用也不再有石磨碾磨麦粞了。因此有人要改善食物结构，补充营养，只能上超市去购现成的麦片煮粥了。过去的低档贫贱食品，现在身价提升成了高档的富贵食品。但同样是吃麦粥，其“味”却大不一样。须知吃麦粥只是个饮食方式，人们之所以传颂“清官吃麦粥”，更看重的是吃麦粥的人的精神境界。鱼侃吃麦粥吃出了高风亮节，而有些人吃麦粥无非是为了追求保健养生罢了。那么，你吃麦粥了吗？你吃麦粥时想到了鱼侃这个清官吗？

和调

常熟话将一味不负责任地附和称为“和调”。开会讨论或研究问题，自己不发表意见，而是别人说什么，他也说什么。别人说“同意”，他也说“同意”；别人说“反对”，他也说“反对”。现实生活中这样的人不少，原因一是被“一言堂”惯了，怕逆了上司旨意；二是随大流惯了，况且事不关己，落得高高挂起。“和调”源自民间的宣卷。宣卷俗称讲经。旧时凡有喜庆或丧事仪式，农村人家都要请民间艺人来说宣卷。宣卷的内容大多是以因果报应的故事惩恶扬善，劝人为善，具有一定的教育意义，故现已被列为非物质文化遗产。目前常熟市民间文化保护办公室正在抓紧整理的宣卷达二百多种二百余万字。宣卷开讲时由一名艺人主讲，每讲一段，两旁坐着的人要附和一次，称为“和佛”。因主讲人连说带唱有一定的声调，故也称“和调”。和调不需要讲述内容，只要附和即可，犹如现代大合唱中的和声伴唱——从这个意义上讲，“和调”还是服从于、服务于主旋律的。因此，“和调”不同于相近的“胡调”。“胡调”原是因中原民众称北方民族为胡人、北方音乐为胡调而来，如胡笳十八拍，后来不知怎么被借用来泛指有故意捣乱企图的言行。“胡调”明显有和主旋律唱反调的嫌疑，值得警惕。至于不会“和调”，也不“胡调”的人，常熟话则称他们是“不入调”。“不入调”也有故意与主旋律唱反调或欲另立腔调的出轨之嫌，故若说此人“不入调”，明显带有贬义。和谐社会可以有“和调”，但反对“胡调”，也不欢迎“不入调”。

带泥萝卜吃一段揩一段

常熟支塘、何市一带历来盛产黄白萝卜，其中白萝卜尤以品质优良、个大而闻名周边地区。民谣曰：“支塘萝卜有名声，大得要用几人扛。”昔日上海市场一向以“支塘萝卜”挂牌招徕顾客。受到消费者欢迎的苏州传统酱制品甪直萝卜，其原料必首选支塘产地，以保证质量。白萝卜有消痰止渴、利尿通便的功效，既可熟食或腌制，也可生吃。入口脆嫩多汁，津津有味。农民在田间劳作时，常就地挖取萝卜生吃解渴。但拔出萝卜带出泥。有时田头无水清洗，农民便用袖管或裤腿揩擦去生萝卜上的泥巴后照吃不误，“带泥萝卜吃一段揩一段”，就是这种农村劳作生活场景的真实写照。因此语形象生动接地气，后来就被用来泛指“长计划，短安排”的工作方法。现实生活中有些事情不可能一下子全部完成，那就只能像吃带泥萝卜那样，吃一段揩一段，一点一滴地先做起来，直至日积月累，达到功德圆满。著名的“愚公移山”采取的其实也是带泥萝卜吃一段揩一段的方法。

“带泥萝卜”的“带”，在常熟话中说成“它”音，此“它”即“带”的意思。而另一句常熟话“它舌头”中的“它”则是“伸”的意思。还有“它鼻涕”中的“它”，又有“流”的意思。同样一个“它”音，却有完全不同的含义，这就是外地人学常熟话的为难之处。

得着风就扯篷

此语可作为褒语，形容雷厉风行、闻风而动、说干就干的精神状态与举动。如：“中央一号文件为今年的农业生产送来了春风，我俚作为全市的龙头企业，一定要得着风就扯篷，抓住机遇，用足政策，加大春耕投入，争取秋后更大丰收。”亦可作为贬语，用来形容某些人倚仗权势、耀武扬威的丑态。如：“自从她昨晚得知老公今天将被正式任命为办公室主任后，今早上班人们发现她说话的口气已变了，不但声高气大，而且强势压人，带点命令式了，真是得着风就扯篷。”

传统的江南水乡，人们出行或运输物品，从来就是以船只为载体。旧时没有机器动力，船只航行全凭人工撑篙、摇橹、背纤，殊为辛苦，故被列为人间三种最辛苦行业——摇船、打铁、牵豆腐之首。但聪明的水乡人在充分开发水能载舟功能的同时，为减轻劳力，还在实践中发明了巧借风力代人力行船的篷。篷，其实即帆，只是形制较小、较简易，一般只用于内河航行的船只。“得着风就扯篷”描述了以篷借风、用风的全过程。船只行驶时，若遇顺风，立即竖起樯子扯起篷，让风推动船行驶。樯子有木头的也有毛竹的。篷是用一块长方形帆布制成的，帆布的一面缝上一排铁环，铁环套进樯子里后，将樯子插在船中部的樯眼孔中。帆布的左上角、右下角交叉斜插一根竹竿，两根粗绳再分别系在篷的另一面上下两端，并紧紧地系牢在船舷上，使篷在风下全面展开，这整个过程称为扯篷。扯篷后，张开的篷被风吹得鼓鼓的，自会带着船只在水面上徐徐前行，可以不再摇橹，但仍需掌舵。如遇前方有桥，就得及时松开篷绳，让篷滑落垂下，并拔出樯子，待过了桥洞再竖起樯子扯篷。风来无影去无踪，且风向时变，所以要“得着风就扯篷”，全凭有经验的水手眼明手快，耳觉风即手扯篷，见风使舵，方能赢得乘风破浪一路前行。若是“得着风不扯篷”，那就白白错失良机，只能有劳手脚撑篙、摇橹或背纤了。但也不能随便得着什么风就扯篷，只有风与船保持一致方向的顺风才能扯篷。否则若遇歪风也扯篷，那就很有可能船只非但不前进，还会倒行逆“驶”呢。

如今扯篷船已淡出了人们的视野，但“得着风就扯篷”这句老闲话依然挂在老常熟人的口头，而且更令人欣喜的是船上的扯篷现象虽然远去了，但另一种显现扯篷现象的常熟地方小吃却近在眼前，并不时为人称赞，那就是扯篷豆腐干。顾名思义，扯篷豆腐干就是被做成像扯着篷一样的豆腐干。扯篷豆腐干的制作颇具匠心，也别具手眼。先是要在豆腐干上剞花刀，在方正厚实的豆腐干上垂直其对角线剞直刀，但切不可切断，深度正好是豆腐干厚度的一半，翻转至另一面垂直另一条对角线如法剞之，然后轻拉两角，豆腐干即呈现网状，再用细竹签顺着拉开方向将豆腐干串起来，便像迎风饱满的船篷，而竹签也就形成了微型樯子，豆腐干被做成扯篷状后还须入油锅炸至表皮老韧，然后摊开晒干成半成品，最后再入锅卤煮入味。豆腐干经三四小时的卤煮，吸足汤水，膨胀厉害，显得松松垮垮，更像篷帆了。若蘸辣酱或葱油入口，则鲜香多汁，且嚼劲十足，不失为绝妙的常熟街头小吃。

拼死吃河豚

此语形容为求一时之快或最大利益，不惜以个人身家性命为之一搏而不计后果的决心。但这种“此时不搏，更待何时”的拼死，往往只是因眼前的快意或利益实在太诱人了，而不顾一切、忘乎所以地在尚无把握或准备不足的情况下做出决定，因此不免有点莽撞冒失。其勇也许可嘉，其行则不宜肯定提倡。所以这句常熟老闲话常被用来揶揄某些人过度或越轨的追求行为，比如：“为了博得局长的欢心，谋得空缺的办公室主任位置，这次她也是花足了血本，真格是拼死吃河豚。”

可是在现实生活中，具有“拼死吃河豚”想法的却不乏其人。吃河豚本身就是生动一列。河豚与刀鱼、鲥鱼并列为长江三鲜，历来受到人们的青睐。美食家苏东坡就对河豚津津乐道并写诗点赞：竹外桃花三两枝，春江水暖鸭先知。蒌蒿满地芦芽短，正是河豚欲上时。“吃了河豚，百样呒味。”河豚在春季最为鲜美，入口肥腴、细嫩。但体内有毒，尤其是夏初怀卵时毒性最大。其毒素超过砒霜，因此烹饪食用河豚，必须先将卵巢、内脏和血液、眼、腮、皮肤以及背鳍、胸鳍全都处理干净，然后烧时还须煮透。要是火候不到，吃了仍会中毒，有死亡的危险。中毒时手指、口唇、舌尖会先发麻或刺痛，然后会出现呕吐、腹痛、身体摇摆、麻痹瘫痪、昏迷等症状，在很短时间内身亡。因为吃河豚有中毒身亡的危险，故吃河豚者大多是自愿承担风险者，甚至有在吃前与招待方签下生死合同的：如有意外，与他人无关。民间也有讲究，吃河豚时不作兴带人同往，上桌后也不为人搛菜。若上馆子吃河豚，再要好的朋友，也实行AA制，各付各的钱，各吃各的菜，各领各的风险。但据说也有几家老字号菜馆，因有久经实践行之有效的处理河豚毒素的方法，为招徕生意，竟敢在门口悬挂告示，承诺食客若在本店吃河豚中毒，主人愿意赔付甚至偿命。尽管信誓旦旦，胆小者还是不敢上门。如今国家对食用河豚管理很严，厨师必须获得经有关部门严格考核后颁发的上岗资格证才可烹饪河豚。不过，因吃河豚中毒身亡的事件至今仍年年见诸报端。河豚味美却身怀剧毒，拼死吃河豚，既是被诱惑，又是受刺激，吃的就是那份舌尖上的享受，吃的就是那份全身心的惊险。

其实，“拼死吃河豚”还有下半句“怕死掘芦根”。民间单方，芦根可解河豚毒。故旧时至今，不少跃跃欲试的胆小者食用河豚时，同时置一盆鲜芦根在旁，一旦觉得食后不适，即嚼芦根自救。更多的是在吃过河豚后，再嚼几段芦根以做预防。若芦根真能彻底解毒，那么吃河豚的拼死劲、拼死状就显得有点作秀了，所以“拼死吃河豚”一语总也不能做褒义词。

急投投三石缺一斗，滔悠悠二石九

此语带有告诫和劝导性。意为凡事不可操之过急，急也未必能急出什么好结果，不如稳中求胜，落得轻松自如。现实生活中好多事情本是循着规律发展的，热情过度，一味地追求超常规的大干快上，有时反而因体力透支达不到“超前”的目标。而平心静气，胜似闲庭信步地循序渐进，往往倒能获得预期的效果。

“急投投”的“投”在常熟话中也是急的意思，常用来形容心急慌忙的样子："这个人做啥事体全是投投能格，连走几步路也是投得不得了，赛个屁股后头有强盗杀过来哉。"急后面再加上两个"投"，极言急的升级程度。如此之急，结果却是欲速则不达，"三石缺一斗"，没有达到设定的三石目标。"滔悠悠"的"滔"，本有水流不息连续不断的意思，以此形容深度闲适的"悠悠"，则极言慢生活不慌不忙的休闲状态。如此潇洒等闲，从容不迫，结果却同样达到了"二石九"。两相比较，人们自然会选择滔悠悠的生活方式。无怪乎在经历了一个时期的超常规、跳跃式、快节奏的发展后，人们又怀念起早先滔悠悠的慢生活来了。

二十世纪七十年代末，苏南地区曾发生过一次关于是种单季稻还是种双季稻的大讨论。"文革"时期农业学大寨，片面强调"人有多勤地有多产"，推广种植双季稻，农民们倍加辛劳地改原来麦收后种一季水稻为种两季水稻，以求粮食增产。但由于苏南地处中纬度亚热带，夏季的气温和光照不能满足两季水稻生长的需要，所以农民们虽然多了一次收种的繁重劳动，可是两季稻的总产量反而不及单季稻高，稻谷的质量也是单季稻胜过双季稻。实践证明"三三得九，不如二五得十"（双季稻加一季麦，农民需三次收种）。显然是"三三得九"急投投，病急乱投医而导致适得其反的结果。而"二五得十"则分明是顺从自然规律的"滔悠悠"结果。这场讨论最终恢复了苏南地区因时因地制宜的单季稻种植。其实在日常生活中，许多事情是性急吃不得热粥的，"急投投"往往会出错。煮米饭急投投，容易煮成夹生饭；吃饭急投投，容易噎住，或造成消化不良；连恋爱也会因急投投双方了解不够而出现闪婚、闪离……如此说来，人们在生活中滔悠悠些又何妨？

冷灰里爆热栗子

原以为灰烬已冷却，死灰不会复燃，不料突然从中爆出煨烤得滚烫的热栗子来，让人意想不到，反倒有点措手不及。此语与用历史典故诠释的俗语“半路上杀出个程咬金”颇有相似含义，常常用来形容事件或事情已经接近尾声，正要圆满或顺利解决时，突然又冒出一个新问题或新矛盾，致使预期的美好结果不能或推迟实现，甚至就此泡汤。比如：“经过几轮考察，他终于获得了升任正局长的提名，可是就在组织部对拟任人选进行一星期的例行公示的第六天，他老婆实名举报他上周末还携情人上会所活动到凌晨三点被家人抓住，才不得不回家。这次后院起火，真的是冷灰里爆热栗子，他困梦头里也没想到自己的仕途会就此搁浅。”

利用灰烬余热来煨烤食物，古已有之，甚至可追溯到人类原始社会时期。旧时没有煤气、天然气，江南人家一日三餐皆在烧柴草而不是煤炭的土灶上烹饪。煮饭烧菜后灶膛内的灰烬，余热犹存，大可利用。于是嘴馋的孩童常会在灰烬中煨烤零食，小至黄豆、白果、花生等，大至山芋、玉米、硬糕等。虞山上盛产的桂花栗子，因其又香又甜又糯，自然成为人们秋季钟爱的煨烤零食，不时被投入还在发挥余热的灰烬中接受高温的考验。一旦被烤熟，栗子便会膨胀破壳，带着爆裂声，从灰烬中跳将出来，供人剥食享受。但在灰烬中煨烤栗子，必须掌握火候。灰中暗火尚旺，余热过高，会烤焦栗子；灰中余热散尽，余温太低，会烤得栗子半生不熟，失却美味。若是在已冷却的死灰中突然爆出热栗子来，那无疑是个意外收获。所以“冷灰里爆热栗子”，也可用来形容突然遇到“天上掉馅饼”时的欣喜之情，或比喻为原以为无可挽回，却一下子峰回路转、柳暗花明又一村，似出现了新希望。

冷灰里爆热栗子可“惧”说亦可“喜”说。冷灰里爆热栗子，说明灰中余热尚高，大有利用价值，岂不可喜？冷灰里爆热栗子，说明灰中暗火尚存，大有复燃成灾危险，岂不是惧？现实生活中冷灰里爆热栗子的现象时有发生，如何看待和处理这一现象，实在是很考验人的处世应变能力的。

蒋二奶奶碰勿得

此语在常熟城乡广泛流传，经常挂在人们口头上，用来形容那些脾气暴躁、百般挑剔、难于伺候的人物。（重勿得，轻勿得；热勿得，冷勿得；硬勿得，软勿得；远勿得，近勿得）称此类人物为“蒋二奶奶”，源自清代时的一个偷龙换凤传说。据地方志的《志余》篇载，传说雍正某年某天，文武百官上早朝时，大学士陈世官班位空缺。值殿官即向皇上呈上陈世官的请假奏事条。次日早朝，雍正问陈世官昨日何事请假，陈世官跪奏：“臣妻生了孩子，因此请假。”雍正续问：“是男是女？”陈世官启奏：“托万岁福，生一男孩。”雍正听完沉吟了一下后道：“真乃巧事，昨天皇后也生了太子，两孩同日出生，实乃喜事。朝罢，可将孩子送来宫中给皇后看看。”陈世官听罢，心中一惊，以为皇上在怀疑自己说谎。退朝后，文武百官认为陈世官今朝得皇上优宠，纷纷向其道贺。陈世官内心却不知是祸是福，急忙上轿回府。尚未到家，宫中太监已赶着宫车紧随而来，陈世官只得吩咐奶妈抱着孩子随太监去宫中。奶妈一行至宫门口，太监传谕，只准孩子入宫，其余诸人暂留宫外等候。小孩由宫女接过换乘小车进入内宫。大约过了一个时辰，小车载宫女及小孩出宫，随行太监又口传皇后懿旨：“陈府孩子，天资英俊，深为喜爱，尔等须好生抚养。现有皇后与嫔妃赏赐物品，着交陈世官过目后收执贮存，另有银、缎之物赐给陈府奶妈人等。”奶妈跪伏叩头谢恩之后，接过在原来红绸襁褓外又加了一块绣金龙的黄绸包袱的孩子，由太监送回陈府。陈世官见奶妈抱着孩子并皇后的赏赐安全归来，一颗悬着的心才放了下来。可是一会奶妈替孩子换尿布时却发觉男孩变成女娃了，连忙禀告主人。陈世官心中明白，立刻吩咐上下人等一律不准把这事泄露外传，并在第二天上朝时即向皇上奏请辞职还乡。雍正也当即批准并传旨：钦天监择定吉日，文武百官出城十里送行。礼仪特殊，非同寻常。陈世官回到老家浙江海宁，从此闭门不出，还在门上写上了“若要此门开，除非我儿来”十个大字。后雍正被刺身亡，太子接位登基为乾隆皇帝。乾隆长大后知自己是陈家的儿子，故六次下江南暗中探访父母。而陈家抚养的那个女孩，后来嫁给了常熟蒋阁老的老二当媳妇，人称蒋二奶奶。因她知道自己本是公主身份，因此时时处处仗势撒娇，睡时热不得，冷不得；吃时硬不得，软不得；外出游玩远不得，近不得；捶背重不得，轻不得，让伺候她的人左右不是，不知如何是好。后来人们就将此类难伺候的人统称为“蒋二奶奶”。

民间传说往往查无实据。常熟的这个传说在海宁也有流传。蒋家在常熟为八大家族（翁、杨、庞、季、归、言、屈、蒋）之一，曾居含辉阁的蒋氏族人蒋廷锡为康熙四十二年（1703）进士，授翰林院编修，历官户部尚书兼领兵部尚书、文渊阁大学士等职，若其子与陈阁老之女成婚，倒也门当户对，只是陈家之女是否果真是雍正偷龙换出来的凤，那就是皇家隐私，只好存疑了。不过，著名的常熟籍评弹表演艺术家蒋云仙，在其口述传记《凌云仙曲》一书中亦提到蒋二奶奶其事及雍正以女换男的调包之事，并说另一位评弹名家周孝秋为了编演以蒋二奶奶为主人公的长篇弹词《公主楼》，特地去查过蒋氏家谱，发现蒋二奶奶有一个第七代孙子在广东放了一任知县，知县就是蒋云仙的祖父。蒋云仙还说蒋二奶奶是很难伺候的。经评弹艺术的传播，蒋二奶奶在旧时的常熟几乎成了一个家喻户晓的明星人物。“蒋二奶奶碰勿得”的俗语就越发被说得有鼻子有眼似有活像了。

常熟人识天

为了验证和衬托常熟人的智慧，说此语时常熟人往往以“江西人识宝”做前言铺陈，然后再言归正传，由彼及此地说到“常熟人识天”。江西人识宝自有出典，江西历来以出产瓷器闻名于世，诸多精品价值连城，堪称至宝。旧时有一批熟谙瓷器收藏门道的江西人，常手握金刚钻，专揽瓷器活，常年走南闯北，走街串巷，进村入户，借修破碎碗、盘、壶等瓷器为名，暗中寻觅散落在民间的名窑精品、珍贵古董。一旦发现，即不动声色地以旧换新，收为已有，一本万利。待原拥有者了解真相，已悔之晚矣，钉碗的江西人早就跑得无处可寻了。又因为修补破碎碗件时，需用金刚钻在瓷片上打洞，而钻头在瓷片上打洞会发出“兹咕兹咕”的声音，所以民间以此谐音创造出了一句地方歇后语：江西人钉碗——自顾自。以江西人如此精明的识宝技术，引申出常熟人高超的识天本领，不但表明了常熟人同样精明，似乎还蕴含着常熟人技高一筹的自豪感呢。

常熟人识天并非夸夸其谈、骄傲自大，而是有事实证明的。常熟沿海临江，气候变化很大，但从农耕时代开始，精耕细作的常熟人就在长期“与天斗，与地斗”的耕云播雨生产实践和持之以恒的细心观察中，积累了丰富的识天经验，形成了许多靠天吃饭行之有效的农谚。如光是认识天是否下雨或何时下雨征兆的就有：“东北风，雨太公”，“虞山戴帽要落雨”，“日出胭脂红，勿是落雨就是风”，“开门落一谢（阵），关门落一夜”，“春雾雨，夏雾热，秋雾凉，冬雾雪”，“朝鲎日头夜鲎雨，东鲎日头西鲎雨”，“春二三月冷落，秋八九月热落”，“九月南风当日雨，十月南风干到底”，“重阳有雨一冬阴，重阳无雨一冬晴”，“干净冬至邋遢年，邋遢冬至干净年”，等等。这些农谚的正确率极高，至今仍是现代农事气象预报的重要补充。此外，在常熟的历史上，被世人公认的识天者早已有之，其代表人物古有“昔之传天数者”的商代贤相常熟人巫咸。史载巫咸善观天象，算得上我国最早的天文学家之一。近代则有白茆农民陆云生，他平时注意收集群众识天谚语，还自制测候工具，为当地农民预测天气多有应验，二十世纪六十年代被评为“全国气象工作标兵”（笔者其时有幸参与了陆氏的识天经验总结整理工作）。而中国科学院的两位常熟籍院士陆琰和吕达仁，前者为物理学家，后者为大气物理学家，则更是对“天”做深入理论研究的学术权威。如此说来，“常熟人识天”倒也名不虚传。无怪乎常熟电视台有套方言节目的天气预报干脆就打出了《常熟人识天》的栏目，让人倍感亲切可信。

肉烂勒汁里

也有说成“肉烂勒汤里”的。常熟话中的汁与汤同为液体，但汤稀汁稠，汤量较大，汁量较小。此语常用来形容办某件事情，虽然过程少理想或少规范，但结果还是肥水未外流，没有造成额外损失。如：“旧时，父亲为了合理避税，一笔生意七转八转到了儿子名下的商行里，虽然多了几番手续，结果总归是肉烂勒汁里，受用的还是自己一家啊。”用“肉烂勒汁里”来形容上述情况源自民间的一个传说。

传说有户人家的婆婆买回一只蹄髈，吩咐媳妇白笃烧汤吃。贤惠听话的媳妇就将蹄髈洗净放入砂锅，并配比好清水和调料后，即置放在炉上烧煮，然后又忙着去纺纱了。因为专心纺纱，竟忘了去照看正在炉上烧煮的蹄髈，待到想起已为时太晚，白笃蹄髈不但骨肉分离，而且皮肉已煮得稀烂，汤也笃成汁了。婆婆见状很不高兴，责怪媳妇。媳妇自是无话可说，却又感到委屈，嘴上连连认错，眼里悄悄流泪。儿子回家问明情况后，就一面劝慰妻子，一面对母亲说："好哉好哉，反正肉烂勒汁里，还是我俚自己吃的。再说老婆把蹄髈笃得这样烂，也是一片好心，为了讨好老娘你牙齿不好，嚼起来方便啊！"儿子的一席话，顿时说得婆媳两人的面部表情由"多云转晴"笑将起来。隔壁邻居知道后，纷纷称赞儿子化解婆媳矛盾的机智，"肉烂勒汁里"这句话也很快就传开了。此后民间凡出现家庭内部矛盾，特别是为经济纠纷发生争执时，相劝的人就会学着那位儿子的口吻说："好哉好哉，勿要争哉，肉烂勒汁里，你们总归是一家人啊。"其实现实生活中，调解人民内部矛盾，有时候是需要像传说中的那位儿子一样，用"肉烂勒汁里"的说法，来和点稀泥、两面讨好的。汤是原汤，汁是原汁，原是一家人嘛。

蛳螺壳里做道场

常熟话中的蛳螺就是普通话中的螺蛳，所以紧跟时代潮流或随大流的不少现代常熟人，也已开始习惯按主流语言表述，将此语说成"螺蛳壳里做道场"了。螺蛳实为带壳的软体类动物，是江南水乡人家清明时节的美味食材，它比同属贝壳类的海螺、田螺小，只比寄生血吸虫的钉螺大，也就人的指甲般大小。此语以蛳螺壳之逼仄来形容活动场所之狭窄，可谓形象生动。而此语中的道场，则是指旧时的一种丧事道教仪式。仪式有放生法赦、放水灯、放五方童子、破地狱、传经、发符、拜表、开建、化库等。道士做道场时皆穿戴规范的传统“行头”，色彩鲜艳，还在敲木鱼诵念经文时，不时鸣锣吹喇叭，常引来四邻八舍的观者甚众，场面颇为盛大。老闲话“蛳螺壳里做道场”，以在空间有限的蛳螺壳里举行盛况非凡的道场的巨大反差，来形容现实生活中居所或活动场所的局促和由此造成的拥挤凌乱状况，常令人产生难以置信和不胜惊讶的现场感。如：“一家五口生活在十二平方米的小阁楼上，傍晚时光父母揩面汏脚想早睡，而老婆还要踏洋机，儿子还要做功课，真是蛳螺壳里做道场，挤得身也转勿转不过来哉。”但有时人们也用此语作为自谦之词，成为“陋室”“寒舍”等文雅词语的通俗表述。如：“我家是蛳螺壳里做道场，吃饭、睡觉、看书、写字都在这间斗室里，今朝你大驾光临，实在是怠慢见笑了。”

蛳螺壳里做道场，其实是旧时平民百姓的真实写照，改革开放前城镇居民的住房条件十分拥挤简陋，一个大院子里往往似鸽子棚那样分割开后，住有多户人家，甚至有七十二家房客的。1979 年常熟城区人均居住面积尚只有 3.46 平方米。直到二十世纪八十年代后期，特别是进入二十一世纪后，人们的居住条件才得到明显改善。昔时里蛳螺壳里做道场的窘境正在逐渐消失。不过如今好多人家虽然住进了别墅、跃层或几室几厅的宽敞房子，活动空间扩大了，但睦邻关系却淡化了，相互交际的空间反而似乎缩小了，甚至被一扇扇安全门、防盗门隔绝了。于是不由得怀念起当年一条弄堂或一个院子里多户人家挤在一起，低头不见抬头见地在蛳螺壳里做道场的热闹融洽场面来。如此说来，蛳螺壳里做道场，也自有它值得怀念之处，那么就让它作为一种乡愁保留在常熟老闲话里吧。

临时上轿穿耳朵

此语与成语“临阵磨枪”“临渴掘井”、俗语“临时抱佛脚”有异曲同工之妙，生动传神地表现了旧时的一种民俗风情，还颇有现场感。用“临时上轿穿耳朵”来形容事先毫无准备，事到临头才不得不采取应急措施仓促应付，未免显得有点尴尬，其窘迫之状宛然在目。如：某地获悉上级检查团明日就要来暗访考评创建“洁、齐、美”城镇的进展工作，爱卫会连夜组织力量粉刷沿街建筑墙面，从黄昏到天亮，忙得不亦乐乎，于是有人就不无嘲讽地将突击粉刷墙面说成是“临时上轿穿耳朵”，让经办此事的人哭笑不得。

临时上轿穿耳朵源自地方民间习俗。旧时新人结婚大喜之日，新娘要坐夫家专程来迎亲的花轿去夫家行合卺大礼，以示明媒正娶，抬轿的人越多，坐轿的新娘越风光。但新娘首次在夫家亲友面前露脸亮相，自然也要从头到脚精心打扮美化一番，佩戴耳环即是其中之一。耳环质地的高下，也在一定程度上反映了娘家的身份与实力。要佩戴耳环，就要在耳朵上打洞，常熟话俗称穿耳朵，即在耳垂处穿一个洞。故其时的女孩到四五岁时，经历过上轿过程的母亲就会用针给女儿在耳垂处刺穿一个小洞，为日后佩戴耳环预留洞隙。那时尚无如今无痛不流血的激光打洞技术，硬是用大钢针在耳垂上穿刺，所以有的女孩见过同伴穿耳朵时血淋淋的惨状，怕痛横竖不肯穿，软心肠的母亲心疼女儿，也就一拖再拖，直拖到女儿要结婚佩戴耳环了，才临时上轿为女儿穿耳朵。可怜这位新娘在高高兴兴的结婚大喜之日，却还要受此皮肉之苦，真格是有苦说不出了。其实，历史上穿耳朵并不是妇女的专利。古代的男子也有穿耳朵佩戴饰品以示美好的。这种人类早期的生活习俗，如今在部分少数民族地区，特别是在非洲国家依然保留，男子穿耳朵佩戴饰件的比比皆是。不过，他们的耳朵洞不是临上轿时仓促穿出来的，而是遵循族规，在很小的时候就自觉穿好了。这些蕴含着诸多非物质文化元素的习俗，对人们的生活无形中起着约束乃至规范的作用——这或许也是为什么有那么多新娘临上花轿还要穿耳朵的内因吧。

城头上出棺材——远兜圆转

此语比喻说话办事不开门见山，不直截了当，不直奔主题，而是避实就虚，云里雾里地在外围东绕西弯转圈子，让听他说话或看他办事的人，等得“肚肠根也痒”了，他还是在慢条斯理地务虚。其实此语本源自生活，是旧时城区人家出丧时的一种真实写照。半个世纪前，常熟尚无火葬，人去世后皆入棺材土葬于山野。城区无山野，棺材大多葬在虞山之麓或郊外荒野。其时城区街巷狭窄曲折，且路短桥多，行不几步，即要转弯或掉头，才上桥坡，又下桥阶，四人或多人抬的棺材，一路扛运殊为不便。更兼旧时迷信，有些人家对棺材过家门有忌讳，怕坏了风水。因此民间时有为此闹不愉快或心存芥蒂的。为避免上述种种麻烦，有些扛运棺材的脚夫就因地制宜地选择与半入城的虞山连接的城墙为路径，干脆就近取道城墙扛运棺材至北门或西门，再下城墙至郊外山野土葬。反正其时的城墙上人少路宽少拐弯，所花的时间反而缩短了。不过人们看问题往往容易只看表面现象，而忽略了实际效果。因此就有了“城头上出棺材——远兜圆转”的说法。如今城墙早已经被拆除改建为环城马路，更加平坦宽广了。而1965年起实行火葬，逐渐代替了土葬，城头上出棺材的现象一去不复返了。不过现实生活中说话办事远兜圆转的现象却远未绝迹，因此常熟这句老闲话恐怕还会长久地流传下去。况且随着岁月的变迁，好多上了年纪的人对二十世纪六十年代初开始被陆续拆除的城墙产生了越来越深厚的怀旧情绪：如果城墙还在，到上面走走看看散散步该有多逍遥啊！前几年为开发旅游，腾山而筑的一段城墙已得到重建，但城内的大段城墙却恐怕和“出棺材”现象的消失一样也再难以恢复了。

败家精

常熟话形容有了钱就任性的极度挥霍浪费叫“告”（此“告”仅为借用发音，与“告”本意无关）：“这次活动反正是公款买单，花钞票告是告来不得了，请个两次将常熟说成常州的主持人，出场费就是十三万元，这样的告法，再多的家当告完也快的。”因此民间也有将“败家精”说成“告家精”的。败家精的败，原指由兴盛而衰败的过程。一个人将兴旺或小康的家业“败”或“告”到能称为精，足见其人有悖情理的铺张摆阔。这类人物往往是“富后代”。他们接受家业后，不思上进，不务正业，不再继承先辈创业，也不守业，非但不珍惜先辈留下的财富（物质与精神的），还大肆挥霍，以“告”为乐，寻求刺激，炫耀于世，结果自然是很快坐吃山空，“告”完了家当，败光了家业，就此一蹶不振，顷刻间由纨绔子弟沦为乞丐流浪汉。这类人物的典型代表就是常熟徐市的徐三败。

据地方志书记载，徐三败本名徐鼎祚，其祖父为明万历年间工部尚书徐栻。徐三败在家排行老三，从小好吃懒做，游手好闲，接受家业后，花钱如闸门外流水，毫无节制，未及多久，万贯家财挥霍殆尽，故里人称其为徐三败。此人“告”家当、败家业的经典事例颇多，现略述数例。其一为购买金箔数斛，登方塔撒放，金箔随风飘扬，致路人四处争抢，时人因此有“春城无处不飞金”之咏。其二为购洞庭杨梅数十筐，于虞山桃源涧上游雇人践踏，致“梅汁染红涧水”。其三为去瓷器店选购，因过分挑剔，遭店主数落后怒而一掷千金，买下全店瓷器，然后悉数砸碎，弃之于街市，致使“碎石街成为碗爿街”。其四为家中失火，不让众人扑救，反在一旁观看浓烟烈火升腾场面，致使殃及乡邻，“半条陆市街化为灰烬”，并在民间留下“徐三败拆屋烧灰卖”的俚语。其五为买来一堆麻雀，放在石臼里，下用灯草芯做燃料煨熬，结果周围街市的灯草芯全被他燃尽还没有熬熟麻雀……如此“告”，再多的家当，再大的家业，焉有不败之理？当地传说徐三败最后只落得撞死于猪圈的可悲下场。

古往今来，败家精很难绝迹。而且如今有些败家精，其“告”其“败”之术还与时俱进有所创新发展，不但败自家，也败他家，不但败小家，也败大家，甚至败国家，本文开头列举的“告”公款即是也。当前中央正在开展的“老虎苍蝇一起打”的反腐行动，其实就是对大大小小败家精的惩治。如何防止败家精及败家精行为的发生，常熟籍的两朝帝师翁同龢留给后人的家训倒不失为治此顽症的一剂良方，那就是“惜食惜衣皆惜福，修孙修子在修身”。

拎错秤纽绳

此语比喻做事、听话不得要领，没有抓住要害，领会错了，弄错了对象，没有认准目标，判断失误，造成现实与真相相悖。如在考评会上，明明是甲实事求是地点评了乙的优缺点，推荐其升职，认为可以胜任更高职位，可是乙却听成了甲在讥笑、讽刺他，竟因此对甲耿耿于怀。于是旁观者便直言相劝乙：“你不要拎错了秤纽绳。”

此语出典源自旧时代木杆秤的称重。现已渐行渐远的、正在淡出人们日常生活的木杆秤，不同于如今的台秤、磅秤、弹簧秤、电子秤。它是由木制秤杆，配置秤砣、秤钩或秤盘（又称戥盘）和秤纽绳组成。其秤杆一般选用不易变形的硬质木材刨磨成，呈圆柱体。秤杆上镶嵌或银或铜的秤星，用于表示重量读数。稍粗的一头根据力学原理确定支点，穿注两档秤纽绳，俗称头纽、二纽，并在下方置配铁质秤钩。称物时秤钩吊起物品，手提秤纽绳，同时移动吊在秤杆后部的系有铁秤砣的细绳，当拎起的秤杆在空中持平衡状态时，则秤砣绳所在的秤星读数，即是该物品的重量。上拎秤纽绳，下挂秤砣，秤杆呈一字型时所显示的重量可谓公平公正，老少无欺。但称物拎纽大有讲究，称轻物时用二纽，称重物则须用头纽。外行人若是称重物时拎了二纽，称轻物时拎了头纽，那么秤杆就会先翘后垂，无法吊起或持平，自然重量称不准。这就是名副其实拎错了秤纽绳。

现实生活中随着新式的先进衡器的出现和应用，拎错秤纽绳的现象几乎要成为引人怀念的乡愁了（现在已有人开始收藏木杆秤了）。但拎错秤纽绳的现象所隐喻的人与事，却依然不乏鲜见。因为秤是死的，而人是活的，这倒又正好应了另一句常熟俗语“死店活人开，死秤活人当”（常熟话将一手拎秤纽绳，一手移动秤砣绳，称为“当”秤）。那么面对纷繁复杂的人事关系，你会当秤吗？你会拎错秤纽绳吗？顺便提一下，木质秤杆还是旧时婚礼上的吉祥物，用来供新郎在洞房花烛夜挑开新娘盖在头上的方巾——因为秤杆上刻有秤星，“秤星”与“称心”谐音，用秤星杆挑方巾，见到的新娘不就称心如意吗？而且秤杆挑方巾完全不必担心拎错秤纽绳。

倒冷饭

耳闻目睹丑态百出、令人作呕的现象，常熟话以一句“倒冷饭”表示不满与轻蔑，也有说成“呕冷饭”“呕得出隔夜饭”的。意思皆是指其言行让人不能忍受，恶心得连早已下肚的冷饭也会不由得倒出来、呕出来。“倒”与“呕”皆是反胃难受的生理反应，颇为不适。现实生活中能引人反胃呕吐的现象，往往非腥臭难闻，即污秽惨睹。由此也可见耳闻目睹之现象是何等的丑恶卑劣。倒冷饭、呕冷饭表面上说的是个人的感受，骨子里却是对所见所闻现象的批评与抨击。言此而说彼，听话听音，一语双关也。

但“倒冷饭”是有出典的。它出自旧时代饮食界的一种大众化服务行当——“包饭作”。所谓包饭作，其实就是现代为客户外送快餐行业的前身。包饭作一般开设在近闹市区的偏僻冷静街巷里弄内，门面不大，也无排场，内设烹饪作坊，专门承包闹市区中的商店、学校和公司商号从业人员的饭菜。一日三餐视定价而配膳。早上供应粥、面或馒头，午、晚两餐菜肴配有荤素汤菜，冷天也配有暖锅。包饭作每天根据预订的进餐人数供应饭菜。因不耽误工作时间，按时送达，所以颇受没有厨房（其时尚未有食堂）的商号店家欢迎，成为当时餐饮业的一种服务特色。但包饭作的出现却为倒冷饭的产生提供了生存与蔓延的土壤。其时社会贫富不均，街头多流浪乞丐和瘪三，不过这批流浪者也有严格的帮规，即各据地段，互不侵犯越界。并约定俗成，凡有包饭作师傅挑担送饭菜，均须恪守成规，不得干扰，只有当送饭师傅挑回餐后多余的剩饭残菜时，乞丐瘪三们才能上前取倒享用，送饭师傅也不再阻拦，听任取倒一空，双方达成默契。否则乞丐瘪三们就会结伙到包饭作捣乱闹事。这种现象被称为“倒冷饭”，在当时的社会底层司空见惯。倒冷饭明显属于不光彩行为（它完全不同于如今提倡的“光盘”行动），故后来就被常熟人延伸其含义，用来作为对丑恶现象的蔑视了。

常熟话中还有句话“炒冷饭”。此语中之冷饭非彼语中之冷饭，意思是指说话啰唆，不断重复，就如鲁迅小说中的祥林嫂那样，逢人便诉说孩子是被“狼叼走的”……到此赶快收住，再说下去也是“炒冷饭”了。炒冷饭多了，也会让人倒冷饭、呕冷饭的。

夹忙头里髈牵筋

常熟话将大小腿及相关部位统称为髈，如脚髈、大髈、小髈。此语直白的含义是正在忙碌得恨不得手脚并用的关键时刻，突然发生手或脚牵筋，即抽筋的尴尬场面。而此语的画外音则是感叹因为出现了肌肉神经痉挛现象，手脚不自如甚至动弹不得了，正在忙着处理的事情或事体办不下去了，欲办不能，身陷绝境，显得十分无可奈何的心态。用猝不及防出现的肢体生理现象，比喻正在大干快上紧要关头，突发意想不到的险情，致使本已忙得不亦乐乎的人或事，更加忙乱、手足无措了。这让每个有过髈牵筋经历的人，不由得感同身受。又因为“髈牵筋”现象发生在“忙”头里（即忙的过程中），所以常熟话有时也将此语说成是“轧忙头里髈牵筋”。

髈牵筋是不受人的意志所控制的，常无先兆，很难预防，说牵就牵，谁也不能拒绝。大多数人都有过大牵或小牵的经历。如有人在长途车上坐久了，到达目的地时，却髈牵筋站不起来，迈不开步了；有人在餐桌上筷来匙去正欢，突然手牵筋，握不住筷搛不住菜了。牵筋有时候是很可怕的，现实生活中曾多次发生有人在野外游泳时，游到水中央深水区，突然髈牵筋而沉入水底丧命的悲剧。无论大牵筋、小牵筋，夹忙头里髈牵筋都是件很让人头疼的事情，必须认真对待：一是防牵于未然，事先要多备几套预案，以防不测情况的出现。如入水游泳应先在岸上活动筋骨做好准备运动预热。办事亦然，事先应把可能出现的情况都考虑到了，才能临危不惧、处变不惊。二是少些夹忙，多些余地。忙要忙得有序，轻重缓急，合理安排，同时要量力而行，张弛有度，切莫多头齐抓，一哄而上。多头齐抓，往往造成因准备仓促、照顾不及或估计不足、判断失误而催生的“夹忙”。这种夹忙纯属人为结果，完全可以避免。既然髈牵筋不受人的意志所控制，难以意料，那么不如努力把握好人为可控制的“夹忙头里”的主动权。虽忙而不夹忙，偶尔碰到髈牵筋，或许也就能应付自如了。另常熟话有将胳肢窝和大腿与腹部连接处统称为“膈叉”的。“膈”部位正是髈牵筋的多发地。加之“膈”“夹”谐音，“夹忙头里髈牵筋”的表达就更加真实生动了。

雨麦

即玉米。常熟话将玉米说成“雨麦”，源自当地的民间传说，而且还有出土文物佐证。此传说被编成宣卷，长久在四处传唱，渐成民间口头语。传说的主人公实有其人，就是2014年11月在尚湖练塘建华村，湮没久远被重新发现的古墓葬主人印应雷。印应雷为南通人，是南宋嘉熙年间进士，官至枢密副都承旨，曾知庐州、和州、温州、江州、福州、扬州，并任沿江制置使、两浙安抚制置使、浙东提举等职，退休后长期寓居在常熟。据《常熟宣卷·印应雷卷》述：其时常有金兵入侵，退休后在家的印应雷奉命组建军队，在常熟地区组织民众抵抗。但因苏州、无锡、太仓、昆山等地溃兵难民大量涌入常熟，致使粮食供应紧张，百姓“吃粮”遂成难事，造成民心波动，军心不稳。印应雷为此求神拜佛，上天仙界闻讯立即采取应急措施，支持印应雷卫国保家的御侮行动。宣卷宣讲道：“再说乃上界玉帝，屈指一算，下方插香童子星印应雷面临大难，全县百姓苦无粮吃，玉帝即速敕召弥勒菩萨救度凡民。菩萨遵旨，就在乾坤袋中取出玉米草粮种子，撒向天空，落在凡间，后称雨麦。霎时乌云四起，笼罩常熟，顿时大雨倾盆是矣。”玉米颗粒虽比麦粒大数倍，但玉米棒与麦穗的组合结构，颇有几分相似，又是凭空随雨而降，百姓称其为雨麦，倒也确切。可谓事出有因，查有“卷”据。同时，从那个时候开始，常熟话将玉米改称雨麦，似乎也有让后人勿忘当年天人合一共御外侮的寓意在内，故而一直流传至今。

在常熟有些地区，也有将玉米说成是珍珠米的。以水乡盛产的珍珠比喻玉米粒的饱满，随手拈来，极为形象，而且大大地提高了玉米的身价。但珍珠米的说法，或许还有告诫人们在食用玉米时，应像对待珍珠那样倍加珍惜。民以食为天，爱惜粮食值得永远提倡。

酒痴糊涂

常熟话将醉酒者的失态行为总称为酒痴糊涂。因喜酒而酗酒，因酗酒而烂醉，因烂醉而失态，于是又痴又糊涂，几乎成了每个醉酒者的必由之路。酒痴糊涂的具体表现：一是在语言上借酒胡言乱语，或发牢骚说气话，或吹牛皮说大话，或口没遮拦、出言不逊，冲撞亲友领导——当然也有醉酒者酒后吐真言，袒露内心世界，甚至自曝隐私的。但更多的是酒后失言，造成误会，伤害感情的。二是在行动上借酒发疯，闹事惹祸，或手舞足蹈，丑态百出；或挥拳使腿，开打全武行；更有违规醉驾，演绎车毁人亡悲剧的——酒痴糊涂者神经麻木，行动错乱，说话时自己的舌头也做不了主，驾驶汽车又怎能指挥得动手脚呢？醉驾不出事故才怪呢。交通法规对醉驾者科以严刑，实在大有必要。

其实，人们早已普遍对酒痴糊涂者存有戒心，并对醉酒者嗤之以鼻，不说此类人是饮酒、品酒，而是说成“多灌了黄汤”“多吃了夜壶水”，连累好端端的美酒也被贬称为污物，真是酒后失态殃及酒神。但酒不是祸根，中医认为适当饮酒可以活血化瘀，有利健康。文人们更认为酒能催生诗兴，李白不是斗酒诗百篇吗？现实生活中,人们也很难完全摆脱酒的诱惑，聚餐、应酬、宴客都少不了以酒为媒，增添气氛。能饮者经常小酒咪咪饮几盅，本无可非议，只要把握好“度”和“态”，酒痴糊涂的状态是完全可以避免的。不但可以避免，或许还有可能流芳百世呢。古诗中不是有“古来圣贤皆寂寞，惟有饮者留其名”的吟咏吗？饮酒能饮到这种酒不醉人人自醉的境界，才是真饮者也。

命里注定煨行灶，支啧（了）烟囱勿出烟

此语表达的意思是命里注定是贫贱者，即使有了机会也跳不出苦海，翻不了身。明显带有宿命论思想，既自怨自艾，又有点自暴自弃："反正命里注定了，再努力也无用，还是随它吧。"在民众文化水准普遍低下的封建时代，此语广泛流行于民间，并得到很大程度上的思想认同，从而成为地方俗语老闲话，足见其时民众受"天命难违"主流思想束缚禁锢的严重性。大至生死由命、富贵在天，小至"支啧"（常熟话"造了"的意思）烟囱勿出烟，命里注定只能"煨"（常熟话柴火不旺，似燃似熄、亦火亦烟的模样）行灶。前者讲的是大道理，未免空洞说教；后者是说的眼前事，让人有切身体验。

民以食为天。自人类脱离茹毛饮血，由生食主义者进化为熟食主义者后，一日三餐都离不开烧煮饭菜的灶头。旧时占据家家户户厨房半壁江山的就是落地生根的灶头。大户人家砌有三眼灶、五眼灶，小户人家则砌有二眼灶、独眼灶。这些灶头除灶眼多少有别外，其共同点一是固定，按现在文物界的说法是"不可移动文物"（灶头成文物也近在眼前了）。二是灶头的上方都耸立着穿过屋顶、昂首云天的烟囱。有了烟囱，就可以利用冷暖空气对流的原理，助灶膛内的柴火烧得更旺，并将柴草燃烧时产生的烟雾，排放于室外屋顶之上，任其随风飘荡，成为诗人笔下的袅袅炊烟。烟囱的功能一旦得到发挥，室内污染大为降低，也改善和提高了炊事人员操作时的舒适度。因此，烟囱"支"得好不好，往往成了砌灶头的关键所在。砌烟囱是门技术活，烟囱的方位、高度、粗细，与灶膛对接的角度都有讲究，不是每个泥瓦匠都能胜任的，自己动手更是难以成功。砌得不好的烟囱，非但不通风助燃，烟囱勿出烟，还会倒灌烟

雾使其从膛内而出，弥漫满屋，让人眼也睁不开，真是适得其反。不过，这种砌灶时支烟囱的难题，只要通过不断调试、改造，毕竟是可以达到预期效果的。而上无片瓦下无寸土的居无定所者，或虽有居所但仅有斗室立足却无厨房的人家，如船民、流浪者、城市贫民等，自然没有条件拥有固定的灶头，一日三餐就只能在行灶上将就解决了。行灶现已基本退出历史舞台，它起始于古代军队南征北战长途跋涉时沿途做饭的行军灶。旧时的行灶大多为泥陶质地（也有自己动手用稻草和稀泥搪成的），单眼，可移动，较轻便，缺点是无烟囱，膛内柴火起燃慢，烧不干净，尤其是烧少干燥的柴草时，则火煨烟冒，满屋皆烟，室内之人俱成烟民，眼泪鼻涕嗒嗒滴。逢到阴雨天，更难消散，真是饭菜未吃到，烟雾已灌饱。这样烧出来的饭菜也不香，常有“烟冒气”。因此，有条件的人家，改善生活质量，改行灶为砌灶，往往是首选之举。只是有时碰到“支啧烟囱勿出烟”的尴尬事，就难免有人要自嘲是“命里注定煨行灶”了。

喝蜜糖

此语与北方俗语“摘桃子”有异曲同工之妙，意思都是指不劳而获者伺机、乘机或自制机会独霸或分享他人劳动成果的不光彩行为。喝蜜糖、摘桃子皆是从日常生活中随手拈来的现实镜头，生动鲜活，又含蓄隐晦，不乏黑色幽默成分。但一声“喝蜜糖”（常熟话“吃”“喝”不分，常将“喝”说成“吃”，如吃茶，吃酒，吃咖啡，吃牛奶，吃点蜜糖……但为了强调此语中的“吃蜜糖”属另有所指，故采用普通话说法，说成是“喝蜜糖”），却使某些人巧取豪夺他人成果的可耻行径顿现原形，听此语，观其行，让人憎恶之情油然而生。

蜜糖源于蜂蜜。蜂蜜是大自然恩赐给人类的天然营养品，中医认为蜂蜜含有多种人体必需的氨基酸，能提高人体的免疫力，有利于身体健康，既可直接食用，也可入药服用。人类很久以前就甘冒蜂蛰的危险采食蜂蜜，并将蜂蜜加工成蜜糖系列的养生保健品，如蜂王浆等。但蜂蜜得来不易，且不说成千上万蜜蜂一生来回奔波于花丛中采蜜的奉献精神令人钦佩，养蜂人的苦累艰辛更是局外人很难体会得到的。蜂蜜是养蜂人辗转于天南海北，风餐露宿于野外的劳动成果。据养蜂人讲述，放蜂采蜜要随季节更迭四处流浪，为求纯天然无污染的上等蜂蜜，常要安营扎寨在荒山野岭，吃住等生活基本要素只能最低将就，还会受到蛇虫百脚的袭击，即使是在自己放养的蜂箱中采蜜，也不时会受到众蜂围攻叮咬——真可谓是蜜糖好吃蜜难采，滴滴蜂蜜都凝聚着养蜂人放养蜜蜂所付出的一番心血和辛勤汗水。吃蜜思源，吃蜜糖还是喝蜜糖都应该不忘感恩养蜂人。懂得感恩，就会珍惜蜜糖，就不会亵渎也不会不劳而获地去攫取、霸占、分享不属于自己的蜜糖了。

常熟话中喝的蜜糖，只是一种借指的说法，不是实指其物。之所以用蜜糖做代指物，是因为蜜糖甜蜜可口，老少皆喜，具有很大的诱惑力，能引人时生“一闪念”：是付出劳动去等价交换，还是掩人耳目去巧取豪夺，或是以权势压人去坐享其成。在蜜糖面前，人们产生种种欲望，本属正常。有欲望就有追求。但如何追求，各色人等，往往大相径庭，使得人们深思反省。花花世界，现实生活中似蜜糖一样甜甜蜜蜜的果子多着呢，如名、如利、如权、如色……就看人们怎么去“喝”了。其实，是否喝蜜糖、怎样喝蜜糖既是对道德思想的考验，也是对一个人人格精神的检验。按常熟话的说法，还是按劳所得吃蜜糖，不要非分之想喝蜜糖吧。

小八瘌子

此乃名不见经传、无权无势的平民百姓或基层工作者的自称与被称。相对于掌权当官的、有地位名望的、有人脉靠山的、有社会背景的人而言，小八瘌子就是地处社会最底层的芸芸众生，是小人物、小喽啰、卑贱者的统称。这可从“小八瘌子”说法的出典中得到印证。小八瘌子的“小八”来自旧时民间对军队士兵的俗称“丘八”。“兵”字上下拆开，就是丘八，故有“小八”之说。“瘌子”之说则是因其时士兵皆剃光头不留发（便利上战场时头部负伤后快速救治），恰似瘌痢患者之无发秃头，故有此称。剃光头的士兵，相对于发号施令的将帅，自然只能是棋盘上的过河小卒，生活中的小八瘌子了。小八瘌子虽然数量庞大，但人微言轻，其生存权、话语权等公民的基本权利，常遭到不应有的弱化，甚至被主流社会、决策机构所忽视、无视或遗忘。历代统治者从来都是居高临下、独断独行的居多，而置小八瘌子的权利、呼声于不顾，从心底里不屑于与小八瘌子礼仪相待、平等相处的。这种错误理念的遗毒，即使到了提倡文明的现代社会,在某些人的头脑里还会时而作怪，让小八瘌子们徒呼奈何。例如改革开放初期，某地为提高招商力度，不加选择，拾在篮里就是菜地欲在城乡接合部引进一个化工企业。但当地民众，即小八瘌子获知该化工企业生产过程中会排放有毒液气，纷纷表示反对，甚至出现过激行为。可是决策者不但按既定方针推进，而且还扬言要处理个别有过激行为的小八瘌子。此事僵持一段时间不得解决。后来一位颇有社会声望、又任人大常委会副主任的民主人士，通过深入调查研究，也站出来坚决反对，认为此项目的引进是急功于一时，贻害于万代。最后决策者采纳了这位不是小八瘌子的大人物的意见，停办了此项目。由此可见，大人物和小八瘌子同样的一句话，其含金量的差别，有时真的是一句顶万句。无怪乎有好多小人物，在自己的意见得不到重视时，会无可奈何地自嘲：只怪我俚是小八瘌子，人微言轻啊。

其实，小八瘌子就是广大的人民群众。真所谓“卑贱者最聪明”“群众是真正的英雄”。无数历史事件证明，小八瘌子们组成的群众，才是创造和推动历史前进的原动力。因此，无论是小八瘌子自己，还是非小八瘌子的大人物，在任何时候都要珍视小八瘌子的存在地位和应有权利。小八瘌子也不要自轻自贱，要提升自信心。非小八瘌子的大人物对小八瘌子们应怀平等尊重心态，甚至不妨有点敬畏之心。因为，群众是谋事办事的基础，离开了小八瘌子，大人物纵有雄才大略，单枪匹马也终将一事无成。此外，从某种意义上说，任何大人物都是时势造英雄、英雄造时势打造出来的时代明星，不可能“万岁”，而小八瘌子扎根底层，生生不息，倒是可以万岁万岁万万岁的。

完

此字在常熟话中万不可望文生义，误以为是普通话中所表达的结束的意思。“完”在常熟话中只是取其音作为对豆腐花的一种特定指称。“吃完”，就是吃豆腐花；“吃碗完”，就是吃一碗豆腐花。豆腐花是旧时常熟城乡街头随处可见的民间小吃，自产自销，挑担叫卖，吆喝的广告词约定俗成，极为简单，只一个字“完”，响亮悠扬，浪声浪气，常招来众多居民、路人围担品尝解馋。小小一碗“完”，常熟人做得很精致，“完”装在密封的小木桶内，保持着微微温度，开桶盖可见水露露的豆腐花洁白粉嫩，爽滑滋润。用长柄扁铜匙，小心翼翼地撇舀入高脚浅底的青花瓷碗内，似琼浆凝脂，煞是好看也催人食欲。撒些许小虾米、榨菜粒、紫菜丝，再淋上老抽、辣油，一碗色香味俱佳的街头小吃，就成了休闲客们的点赞食品。旧时没有私家车，也无公交车，出行都靠迈开双脚丈量大地，所以走累了，坐或趴在“完”担前吃碗“完”，实在是件很惬意享受的事。既解渴，又补充了人体必需的蛋白质与盐分，况且还物美价廉，当时只要几分钱一碗。所以，“完”一直颇受群众欢迎，特别是那些掉了牙和没长牙的老少人群更是喜爱。如果那时也有评选民间小吃之类的活动，那么“完”上排行榜是完全有把握的。

“完”即豆腐花（也有称豆腐脑的），其实是豆腐的初级产品。若压榨去稍些水分，则为水豆腐，可入汤菜；若再压榨去些水分，则为豆腐，可炒可炸；若继续压榨去其水分，则为豆腐干，可卤制成苏州卤汁豆腐干或爊制成常熟扯篷豆腐干。但在这些豆腐系列产品中，唯有豆腐花即“完”必须现做现吃，不可隔夜，若是冷了再吃，其味就大打折扣，故街头卖“完”担木桶内的“完”，都是当天清晨做的，还保持着余温。

那么为啥常熟话要将一清二白的豆腐花称为“完”呢？如今大多数人只知其味，已不晓其意。这或许与它的起源久远又隐晦有关。“完”的说法，源自一个地方民间传说。据传明代有位汤姓知县主政时，为民办事勤政廉政，无私无畏，一身正气，两袖清风，个人生活更是节俭简朴，十分平民化，每日清晨常到街头和草民百姓一样，以豆腐花加炊饼作早餐，故而博得良好口碑。一次，他发动民众兴修水利，拓宽河道时，因地理条件无法避让或改道，不得不从当地几户富豪家门口经过，并占用了稍许场地，遭到早已怀恨在心的土豪劣绅的反对，认为是坏了家族风水。于是他们通过贿赂，买通关系，联合告状到州府。

受贿的知府，竟昧着良心，将汤知县革职查办。百姓闻讯后义愤填膺，纷纷到官府为汤知县伸张正义，却遭到官府弹压。最终为民所爱戴的汤知县被迫离开了地方。当地民众深深怀念这位清官，有人就想起汤知县每次去吃豆腐花时常对摊主说的一句口头禅“一碗”。“一碗”快读就成了“完”音。从此满城百姓吃豆腐花时皆以呼“完”来纪念汤知县。后来卖豆腐花的也约定俗成用一声“完”作为吆喝的口头广告语了。其实一声“完”，更多的是表达了人们对汤知县这样的清官离去的惋惜和对当时官府的失望：为民办事的清官走了，百姓的希望“完”了。一声长叹“完”中的激愤之情，溢于言表。这真是“难末完，吃碗完”，小小一碗“完”，寄托民悲欢。

乡下人吃橄榄，草屋尽爬坍

此语有较大夸张成分，但寓意深刻，富有人生哲理，且形象生动，让人如见场景，又令人若有所思。常熟话中的“乡下人”并非专指居住在农村的人群，而是对寡见鲜闻、少见世面的刘姥姥之类人群的泛指统称。它可作谦辞，如自称：“我是乡下人上城里，不懂城里人规矩，失礼之处，请勿见笑。”也可作鄙视他人的贬义词，如说：“你们这些乡下人真没修养，在咖啡馆内如此大声喧哗……”橄榄，又称青果。鲜果可用来直接泡茶（常熟地方习俗，大年初一要在杯内放一枚青橄榄，称为元宝茶，以示新年吉祥），但为便于长期食用，也可加工成蜜饯，如青橄榄、五香橄榄、檀香橄榄、敲扁橄榄等皆为有闲阶层人士的休闲零食。无论是鲜果还是蜜饯，橄榄的最大特性是入口先苦涩后甘甜，越回味越味浓。初食者，因不谙此物特性，常有人才入口即嫌其苦涩而吐弃之——此即“乡下人吃橄榄”之写照。岂知丢弃未久，口舌生津，甘甜自苦涩中微微溢出，美妙无穷。于是顿生悔意，急欲找回丢弃之橄榄，只是当初随手一丢，却掷到了茅屋顶上。只得赶忙搬来梯子，爬上屋顶翻找。因此心急慌忙，手忙脚乱，结果好端端的草屋顶被“尽”（全部的意思）爬坍了。至于那枚被丢弃的橄榄有否找回来，至今不得而知。

为了找回一枚已尝过却被丢弃的橄榄而爬上屋顶爬坍草屋的场景，显属夸张。但透过现象看本质，细辨此语，却话中有话，另有深意。它告诉人们好滋味往往在最后，开始入口可能不对或少对口味，那是因为食材真味尚未完全发挥出来，舌尖味蕾也尚在辨析之中。曲径通幽，味在辨中。好滋味是靠慢慢品尝出来的，需要时间的酝酿，也需要耐性的等待。浅尝辄止，怎得真味？物质层面的滋味如此，精神层面的滋味又何尝不如此呢？譬如阅读经典，那些古代伟人留下的格言、警句、座右铭，有时初读就像吃橄榄一样，觉得晦涩难懂，几欲掩卷。但若能坚持“学而时习之”一段时间，那么这些金玉良言的核心真味，就会如橄榄一般让人回味无穷，受益终身。其实在现实生活中，好多事情的开始与结果，颇似橄榄的味道，也是先苦涩后甘甜的。苦尽甘来，甘从苦来，要获得甜蜜的收获，必须先付出艰苦的劳动。如今草屋已很难见到，“草屋尽爬坍”的现象不可能再发生了。但为找回当初丢弃的橄榄而爬坍草屋的后悔之心、急切之情，还会在日常生活的许多领域中的各色人等身上不时产生。因此，这句老闲话虽然失去了依附的物质基础，很少有人挂在口头了，但其中所含的人生哲理却依然值得重温，并非多余。

以橄榄为话题的常熟闲话还有“橄榄核（常熟话读作“活”）垫台脚——活里活络”。橄榄核两头尖中间圆，以此核垫长短不一的台（桌）脚，岂不更不平稳，摇摆不定，活里活络了吗？此语形容说话办事的模棱两可与不可靠，可谓惟妙惟肖，再形象不过了。

满栈麻油打翻，糖饼上刮屑

此语中满栈的“栈”指储存货物的仓库，旧时俗称货栈（住人的旅馆则称“客栈”）。又因江南水乡多以船装运货物，故常熟话有时也称船舱为“栈”，将满船舱说成“满栈”。满栈麻油打翻，就是满满一仓库或一船舱的麻油打翻了，损失巨大。此语中的糖饼，指的是一种撒有芝麻的甜味烧饼。糖饼上刮屑，其实是刮沾在糖饼上的芝麻。满栈麻油打翻和糖饼上刮屑，本是两个独立事件，风马牛不相及。你打翻你的满栈麻油，我刮我糖饼上的粒屑，互不相关，毫无关联。但常熟话却巧妙地将其组合成联句，赋予此语表面现象背后诸多生活哲理和人间世相。其中沾在糖饼上的那几粒芝麻，正好充当了此语上下句联合成一体的媒介。众所周知，麻油是从芝麻中榨出来的，芝麻本是麻油的原料，所以麻油打翻和糖饼刮屑，就有了内在的有机联系。这句常熟老闲话也就有了它组词的合理性和连贯性。

满栈的麻油打翻了，所以才在糖饼上刮屑，试图用刮下来的芝麻榨油弥补损失。但满栈麻油需要多少芝麻才能榨出来，这么多的芝麻又需要从多少糖饼上刮下来？以糖饼上的屑，反衬满栈麻油，反差实在太大了。欲以从糖饼上刮下来的芝麻做原料，榨出已打翻的满栈麻油，显然是不可能（除非像愚公移山那样，世世代代子子孙孙刮下去）。因此这句明白人一眼就能看出其本末倒置的常熟老闲话，一是用来揶揄某些人缺乏经济头脑，不会盘算，不懂权衡利害得失，不算大账只算小账、只堵小洞不补大洞的失算行为，可谓入木三分。二是用来嘲讽那些精刮过头却糊涂透顶的吝啬小气鬼，精刮刻薄到连糖饼上的芝麻屑也要刮下来,却糊涂无知到满栈麻油打翻了也不在乎。如此因小失大、得不偿失的举止，岂不可憎复可笑，也再形象生动不过了。满栈麻油打翻后，刮糖饼上芝麻屑榨油，固然也是一种亡羊补牢之举，似也无可非议。但补牢也要从大处补起，纲举目张，应首先采取有效防护措施，保障满栈麻油储运的安全，才是上策。糖饼上刮屑，或许精神可嘉，但事倍功半，于“栈”无补，实属下策，大可不为。再说刮掉了糖饼上的芝麻屑，糖饼很受伤，成了面目全非的残饼，又造成了新损失。以失补失，一失再失，未补旧失，又增新失，这何苦呢?

类似此语含义的常熟老闲话还有“大勿算，小尖钻，寸紧尺宽丈勿算”。两语异曲同工，皆妙在用细微的生活现象隐喻深刻的生活哲理，发人深省。

偷鸡勿着蚀把米

此语以窃贼失手，偷鸡未得反而损失了一把饵料米的真实写照，泛指现实生活中某些人投机取巧，却弄巧成拙，落得个当众出丑、得不偿失的可耻下场。“鸡”“机”谐音，音同意同、一语双关也。

偷是贼的本性。但大偷需冒大风险。我国惩处窃贼的刑罚历来甚严，即使到了当代的严打时期仍有对窃贼处以极刑的。故以生命做赌注，铤而走险大偷的窃贼并不多，多数窃贼为偷鸡摸狗或顺手牵羊的小偷。偷鸡即是农耕社会较为常见的现象。

旧时农家大多喂养几只鸡，平日以鸡蛋换钱补贴家用，或偶尔自用改善伙食，至逢年过节则可宰杀作为祭品，供奉神灵祖先或招待宾客犒劳自己。其时养鸡大多散养于田头场角，随鸡自由活动，四处觅食，到晚间才入笼。因管理不严，为小偷留下了可乘之机，由此滋生了一小批专门以偷鸡为生的流窜专业户。偷鸡者随身只带一小把做饵料的米谷，诱鸡啄食时，眼明手快如迅雷不及掩耳般即可将鸡手到擒来，并能如古彩戏法般巧妙地将鸡藏于旧式裤腿、裤腰肥大的屯裤内，还有绝技能使活鸡不再鸣叫，以免露出破绽，被人识破。然后招摇过村离开乡间，再走街串巷，将活鸡卖与市井人家。此类小偷因久经实践（据说也有拜师传授的），手法老练，成功概率极高。即使偶尔失手被人赃俱获，除了损失一把米外，也因只是偷了一只鸡而被人怒骂责打几下就可解脱。因失手成本不大，而可乘之机甚多，故偷鸡贼在旧时农村久久难以绝迹，为百姓深恶痛绝。

其实在生活普遍贫困的旧时代，偷鸡者并非皆是专业小偷。不少偷鸡者常是为生活所迫、出于无奈的弱势人群，如流浪者、逃荒者和乞丐。常熟传统名菜叫花鸡的原创者就是旧时一位不知名的乞丐。此乞丐漂泊乡间，饥饿难熬时偶得一鸡，又无炊具，乃用泥巴将鸡涂成泥团，置火堆中煨烤，不经意间竟创出了这道中国名菜。这位乞丐的鸡是如何获得的？恐怕也难以排除“偷”的嫌疑。但偷总是可耻的，即使是为生活所迫偷了只鸡，也不值得同情，也需严加指责。因为偷是有惯性的，据说偷还会上瘾，小偷与大偷之间，只有一步之遥——常熟不是有句老闲话“做贼偷葱起”吗？

呒脚蟹坨坨

此语常被用来形容那些不得人心、众叛亲离的孤家寡人或损兵折将、几无走卒的光杆司令。如："此人傲慢透顶，又向来横行霸道，结果多行不义必自毙，不但落得个昔日亲友纷纷离他而去，连老婆也和他离婚，几个子女也声明要和他脱离关系，如今是独自一人深居简出，成了呒脚蟹坨坨。"又如："他现在虽然名义上是科长，但实际上只是个光杆司令，因为他作风粗暴，对下属苛刻，所以几名科员申请调离的调离，辞职的辞职，请假的请假，如今他是踢脚敲大锣，是只呒脚蟹坨坨了。"以呒脚蟹的形象形容此类人物，对于生活在盛产大闸蟹的江南水乡的人们来说，自然分外觉得惟妙惟肖。

常熟河湖浜荡密布，向以盛产阳澄湖大闸蟹而闻名，当地百姓对蟹司空见惯，十分熟悉蟹的习性，不但能手到擒来或妙手偶得之，而且善于因水制宜养殖，也善于巧妙烹饪享用，故以蟹入俗语的老闲话甚多，如形容颜色有称"蟹壳青""蟹壳黄"的，形容书写凌乱、潦草有称"蟹攀（爬）"的，形容老谋深算者有称"老蟹"的，形容手脚不灵活者有称"蟹手蟹脚"的，形容相差悬殊有"飞机上吊大闸蟹——悬空八只脚"的……但最生动的恐怕莫过于"呒脚蟹坨坨"。蟹生八脚两螯，行走时八脚并用，撑起便便大腹，不向前直行而霸道横行，双螯则不时挥舞，时刻保持备战状态，一有风吹草动，马上张牙舞爪，气势汹汹，其状甚为凶狠恐怖。但因蟹味鲜美，故即使其面目狰狞却也博得人们的"公子"美称，如《红楼梦》中就称蟹为横行公子和无肠公子。蟹的行动和觅食全赖脚和螯。脚和螯同时也是蟹用以自卫或攻击，以及挖洞逃遁的武器与工具。蟹若是失去了脚和螯，只剩下扁圆状的一团蟹身段（常熟话称团状体为"坨坨"，如"烂泥坨坨"），寸步难行，也无力反抗，只能口吐白沫，任人捕杀了。因此脚和螯的有无，无疑事关蟹的生命安危，蟹们是十分珍惜，懂得自我保护的。事实上，在自然生态中是很难见到吪脚蟹坨坨的。即使蟹在同类搏斗中或被人为伤残几只脚、螯，因其有天生的再生能力，隔段时间还会长出新的脚和螯，只是比原先的稍许小些，显得不匹配，但照样能发挥应有的功能。蟹只有在成为人们享用的盘中肴时，为食用方便才会有人将蟹脚蟹螯先行卸下，使其成为名副其实的蟹坨坨。既然现实生活中很少见到吪脚蟹坨坨，为什么"吪脚蟹坨坨"这句老闲话不但流传得很广泛，而且流传得很持久，直到今天依然挂在人们口头？其原因恐怕与在人们的现实生活中，类似吪脚蟹坨坨的现象不乏鲜见有关。君不见，那些养尊处优、高高在上，严重脱离群众，而群众对其退避三舍的"公仆"；那些作风粗暴、耀武扬威，惯以权势吓唬百姓而百姓对其畏而远之的"领导"；那些背信弃义、出尔反尔，经常玩弄手段欺诈亲友，而亲友将其列入黑名单的"黑客"，如不及时改正，久而久之，一旦遇事，难免成为人们冷眼旁观的吪脚蟹坨坨。届时，则悔之晚矣。如此说来，吪脚蟹坨坨这句老闲话，既是对伤残蟹的真实写照，也含有对某些人的善意规劝，面对吪脚蟹坨坨的悲惨下场，人们要警惕啊。

狗咬吕洞宾，不识好人心

此话以民间传说形容某些人分不清好坏，辨不明是非，反而认友为敌、恩将仇报的恶劣行径。形象生动，也颇具神话色彩，值得回味辨析。据传吕洞宾有个同乡叫苟杳，少年家贫。吕洞宾就与其结拜为兄弟，经常接济他，后来干脆将苟杳接到家中供其攻读四书五经，以求日后能取得功名利禄。一日，吕洞宾的另一位林姓朋友来访，见苟杳一表人才，便想把妹妹许配给他，但吕洞宾不同意此桩婚事。苟杳得知此事后，极力恳请吕洞宾为自己做媒。吕洞宾见苟杳成婚心切，就略加思索后提出条件要苟杳答应，“让林妹妹先陪我三天”。此事一般人难以答应，但苟杳却一口应承，并真的践了约。待三天期满，苟杳才见到新娘。新娘向苟杳哭诉：“郎君为何三夜都是天黑才来，埋头读书至天明便去，偏让我独守空床？”苟杳听罢，顿时作声不得。良久悟及，原来吕洞宾以此告诫自己莫因成婚而误了读书求学。苟杳于是更加发奋攻读，终于考取了功名做了官。多年以后，吕洞宾家失火落难，便去找苟杳求助。不料苟杳虽将吕洞宾留在家中，天天设宴相待一个多月，却就是不答应资助之事。吕洞宾求助未成，愤然离去。路上行乞，获人同情赠送些许银子，方解途中窘迫。但至家时却见旧址上已新屋屹立，妻子正披麻戴孝，抚棺守灵。细问，才知是苟杳派人前来建造新屋，并送来棺材，传话说吕洞宾已客死异乡。吕洞宾撬开棺盖，见棺内堆满金银并附信一封。信上云：“苟杳不是负心郎，路送银，家盖房。你让我妻守空房，我让你妻哭断肠！”至此，吕洞宾方恍然大悟，更哭笑不得。

“狗咬吕洞宾，不识好人心”，此话中之“狗”实由传说中苟杳之姓“苟”的谐音而来。传说中之“苟”并非不识好人心之“狗”，以“苟”说“狗”实为幽默戏说。苟杳知恩图报，也不枉吕洞宾当年对其的资助激励。如此结拜兄弟可谓情深谊长。可惜的是如今好多说此老闲话的常熟人却已不明白此话的由来——这也正好说明了常熟老闲话中蕴含的深厚民间文化积淀，已到了需要人们刻意将其“留住”的紧迫时刻，看似平常挂在人们口头嘴边的常熟老闲话，往往既能准确无误地传达说话者所要表达的意思，又能历久传承语言中所深藏不露的民间智慧。这样含蓄而又生动的常熟老闲话，被作为非物质文化遗产受到保护，实在是理所应当的。对此，千万不要狗咬吕洞宾，不识好人心啊。

讨饭三年，做官呒心想

呒心想就是没心思。做乞丐讨了三年饭，竟对做官老爷也失去了兴趣。这样的人与事，非局中人实在难以理解，反倒是当局者清，旁观者迷了。常熟话称乞丐为叫花子。讨饭叫花子简称讨饭。乞丐是社会贫富分化加剧，穷富差别日益扩大的产物。乞丐古已有之，其祖师爷是东汉末年的高士范冉。随着封建时代贫富差距的不断拉大，乞丐阵营也不断扩大。至曾经行过乞的朱元璋当了大明王朝的开国皇帝后，更是出现了职业化的乞丐专业队伍，而且还有了类似行业协会的丐帮组织。旧时的乞丐有两类，一为散兵游勇式的，一为参加组织结帮的。前者居无定所，四处流浪，讨饭糊口，自谋生路。后者大多居于一地一隅，接受丐帮管理。丐帮领袖称丐头，在帮内有绝对权威。初入行的乞丐要将自己所乞得的钱财全部上缴给丐头一个时期。之后，便按规矩将每天所得提出几成报效丐头，到了一定级别，才能进入"自由王国"或成新的丐头。丐头除坐地分钱外，负责对新入行者的指点和有关矛盾（如彼此争夺地盘等）的调解，并在乞丐因故不能正常行乞时，给予帮助或救济，倒也颇有几分江湖义气。很显然，这句常熟老闲话中的讨饭叫花子，不是一般的乞丐，而是有了一定级别的大、小丐头。据有关文史资料披露，旧时有的丐头不但娶妻纳妾、吸食鸦片，还开店经商，过着比处于社会底层的民众好得多的生活。南门坛上得意楼老板就曾是个丐头。如此坐享其成的安乐日子，不是远胜于只能吃麦粥的清官吗？谁还有那心思去当被人唾骂的官？又据说改革开放初期，内地有一批专业乞丐，组织同村老弱病残南下经济发达地区抱团乞讨，自己坐收渔利，收入颇丰。年底回乡成了当地首批"万元户"，造房娶妻，"光宗耀祖"。这些人从事乞讨，不是出于无奈，而是因为懒惰。他们利用善良人的同情心和盘剥同类乞丐的成果，不劳而获，完全成了社会的寄生虫。但一般而言，乞丐的生活是十分痛苦的，吃了上顿呒下顿，蓬头垢面，衣衫褴褛。即使是寒冬腊月，也只能蜷缩于屋檐下、墙角落、破庙内……其状其情，值得同情怜悯。幸有善良人不吝施舍，方能勉强生存。但是令人奇怪不解的是，好多乞丐却不愿入住衣食无忧的收容所接受救助，而依然宁愿露宿街头行乞为生。个中原因，局外人实难揣摩：或是四处流浪，自由散漫惯了，心思野了，不是"收容所"所能"收"得住、"容"得下的了；或是对弱势人群怀慈善心肠的人越来越多，对乞丐的施舍已足以解决其温饱了；或是乞丐们有自知之明，晓得如今当官要有学历，还要有阅历，自己不够条件。

如果按封建时代一官、二吏、三僧、四道、五医、六工、七匠、八娼、九儒、十丐的职业分类，那么从事乞丐职业多年后不再想当官的念头，从某种意义上讲，倒不失为对"官本位"思想的一种挑战和反叛。既然"官"与"丐"都是职业，职业无贵贱，行行出状元，何必非当官呢？

三天勿吃还魂食，饿得四脚笔立直

繁体字的"糞"字由米、田、共三字组成，它似乎表明了"糞"在过去人们心目中的重要位置。田中有了粪作为肥料，才能生长出供人食用的粮食、蔬菜。大粪虽臭虽脏，但在农耕时代却从来就是农民们求之不得、多多益善的宝。改革开放以前，粪便是一直作为农资商品计划供应公开买卖的。二十世纪六十年代初期，常熟城内还发生过郊区农民因不满有关部门分配粪便不均，而成群结队肩挑粪桶上城四处抢粪的风潮，一时闹得不可开交，直到出动了警力才平息。大粪是人们吃了农田中产出的粮食、蔬菜后的排泄物，此排泄物又作为肥料回到田里，还魂成了新一季的粮食、蔬菜。如此循环数千年，尽管其时田中产量不高，但因施的大粪属有机肥料，故土地结构、农产品质地，皆能保持原生态原貌、原汁原味。所以按现在时尚的说法，倒也算得上是无公害的绿色循环——“还魂食”的原始出典即由此而来。

不是游牧民族出身的常熟人，历来主要依靠以大粪浇灌出来的还魂食维持生存。若是三天不吃还魂食，饿得四脚笔立直，无力动弹，大概谁也在所难免。因此，常熟人自古就敬畏还魂食。可是现实生活中偏偏也有些人自视高贵，看不起握屎笃烂泥的农耕劳作，耻与农耕者为伍，嫌弃农耕者身上有粪臭，嫌弃农耕者烹调的饭菜不干净，对农耕者自制的原生态食品不屑一顾，不张金口吃，不上舌尖尝，而以食肯德基、麦当劳之类食品为荣。对此，心直口快的农耕者自然会愤愤地对“高贵者”说出这句常熟老闲话表示质疑不满：“你有种就三天勿吃还魂食，不信你不饿得四脚笔立直。”话虽说得煞根，却很实在。有谁不信试试看。不过，毕竟时代不同了，在经受过滥施化肥农药以及激素、色素、甜蜜素、膨胀剂、转基因等对食物侵袭所造成的危害后，如今人们的观念终于返璞归真，开始崇尚有机、生态食品了。于是吃地道正宗的还魂食农产品便成了现代人追求的农家乐。君不见，常熟的田娘大米不就因为是施人畜粪而成了响当当的品牌，以有机食材当主角的农家“老八样”不是成了传统招牌菜吗？由此可见，“三天勿吃还魂食，饿得四脚笔立直”的内涵，正在成为人们的共识。其实，这种共识不仅仅限于口舌中吃什么食物，而是体现了人们如何在思想上与大自然和谐共生的一种生活态度。千万记住，米、田、共本是共存共荣的啊。

虾有虾路，蟹有蟹路

此语意指芸芸众生各有生存之道，彼此无需攀比（人比人气煞人），殊途同奔目标即可。你走你的阳关道，我走我的独木桥。走阳关道莫笑他人走独木桥，走独木桥休羡他人走阳关道。因为过了独木桥，未必不是阳关道；而走过阳关道，难免不遇独木桥。是桥是道，通过即好，随遇而安，心安勿躁。大千世界条条道路通罗马，何必挤在一条道上走到底。我行我素，各行其道；相安无扰，各显巧妙。这样的选择显示了胸怀的大度，这样的洒脱也显示了坚定的自信。此话充满了生活哲理，同时也是现实的生动写照——以虾与蟹的生存方式隐喻各式人等的不同生活方式，让人不得不佩服地处鱼米之乡的常熟人对水产品观察的细致。不以在“水八仙”中领衔的鱼说事，而以在常熟话中属于喽啰性质的虾兵蟹将做文章，说明了水乡人对水生动物生存方式的了如指掌。在水世界中，虾与蟹若相比于鱼类，则无论种众体量与数量，还是活动范围，均属于少数派。但它们虽不像鱼类那样自由地游荡于水下各个层面，但也在环境的磨炼中练就了一套适宜自身的生存攻略。蟹平时蜗居于洞穴中，深居简出；虾则隐身于隙缝之中或俯伏在水草丛中。其行走方式，更是与众不同，蟹以面目狰狞、八爪齐动、横行霸道闻名，虾则以身材懦弱、弯腰曲背、连连后退称绝。如此行动，岂不是虾有虾路，蟹有蟹路吗？也正因为虾有虾路，蟹有蟹路，虾与蟹在长期的险恶情况下，仍能繁衍至今并名列“水八仙”榜单。近几年还因物以稀为贵，虾与蟹的身价大为提高，远高于大鱼大肉了。

“虾有虾路，蟹有蟹路”，其实就是日常生活中各显神通的秘密通道。由此可见要到达彼岸或行至目的地，大可不必挤在一条道上，大可发挥各自优势，扬长避短，独辟蹊径，就像虾、蟹那样以独特的个性创造创新。

鼻头上的肉拉勿到嘴里

就像有人硬拽着自己的头发想离开地球那样，鼻头上的肉怎么可能拉到嘴里呢？这形象生动的话语和另一句常熟老闲话“远水救不得近火”颇有异曲同工之妙，其意思都是形容遇到困难、陷入窘境时，才想起尚未实行的应变、应急措施，可惜为时晚矣。恰似肚皮饿得再瘪，也无法将鼻头上的肉拉到嘴里来暂且充饥，好不让人焦急无奈。鼻上的肉拉不到嘴里，这应该是常识。可是这常识有人也会忘记，甚至还有人不相信，硬是想要把它拉进嘴里去，因而酿成笑话。甲以“谁能咬到鼻头上的肉即许以重金”诱乙。自作聪明的乙想了想提出条件：“鼻在上，嘴在下，上下相差几寸高低，允许我登上椅子再咬，可否？”甲同意。于是乙登上椅子用嘴咬鼻头，却还是相差几寸咬不到，又提出要爬到桌子上去咬，甲亦同意，可是鼻子上的肉还是高高在上……最后乙爬到了屋顶上去咬，结果自然是大张其口一场空。这当然是笑话。但笑话除了讽刺乙的愚昧无知外，是否也在告诫人们，办任何事情都要遵循规律，违反常规之事，千万不可强求。打破常规既要有科学的依据，更要有实践的检验。否则，口号喊得再响，也是鼻头上的肉拉勿到嘴里。

大千世界无奇不有。人类生活的地球上也有能将鼻头上的肉自由自在地拉进拉出嘴里的生灵，那就是现已成为保护动物的大象。但人不是象啊。

做官一蓬烟，种田万万年

此话流传久远。它代表了旧时特别是以农耕经济为主导的封建时代，广大底层百姓对当官与务农的普遍看法。看法虽有偏颇之处，但在那个时代却也不无道理。

常熟是典型的江南鱼米之乡，又是历来崇文重教的历史文化名城。其时读书人、文化人受“万般皆下品，唯有读书高”的官本位思想影响，一生追求的就是学而优则仕，以博得一官半职为荣。此种观念根深蒂固，有些人即使不读书、无文化，但有了钱也要想方设法捐钱买个官衔招摇一番，就是到了如今新时代，不是还有许多市民常爱用家乡历史上出过多少状元、多少宰相、多少大官说事，引以为自豪吗？由此可见有些人对当官的向往何等强烈迫切。但当官之路艰难，能通过千军万马过独木桥式的科举考试，踏上仕途，如愿以偿地进入官场、戴上官帽的，可谓少之又少。而且即使入了官场，也是宦海风波险恶，充满尔虞我诈的陷阱，稍不留心，就有可能遭到罢官开缺（就如两代帝师翁同龢），入狱充军，乃至杀身之祸，落得个身败名裂的悲惨下场。所以，虽无福享受读书求学，更无希望进入衙门吃皇粮的底层百姓，反而是旁观者清，得出了“做官一蓬烟”的结论，并以此自慰。这虽然显得有点“阿Q精神”，但对于当官者却甚有警诫之意，值得认真记取。在皇权至上的极权时代，再大的官也是听命于并服务于代表“天”的天子、皇上的。君要臣死，臣不得不死。臣之祸福，皆出帝口。博得君之欢心，方有留任、升官之望，反之前程难卜、凶多吉少，顷刻间就有可能从顶峰跌落至万丈深渊，永世不得翻身。如此突变，岂不如煨行灶时冒出的一蓬烟，顿时会烟消乌有，一切全无。而在当今新时代，官则是人民的公仆，是为人民服务的。作为主人的人民时刻都在考量和监督着公仆的工作是否称职，业绩优者提拔升级，委以更大重任；业绩劣者降职或淘汰出局，甚至被追究责任。想利用当官所掌握的权力谋一己私利的，更没有好果子吃。前一时期诸多渎职、受贿、腐败之类的贪官的可耻下场即是明证，这样做官，连“一蓬烟”也不如，只是一团狗屎罢了。但话又说回来，无论什么时代，做官只要真正做到了全心全意为人民服务，能够一身正气、两袖清风地为民做主并造福一方了，那自然不是“一蓬烟”，而是一座丰碑——留在百姓“闲话”中的口碑。

如今虽已是工业时代、信息时代了，但此话中的“种田万万年”，却仍未过时。民以食为天，食材基本上都出自田中（养殖业只是以田为本的种植业的延伸），故种田无论何时何地都是永不凋敝的长盛不衰产业，是可以“万万年”的。我国原是农业大国，对田地历来重视，在“莫非王土”的封建时代，田赋是皇家重要财源；新民主主义时期，革命先驱提出“耕者有其田”；社会主义革命时期实行土地改革，分田给农民；“大跃进”时期集中田地、集体种田，中央还出台了“农业八字宪法”为种田保驾护航；改革开放初期由大包干进而分田到户，出现种田大户、专业户；后来又以田地入股组建合作社，实行集约化、规模化经营。如此变化，都说明人们深刻认识到了“种田万万年”是个颠扑不破的真理，并从种田中看到了无限商机，认识到种田不但可以解决饥饱维持人类的生存，而且同样可以从中获得巨大财富。因此，“年年多收常熟田”的常熟，在经历了农村年轻劳力一度流失的短暂窘境后，种田重又成了吃香的职业。许多具有专业文化知识的年青人也纷纷加入了种田的行列。“种田万万年”这句老闲话正在新一代农民的种田实践中获得更有说服力的诠释。

此语在工商界亦多流传，但后半句改成了“生意六十年”，意为商场如战场，竞争激烈，无论是办厂还是开店，都很难长期保持生意兴隆，财源滚滚，往往都会走上由兴而衰，由开而关，甚至彻底淘汰出局的必由之路，恰如六十年风水轮流转那样，不为人的主观意愿所改变。此说虽嫌消极，但也不无道理。古往今来开办过多少工厂商店，但流传至今的“中华老字号”百年老店又有几家呢？

只有稻柴捆硬柴，呒不硬柴捆稻柴

京剧《沙家浜》中阿庆嫂说过这么一句话：锣鼓听声，说话听音。意思是说有些话是话中有话，别有含义，听话要举一反三，才能领会真谛。此句老闲话即是必须“说话听音”的典型例子。“只有稻柴捆硬柴，呒不硬柴捆稻柴”，再明白通晓不过地表述了现实中常见的一种生活现象，然而其中却蕴含着深刻的人生哲理，听者若能闻言辨义，定会忽有所悟。

旧时南方稻作地区，一日三餐的炊事，不用煤炭，更没有天然气，主要以稻草为主要燃料烹煮食物。稻草不够用时，则以“不可雕”的枯木朽枝为补充燃料。常熟方言，统称入灶的燃料为“柴”，故稻草称稻柴，枯木朽枝称树柴，又称硬柴。稻柴属草本植物，纤维长，韧性强，可弯曲，甚至可绞成股、搓成绳，用来捆绑其他硬物件。而硬柴为木本植物，难折易断，常须用稻柴捆绑后方可搬运收藏。所以用稻柴捆硬柴的现象在其时农村、集镇是比比皆是、屡见不鲜。这种常见现象不但展示了农耕时代稻作地区人们的原生态生活状况，同时也展示了旧时劳动人民就地取材、巧用材质的智慧。这种智慧几乎成为常识，无人不知、无人不晓，谁也不会用硬柴去捆稻柴。既是常识，为何此语在表述时还要用“呒不硬柴捆稻柴”的反证，来进一步强调“只有稻柴捆硬柴”的正确性呢？其实，这正是说此语者的用心良苦之处，即意在引导听者要透过“稻柴捆硬柴”，而不是“硬柴捆稻柴”的现象看本质，更希望听者能由物质层面的柴火衍生引申到对精神层面柴火的思考，例如人在冲动发火时、郁闷恼火时、激愤肝火时、爆发怒火时又该如何捆绑处理。在现实生活中，人们经常会因不顺心、不称心，特别是碰到冤家对头发生矛盾冲突时，往往难以控制感情，一时无名火上升，产生意欲硬碰硬火拼的极端想法。如果此时能辨一辨“只有稻柴捆硬柴，呒不硬柴捆稻柴”这句老闲话中的朴素哲理，或许就会冷静下来，考虑采用冷处理或软处理的方法，通过平心静气的说服教育讲道理来解决问题。这种处理方法就是古人说的以柔克刚，也是今人说的“双赢”。对此，常熟的老人还常用舌头与牙齿为例，来说明这句老闲话的千真万确。牙齿虽硬，舌头虽软，但人到老年，硬的牙齿纷纷掉了，而软的舌头依然伸卷自如，这不是为“只有稻柴捆硬柴，呒不硬柴捆稻柴”做了最好的诠释吗？

七张八嘴

此语中的“七张”的“张”，既是量词，也可做姓氏之“张”；“八嘴”的“嘴”却在常熟话中说成朱姓的“朱”音。因嘴、朱同音，故在常熟福山地区，早在元末明初就流传着“七张八嘴”原为“七张八朱”的民间传说，并有地方掌故佐证。张为张士诚，朱为朱元璋。元至正十三年（1353），张士诚起兵泰州。至正十五年（1355）五月，张氏率众由通州渡江占领福山港后，见江南富庶，钱粮充足，即屯兵殿山（福山地区之小山），筑土城、挖战壕，并拟建银銮殿，打算长期在此，不思再征战。后因谋士察形度势谓此处有虎丘山之虎眈于前，狼山之狼睨于后，前虎后狼，非帝王建业之地，方继续进取。次年三月即先后攻取常熟州（其实常熟为州）、苏州，并在苏州改称吴王。据地方史志记载，张氏在福山时，军纪严明，市肆不扰，民安各业，甚获百姓好感。至正十七年（1357），朱元璋部下大将徐达攻占常熟，并擒获吴王之弟张士德。至正十八年（1358）吴王张士诚部队欲夺回常熟，与明太祖朱元璋部队激战于福山，结果吴军大败。传说此次交战，吴军最后只剩下一个将官和十四个士兵。那将官见势不妙，意欲投降，但又怕士兵不允，遂让士兵自愿表决，决定去留。他先发令："忠于张王的请站出来。"将令过后，却见只有七个士兵站了出来。于是，将官就宣布："你们七个属张，我们八个要归顺姓朱的去了。"此事外传后，民间就有了"七张八朱"的说法。后来年久流传，就讹传成如今的"七张八嘴"了。

"七张八嘴"常被用来形容众说纷纭、各说各的，但话题分散，漫无边际，难以集中统一的嘈杂场面，似带贬义。但也可作为褒义词，形容发言踊跃，百家争鸣，且各抒己见，畅所欲言，唇枪舌剑而闪烁真知灼见的热烈场面。其实，无论七张八嘴的场面是嘈杂还是热烈，在现代社会，从保障每个公民的话语权角度而言，都应得到肯定和倡导。七张八嘴打破了一言堂的专制霸权，开创了众言堂的民主作风，体现了平等对话、相互切磋、取长补短、和谐共事的良好氛围。不是糟得好，而是好得很。常熟不是还有句老闲话"三个臭皮匠，顶个诸葛亮"吗，七张八嘴的众人中，又何止三个臭皮匠呢？

做贼偷葱起

此语源自一个广泛流传的民间传说。传说旧时有个姓梅的贫民，向原和他一样出身，却已先富起来的谷乡邻讨教发家致富的秘诀。谷乡邻左思右想了好一会儿，才慢腾腾地说道："我也没啥秘诀，主要是每天起早摸黑在'偷'字上下功夫……"贫民梅不等富乡邻谷再说下去，就说声"晓得哉"告辞了。从此，他就开始了偷窃的勾当。先是清晨去偷隔壁家田里的葱到集市上去卖，黄昏到别人家场头去偷鸡鸭粮食回家享用或变卖。慢慢地胆子越来越大，直到入室盗窃，被当场扭获送到官府问罪，坐牢三年。出狱后，姓梅的越想越觉得自己是上了谷乡邻的当，于是就去向谷乡邻讨个说法："我落得如此下场，全是当初听了你的话去偷的结果，你害得我好苦啊！"谷问明情况后对梅说："谁叫你不听我说完就走了，我说的'偷'，是起早摸黑地偷时间、偷辰光到田里去下苦功夫。俗话不是说，'起早身磨黄昏可以抵一工'吗？我并没有让你去偷东西呀。"梅听后，这才恍然大悟："只怪我发财心切，走了歪路。原来是开始偷葱做贼把我害苦了。"传说属民间口头文学，所说的人与事虽是查无实据，但却事出有因，往往寄托着广大百姓的良好愿望和深信不疑的道理。这个民间传说中的谷某以勤劳致富，走的是正道，应该给予"赞"；而梅某因发财心切，走上邪路，因偷入狱，罪有应得，但后能有所觉悟，尚有回头是岸重新做人的希望，倒也值得欢迎。特别是他总结自身做贼偷葱起的教训，更是警世醒世，发人深省。现实生活中，人们的任何坏习惯与恶果都是由类似偷葱那般看似不起眼的细微处开始发酵、霉变酿成的。重温老闲话，道理记心中，不注意小节的人们警惕啊。

"做贼偷葱起"，在常熟有些地方还有下半句"赌钱叮叮起"。赌为社会公害，亦是诸多犯罪的源头之一，民众百姓深恶痛绝之。此语中"叮叮"是指古钱币中币值极小的铜币敲击之声。好多人走上赌博之路，往往是从赌“叮叮”小钱开始的。小来来白相相，慢慢地参赌成瘾，一发不可收拾，于是深陷其中，甚至因此走上家破人亡的不归路。如此赌的下场，不是和偷葱起的贼殊途同归，如出一辙吗？

一日三顿粥，郎中见了哭

常熟老闲话中有许多历经多年传承，并经长期实践检验，被证明是行之有效的养生保健经验之谈，此语即是其中之一。粥为江南稻作地区民众始终相伴、难舍难分的“盘中餐”。旧时，虽是鱼米之乡的常熟，平民百姓乃至大户人家的一日三餐大多是两粥一饭，即午餐是干饭，早、晚两餐是稀粥。贫苦人家还常食掺有野菜、南瓜、山芋、麦粞之类的杂食粥（二十世纪六十年代初国家经济困难时期，更有掺入树皮、观音土等可一时塞饱肚子，但却有害身体健康的救荒粥，本文不提也罢）。正因为如此，故古语“一粥一饭当思来之不易”，也将“粥”放在“饭”的前面做领衔，可见粥在人们心目中的地位之高。

粥与民众朝夕相伴，民众对粥自然日久生情，爱之愈深。其实民众爱食粥，除了出于节省粮食的目的外，还与粥本身的美味可口和营养滋补密切相关。清代曾有位名医说过这样的话：“粥乃世间第一补人之物。”粥具有温、软、淡、香、黏等特点，便于消化吸收。中医认为粥能补益阴液、生发胃津、健脾胃、补虚损，最宜养人。特别是粥熬煮好后，锅面上漂浮的那层民间俗称米油、米汤或粥油的黏稠物质，更有很强的滋补作用，医界有人认为它可与参汤相提并论。所以旧时有人生病或大病初愈后，医生常会吩咐其家人熬煮粥油补养身体，因为粥油性味甘平，滋阴长力，“贫人患虚症，以浓米汤代参汤，每收奇效”。对于老年人来说，经常吃粥，还能起到益寿延年的效果。而若是能对症食用江米粥（即糯米粥），更有治肺虚、热咳的功效。《红楼梦》中多愁善感的林妹妹，因常暗自神伤，体弱多病，常发热咳嗽。聪明伶俐的贴身丫头紫鹃就常熬煮江米粥给她食用。林妹妹吃过后，病情有所减轻缓解，还称“味儿还好”。一向挑剔苛求的林妹妹，能开金口评价粥的“味儿还好”，实属不易。

食粥虽然养生，有益身体健康，但说“一日三顿粥，郎中见了哭”，则未免有点夸大之嫌。不过老闲话流传于民间，属于俗文化，有点戏说的成分，不但无妨，反而易于流播。具有悬壶济世仁心和治病救人医德的郎中，见到民众食粥后身强力壮不再生病，只会心里高兴，也不会哭。如今人们的生活水平提高了，粮食供应也可任人“敞开肚皮吃饱饭”，不须再滴斤滴两地为节约粮食而一日三餐吃两顿粥了。但民间吃粥的热情仍未减退，而且还与时俱进地创造创新出了粥的新品种，除传统的白粥、糖烧粥、八宝粥系列外，近年来又增添了肉禽、海鲜、药膳等系列的粥，而且还堂而皇之地步入了宾馆、酒店的大雅之堂，且既做正餐，又做小吃，可谓是粥天粥地粥世界了。

常熟中医对养生保健久已关注，并卓有建树，早在元代常熟就出了一位活了91岁的名医王珪，他精通医术，深研医理，其撰写的《泰定养生主论》，为我国早期的中医养生理论经典著作之一。明代又出过大国医缪希雍，亦对养生保健颇有研究。因为常熟医学渊源悠久深厚，因此常熟老闲话中有关养生保健内容的甚多，如“药补不如食补”“冬吃萝卜夏吃姜，勿请医生开药方”“若要小儿安，常带三分寒”“冬令进补，三春打虎”“热身不脱衣，头上风寒脚上起”“吃鱼吃肉，不如青菜一撮”“一夜吃，不如一夜歇”“少吃多滋味，多吃坏肚皮”“拍拍胸，勿伤风；拍拍背，三年勿咳嗽”“馋唾不是药，处处用得着”……

打烊

沿用至今的常熟老闲话将店铺晚上关门停止营业说成“打烊”，不但事出有因，而且巧妙典雅，别有寓意。它既避开了商家忌讳的“关门”不吉利厄运，却又昭示了生意兴隆的美好前景。“烊”是熔化金属的意思。旧时店家白天做买卖收到的都是碎银子，晚上得把这些碎银子熔成大元宝，称为打烊。所以“打烊”隐含的意思是告诉人们“本店生意很好，要熔铸大元宝了”。期盼财源滚滚、元宝进门的商家最忌讳“关门”之说，即使真格破了产，也不肯叫“关门”，而称“歇业”，先歇会儿，回头再来东山再起。“歇业”的说法也一直沿用至今。如今，报刊上不时可见的“歇业公告”即是明证。因此，从语言学的角度分析，“打烊”明显属于常熟老闲话中避讳的一种说法。

避讳自古有之。在原始社会，人的生存对自然的依赖很大。人们还无法将自己从自然界中分化出来，因而把所有的自然现象看成是与自己相类似的活生生的生物。万物有灵，认为语言也是通灵的。通灵的语言既可以作为武器惩罚敌人。（如常熟民间久已流传的咒语：“天皇皇，地皇皇，我家有个夜哭郎，行路君子念一遍，一觉睡到大天亮。”）但若使用不当，则会给自身带来灾难。正是由于人们都有趋吉避凶的心理，故对于不愿说或不能说的话，总是想方设法绕过去，实在绕不过去，就变换说法，或改变读音（如秦始皇叫嬴政，“政”“正”同音，为避讳常熟老闲话至今仍将“正月”转换声调说成“则月”），或更换词语（如“死”与“洗”在吴方言中同音，为避讳，常熟老闲话不使用“洗”而改用“汏”或“净”；“舌头”的“舌”与“蚀本”的“蚀”亦同音，常熟老闲话故将吃猪“舌头”说成吃猪“赚头”），通过婉转表述避凶讳尊，免粗俗求雅致。有趣的是常熟老闲话还将“鹅”说成“白乌龟(常熟话念作jī)”，其原因也是为了避讳,不过避的是自己本人之讳,“鹅”与“我”在常熟闲话中音同，“杀鹅”“吃鹅”说出来犹如“杀我”“吃我”，让说者听者皆感不爽，于是鹅被改称为白乌龟了。

挨着不如轮着

这句老闲话如今还是挂在常熟人的口头。此是人在遇到突如其来的无法躲避、又推卸不掉的麻烦事、倒霉事，只得自认晦气默默忍受时的自慰语。也可以用作人在碰到天上掉馅饼般的开心事、痛快事，独自乐不可支又心安理得时的自慰语。前者如有位平时有洁癖的人，在体检时被查出了患有肝癌。别人安慰他，他却平静地说：“富贵在天，生死由命。我是挨着不如轮着，听天由命吧。”说者虽心怀无可奈何的苦涩，却又装得泰然处之，让听者横竖觉得不是滋味。后者如有人第一次花十元钱购彩票就中了一百万元大奖，于是有老彩民以自己先后花两万多元购彩票却从未中过奖的经历祝贺他。他却全无激动之情地说：“时来运来推勿开，我是挨着不如轮着，照单全收了。”说者自觉获得大奖纯属分内，理所当然，别人眼热也是白搭，让听者吃不着葡萄更觉得心酸。

“挨着不如轮着”的“挨”有靠上去争取的意思，属于主动型、积极型；而“轮”则是按次序等待的意思，属于被动型、消极型。以现代人的观念评判，主动型、积极型不会也不应该不如被动型、消极型。现实生活中有好多事情是等不来的，事在人为，只有发挥人的主动性、积极性，许多看似不可能的事才有可能办成。反之，则原本可能办成的事也有可能办不成，而人的天生能动性却会因此越来越松懈，乃至消弭。而此语的口气明显带有褒“轮”贬“挨”之意，这只能说明此语的形成较为久远，并且内含哲理。从它产生开始就深深地打上了中国传统思想的儒家理念烙印。天人合一、尊礼循规是儒家的处世哲学，儒家认为自然界万物皆在有序的轮回中，气候是春夏秋冬轮回，植物是花开花落轮回，动物是生老病死轮回，谁也无法逆转，唯有顺应轮回，才能维护正常秩序，否则就会乱象丛生，很不太平。因此倡导人们无论遇到什么情况都要安分守己，甘于忍受，切不可有违拗天意的非分之想或行为。为了安定人心，让人乐于接受现实，其时的封建统治者出于巩固政权的考虑，又输入、传播了诸多以通俗语言表达这一理念的老闲话，如“六十年风水轮流转”“命里注定煨行灶，支啧烟囱勿出烟”等，让人信以为真，不再抗争，唯命是听。同时，“轮”在权钱交易盛行的旧时代，显得还是比较公平，既然人人都有“轮”上的可能，那么“轮”不到也就释然了。正因为如此，故“挨着不如轮着”至今说者甚多。不过毕竟时代不同了，特别是改革开放后，主动的、积极的“挨”已成为时代的主旋律，被动的、消极的“轮”已越来越受到人们的唾弃。但凡事有度，任何事物都有自身的发展规律，必须老老实实遵循，切不可越规过度。否则，就会适得其反。从某种意义上讲，事物的发展规律，其实也是种“轮”，若弃“轮”强“挨”，必定失败——这又岂是一句“挨着不如轮着”可以自慰的啊。

立得正，坐得正，勿怕和尚尼姑合板凳

此语与北方俗语“身正不怕影子斜”颇有异曲同工之妙，皆富含哲理，意思都是说只要做人正气，两袖清风，做事公正，一碗水端平，就不怕受人攻击诬陷，更不怕流言蜚语满天飞。随它彩色绯闻万千重，我自岿然不动，其奈我何。其实，根据物理原理，光线受到阻挡才会折射产生影子。所以但凡影子总是斜的。影斜并不说明身子也斜了。只要自身立得正，心怀浩然正气，为人做事公正无私、恪守规矩，那就问心无愧，尽可对旁人的横加指责非议不予理会，依然我行我素，坚持真理到底。但和尚尼姑合板凳，在封建时代就很难说清，有点让当事者有口莫辩了。旧时代礼教推行“男女授受不亲”，异性之间禁止随意接触，连男女相互对视亦属应“勿视”的“非礼”行为。其时的妙龄少女，也只能深藏闺阁，足不出户，不得抛头露面。故在常熟话中有被雅称为只能与房子为伴的“伴房小姐”。女大成婚，则要从一而终。丈夫亡故，若不殉情，则要终身守寡——即便如此，也难免会招惹出“寡妇门前是非多”的绯闻。在这样的清规戒律下，出家皈依佛门的和尚、尼姑，更是戒色之人，早已断了情爱欲念，若出现和尚尼姑合板凳的场景，岂不让好事者、卫道士们浮想联翩，由合坐板凳联想到诸多诲淫诲盗之事。加之中国传统戏曲、小说为吸引读者、观众，多有和尚越规（自然是山寨牌的野和尚）、尼姑思春（自然是意志不坚定，无奈遁入空门者）的故事传播，更让人对和尚尼姑的接触、亲近疑窦顿生（如常熟人家喻户晓的评弹《玉蜻蜓》说的就是申贵生游法华庵，与庵姑志贞通，私生一子名元宰的故事，其中的《庵堂认母》《厅堂夺子》，情节曲折，富有人情味，为听众所津津乐道，深入人心）。故和尚尼姑合板凳无疑是不可思议，会被视为离经叛道的非正常之举。但此语偏冲破常人的习惯思维，观点鲜明地认为只要心胸坦荡，没有非分之想，和尚尼姑完全可以合坐一条板凳。大胆地为正气、正直、正大、正派之人伸张正义，弘扬正能量，明确指出只要自身心术正，任何正常交往，即使是结交三教九流，哪怕频繁出入敌巢，依然可以出淤泥而不染，犹如当今社会，绝不能因为有奸商贿赂而拒绝商务活动；绝不能因为有官员包养“小三”而拒绝用女秘书。只要出于公心，与商人交友打成一片，与女秘书促膝谈心又何妨？为人做事怕被人说三道四、疑神疑鬼而畏首畏尾，实为因噎废食，大不可取。因此，“立得正，坐得直，勿怕和尚尼姑合板凳”所含的哲理思想，在今天仍然值得提倡。

常熟还有句老闲话“烧香望和尚，一得两便当”。那是以善男信女到寺院进香，顺便看望熟悉或信任的和尚，比喻办事一举两得。不过因为现实中信女多于善男，故此语话中有话，带有借此“私弊夹帐”的揶揄成分，那就不可言传，只能意会了。

吃的盐和米，讲的情和理

此语以人们每天都离不开的盐和米为喻，阐述了一个朴素的生活哲理，即为人处世交际理事，皆应既讲道理也讲人情。情和理犹如盐和米相辅相成，不可偏废。古人云：民以食为天。吃是人类生存的必需。盐和米则是农耕社会，特别是稻作地区民众赖以生存的常规食材。人类的初级阶段，一生的最大追求和奋斗目标，往往就是获得足够的盐和米，保证一日三餐的需要。为了获得盐和米，人们才甘愿面朝黄土或卤水，背朝天地汗滴禾下土或卤水中，再辛苦劳累也在所不计。也是为了获得盐和米，历史上多少饥民铤而走险，揭竿而起，抢皇粮、劫米仓、贩私盐，甚至走上了与其饿死、不如拼死的不归路。由此可见，盐和米在人类生存史上的重要地位，可谓须臾不可缺。

但盐和米毕竟只是人类物质层面上的必需品。作为万物之灵又群居于一个地球村的人类，还有着精神层面的感情需求，那就是情和理。特别是在交往频繁密切的现代社会，群体与群体、个人与个人之间和谐共处，迫切需要以情动人，以理服人，融情入理，寓理于情，相互沟通融合。若少了情或理，就易产生误会、矛盾，影响双方的生活质量，甚至造成地球村的局部震荡。为此，人们在倡导良好道德修养的同时，提出了依法治国的理念，制定了诸多法规纲纪。如果说法规纲纪是硬道理，那么道德修养就带有一定的情感色彩。凡是硬道理，作为群居成员都要严格遵守，不得逾越。但执行硬道理，应该人性化有人情味，既要晓之以理，更要动之以情。所以这句常熟老闲话，将“情”放在“理”之前，说成是“讲的情和理”——这也是常熟民众总结多次成功调解纠纷、处理矛盾的经验之谈。只有先情后理，情理交融，人们才会心悦诚服地认理、服理、守理。大而言之的交战双方谈判，小而言之的邻里吃讲茶乃至对腐败分子的双规，都带有先以情启示理的意思，犹如古语“先礼后兵”，先仁至再义尽。若问情在何处？答曰情在心头，情动于心嘛。理又在何处？正好有另一句常熟老闲话可以作答，那就是“有理没理出在众人嘴里”。

船到桥，直瞄瞄

常熟是典型的江南水乡，境内河湖浜荡星罗棋布，流经四乡八镇乃至枕河人家，且又通江达海，颇多港口码头。故旧时交通运输主要为水路，而船则几乎是其时的唯一载体。又因地处水乡泽国，地块分割，为便利陆路行走，各类桥梁横空出世：竹桥、木桥、石桥、平桥、拱桥、短桥、长桥……飞架两岸，成为江南水乡的标志性建筑。人在桥上走，船在桥下过等惯见景象，也被历代文人频频入诗入画。“船到桥，直瞄瞄”说的正是这个镜头，并且借用这个场景，反映了不同的人们驾船过桥的不同心态。

出于建筑坚固又节省材料的考虑，桥一般都选择在河面较窄的地段建造，故桥长往往小于河宽，近桥河段常呈瓶颈状，致使行船过桥，必须以橹或舵预先拨正方向，瞄准桥洞方能穿桥而过。尤其是汛期水流湍急时过桥，更是充满惊险，稍不留神，就有可能出现船撞桥墩，造成翻船或桥塌的事故。防患于未然，所以船工离桥尚远时就注意察看水情，目测距离，开始小心谨慎地拨正航向，以确保船到桥时能“直瞄瞄”地顺利通过。这种全神贯注的操作，不但体现了船工的敬业精神，也体现了船工主动迎击险难，积极应对事变的良好心态。但现实中也有少数人在“船到桥”时，却不作为、无作为，听其自然，任船随波逐流，幻想船到桥时会自动“直瞄瞄”地端正方向，笔直而过。诚然水流千变万化，船到桥时也有可能直瞄瞄地顺流而下，但偶然并非必然，不怕一万就怕万一，若不主动采取措施，那么迟早会出事故。这种态度反映在人生上，就是不求上进，得过且过，消极怠工，自甘落后。例如大学毕业后，有人因专业不对口，未找到工作，就多年待业在家啃老，还自我安慰：“我是着急也呒用，只能船到桥，直瞄瞄，等机会哉。”而有人虽也是专业不对口，但面对形势主动调整心态，先就业再择业，经过两年实践，积累了相关工作经验后，很快被安排到了专业对口的岗位工作。从这个意义上讲，“船到桥，直瞄瞄”的态度不可取，它只是消极者自我安慰的一句口头禅。反之，若是充满自信地认为凭自己熟练的技能主动应变，又何愁“船到桥”时不“直瞄瞄”的人，即使偶尔有误，但其积极的人生态度值得肯定。行船如此，驾车亦然。不是还有句话叫“车到山前必有路”吗？勇往直前，路在脚下，只要努力，坦荡荡的大路和直瞄瞄的前途定会展现在眼前。

“船到桥，直瞄瞄”从另一个方面解析，却为新时代的人们展示了一派充满诗情画意的情景：野渡无人舟自横，船到桥头自然直。何等悠闲，何等潇洒。亲近自然，放松心情，不但是江南水乡田园风光的生动写照，更是懂得享受，精致生活的常熟人的另一番情趣寄寓。

坐着放债，跽着讨债

常熟话中的跽即是两膝弯曲，膝盖着地的跪。此语以一坐一跽的强烈反差，形象地展示了现实中讨债难的尴尬境地。这种放债容易讨债难的现象，看来古已有之，所以才会产生这句老闲话。此语至今仍流传在人们口头，也说明这种反常怪现象流风未绝，仍时有发生，甚至更有升级发展。近年来，媒体多次披露，颇多老赖身背巨额债务，却逍遥自在，面对讨债者的跽求索讨，或不理不睬，高跷二郎腿，稳坐老板椅，俨然一副施舍者的面孔；或以变应变，预先转移财产，乃至闹假离婚，甘愿净身出户，日后即使法律强制，也是身无分文，其奈我何；也有的干脆脚底抹油，一逃了之，躲到异国他乡当起了寓公，过上了优哉游哉的享乐生活。可怜那些原本应该理直气壮的讨债者为了讨回自己血汗钱，无奈爬上高楼屋顶，不惜以死相逼，闹出一场风波，最后直闹到法院，也只落得个官司赢了，被拖欠的债依然悬而未决，苦不堪言。

“杀人偿命，欠债还钱”乃是古今公理。人们在生活中难免有资本或人情短缺的时候，向人暂借，实属正常之举。向暂时困难者放债，亦属互通有无，友情相助。但欠债总是要还的。俗话说“有借有还，再借不难”。借者若能明晓此理，及时归还，则“坐着放债，跽着讨债”这句老闲话就失去了生存、流传的社会基础，早就消失了。然而现实中，君不见诸多善良的打工者，每月只领微薄的生活费，而将每月应结清的大部分薪酬，无偿地借（其实是霸王条款的强借）给老板做流动资金或其他投资之用。可是辛辛苦苦一年，到了年底却横竖讨不回来，即使跽着，也毫无结果。如此讨债，真格是讨债难，难讨债，债难讨了。为了切实维护打工者的合法权益和劳动所得，法院从去年开始，采用现代先进科技手段，通过传媒，将老赖们的丑恶嘴脸公诸于众，亮相于光天化日、众目睽睽之下，并限制其高消费行为。此举颇具威慑力，已有一批老赖投“案”还债，但仍有一批老赖依然故我，老老脸皮、也不要脸皮地就是欠债不还。由此看来“坐着放债，跽着讨债”这句老闲话，短时间内还不肯自行退出历史舞台。

涉及债务的常熟老闲话还有不少，如“虱多不痒，债多不愁”“千年不还，万年不赖”（一副老赖面孔）、“腊月债，还得快”（才借即还）、“六十勿借债，七十勿过夜”（言人过六十、七十，已是风烛残年，随时有熄灭的可能，若借债恐来不及归还人已去世，若留其过夜恐突发急病生死未卜）、“冷勒风里，穷勒债里”（此债指利滚利的高利贷，一辈子也还不清）等。

拾勒篮里就是菜

“拾勒”在常熟话中即拾到之意。此话活脱脱地再现了一个马大哈式人物贪多求快、粗枝大叶地捡拾蔬菜的场景：手挎竹篮去田头捡拾蔬菜，无论是采摘自然生长的野菜，还是收割人工种植的时蔬，却不论是否有毒、是否成熟，也无论大小嫩老、季节时令（江南人饮食精致，讲究应时而食，以求天人合一），见到就拾，“拾勒篮里就是菜”了。平心而论，这种马虎、草率、粗糙的工作作风，其出发点并非坏，很有可能是好的，但结果往往是差的。小则是欲速则不达，拾回来的菜还需多一道鉴别真假、挑选优劣的返工工序，如此事倍功半，让人感觉很受伤；大则得不偿失，后患无穷，万一误食了捡到篮里的毒菜毒瓜，造成伤身亡命事故，岂不让人提心吊胆？后果很严重。

菜在人们生活中是一日不可或缺的。宁可食无肉，却不可食无菜。人体必需的维生素、纤维素大部分来自蔬菜。故人类无论对野生的还是人工种植的蔬菜，早就开始了潜心研究，掌握了识别和应用的知识。明代的李时珍还赋予了蔬菜药用的价值。好多蔬菜因药食同源，还成了人们的保健食品。近现代的生物学科技，通过嫁接、杂交、转基因等手段，增添了前所未有的菜品种，让人对菜的认知不断更新。若学习不与时俱进，落伍于时代，一不小心很有可能成为新一代的科盲，在田头闹出一场“拾勒篮里就是菜”的笑话。按理这句老闲话的流通市场只应局限在少数拾菜人群中，不会流传得那么广，然而此语却长久地流传在广大不拾菜的吃菜人口中，这是为什么？稍稍辨析，便不难发现，原来是此语中所含的哲理早已突破了拾菜的领域，而延伸到现实的方方面面，在其他领域不断地发生着连锁反应，一次次地重复着不是“拾勒篮里就是菜”，胜似“拾勒篮里就是菜”的现象。时光倒流三十年、二十年，改革开放初期，好多地方为了引进外资扩大招商，不加鉴别论证，来者不拒，多多益善，一时泥沙俱下，鱼龙混杂，空手套白狼、骗吃、骗喝、骗剪彩、骗贷款的骗子，污染环境贻害后代的毒气、毒水、毒土壤、毒生物、毒企业，统统被一股脑儿地拾进了招商引资的大篮子里，当成了发展地方经济的好“菜”头。结果留下许多后患，不得不经过多次整顿，才算逐渐恢复正常秩序。这样的教训颇为深刻，但说不定还会发生，故此语常有重温必要。

带着深厚的家乡情结说“拾勒篮里就是菜”，此语或许还可解读为家乡土地肥沃，“年年多收常熟田”，田野上时时处处都可“拾”到新鲜绿色的蔬菜：春天的荠菜、马兰头、枸杞头、香椿头、金花菜、蓬蒿、芦蒿、韭菜、苋菜等，夏天的青蚕豆、莴苣、毛豆、番茄、蕹菜、长豇豆、苦瓜、茄子、丝瓜、黄瓜、南瓜、冬瓜、紫角叶等，秋天的芋艿、荸荠、山药、黄萝卜、西葫芦、扁豆、松树蕈、菌菇等，冬天的茭白、大蒜、青菜、萝卜、土豆、芹菜、卷心菜、雪里蕻、大白菜等，还有现代化暖棚里反季节的时鲜蔬菜，真可谓是应有尽有，无需辨别，就可“拾勒篮里就是菜”了，由此也足见常熟是典型的江南鱼米之乡——这自然只是种戏说，不是这句老闲话的本意。

造屋请了箍桶匠

此语可算是上一句老闲话的升级版。“拾勒篮里就是菜”说的是食材，“造屋请了箍桶匠”说的是人才。“拾”者，知识浅薄，往往连是不是菜也分不清，就拾到篮里充当菜了。而“请”者，显得略有知识，晓得造屋必须请木匠，不能随便请来铁匠、竹匠、鞋匠等充数。但终因所知甚少，仅是皮毛，只知其一，不知其二，竟把擅长箍桶手艺的木匠请来造屋了，不但现场闹了笑话，还落下一世话柄，成了人们嘲讽某些人缺乏见识、毫无眼光的口头语，日久流传，成了常熟老闲话。

我国传统建筑，历来以砖木结构为主。盖房造屋必须经泥瓦匠和木匠的分工合作、辛勤劳动，方能成就百年大计。其中泥瓦匠负责砌砖成墙、盖瓦为顶，木匠则负责竖柱横梁架椽，构建房屋框架，并制作、安装门窗。因此造屋必须聘请木匠早已成为其时人们的共识，而且也明白请木匠一定要请对人，因为木匠手艺的高下，也在一定程度上决定了所造房屋的质量和颜值。但共识尚需深入细化，这是因为木匠从来就有大木、小木之分。小木者又称圆作，擅长并专做盆、桶、箱、柜、桌、几、凳、椅等日常家用小件。大木则专攻柱、梁、椽、楼、槛、梯、门、窗等建筑大件。造屋请了小木的箍桶匠，自然是小材大用没法用。既难为了箍桶匠，也必然导致百年大计的失败。如此笑话，岂不与上句“拾勒篮里就是菜”有异曲同工之妙？改革开放后，我国房地产业迅猛崛起，“得广厦千万间”已成为现实，但所建所筑的已很少有砖木结构，几乎千篇一律的是钢筋水泥结构了。因此如今造屋已不需要木匠了，无论大木、小木（原由小木制作的日用木制器具，也早已被塑料、铝合金制品替代了）都在快速地淡出人们的视野。因此不久的将来，或许后人们会对这句老闲话产生质疑：“造屋本来就不需要木工、箍桶匠，应该请钢筋工才对呀！”时代不同了，情况发生变化了，看来有些老闲话有必要做些注释，才能让新人们理解——上述文字就算立此存照，以备考查吧。不过话要说回来，老闲话之所以能长久流传，从来不是靠就事论事延续其生命力的，而是以它话中有话的深刻哲理活跃在人们口头的。温故而知新。“造屋请了箍桶匠”不是要让人看用错了人的笑话，而是告诫人们选用人才要知人善任。用人先须知人，善任才是真正的知人。切不可小材大用，也不可大材小用。请箍桶匠造屋实为前车之鉴，切记切记啊。

隔壁敲水缸

此语实指旁敲侧击的言行，既不明说，更不直接表达真实用意，而是顾此说彼，藏内露外，看似冠冕堂皇，实则暗藏“祸”心的做法或说法，颇有指桑骂槐之嫌。要读懂此类隐晦语言，需像常熟花旦阿庆嫂说的那样，“锣鼓听声，说话听音”，细辨话中之话，方能悟出说者内心真谛。“隔壁敲水缸”，最典型的莫过于《沙家浜·智斗》一场中刁德一试探阿庆嫂了。当阿庆嫂借草包司令胡传魁做虎皮挡箭牌，“我有心背靠大树好乘凉”时，刁德一马上接过话头，乘机借题发挥：“新四军久在沙家浜，这棵大树好乘凉，想必是安排照应更周详。”刁德一这看似东一榔头西一棒的言行，其实就是想用隔壁敲水缸的手法引诱威逼阿庆嫂中计入彀。但阴险奸刁的刁德一又岂是久经历练、沉着机智有胆量的阿庆嫂的对手，几个回合下来就碰了一鼻子灰败下阵来。

隔壁敲水缸，其实源自旧时平民家居生活的真实写照。长期以来，小民百姓住房紧张，往往几家人同住或一家几代人蜗居在一个房子内，房内再用砖或木板做壁，分隔成若干斗室，成为各家各户生活的私密空间。在农村更有用芦席，甚至用布帘子象征地隔开的。住在这样的隔壁居室内，要保守隐私是很困难的。只有伏在枕头上咬耳朵说悄悄话，才有可能不被隔壁听到。若是嗓门稍大，哪怕是在老式竹榻床上翻身动作大些，隔壁都能听得一清二楚。若是有人敲水缸（在没有自来水的时代，水缸是家家户户必备的），那清脆的敲击声和空缸发出的回声共鸣，往往能传到隔壁人家。不过，现实中除了偶有不懂事的小孩外，很少有人会平白无故地去敲水缸。但也正因为很少发生，所以“隔壁敲水缸”的现象才更引人关注，让人印象深刻。这句老闲话中的“敲”是一字双关，一是意指特意的、故意的。缸不敲不响。一个“敲”字表明是人为的，是为了有意让隔壁听到。二是意指声响较大的。“敲”比摸、拍、弹，乃至打的动作都大，产生的响声也大，足以让隔壁的人能听到、听清楚。只有让隔壁听到了，隔壁才会理会，才会有反应，才不白敲。但水缸毕竟不是乐器，敲出来的声音大多是“七缸八调”或“七缸勿入调”的，肯定不会美妙到让人可以欣赏。所以，隔壁敲水缸发出的响声，往往是不好听、不中听，甚至有警告、寻事的成分在内的居多。对此，听者应该冷静辨析。若无阿庆嫂那样的随机应变能力，倒不如先冷处理，再讲道理。

与“隔壁敲水缸”相类似的常熟老闲话还有“打破水缸洇过去”。此语中的“打破”，并非真的打成七零八碎，而是像“打破砂锅纹（问）到底”那样的，只是打出数条裂痕来。而常熟话中“洇”即是沁、渗之意。用缸中的水从裂痕中慢慢沁渗出来的物理现象，比喻用慢动作的言行提醒或告诫对方注意或反省。这种“打破水缸洇过去”比“隔壁敲水缸”带有更多温和与善意，有着相信对方和照顾到对方面子的良好用心，在现实中似乎更受人欢迎。

孵生不如孵熟

此语以禽类孵蛋为例，表达了某些人不愿挪窝的生存惯性，即宁愿继续生活在熟悉的圈子里，而不愿到生疏的环境中去开始新生活。孵在常熟话中说成“bù”音，是“蹲”的意思。“孵下”即“蹲下”。禽类孵蛋采取的正是蹲的姿势，故此语也可解读为“蹲生不如蹲熟”。

喜“熟”不爱“生”，明显带有恋旧情结，但更多的是带有保守成分。这种保守成分的产生，是与人们的生存土壤密切相关的。常熟“土壤肥沃，岁无水旱”，“岁得常稔”，是典型的江南鱼米之乡，在各个时期，人们的生活相对安定富裕。良好的生存环境造就了地方经济、文化的繁荣发达，但也让某些人产生了满足现状的保守思想，“孵生不如孵熟”之说也应时而生，并深入人心，成为挂在人们口头的一句老闲话。检阅地方史志，稍稍分析就不难发现，常熟历史上除通过读书成才在外地政坛官场或文化科技领域成就卓著的出类拔萃者外，几乎没有或很少有离开故土“熟”地到新区“生”地去经商、办实业的大家。究其原因恐怕与留恋常熟安逸舒适的“熟”地环境有关。长期生活安逸，必然不愿再去孵生了。可喜的是改革开放后，常熟人的这种保守思想已有所改变，好多年轻人不但走出常熟走向全国，还有的走向世界，在异国他乡“生”地开拓创业，取得了不凡业绩。其实，“生”与“熟”是相对的。“生”孵久了，也就“熟”了。一旦孵熟，量变就会产生质变，蛋就会变成可爱的雏禽了。诚然，孵熟也并非有错，熟有熟的好处，因为熟悉，工作好开展，生活更方便，何乐而不为。但现实中有些部门的工作历来都是不得孵生不如孵熟的，必须孵熟不如孵生。如从封建时代开始就奉行的当地人士不得在当地为官的规定和如今推行的领导干部异地交流轮岗制度，就带有强制性的不让人孵熟，这是为什么？答案很清楚，那就是熟容易滋生腐败现象。从这个意义上讲，孵生不如孵熟的含义似乎有些过时了。

穷穷穷，屋里还有三担铜

此语对于今天的年轻人来说，估计大多会感到不理解，难以置信：“穷之又穷，接连三个穷的人家，竟还有三担铜的财富，怎么可能，不要太夸张啊！”年轻人有此想法并不奇怪，倒说明这句老闲话确实“老”了，有点沧桑感了。因为这半个多世纪来社会生活的变化实在太大了，对旧时情况不了解的年轻人，自然要疑窦丛生，产生质疑了。其实，此语从它产生的那个时代起，就一直不是作为夸张语来自我吹嘘炫耀的，而是作为自谦语应用的：“老同学，你我几十年未见面，这次回故乡相聚，怎么能请你吃顿饭也推辞呢？我虽不是老板，也没有当官，但穷穷穷，屋里还有三担铜，吃顿饭还没有问题啊。”这种真情表白，让人听着觉得这句老闲话特别温暖。

任何老闲话的产生与流传，都离不开现实的生活环境。在二十世纪五十年代前，铜制品在家庭生活中的应用极为普遍，如作为常用品的脸盆、脚炉、手炉、香炉、暖锅、勺子、铲刀、吊子（煮水用的铜吊）、汤婆子、蚊帐钩、蜡烛扦、鞋拔、门锁、烟管（旱、水烟管）、抽屉拉手等，有钱的大户人家更是连床架、盆架、窗栏杆、楼梯把手、算盘、梳妆匣等，也是用白、紫、黄铜加工成的。虽然即使穷也有三担铜的说法未免夸大，但其时大多数人家都拥有一定数量的铜器、铜件却是无可置疑的。因此，以当时的现实情况而论，自谦地说“穷穷穷，屋里还有三担铜”，其实倒是常熟平民百姓对生活乐观、自我幽默的一种情绪表达。只是后来随着国家铜矿资源的减少和铜在工业及国防建设中的应用越来越广泛，铜制品开始逐渐退出家庭。尤其是经过“大跃进”和十年“文革”后，连原有的铜制品也陆续被回收，脱胎为工业用材。从此塑料与不锈钢制品替代了铜制品，甚至连钥匙、皮带扣、拉链等小铜件也改用它材了。如今即使不是“穷穷穷”的小康人家，恐怕也很难拥有三担或三十斤铜了。因此，很有可能在不久的将来，这句老闲话会从人们的口头掉下来，淡出人们的记忆。任何事物都会新陈代谢，老闲话的消亡也在情理之中。但老闲话中隐含的时代信息，对历史研究不无参考价值，故还有记录、立此存照的必要。

面拓吐

请人办事或帮人说情，对方拒绝不肯相助倒也罢了，还用话语伤人，让请托者或说情人碰了个软钉子，很没面子，下不了台。常熟话将这种尴尬情况说成是吃了“面拓吐”。“我俩也算是青梅竹马的发小，为了女儿转学的事，我托她向当校长的老公打个招呼，勿晓得她非但不念友情，还吃了她的面拓吐，真懊恼去了她家。”若问“面拓吐”是什么东西？不妨逐字解读。面即面孔，亦即脸面、头面。拓即涂拓、拓抹之意。吐本是指有物体从嘴里涌出，如吞吐、吐舌头，但在此语中则是指吐唾沫，即吐口水。吐唾沫、吐口水在常熟话中说成是吐馋唾。将唾沫、口水说成馋唾，倒也名副其实。想想也对，人在口馋时就会不由自主地分泌出唾液即口水流出来。将垂涎欲滴的口水，说成馋唾，生动形象，堪称是民间智慧的创造结果。如此将“面拓吐”三字连起来解读，则此语可说成是脸上被人吐了唾沫，弄得一塌糊涂，丢尽了面子的意思。诚然，在现实生活中被人吐唾沫的不雅观事件很少发生，但为何“面拓吐”会作为老闲话长期流传下来呢？这就得从历史中去找出典了。其实以吐唾沫侮辱人的“唾面之辱”在古代早已有之。据《触詟说赵太后》记载，战国时代赵太后新用事，秦国急攻之。赵氏求救于齐，齐曰：“必以长安君为质，乃出。”太后不肯，大臣强谏。太后明谓左右：“有复言令长安君为质者，老妇必唾其面。”此处的“唾其面”就是成语“唾面之辱”的由来，也就是老闲话“面拓吐”的出典。如此说来“面拓吐”并非是粗人俗语，实属文人雅言。常熟老闲话中俗从雅出，雅俗共赏多矣。

白脚花狸猫，吃啧就要跑

此语说的是猫，其意实指为人反应灵敏，喜动善跑，且有见好就收的意思："这个小囡惹厌得来，屋里一歇歇辰光也蹲勿牢，乱脱饭碗就朝门外跑，真活脱脱是只白脚花狸猫。"花狸猫也称狸花猫，是原产我国的一种自然猫，后经千百年的进化，现已成为猫类中的优良品种。花狸猫性格独立，爱好运动，反应敏捷，周围环境稍有变化，即敏感地东奔西跑忙于观察。故民间也有将"白脚"说成是"拔脚"的。此语的下半句指此猫在家待不住，吃过食后就离家出走了，也有一点不贪吃的含义在内。

生命在于运动。花狸猫堪称猫类中的健身标兵，这样练就出来的猫肯定身爪敏捷，是老鼠的克星。因此花狸猫值得称道，也值得人们学习，尤其是老年人不仅要学习花狸猫"吃啧就要跑"的运动精神，更要勤动脑子，才能保持持久的生命活力。千万不能像煨灶猫那样，吃饱后不是孵太阳就是煨灶膛。关于猫的老闲话，还有"会捉老虫猫勿叫"，意思很明白，即越是会捉老鼠的猫，越不自我吹嘘，"喵喵"地乱叫。不过如今老鼠已大大减少了，好多人饲养猫，只是作为宠物玩赏了。但如果宠物猫不会"喵喵"地叫，恐怕就会不讨主人欢喜而遭遗弃了。而且宠物猫往往不爱运动，整日只爱待在屋里围着主人"喵喵"地献媚发嗲，其个性是绝不可与"吃啧就要跑"的"白脚花狸猫"相提并论的。

瘫铳

此语常被误写成“坍冲”或“坍充”。此语的意思是指因失礼或露丑失了面子，丢尽了脸面，显得十分尴尬，百般难堪。如“今朝他换了一身新西装去吃喜酒，蛮有派头。谁晓得乘公交车时，为了省一元钱，他却逃票，被司机识破，不得不当场补票。恰巧又被同车也去吃喜酒的朋友看到了，你说阿要鸭屎臭，真格是瘫铳瘫到脚后跟哉”。

求解“瘫铳”的来源，不妨先按字面解读。瘫者，本义是指神经系统出现障碍，致使肌肉不能正常活动，如风瘫、瘫痪，在此语中引申为紊乱、非正常。铳者，本义是指火器，即俗称之火铳、鸟枪（《沙家浜》中的草包司令胡传魁带领的就是一支“鸟枪换炮”的土匪部队）。它是祖先们发明火药后用于放射的一种管型火器。先将硝药装入铳内，再将事先插入的引线点燃而引爆硝药，产生巨大的响声与火花。若同时装入铁石之类做弹丸，则可利用强大的冲击波射向瞄准的目标，作为打仗和打猎的武器。但铳在早期并不是用来攻击异类或侵略他人的，而是作为送往迎来的礼仪之器进入人们生活的。我国古代不论是官方还是民间，都有以放铳作为迎送礼仪的习俗，如军队出征、红白喜事，都要放铳。一是图个热闹、气派，二是寄托以巨物强光驱邪压魔的期望。既是习俗，自有一套约定俗成的规矩，什么场合、什么时候、按什么规矩放什么样的铳、放多少次铳都有严格的规定。如逢婚庆之喜，放铳者要赶在客人到来之前先到东家，在东家门前先放三铳以示报到，东家随即以鞭炮欢迎，然后按议程次序一一放铳。若是白事，孝子贤孙们要事先跪在门前迎接放铳者，并烟酒伺候。然后放铳者才在铳中装灌硝药，并按死者的身份放规定次数的铳。一旦放铳者违反了规定，就成了非正常的“瘫铳”。旧时人们迷信，认为“瘫铳”不但会给东家带来不吉利的结果，而且还会给放铳者造成直接的人身伤害。因此“瘫铳”是件让东家和放铳者都感到在亲朋好友面前大为失礼和没有面子的事，皆力戒发生，不胜忌讳。常熟话将此意引申到日常生活的方方面面，使之成为人们的口头语，一方面扩大了“瘫铳”的覆盖面，另一方面也说明了“瘫铳”一语源自古代习俗，是名副其实的老闲话了。

如今作为礼仪之器的铳，早已被礼炮、花炮、电炮等取代了，而曾经作为“鸟枪”的铳，也被政府列入“枪支弹药”而禁止民间私藏了。铳已经很难见到了，放铳的种种规矩也随之淡出人们的记忆。但习俗的传统元素尚未完全消失。据说目前我国欢迎外国元首来访时鸣放的十八或二十一下礼炮的规制，就源自古代以放铳迎接贵宾的礼仪。放炮恰似放铳，必须认真对待，规范操作。国礼如此隆重，作为公民、个人之礼自然也应力戒“瘫铳”啊。

馋唾水

此语实指人或动物（本意只就人而论，以下略去动物之说）的唾液、口水、口涎。馋唾水，其实是成语“馋涎欲滴”的雅言俗说，虽属下里巴人话语，但生动形象，还不乏诙谐、幽默的成分，故常熟的男女老少相沿已久地将此语挂在口头，即使是墨客骚人，除书面语言外，也是说惯“馋唾水”的。仔细品读此语，不难发觉常熟话的精准。馋是人的本性，也是生存的必须。人在某种时候，特别是在饥饿至极、渴望求生时，见到食物，会产生极大的兴奋，大脑中枢神经会立即发出指令，让口腔内的腺体迅速见食生津，为舌齿即将入口或可能入口的食物进行咀嚼、搅拌、吞咽供应足够有利消化吸收的调和剂，提前做好准备。于是顷刻间，满嘴口水流淌横溢。为怕惹人见笑，有人还悄悄伸出舌头，舔吮掉口角欲滴的馋涎。因馋而吐出口水，乃是人强烈期盼进食的一种本能真实写照。既是真实写照，那就不必忌讳，不妨实话实说成“馋唾水”。大白话“馋唾水”明白易懂。常熟话的如此说法，不但符合人体生理的正常反应，有科学依据，而且抓住了现场细节，让说者听者感同身受，不由得也有点舌底涌泉了。

毋庸讳言，馋唾水大多因饥饿而产生（发育不全的幼童、中风瘫痪的老弱病残者另当别论），偏偏过去的人们爱面子，见到想吃的食物，虽然很馋却宁可暗流口水，也决不把“馋”意流露出来。可是时代不同了，人们的观念改变了。如今人们的生活水平普遍提高了，温饱问题已基本得到解决，尤其是在经济发达、“年年多收常熟田”的常熟，人们不再有饥饿感，而开始追求吃得好、吃得营养，或节食减肥了。按理，不会有人再馋了，更不会有馋唾水嗒嗒滴的现象发生了。然而事实并非如此，现代人依然很馋，依然会流馋唾水：馋异国他乡未吃过的洋味道、土味道，馋故乡原生态的农家菜味道，馋小时候妈妈亲手烹调的味道……见到或想起这些引人尝新和让人思念的食物，即使肚子很饱，也常会不由自主地流馋唾水。这种馋唾水既是吃货们食欲旺盛的体现，更是人们在物质食粮满足后对精神需求的感情流露。“馋唾水”也常被省略简称为“馋唾”。想吃而生馋意，因馋而口中唾液，故曰馋唾。

各人头上一爿天

此语看似直白，却别含深意，也颇具哲理。它表面上只是告诉人们，每个人头上有一爿天，对应着每个人所在的一处地，这种对应是无法改变的。而寓意实是告诫人们，每个人的前途命运都是上天早已钦定主宰了的，人虽顶天立地，却同样无法改变命运。这种思维定势，其实源自我国古代“天人合一”传统哲学思想：天对地，地对天，天地之间的个人何其渺小，自然只能战战兢兢地仰天膜拜、跪地感恩、俯首听命、不敢造次越雷池一步了。故每个人无论所处的位置（即生存环境之社会地位）好坏吉凶如何，都应乖乖接受服从。但此语若从封建时代盛行的迷信角度解析，又分明带有听天由命的宿命论色彩。诚如俗谚所云“生死有命，富贵在天”，既然如此，那就老老实实认命吧，不要攀比、不要嫉妒，也不要反抗、不要努力了。古老的哲学与无知的迷信对接，深邃的思想用通俗的语言表达，故此句老闲话流传甚广，也甚得人心。所以在旧时，处于尊者、富者生存环境的为官者、土豪们即以“各人头上一爿天”为护身符，作威作福而心安理得；所处贱者、贫者生存环境的弱势者、苦力者，亦以“各人头上一爿天”为麻醉剂，甘受屈辱困苦而不思改变现状。即使偶尔有梁山一百零八将之类的好汉聚众造反，打出的大旗也依然是“替天行道”，表明自己的所作所为，并非越位，并非对抗天命，而恰恰是在忠实执行“头上一爿天”的旨意。这种地变天不变的思想，即使在现代社会还深深地扎根在好多人的头脑中，不时“一闪念”：“她报考上百人竞争只招一个人的公务员职位，笔试考了第一名。前三名进入面试，结果笔试第三名的被录用，她却落选了。连续三年都是如此，真是各人头上一爿天呀。”但是近年来，此语中“天”的概念已悄悄发生了变化，不再专指自然界的天，而是也指人为环境中的“天”了。如：“甲在候选人的群众公议中，获得了全局百分之九十的支持票，但结果是获少数票的乙被提拔为副局长——因为乙是丙书记的外甥囡呀，这真格是各人头上一爿天。”将人为的现象说成“天”，看似是对“天”的亵渎，其实是人们对不尊重民意又无可奈何的不满情绪的表达，以社会管理学而论，广大民众是社会的主人，也即是天，民意即是天意，执政者或当权者头上的一爿天，就是民众，就是民意——这“头上一爿天”倒确是过去、未来都无法改变的。

与“各人头上一爿天”有相近意思的常熟老闲话还有“蟹有蟹路，虾有虾路”，不过此语较上语有积极意义，身大力不亏的蟹，虽能横行霸道水路两栖，但身材娇小的虾，也自有生存法则，不但能浮游于浅底深渊，而且能快速地退缩前进，在水中世界开创出属于自己的自由天地。由此可见，“各人头上”的“一爿天”并非不可改变，也是可以通过个人的努力奋斗重新开创的。天遂人意，还须事在人为啊。

五斤狠六斤

明明五斤比六斤少一斤，怎么可能超过六斤呢？但偏偏有人硬是不认这个理，非要把六斤比下去，于是就只能靠竭尽全力使出浑身解数发狠劲吓唬威胁人了。常熟话中的“狠”有多种解释，如厉害的意思，“这个人狠格（的）”就是说此人本领或技艺高强。但“狠”在此语中表达的却是蛮不讲理、气急败坏的样子。“五斤狠六斤”，有时也有人说成是“五筋狠六筋”，用来描写性子暴躁的人，一激动、一发怒，头颈里的青筋就一根根“狠”起来。这里的“狠”是爆出来或凸出来的意思，如：“刚才额角头上被毒蚊子叮了一口，一歇歇辰光，就狠则（了）一个大块出来。”五筋狠六筋的细节，形容情绪失控者的急躁暴戾，可谓生动形象极了。

但不论是“五斤狠六斤”，还是“五筋狠六筋”，其实皆是误读误写的讹传，若是追根溯源，它的最早出典应是“五经狠六经”。“斤”“筋”“经”在常熟话中系谐音，易混同，易讹传。“五经狠六经”这句出自文坛而流入民间的老闲话源远流长。西汉时期“罢黜百家，独尊儒术”，汉武帝还在建元五年（前136）专门设置了一个研读儒家经典的学位，称为“五经博士”，此为“五经”的来历。所谓“五经”即《易经》《尚书》《礼记》《诗经》《春秋》。这五部儒家经典统称为“经”，是封建时代官府开科取士的文人必读之书。常熟百年老店王四酒家有一副出自两朝帝师翁同龢手笔的对联“带经锄绿野，留露酿黄花”，其中上联就是说的携带着经书去田头劳作的耕读景象，可见旧时读“经”之风在鱼米之乡常熟的普及盛行。不过后来有人考证，经书并非上述五种，汉代之前应为六种，即除了“五经”外还有一经——《乐经》，共为六经。只是秦始皇统一中国后，残暴地实行焚书坑儒，“六经”成了禁书，大多被付之一炬，毁踪灭迹。加之秦末农民起义，战乱不断，“六经”几乎散失殆尽。汉代虽然大力抢救，但《乐经》却再也找不到，就此失传了。“六经”遂成“五经”。于是其时有人嘲笑那些自以为学问天下第一的五经博士是“五经狠六经”，意思是说不管你多么博学，多么狠，五经与六经相比，总是少了一经呀。但也有有自知之明的五经博士在受到人们赞扬时，会谦虚地自嘲：“再五经狠六经，也勿如熟读六经的前人啊。”

老闲话，属于俗文化。因为俗，才能在民间长期广泛流传。“五经狠六经”所以会演变成“五斤狠六斤”“五筋狠六筋”，正是适应了民间口味。因为大多数人不读经，却经常接触“斤”与“筋”，如今更是越来越多的人不知“经”为何物，所以这句老闲话就不要正本清源，就以“斤”“筋”代“经”，以讹传讹下去吧。

三脚猫

此语常被用来形容某些人的略知皮毛，却并不精通，什么知识都懂点，什么技艺都会点，但又什么都不专业、不精到。相当于北方语中的“半瓶子醋”，带有讽刺的味道：“他不过是个三脚猫，说他不懂倒有点懂的，但若是你问得深一点，他就转移话题，避而不答了。”不过随着时代的发展和理念的更新，此语现在有时也被用作带有欣赏、捧场的点赞了：“幸好，全靠他有点三脚猫，一歇歇辰光就找到了断路的原因，很快恢复了通电，否则今天夜里讨厌哉。”因此常熟的这句老闲话没有倾向性，是个中性词语。

关于“三脚猫”的出典，有两个版本。其一是出自有据可查的古籍《七珍类稿》（明代郎瑛著）。嘉靖年间一位有爱心的道士收养了一只残疾的流浪三脚猫，经过一段时间的精心喂养，此猫虽走不成路，却弹跳自如，“循檐上壁如飞也”，且极善捕鼠，一时名声大震。“三脚猫”之说不但被人四处传扬，而且在文人笔下立此存照，长期流传了下来。其二是来自地方民间传说。常熟浒浦、福山通江达海，宋代即为屯兵的军港，至清代则已发展为苏南地区繁荣的南北货集散口岸和江海水产品贸易渔港，南来北往的人流量很大。据志书记载，光浒浦港在渔汛期间前来采购海鲜的商贾人员及各色人等，就每日达到二千余人，其中就有一批以船为家、四处漂泊、靠岸即以舞枪弄棒和表演各路拳术谋生的江湖艺人。这些江湖艺人常在集市上真刀真枪表演传统武术和硬气功，赚取血汗钱，苦度时日。为了吸引眼球，其时有位江湖艺人还别出心裁地用铁锚做道具，在船头上表演了一套自编的船拳，博得了观众的连连喝彩。只见他脚踏摇晃不停的平基板，双手同时抓起两只各重五十多斤的大铁锚，举过头顶，上下左右挥舞，似流星飞旋，让人眼花缭乱。因为江海船上的铁锚是由三个爪组成的，于是人们就将他的表演简称为“三脚锚”，一下子就在浒浦、福山一带传开了（顺便说个小笑话，有位画家，闭门造车绘了一幅《出海归来》的画，却把船上的铁锚画成了四个爪的。结果展出后被渔民当场抓了笑柄，不胜难堪。可见画画也要深入生活，否则连“三脚锚”也难得到）。

上述两个版本中的“猫”或“锚”都是货真价实，全无虚假。那猫不管四只脚、三只脚，会捉老鼠就是好猫，理应肯定点赞；那锚则分明每只都五十多斤，双手能同时抓起两只挥舞表演，堪称江湖绝招，也应拍手叫好。可是奇怪的是“三脚猫”或“三脚锚”作为闲话，却一直被用作表示鄙视的讥讽语，这实在是有失公允，违反了两个出典的本意，似有正本清源的必要。其实，即使是“半瓶子醋”的三脚猫（锚），人们也是蛮欢迎的。因为在现实生活中，懂行的专家毕竟是少数，大多数芸芸众生都只是略知或略略知的外行。但略知总比无知、不知强，只要不假充内行，有点“三脚猫”还大有用处呢。当前现代科学的发展和社会需要，正在使越来越多的学科与行业实施跨界融合。如社区医疗点急需的全科医生，虽不一定精通各科，但一定要什么科都懂一些，有点“三脚猫（锚）”；如新兴的电商经营者，虽不一定是互联网技术或商贸物流的专家，但一定懂点这方面的知识，也有点“三脚猫（锚）”……如此说来，“三脚猫（锚）”不该受到讥讽而应给予鼓励。其实任何通才、全才、一专多能者的初级阶段，都是从“三脚猫（锚）”开始的。劝君善待“三脚猫”。

七死八活

此语并非实指打扫战场，统计伤亡人数，而是形容办事历经曲折磨难，吃尽苦头，累得死去活来的过程："这桩任务上级要求限期完成，偏偏科里有两个人生病住院了。没有办法，我俚三人只好连续加班一星期，做得大家七死八活……"这里的"七死八活"是通过倾吐诉苦，表达自己竭尽全力办事，分明有点表功或讨表扬之嫌。但换种说法："我俚连续加班一星期，忙得大家七死八活，总算按期完成了。"那就有侥幸办成或渡过难关、如释重负的成分了。"七死八活"还可用来形容担惊受怕、吓了一跳的样子："天蒙蒙亮到井上去提水，第一桶水才拎到井沿口，却猛见水桶里游动着一条蛇，一下子吓得我七死八活，慌忙松手，连桶连绳掉到井下去了。天亮时才发现原来是根烂草绳。"上述的几种"七死八活"，都是以"死"衬托"活"，说明"活"的不容易。历史和现实告诉人们，活着确实不容易。人生旅途难免会经历七死八活的过程，特别是对事业有追求、理想远大的有志者，更会自加压力，倍加努力，不惜绞尽脑汁，费尽心血为实现个人的梦想而拼搏。人生哪得几回搏？这拼搏不就意味着要拼死拼活、搏性搏命的"七死八活"吗？但"七死八活"毕竟是"死"少"活"多，还是活下来了，值得庆幸，因此它似乎又在告诫人们：活着就是福，要懂得珍惜，既不能虚度，也不要过度，平平淡淡适度才是真快活。

顺便提一下，常熟闲话对"七"与"八"这两个数字尤为敏感，尤为钟爱，使用的频率非常高。如形容人老年纪大为"七老八十"，形容做事说话没有规矩为"瞎七搭八"，形容乱点鸳鸯谱为"七勿搭八"，形容事物掉价为"七折八扣"，形容牛头不对马嘴为"七株八扭"，形容头昏脑涨、晕头转向为"七荤八素"，形容脾气倔强、偏对着干为"七翘八裂"，形容不满意、不服从、不合作为"七鲠八调"，形容搬弄是非、挑拨弄火为“七夹八夹”，等等。此外尚有七长八短、七高八低、七颠八倒、七零八落、七拼八凑、七上八下、七嘴八舌、七吹八唱、七穿八洞、七瘪八膨、七搁落八搁落……上述“七”“八”两个数字一经组合，就奇妙地放大了形容的程度，使所指事物或现象大大地超越了原有基数的范畴,给人以无限的想象空间，且朗朗上口，易于口头流传。至于为何选用“七”与“八”而不选用其他数字，其中必有原因，那就只能待考了。

零碎驳趸当

古代以银子为货币，交易时常有打碎称重计量的做法，打下来的碎银成为零碎钱，简称“零碎”。此语中的“零碎”泛指小钱。“驳”在常熟话中是指从一处搬到另一处的过程，如“把小木船上的满栈的白菜都驳到了大铁皮机帆船上”。故旧时人们习惯称把货物从一地运输到另一地的船只为驳船。“趸当”在常熟话中是聚集、会合、囤积成整批、整笔的意思。此语全句的意思是把分散的小钱集中起来，聚合成一笔大钱，以便办成一件用小钱办不成的大事，体现了常熟劳动人民居家过日子既每分小钱掰成两爿用，不乱花，又善将每分小钱集中起来办大事的优良民风。但“零碎驳趸当”用了一个表示从一处到另一处的“驳”，就使此语的含义超越了家庭的范围，成为了一种社会现象，有了积少成多、积小成大、聚沙成塔、集腋成裘的中华美德传承价值。改革开放前，人民生活水平普遍低下，很少有余钱。因此大多数人家每逢婚丧喜庆之事，就会捉襟见肘，为筹款办事而大为头疼。怎么办？其时民间就流传开了一种以“零碎驳趸当”的集资方法——搭会。搭会者自愿参加，按欲办事者所需金额分成若干份股，由搭会者按各自财力认购，凑足整笔款项后交办事者首先使用。然后由已得款的办事者和其他搭会者按月将所认的股款趸足后交第二人使用，下月如是交第三人使用，直至搭会者全都先后趸到一笔整款大钱后停止。这种搭会方式颇如当今的融资、借贷，且往往是无息的，充满着互助互爱、合作共赢的和谐氛围，很受人们欢迎。

记得二十世纪七十年代末，笔者为了购买一部价格为二十二元二角的《辞海》缩影本，就专门“搭”过一个零碎驳趸当的“会”，共十二人，每人每股二元，时间十二个月。我第一个月趸到二十四元，立即去买回了心仪已久的工具书，多余的钱还请搭会者到面馆里吃了一碗焖肉面。后来轮到第二个趸到钱后，也如法炮制。所以那年因为搭会，我们每月都有机会相聚在一起吃浇头面。如今人们的收入提高了，好多人不差钱了。“零碎驳趸当”的民间借贷已不复存在。但可怕的是充满陷阱与杀机的高利贷死灰复燃，让人不寒而栗。这种以暴利为目的的借贷，是和零碎驳趸当完全背道而驰的，也是违法的，自然不在本文的议论范围，不说也罢。不过值得一说的是，“零碎驳趸当”中所体现出的团结友爱、勤俭办事的美德，却是任何时候都需要传承和发扬的。

捏鼻头做梦

捏牢了鼻头还能做梦吗？答案自然是不能，绝对不可能的。不信，那就试试看，权当亲身体验一次。鼻头一旦被捏牢，鼻孔就无法呼吸了。不能呼吸，也就不能睡觉了。连觉也睡不了，又怎么能做梦呢？因此，这句常熟老闲话常被用来形容有些人硬是追求无法达到或做到的目标与事情的胡思乱想，有普通话中“白日做梦”的意思，但说得更彻底、更决裂、更煞根。

"白日做梦"只是泛指大多数白天工作的长日班人员，白天无法入睡做梦；而对于夜班的人或退休后可自由午睡到任何时间起床的老年人来说，"白日做梦"是完全有可能的。但无论是何种人，捏牢了鼻头还能入睡做梦，那是完全不可能的。故常熟人有时说这句老闲话，干脆把结论也明白无误地一起说出来，说成"捏鼻头做梦想也勿要（勿、要两字速读为一个音）想"。以"捏鼻头"隐喻做不成"梦"，生动形象，也不乏幽默。

目标能否实现、事情能否办到，取决于主客观条件是否具备、时机是否成熟。条件不具备，时机不成熟，硬是要做到，那就颇似"捏鼻头做梦"，还是"想也勿要想"。不如先自力更生创造条件，再奋发图强抓住机遇，然后乘势而上，功成业就。说到"梦"，其实"梦"是人有追求的表现。不是说"日有所思，夜有所梦"吗？可见"梦"是因人有追求萦绕于怀，铭记在心，念念不忘，殚思极虑，才自然生成的。"梦"从来都不是靠"捏鼻头"人为捏造出来的。如果捏鼻头能做成梦，那"梦"除了只能是魔术外，就只能是人丧失知觉后的幻觉。生活在现实中而产生虚幻的感觉，那是人体生理不正常的表现，应该及时进行医治。此亦非本文题中之意，不说也罢。人有梦想多上进，人无梦想易沉沦。梦想是种无形的强大动力，一直会激励人们追梦前行。至于梦想能否成真，则就要看个人的努力与天分了。

与此语类同的常熟老闲话还有"握空捏鼻头"。握，手握、掌握之意，手掌之中什么也没有，分明是个空心拳头；再加上"捏鼻头"做不成的梦，岂不是空对空、空加空、空而又空、空空如也。故此语另有无中生有的意思。

小热昏

啥叫小热昏？现在的年轻人虽然口头上还在说，但若要追根究底，恐怕大多不甚了解。出现对“小热昏”认知的断层并不奇怪。因为早在二十世纪五十年代中后期，小热昏就因故退出历史舞台了。年轻人只闻此语，未见其影，自然说不清它的出典和此语含义的转换由来了。小即非大，稍许有那么一点之意；热即非冷，但已超过了正常温度；昏即不冷静、不清醒，呈昏沉、昏聩、昏庸之状。小热昏指的就是人头脑发热时，说话过头或举止失控的昏乱状态。故人们把日常生活中某些人说话没有根据、说出不算数、做事不负责、好坏全不关的行为统称为“小热昏”。如：“此人蛮有人缘，就是好发议论，说起话来倒一套又一套，但说着说着就脱跟落襻、七不搭八哉，怪不得大家背后叫他小热昏了。”被人称为“小热昏”并非一定带有贬义，有时倒是带有几分喜欢的戏说、玩笑成分在内。

小热昏，本是一种民间曲艺形式，民间俗称“卖梨膏糖”。演唱艺人立在一条板凳上，一面摆一只能收放自如的木架子，架子上放一只装梨膏糖的木箱子，箱子上写就“小热昏”三个醒目大字。演出开始，艺人站在凳上先敲一阵小锣，并且敲出不少花样，忽儿紧忽儿缓，忽儿响忽儿轻，目的就是招徕看客。待到看客成堆，接下来是讲笑话，唱滑稽小段，算是开唱。等到看客围成圈后，就正式演唱新闻或者故事，其中好多内容是当地新发生的热门话题，非常能吸引看客。艺人一个人，又说又唱（好多是即兴现编的），没有乐队，自己敲小锣，敲三巧板或拍醒木，一把扇子就是万能道具。所唱曲调皆是江南风味的民间小调，如《金铃塔》《锣先锋》《小锣赋》《快板赋》等，旋律平稳朴实，接近口语。说唱时大多模仿当地方言，诙谐滑稽。有时谈论时事，讽刺时弊，讥论世事，为标新立异，观点也很尖锐泼辣。因为怕在没有言论自由的旧时祸从口出惹出是非，故说唱者一上场就自称是“小热昏”，以此声明在先：本人所言，皆即兴随口而出，口无遮拦，请君姑妄听之，切莫当真，且莫对号入座。小热昏大多在街头或空地上演唱。艺人唱过一两个段子后，就向看客推销梨膏糖，有止咳的、玫瑰的、胡桃的、百果的等好几种。推销时还不时放噱头，说什么“吃了我的梨膏糖，养格伲子白又胖；勿吃我的梨膏糖，养个伲子长生果一样”。卖脱一批再唱几段，千方百计调动看客的购买欲。有时信誓旦旦地说卖脱这最后一批就把未讲完的故事讲结束，有的看客为了知道故事的结尾就掏钱买了。可是接下来艺人又说箱子角落里还有几块，刚才没看见，这几块卖脱真的全讲给大家听。如此两三次，直到看客不耐烦散去。艺人如此说话不算数，看客也不计较，因为明知是小热昏嘛。小热昏以卖唱形式推销梨膏糖，纯属劳动谋生，殊多辛苦。旧时常熟城内的老县场、小庙场、大田岸、坛上等处不时可见小热昏的身影，大批路人争相围观亦为街头市井一景。但至二十世纪五十年代中期，继粮食统购统销定量供应后，糖也按人头计划分配，连水果糖也要凭结婚证方可限量供应，这就断了小热昏卖梨膏糖的谋生之路。为了生存，有些小热昏就改卖诸如补搪瓷碗盆的涂料、手足防裂的蛤蜊油之类的日用小商品，不过说唱形式与内容却日渐式微，很难吸引看客了。至“文革”期间，小热昏则被当作“资本主义尾巴”一刀切斩断，彻底销声匿迹了。倒是“四人帮”粉碎后，沪上曲艺界有位艺人叫黄永生的，用上海说唱的形式表演过一个揭露王、张、江、姚丑行的节目，一时传颂大江南北。这种上海说唱的形式，恐怕很有可能来自昔日的“小热昏”。不过黄氏唱的是主旋律，不再是自由发挥的“小热昏”了。

黄牛角、水牛角，角归角

常熟方言“角”与“各”为谐音。此语表达的意思在最后三个字“角归角”上，亦即“各归各”，互不相干，各行其道。历史上，地处江南水乡的常熟，长期以来都以发达的农耕经济著称，稻作文化尤为悠久，所产常熟大米一度领衔沪上米市。1947 年 10 月，宋庆龄、宋美龄姐妹俩来常熟，在王四酒家吃过大米饭后，胃口大开，临行时再三询问：这种大米是否就是常熟大米，市上能不能买到？但白米饭好吃田难种。种植水稻殊为辛苦，全凭农民脸对黄土背朝天，几多汗滴禾下土才能换来，是劳动强度远大于旱地劳作的苦、脏、累重活。其时又无机械动力（直到二十世纪六七十年代才偶有手扶拖拉机之类的小型农机具），唯一可以为农民分担下水田耕作任务的只有水牛。牛有水牛、黄牛、牦牛等多种，但能参与水田劳作的却非水牛莫属。因此水乡农民对水牛感情深厚，视为亲密的合作伙伴，平时喂养颇为精心。水牛也似通人性，常对主人怀感恩之心，下水田耕作舍得花大力气为人代劳。其时，江南地区很少见黄牛，农田劳作更无黄牛踪影。为便于区分，故水乡农民干脆将黄牛说成是“旱脚黄牛”。水牛、黄牛虽然都属牛，又都头上长角，但平时几乎没有碰头见面的时候，也就不可能发犟牛脾气角斗了。在这种情况下，黄牛角、水牛角，角归角，自然是再顺理成章不过的了。

“黄牛角、水牛角，角归角”想法的产生，其实还是旧时个体小农经济在人们头脑里的反映。生活在相对安康的鱼米之乡的人们，往往满足于自给自足的现状，喜欢关起门来闷声大发财，勿喜欢他人来干扰自家生活，既怕露富，更怕他人加入后会拆份头或拆台脚。这种以私人、独家为基础的生产、生活方式，也造成了人与人之间缺乏交往、信任与合作，以至出现了“鸡犬之声相闻”而“老死不相往来”的所谓“古风”。这句老闲话中让人不胜感慨的“各归各”思想于今未绝，尚在流播。一幢楼里住着多户人家，彼此却很少打招呼，虽然抬头不见低头见，居住多年，却连对门邻居姓甚名啥也不知，如此“各归各”，真有点让人感到人情淡薄。与此语类同的老闲话还有“路归路，桥归桥，大家各归各”。江南水乡，几乎是有路必有桥，有桥总有路，如此紧密的路桥关系，却依然让行路、过桥之人形同陌路。大路朝天，各走一边；大桥跨河，各自上下。你走你的阳关道，我走我的独木桥。角归角，各归各，让人看着不知说什么为好。

现代社会是注重群体意识的，“合作共赢”已成为人们共识。因此，“角归角”的老闲话可以说，但“各归各”的老思想是否应该改一改了。

一个鼻头洞里出气

此语形容立场、观点、主张完全一致，通常用来指责为他人无原则地帮腔造势，不但言行举止如同一个模子里刻出来的，连呼吸也同在一个鼻头洞（即鼻孔）里出气，可谓气味相投，恶形恶状之极。此语实是成语“沆瀣一气”的草根说法，不失为是雅语俗说。

人皆有一个鼻头，一个鼻头有两个鼻孔即鼻头洞，亦即七窍中的两窍。人的生存离不开鼻孔吐故纳新的呼吸。一个鼻头洞里出气，只是形容两人气味相投、亦步亦趋的意象说法罢了。事实上，两个人是不可能在一个鼻头洞里出气的。然而，人虽有两个鼻孔，但根据医学的“鼻循环”理论，人呼吸时倒确是“一个鼻头洞里出气”的。“鼻循环”的周期一般为 2.5—4 小时，年龄愈大，周期愈长，有人换鼻呼吸的周期一次可达 8 小时。

研究还表明，左右鼻孔呼吸对人体的影响是不同的：用右鼻孔呼吸时，大脑容易兴奋，神经处于紧张状态，因而当人们要投入和进行紧张工作时，往往是用右鼻孔呼吸；而左鼻孔恰恰相反，人们在轻松、安宁、休闲时常用左鼻孔呼吸。由此可见，说“一个鼻头洞里出气”，其实是有一定科学根据的。常熟自古多名医，如王珪、缪希雍等，或许第一个说此语的人，也是一名隐居在乡野市井的杏林高手。因此，一个鼻头洞里出气，本是正常不过的事，无可非议。但若两个人合一个鼻头洞里出气，那就显得非正常，应该值得注意了。即使是被附和者，也不妨三思一下：为何他要和我在一个鼻头洞里出气？为何他的鼻头洞藏而不用而借我的鼻头洞出气？为何……这样的一个鼻头洞里出气，能算是同呼吸共命运吗？

类似此语的常熟老闲话还有“合穿一只裤脚管”“合着（穿）袜统管”“一条船上的”等，皆与“一个鼻头洞里出气”有异曲同工之妙。不过末句的那一条“船”指的往往是贼船，因为上的是“脚踏平基（铺在船舱上的木板），三分贼气”的贼船，说某人和某人是“一条船上的”，就明显也带有贬义了。

县官不如现管

封建时代的县官属于芝麻绿豆官，但县官掌握着全县数万、数十万乃至上百万人口的生杀大权，再加上旧时交通不便，“天高皇帝远”，所以官小权力大，而且是实权。小小县官可以在为官一方的当地大刮地皮，大肆敛财，可以我行我素，独断独行。在被其管辖的子民眼里，县官是当地百姓的父母官，威凛显赫极了。可是此语却说独霸一方的县官，竟不如级别比其低的小官（县官一般为七品，其下为八、九品的副职与部门负责人），甚至连官阶也未进的差、吏，这是怎么回事呢？其实，出现这种情况，在旧时并不奇怪。在行政区划中，“县”虽是个地方基层单位，但却管辖着偌大地域与户籍，光靠县官一个人再勤政也是无法管理的，其时又缺乏官民直接沟通的渠道，平时向百姓征兵收赋的都是县官属下的人员，即百姓口中的“现管”。百姓很难见到县官，更不了解县官的行径，自然对县官几无印象，很难对县官的人品做出评价，平白无故倒也对县官无所谓有好恶之感。百姓感受最深切的唯有直接面对面的“现管”了——这就为此语的产生和流传创造了一定的社会基础。

但关于此语的出典，还有一个传说，也很有意思。相传，某县衙门贴出告示，宣布三月进行乡试，金秋进行大考。消息传出，文人墨客跃跃欲试，纷纷报名。偏偏告示贴出次日，县太爷病了，只好把这个美差交给自己的心腹县主簿。主簿得此美差后，紧锣密鼓地准备一下后，第三天就开始“招贤纳士”了。再说当地这批寒士，有的初出茅庐，不知天高地厚，只想凭自己的才学独占鳌头；有的却已经历练得颇识时务，不惜破囊捐银，忙着给主簿送钱送礼……转瞬，报名期限将到。主簿看着堆得小山似的财物礼品，自是满心欢喜。正要关门停止报名时，有衙役来报，又一个后生赶来报名应试。主簿闻讯，内心暗喜，真是老天有眼，又送来一个财神。只见那后生身穿绸缎，挺胸凸肚走进门来。主簿一打量就猜他是个豪门子弟，于是笑逐颜开，等待对方大方出手。不料，那后生是个一毛不拔的“铁公鸡”，彼此敷衍了半天，也未有半两银子献上。主簿顿时脸色阴沉，并合上花名册，再不搭理那后生了。后生见状问道：“老爷，为何不报名了？”主簿冷冷一笑说：“你也不看看这是什么地方。进庙不烧香！时限过了！”后生急了，忙说：“我是……”可是主簿未等后生说下去，就大喝一声：“滚！枉读诗书不知礼，哪配应试？”说罢转身就走。殊不知，那后生原是县太爷的小舅子，他冲到县太爷家，号啕大哭。县太爷感到奇怪，问明情况后，不由得唉声叹气地说：“真是县官不如现管啊！”

“县官不如现管”存在于封建时代，自有其特殊原因和一定的必然性。但即使在旧时，出现此种非正常官场现象，至少也说明此县官的自身品格与管理能力有问题。不是贪官，也有昏官、庸官之嫌。如果县官身正清廉、勤政秉公，则必然能令行禁止，不但能赢得百姓的真心拥护，下属的“现管”们也不敢欺上瞒下、为非作歹了。而在当今现代社会，从中央到地方，政令畅通，一元化领导加强，“县官”“现管”在行使人大通过的宪法赋予的权力时，都始终处于人民群众的监督之中。因此，从某种意义上讲，真正的“现管”恰恰是没有官阶级别的最广大的人民群众。如此说来，“县官不如现管”倒也无妨。

姜太公钓鱼——愿者上钩

此语全国人民都知道，全国人民也都说。不过，常熟人民说起此语来感到格外亲近。因为常熟人民一直相信人称姜太公，真实姓名叫姜尚或姜子牙的老人家，当年钓鱼就是在常熟虞山（古称海隅山）之麓的一个大湖里。这个湖就是以老人家之名命名的尚湖。尚湖比杭州的西湖还大，现在是国家级5A景区，景区内就矗立着姜太公垂钓的巨大雕像。常熟人的这份自信，好多外地人不以为然，特别是陕西人：姜太公在渭水之滨垂钓遇文王，这是早有史册记载的，怎么会千里迢迢跑到江南的尚湖去了？可是常熟人也蛮较真，同样从古书堆中找到了证据，说明姜太公在尚湖垂钓并非空穴来风。春秋时期的《孟子》、唐代的《吴地记》、宋代的《吴郡图经续记》都分明记述："常熟县海隅山，石室凡十所，相传太公避纣居之。"姜尚隐居在虞山之麓的石室，闲来出门到近在咫尺的尚湖垂钓，是再自然不过的事了。姜尚被尊称为太公，一是其德高望重，二也说明其健康长寿。长寿老人一生到过很多地方，在好多地方以垂钓修身养性本属性情中人作为，毫不奇怪。除了常熟外，还有几个地方也考证出姜太公在当地曾垂钓过。对于各地民众自发膜拜敬仰伟大人物的美好传说，大可不必纠缠于孰真孰假之争。宁可信其有，或不妨数说并存——这或许是此语在全国各地流传甚广的原因之一吧。

关于姜太公钓鱼的传说，比较统一权威的说法是，姜尚，字子牙，本是商代最后一位君主纣手下的一名官员，因不满商纣的胡作非为，悄悄来到周部落，隐居在渭水之滨。他早就听说周文王是个胸怀大志的人，正需要用人，但他又不愿意主动上门，于是常坐在渭水岸边垂钓，以期引起周文王的注意。为此，他钓鱼用的鱼钩不是弯的，而是一根直钩，鱼钩上也不放鱼饵，并且还常常一边高高举起鱼竿，一边自言自语："不想活的鱼儿啊，你自己上钩吧。"如此钓法，自然永远钓不到鱼。但姜尚的古怪行为，却引起了人们的注意，不久就传到了周文王耳朵里。心有灵犀一点通。周文王读懂了姜尚，而且也久闻他的大名，知其是个不可多得的军事奇才，于是就放下架子到渭水之滨，诚心诚意地恭请他出山辅佐自己成就大业。后来，姜子牙果然辅佐周文王和周武王灭了商朝，建立了周王朝。从此，姜太公钓鱼——愿者上钩就传遍了全国，其意都是比喻心甘情愿地入圈套。

姜太公直钩钓鱼，钓只是个形式，鱼也并非钓的目的。他垂钓的真实意图是想钓到能施展自己才能、实现自己抱负的政治平台，明显带有作秀的成分。姜太公的作秀不但秀出了智慧，也秀出了自信。没有那几分自信，他又怎么能坐在渭水之滨，显得那么淡定、那么从容。凡事都有正反两方面，作秀有时也能作出正能量。姜太公的作秀，不是就作出了他与周文王的最佳拍档，并最终作出了一个后来让孔圣人也时刻怀念，想“克己复礼”回去的周朝。

卷铺盖

此语是现代流行语“炒鱿鱼”的创意出典所在，卷铺盖在前，炒鱿鱼在后。其意是员工被辞退、解雇或开除。旧时，劳资双方的员工与老板关系极不平等，老板永远处于强势，员工总是处于弱势。资方的老板可以随心所欲地决定员工的去留，而员工却只能无条件接受，也没有任何地方可申诉。每当一接到老板“走人”的通知（一般在年底结完最后一个月的工薪，老板假意请员工聚餐时宣布），员工只得卷铺盖离去。所以员工对解雇、开除之类的词语十分敏感和恐惧，害怕直接听到此类刺耳话语，于是有人便用“卷铺盖”来代替。因为其时员工的被褥都是自带的，离开时，当然要卷起自己的铺盖了。后来，不知从什么时候开始，随着以主食材为海鲜的粤菜在江浙沪地区的逐渐盛行，有些操作较简单又具平民化的粤味菜肴，也慢慢走出宾馆酒楼，出现在大众饭店、餐馆。其中有道“炒鱿鱼”，食客见厨师烹饪时，原先被切成平直状的鱿鱼片，一遇热油高温就会卷起来成为圆筒状——这和卷起的铺盖外形极为相似，而且卷的过程也很相像。于是有人由此产生联想，用“炒鱿鱼”代替了“卷铺盖”。如今说“卷铺盖”的人越来越少了，快要成为留在记忆中的老闲话了，而“炒鱿鱼”的说法却不胫而走，挂在了人们口头。

卷铺盖和炒鱿鱼，虽然有相同的含义，但不同时代产生的闲话，也自有其不同之处。旧时的“卷铺盖”是单向的，只能是老板解雇员工。可是如今的员工，其劳动权利受到法律保障，老板要解雇员工就不那么随便简单了。而且“炒鱿鱼”也不再是单向，成了双向的，员工不想在原单位工作时，同样可以提出辞职，“炒老板的鱿鱼”。

一二不过三

此语以“三”为界限，意指有些事（常指不吉利、不顺心之事）往往会重复发生三次才会终止、罢休：“今朝早晨过斑马线时被闯红灯的电瓶车撞了一跤，裙子也撕破了；中午挤公交，手机又被偷脱了。一二不过三，不晓得还会有啥倒霉事在等着我呢！”也有普通话中“事不过三”的含义，谓连续发生三次或三次以上的错误，则不再等待、原谅：“一二不过三，你已多次失信于人，叫我怎么能再相信你呢？”以“三”谓限，区分单个之数，是中国人的约定俗成。以字的结构为例，三人为众（此“众”非今之简体字，古已有之）、三木为森、三水为淼……以“三”为界，区分单个的人和群众、单个的树木和森林、单个的水流和浩淼泽国湿地。以词的组合为例，三思、三伏、三军、三鲜、三只手、三不管、三家村、三级跳、三从四德、三长两短、三姑六婆、三教九流、三头六臂、三缄其口、三顾茅庐、三朝元老、三生有幸、三天打鱼两天晒网……皆以“三”为临界大限，改二显少，变四嫌多，唯三才是恰到好处。若要寻根究底，那么春秋时期的《论语》中，曾参就说过“吾日三省吾身”，孔圣人也留有名言“三人行，必有吾师”，都是以“三”为限。如果说成“吾日四省吾身”“二人行，必有吾师”，则明显有点牵强做作了。

作为常熟老闲话，此语自然接受了国人约定俗成的普遍共识，并且因地制宜，更直接以“一二”嫌少衬托“三”又嫌多的复杂心态，从某种角度也反映和体现了身处鱼米之乡的常熟人对生活追求的精致，几乎已经到了少一分失色、多一分变色的程度。至于如何拿捏其中的分寸，那是非经“一二不过三”的多次实践，才能恰到好处的。

闭门羹

此语虽为常熟老闲话，其实全国通用。不过如今说此语的年轻人往往知其拒客之意，却不明其意如何会和羹联系在一起。为便利方言俗语的传承，现将有关此语的出典与传说简述如下。先解“羹”字，羹为周朝至汉朝时期的一种主食，待客吃饭时，羹总是放在靠近食者的位置。羹有多种，古代主要有用肉或用菜加多种调料炖煮出来的浓汤。先秦时期，只有贵族王公才吃得上肉羹。据说唐代宰相李德裕“每食一杯羹，其费约三万”。黎民百姓自然只能吃用素菜做的藜羹。《吕氏春秋》记述，孔老夫子当年与众弟子奔波于陈、蔡两国间，连续七天未吃上米饭，连“藜羹”也没有，肚子饿得咕咕叫，其窘迫可想而知。再说“羹”与闭门拒客的内在联系。传说唐代宣州有位艺名叫史凤的名妓，不仅有沉鱼落雁之貌，而且有一副迷人的金嗓子和可令人倾倒的舞姿，抚琴、赋诗、绘画、书法无不精通，令方圆百里的风流才子、公子哥儿们闻“凤”而至，重金求见。然而史小姐却恃才傲物，对此类人物手中的金银不屑一顾。她重才不重金，将纨绔子弟、不学无术之辈，统统拒之门外。久而久之，那些有金无才的公子哥儿对她怀恨在心，四处造谣中伤。但史凤故装充耳不闻，暗中却改变“拒客”策略。

她让人准备好一锅藜羹，凡被拒之门外者一律款待一碗，意为堵住这批人的臭嘴。开始几天，有人吃到藜羹，还误以为史小姐有青睐之意，后来才明白原来是史风借羹拒客，因此一见有人端上羹，就知趣离开，虽心中甚为不满，却也无话可说。从此，人们就用“闭门羹”泛指拒绝客人进门、回避不见。至于进得门后要逐客，那就不是羹而是茶了。一声“请用茶”并为对方提壶续水，就是主人下逐客令了。

古时吃“闭门羹”虽然失台型，但总算还有碗羹吃，可做落汤势。现代人拒客，则只有“闭门”而没有“羹”吃了，似乎显得比史风更势利了，不知这是否也是一种与时俱进。此语也可用来指拜访他人时，恰值对方不在，自喻吃了“闭门羹”的。

轧大道

此语源自常熟民间的两句歇后语，“棒槌轧勒木排里——轧大道”和“弹棉花榔头挤在木排里——轧大道”。棒槌是旧时洗衣时用来捶打衣服的工具，弹棉花榔头是旧时弹棉花时敲击弓弦引起共振的工具。前者因其状似小木柱，故民间也有说成“棒柱”的。这两种木制工具混在用整根原木扎捆成的木排中，显属不当可笑。如此以小轧（挤）大，岂非小巫见大巫。“轧大道”之“大”，在常熟话中说成“杜”。“轧大道”之“道”，其本意按《说文》解，应为“道，所行道也”，是指从头开始行走，有启程的意思。但在常熟话中，“道”的含义大有拓展。如“我们几个是一道的”，此“道”自然是指同一条道路上走来的，还包含有道合志同的意思；如“我俩是两小无猜的要好道伴”，此“道”形容朋友伴侣是一起长大的；如“请各位同道不吝指教”，此“道”乃指有共同追求的同行；再如“轧好道，学好样”，此“道”则指不同的朋友或交际圈子；再如“怪勿道”“我说道”等口头禅中的“道”，即是“说”的意思。“道”，也有人写成“淘”。但通过上述简释，从字、音、义三方面综合考量，“道”显然比“淘”确切。轧大道的“大道”在常熟话中亦有多种含义，一是指大的编制单位，“道”本是明代军队的一种编制，据有关文献记载：“然后于四面列骑为队，每队五七百人，十队为一道，十道当一面，各有主帅。”大道即有人多势壮之意。又长又粗的原木捆扎在一起而成的木排，自然属于大道，怪勿道矮小的棒槌、榔头要想方设法挤轧混入其中“轧大道”了。二是泛指道行高下，比喻人大气，能高瞻远瞩，全局考虑或出手大，干练利索，说干就干：“他办事大道的，说得到，必做到，你放心好了。”三是指正道，即常规道理，正确道理：“他最后一个发言，想说的前面的人都说过了，再也谈不出啥意见，只得人云亦云和大道哉。”

人是群居物种。轧大道本是人类的天性，尤其是弱势人群，更期盼能加入“大道”的群体之中，找到靠山，“背靠大树好乘凉”。古代虽也有一批清高人士，不愿同流合污而离群索居，或闭门谢客，或隐逸山林。但这并不说明他们不想轧大道，只是他们尚未找到符合自己志向的大道，“道不同，不相为谋”。一旦遇见，他们也会立即出山去轧大道的。隐居虞山尚湖之滨的姜太公，后来不是也出山去轧了周文王的“大道”，干出了一番轰轰烈烈的伐纣大业吗?

如今洗衣服的棒槌、弹棉花的榔头早已退出历史舞台，成为博物馆中的陈列品，难得一见了。可喜的是“轧大道”这句老闲话还鲜活地留在人们的嘴边口头。大道通天，这不正是广大民众所共同追求的美好前程和境界吗?

金窠银窠，勿如屋里草窠

窠本是指动物栖息的场所，如鸡窠、狗窠，此语中的“窠”乃借指人们饮食起居的所在地，即家。全句的意思其实是说，再富贵的家，再豪华的家，都不如自己再破旧的家。其中既有自谦之意，谓自己家脏、乱、差、小，不如别人家洁、齐、美、大；又有自恋之意，谓人家虽装金饰银，但自我感觉不如在泥墙草棚的自家舒服。因为有这种思想，所以如今有不少老农民，虽然已在都市里住上了洋房别墅的子女一再催促他们进城，共享现代化新生活，可是这些老农民却总是以“年纪大了，哪里也不想去，金窠银窠，勿如屋里草窠”为由，婉言谢绝。老农民的想法看似守旧怀旧，其实也有一定道理。人的生活具有一定惯性，尤其是年龄大的人，从小在农村生活惯了，眼前看到的是四季变幻自然色彩的原生态田野，耳里听到的是如诉似歌的鸟语虫鸣，呼吸的是洋溢着泥土芳香的新鲜空气……突然换个环境，来到以钢筋水泥为主旋律的大都市，又住进一个个像笼子一样被分隔开的窠里——内部装修尽管很讲究，很精致，但家家户户防盗门紧闭，彼此缺乏交流，老死少相往来。这样的过日子，与在农村无拘无束、自由自在的生活大相径庭，分明应验了常熟的另一句老闲话“出门十里，不如屋里”，又怎能不让人发出“金窠银窠，勿如屋里草窠”的感叹呢？这种感叹表达的其实正是现代人心中深深的乡愁，难能可贵，值得人们好好珍惜。

需要认真辨析的是，“金窠银窠，勿如屋里草窠”的说法，表达的并不是满足现状、不思进取的消极思想，此语隐含的恰恰是一种正视现实、激励奋发的正能量。改善生活、提高生活质量是人人都期待的，但天上不会掉馅饼，人家金般银样的窠，毕竟不是自己家的，即使住进去了，“嗟来之食”总少滋味，也不自在、不舒服。羡慕无济于现状的改变。只有正视现状，热爱自家，化热爱为动力，缩小其间的贫富差距，才能将草窠改造建设成装金饰银的安乐之窠。生活在通过自己双手营造出来的窠里，才是最自由自在的。况且常熟还有句老闲话：“爹有娘有，勿如自有。”既然爹娘有也不如自己有，那么眼热人家的金窠银窠，还不如先热爱自家的草窠，并以草窠为据地和起点，努力工作实现草窠变金窠银窠的梦想。

其实，个人生活的舒适度并不取决于住房、装修等硬件的客观因素，而主要在于主观的自我感觉。住惯了草窠般的老屋，突然住进五星级宾馆的豪华套房，有好多人反而会睡不着觉。这是为什么？没有为什么。习惯成自然，自然就舒适。那么，生活还是顺其自然为好吧。

牛吃蟹

众所周知，牛是食草动物，从来都不吃螃蟹。此语却违反常识，硬是让长期吃素、心地善良的牛去吞食或咀嚼横行霸道、张牙舞爪的蟹，这不是不懂牛性，强牛所难，给牛难堪吗？牛不语，人不知牛有何感受，但想象到这种情形的人，却分明觉得让牛吃蟹不牛道、不合理。用通过假设将两种或多种不相干的事物或作为，联结在一起所产生的怪现象，来比喻做勉为其难之事的尴尬与无奈，这是许多常熟老闲话的惯用语法。如飞机上吊大闸蟹——悬空八只脚。有谁见过偌大飞机上吊挂过大闸蟹？没有人见过,但不妨碍人们对此语极度夸张假设的认同。牛吃蟹亦然如此。

老闲话的产生与流传并非纯属杜撰，而是自有其相关的社会现象为其做生动注解。现象在先，闲话在后，好多老闲话都是群众在现实生活中提炼出来的地方“清口”。牛吃蟹的真实性自然值得怀疑，但现实生活中“牛吃蟹”的现象却时有发生。过去有，现在依然存在。让喉咙疼的患者吃治疗前列腺炎症的进口药；让怕麻辣味的食客吃双料麻辣的川菜；为了培养“神童”，八岁小孩除了在校求学外，父母又为其报名参加奥数、英语、钢琴、舞蹈、武术班等课外学习班……如此现象，岂非牛吃蟹的现代翻版？

关于“牛吃蟹”的出典，坊间流传一则笑话，说得似有活像，颇为有趣。据说牛吃蟹的出典源自抗战胜利后，人高牛大的美国大兵初到上海，学中国人吃蟹，但不知如何下口，就连壳带肉乱嚼一通，被人戏称为“牛吃蟹”。至二十世纪七十年代，中美关系解冻，尼克松总统访华。细心的周恩来总理特地吩咐厨师，用蟹肉蟹粉做成整只蟹模样上桌。席间，尼克松和他的随行人员动嘴不动手就品尝到了大闸蟹的美味,赞不绝口。次日，有几名嘴馋的随行人员上街溜达，见一饭店门口挂有供应阳澄湖大闸蟹的招牌，就兴致勃勃入内，想重温昨日口福。岂料服务员端上煮熟的大闸蟹后，那几名随员又一次当众表演“牛吃蟹”的滑稽相，咬得舌碎口破狼狈不堪，还耸肩摊手，连连表示莫名其妙——这自然是笑话，不可当真，但牛吃蟹的窘相却总让人忍俊不禁。

除了“牛吃蟹”外，常熟话中还有句吃蟹的老闲话：“叫花子吃死蟹——只只好。”从卫生和美味的角度，蟹要挑鲜活的煮熟吃，才有滋味，才有营养。煮前已死的蟹，体内的细菌会很快大量繁殖，并有可能产生毒素，因此“死蟹吃不得”为人们共识。可是叫花子无钱买活蟹吃，偏又嘴馋，那就只得冒中毒的危险吃死蟹了。明知有风险，仍不计后果，叫花子吃死蟹，看似勇气可嘉，实为以生命做赌注，这种漠视生命的行为实在大不可取。死蟹不可食，只因已变质；留得生命在，何愁无蟹吃？那么就让这句老闲话从此销声匿迹，不说也罢。

吃家饭，屙野屎

此语中的“家”与“野”是相对的。“家”指的是自己家，“野”指的是别人家。吃着家里的饭，却把屎屙到别人家田里去了，这不分明是肥水外流了吗？埋怨无奈的情绪溢于言表，生动形象极了。此语也颇有北方话“吃里扒外”的意思，不过没有那么严重，因尚未有拆墙脚之类的“扒外”行动，只是犯了屙屎屙错了地方的错误。“夏收夏种，我忙得手脚并用也忙不过来，可是宝贝儿子却吃家饭，屙野屎，跑到女朋友家去帮忙装修了……”这句话中的“屙野屎”是借指为别人家出力气干活，即不干或不先干分内事而忙着去干分外事。

将“吃家饭”与“屙野屎”连在一起表述，似欠文雅，略显粗俗，但作为草根文化的民间老闲话，所讲内容与表达方法就注重一个“实”字，内容真实，说话实在。况且此语中的饭与屎，本是有潜在关联的。在旧时的农耕生产中，做饭的稻米是用屎等有机肥料滋养出来的，而屎正是米饭经过肠胃消化吸收后的废弃排泄物。那时没有化肥，屎是农家重要的基本肥料，虽臭犹香，皆欲争而得之。两者关系如此紧密，所以古人造字将米、田、共三字上下排列而成代表屎的粪（此为简体字）字，其深刻含义，耐人品味。也正因为如此，在小农经济各家单干的旧时，“吃家饭，屙野屎”自然会被当成异类，受到指责批判。记得二十世纪五十年代有部电影，其中一段情节，甚为有趣。说的是有位老农民到乡里开会，会议开了一半，突然觉得肚痛下沉，凭经验他知道自己早上走得匆忙，屙屎未彻底，现在急着要清仓出恭了。于是他偷偷溜出会场，却不往近在咫尺的坑缸（旧时简易厕所）去，而是忍着阵阵内急，一路小跑走了几里路，直往自家的田中而去，目的就是为了不屙野屎，要自产自用。这样的描写，其真实性或许可疑，但这位老农民从自身做起，不让肥水外流的积肥理念与举动，在那个时代，人们却并不觉得奇怪。只是后来“大跃进”，特别是一阵风似地成立了人民公社，“家”的范围大为扩大，“野”的范围反而缩小了。全村全乡的农户合并成为一个大“家”，原来不属于“家”的“野”也纳入了“家”。一家人不吃两家饭，吃的都是自家饭，屙的也不再是野屎。再后来，经过斗私批修，割资本主义的尾巴，全国上下基本上只剩下两个“家”：集体的“大家”和国有的“公家”。“吃家饭，屙野屎”也就失去了赖以生存的社会基础，很少有人提及了。直到改革开放后，各种经济成分共同发展，“自家”的意识才重获恢复。如今说此话的人又多起来了。此话的内涵也与时俱进得到了拓展。如今的“吃家饭”，可以是指凭手艺吃自己劳动致富的私家饭，也可以是指互助合作吃双赢共赢的股份制集体饭，也可以是指人民公仆吃国库公款的公家饭。至于后半句“屙野屎”，自然不是指实物实景，而是借指吃家饭后，非但不管事、不干事，反而干损家利己的非正常乃至违法乱纪事。常熟不是还有句老闲话“吃啥饭，当啥心”吗？吃了谁家的饭，就要为谁家干事，这个道理和不屙野屎是一致的。尤其是吃了公家的饭，就要一心为公谋事办事，若借公济私、损公肥私、营私舞弊，那就是屙野屎撒烂污，不但要批判问责，还应受到党纪国法的严惩，直至彻底清除。如此说来，此语流传，尚大有现实意义，看来还会一直说下去。

嚼白趣（蛆）

牙齿上下咀咬磨碎食物谓之“嚼”，此语中之“嚼”引申为说话随便、杂乱、重复。“白”之本义为说话、说明，如表白、告白、辩白。戏曲中之“白”，亦特指说而非唱、念之类的表演，如道白、对白、独白，比较文雅、带有书卷气的还有韵白。此语中的“白”，还延伸为无用、无效乃至错误之意。“趣”即有趣，能逗人一乐或解闷一时。此语中之“趣”，也有说或写成“蛆”的。蛆为有些昆虫由蛹蜕变成虫的过程中的一种幼体，以“蛆”代“趣”，鄙视、嫌弃之意不言自明。趣、蛆在吴方言、常熟闲话中为谐音，只要音同，听者大多不在意。但笔者赞同用“趣”字而不用“蛆”。这是因为生活，尤其是现代生活恰似万花筒般丰富多彩，说话内容自然更是包罗万象，大可在“聊斋”内娓娓道出无数个有趣的“志异”来。况且民主法制社会又保障公民的言论自由，只要不违反党纪国法，想说啥尽可说啥，可以说有意义的正能量的话，也可以说没意义、少意义但有趣的话，即嚼嚼白趣也无妨。对于终日为谋生、为事业快节奏工作而神经高度紧张的现代人来说，能忙里偷闲，偷一时半日空暇，说说或听听嚼白趣，倒未尝不是种缓解压力的休闲方式。诚然，人有不同信仰爱好，某些“嚼白”，有人爱听，有人不爱听，本也在情理之中。爱听者，听得投机，正中下怀，乃至共鸣，于是久听不厌，并点赞道“趣”也——这也正是许多老闲话流传至今的社会基础。不爱听者，听得感冒刺耳，厌恶之情油然而生，于是以“蛆”易“趣”，如此信手拈来，倒也形象生动，且寓情于状——那“嚼白”者唾沫乱飞时挂在嘴角边呈粘稠蠕动状的口水，不是活脱脱像煞“蛆”吗？

其实，“嚼白趣”是个中性词，无所谓褒贬：“家里那么忙，你还在这里嚼白趣，亏你做得出。”这句话中的嚼白趣，跟“嚼”没有关系，跟有“趣”不有“趣”也没关系，只跟嚼者对家的态度有关系。因此，很难界定嚼白趣的是好是坏或可有可无。嚼白趣，嚼白趣，贵在“趣”字。只要有趣，尽可嚼白。嚼得有趣，嚼出水平，说不定有朝一日还能登上舞台，像周立波、金星那样表演脱口秀呢。不过，嚼得再有趣，也要注意场合、对象，要有一定的节制方好。

捉漏

首先为此语正名。近期几次见报刊载文，将“捉漏”写成“筑漏”，其实这是现代人望文生义的写法，“建筑”一词在汉语中出现也晚，宋元明清直至民国期间，凡运作实施土木工程均称“营造”。而在吴语、常熟话中则至今亦很少有说“建筑”的，如房屋建筑，从来就被说成（营）造屋、造房子或起（砌）屋、起房子。故“筑漏”之说，显属杜撰，看似正确，实为不了解捉漏过程，而以现代汉语的字义解释，以建筑之“筑”替代捕捉之“捉”。筑、捉虽为谐音，但若把捉漏说成筑漏，则平淡无味；唯有说成捉漏，则捉漏的动感立马增强，一丝不苟的匠人精神也油然而生，方言的地域特色亦由此凸显。

砖木结构、瓦片铺屋顶的老房子，因年久失修，或经野猫在屋顶翻滚嬉闹、踏碎或破坏瓦片防水组列，致使屋顶漏雨或墙体渗水，天晴之日就得请有经验的泥瓦匠（常熟话称其为泥水匠）前来捉漏。捉漏是门有一定技术含量的生活（常熟话有时将工作说成“生活”）。匠人不但练就一身“轻功”，能蹑手蹑脚上下屋顶而不踩坏瓦片，更令人称绝的是其能迅速正确捕捉到隐藏在万千瓦片中的漏洞。“捉漏”的说法也因此而来。屋顶上布满黑压压一排排组合似梯田般的瓦片，漏洞在何处，总不能一片片掀开来寻找，这就得采用上下结合的办法来确定漏洞的方位，即由屋主人用竹竿在屋内轻轻顶敲雨天漏水之处的望板砖或椽子，匠人则在屋顶侧耳倾听，凭经验循声掀开瓦片，捕捉到漏雨的出水点或裂缝，然后再更换碎裂瓦片，并清理屋面瓦楞间的垃圾，确保雨天流水顺畅，不再拥堵漏灌，如此捉漏，可谓匠心独具。因为屋面上漏洞难找，故常熟话用了“捉”字来描述寻找漏洞的不易。一个捉字就使捉漏的全过程生动起来了。

“捉漏”组词似不合汉语规范，但作为民众口头语的方言，因“捉”字特有的鲜活性与形象化，人们常将难以寻觅或不易遇到的物或事，用“捉”来形容并组合成词。如耳屎深藏耳朵深处而难以清除，常熟话不说掏耳朵而说成捉膜；因旧时野外捡拾肥料不易，常熟话有捉垃圾、捉狗屎之说；给田块中黄瘦的禾苗追肥，常熟话说成捉黄宕（因宕在田中央，平时施肥不易施到）；对事情或文章吹毛求疵找茬子，常熟话说成捉毛病、捉白字；甚至连现实生活中不可能出现的擒拿死蟹，也被说成捉死蟹……其实，不但方言常用“捉”来渲染生动的氛围，古代文人也早已如此。宋代科举，盛况空前，金榜题名的“凤凰男”常引众多有女待嫁的达官显贵争抢，由此上演了一幕又一幕“拉郎配”闹剧。周密在《武林旧事》中描述：“自东华门至期集所，豪家贵邸，竞列彩幕纵观，其有少年未有室家者，亦往往于此择婿焉。”史书因此将宋代这一特殊景象戏称为“榜下捉婿”。常熟话中如此爱说“捉”字，不知与此有否关联，待考。

趁汤落面

此语与北方话趁热打铁颇有相似之处，但又不尽相同。趁热打铁是说锻造铁制器体须将铁坯在高温炉中烧红后方可捶打成型，即是说要趁铁坯被烧得发红发热时才能打成一件器件，但并没有趁一次发热而接二连三地锻造一件又一件器件的含义。趁汤落面则不然。此语意为趁便行事，即借办某件事的机会，顺便或乘机把另一件事也一起办了，有捎带着把相干或不相干的两件事一次性办了的意思。有时也有点“一客不烦二主”的意思。趁汤的汤，既指锅中煮面的汤水，又因“汤”与“烫”谐音，专指滚烫沸水。落面即是下面。常熟话有时将“下”说成“落”，如下雨说成落雨、下篷帆说成落篷等。趁汤落面就是趁着锅里刚下过面的汤水还滚烫，赶紧把第二、第三碗面也下了。趁汤落面是日常生活中人们惯用的一种煮面方法。生面煮成熟面，必须先将锅中的汤水烧开烧滚，最好烧得“毒毒煎”，然后小批量将生面下入锅中（不可一次入锅过多，多则汤腻面烂），面店的捞面师傅此时马上会用超长竹筷迅速撩拨翻动面条，务使根根面条浑身上下都沐浴在滚烫的沸水中。稍顷，凭经验待面至九成熟时，即用笊篱将面捞起，并上下轻颠几下，使面条相互紧裹，以保持热度不散，紧接着放入已配好调料的热汤，再在面上倒上每碗现炒的各色浇头。此时香气、热气里外交融，碗中的面条正好达到十成熟。汤清面热，顾客吃到嘴里，面条不但爽口，而且咬嚼有劲。为防面烂汤糊，趁汤落面的关键是汤水要大要烫，下面要小批量多次化，甚至是一碗一碗地落，这也是常熟炒浇面为人称颂的一大特色。

从方便和经济的角度看趁汤落面，此法甚为可取。趁汤（烫）落面既节能又有质量保障，何乐不为？故趁汤落面早已成为面馆界人士的共识，并且被延伸其意引入了老闲话中，也成了社会各界人士评述某些现象时的联想依据。现实生活中办事要讲求效率，办任何事情都应一鼓作气，乘势而上，接二连三，再接再厉地持续进取。气可鼓而不可泄，切不可时热时冷，待热情退了，犹如水凉了，再落面，结果把面煮僵了，煮糊了。趁汤落面还必须注意落下去的应该是面，而不是其他。若趁下面之汤下武大郎的炊饼，那么，非但炊饼变样变味，再也卖不出去，而且还会因下过炊饼的汤坏了一锅面——这种做法，在面馆业界肯定不会发生，然而在现实生活的其他领域，却难免不发生。如有人趁单位装修，就趁汤落面，让装潢公司把自家的私宅也装修一新了；如趁房地产商从自己手中批得地块，财源滚滚而来时，也趁汤落面收几套小别墅吃点回扣……如此公汤落私面，一笔糊涂账，肯定没有好下场，还是不趁为好。话扯远了，赶紧收住，回到“面”上来。趁汤落面成为老闲话，说明常熟人吃面的历史悠久和吃面工夫的到家。自古是稻作地区的江南，虽然向来以稻米为主食，连点心也是以米粉加工而成的糕团，但民间吃面的风俗却很普遍，如今好多人的早、中餐皆是以面果腹，连各种规格的宴请也同时提供米饭和面条为主食，常熟更是首推蕈油面。那么，这种吃面风气是如何开始形成的呢？据专家考证，江南，包括常熟的吃面史，始于南宋大批北方人南迁后。据地方志书记载，至民国初期，常熟城内已有本帮和锡帮（本帮只卖面，锡帮兼卖馒头）面店二三十家，如瑞丰馆、刘顺兴、同兴馆、四宜轩（专卖羊肉面）等。面店的兴旺，也培养了一批资深的老吃客和美食家。这些老饕吃面最看重的就是趁汤落面的汤。诚如著名作家陆文夫在小说《美食家》中所描述的那样，他们“最重要是吃‘头汤面’。千碗面，一锅汤。如果下到一千碗的话，那面汤就糊了，下出来的面就不那么清爽、滑溜，而且有一股面汤气”。在吃面上，常熟人够讲究不过的了。生面中必须要放些许碱使其香，煮熟后却不可有一丝碱味。有碱味就是俗称的面汤气。所以，趁汤落面，自然要趁头汤面刚捞起后就落为佳。

六月里格日头，蛮娘格拳头

常熟话中的“格”，即是“的”，如“我格”就是“我的”；日头的“日”，常熟话一般说成“热”，如“热脚”就是“日子”；“蛮娘”是常熟话对后妈的称呼，也有以做孩子妈时间先后为序，称为“慢娘”“晚娘”的。此语以六月里炎炎赤日的虎威，比喻后妈凶狠拳头的淫威，让没有后妈的人也感受到了后妈的厉害，反映出了旧时人们对后妈的严重偏见，即普遍认为凡是后妈，必定对待非亲生子女蛮横霸道，而非亲生子女必定会受到后妈的歧视虐待。之所以会产生这种偏见的原因很多，除了确有后妈不善待非亲生子女的现象外（我国许多民间传说故事，就专门抓住后妈不公平对待非亲生子女的个案说事），其实还有深刻的社会历史原因。封建时代，倡导妇女嫁夫随夫，从一而终。无论何种原因，女方若接男方休书，被迫离婚，即被贴上耻辱标志。若是再婚，更为社会舆论所不齿。故后妈尚未进门，其口碑已不光彩。由此，连未婚之女嫁二婚丈夫也往往受到连累，认为此女当后妈后，也必定不能和非亲生子女亲密相处，日后定会矛盾不断升级，直至拳脚相向。故其时每有男子续弦再婚，许多自认为好心的邻居，便会在其前妻所生子女前连连叹息，并叮嘱再三：以后要格外小心，否则要吃后妈的拳头。在孩子幼小的心灵上早早地刻上了后妈可怕的阴影。后妈在常熟话中被说成“蛮娘”，也由此而来。蛮娘蛮娘，蛮横凶狠的形象自然不受非亲生子女的欢迎，也招来了人们鄙视的目光。如此的舆论环境，无疑增加了后妈与非亲生子女和睦相处的难度。其时，即使有再多再好的后妈与非亲生子女相敬相爱、亲密无间、不是亲生胜似亲生的事例，也往往被社会忽略不见，留给人们的后妈形象就只有似六月里火辣辣的日头一般的蛮娘拳头了，常熟老闲话中不是还有句“蛮娘格拳头，早晚一顿”吗？由此也足见“蛮娘格拳头”早已深入人心了。顺便提一下，有后妈的时代，自然也有后爹，可是后爹与非亲生子女的关系如何，却从未见有所评论。可见在男尊女卑的时代，后妈是注定要背上“拳头”恶名的。

如今时代不同了，离婚再婚双方自由，而且从某种意义上讲，还是社会文明的一种进步表现。社会舆论包括好多非亲生子女都改变了对后妈后爹的看法态度。因此“六月里格日头，蛮娘格拳头”这句老闲话，已很少或不再用来专指后妈的蛮横霸道，而是另有所指了（如今的现实倒是很多后妈在家庭中怕非亲生子女的）。或许也因为这个缘故，“蛮娘”也逐渐淡出书面语言之列，被写成了“慢娘”或“晚娘”。这种与时俱进的词语变化，符合人们的心理诉求，是完全可以接受的。“蛮娘格拳头”也确实已到了退出历史舞台的时候了。

戤米囤饿煞

“戤”在常熟话中是靠着的意思，其姿势可以是倚靠、斜靠、背靠或紧靠等。“饿煞”即是饿死。“米囤”又称米窠，旧时农家常用稻草编扎而成，多为圆桶体，样子颇似二十世纪五六十年代民间厨房中尚在应用的焐窠，只是体积较大。米囤一般视各家需储稻米的多少和库房（或厨房）余地的大小自定。小户人家的米囤直径为100—150厘米，高度为200厘米左右。大户人家则更大，建囤也稍有不同，先用砻糠和干稻草在地上铺上一厚层，有的还在周边撒上生石灰粉，用以防潮防虫，然后置一特大的扁箩（民间俗称孛栾）为囤底，四周以多张竹席（民间俗称缮条）围成圆桶形，高大宽敞，几乎上可及屋顶，内可藏数人。其时自给自足的农家每逢新稻登场，便会将新稻碾轧成米储存于囤内，数量大多为全家半年或更多日月的口粮。

也有管雇工吃住的商家和家族兴旺的大家庭，抓住大批稻米上市、米价较低而米质较好的时机，预先采购囤积备用。故旧时城乡上下，除需靠每日打工挣钱所得逐日购粮糊口的苦力贫民外，一般家庭都有大小不一的米囤。家中有粮，心中不慌。有了米囤做依靠，若逢战乱休市或米价飞涨，也足可应付一阵，不至于马上饿死。因为米囤里储存的就是白花花的稻米，加水即可煮成香喷喷的米饭。总之，只要米囤有米就不会饿死。可是此语偏以有人“戤米囤饿煞”的反常现象说事，让人初闻似觉不可思议，须细辨后方知其另含别义。这也正是许多常熟老闲话以设定情景，借事生发，达到发人深思、悟出道理的惯用句法。其实，此语中的“戤”，虽也含有点依靠之意，但更多的是守护、守住的意思。这种“戤”以守为目的，面对满囤稻米，心满意足，只是一味“好米好米”地点赞不绝，就是舍不得拿一些出来煮成米饭，聊解已饿得咕咕直叫的腹中之饥，如此苛刻到甘愿“人为米死”的“戤”，岂不活脱脱是守财奴、吝啬鬼的生动写照吗？生活中是否真有人“戤米囤饿煞”，不得而知。这种情景设定的真假其实也不重要，重要的是现实中明明有条件摆脱困境，获得新生发展，可有人偏偏保守着不利用，不开发，这种带有“戤米囤饿煞”影子的现象，却时有发生。因此，这句老闲话的良苦用心并非只是讥讽“戤米囤饿煞”者“人为财死”的畸形心态，而是要告诫人们，守成不足取，发展才是硬道理。有条件要上（没有条件要争取创造条件），要充分利用优势、抓住机遇去发展创新，否则就只能落在人后、坐以待毙，活活饿煞。

此语与北方话中的“捧着金饭碗讨饭”“守着金山银山，还想外出讨饭”等俗语，颇有异曲同工之妙。但“戤米囤饿煞”更有“岁岁多收常熟田”的江南鱼米之乡韵味。借米囤说事的常熟老闲话还有“老虫跌勒米囤里——有吃福”。老虫乃老鼠之俗称，跌勒即跌在之意。老鼠跌在米囤里，因祸得福，自可大吃特吃，绝不会饿煞，倒是有可能因贪吃而活活撑死，这真是祸兮福所倚，福兮祸所伏也。

顶则石臼做戏——吃力不讨好

“顶则”为常熟话“顶着”的说法。这又是一句通过假设情景，然后道出真谛的常熟老闲话。石臼为用来舂米的原始工具，用石头凿制而成，中部凹陷，上大下小，内外皆成V字圆桶形。凿制石臼的石头重实牢固，须经得起一头套着重物（一般多为磨盘般的石砣或铁砣）的杵杆不停地向臼底猛烈地冲击与捶打。旧时江南一带农家的石臼，大多采用花岗岩质地的金山石，石臼小的重数十斤，大的达上百斤。石臼表面粗糙，看上去显得更加笨重，故一旦选定位置放下，很少再搬动。邻居若要借用，也只能带了稻谷上门在原地使用，不如石磨那样可以搬动借回家中。因为石臼的笨重，因此很难想象有人会如此语说的那样，顶着石臼表演了。笔者年已古稀，平生只见过有头顶缸、甏的杂技演出，也从未听说有人顶着石臼做戏。顶石臼肯定比顶缸、甏难度大，石臼不但份量重，而且重心难于把握。若是真顶在头上，一不小心掉下来，很有可能顶起石臼砸了自己的脚，造成肢体受伤。所以，现实生活中是没有人会顶着石臼做戏的。顶着石臼做戏这种吃力不讨好的情景，只是此语的一种夸张假设罢了。

作为民间草根语言的老闲话，其产生与流传都有着一定的现实和社会意义。石臼早已退出历史舞台，进了农耕博物馆。可是“顶则石臼做戏——吃力不讨好”这句老闲话却依然鲜活地留在人们的口头，经久不衰，其妙处就在于此语别出心裁地意有所指。古往今来，现实生活中类似顶着石臼做戏——吃力不讨好的事，其实还是蛮多的。有人怕被人瞧不起，为显自身强大，硬是拼着吃奶的力气去干力不能及的蠢事，结果事未办成，却在人前落下了笑柄，这不是顶着石臼做戏吗？有人为奉承讨好上司或他人，硬是使出浑身解数，去干献媚乃至丧失人格的丑事，结果未能博人好感，反受到旁观者的嘲笑，这不也是顶着石臼做戏吗？也有人为造福一方或成就事业，出于公心，开拓创新，冒着风险，顶着压力，苦干实干、探索求是，结果却得不到理解和支持（因为真理有时掌握在少数人手里），甚至受到莫名的指责。其实这种人既然顶得起石臼办事，耳边有几句风言风语飘过也不会动摇其办事成功的决心。再说吃力又岂能为了讨好？有了讨好的想法，不管事情办得成还是办不成，甚至还未开始办，思想负担与压力就已重如石臼了——这样的“顶则石臼做戏”又何苦呢？

办酒容易请客难

办酒是常熟话置办酒席的简称、缩写。但此语中的办酒，并非指酒席的具体操办者，如厨师的难以应付或满足不同人员的口味，而是专指酒席的主办者，即做东买单者。中国是礼仪之邦，待人接物，尤重礼仪。人来人往，必以礼相待。在民以食为天的农耕时代，迎宾待客大多以提供口福为礼仪的重要内容。口福包括两部分，一为饮，二为食，先饮后食，故称饮食。也从其时开始逐渐形成了凡是上规格档次的宴会、饭局，皆先以高举酒杯互敬为礼的习俗。常熟话称这种又喝酒又吃饭菜的宴席为“酒水”。办酒水就是主办酒席，吃酒水就是享受酒席。常熟是历史文化名城，自古民风崇尚礼仪，每有喜庆之事或贵宾、稀客临门，往往都会办酒款待，以尽地主之谊。加之常熟民间又久有“酒多按节倾家酿”的习俗，所以一般小康人家办酒待客被视为常规之礼。一年四季，除了传统节日或红白喜事会办酒外，平时也会自找因由变着法儿办酒与客同乐。如满月酒、拜师酒、谢师酒、接风酒、饯行酒、搬场酒等。此外，社会上名目繁多的团拜联谊、招待恳谈、升职祝贺、获奖庆功、同学聚会、战友重逢等会餐，也难免会痛饮几杯或小酒咪咪。如此对象、内容不同的酒水，主办者是蛮辛苦操劳的。特别是旧时，酒水大多设在家中，不像现在只要出钱到饭店预订那样方便。办酒者要安排场地、准备餐具、选用食材、聘用厨师、议定菜单……麻烦繁琐之极，非认真细致对待，方能合理合礼完成。可是这句老闲话偏不说办酒难，而说请客难。酒水准备好了，请客有何难？没有办酒经历的人大多不了解、没体会。其实，办酒固然难，只要肯花钱、多花钱，还是可以化难为易的。但请客就不是这么回事了。不说旧时交通不便，请客须迈开双腿一家家上门去请的麻烦，单是请那些客人的名单，就颇够办酒者再三思量斟酌才可确定下来。特别是现代社会，人员交际广泛，平时应邀往来的活动甚多，此次做东办酒，他人自当还礼回请，千万不可遗漏，一旦遗漏，易生误会失好乃至生怨交恶。确定名单后，就要辛勤奔波提前分发请柬，重要的客人务必亲自上门恭请，方显郑重。一般客人有时忙不过来，还要委托专人代劳。酒席前两天，还得再次上门或电话邀请，以便确定具体的赴宴人数。即使如此细致，酒席举办之日，早早站在门口恭迎客人的办酒者，一直担心的事仍会时有发生：原答应来的因故不能来了，也有的因“跑片”（即赶场子先在别处入席后再赶来）要迟到至退席前才能来，致使原预订的桌数多了，有的桌上也只稀稀落落地坐了三四个人，场面不免冷落，弄得主客都很被动尴尬。于是又得临时为客人调整座位，并与店方打招呼主动承担已上桌之冷盘费用，悄悄撤去多余整桌。

这种情况酒席桌数越多，缺席概率越高，办酒者的担心越大，遇到的麻烦越多……请客之难甚于办酒，由此可见一斑，也足见此语不虚，充满人情世故。

近年来，随着对公款消费的严控、公仆腐败（往往先是腐从口入）的整饬，社会上大办酒席的奢侈之风也日渐收敛，昔日当仁不让或有请必到，甚至需“跑片”的人员大为减少，有些客是越来越难请了。不过，随着酒店饭馆服务态度的不断提升，办酒倒真的是越来越容易了。

本地胡椒勿辣人，远来和尚会念经

此语以对比、反衬的说法，道出了某些人轻视本地而迷信外地物产乃至人才的偏见。以常用的胡椒、常见的和尚为参照对象做比喻，更易让人引发联想。胡椒姓胡，说明此物原产地不在常熟，不在江南，也不在旧时代表中国的中原，而是产自胡地的外来物种，是非正宗国货。据考，胡椒乃是汉代由西域传入中国的。因此，从某种意义上讲，长城以南各地出产的胡椒都是本地胡椒。自然，植物的生长受制于气候、土壤等条件，各地胡椒有优劣之分，是客观事实。江南是否适宜种植胡椒，应由生物学家说了算，笔者只得暂且不做评论。但本地胡椒不及原产地或生态环境近似原产地的胡椒麻辣，完全有可能。所以说“本地胡椒勿辣人”并无大错，还算说得过去（不过随着现代农业技术的发展，有了暖房，有了量身定制的肥料、营养液，本地胡椒和外地胡椒品质的差距正在缩小）。但下半句“远来和尚会念经”却明显有排内媚外之嫌。念经是和尚的基本功，是每个和尚每日的必修课。念经固然有熟练、生疏之别，但念得孰好孰坏，凡人实难评判。因为经是念给佛听的，佛才有发言权。人非佛，安知是本地和尚还是远来和尚会念经、念好经？在凡人眼中，不同的只有念经的是大法师还是小和尚之分，或许大法师念的经比小和尚念的经含金量高，但那也只是学位或职称的高低，无关地域远近。所以“远来和尚会念经”在理论上是不成立的。如此说来，这句老闲话的上半句“似是”，下半句却是“而非”，全句只能是似是而非了。

民间语言中许多似是而非的老闲话，其实是别有一番深意在其中的，需要人们在“锣鼓听声，说话听音”中去辨析真谛。此语真实的表达意思是在说长期以来用人机制上的一种现象。即用人，特别是任用“为官一方”的主要领导、首长，应该忌讳选用本地人，而应尽量任用外地远来的人士。因为本地人在本地当公仆，办事、处理问题往往会因人面熟情，不能坚持原则，不敢动真格执法“辣”人，造成有失偏颇。而“远来和尚”新来乍到，既无亲友裙带，又不受关系网络的羁绊，办事、处理问题相对超脱，可以全无顾忌，做到执法严格公平，因而能获得“会念经”的良好口碑。这句老闲话的广泛流传，说明旧时官场此类现象的屡见不鲜和由来久矣。或许是民间草根闲话的讽刺作用，这句老闲话也促使封建时代的主政者一度做出过为官需远离家乡数百里的硬性规定，直到如今领导干部的异地交流使用，也还多少带有此类规定的烙印。其实，胡椒的辣人勿辣人，和尚的会不会念经，关键全在其自身的品质，与本地或远来本无关系。封建时代的官场做此硬性规定，恐怕也是出于无奈吧。

严天池做官，倒贴老本

这是句道道地地的常熟老闲话，流传已有四百多年了。话说的主人公是常熟的一位名人，话说的事又充满正能量。可是令人遗憾的是现在讲此话的人不多了，好多人不知道其人其事——这其中的原因很复杂，暂且不去评说，还是先来说说此语的出典吧。严天池是著名的古琴家，是虞山琴派的创始人，其父严讷是明代洪武年间宰相。严天池这位“官二代”就是以父荫官中书舍人，当过三年福建邵武知府。赴任前夕，严氏先至城隍庙发誓：“某必不携邵武一钱归，神其鉴诸。”到任后两袖清风，一身正气，为官一任，造福一方，除弊减赋，鼓励农耕，使民间年多丰稔，岁有余粮，安居乐业。任满还乡，当地民众感其恩德，赠万民伞，攀辕阻道，焚香跪拜送行，并馈赠各色礼品。严氏皆一一婉言谢绝，但只有按当地习俗相赠的“茶果银”无法推辞，只能暂且收下。回家途中，严氏为此甚为不安，总觉此举有背当初誓言。某日，船已至苏州，归家心切的严氏即搬椅坐在船头观光解闷。从苏州回常熟，旧时舟船必经州塘水道。此塘长约七十里，因年久失修，两岸桥梁和驳岸大多废塌。严氏见状，忽有所思，并顿下决心：“吾前与城隍神约，不携邵武一钱归矣，此银何所用？其以为修治桥梁费乎？”即吩咐手下人用收下的“茶果银”修复危桥坍岸。日后，严氏手下人即行施工，但州塘自苏州齐门至常熟南门，光桥梁就有两百多座，待到完工，严氏不但用尽了三年所得的“茶果银”，还贴进去了许多家产“肉里钱”。此事并非传说，有据可查（见《柳南随笔》），故有此说。

三年清知府，十万雪花银。封建社会做官发财，似属理所当然。严天池倒贴老本做官，在当时实属不可思议。正因为不可思议，才会在官场和社会上产生很大的反响，在民间更是受到广大民众的赞扬，并形成了一时流传甚广的这句口碑式老闲话。但是不知什么缘故，慢慢地这句老闲话说的人越来越少了，至近现代则除了少数地方史爱好者尚记得起它的出典，很少再有人挂在口头了。是严天池这样为民办实事而甘贴老本的清官越来越少了，让人感到越来越陌生，越来越对不上号，不可信了，所以不想说了；还是严天池这样为民办实事甘贴老本的清官越来越多了，让人感到越来越平凡，越来越不典型，不感动了，所以也不想说了。这句口碑式老闲话的时隐时现，原因一时恐怕很难说清楚，还是留待社会学家去研究吧。不过，无论有否倒贴老本，做官为民办实事而决不可做官为钱办私事，在任何时候都是为官者必须坚守的底线。如此说来，“严天池做官，倒贴老本”这句老闲话还大有继续说下去的必要呢。再顺便提一下，如今政府部门的领导上任，也都要当众（部分人民代表）履行宣誓仪式，誓言中也有廉洁奉公之类内容，只不过面对的不是城隍神像，而是国家根本大法——宪法。由此可见，严天池当年的做法，还挺前卫呢，值得后人为其点个赞。

老到底，苦到死

“死”在常熟话中念成“西”音，“底”“西”同韵，此语全句朗朗上口，易记易传。这也是作为民间草根语言的老闲话的一种修辞造句特点。“老”在常熟话中有多种含义，除高龄、陈旧等意思外，尚有别几种可以意会却难于说清道明的意思。如“俚个小人，老倒老个，活脱脱是个梅李番瓜小老头”“此人一贯老头老脑老茄茄，十足是个老卵”，这两句话中的“老”是啥意思，是常熟人，你懂的。故“老到底，苦到死”，绝非是字面上晚年生活凄凉的老人写照，而是借此对不谙人情世故、不听老人言（常熟另有一句老闲话为“不听老人言，吃苦在眼前”，也有说成“不听老人言，一世苦黄连”）的年少轻狂者，或妄自尊大、强词夺理、一条道上走到底、撞了南墙也不回头的固执己见者，充满善意的规劝与告诫。历史上和现实中，因少年轻狂，不知天高地厚；因妄自尊大，一意孤行，致使一生受尽非议、冷遇而郁郁不得志，没有落得个好下场的大有人在。因“老到底”而“苦到死”者的存在并代有后继者，并不奇怪。其中有个人性格的主观因素，也有环境的客观原因。性格是天生的，改也难。环境是处在变化中的，并且可以改造。欣逢盛世，幸甚幸甚；生不逢时，奈何奈何。因此，以现代人的目光看“老”，实在是大可辨析的。在百花齐放、百家争鸣的时代，不谙人情世故，恰恰不是“老”，而是幼稚不成熟的表现。不听老人言也未必错。老人言本身未必都正确，不听，或许是与时俱进有新思想，属于创新，应该受到鼓励，在这样的环境下，怎会“苦到死”？再说强词夺理，只要夺到的是真理（真理有时掌握在少数人手里，好多真理也是在激烈的交锋中闪烁其光辉而被发现的），一意孤行，坚持到底，这不恰恰是有梦想、有追求并锲而不舍勇往直前的表现吗？是金子总会发光，是真理总会被人接受。在真理面前人人平等的环境中，又怎么会“苦到死”呢？不过现实生活中确也有些异类人物，自恃怀才（歪才居多），歪理十八条，结果越老越被人远离，最终因老被人遗弃，真格落得个“老到底，苦到死”的可悲下场，这也是此语产生并流传至今的警戒、告诫意义所在。

老闲话产生于老时代，自然留下来老时代的烙印。在老时代，特别是在封建时代，提倡和推行的人生观、价值观就是千方百计要规范人们的言行举止，不脱离仁义礼智信，而仁义礼智信的解释又独尊儒术。谁偏离此一家之说，谁就是所谓的“老”，就会遭到排挤、妒忌乃至“围剿”，处在这种思想禁锢、言论不自由的时代，那些才华胜过领袖，又敢于破旧立新的独行者，自然只能“老到底，苦到死”，落入苦难渊薮的人生宿命中而无法自拔抗争了。值得庆幸的是，老时代已经过去了，新时代到来了。随着新时代的到来，“老到底，苦到死”这句老闲话正在淡出人们的语境。重温老闲话，其时也是为了珍惜新时代。

摆平

此语原为黑社会内的老闲话，属于行内切口，其意为全力镇压或消灭对方，甚至把人弄死，使其服服帖帖俯首听命，不敢有所违抗。黑道分子为了达到某种不可告人的目的，通过非法手段，依靠非法势力，让人竖着进来、横着出去的黑幕行径称为“摆平”。竖着进来就是活着进来，横着出去就是被打倒或打死后，只能平放在地，任由践踏摆布的“死腔”。这种摆平有黑道仇视白道或对善良人物的侵犯，更多的是因黑社会内部复杂组织之间的争斗而引起的火拼。但无论何种摆平，通常都是借助暴力完成的，拳打脚踢，刀砍枪击，不是身亡，就是卸掉一条腿或一只手、一只眼睛、一只耳朵的，充满着恐怖气氛。故此语原除黑道人物外，就只出现在少数久混江湖的流氓、无赖口中。这些人大多是起恐吓威胁作用，有时更是其自身色厉内荏的伪装，正能压邪，你一“摆”出真格的样子，他倒先“平”着开溜了。

不知是否和黑老大常说此语的警匪片频频播出有关，后来不知怎么，此语逐渐被引入民间口头语言中。如今人们常说的“摆平”，已洗掉了黑社会的血腥气，并被赋予了诸多富有时代特色的新含义，有了“办妥”“处理妥当”“达到目的”或“顺利完成任务”的意思。现在的“摆平”，泛指的是运用各种社会关系、金钱美女等非正常的途径和手段，去影响某个人或某权力单位，从而获取某种利益的行为。如为了圈地中标，不惜以百万巨款和多套房产，去“摆平”招标的主持者；为了名声荣誉，不惜捐款捐物、送礼送“需”，去“摆平”大赛的主评委；为了提干晋升，不惜出卖娇妻色相，去“摆平”大权在握的老领导；也有为了陷害他人，不惜阴谋设套，造谣诬告，去一时“摆平”被其视为眼中钉的受害者……此类“摆平”虽不是出自黑老大之口，但让人听着同样感到不胜厌恶。

当然也有另一种“摆平”，如某单位因领导无能失职，内部不团结，致使工作效率低下，后上级调去一德才兼备能力强的领导后，一下子“摆平”了昔日常闹矛盾的害群之马；如某球队屡战屡输，引入多名外籍球星后，一下子“摆平”了昔日的常胜将军队。这样“摆平”光明正大，自然无可非议。怪不得人们在碰到有些难事自己解决不了，需要请资深人士来帮助完成时，往往也会脱口而出：“这件事只有请老法师来摆平了。”

“摆平”一语的组词，并非连动结构。其中的“摆”与“平”，存在着因果关系。摆平、摆平，首先得“摆”，摆好了才能“平”。“摆”有安排、安放的意思，又有显示、炫耀的意思。摆平之“摆”，两种意思兼有之。而“平”则是“摆”追求的目的。“平”则大事化小、小事化了，目标达到心想事成，万事大吉，皆大欢喜，所以自然有人乐此不疲。而对于被“摆”的一方而言，则是对权势的屈从或对金钱的慑服，以及对公道和正直的放弃。对于社会正义而言，“平”则成了“稳定”的假象，它的本质是公平被权势践踏、良知被金钱玷污、善良被罪恶蹂躏。如此“摆平”，岂不是权钱交易的翻版，还是不要“摆”为好。黑社会中的“摆平”是要受到法律制裁的，那么，现实生活中的“摆平”，又岂能不受党纪国法的限制呢？

坐冷板凳

现在已很少见到板凳了。生活在都市圈里的年轻人，恐怕连板凳为何物也说不清楚了，因为如今无论是私人家庭还是公共场所，供人休息的大多数沙发或椅子，款式各异，材质更是多元丰富，有实木、纤维板、钢质、铝合金、硬塑等。这些坐具中虽然尚有保持我国传统古典造型如明式、清式椅凳，但大多为舶来品的翻版（如沙发）或符合现代人审美意识的时尚款式，让人看着舒服、坐着舒适。这些坐具似乎已和“板凳”拉开了几个世纪。其实，板凳淡出人们视野为时未久，还是二十世纪七八十年代的事情,目前有些山野乡村的农家也还在使用。

若论坐具，板凳可谓我国既古老又普及的纯正国货。它的用材都就地取材，以硬质树木为主，由其制成的板凳，结实牢固耐用。其款式极为简洁，四条腿一块板，有呈骑马状，两腿稍斜作八字形向外撑开，以卯榫结构固定住一条长木板的长板凳，也有腿与板以九十度直角相接的方板凳，还有腿呈圆柱形、板面或圆或椭圆的圆板凳。长板凳可坐多人，方凳、圆凳一人独坐。由于时代变迁和生活条件的改善，好多人虽然没有坐过板凳，不知道坐板凳的滋味，但通过农耕博物馆和大量的影视与图片，对板凳还是有些认识的，况且关于板凳的介绍也不应由本文阐述，故就此打住。“坐冷板凳”这句老闲话的关键是一个“冷”字。众所周知，用硬质树木做成的板凳，本身是不会产生热量的，只会吸取坐在其上的人臀部的热量，久了，或许暂时会有些温暖。因此，从本质上讲，任何板凳在同一季节都是“环球同此凉热”的，无所谓冷板凳、热板凳之区别。所以如果光从字面上来解释词语，恐怕会越说越说不清楚。老闲话往往是另有所指的。其实此语的“冷”泛指的是人情世态之冷。因人情世故的冷漠，致使坐人的板凳也变得冷了，岂不让人不寒而栗。

坐冷板凳原为梨园行话，有清唱的意思。旧时戏班子上台演戏，道具多为靠椅，至于板凳则放在下场门一侧，专供敲锣打鼓的乐队人员所坐。锣鼓一敲，场子就热闹起来。故老戏院老规矩，开大幕前，总要先来上一番锣鼓，称为“闹场”，将场子里的气氛先热起来，也借此招徕最后一批观众。演出时也不时紧锣密鼓衬托演员唱念做打，随着剧情进入高潮，锣鼓喧天，场上场侧两相呼应，热闹非凡达到顶点。一场戏下来那台侧的长板凳自然被敲打锣鼓者越坐越热了。很难设想，若没有坐在台侧板凳上敲锣打鼓者配合烘托，台上演员再技艺高超，整个戏场子会显得如何冷冷清清。没有敲锣打鼓的，自然也就是板凳无人坐，是条冷板凳了。故旧时梨园将清唱称为“坐冷板凳”。此即“坐冷板凳”的原始出典。但如今的清唱只是不彩妆罢了，依然有小乐队或录音伴奏，由此也可见没有真功夫，演员是怕“坐冷板凳”清唱的。人同此心，情同此理。演员怕坐冷板凳，人人都怕坐冷板凳。所以此语现已被广泛引用到人们的日常生活中，将受到的各式冷遇，统称为坐冷板凳。如有不速之客登门，主人内心不欢迎，却又不便拒见，因此不愿和来客多攀谈，宾主相互枯坐，弄得来客自觉无趣，只得起身告退；到某部门办事，好不容易进了门，受到了送上一杯开水的接待，可是经办人迟迟不现身，让人白白等了半天后被告知“还在开会，明后天再来吧”……如此不一而足的“坐冷板凳”，不但是种冷遇，有时甚至是种惩罚。但往往又令当事人无可奈何，再冷也得坐下去。

板凳本无所谓冷热，坐上去的屁股多了，久了，它就热；反之，自然就冷。板凳越热，说明坐着的屁股越多（还有不少“老屁股”，这也是一句老闲话，以后再说）。抢坐这条板凳的人多、屁股多，竞争很激烈，即使抢着挤坐上去了，也少舒服。所以有些时候，例如做学问、就业，倒不妨避热就冷，专挑没人坐或少人坐的冷板凳坐，静下心来，耐得寂寞，啃专业，钻冷门，数年坐下来，再冷的板凳也可能坐热，必然自有成就。如此说来，换个思路，“坐冷板凳”并不可怕，有时反能激励人另辟蹊径奋进呢。不过，上述的那种不礼貌待人、以明升暗降或打入冷宫带有报复性质的让人“坐冷板凳”，还是不要勉强他人硬坐。须知，人人都有坐的生理需求，谁今日让人坐冷板凳，或许隔日会轮到自己也难说。让人或看人坐冷板凳时，不妨换位思考一下。

演线生活

也有说成引线生活的。旧时姑娘们从小就要学习女红，女红的重要内容就是演线生活。谁家的姑娘演线生活做得好，便会得到左邻右舍阿姨婶娘们的点赞，姑娘出嫁时也格外受到婆家的欢迎。“演线生活”在常熟话中指的是手工针线活。“演线”即缝衣针，“演线”也有说成音近字异的“引线”。常熟古城内有条蛮出名的老街，就叫引线街。但此街名非因狭长如针所得，而是因此街上曾隐居过一位得道成仙的高人，由“隐仙”谐音讹传得之。常熟话将缝衣针说成“演线”或“引线”，看似属草根土话，其实稍稍求索分析，便不难发觉，此说实为俗中藏雅的绝妙佳语。先解“演线”，演，形声字，从水、寅声，其本义是水长流，并有多种引申义，其中之一是引申为不断变化之意，如演变、演化。线，也是形声字，从糸、戋(jiān)声，其本义为棉麻丝毛等捻成的细缕。“演线”不是字面上演变或演化细缕，而是指使细缕演变的东西。这东西是什么？这句常熟老闲话像射虎一般只展示了谜面，而隐藏了谜底，让人去会意想象。同样，“引线”，有导引或牵引细缕动作的意思，但实际也并非只此本意，也像打哑谜般指的是导引或牵引细缕的东西。两说殊途同归，皆从不同角度指向了同一东西——缝衣针。谜底揭晓，尽在人们情理中。

演线生活曾是旧时妇女普遍掌握的手艺。民国时期的女子学堂专门设有女红课，教授女孩演线生活。会做些演线生活，既是其时人们心中用来掂量姑娘、媳妇手艺的重要评判标准，也是旧式家居生活的必需。其时家庭的床上用品和人们的衣服、鞋帽等，都需要主妇、母亲或姐妹们等女性飞针走线的演线生活做出来。谁家的男主人、孩童穿着光鲜体面，无疑是这家主妇做演线生活心灵手巧的流动广告，会给人们留下贤惠的印象。虽然后来随着社会分工的细化，大街小巷陆续出现了代客加工的缝纫店、成衣铺，把部分经济条件较好的家庭妇女从演线生活中解放了出来，但大多数平民百姓和农民家庭的妇女、妇男（演线生活成为单独谋生的专业手艺后，好多“妇男”也学起演线生活，而且后来居上，成了大多数缝纫店、成衣铺的掌门人或演线生活界的明星大腕，如中华人民共和国成立后长期为毛泽东等国家领导人缝制服装的常熟人田阿桐）还继续着演线生活。在“新三年，旧三年，缝缝补补又三年”“老大穿过老二穿，老二穿过老三穿”的贫困节俭年代，家庭主妇们又怎么能放得下演线生活呢？这种情况一直持续到二十世纪七八十年代，直到改革开放后工业和科技的迅猛发展，手工的演线生活才逐渐被机械化生产所替代。一年四季，从内到外，从头到脚的衣着和床上用品皆有成品出售。只要用钱交易即可手到擒来，无须也不合算一针一线做演线生活自产自用了。所以如今做演线生活的人越来越少了。物以稀为贵，正因为少了，演线生活的精湛技艺和蕴含的工匠精神被日益凸显出来了——出自全手工演线生活的常熟花边制作技艺，不是被列入了江苏省非物质文化遗产保护名录了吗？而量身定制、手工演线生活缝制的、全球独此款式的（有别于工场规模化大批量生产的同款服装）西装、旗袍等男女服饰，不是身价倍增，成了大款、大腕和追新族们求之不得的珍品吗？由此可见，演线生活尚有生存、传承之地，有兴趣的妇女、妇男闲来不妨学点演线生活。其实，若能自己动手做点演线生活，也是为城乡一体化后越来越都市化的新农村和原住民的下一代留下了一份乡愁。

结棍·扎磤

说“结棍”往往是对某人或某事件带有厉害霸气架势的评述，如“这顿生活（此处指挨打）吃得结棍哉，牙齿也被打脱了两只”，或“一只红烧蹄髈从他桌位前转过，就只剩仔半只哉，这位老兄吃小菜结棍格”；有时也作重复、艰难的表述，如“这桩生活（此处指工作）结棍哉，一星期的任务限在三天内完成，吃足苦头”，或“拼尽吃奶的气力沿霸王鞭羊肠山道爬到剑门，人也虚脱哉，一路上七十二个透气站，名不虚传，结棍格”。其实，“结”本是指用绳、线、皮条之类打（绾）成的疙瘩。没有文字前的古人怕有事忘记，就是在裤腰带上打结备忘的。“结”有多种，如蝴蝶结、中国结等。“结”也可用作动词，表示系、绾、捆、扎等意，如结衣带、结鞋带、结裤带，甚至连计划生育的一种手术也成为结扎。“棍”指的是棍棒，如木棍、栗树棍、扛棒、指挥棒等。此语若按字义解，则“结棍”就是结扎、捆绑棍棒。棍棒是圆的，握在人手中舒适、出劲（使得出力），故旧式农具的柄或把都为棍或棒。但要把圆的棍棒结扎、捆绑在一起，却很有难度，必须用极大的力气，使狠劲才成，稍有松懈就结不起来，也绑不起来。因此，能熟练地“结棍”的人，在人们的心目中都是很厉害的强人。常熟老闲话中的“结棍”，正是以喻体的表象，喻义实质的厉害。

与“结棍”这种组词方式相同的常熟老闲话还有“扎磡”。扎磡之“扎”即绑扎、包扎、结扎之意。“磡”则为用整块石头凿雕成的建筑基座，专门用来垫在砖木结构房屋的柱子或门框之下，不让地面潮气直接侵袭腐蚀木柱、木框。因其状扁圆如鼓，故民间草根语将其称作石鼓磡。通常用“长得像石鼓磡”的说法来形容肥胖又矮小者的身材，倒也惟妙惟肖，很形象生动。石鼓磡有大有小，有各种石材的，青石、黄石、花岗岩等不一。废弃的小石鼓磡常被农家用来做腌制菜品的压榨物件。石鼓磡给人的第一印象是结实、壮实，给人的第二印象是沉重、稳重。磡本身已经够重实的了，还要对磡加以绑扎、结扎，岂不使磡更有分量，显示出稳如泰山，乃至泰山压顶不弯腰的无敌无畏气概吗？故此语所说的“扎磡”也只是喻体的表象，其喻义的实质则是壮实、有力的意思。如“此人长得人高马大，手臂、大腿、胸口长满了栗子般的肌肉，赛过健美大力士，扎磡得不得了”。但“扎磡”一般只适用于身板结实而身材矮小的人。为扩大此语的适用范围，将身材高大的也包括进去。因此，“扎磡”也被有些文化人说成“扎本”。“本”，从哲学的意义解，是指一切事物的最初根源或构成世界的最根本实体，故在日常生活中，“本”常被延伸为本质、本能、本体、本位、本领、本钱、本科等说词；而从中医的角度解，固“本”乃是养生健身、防病治病的第一要务，所以将“扎磡”说成“扎本”，倒也似无不可，且还说到了“扎磡”的关键：磡的重实，源自石材本身的坚硬结实。用老闲话称赞某人长得“扎本”，无疑并不只是说此人外表高大魁梧、仪表堂堂或神采奕奕，而是更在赞赏此人身体本质的强壮健康、充满活力生机。

拗愎气

“拗”，固执，不随和，有对着干的意思。明明错了，却死活不承认，还要意气用事和人拗到底，实在有点“死不悔改”的样子。“愎”，乖戾、倔强、任性，诚如成语“刚愎自用”。“愎气”，按清代翟灏《通俗编·性情》之解，则为“俗以负气不肯亲人”，亦可作赌气解。拗、愎、气三字连在一起，表明此人拗之不够还加愎，愎之不够复加气，其执拗程度可谓“金刚石”等级，“真格要能（常熟方言“你”音）相信”。

现实生活中拗愎气的人，拗愎气的事，屡见不鲜，以致成了挂在人们口头的老闲话。例一，夫妻俩原准备同去吃喜酒，红包也提前送出去了，可是临行前，丈夫嫌妻子眉毛描得太细太弯了，妻子未得到丈夫点赞，反挨了批，心里顿时窝塞，在脸盆里绞了把热毛巾把面妆全卸了，拗愎气不去吃喜酒了。例二，朋友请客吃饭，先通知了乙、丙，迟接到通知的甲不高兴了，认为自己被冷落了，已属候补对象，于是拗愎气拒绝赴宴。例三，孩子数学考试比上次降了五分，但名次却比上次上升了三位，母亲不明情况见分数退步就责怪了几句，孩子满肚子委屈，拗愎气连晚饭也不肯吃了……如此的“拗愎气”皆是凭恃意气不肯屈居的任性表现。有时当事人也未必不知道自身明明有欠缺、有不妥当之处，但为了“拗愎”这口“气”，偏要这样极端地去做：丈夫嫌妻子眉毛描得太细太弯，纯属个人审美，与吃喜酒完全是两码事；通知有先后本属正常现象，与是否被“冷落”、是否属“候补”亦无必然联系；母亲责怪孩子降分，孩子未告诉母亲排名上升，双方产生误会，也与吃不吃晚饭无关——孩子年幼容易使性子发脾气，以致拗愎气，倒不失为天真活泼“作”的表现，自有其可爱之处。但思想成熟有自控能力的成年人时不时与人“拗愎气”，则未免有性格缺陷之嫌。凡事皆有成因。产生拗愎气的原因可能是多样的，也是很细节化的（如上述之描眉毛、发通知）。但是从人性及其人的社会化角度来审视，这不是个简单的问题。“拗愎气”者，或是理性约束的缺乏，导致情绪失控一时感情用事，并且演变为极端的发作；或是固执地坚持错误认知，自以为是、自我张扬，将错误进行到底；或是面对全无实质意义的自尊采取翻脸和决裂的态度来捍卫……若是进一步探究，任何“拗愎气”其实都是缺乏教养的反映。《礼记》有云：“凡人之所以为人者，礼义也。”是人，就得有礼仪。有礼仪，就是一个人的基本教养。若失礼仪，必乏教养；若无教养，则定不守礼仪。因此，无谓的“拗愎气”，恰恰忘记了人与人之间的礼仪，失却和毁坏的则是自己的教养——所以“拗愎气”从来就带有明显的贬义词色彩，不受人欢迎。

“拗愎气”也有写成“拗憋气”的。“愎”“憋”在常熟话中音同字不同，但实际含义有区别。“憋气”是指受到委屈或烦恼不能发泄，长期郁结在心头，心情不舒畅。“拗憋气”就是把平时积聚的、难于排解的委屈或烦恼，遇到机会一股脑儿地释放喷发出来，情绪失控冲撞伤人。“拗愎气”与“拗憋气”最大的不同，是“拗愎气”是当时当场就发作，而且往往有行动；而“拗憋气”是有气先已“憋”在心里，要有机会才“拗”一“拗”，一般少行动，多用言语表达。

穿小鞋

此语产生久矣，且不但常熟人说，外地人也说。只是说时用各地方言发音不同罢了，称得上是句全国人民都说的国粹老闲话。因为全国通用，所以表达的意思都相同，都是指上级对下级或人与人之间进行打击报复，造成对方难受痛苦。但为什么要将此种行为说成是“穿小鞋”，或许因此语产生久远，如今大多现代人都说不清楚了。若能追根寻源明晓此语的出典，则定会对被穿小鞋者的窘境与辛酸倍加惋惜，对给人穿小鞋者的阴险与狠毒倍加憎恶。老闲话的经久不衰，其实与它的出典大有联系。

我国封建时代，妇女有缠足的习俗，以“三寸金莲”为美，依照脚的大小而衡量女人的俊丑,竟成了旧时社会的评判标准。因此，在媒婆说媒时，必先请男方看女方的鞋样儿，以示女方脚的大小。如果男方同意了亲事，就要留下此鞋样儿，并按此尺寸做一双绣鞋连同订婚礼物一起送到女方家。成亲那天，新娘必须穿上这双绣鞋。男方借此以防女方脚大而受骗。如果这双绣花鞋故意做得过小，让新娘穿着难受，无疑是在故意整治新娘。在常熟民间还有个说法，相传很久很久以前，有位美丽动人的姑娘叫巧玉。她的后母欲将其许配给一个又丑又哑的“富二代”为妻，巧玉坚决不从。后母无法，但暗下心思要设法狠狠整治她。后来有位媒婆把巧玉说给了一位秀才，巧玉也很中意。后母就在背地里剪了一双很小的鞋样子，让媒婆带给男方。可怜巧玉出嫁那天，这双鞋子怎么也穿不上，害得她上不了轿。她又羞又恼又急之下，竟上吊自尽了。四邻八舍的乡亲得知这个不幸的消息后，都为巧玉姑娘之死感到非常惋惜。自此以后，慢慢地人们就把“给人穿小鞋”引申到社会生活中，用来专指那些在背后使坏点子整人，或利用某种权势寻机置人于窘境的行为。

妇女穿小鞋的年代已过去了（即使在盛行穿小鞋的年代，也有妇女反对裹足穿小鞋，其代表人物就是明朝开国皇帝朱元璋的马皇后。因为马皇后不裹足，是天然大足，穿的自是大尺码的鞋子。一次陪老公上朝，上下台阶时一粗心，手提裙子过高了，结果在满朝大臣面前暴露了自己不是三寸金莲的皇家隐私，留下了另一句与“穿小鞋”可宽对的“露马脚”这句老闲话），但“穿小鞋”这句老闲话却依然鲜活地挂在人们的口头，不时被说出来。这说明在现实生活中，给人“穿小鞋”和被人“穿小鞋”的现象尚未绝迹。穿小鞋有两种情形，一种是暗的，甲对乙嫉妒怀恨在心，于是暗中散布乙在大学当班长时挪用过一次班费为自己购买电脑的错误，结果上级部门取消了提拔乙的打算，不露声色地给乙穿上了小鞋。另一种是明的，丙秘书因为调研报告写得好，多次得到领导的点赞，一时受到冷落的办公室丁主任就宣布调丙至资料室当副科长，这种明升暗坐冷板凳的行径也是给丙穿小鞋，且让丙无话可说。无论是明的或是暗的，穿小鞋总不是滋味，很痛苦、很难受，因此人们对给人穿小鞋者，都报之以憎恶鄙视，视为无耻之徒。给人穿小鞋无论出自何种心计，到头来终究是损人不利己，损了人，坏了自己的声誉，即使损人利己，若还有点良心，事后定会受到良心谴责，久久内疚，这又何苦呢？但当局者迷，故给人穿小鞋者代有传人。善良的人们千万警惕啊！

老江湖

此语原指走南闯北谋生之人，现泛指见多识广、老于世故、工于心计、处事圆滑之辈，特指能熟练谋人钱财的资深骗子。旧时限于经济和交通条件，人们很少出外远行，难得窥知“外面的世界很精彩”，因此对长期漂泊在外、跋山涉水闯荡江湖的人，往往产生两种相矛盾的心态：一是觉得走江湖者，经风雨、见世面，是在生活大熔炉中跌打滚爬历练过来之人，经验丰富办法多，遇有难事可讨教，很了不起，值得敬重；二是认为走江湖者长年混迹于三教九流之中，难免沾染上诸多吹瞒拐骗的不良习气，需要随时警惕防范。这两种心态长期纠结于民众心头，“老江湖”的说法也由此而生，挂上了人们的口头，甚至成了口头禅。所以，常熟话中的“老江湖”并非只有贬义，有时是中性的，甚至还有隐含褒义的。如：“这桩事情要办成功，只有请某某出山了。某某官场商场熟门熟路，白道黑道路路皆通，且谙熟内中关节，知晓人情深浅，是个老江湖了，请他出山摆平此事必然有望。”显然，这个“老江湖”是个擅长调处某一领域人事关系的行家里手，其操作活动似属现代流行的公共关系学范畴。现代社会各种关系错综复杂，很需要拥有人脉资源的“老江湖”们发挥一技之长，理顺关系、促成事情，乃至双赢。如此提高效率的操作，自然受人欢迎，因此称此类人物为“老江湖”，绝无贬义，甚至还带有几分敬重之意呢。

“人在江湖，身不由己”，其实，“江湖”之说古已有之，最早出自庄子的《大宗师篇》，原句为：“泉涸，鱼相与处于陆，相呴以湿，相濡以沫，不如相忘于江湖。”意思是说，泉水干涸后，两条未及时离开的鱼，受困于陆地的小洼，失去了水的两条鱼动弹不得，互相以口沫滋润对方，使对方保持湿润。此时，两条鱼便缅怀起往日在江河湖水里的自由自在、彼此不相识的生活。庄子首创的“江湖”本是指江与湖，并无歧义。但不知从何时开始，有人将“江湖”之意延伸为四方各地，如曹操就在其撰写的《让县自明本志令》中说：“江湖未静，不可让位，至于邑土，可得而辞。”也有人用其借指民间草根或与执掌权力的朝廷官方相对的在野派人士，如范仲淹的《岳阳楼记》中就有：“居庙堂之高则忧其民，处江湖之远则忧其君。”既然“江湖”有民间、在野的含义，那么“老江湖”者自然是指远离权力中心或政治漩涡、分散在底层田野的草根类能人。他们长期闯荡在尔虞吾诈的江湖社会中，在与天、与地、与三教九流的周旋中，积累了丰富的生活经验和化解纠纷矛盾的技能。运用这些经验与技能，可以成为正能量，也可能成为负能量。因此，无论官方或民间都对“老江湖”们既刮目相看，又保持一定距离，小心对待。其实，从某种意义讲，“老江湖”们的经验与技能来之不易，大可利用。他们通过自身拼搏实践的经验与技能虽然带有“江湖”习气，但具有极高的实用价值，是书本上所学不到的。因此，如何调动“老江湖”们的正能量倒不失为现代人才学的一个课题，值得研究，但恕本处不再赘述。

江湖本是两种地理实体，在江、湖之前加了一个“老”字就成了一种人物形象，这种变更词义的手法，在老闲话中颇为多见。如在常熟老闲话中尚有老卵、老蟹、老百脚、老猢狲、老门槛、老棺材、老马良、老十三点等，皆是变更某种实体为人物的词语，形象生动，通俗易懂。有兴趣的读者，闲来不妨玩味一番，必有乐趣。

触霉头

人们无故受挫、遭罪，或遇到被人挖苦、讽刺、数落、咒骂等扫兴、没趣的情况，感到不幸、不吉利时往往会说“今朝触霉头了”。“触霉头”有两种，一种是无意自找的，自己去“撞在枪口上了”。如甲刚被妻子怀疑其有外遇而吵过架，余怒未消，喜欢开玩笑的乙不明真相对上班来的甲称赞其风度翩翩，“走在路上有回头率”，结果遭到甲的一顿抢白，自讨了个没趣，被“触”了“霉头”。另一种是存心有意要“触”一“触”设定对象的“霉头”。如科员丙在会上直言批评了科长丁的霸道作风，致使丁在群众测评时未得高分，丁因此耿耿于怀，一直在等机会要“触”丙的“霉头”。一次丙因母病向丁请假，丁却慢腾腾地说：“按集体领导和分工负责的原则，你的请假本应和副科长研究决定，现在你急着要批，我也不避被人说霸道之嫌，先独断独行给你批准了吧。”丙的假虽然请到了，但“霉头”也“触”了，心里窝塞却也无可奈何。此外民间还有种“触霉头”，是指不期而遇出丧队伍、住院夜半临床病人死亡等所谓不吉利事情。这明显带有迷信色彩，生老病死寻常事，现在已很少有人再认为是“触霉头”了。

无论是自我的“触霉头”，还是被动的“触霉头”，触了霉头，心里都会觉得不爽，感到难受、窝塞。脾气火爆的人被触了霉头，说不定有时还会当场和对方吵起来；忍耐性好的人被触了霉头，虽然“宰相肚里能撑船”，当面不响，但难免从此心存成见，彼此疏远了关系，不利于团结，影响工作。由此可见，给人“触霉头”是种不友善也不光明的行为，在倡导和谐社会的今天，理应彻底摒弃。如今随着官场政风的整饬，各行各业服务态度的改善，尤其是全民个人修养的提高，外出办事，与人交际，“触霉头”的现象越来越少了。不过即使遇到触霉头，其实也大可不必心情不好，给人触霉头者大多是缺乏修养或丧失理智的人，自己又何必当真呢？或许是“触霉头”后心情不好，人们以前从未细想过“触霉头”此语的来历出典，现在很少再遇到“触霉头”了，倒可以静下心来想一想为什么遇到上述诸多不愉快、不吉利的事，人们会说是“触霉头”，“触霉头”的来龙去脉又是什么？这作为非物质文化现象的方言大可深入探究。“触霉头”之“触”是动词，很容易理解，有接触、抵触、触动、触发、触犯等含义，但“霉头”是何物，好多人虽然都说过“触霉头”，但百思不得其解。“霉”者，谓东西因霉菌的作用而变质，发霉、霉烂，如“霉豆腐”。而“霉头”莫非是说发霉的头脑。头脑霉变了，说出来的话自然反常，如此解释，似乎尚可自圆其说，但总觉牵强附会。其实，“霉头”乃“楣头”之误，楣头为一种木质建筑物件，指的是屋檐口椽端的横板。古代有些士绅财主，为显示其门第的显赫，常在屋檐口下用一块木雕部件罩住大门，古人称此部件为“门楣”。如这些人家为富不仁，激怒了众乡亲，大伙会一哄而上，拿长棒、竹竿将其家的门楣戳下来，泄愤出气，故曰“戳楣头”或“触霉头”。而被戳掉了“楣”的人家，会因此感到晦气、不吉利，所以被戳了楣头又称“倒楣”，后来“楣”“霉”音近讹传就演变成了“触霉头”。时代变迁，砖木结构的传统民居，现已被不设门槛的钢筋水泥大厦所替代了，现实中物质的“戳楣头”已无法再进行下去了，但愿生活中精神上的“触霉头”也能早日被友善的闲话替代。

弄事体

常熟话将大小事情，乃至事故、事件、事变都说成“事体”。任何事体的产生皆有客观原因，也有人为的主管因素，有些事体是自然环境、社会结构、人际关系发生变化随之而来的，几乎不可避免。人活着就是要干事体，只有干好了这些事体，个人的事业才会发展，时代也会进步。这样的事体纯属正常，人们乐于接受也努力践行之。但也有些事体是人为设计或人为操作出来的。此处本无事，全凭“弄”出来。“弄”本是中性词，按现代汉语词典解为：“手拿着，摆弄着或逗引着玩。”故有“玩弄”之说。玩弄并非不可，有些玩弄还需要一定的水平，如玩弄古董字画，就是件很高雅、也很有文化根底的事，不是每个人玩得转、弄得来的。但不知怎么回事，后来好多与“弄”结合的词都带有了不正经、非正常的色彩，如弄权、弄鬼、捉弄（也称“弄松”）、弄巧成拙、弄虚作假、弄假成真等，以及常熟老闲话“弄事体”。“弄事体”就是专指明里暗中搬弄是非、无中生有、无事生非，硬是弄出事体来，让人难堪尴尬，弄出误会、弄出矛盾、弄得人心不稳、弄得失和争斗。“弄事体”是不光彩行为，“弄事体”的人难免有阴暗心理之嫌。如此的不光明磊落、不诚信待人，自然是不受欢迎的。因此人们对“弄事体”现象，向来是嗤之以鼻的。俗话讲明枪易躲，暗箭难防，现实生活中人们又很难不被爱“弄事体”的人弄出了事体。怎么办？其实也简单，一是把弄出来的事体放到阳光之下，让“弄”的过程曝曝光。二是不与小人计较，让时间说话。事体既然是弄出啦的，定然很难持久，就如弄出来的肥皂泡泡，不消片刻就会破灭。

与“弄事体”相似的老闲话还有“弄说话”。常熟话习惯将说话说成“讲章”，显得很轻松，可是在某些严肃场合也会加重语气说成“说话”。“弄说话”者通过不正当的谈论，既误传信息，又掺杂个人主观情绪地搬弄是非、制造矛盾，理应受到严肃批判、遭到摒弃，故被说成是“弄说话”。此外，常熟话中还有“弄白相”“弄乖张”等说法，皆是搞笑、玩笑的意思。在快节奏生活的现代社会，只要不过度、不豁边，彼此弄弄玩玩，轻松一下，倒也无可非议。

宝娘家

“宝”，按《说文解字》解：“宝，珍也”，是珍贵、贵重的意思，如宝藏、宝剑、珍宝等。常熟民间普遍称小孩为“宝宝”，称好办法、好门道为“宝门”，皆是此意。“娘家”是已婚女子对自己父母家的称谓。现在也有调走的人把曾经工作、学习、生活过的地方称为“娘家”的。俗话说“千年不断娘家路”，即使在女子嫁夫从夫、从一而终的封建时代，虽然嫁出去的女儿如泼出去的水离开了家，但女儿在夫家受了委屈或是遇到了困难，往往首先想到的就是回娘家诉苦求援；当然也有碰到喜庆欢乐时，会左手一只鸡、右手一只鸭地回娘家让父母分享的。总之，娘家在已婚女子心目中的地位是至高无上的，分量是堪比珍宝贵重的。望文生义，这就是老闲话“宝娘家”的最初原意。

闲话是老的，但其含义往往是在与时俱进中延伸扩展的。“宝娘家”现在并非仅限于女儿的娘家，而是赋予了另指事情来历、出处、根据的意思。如“只有先晓得这句成语出典的宝娘家，用时才能恰到好处，深中肯綮”，“你的东西哪里来的，说不出宝娘家，后果很严重”，“此人做事一贯小心把细，你找不出破绽，还不出宝娘家，他要反咬一口，告你诽谤罪的”。现实中有些贪官，以权谋私，索贿、受贿成瘾，一旦事发走上审判台，当问及查获的巨额财产时，竟支支吾吾、丢三落四说不出“宝娘家”，结果并发的数罪中又多了一项不明财产罪。由此可见，“宝娘家”在人们生活中的重要性，已不单由当初只被女儿们宝贵，逐渐被更多的人们所宝贵——人们不是常把祖国比作母亲，也有人高唱“我把党来比母亲”。如此说来，祖国和党就是宝娘家，每个公民、每个党员都应时刻牢记宝娘家，千万不可忘了初心，做出对不起宝娘家的事啊！

狗眼乌珠

常熟话将眼睛说成“眼乌珠”，非常形象生动，健康人的眼睛黑白分明，炯炯有神，看上去真的很像乌黑发亮的珠子。民间有种说法，说老天给人一对黑白的眼睛就是为了让人看清世间事物黑白的。若是黑白不分，那么此人不是双目瞎了，就是心眼瞎了。所以路人想心事走神撞了人，被撞的人就会说：“你眼乌珠派啥用场的？阿是瞎脱哉？”“狗眼乌珠”从字面上解是指狗的眼睛，但老闲话中的“狗眼乌珠”并非实指，而是喻指某些自恃权大高贵或财大气粗仗势欺人、瞧不起或轻视他人的势利小人。

狗是人类的朋友，如今好多人将狗豢养成了宠物。但不知从何时开始，又是怎么得罪了人，狗在语言文字界的名声一直很丑陋。如走狗（为什么不是走猫？）、狗腿子（为什么不是驴腿子？）、狗头军师（为什么不是龟头军师？）、狗屁不通（难道马屁就通？）、狗嘴里长不出象牙（难道牛嘴里长得出象牙？）等。在常熟话中还有将无招式动腿挥胳膊的拳术称为“狗屎拳”，把忽亲密忽斗争的男女双方家长说成是“狗面亲家公”。好多狗字系列的词语，几乎都是贬义词。狗背如此恶名，实在冤枉。也让人感到莫名其妙。但细加辨析，恐与其习性、行为有关。狗以绝对忠于主人著称，平时为主人看家护院，见到陌生人闯入即狂吠警告或张牙舞爪驱赶；跟主人出行，则相伴相随，亦步亦趋，形影不离，遇到突发情况或险情，即挺身而出、奋不顾身，直至为捍卫主人捐躯尽忠。如此忠心耿耿，早为人们点赞共识。有人还以此为榜样，甘作“走狗”，郑板桥就给自己刻过一枚“徐青藤门下走狗”的章。白石老人也作诗云：“青藤雪个远凡胎，缶老衰年别有才。我愿九泉为走狗，三家门下转轮来。”可是也有些另类人物学狗仿狗，恶形恶状，让人不胜恶心、嗤之以鼻。南宋宰相韩侂胄在临安吴山修建了一座别墅，取名南园。一日韩宰相行走其间，感到美中不足，对侍从脱口而说：“南园状尽田园景色，惜缺犬鸣。”可是说毕未久，院内忽传出“汪汪汪”的动听狗叫声。原来是临安赵知府在学狗叫。韩宰相自是大喜，并立刻破格提拔赵知府为工部侍郎，被时人称为“狗叫侍郎”。此类人物对上百般奉承、千般阿谀，对下盛气凌人、仗势欺人的丑态，人们统统用狗字系列贬词统称之。故说某人“狗眼乌珠”，等于是说此人恃强凌弱，瞧不起人。

其实，“狗眼乌珠”在常熟老闲话中还有许多说法，如“狗眼看人低”“狗眼乌珠看人，只重衣衫不重人”“狗眼乌珠看人，人穷狗也欺”等，但不管何种说法，表达的是同一意思，即狗眼势利，嫌贫爱富，攀高压下，仗势欺人。毋庸讳言，在现实生活中，“狗眼乌珠”的现象曾长期存在。“狗眼乌珠”的存在，除了个人自身的人格缺陷，更有着复杂的社会原因。可喜的是，如今随着城乡经济差别的缩小和社会倡导文明、和谐、平等、公平、友善等价值观的确立，“狗眼乌珠”越来越被人唾弃了。事实上，动物学家告诉人们，人比狗高，狗眼看人不可能低；狗认人也不是光靠狗眼乌珠，更主要的是靠天生敏感的鼻子嗅觉；狗对主人不论是穷是富，都是一视同仁的。如此看来，无论是在人世间还是在狗世界，错误的、不受欢迎的“狗眼乌珠”说法，还是早日闭口吧！

斜披头雄鸡

犹如“狗眼乌珠”一样，此语亦是以某种动物的某种姿态形容某类人物的某种状态。“雄鸡”是公鸡的民间俗称。“斜披头”之“头”指的是鸡头上耸立的鸡冠（常熟话说成“鸡冠头”），公鸡的鸡冠大而艳。鸡冠高耸，鸡爪遒劲，是雄赳赳、气昂昂公鸡的标志。但一旦斜披了鸡冠，那副气急败坏的样子，就不再被人欣赏点赞了。所以常熟话说某人像“斜披头雄鸡”，往往带有贬义。

旧时农村养鸡，皆是就地散养，公鸡母鸡自由觅食，也自由恋爱。每当公鸡发情追求相好母鸡，而母鸡或是羞涩或是拒绝时，公鸡就会使出全身力气，紧追不舍，大有不达目的誓不罢休之势。此时的公鸡因热血奔腾，涨得满脸通红，因追赶步伐加快而致身子、鸡冠歪斜，完全失去了平时高耸鸡冠、独立鸡群、傲视同类的威武形象，显得颇为狼狈，这就是“斜披头雄鸡”的真实写照。此语常被用来形容现实生活中某些男性追求女性急吼吼的窘相。公鸡发情求爱，乃是动物本性，出现“斜披头”现象，亦属正常，故公鸡敢于在大庭广众之下斜披着鸡冠满场飞跑，而周围旁观的鸡们也见怪不怪，任其放肆追逐，乃至当众示爱亲热。老闲话所以拿“斜披头雄鸡”说事，是因为人是宇宙万物之灵，懂得和讲究礼义廉耻。就求爱而言，在古代就十分注重礼仪，男女双方再你有情我有意，表达方式也不直接表露，而是要请人作伐为媒，或以对诗、对歌的形式进行。近代自由恋爱，往往仍还须有介绍人牵线，如今改革开放与世界接轨，也通过献花或赠礼求爱，此外尚有依赖于新兴科技手段的网恋等，都是以某种中介婉转表达的。很少有似“斜披头雄鸡”那样紧紧盯住意中人（很可能只是单相思），随时随地发起猛烈攻击，让对方躲不得也逃不成，尴尬难堪于公众视野，也惹得旁观者纷纷指责此“斜披头雄鸡”的不雅行为。由此可见，恋爱也要讲究艺术，更要注重文明，切勿动不动就“斜披头”。

以动物形态比喻人的某种状态的常熟老闲话还有“青肚皮猢狲”。猢狲即猴子，以善于模仿，受人喜爱。经过调教的猢狲，演绎某些动作惟妙惟肖又滑稽可爱，故旧时街头常有江湖艺人以“猢狲出把戏”乞讨为生。据说有经验的江湖艺人在选择猢狲时，首先看猢狲的肚皮，若是肚皮青的猢狲一律不选为调教对象。因为青肚皮猢狲最贪吃而最无记性，教过就忘，很难调教到可以“出把戏”。故常熟话说某人是“青肚皮猢狲”的真实含义是说此人记性差、悟性差、教不会、学不会，是愚蠢或笨蛋的代名词。

猢狲戴帽子，像煞有介事

猢狲即猴子。此语的普通话表述为“猴子戴帽子，还真装得有那么回事的”，是成语“沐猴而冠”的民间口语化说法，属于雅言俗说。雅言斯文，俗说生动，老闲话雅俗共赏。那么，为什么猴子戴了帽子，在老闲话中会被用来形容小人得志后装模作样，似有活像，又时露丑态的可笑情状，这还得从旧时街头流浪艺人的猢狲赤膊戏（后有写成“出把戏”的）说起。过去走江湖的流浪艺人选择在人流聚集、人气较旺的街头、广场表演杂耍谋生，或通过拳术刀枪表演推销专治跌打损伤、蛇咬蚊叮等的祖传秘方、灵丹妙药，或通过插科打诨、即兴说唱求索乞讨钱粮。其中最吸引路人眼球的就是猢狲赤膊戏，即有流浪艺人牵一只或多只训练有素的猢狲表演滑稽节目。开始时猢狲往往是赤膊上阵的（故称赤膊戏），就地打滚、上蹿下跳乃至翻筋斗，随后艺人给猢狲穿上衣服，表演拱手作揖、敲锣打鼓之类的小品。猢狲生性善于模仿，又经艺人调教，表演起来惟妙惟肖，常引得观者忍俊不禁、捧腹大笑。故当猢狲手持翻转小锣向围观者乞讨时，观者大多会很情愿地掏腰包丢些零钱作为卖笑费的。也有艺人为增强现场效果，给猢狲戴上两旁横挑出翎子的官帽，猢狲戴上后，走动时左右两翎上下晃动，煞是有趣，观者见状，欢笑不绝。猢狲见观者情绪高涨，也来了“人来疯”，走动起来格外卖力，似乎已忘记了猢狲的身份，而真的把自身当成了官，像煞有介事起来了。

猢狲戴帽子，像煞有介事，装得真有那么回事，是其天性使然。虽可笑，但能逗人一乐，故其表演一直受人欢迎。人们说“猢狲戴帽子，像煞有介事”，也丝毫没有对猢狲有鄙视的看法。但此语应用在某些人身上，则明显带有鄙视之意：“他一当上副科长，马上走路的样子、说话的腔调都变了，走官步、打官腔，神气活络得不得了，真格是猢狲戴帽子，像煞有介事哉。”用此语比喻那些本来不怎样，一旦有了点小舞台就摆架子、充大好佬，自以为了不得的得志小人，实在是再形象不过的了。此类似猢狲戴帽子的人，可能本质并不坏，但沾染如此习气，却令人厌恶。用现代理念看戴帽子（本文专指官帽），升官戴帽子，只是多了一份责任，作为公仆理应更好地服务主人的民众；既是公仆，又有什么可以在主人面前像煞有介事呢。如今街头、广场皆已或画线停车或设人行道、盲道，并有专人管理，常熟城乡已很难再有流浪艺人表演猢狲赤膊戏的一角之地了，猢狲戴帽子的真实情景更是无处可见了。但只要留心，现实生活中类似戴帽子猢狲的人还不时可见。因此，这句老闲话估计还会流传下去。

与猢狲有关的常熟老闲话还有形容好动坐不住（这也是猴子的天性）的“猢狲屁股坐弗住”；形容一刻不安宁，经常变换花样的“猢狲爬肚肠”；形容自由散漫、不受管束胡作非为的“断链条猢狲”；形容一有财物就大肆炫耀或任意挥霍的“猢狲勿够（“够”为常熟话“拥有”之意）宝”等。猢狲与人类关系密切，其本性更是惹人喜爱。因为密切，因为可爱，猢狲的形象也就自然而然地成了人们借喻的对象，成为人们口口相传老闲话中的对象。猢狲喜欢模仿人的动作，可是也有人喜欢效学猢狲戴帽子、爬肚肠……这又是为什么呢？

顺风杨树头·枇杷叶面孔

老闲话不仅常用动物比喻人，也常用植物比喻人，可谓是妙手偶得之，极为生动传神，此语即是一例。以随风摇荡的杨柳枝（杨树在常熟话中实为杨树和柳树的合称，但泛指的是柳树，此说《现代汉语词典》也认同），比喻某些缺乏主见、拿不定主意，只会跟风趁势、忽东忽西、摇摆不定的人。初春嫩绿纤细的柳枝随风荡漾，显得婀娜多姿又有点弱不禁风，煞是好看又惹人不胜爱怜。“杨柳岸，晓风残月”，柳随风摆的这一自然现象，经过文人的笔墨，被赋予了自由想象的诗情画意。可是在现实生活中被比喻为“顺风杨树头”的人的内心，却往往让人捉摸不定，而其表象则是表现为凡风大势强必顺从，任何时候都不独立、不抗风，全无个人意志，有的人还会见风使舵，在附和之余，也似顺风杨柳枝般，在风中翩翩起舞，迎合对方，大有投机取巧之嫌，惹人恶心。故凡被认为“顺风杨树头”者大多带有贬义。如“老局长在任时，他举双手赞成夜间值班要发放加班费和夜餐补贴，新局长上任提倡开展志愿者无偿服务，他又第一个表态提出废除加班费和夜餐补贴，此人真不愧是顺风杨树头的标本型人物。”但也有不带贬义，却有嘲笑之意的，如“听了公公的话，她赞成并答应饭要烧得粒粒是样，有咬嚼，吃口香；听了婆婆的话，她又赞成并答应饭要烧得软似干粥，好消化，吃口糯。可是待到淘好米入锅欲煮时，这位顺风杨树头媳妇却为难了……”

其实，“顺风杨树头”本身并无过错，世界上任何事物都是顺应风向时势而生存的，可谓顺应时势者昌，逆反时势者亡。在正常时代，限于个人的阅历、知识拿不定主意、做不出决断时，顺着大势，跟着潮流，无疑是种很好的选择，也大致不会错。只要不是为了“附炎”，随时修正自己的主意，向真理靠近，如此“趋势”即为大势所趋，故其时效学顺风杨树头，实为明智之举。当然在非正常时期，有时真理掌握在少数人手里，那就又当别论了。

同样以植物喻人的老闲话，还有“枇杷叶面孔”。枇杷叶天生是一面光滑油亮，而另一面粗糙长毛，叶脉凹凸，煞似长着一脸横肉的凶神恶煞，以此形容某些霎时翻脸不认人的无情无义之辈，确是极为传神到位。这种人适才还是和颜悦色、笑容可掬，顷刻间就龇牙咧嘴凶相毕露，情绪反复无常，让人难于对付。枇杷叶的长相是由其基因决定的，很难改观，但人是有感情的，在大是大非面前，固然要爱憎分明：对待同志要春天般的温暖，对待敌人要严冬寒潮般的冷酷。但双方对阵，也应先礼后兵，晓之以理，动之以情，体现人性化，岂可喜怒无常，说翻脸就翻脸呢？所以，枇杷虽然好吃受欢迎，但枇杷叶却在人们的口中成了反面教材，并且由此衍生出了讽喻某些人作风粗暴、翻脸不认人的贬义词“枇杷叶面孔”。

鸡毛蒜皮

此语是无关紧要、微不足道事情的实物化表述，它给人以直观感觉,生动形象地指出事情微小得似鸡毛蒜皮般没有分量,根本不值得被提及、计较，明显带有轻视倾向。诚然，鸡毛蒜皮的分量的确很轻，现实中和鸡毛蒜皮一样分量乃至更轻的东西尚有很多，为什么老闲话偏偏要选中鸡毛蒜皮为轻视对象说事呢？这与此语的产生源自一个民间故事直接有关。据说从前有两个做小买卖的为邻居，东边的是卖鸡的，西边的是卖蒜的。卖鸡的整天杀鸡，家里场头是满地鸡毛，卖蒜的整天剥蒜，家里场头是蒜皮满地。刮东风时，卖鸡家的鸡毛常被刮到卖蒜的家里去；刮西风时，卖蒜家的蒜皮常被刮到卖鸡的家里去。为此两家常常互相指责，很不友好。有一次又发生了争吵，而且升级成了打架，卖蒜的打了卖鸡的一扁担，卖鸡的捅了卖蒜的一刀子。两家相互不服，都走法律程序告到了县衙，请父母官公断是非。县官听了双方诉说，觉得为了鸡毛和蒜皮而伤人打官司，实在不值。为了教育这两家，也为了借此训谕全县百姓，县官当庭判道："鸡毛蒜皮，何值一提？大堂来讼，纯属斗气。各打十板，反省自惕。若再来讼，重刑击毙。"两人挨了一顿屁股回家，从此接受教训，无论东风西风都相安睦邻。此事很快传到社会上，有人说这个县官断案欠公，各打十板，没断清官司。但也有人为县官点赞，说其办案清明，告诫了人们不得为鸡毛蒜皮的小事情而形成诉讼之风。社会舆论为县官办案究竟公不公争论了好久，结果虽然一时难下，但"鸡毛蒜皮"这个俗语却流传下来，挂在了人们的口头。

社会机构关系复杂，运行过程中彼此磕磕碰碰产生诸多是是非非，自不可免。有的事重如泰山，有的事轻如鸿毛。对此，有人大事清醒，必分是非；小事糊涂，常和稀泥。但也有人为了鸡毛蒜皮般的小事而争吵不休，直至闹上公堂，如此计较，必定双赢无望，只能落得个两败俱伤，各挨十板屁股。相互包容，不计较鸡毛蒜皮的小事是和谐社会人际关系的一种标志，它也有助于人们生活质量的提升——家乡所以能“岁岁加收常熟田”，其原因之一不就是宋代诗人杨备所吟哦的“县庭无讼乡闾富”吗？

鸡与人们日常生活关系密切，有人养鸡，更多的人吃鸡（常熟人吃鸡还吃出了名列“中国名菜谱”的叫花鸡），文人们还将鸡入诗入画（齐白石、陈大羽的小鸡、公鸡画，李贺的“雄鸡一唱天下白”、毛泽东的“一唱雄鸡天下白”诗，沪剧《鸡毛飞上天》等）。因为对鸡的熟悉，所以有关鸡的老闲话尚有不少。其中“鸡零勾搜”与“鸡毛蒜皮”有近似之意，但又不尽相同。此语以鸡（专指旧时散放土鸡）在觅食时，喜用双爪将饲料勾扒零乱四散才一一啄食（常熟话说成“搜搜吃吃”）的场景，形容事情的琐碎，没有重点，不系统，很散漫，此语抓住了鸡啄食时的特点，可谓“话鸡点睛”。此外尚有仗势以上司无关紧要的说话当作重要命令传达贯彻的“鸡毛当令箭”，故意硬挑毛病的“鸡蛋里挑骨头”，不自量力、以弱击强的“鸡蛋朝石头上碰”等。

寿头

此语专指说话办事呆头呆脑、笨手笨脚，又不会通融、死板教条的人，有简称为一个字“寿”，或另加感叹叠词的“寿搭搭”“寿兮兮”。但此“寿”全无《现代汉语词典》注释的“活得岁数大，长命”的本意，而只是对头上有“寿”字标记物件的隐晦说法。那么在现实生活中什么物件会有“寿”字标记呢？答曰：棺材。在二十世纪六十年代前，全社会普遍没有实行火葬，民间传统习俗均是实行土葬，所谓“入土为安”。土葬都用棺材装殓死人，而棺材头上都会描画或油漆上一个大大的圆形的“寿”字，这个“寿”字表示棺木中人已经寿终正寝。老闲话中的“寿”“寿头”即由此而来。故说“寿”或“寿头”，其实说的是棺材，是种避讳的说法罢了。又因为有“寿”字标记的棺材是用来装殓死人的，所以“寿”或“寿头”又由此引申出死人。死人是不会动脑筋、不活络的，那么说“寿”或“寿头”，不就是说像死人一样死板、不会动脑筋、不懂得通融吗？此语含义经过几番引申委婉而又丰富。如今现代生活节奏加快，有人已将反应迟钝、说话木讷、动作缓慢之人也打入“寿”字系列，看来只有加强学习、努力跟上时代才能不当“寿头”。“寿”“寿头”是种文雅的说法，引而不发，比较隐晦，不像骂人，让人容易接受，甚至还带有恨铁不成钢的良苦用心。粗俗的说法就比较难听：“寿棺材”“棺材头”……这就不那么入耳了。

老闲话中的比喻，多选择人们日常生活中比较常见的物件或现象为隐射对象。棺材相比其他，毕竟不是“三日两头见”的寻常物。因此“寿”“寿头”的出典在农村还另有一说。那就是源自猪头上浓密的皱纹。旧时常熟地区农家饲养最普遍的猪品种是二花脸黑毛猪。此猪为太湖区域良品，其头部皱纹稠密深刻，满脸凹凸不平，布满坑坑洼洼，那弯里曲绕的纹路颇像繁体的“寿”字，加上自古以来，猪头又是国人“祭祀三牲”之一，皱纹多的寿字形猪头一直被视为上等供品。于是乡村“秀才”为显示其文化水平，就将猪头雅称为“寿头”，既符合祭祀需要，又提高供品身价，还讨了口彩，因此很快约定俗成传开了。猪的天性笨拙不灵活，正好暗合“寿头”呆头呆脑、笨手笨脚的本意，故在农村说某人“寿”或“寿头”，就是说此人笨得像猪头，只是碍于情面未直接说出来罢了。但也有直接说出来说成“猪头三”的。不过“猪头三”虽有“寿头”之意，还有不明事理、不识好歹的意思。

干折

干，本是指没有或很少水分，如干燥、干柴、饼干。此语中的“干”是指挤掉了水分的净的、纯的。折，是指以此代彼的抵作、对换，如折合、折算、折价、折兑。“干折”其实是“折干”的倒装句，即折成干的计算。再说得明白些就是以钱代替实物，也就是现代时髦语言的“裸送”。“裸送”即“折干”，古已有之。明代焦竑的《玉堂丛语·规讽》中即载有：“王晋溪总制三边时，每一巡边，虽打中火，亦费百金，未尝折干。”这里的“未尝折干”就是没有把实物全部都代替了钱。在尚未使用钱币的古代，人际关系之间的礼尚往来，都是以实物为礼相互赠送。后来虽然流通了钱币，但其时农耕经济时代物质匮乏，加之人们手头经济不宽裕，所以民间送礼仍以实物为主，如有亲友结婚、生子，祝贺者往往送棉被、枕头、脸盆、痰盂、热水瓶、婴儿衣帽等实物。如此送实物，实用是实用，但有时也带来一定麻烦，因为事前没有沟通，实物礼品重复甚多，有的新婚夫妇，一下子就收到十多条棉被，十多只脸盆、痰盂，一时很不好处理。此风一直延续到二十世纪七十年代改革开放后，人民的生活水平普遍提高，手头上有了余钱，市场经济后，各类商品也应有尽有，于是人们送礼方式也改变了，不再送实物而送内装钞票的红包了，这红包就是“干折”。慢慢地，“干折”在其他场合也广泛地流行开来，如“你也不要请我们吃饭了，就干折了吧。怎么干折法？很简单嘛，把请客的钞票分给大家就是哉。”“主任对下属们说，今年中秋节不发月饼了，给大家干折发点钞票哉。”滑稽戏里有个寅吃卯粮的家伙甚至对亲友们说：“请大家把给我死后送花圈的钱先干折给我吧。”如此干折，真格有点要钱不要命了。

礼尚往来，送实物好还是干折好，实在难说清。干折，送者方便简单，受者可自由支配。但如此往来，“礼”的成分少了、淡了，有的似乎只是赤裸裸的金钱关系，而送实物，实惠实用之外，似乎还多了几分关怀的人情味，所以早在2014年中华全国总工会已就“逢年过节”发放“节日慰问品”做出过明确规定，不准发放购物卡、代金券，更不允许“干折”发钱，而应发放符合中国传统节日习惯的日用品和职工群众必需的生活用品等实物。不过，若是年年“送温暖”都是送棉被、羽绒服，那么几年下来，棉被、羽绒服堆积满床，反而成了累赘，也不妥。既然说不清理还乱，那就两法并存、各取所好吧。

出头椽子

在钢筋水泥建筑几乎一统天下的今天，要说清此语的出典，还得从中国传统土木结构房屋建筑的屋面构件开始追根溯源。架在屋架或山墙上的木长条是檩子或称桁条；而横放在檩子上、用于承载房板砖与瓦片的小圆木或半圆木，就是椽子。椽子是屋面最底层的木构件，不可或缺。椽子所处的位置和所承载的重负，决定了它必然有一截裸露在房檐下，故有“出头椽子”之说。椽子暴露出一截在外，终年遭日晒夜露和风霜雨雪的侵蚀，自然容易生烂。说“出头椽子”，其实是隐喻了“先烂”的结果。正因为出头椽子容易先烂，故旧时富贵人家建房时，常采取措施保护出头椽子。那就是给出头椽子挂上瓦当——瓦当上往往烧制着传说可以避邪驱鬼怪的神兽，煞是美观，现也早已成了收藏的文物和参观的展品。“出头椽子”常被人们用来比喻那些勇于打破万马齐喑局面的冒尖、突出人物的不幸遭遇。如“他喜欢打抱不平，做出头椽子，别人看在眼里都不作声，他却站出来指出其中的私弊夹账，弄得局长尴尬不堪，结果……”结果虽未说，但听者皆明白是“先烂”了，形象贴切，且不由得人有所警戒或反思。

出头椽子经风雨磨难而先烂，乃正常的物理现象。而现实中那些冒尖者、突出者却因树大招风或招妒，时遭打击、扼杀，实属不正常，应该拨乱反正。特别是在社会倡导创新精神的时代，人们总还是愿有多一些“出头椽子”敢为天下先地开创新局面；也总还愿多一些瓦当来保护“出头椽子”。不让“出头椽子先烂”，应是社会文明的标志。

花架子

此语中之“花”并非百花中供观赏的花，而是常熟话“花好稻好”中的“花”，即棉花。此语中的“架子”，也并不是摆放花盆、花篮的架子，也不是花本身拗出的造型，而是对某种事物的状态即架势的虚拟化表述，如武术中的花拳、花棒、花枪等架势，就统称“花架子”。戏曲舞台上的武打，更因不是真打，只是表演，堪称标准的“花架子”。这些“花架子”的特点是动作优美，招式好看，演出精彩，能给人以一定的艺术享受，但实际意义不大，打起仗来根本用不上。因此，此语在实际应用中，人们往往把那些中看不中用的事物，连带没有真才实学的人，皆称为“花架子”。

关于“花架子”的出典，除出自上述的武术、戏曲术语外，在江南地区还有一个颇有意思的民间传说。元代松江乌泥泾出了个纺织祖师婆——黄道婆。她曾经到海南向黎族人学习纺织技术，回家乡后潜心研究革新轧（棉）花机、纺织机等工具，并热心传授纺织技术，使本来落后贫困的松江，变成了兴旺发达的纺织之乡。乌泥泾有个穷酸的秀才，虽然家贫如洗却不愿从事纺织业谋生，一心想通过科举考试做官当老爷，无奈次次都是名落孙山，后来为了糊口，只得到外地当了一名私塾老师。那外地的乡民得知秀才来自黄道婆的故乡，纷纷找他请教纺织技术，有的还送钱送礼物，秀才出于虚荣心，当面不愿承认自己是门外汉，却来者不拒地收下了财物……如此下去怎么办呢？最后秀才不得不告诉大家，自己虽然和黄道婆同乡，但却从没有从事过纺纱织布，不过黄道婆研制成功的新织布机是亲眼见过的，他可以画出图样来，供当地工匠仿造，机子造成后，大家通过摸索使用就能掌握纺织技术了。当地百姓信以为真，都催他早些把图样画出来。秀才话已出口，只得苦思冥想地回忆着所见的黄道婆织布机画起来。但因为当初秀才没有认真留心过黄道婆的织布机，所以画得很不规范。等他一个轮子、一个梭子，大架套小架地好不容易画成，乡民们立即请了手艺最好的匠人，依葫芦画瓢地制作起来。很快，一架式样新颖、设计别致的织布机摆在了人们的眼前，煞是好看。可是用它来织布却让人为难了，再灵巧的织女也使用不了。这架花里胡俏的织布机成了毫无实用价值的摆设。过了一段时间，黄道婆的纺织技术和新式织布机传到了那里，人们才知道秀才原来对纺织技术一窍不通。按他画造的那架织布机，也被乡民们称为“花架子”，并流传开了。

秀才造“花架子”的故事已经过去六七百年了，可是“花架子”至今未散，仍有人在摆，且摆得比当年的秀才更优美、更具迷惑性。改革开放初期，各地为了招商引进外资，于是有人摆出有海外富商亲友关系、有留洋经历获博士学位、有亲属在中央权力部门任职等的架子，到处以签订“投资意向”为名招摇行骗，这些人的“花架子”摆得很有样式，不明真相的人们，开始信以为真。但实践是检验真理的标准，一段时间下来，这些中看不中用、卖卖野人头的“花架子”终究露馅了。结果骗局拆穿，海外富商只是个香港裁缝铺个体户，留洋博士的证书是地摊上买来的，在中央权力部门任职倒是确实的、不过是传达室的门卫……直到如今，有些地方为了应付上级部门的检查，也都摆出过各种各样的“花架子”自欺欺人。这些看似笑话的人和事以后还会发生吗？“花架子”还有市场吗？实在很值得人们反思。这或许也是这句老闲话所以流传广泛且久远的原因吧。

跑龙套

此语专指寄人篱下、任人摆布、无决策权、干些无足轻重小事的人，但也有干举足轻重大事的人，以此语表谦辞的：“我不过是跑跑龙套而已。”也许真的是社会分工干小事情的小人物居多，也许是社会风气崇尚礼貌谦虚，所以“跑龙套”之说风行各地，全国人民都在说，成为大江南北众口一词的老闲话。那么，“跑龙套”的说法，又是从何而来的呢？答案是来源于我国传统戏剧的角色行当。由此可见，“跑龙套”纯属国粹，也算得上是我国的非物质文化遗产之一，值得研究一番。

旧时的戏班子里，唱生、旦、净、末、丑的主角都称台柱子，刚刚入戏班还不是主角、名角的演员，只能在舞台上扛扛旗、打打伞，扮演些无足轻重的小角色。这些小角色既无唱段，也无念白，只不过跟随主角走几次过场，跑几趟台步，口里“噢噢”地和调几声。由于这些小角色都穿龙套衣，因此，人们便将这些人称为“跑龙套”的。“跑龙套”在舞台上虽然很难吸引观众眼球，但要做一个合格的“跑龙套”却也并非容易，必须掌握一定的基本功和走台的程式。如升帐或坐营分站两厢称“站门”；引导主人行进，在前面开路称“圆场”；在上下场门附近斜列两行，迎候主人上场或下轿称“斜门”；在双方交战时，从刀刃兵器中穿过称“钻烟笼”；分别从两边上场称“二龙出水”，等等。跑龙套讲究“站如钉、走如风”。在站营助威时要像磐石一般，伫立不动；一旦跑起来，就要犹似燕子抄水一般，敏捷轻快，足下生风。旧时缺乏背景的简陋舞台上许多特定气氛、环境虚拟变化，几乎都是靠龙套跑出来的。因此，龙套与台柱子或主角、名角的关系，其实是绿叶和红花的关系，没有龙套甘当配角的衬托，技艺再高的角儿也是难于独自将戏推向高潮的，甚至还有可能冷场呢。

跑龙套常常是大多数演员初登舞台的第一个角色，好多名角都是从跑龙套开始走向舞台中央成为主角的。其实，现实社会就是个大舞台，各个领域各个部门就是一个个小舞台。这些大大小小的舞台上各类人才、各色人物每时每刻都在上演着精彩生动的“话剧”，有主角，有配角；有台柱子，有跑龙套，而且龙套、配角远远多于台柱、主角，但只要明白了跑龙套角色的地位与作用，龙套大可不必自卑，主角也无理由自傲。从大局的角度看，好多地方舞台上的主角，不也是在为大局大戏跑龙套吗。跑龙套光荣，那又何妨继续跑龙套。顺便提一下，其实老闲话中凡是“跑”字系列的话语，所表达的人物对象大多是“龙套”角色，如跑街、跑腿、跑堂、跑单帮、跑码头、跑生意、跑外勤、跑项目，等等。

劈硬柴

此语并非实指，而是借喻，以劈硬柴的干脆比喻分摊费用的干净。旧时的土灶，烧稻草也烧废木料、枯树枝。民间俗称作燃料的树木为硬柴。为使硬柴，特别是粗大的木块、树根之类的硬柴便于入灶燃烧，常需用刀斧劈成细条小块，称为劈硬柴。劈硬柴是件须有身强力壮者操持的力气活。劈者手举刀斧，使出浑身劲道（有时要高举过头狠命挥下）瞄准树木几下砍劈，再粗壮的树木也顿被支离破碎，一分为几，成了随时入灶的柴薪。其时没有天然气、液化气，也没有电器灶具，劈硬柴几乎是平民百姓家的日常家务劳作。以如此常见的劳作比喻现实生活中某项活动开支的费用实行平均分摊、人人有份的约定俗成，十分形象生动——其实，这就是中国式的“AA”制。改革开放初期，有人将舶来品“AA”制视为文明生活的新潮之一。殊不知，国人若能如孔圣人那样“克己复礼”一下，那就不难发现，早在三千多年前的周代，我国就已开了劈硬柴即“AA”制的先河，只是其时对这种做法另有一个较文雅的说法叫“扛醵”，又称“公醵”。醵音具，“数人合资宴饮也”。《礼记·礼器》曰：“周礼其犹醵与？”注解是“合钱饮酒曰‘醵’”。周礼的公平公正由此可见，它也印证了数千年前我国就有了宴饮费用公摊的中国式AA制了。民间老闲话将凑份子聚餐的“扛醵”俗话俗说为“劈硬柴”源远流长矣。

江南农村，尤其是在“年年加收常熟田”的鱼米之乡常熟，人民生活相对小康、相对富裕，故劈硬柴之风在民间甚为盛行。每到冬季农闲时节，特别是分红或卖粮后，手头有了活络钱，好多人为了共庆丰收，也为了犒劳自己，常呼朋引伴组织吃喝活动，其费用就采用劈硬柴之法，“三一三十一”地按人头分摊。这种自愿拼凑公平分摊的做法干净清爽，吃过喝过，谁也不欠谁的人情，故很受人欢迎，长久传承。如今社会上的同学会、战友会、知青会聚餐采用的皆是“劈硬柴”模式。在旧时，常熟的文人圈流行过一阵子轮流做东宴请的做法，那就是饮消寒酒。即每年从冬至日起，由一人发起联络八人成九人，每隔九天轮流做东举行酒会，席间吟诗作对，彼此劝酒畅饮，充满雅趣。九九八十一天后，正好告别寒冬迎来春天。这种轮流做东，说到底也是一种分摊，也是“劈硬柴”。

宽汤、重青……

此系列的俗语皆原是旧时江南面店颇为流行的行业术语，常年挂在堂倌和顾客的口头上，后被借用延伸到其他领域，逐渐成了别具地方特色的老闲话。江南地区农业以稻作为主，盛产大米。常熟是典型的鱼米之乡，民众历来多以米饭为主食，但对面条也情有独钟，尤其是早晨一碗面，几乎成了好多人每天起床后的第一追求。有所追求，必有讲究；有多少追求，就有多少精致。常熟兴福寺的松树蕈油面，不但脍炙人口，而且还因食客众多刷新过吉尼斯纪录——话扯远了，就此打住，且听笔者慢慢道来。

江南的面店除在赤日炎炎的夏季偶有售卖冷拌面外，一年四季常年供应热汤面。常熟的面店更是舍得花功夫，在热汤面上浇上每碗当场现炒的“浇头”，俗称“炒浇面”。“浇头”的本意是“浇上”“盖上”的意思，故有“盖浇饭”之说，但有时浇头也可用作调料之意，《红楼梦》中即有“预备菜上的浇头”一说，似可理解为勾芡浇汁。在常熟的面店里，浇头不是浇上去的，它早已演化成了数十种应时而食的小菜，分量细巧、做法精致。并且浇头的名称也约定俗成地别有雅趣：肉浇头的面叫“带面”，鱼浇头的面叫“本色”，鸡浇头的面叫“壮鸡”。肉浇头中，纯瘦肉的称“去皮”，较瘦的称“小肉”，中等的称“五花”，特别肥的称“硬膘”。鱼浇头中则有“肚档”“头尾”“头爿”“甩水”等。若要两个浇头，自然叫“二鲜”，三个浇头是“三鲜”。同样是两个浇头，鱼肉双浇称“红二鲜”，鸡肉双浇称“白二鲜”。“二鲜”有时也称“鸳鸯”，并有红白与大小“鸳鸯”之别。有人嫌浇头不热要求埋在碗底的叫“底浇”，有人喜欢把浇头分开放在另外盆子的叫“过桥”。至于没有浇头的光面，也有好几种叫法：“免浇”“阳春”“飞浇”，给囊中羞涩吃不起浇头面的顾客留足了面子。因为是热汤面，常熟面店对汤极为重视讲究，有人甚至将汤视为汤面的灵魂，各家面店都将汤料的配方视为秘不示人的传家之宝。据笔者所知，面店里的吊汤犹似饭店里的烧高汤，绝不含糊马虎，常年用蹄髈加以做爆鳝余下的鳝骨，以及各种自制秘方的调料，以文火慢熬而成，再配上煮焖肉的原汁和适量的熟猪油，汤色透明如琥珀，不见任何杂质，喷美扑鼻，咸淡适中，鲜美之极。所以即使是吃碗无浇光面，也让人吃得有滋有味。又因为是热汤面，顾客对汤的要求也各有所需，于是又有了要汤多面少的“宽汤”、汤少面多的“紧汤”和多放蒜花的“重青”与不要蒜花的“免青”等说法。“重青”的说法后来还被借用到面后一杯茶的茶道中，成为饮绿茶喜多放茶叶喝浓茶的代称。

顺便说一下，熟悉上述“术语”闲话的莫过于旧时面店里的老堂倌，他们不但和顾客应答自如，而且应变能力极强并时有即兴幽默，相熟的顾客进店要了碗阳春面，上面时堂倌就会跟上一句：“某先生，能个‘洋盘’来哉。”若客人要了四碗面，堂倌绝不称“四碗”，“四碗”“死完”同音，必须忌讳，他就说成“两两碗”。如果哪位熟客要了碗“鳝卤拌面”，堂倌的吆喝更是好玩：“灶头上听好，老吃客某先生今朝又要来‘缠勒个绊’哉。”在常熟方言中“鳝卤拌面”的谐音很接近

"缠勒个绊"（意为"缠绕不清"）的土话。此话虽不是好话，但此情此景总能给人会心一笑。可惜的是，这样的堂倌现在再也见不到了，让人不胜怀念。

一亩三分田

此语常用来形容某个人的小地盘或势力范围，如"你不要多管闲事哉，还是多留点心思，管管好家里的一亩三分田吧"，又如"此人管理有方，他名下的一亩三分田打理得严丝合缝，水泼不进，针插不进，谁也休想摸清其中的情况"等。但是随着城市化进程的加速推进和商业经济的迅猛发展，"一亩三分田"的民生意义，在如今苏南地区年轻人的心目中，正在越来越淡化，致使偶尔提及此语，好多人都误以为指的是自留地——有此误会，倒也事出有因。上点年纪的农民都还记得，人民公社化时，家家都有过自留地，不过对"一亩三分田"的面积却不会认同。因为其时田地归集体所有后，为了照顾到农家蔬菜自给自足，确也划分过自留地让农民自由种植，但那面积是极小的，按人口分配一般只有一二分田，绝没有"亩"的概念。将"一亩三分田"的出典说成来自"自留地"，明显牵强附会，不正确，亲历过那个时代的农民都是见证人。况且早在建立人民公社之前，此语已挂上了人们的口头。而且更令人奇怪的是，此语的最先盛行不是在乡村农民口中，而是在城里不种田的文人口中。此外，说这块田不多不少恰恰是一亩三分，又是为什么呢？

其实，"一亩三分田"绝不是虚构的形容，咬文嚼字的文人是有事实依据的。早在封建时期，在北京先农坛就有一块面积为一亩三分的田地，称为"演耕田"，是皇帝用来藉田礼的。

我国本是农业国，祭祀先农和亲耕的传统，可追溯到周朝，泰伯、仲雍让国南来后，也传到了江南。明清时期成为国家重要祭祀典礼。每年仲春亥日，皇帝都要率百官到先农坛祭祀先农神并带头亲耕，史称藉田礼，以此显示统治者对农业的重视（我国连续多年颁发的第一号文件都是有关农业或农村的，实在是很好地继承了这一传统）。在先农神坛祭拜过后，皇帝还要在俱服殿更换亲耕礼服，到一亩三分的演耕田举行亲耕礼，即象征性地扶着犁，在演耕田里往返三次。亲耕礼毕后，又在观耕台观看王公大臣耕作。这块演耕田恰好是一亩三分，于是喜欢卖弄学问的文人就以此作典，将个人利益或个人的势力范围说成是“一亩三分”，既隐晦又形象。因为形象，又事关农业这一民生大计，所以直接与田地打交道的农民，很快从文人口中接过此语，成了农家百姓的日常用语。

皇帝能坚持每年在一亩三分的演耕田中亲耕表演，虽然明显带有作秀成分，但其敬畏天地、敬畏劳作的诚意和对国计民生的负责精神实属可嘉。上行下效，帝王以身作则率先垂范的带头作用，自能影响其下属各级官员对农业、农村、农民的关注，由此产生的连锁反应，更是正能量。不过事过境迁，如今苏南地区的农业在全域经济中的比重越来越小，好多农民已离土离乡有了新的职业，但就社会的分工而言，不论干何种工作，人人的工作职责内都有着必须亲耕的“一亩三分田”，因此各司其职，管理和经营好自己的“一亩三分田”，即使在今天仍有其积极意义。

三百六十行，行行出状元

此语并非常熟地方专利，大江南北各地民间都在说这句老闲话。但常熟人说此语特别有感情，原因之一是常熟作为偌大神州版图上的小小一个县，竟产生过八个状元，虽稍逊于安徽省休宁县，但在全国四位数的同级县（市）中稳居前茅，所以提及状元，常熟人就津津乐道，并引以为豪，状元几乎成了常熟历史文化的特产。原因之二是除经皇上天子殿试钦定的科班状元之外，常熟民间还有一批出自三百六十行的能工巧匠堪称非科班状元。他们个个身怀高超技艺，在同行业中脱颖而出、拔得头筹，成为公众心目中未中三元却一举夺魁的草根状元，赢得了人们的尊重，成为年轻人学习的榜样。所以这句老闲话长期以来最盛行于无缘读书求学、无法以书为阶入仕为官、“书包翻身”无望的底层平民百姓中。在他们口中，“三百六十行，行行出状元”实在是句自我激励、自学成才的至理名言，自有其积极的人生意义。

状元是我国古代科举考试中，在殿试中获得第一名者。科举考试分乡试、会试、殿试三级。在此之前，先是从府、州、县基层开始，称为童试，赴考者称童生，考中之后称秀才，秀才中的第一名称案首。然后是国家级别的考试：在省城举行称乡试，赴考者是秀才，考中之后称举人，第一名称“解元”；再高一级是在礼部举行的会试，赴考者是举人，考中之后称贡生，第一名称“会元”；最后是在皇宫举行，由皇帝亲自主考的殿试，赴考者是贡生，考中之后称进士，第一名称“状元”。“状元”在唐代武则天时曾称“状头”，这是因为殿试时，赴考者立于殿前，门下省长官奏状，名次最高者置于最前，故称状头。在我国科举制度自隋开皇七年（587）开始，至清光绪三十一年（1905）被废除的1300多年中，常熟共产生了8名状元，即唐代的陆器、南宋的周虎（武状元）、清代的孙承恩、归允肃、汪绎、汪应铨、翁同龢、翁曾源。这8名状元自是常熟的骄傲，更让读书人看到了“书包翻身”“鲤鱼跳龙门”的希望，于是勤奋攻读、埋头寒窗。同时也在其时终日忙于谋生计、求生存而没有条件求学参加考试的平民百姓心头埋下了深深的"状元"情结，并由此产生了在事业上奋进的强大精神动力：既然不能走学而优则仕、以文章夺魁中状元的独木桥，那就在其他领域的技艺比试中崭露头角吧。于是立足本职，励精敬业，刻苦钻研，开拓创新，在事业上开创出广阔的新天地，从三百六十行的行行中脱颖而出，被同行业或某地域，乃至全社会公认为"状元"。此"状元"虽非出自皇帝金口钦定，却是广大民众和有识之士口碑公认。其含金量，从某种意义上讲，或许钦定"状元"还有所不及。这是因为出自三百六十行的非钦定"状元"，有着丰富的实践经验，更具有实用价值，因而也更具有生命力。不是吗，皇帝和科举制度及由此产生的"状元"，早已一去不复返了，而三百六十行中的状元，却依然层出不穷并代有传人。

老黄历

老相对于新，黄历即日历，老黄历就是上年或前几年的旧历本。此语常用来比喻已经过时的陈旧落后的思想、理念或事物。如劝人跟上时代潮流与时俱进："新年自有新气象，劝君莫翻老黄历。"

老闲话往往蕴含着尘封的历史文化，老闲话将日历说成黄历并久久流传即是生动一例。黄历，历史悠久，相传为黄帝创制，故称"黄历"。又因为古时历书由钦天监计算并经皇帝亲自审定后才能颁布，故又称"皇历"。我国是农业大国，故黄历最初的主要功能是指导农民适时耕种收获，主要内容为二十四节气的日期表，故又称"农历"。黄历是在农耕文化的基础上产生的，但从一开始也在其中标注了一些远古时代人们敬畏土地、敬畏生命的诸多信息符号，如每天的吉凶宜忌，生肖运程等，成为当时人们的生活指导手册。但自宋代开始，历书中出现的“冲煞”“忌讳”等术数内容，掺杂的迷信色彩越来越浓。太平天国时颁布的黄历就删去了所有禁忌，只注明节气与礼拜天。清宣统年间颁布的黄历，也禁止刊载宜忌、冲煞、方位、流年、太岁等内容。据考证，我国最晚在秦代就已刊印历书，即“黄历”，而且历代皇帝都很重视历书，唐朝曾下令，历书只许官方印，不准民间私印。千余年来，黄历一直高居畅销书籍发行榜之首。元代泰定五年（1328），官印黄历高达三百万册，开创了其时世界图书发行史的最高纪录。顺便说一下，为了区分以地球绕太阳一周的时间为一年的公历，黄历还被称为阴历，这是因为黄历是以月球绕地球一周时间为一月的。前者则被称为阳历。阳历阴历无所谓老、新之分，只是计算方法上的不同。但就我国的实际情况而言，使用阴历即黄历的历史远比阳历来得早。阳历的普及还只是辛亥革命以后推广开来，所以说阴历是“老黄历”倒也名副其实。

关于老黄历，北方歇后语：隔年黄历——瞧不得了，与只有三个字的老闲话“老黄历”有着异曲同工之妙，但老闲话似乎比歇后语更含蓄，更耐人寻味。当前，人们已进入了快节奏的现代社会，要跟上时代的步伐，人的思想方法、思维理念等都需与时俱进，甚至需要有前瞻性，有创新意识。隔年“老黄历”，确是万万看不得了。不过“老黄历”中作为非物质文化遗产的太阳历法和二十四节气，却是值得重温和研究的。其实，隔年的黄历、过时的东西，只要不是全盘接受地去照做，那么回过去看看也并无不可。因为过去、过时的往往就是历史。而回顾历史，是有助于人们更好地展望未来的。

拍马屁

屁乃腹中秽气，有声也无声，无形而臭味弥漫，人皆避之不及。而拍者能顺势接住，并抚而拍之，实属非凡鲜见，堪称绝活。“拍马屁”，即拍马放出之屁也。但老闲话中的“拍马屁”绝非实指，而是捕屁捉影，影射讽刺那些不顾客观实际，专门谄媚奉承、投其所好、讨好别人的行为。如某首长附庸风雅写了一张毛笔字，欲去参加书法展览，其老婆却不屑一顾说道：“你的字赛过小学生学写字，绷手绷脚得活像蟹爬，亏你敢拿出去献丑。”其秘书却大加点赞：“这字写得有个性、有新意。当年郑板桥的字是乱石铺路，首长的字是在乱石铺路基础上的蟹爪开路，爪划螯勾，独具风格……”听得首长神之糊之，得意忘形地又连续写了好几张送到了书法展览会亮相，结果如何，自无须说。这位秘书不愧是位“拍马屁”专家，他把首长这匹“马”放出的“屁”（蟹爬字）“拍”到了众目睽睽的展览会上，技艺娴熟，令人侧目。由此可见，所谓的“拍马屁”，其实拍的是人，是有权势或拍者对其有所惧或有所求的人。既如此，那为什么老闲话要将“拍”子打在了马的屁股上呢？这是事出有因，有历史文化典故的。

“拍马屁”一说源于元朝。公元1271年蒙古人入主中原，建立元帝国，其民族的游牧文化逐渐渗透到汉文化中，“拍马屁”一语的原创词“拍马”首先在官场流传开来。作为游牧民族的蒙古百姓人家，家家户户都拥有马匹，用以解决行路、运输等问题，牧民都以家有骏马为骄傲，故人们牵马相遇时，常会拍拍对方马的屁股，摸摸马膘，顺便随口夸上几声“好马”，以博得马主人的欢心。起初，人们实事求是是好说好，是坏说坏。可是相沿很久后，有的人不管别人的马好坏强弱，都一味地说奉承话，把劣马也说是好马了。这种不良习气也很快带到了元朝的官场上。其时马上得天下的元朝官员大多是武将出身，而武将的马往往是一个将领权力、身份、地位的象征，因此下级官员对上司最好的赞美，就是拍拍他马、夸他的马好。慢慢地人们就把对上司的奉承也称之为“拍马”，这是因为夸赞的话虽然不一样，但“拍马”的动机是一样的。再后来，或许是出于人们对这种不良风气的厌恶，于是就在“拍马”一词的后面加上了一个臭气冲天的“屁”，既表达了对此行为的掩鼻鄙视，也让见闻此行为者更加深恶痛疾。如今马已越来越淡出人们的日常生活，要见到真正的“拍马”动作已很难了。但扩散了的马屁却还在被污染了的大气中荡漾，一时很难治理干净。因此，现实中“拍马屁”的现象依然存在，这是需要人们警惕的。其实，根除“拍马屁”的陋习，很重要的一点是凡“马”要自律，一不乱放屁，二放屁后任人如何拍，也要有“屁”是“臭”的自知之明。

钞票·孔方兄

“钞票”两字人们最熟悉，应用频率极高。几乎男女老少都在说，而且也人人都知道“钞票”就是花花绿绿的纸币。人的一生中，很少有人不与钞票打交道。不是赚钞票，就是用钞票。上班打工干事业，除了追求实现个人理想的精神因素外，物质上就是为了获得报酬，赚钞票养家糊口过日子。开门七件事，件件都要花钞票。因此钞票与人们的生活密切相关，须臾难分。虽然钞票不是万能的，但没有钞票是万万不能的。钞票在人们日常生活中的地位千万年来坚如磐石，难以撼动。既然人们口上说着“钞票”，袋里装着“钞票”，手里花着“钞票”，但为什么国人要将纸币说成“钞票”，而且流传如此广泛深入人心呢？这就恐怕是大多数现代人不知道的了。其实，任何老闲话的产生都是事出有因或有据可查的。“钞票”的来历就直接与清代的货币制度有关。

我国是世界上第一个使用纸币的国家。早在宋代即有纸币流通，称为“交子”，至元代则由“中统元宝交钞”纸币，到明代流通的纸币，称为“大明宝钞”。清代除顺治年间一度发行过纸币，以后各朝均未再发行，直到咸丰年间，清政府因镇压太平天国农民起义，国库空虚，不得不发行了“大清宝钞”和“户部官票”。两种纸质币值同时在市场流通，其中“大清宝钞”以制钱为单位，故亦称“钱钞”；“户部官票”以银两为单位，故亦称“银票”。由于在市场流通中，小额货币需使用大清宝钞，而大额货币用银两就得使用户部官票，因此其时百姓出行购物必须带两种纸币。为了方便称呼，民间就把这两种纸币简称为“钞票”了。

钞票还有个雅号称为“孔方兄”。这是因为我国古代自战国晚期的秦国开始铸造“圆形方孔”钱币，从此成为没有纸币前的中国古代社会最为通行的钱币形制。其之所以采用这个形制，则是由钱币的铸造方法决定的。其时熔铜铸钱，钱的轮廓总难整齐美观，必须用锉刀加工修正。一枚枚铜钱修正颇为费工，于是便在铜钱中间开一个方孔，将一百来个铜钱穿在一根棍子上一起修锉。如果当中的孔是圆的，锉时便会转动，所以便把孔儿做成了四方形，这样穿在一根方形的棍子上，即使用力修锉，铜钱也不会转动了。这外圆内方的造型又正好与古人“天圆地方”的哲学理念相合，所以“圆形方孔”的钱币就成为中国钱币的传统形制。这种形制的钱币流通到盛行玄学、讲究风度的晋代，有个叫鲁褒的名士作文戏称自己对金钱“亲之如兄，字曰孔方，失之则贫弱，得之则富昌”。因其所说之“孔方兄”符合钱币自身的形状，而且又完全消除了言及“钱”的庸俗气，体现了其时自以为知识渊博、气质脱俗的名流们的身份，于是很快在知识分子阶层流传开来，并逐渐进入民间。时至今日，尽管铜钱已经成了收藏的文物，但仍有人用“孔方兄”来称呼钱币与钞票。如此称呼，倒也不失为是一种豁达与幽默。

枉东道·东道主

枉东道是指以预测胜负、高下赌输赢，即在比试未见分晓前，双方各以自以为是的先见之明下赌注押宝谁胜谁负。押错者为输方，甘愿受罚，押对者为赢方，享受获利。枉东道的结果，明显带有不确定性，参与者大多为好胜心强而又自以为是者。其中更有不少人还有博一下即中彩的侥幸投机心理——犹如旧时跑马场的博彩业，场上观众之所以情绪兴奋，原因就是入场时已将赌注押在了自以为必将获胜的那匹宝马上，膨胀的投机心理和期望值，顿使部分人失却理智，如醉似痴……参与枉东道者中，也有企图以巨大赌注吓退对方的，此类人的投机心态，其实也是侥幸心理在作怪。自然还有极少数操纵或掌握内情，早已获知结果的稳坐钓鱼台者，此类人物老谋深算，让诸多不明真相者纷纷上当受骗,吃足了苦头还自怨运气不佳。由此可见，枉东道者似双方自愿、公平公正，实在也是暗藏玄机，变幻莫测。但或许也正因为玄机莫测的不确定性，激发了人们的冒险好奇心，致使乐于枉东道者后继有人，也致使“枉东道”这句老闲话至今还常挂在现代人的嘴边口头。

“枉东道”的“枉”，在常熟话中有赌的意思。“谁胜谁负，我和你不妨枉一枉”，可以理解成是说“我俩不妨赌一赌”。至于为何只说“枉东道”而不说成“枉西道”或“枉南道”“枉北道”，则是因出自另一句老闲话“东道主”而来。按字面解，

“东道主”即是“东面路上的主人”，其实此语是有有据可查的历史典故的。史载：春秋时，晋文公和秦穆公的联军包围了郑国国都，郑文公向老臣烛之武请教，如何设法解围。烛之武当夜便趁天黑叫人用粗绳子将其从城头吊到城外，私下去会见秦穆公。见到秦穆公后，烛之武巧妙利用晋国和秦国原来不和睦、常明争暗斗的矛盾，动之以情晓之以理地游说秦穆公：“秦晋联军攻打郑国，郑国必败无疑。但是郑国灭亡后，对贵国却无半点好处。因为从地理位置上看，贵国和郑国之间隔着一个晋国，贵国要越过晋国来控制郑国，恐怕很困难吧。那么最终获得好处的其实只有晋国。而晋国的实力增加一分，岂不等于贵国的实力相应减弱一分吗？”秦穆公听着觉得有理，烛之武又进一步说：“如果你能把郑国留下，让它作为贵国东方道路的主人，有使者来往经过郑国，万一缺少什么东西，郑国可以帮助供应安排。如此，贵国既无须动一兵一卒又可获得方便，岂不是一举两得。”烛之武终于说服了秦穆公，秦国便与郑国签了和约。晋文公见形势转变，只得无奈退兵。由于秦国在西，郑国在东，所以郑国对秦国来说自称“东道主”。后来，“东道主”便被用来泛指招待迎接客人的主人或指请客做东的人。“枉东道”，其实就是“枉”谁做“东”。“枉东道”输者就得当“东道主”做“东”好生招待赢者，并为当初“枉”时承诺的或名或利条件买单。

掼纱帽·乌纱帽

掼，高高举起，狠狠扔下之状。纱帽是乌纱帽的简称。“掼纱帽”实为掼乌纱帽的简缩版，意为出于气愤，不惜扔却一切名利地位，以辞职进行抗争。现代人除了演员谁也没有戴过乌纱帽，可是现实中人们却依然能随口而出以乌纱帽说事，说甲乡长连续三次举报副县长受贿未果，今年再次上书市委并同时送上辞职报告立军令状，下决心“掼纱帽”哉；说新提拔为局长的乙，刚戴上“乌纱帽”就煞有介事要放三把火，整顿会风了；说丙为了捞一顶“乌纱帽”不惜唆使老婆去勾引上司，真是无耻之极；说因受贿被判刑的副县长，一摘下“乌纱帽”就判若两人，昔日威严如虎，而今看人说话连头也不敢抬了……无论怎么说事，人们对“乌纱帽”的认识和定位都是一致的，即乌纱帽就是官帽，戴乌纱帽是一种身份的表示，也象征着一种权力。也正因为如此，所以乌纱帽对好多人是有强大诱惑力的。因为乌纱帽不是任何人都可以戴的，平民百姓因气愤或义愤的辞职行为，只能说成是“掼纱帽”了。

说乌纱帽是官帽的共识，基本上正确的。但若要追根溯源，却并非一贯如此。其实，乌纱帽最初只是民间常见的便帽，人人都可戴。古人视毛发为受之父母之物，终身不得毁损，故发长后，只梳不剪理，在头顶束髻，以冠固定。冠即是帽的雏形。而以近似发色的乌纱编织的冠帽最为流行，戴乌纱便帽在其时极为普遍，并不分高低贵贱。在东晋咸和九年（334）成帝正式下令让在宫廷中的官员都戴一种用黑纱制成同一款式的帽子，“乌纱帽”的称号也由此而来。隋唐时期，天子百官士庶都戴乌纱帽，但为适应封建社会的等级制度，隋朝用乌纱帽上的玉饰显示官职大小：一品有九块，二品有八块，三品有七块，四品有六块，五品有五块，六品以下不准装饰玉块。到宋朝时期，乌纱帽形状有了改变，据说宋太祖赵匡胤登基后，为防止议事时朝臣交头接耳，下诏在乌纱帽两边各加一个翅，约一尺长，并装饰不同花纹以区别官职高低。如此一来，上朝百官就只得规规矩矩恭立，不敢做小动作了。因为只要脑袋一动，软翅便会随之摆动，皇上居高临下，自然看得一清二楚了。但至南朝宋时，建安王刘休仁创新制作了一种用黑纱抽丝的半透明帽子，亦称“乌纱帽”，不过无论官民贫富都可以戴。明太祖朱元璋定都南京后，规定凡文武百官上朝和办公，一律戴乌纱帽，已取得功名而未受官职的状元、进士也可戴乌纱帽。其时的乌纱帽，以藤丝或麻编成帽胎，涂上漆后，外裹黑纱，呈前高后低，两侧各插一翅。至明世宗时，乌纱帽双翅又有变动，翅的长度缩短，宽窄也有改变，官阶越高，双翅越窄，官阶越低，双翅越宽。清初顺治皇帝入关后，由于收留了众多明代降臣，为笼络人心，曾允许不少地方官员仍穿明式服装，并戴乌纱帽。但等清室统治巩固后，遂下令将官员所戴乌纱帽全部改成红缨帽。可是出于怀念前朝的强烈民族意识，人们仍然习惯将乌纱帽作为官员的标志。因此，直到如今所谓的官员被称为人民公仆后，一旦免了职，罢了官，也仍被说成是丢了“乌纱帽”，而“掼纱帽”因无关官职，依然挂在民间口头——就连打工者不是也可以“掼纱帽”炒老板的鱿鱼了吗？

压台戏·压轴戏

压台戏泛指文艺演出中的最后一个节目或戏曲演出中的最后一出戏，而压轴戏则有两种含义：其一与压台戏同，但一般专指我国传统戏曲演出，不过在北方也有将演出中倒数第二个节目叫作压轴戏，将最后一个节目叫作大轴子的。而在南方，则普遍认同是最后登台亮相的节目或戏；其二是指整台戏曲演出中，戏的分量最重、最显演员技艺，在全剧中最具意义、最吸引观众的那出戏，如京剧《沙家浜》的压轴戏并不是最后一场《聚歼》，而是最显戏骨子的《智斗》。压轴戏因为思想性与艺术性的含金量较高，往往成为可单独演出的折子戏。

将最后演出的节目或戏称为压台戏，人们比较容易理解。

“压”在老闲话中本就带有最后面的意思，如称落在最后面的为“压末”，称战士冲锋在前，而在后面指挥督战的长官是“压阵”，称每年最后一天长辈给小孩的钱为“压岁钱”等。既然是整场演出的最后节目或戏，称其为压台戏，可谓名正言顺、名副其实。但为何又有“压轴戏”之称，“轴”又为何物？则恐怕大多数人都不甚清楚其出典了。其实压台戏源自压轴戏，压台戏只是压轴戏的雅言俗说。这还得从我国传统戏曲的早期纸质文本中去寻答案。我国古代的戏曲剧本常被写在一个长卷中。长卷的底部有一卷轴，就像装裱国画的画轴。因为写在长卷上的最后一出戏靠近卷轴，所以称为大轴，大轴前面的戏，也就是倒数第一的就被称为压轴戏（中间的称中轴，前面的称早轴），一部多场或多幕的戏曲演出其实就像为台下的观众展示了一幅幅多彩的画卷。我国传统戏曲的早轴往往是“私订终身后花园”，中轴是“落难公子中状元”，压轴是“奉旨完婚大团圆”，这样的编排布局曾长期地引领着国人的审美情趣。因此压台戏也好，压轴戏也好，常常也是全剧演出场面最热闹、气氛最热烈、观众热情最高涨的。

戏曲小舞台，人生大舞台。每个人从生到死，从工作到退休，从升官掌权到回归民间，都是一场场演出。生活中，早轴戏、中轴戏演得好，受人欢迎，固然可喜可贺，倘若一旦演砸了，也尚有改正提高、重新登台表演的可能与机会。但若是一帆风顺演到压台戏、压轴戏时演砸了，那就会悔之不及遗憾终身了。可悲的是，现实中确实有不少人的早轴戏、中轴戏演得颇有可圈可点之处，然而偏偏在下台前的压台戏中跌入了腐败的深渊，再也站不起来演不成了。人云：做好事并不难，难的是一辈子做好事。其实，只要认真，演好戏也并不难，难的是下台前还要演好压台戏。

变戏法

又称戏法，是变魔术、魔术的老说法。但“魔术”一词的出现与流行仅始于二十世纪初，迄今不过百年，而戏法之说则早在距今四千多年前的夏朝就已产生。汉刘向《列女传·孽嬖传》载：“桀既弃礼义……收倡优、侏儒、狎徒能为奇伟戏者，聚之于旁。”此句中之“戏”，指的是“戏法”表演，即“变戏法”。戏法盛于西汉，又称古彩戏法，其表演道具大多为人们司空见惯的日常生活用品或生产工具，如盆、碗、碟、勺、笼、箱、柜、刀等，变戏法的手法讲究“上下翻亮，经外交代”，即在表演前向观众交代双手时的姿态，必须上、下、反、正都要亮明，并要把盖布里外让观众看过。《搜神记》曾记载变戏法者刀截舌头后又接活如故的惊险表演：“晋永嘉中，有天竺胡人，来渡江南。其人有数术，能断舌复续，吐火，所在人士聚观。将断时，先以舌吐示宾客。然后刀截，血流覆地。乃取置器中，传以示人。视之，舌头半舌犹在。既而还含续之，坐有顷，坐人见舌则如故，不知其实断否。”类似血腥、残忍的戏法尚有吞剑、吞铁蛋等，旧时街头艺人为谋生常有表演。中华人民共和国建立后，已不复再见。经过挖掘整理、推陈出新的中国古彩戏法，作为一门古老而文明的艺术，重新进入了人们的视野，受到了海内外民众的欢迎。古彩戏法现已被列为国家非物质文化遗产。老闲话中的“变戏法”另有一解，是用来形容某些人的善耍手段虚晃一枪骗人，如说：“此人长袖善舞会变戏法，不晓得他葫芦里到底卖的啥药，要当心他眼睛一眨，老孵鸡变鸭啊。”俗语说：“戏法人人会变，各有巧妙不同。”舞台上的“变戏法”，靠的是道具和手法；生活中的“变戏法”，则靠的是心计和手腕，往往带有阴谋。前者可以欣赏，也不必拆穿；但后者必须拆穿并批判。其实，万变不离其宗，任何戏法都是变出来的，只要观者转变一下视角或换一种思维，那么戏法也就人人会变了。

甏口扎得住，人嘴封不住

老闲话大多来自生活，取材于民间，此语即以旧时百姓人家日常生活中常用常见的腌菜甏说事，说出人生哲理：以甏口可以被人为地扎紧封住，而人嘴却难于被封住禁言的对比，说明社会舆论、公众舆论是封锁不了的。它与另一句老闲话“有理无理，出在众人嘴里”两相呼应，生动形象极了，因为“人嘴封不住”，所以才有“出在众人嘴里”的“有理无理”。如果“人嘴”也如“甏口”一样封得住，那么恐怕社会就很难有说“理”的时候了。

在自给自足的小农经济时代，农户家中一般都备多口缸甏，用以贮存或腌制食品。民谚“小雪腌菜，大雪腌肉”。江南人家尤以腌制雪里蕻最为普及，有腌在缸里的，也有腌在甏里的。腌在缸里的，须用石鼓墩或重石压紧；腌在甏里的，则须扎紧封住甏口，不使腌制物与外界空气接触，以便于内部发酵。封住甏口很有讲究，要先用荷叶或裹粽子的芦叶一层层地盖住甏口并用麻绳扎紧，再涂上掺有稻草或砻糠的稀泥糊住，其代表作当数甏装的绍兴黄酒封口。经如此严密处理，不但可延长腌制物的保质期，而且使腌制物越来越香。封过黄酒甏口的泥巴，用来煨制常熟特产叫花鸡，还别具诱人食欲的喷香。陶器的甏口是死的，自然任人摆布，而人的嘴却是长在能独立思考、有话语权的每个人身上，这就不是那么容易要扎就扎得住、要封就封得住的了。即使采用强权的高压政策，也只能扎得住一时，而封不了长久。不是在沉默中死亡，就是在沉默中爆发。于无声处听惊雷。是非曲直自有公论，并终究会从众人的嘴里说出来。其实，即使连沉默也并不等于被扎住封杀，沉默也是一种无声的语言。有时候，好多沉默的内涵，人们都“懂的”。因此，成语“人言可畏”实在不失为至理名言。任何人、任何时候，都应对社会舆论、公众舆论抱有敬畏之心，万万不可做出用扎住甏口的方法来封住百家争鸣的愚蠢之举。

清官难断家务事

据考，此语从古到今至少已流传七百多年，早在明代吴地作家冯梦龙的《古今小说》和清代曹雪芹的《红楼梦》中，就已用“常言道”“俗话说”引用过此语，称得上是句名副其实的老闲话了。此语的意思，字面表述已很清楚，是说再清正廉明的官吏也难以断明琐碎复杂、纠缠不清的家务事。家家都有一本难念的经。自家人都觉得难念的“经”，作为旁观者、第三者的清官又怎么能断得明白呢？

此语源自古代的一个故事。宋时，有位名叫赵秉公的县令，勤政廉洁，断案公正，颇有声望，被百姓称颂为清官。一日，有同窗好友来访，对赵说：“听说你断案很有办法，不知对民事家务是否亦可断清？”赵答：“这有何难，不妨一试。”于是同窗就拿所居村落的一家农户说事：“我村有一张姓老汉，家有两子，均已娶妻生子，同居一户，成为多口之家。时间一久，因家务事，两子都想分家另住。开始张老汉不同意，父子时有争吵。后来老汉想通了，同意分家。张家有宅院两处，田地二十亩，请问这家该怎么分才算公平？”赵听后略一思考，即说：“这还不好分？二一添作五。两个儿子一人一处宅院，每人十亩地。”同窗又说：“可是这样分不尽合理。因为大儿子有三个小孩，且已经成丁；二儿子只有一个小孩，尚未成人。大儿子人多，二儿子人少，照你的分法，岂不有偏向二儿子之嫌？”赵想想也对，就改口说：“你言之有理。皆说不孝有三，无后为大，小孩都是老汉的孙子，那就按儿子分宅院，按孙子人数分田地，一人五亩，老大家得十五亩，老二家得五亩。”然而同窗又道：“你这样分仍不尽合理。地都分了，宅院也分了，张老汉却没田种、没地方住了。不是说百善孝为先吗？张老汉养大了两个儿子，自己却什么都没有了，这不是不孝吗？”经同窗这么一追问，赵县令哑口无言了一阵子，说道：“照此说来，还是四世同堂、五世其昌，团团圆圆为好，干脆断个不分维持现状吧。”同窗继续说道：“刚才我问了三次，你断了三个结果，哪个算断得公平呢？我的问题还未完呢。一年后，二儿子得病死了，二儿媳守着一个七八岁的孩子过日子十分艰难，有了再嫁之意。可张老汉又不同意，你说该不该再嫁？”赵又答道：“女子自古须遵守三从四德，在家从父，出嫁从夫，夫亡从子，按此规矩，当然不应改嫁。”但同窗又接过赵的话头反问：“可是前朝和当朝的公主，寡后尚可改嫁，为什么民间农妇就不可呢？这样断也显属不公啊。”经同窗的再三追问，赵县令再也回答不上来了。最后这位同窗对他说：“坊间都说你是个清官，可见清官也难断家务事啊！”赵县令连连点头称是：“果真是清官难断家务事。”从此人们就常用“清官难断家务事”来比喻家庭纠纷外人很难搞清楚，无从断明谁是谁非。在封建时代，因无法可依，即使是清官也难断家务事，似属正常，也情有可原。但进入现代社会，随着法制的健全，像上述故事中张老汉的家务事完全可以用婚姻、遗产继承及保护老年人权益等法规得到公正处理。至于其他家务事，随着民法的实施，坐堂断案的“赵县令”们也是越来越得心应手、游刃有余了。

靠山

民谚“靠山吃山，靠水吃水”，意为身在山区或水乡，就依靠山或水中出产的资源维持生计。但此篇之“靠山”却全无“吃山”之意，而是泛指人们在现实生活或事业奋斗中可以依傍的坚强有力似山一般厚重的后盾，也带有“背景”的意思。“靠山”可以是物质的，如：“你别看她年纪轻，开的店又门面小，可是靠山强大。她是亿万富翁的独生女儿，父亲给她撑腰，让她大学毕业后先开个店到商海中历练一番，不计盈亏，但求积累经验……”也可以是非物质的，如：“不晓得他怎么一个‘孛栾花’进了县政府，还当上了副局长，后来才晓得他是有靠山的，原来市委副书记是他姨夫。”如果说“背靠大树好乘凉”，那么背有靠山自然好享福了，过日子可以花天酒地、吃喝不愁，入仕途可以平步青云、升官发财。如此靠山，多少人求之不得。然而“靠山”一语的出典，却是幸亏“没有靠山”。到底要不要“靠山”，实在是很发人深省的。

“靠山”之说出自安禄山篡唐故事。话说唐玄宗李隆基十分宠信三镇节度使安禄山，欲升其为宰相。右相杨国忠知道皇上心思后，便进谏不要重用有野心的安禄山。唐玄宗于是就不让张洎再拟提拔安禄山的诏书。一次，张洎与在京任职的大诗人李白谈起了自己与安禄山交往的事。李白直言不讳地说：“我看禄山野心很大，有谋反之心，你少和他交往，否则到时候会连累你的。你万万不可靠‘山’，还是多靠靠皇上吧！”张洎听从了好友李白的劝告。不久，安禄山果然起兵反唐，张洎因早已断绝了与安禄山的交往，而仍受到唐玄宗的重用。事后，张洎再次和李白相见，一见面就深有感受地说：“听君一席话，受用大半生。我幸亏没有靠‘山’啊。”从此“靠山”之说就流传开来，并由官场普及到民间，成为挂在寻常百姓口头的一句老闲话。“靠山”好不好？“靠山”要不要？社会上历来众说纷纭，莫衷一是。但提到“靠山”，人们普遍带有轻蔑鄙视的态度，认为喜欢“靠山”的人不是缺乏真才实学，就是没有自信，甚至还有利用裙带亲、关系网等投机取巧、趋炎附势之嫌。“靠山”的存在，也是社会不公平的一种写照。现代文明社会，“靠山”理应被摒弃、铲除。不过“靠山”毕竟是“山”，不是说摒弃就可以摒弃、说铲除就可以铲除的。况且可能还有人要维护“靠山”。因此要摒弃、铲除“靠山”，还得向愚公学习，每天挖“山”不止，并动员更多的人一起来移“山”。挖“山”、移“山”的人多了，再大的“靠山”也会不牢靠的。“靠山”靠不住了，自然也就没有人想靠了。

铁公鸡

此语常被用来比喻极其吝啬的人。典出清代袁枚《子不语》。古时某村有个家中并不穷却一贯装穷，生怕旁人向其借用钱物的人。一次，村上有人得了病，请医生诊断后开出的药方中，须用两根七寸长的公鸡毛做药引子。家属找遍全村也未找到这么长的公鸡毛。后来有人忽然想到那人家中有只大公鸡，可以求助。于是家属匆匆赶到那人家中，果然见院内有只硕大的公鸡，尾部羽毛长近一尺。但那人一听要凭空拔其公鸡的羽毛，便一口回绝。在病人家属的再三请求下，那人才说：“这样吧，病人也需要补身体，我这只鸡也正想卖。你们把这只鸡买去吧。只要付五钱银子，就既有了药引子，又有了鸡肉、鸡汤……”病人家因急着以鸡毛做药引子，只得花五钱银子买下了鸡。其实，按当时市场的价格，买这样的鸡连二钱银子也用不了。后来，村上的人听说后，都说那人像只铁公鸡，一根毛也拔不下来。

袁枚为人们刻画了一个吝啬又贪财的“铁公鸡”式人物形象。现实生活中，像铁公鸡般一毛不拔的大有人在。其实，对铁公鸡行为还得看具体情况而下结论，决不可简单地一刀切。在当今社会，若身为公仆，那么面对有人欲借公济私、化公为私、揩公之油、肥私之囊时，自应似铁公鸡般坚决抵制、一毛不拔。而若当个人有条件、有能力扶贫济困时，就应乐于助人，无私奉献。其时若再一毛不拔做铁公鸡，就难免要被人诟议了。行文至此，本该收笔作结，但忽出奇想，若是两个铁公鸡式的人物，无巧不成书地相遇，又会发生什么样让人意想不到的情节呢？袁枚的书中没有记述，但民间却有一个传说，似可作为补充，现转述如下，以博读者诸君一笑。相传有吝和啬两人。一次吝先生路遇啬先生，两人一见如故，相谈甚欢，结交成友。分手时，两人相约，中秋节到乌有山子虚亭饮酒赏月，并约定由吝先生携酒，啬先生备菜。但两人生性小气，都不愿花钱。中秋节那天，两人如约准时到了指定地点，却谁都什么也没带，两袖清风，两手空空，面面相觑。两人坐定相视片刻，而后哈哈大笑。稍顷，吝先生首先站起来，用手拟酒杯状遥指高空，朗声说道：“月光如水，水如酒，请啬兄开怀畅饮。”话音刚落，啬先生就伸出两个手指作筷子，指着亭旁的荷塘深情地说：“池中游鱼，鱼是菜，请吝兄品尝。”就这样，两人互敬互让，并且装模作样地边品尝边点赞“美酒佳肴”。过往的游人看到两人如痴如醉的荒唐举动，都忍俊不禁。其中有个认识吝、啬二人的游客，便风趣地挖苦道：“今天两位仁兄赏月，喝的是吝啬酒，吃的是吝啬菜，活着是吝啬人，死了是吝啬鬼。”

“铁公鸡”其实就是吝啬鬼。

演双簧

此语为常熟俗语“一搭一档，一吹一唱”的形象写照。双簧本为由一人表演动作，一人藏在背后或说或唱的一种曲艺形式。演出时若两人配合默契，则台下不明真相的观众，往往会误判为一人表演的独角戏，待演出结束，隐藏者亮相方恍然大悟。故此曲艺形式颇受人欢迎。观众看过后，都会留下深刻印象。平日一提“演双簧”，人们就会自然而然地产生联想，想到那滑稽可笑的场景。老闲话“演双簧”就借用双簧特有的艺术魅力和现场效果，影射有人结伙阴谋行事：或一方出面一方操纵，或一方要挟一方调停，或一方强硬一方温软……千方百计让人就范。如“这桩事体看上去是乙和丙在谈判，其实乙只是甲的代言人，实际谈判的是甲和丙，甲和乙是在演双簧啊。”如甲公司有某个产品开口一万元最低价才肯卖，乙公司嫌价高不肯买。可是却有丙公司上门愿以一万二千元采购此产品，向乙公司求助。乙公司见其中差价有利可图，赶紧以甲公司开价买下了该产品。然而买下后，丙公司又不想要了。因为丙公司未与乙公司签约，乙公司白白吃进了甲公司价高又滞销的该产品。事后，乙公司懊悔不迭地说：“原来甲公司和丙公司是串通好了，在演双簧啊。”那么，“演双簧”这一形式又是怎么来的呢？

相传清光绪年间，民间艺人黄姓兄弟，哥哥叫黄大笑，弟弟叫黄二笑，两人专门同台表演说唱笑话，拥有众多粉丝。没过多久，两人的名声传到皇宫，被召进紫禁城，为慈禧太后表演。那天，慈禧太后过生日，点了一个节目，谁知这天黄大笑的嗓子因前天重感冒出了问题，唱不出声来。兄弟俩人心中明白，今天演出可不比往常，若是误场或演砸了，老佛爷一动怒，就会大祸临头。于是两人急中生智，靠着平时练就的扎实舞台功底和精湛演技，想了个巧妙的办法来弥补黄大笑的哑嗓。由哥哥在前面进行哑口表演，嗓子好的弟弟则躲在椅子背后又说又唱。俩人的精彩表演逗得慈禧太后和大臣们哈哈大笑不止。慈禧太后开始还以为是黄大笑一个人在表演，待到演出结束，背后的黄二笑站起来亮相时，才明白原来是兄弟俩的完美合作，于是下令重赏了黄氏兄弟。后来，经过黄氏兄弟和后辈艺人的不断探索总结，这种表演形式逐渐成为了一种独特的曲艺形式。因为是黄氏兄弟所创，故人们称之为“双簧”“演双簧”。

“演双簧”作为文化娱乐活动不但可以引人发笑，让紧张的神经得到放松，于身心健康有益，而且好的段子，还能笑过之后有所深思，让人从中受益，精神境界有所提升，所以“演双簧”现已作为非物质文化遗产得到保护与传承。但若将舞台上的演出，用之于日常生活之中，则难免有阴谋诡计之嫌。因此，老闲话中的“演双簧”，往往带有贬义，非但不能惹人发笑，反而惹人厌恶。

千金·丫头

此两语皆是对女童、女孩，乃至青年女性的称呼。如“王家媳妇二月里又生了个千金。”“张家千金小姐是个海归，有学问，人漂亮，追求她的人可多呢。”“赵家丫头乖巧懂事又嘴甜，蛮讨人欢喜的……”“丫”在常熟话中念成“乌”音。旧时“丫头”也常用作婢女、女佣之称。“千金”自有高贵之意。但千金之“金”，其实并非真金，而实为黄铜。秦汉时期以黄铜一镒（镒为古代重量单位，一镒约为二十或二十四两）为一金。“千金”即铜千金，形容钱财极多。后来人们常借用“千金”比喻贵重，如一字千金、一刻千金、一诺千金，连唐代孙思邈写的医书也名为《千金方》。在男尊女卑的封建时代，将女性说成“千金”，多少体现了其时人们朴素的女权思想。但“千金”之说，最早并不特指女性。据说，南朝梁司徒谢朏自幼聪慧，十岁便能出口成章。一次随父游山，其父命其作游记，谢朏援笔一气呵成，文不加点。同行的宰相阅毕，对其父说：“贤子足称神童，将来前途无量。”其父甚为得意，以手抚儿子的背，骄傲地说：“他是我家的千金啊。”从谢朏被称为“千金”开始，此语在很长一段时间内都是被用来形容出类拔萃的少年男子。直到元代杂剧《薛仁贵荣归故里》中一句“你乃是官宦人家的千金小姐，做事情自重稳便些”开始，明、清的文学作品中，才越来越多地称女孩子为千金。时至今日，早已约定俗成为女性的专用词了。不过在吴语地区，关于“千金”的来历还有一则民间传说。相传伍子胥为报父兄之仇，投奔吴国。一日途中饥饿难熬，见湖边有一位洗衣姑娘，旁置一竹篮，篮内有饭团，便上前求乞。姑娘见其狼狈不堪，顿生恻隐之心，慨然相赠。伍子胥饱餐后，向姑娘发誓，日后定当以千金报德。后来，伍子胥当上了吴国相国，报了父兄之仇后，想起当年那位对自己有救命之恩的姑娘，就决定以实际行动兑现昔日誓言。可是到当地再三打听，也不知姑娘下落。为实现承诺，伍子胥就将千金投入了姑娘当时洗衣服的湖水中。于是，“千金小姐”之说由此在民间传开。

至于“丫头”的由来，则与我国古代女子的成人仪式直接有关。古时，女孩到十五岁为及笄之年，要行成人之礼，即要改变发型，在头上梳两个髻。这两个髻相对称而耸立，状如枝丫，故称“丫头”。旧时婢女常梳丫髻，自然也常被称为“丫头”。但在很多时候，长辈也将自己喜欢的小辈女子亲热地称为“丫头”。如《红楼梦》中的贾母就说过：“当日我像凤丫头这么大年纪，比她还来得早呢。”此语中的“凤丫头”并非小孩，而是贾母中意的孙媳。

横七竖八·乱七八糟

老闲话“横七竖八”几经讹传，现与成语“乱七八糟”同为杂乱无章，毫无条理之意。其实“横七竖八”原意正好相反，是指事物的规矩有序、整齐划一。那么两个意思截然相反的词语，又是怎么混淆成同一含义，并为人接受，挂上人们口头的呢？说来颇有趣，它既有正史的记载，又有野史的传说。先说“乱七八糟”的出典，本是源自于历史上的两个重要典故。西汉景帝采纳晁错建议，下令在同姓王中推行“削藩”政策，引起诸王反对与抗议。景帝三年正月，吴、楚为首的七国以“诛晁错，清君侧”为名，发动武装叛乱，史称“七国之乱”，亦即“乱七”之由来。西晋时期，司马炎死后，贾后独霸朝野，引发一场持续十六年之久的皇族夺权混战，先后有八名同姓王参与这场混战乱事，史称“八王之乱”。而“糟”乃做酒剩下的渣子，也有人将其借指为“把事情办坏”的意思。因“八王之乱”给人民带来深重灾难，故后人简称“八王之乱”为“八糟”。

“横七竖八”，则原是旧时水乡稻作地区插秧时的一种规矩，即在水田里用绳子拉出一个个小方格，每个方格里横着插七棵，竖着插八棵，每格正好插掉一扎秧。此法来自于实践，约定俗成，插秧人自觉奉行，保证了即使在一块田中有多人插秧，也能使秧横成线、竖成行，整整齐齐，一风一水。这样按规矩插的秧，秋天成熟后，也方便手持镰刀的人工收割。所以“横七竖八”开始本是用来形容事物似插秧那样整齐有序的。可是传说那年乾隆皇帝下江南，正好赶上江南插秧季节。皇帝为了显示自己的亲民与重农，又自以为插秧并不是件难事，于是也挽起裤腿，下到形如棋盘的水田中，脸朝污泥背朝天地插起秧来。只插了一会儿，乾隆就觉累得够呛，直起腰再一看白已插的秧歪歪扭扭，有的还成了"水上漂"。农民们见状，也不禁笑出声来，有个冒失的小后生还直言指出："这哪是'横七竖八'，简直是'乱七八糟'。"乾隆听了不服气，强词夺理道："横七竖八不就是乱七八糟吗，要不是横七竖八，我也不至于乱七八糟呀。"皇帝的话是金口玉言，从此，"横七竖八"便成了"乱七八糟"的同义词。民间传说往往带有编造和戏说的成分，乾隆皇帝是否真的下田和农民一起插过秧自可存疑。但"横七竖八"的规范插秧模式却在稻作地区流传很久，包括常熟在内的江南地区,直到二十世纪七十年代还普遍实施，此后才随着栽植方法的创新改进和农机化的推广普及，逐渐弃用。但在部分小块田亩的人工栽插中，仍有少数老农民保留了这一古老的插秧规矩。不过，没有深入田头劳作过的现代年轻人（包括新一代农民），已几乎无人知晓农耕文化中的这一传统插秧模式了。因此，随着时间的推移，人们对将形容整齐的"横七竖八"与形容杂乱的"乱七八糟"混为一谈，也就越发见怪不怪了。

良心畀狗吃忒哉

即"良心给狗吃掉了"（常熟话"给"说成"畀"，"吃掉"说成"吃忒"）。此为骂人之语，表达了对那些忘恩负义、丧尽天良、老干缺德事之辈的无比愤恨。"人之初，性本善。"良心本指天生的善良之心。失去了善良的心，就失去了做人办事的起码道德底线，什么不要脸的坏事都干得出来。说某人没良心，"良心畀狗吃忒哉"，其实就是在谴责此人非但不知知恩图报，反而恩将仇报，是个不受欢迎、不可结交、理应受到千夫所指的反面人物。

中国古代医学认为“心主血脉”与“藏神”，即心除了与血脉流通、血液循环密切相关，还与人的精神、意识和思维活动相互联系，具有大脑的功能。所谓“宇宙便是吾心，吾心便是宇宙”“宇宙万物皆吾心中之物”的主观唯心主义哲学即源于此说。所以长期以来，国人习惯于将人的行为归之于受心的指挥，即使是现代人也仍会潜意识地认为是心在主宰着人的自身行为。心好，行为就有序，合乎情理；心不好或有缺陷，产生的行为就混乱，有失体统。“良心畀狗吃忒哉”的没良心，自然就会干出不近人情、伤天害理、违法乱纪的坏事。古往今来，男女老少，人人都希望拥有一颗健康友善的心，于是用优良、善良的“良”字修饰“心”字，将五脏之一的“心”顺理成章地说成“良心”。这其中深深地蕴含着人们对“良心”的美好祈愿。

将心说成“良心”，在民间还有一则颇有意思的传说，可作为“良心畀狗吃忒哉”这句常熟老闲话的旁注。古时有个心灵手巧的王木匠，能做出很多别的木匠做不出的物件，技艺高明，远近闻名。有个叫张金的年轻人，前去拜师学艺。王木匠说：“学我的手艺可以，但我膝下无儿无女，岁数也大了，将来干不了活时，你得为我养老。”张金满口答应，当场磕头拜了师。拜师后张金便住在王木匠家，张金干活很勤快，对师父也很尊敬。王木匠将他视为自己的儿子，耐心教他许多手艺。经过半年多精心调教，张金就能外出独自干活了。张金觉得自己能挣钱了，便以为已学到全部手艺，就变了卦。一天张金借口要回家探亲，就离开王木匠家一去不复返了。王木匠等不到张金回来，又听说徒弟在外独自干活挣了不少钱，心里凉了半截，心想：幸亏我还没有把自己的绝技传给他。不久，王木匠生病，独自生活不方便，便动手做了个木头人，来帮自己干活。这个木头人拉锯刨木、烧火做饭，好多家务事都能干。人们看到后都觉得神奇，一传十、十传百，很快也传到了张金的耳朵里。

张金听后十分动心，心想要是我把这门绝技学会了，那后半辈子就什么都不愁了。于是张金买了好多礼品，赶到王木匠家，进门就磕头认错，保证今后一定好好赡养老人，并央求师父将做木头人的绝技传给他。王木匠听后不冷不热地说："行啊，你先量量木头人的尺寸，照样做一个。"张金就照木头人各个部件的尺寸做成后组装起来，可是不管怎么拨弄，木头人始终一动不动地呆在原地，张金只得再去请教师父。王木匠问："你是按我说的量了吗？"张金说："是啊，我上下左右、前后里外，边边角角都量过了。"说完，张金还在师父面前重演了一次丈量的过程。王木匠看他百思不得其解的样子，这才慢条斯理地说："你什么都量了，就是没量心！"张金听后，顿有所悟，不禁面红耳赤。"量""良"同音，后来人们流传时便将"没量心"说成了"没良心"。"没良心"，正是"良心畀狗吃忒哉"的结果。这个传说似乎还告诉人们，只要"良心"没"畀狗吃忒"，那么即使一时忘乎所以犯错干了缺德事，也尚有回心转意、改过自新的可能。愿天下人都拥有一颗好良心，也愿"良心畀狗吃忒哉"这句老闲话早些过时，淘汰出局。

宰相肚里能撑船

常熟历史上前后出过九位宰相，故此语在常熟流行颇有社会基础。民众对凡办事大度、宽容，乃至肯适当做出让步的人，皆以"宰相肚里能撑船"称颂其为人的豁达。意谓此人气量大似五湖四海，肚里尽可撑篙行舟。宰相是中国古代最高行政长官的通称。宰是主宰的意思，相是辅助的意思。宰相的主要职责是辅佐皇帝，总揽政务。宰相的官名随着朝代的更迭而不断变化，先后出现过丞相、相国、大司徒、中书令、尚书令、参知政事、内阁大学士、军机大臣等。春秋时期的秦国最早设置丞相之职，于秦武王二年（公元前309）任命了左、右丞相。秦统一全国后，宰相被作为官制确定下来。宋、元、明、清时期，宰相的名称变化不一，但宰相的职责始终未有变化。明太祖朱元璋虽然宣布废除宰相，但其时的内阁大学士实际上就是明朝的宰相。清代，权利集中于军机处，军机大臣实际上也就是宰相。常熟状元翁同龢就因两入军机处，而成为常熟历史上最后一位宰相。

老闲话的流传，除了其中蕴含的丰富人生哲理打动人心，能让人从不断的咀嚼中受到教诲，终生享用外，往往还因坊间有通俗易懂的民间传说，为其传播营造着舆论。关于“宰相肚里能撑船”，民间就有一则很耐人寻味的传说。相传宋朝宰相王安石中年丧妻，后续一妾名姣娘。姣娘出身名门，琴棋书画皆能，吟诗作对也很精通，堪称才女。婚后，王安石因身为宰相，整日忙于国事，常在外不回家。这姣娘正当妙龄，空对日月，难守春愁，渐与家中一同年仆人结下私情。此事不久传到王安石耳里，他有心训斥姣娘，却无真凭实据，于是有一天谎称外出督查，悄悄藏在家中，让轿夫抬着空轿子出去。深夜他溜到卧室窗前偷听，果然听见室内姣娘与仆人调情。王安石气得举拳就要砸门，但转念一想：自己是堂堂一国宰相，这一砸门岂不是家丑外扬，让反对变法之人耻笑吗？如此一想，他长叹一口气，转身就走。不料暗中走得慌忙，一头撞在院中的一棵大树上。王安石借着月光抬头一看，见树上有一乌鸦窝，就灵机一动，取了一根竹竿，捅了几下乌鸦窝，直惊得一众乌鸦叫着飞走了。室内的仆人闻声也急忙从后窗逃走了。此后多日，王安石见着姣娘什么都没说，装着不知道。直到中秋节，王安石想借着夫妻赏月、饮酒之机劝姣娘回心转意。酒过三巡，王安石说道：“今逢佳节，饮空酒无趣，我吟一首诗，你来答对，以助酒兴，如何？”

姣娘欣然答应。王安石立即出口成诗："日出东来还转来，乌鸦不叫竹竿捅。鲜花搂着棉蚕睡，撇下干姜门外听。"姣娘是个聪明的女人，不用细辨已品出诗中之意，心想："这诗中的献花是在暗喻我，棉蚕是指我相好的仆人，干姜是指宰相老爷，看来我与仆人偷情的私房话被他听见了……"想到此不觉脸也一下子羞红了。怎么办呢？亏她是个才女，应变能力极强。姣娘知自己的私情隐瞒不下去了，就"扑通"一声跪倒在丈夫面前，以诗答道："日出东来转正南，你说这话够一年。大人莫见小人怪，宰相肚里能撑船。"王安石本想以吟诗为名，逼妾说出实情，狠狠训斥她一顿，哪知姣娘能巧言相对让他气消了大半。他再一深思，自己年已花甲，姣娘正值青春年华，也不能全怪她。姣娘既已承认，自己不如乘势落蓬来个两全其美。于是节后，王安石赠妾白银千两，让其与仆人一起远走高飞。此事传开后，朝廷中赞成变法和反对变法的人都对王安石这种宽宏大量的做法很是敬佩。从此，"宰相肚里能撑船"成了坊间的美谈和民间的老闲话，一直流传至今。

三句话勿离本行

有此表现的往往是十分热爱自身本职工作，并将本职工作铭刻在心坎上、融化在血液中的爱岗敬业者。因为无比热爱，所以习惯成自然，即使休息时与人闲谈，也会随口而出，"三句话勿离本行"，流露出浓重的职业色彩。关于此语的出典，说来颇为有趣，源自一则民间笑话。旧时，有一个郎中，深夜出诊，路遇新上任坐轿巡街的县官，忙闪入小巷回避，却被差役发现，被带到县老爷轿前接受询问，心中害怕，忐忑不安。

县官见郎中面有惧色，心生怀疑，便问："你是什么人？"郎中怕被盘问耽搁时间，只想尽快去给人治病，于是冒充读书人答道："草民是去赶考的考生。"他本以为县官也是通过考试才进入仕途的，会对读书人心生同情不多盘问，可是县官听了却喝道："胡说！哪有深更半夜去赶考的？况且你去赶考，怎么不带考篮呢？"郎中顿时被问得理屈词穷，一时答不出话来。县官见郎中无言以对，更加怀疑，便又问："也罢，你既是考生，当会吟诗作对，现本县出一上联，你来对下联。"郎中说："请老爷出题。"县官手指轿前伞盖说："黑柄四翎伞。"郎中当即对答："红丸八宝丹。"县官又指指临街一家绸缎铺的招牌出上联："三尺天青缎。"郎中不假思索地答出下联："六味地黄丸。"县官听郎中出口成章对就两联，对他的读书人身份倒有些相信了。但又想："此人才学确实不错，奇怪的是他为何总是用药名来对呢？"让我再来出句上联，看他是否还用药名来对。县官想罢抬头眺望，见远处一家高楼灯火通明，透过楼窗隐约可见一年轻女子正在灯下飞针走线，就说道："小女子头发光灿，必有三从四德。"不料县官话音刚落，郎中马上答道："大老爷面肤黄瘦，定是五痨七伤。"县官听郎中用下联咒他，大怒，喝道："胡说！"郎中说："胡说是热重，宜服清凉降火剂。"这下旁边的差役也听不下去了，一个差役骂道："放屁。"郎中回话："放屁是下虚，要吃十全大补汤。"另一个差役骂郎中："要死快哉。"郎中一听连连摇手，转身就走，边走边说："老爷要死，我没法医治，快另请高明吧。"说完一溜烟跑了。过了好长一段时间，一时气糊涂的县官才醒悟过来说道："原来是个郎中，真是三句话不离本行呀。"

笑话，自然是民间口头创作杜撰的，但郎中与县官的问答倒也合乎情理。笑话中"三句话不离本行"的郎中，不但深夜出诊以治病救人为己任，很有敬业精神。而且与县官的对答如流，也足见其对医术颇有研究，至少是个称职的好郎中。

这样的郎中应该得到肯定和点赞。其实无论哪个时代，无论三百六十行的哪一行，社会都需要有大批立足本职，勤奋工作，潜心钻研，乐于献身事业的“三句话不离本行”者。“三句话不离本行”者的身上，体现出的也正是难能可贵的“工匠”精神。匠人者，必先具匠心。而匠心巧妙的构思和娴熟的技艺，正是来自于对本职工作的热爱，对本职工作无比热爱，难免就会“三句话不离本行”了。

树倒猢狲散

此语与《沙家浜》中阿庆嫂的一句唱词“我有心背靠大树好乘凉”相互映衬，形成截然相反的两个画面。语中之“树”，实是社会人际关系中之靠山、后台、背景之喻。此语的意思是说：大树倒下了，寄居在树上的猴子也就作鸟兽散，各自离去了。比喻靠山一垮台，依附他的人们也就一哄而散，各奔东西了。以“大树”喻靠山，以“猢狲”喻势利之辈，形象生动，惟妙惟肖。其实“背靠大树好乘凉”和“树倒猢狲散”皆出自明代陶宗仪所撰的《说郛》中的故事。重温这个故事不但可以理清这两句老闲话的出典，而且故事中蕴含的道理，即使在今天仍有一定的现实意义。

秦桧在历史上是个人人唾骂的奸相，他早年是个私塾老师，教着一群不懂事的孩童，生活过得很凄苦。因此，他日夜盼望着有朝一日能飞黄腾达，不再当孩子王。他曾写诗自嘲道：“若得水田三百亩，者（这）番不作猢狲王。”其实，秦桧的愿望并不大，只要“水田三百亩”就满足了。后来，他被金兵俘虏，从此和金人搭上了关系，在金朝的帮助下，他回到南宋做了官，而且越做越大，从一个“猢狲王”爬到了丞相的高位。

这时有不少人见他当了大官，便巴结他、奉承他。秦桧也想拉拢一批人作心腹和帮凶，于是给这些人都封了官，这些人也就成了秦桧的羽翼。其中有个叫曹咏的势利小人，借着和秦桧有一点远房亲戚的关系，百般讨好，竟也做了个不小的官。可是曹咏的大舅子厉新德为人耿直，不但不同流合污，而且对曹咏之流的所作所为嗤之以鼻，常用犀利的言辞讽刺、挖苦。曹咏等人因此对厉新德怀恨在心，暗地里利用权势，指使地方官刁难、威胁他，欲逼其就范。无奈厉新德是个刚正不阿的硬骨头，横竖不肯屈服，依然对曹咏之流冷嘲热讽。后来秦桧死了，依附秦桧得势的人也纷纷垮台。曹咏被贬到岭南，厉新德托人给曹咏捎去一封信，信中附有一篇名叫《树倒猢狲散》的赋。赋中把秦桧比作一棵大树（秦桧的“桧”确是一种树），把趋炎附势如曹咏之流的势利小人比作一群猴子，猴子依靠着大树作威作福，一旦大树倒了，猴子自然东奔西散了。赋中有句“只知背靠大树好乘凉，不知树倒猢狲散”，尤为脍炙人口，很快广泛流传于民间。“树倒猢狲散”和“背靠大树好乘凉”，也因此成了至今仍挂在市井百姓口头的老闲话。

在自然界，大树底下确实好乘凉，背靠大树休息、乘凉，也长久地是山野平民的一种原生态生活写照，所以植树造林历来为人们所倡导。但若将现实中的权贵比作大树，并看成是可以攀爬升官的靠山或可以狐假虎威的后台、可以威名显赫的背景，那就大错特错了。一旦“树”倒，难免会落得个众叛亲离“猢狲”散的可悲下场。如此说来，老闲话“树倒猢狲散”，对于那些为营私舞弊而拉帮结派，乃至订立攻守同盟的团伙来说，无疑还具有现实的警告意义呢。

死要面子活受罪

面子即外观仪表形象，是给人的第一印象，也是个人内在修养的一种反映。体面地出席公众场合集会，或参加社会交际活动，既是对他人的尊重，也是自身自重的表现，体现了一种文明。国人向来爱面子。《简易经》载，在三皇伏羲时期，人们就知晓“美其表、愚蠢目、健其本、乐而可为也”的道理，即美化外表后，可以愚弄蠢笨的眼睛，使对方心中提高对本人（物）的价值认同。爱面子没有错，但要实事求是、反映本色，切不可“金玉其外，败絮其中”地造假，或打肿脸充胖子伪装。否则适得其反，一旦穿帮，当众出丑，就会要面子反而没面子，岂不是活受罪。

关于此语的出典，源自于民间的一则传说。德高望重的老先生有位穷学生写得一手好字。一年冬天，大雪纷飞，气温极低，老先生接到一家财主的请柬，财主请其赴宴吃酒，并要求其墨宝。老先生想，不如带个学生去，让学生写字，不是更显得自己身份的了不起吗？于是他通知学生同去。这可难为了穷学生，去吧，身上衣服太薄，冻得受不了；不去吧，先生的话不敢不听。他妻子就想了个办法，要他在里面穿上自己陪嫁来的红棉袄、红裤子，外面罩上他作为读书人的唯一一件蓝布衫。是日，学生就穿着妻子的红袄、红裤和先生同去赴宴了。财主家非常富有，邀请了好多地方名流，办了十多桌酒。不但佳肴美酒，而且酒杯都是金子做的。可是离席时，老先生和学生的这一桌上少了一只金杯。同桌的几个人为了表白自己，都捋起衣裳让主人查看。穷学生见状感到十分尴尬，就暗暗踢了老先生一脚。老先生自觉是个聪明人，误以为是学生偷了金杯，怕查出来大失面子，就轻描淡写地说道：“算了，算了，何必为了一只金杯弄得大家不高兴呢。就算这只杯子是我拿了作纪念了。”说着，摸出十两银子作为杯子钱赔给主人。回来的路上，老先生责备学生，学生再三表明自己没有拿金杯。老先生感到奇怪，就问，那你刚才为何踢我一脚？学生这才撩起衣衫说穿了自己里面穿着妻子衣裤的隐情：“学生是怕别人看见，丢了先生的脸呀！”老先生听了连连顿脚：“罢，罢，我十两银子算是白给那个窃贼了。”不料几天后，那财主派人送来一封信和十两银子，信中说金杯没有丢，是仆人收拾时不小心掉在了雪里，天晴雪化，金杯露出来了，故归还十两银子，还称赞老先生气量大，办事体面。老先生读罢信叹气自语道：“唉，真是死要面子活受罪，为了自己的面子，叫学生去写字，还差点让学生戴了小偷的帽子。”

按理旧时读书人少，发生在老先生和穷学生身上的事，至多只会成为文化圈内人士茶余饭后的谈资，不可能传得这么广泛，以至于成了挂在坊间市井各色人等口头的老闲话。其实这是事出有因的，因为这位老先生名声实在太大了——据说这位老先生就是圣人孔夫子。由此可见，连圣人也会因为爱面子而犯错误。而且作为公众人物的圣人犯面子错误，更具轰动效应，更让天下人贻笑大方。因此，越是大人物要面子爱面子，越要实事求是展示本色，千万不可重蹈圣人“死要面子活受罪”的覆辙啊！

远来和尚会念经

此语源自民间传说：某地有座小寺院，好长一段时间香火不旺。后来来了位峨眉山的云游僧净空当住持，在他的带领和管理下，全寺院的十多个和尚“内练苦功，外树形象”，很快扩大了寺院的影响，前来进香的信徒日趋增多。说来也奇怪，善男信女参拜后，菩萨也显得特别灵验。于是来寺院祈福、消灾、许愿的人越来越多，寺院的香火越来越旺。一次，当地一位大财主因其妻久病不愈，前来求菩萨消灾保佑。不久，其妻果然病除恢复了健康。为了报答寺院，财主捐银万两，黄金千两，扩建寺院，重塑菩萨金身。经过一年施工，新寺落成，僧人和信徒一片欢腾。和尚忙着诵经，准备开光典礼。可是住持净空认为寺内原有和尚智慧低、造诣浅，不够资格在开光典礼上念经，只让他们做些扫地、倒茶之类的杂差。而念经的和尚都是他从千里之外的峨眉山请来的。这次开光典礼虽然搞得很隆重，但这么做大大地损伤了本寺和尚的自尊，他们在开光仪式后，集体向净空表达了不满与抗议："作为住持，你对我们念了几十年经的本寺和尚不相信、不认可，只认为只有这远来的和尚会念经，实在是太不公平了。"后来这些和尚陆续离开新扩建好的寺院去当云游僧了。每到一地就诉说净空只相信"远来和尚会念经"，对本寺和尚不公平。因此，"远来和尚会念经"之说，也就越传越远，广泛传开了。

此语常被用来比喻瞧不起当地人才，固执地认为只有外地人才才有本事，才肯重用。这种用人理念的升级版就是当今某些人的崇洋（"洋"是本国之外的外地）媚外思想。曾记得改革开放初期，不少地方为发展经济，大力招聘外地人才，而对本地人才视而不见，弃之不用，致使好多本地人才外流，在外地反倒成了"会念经"的"远来和尚"。虽说人才交流本属正常，但就地取材，尤为可取，当属首选。与此语相匹配的老闲话，还有"本地胡椒不辣"，其意是不看好本地食材，而一味相信外地货源。从理论上讲，食材总是原产地的质量较好。但如今科学种田水平提高后，连气候、土壤等环境都可以模拟，加上栽培技术的先进，本地胡椒也可以辣，甚至更辣的可能性也有。因此，"远来和尚会念经"的用人理念，正在被越来越多的实践证明是片面的、盲目的，甚至是带有一定迷信成分的。

不过，一种理念的形成和消失或修正，都需要较长时间。况且现实中能够自由流动到外地的“和尚”，大多是真的“会念经”，而且是颇有心得的“高僧”，否则怎么可能会被选中引进呢？所以，从某种意义上讲，“远来和尚会念经”也并非全无道理，很难全盘否定。其实，无论是本地的还是外地的，哪个和尚会念经，通过公平竞争就能立见分晓。菩萨的眼睛是雪亮的嘛！

六十年风水轮流转

此语意在告诫人们，世间事物是随着时间发生变化的，不可能永远保持原来的状况，这种变化也不是人力所能抗拒的：遇到顺境或飞黄腾达时，应警惕可能会到来的逆境或破败衰落；身处贫穷地，只要努力，相信也会迎来富贵；身处安乐窝，若穷奢极欲，也会坐吃山空，富不过三代，沦落入乞丐帮。此语既有劝人努力进取的积极意义，也带有一定宿命轮回的消极意义。因为此语中的“风水”是玄之又玄、虚之又虚，让人无法把握的。若是一味信奉“风水”，随波逐流，那么发生“轮流转”的可能也是几乎不存在的。只有通过个人主观的努力作为，“轮流转”的“风水”才会发生效应。此语以“六十年”设限，是因为我国古代历法的纪年是以天干、地支的组合形成的，正好六十年一个轮回，称为一个“甲子”。此语中的“六十年”并非定数，只是个约数。“六十年风水轮流转”，即是说世间人事的变化最迟也不过六十年。

“六十年风水轮流转”，在江南地区流传较广，这是因为江南地区历来相对富裕，信奉风水的民众较多，故以“风水”说事容易得到人们认可。其实此语实为北方俗语“三十年河东，三十年河西”的翻版。“河东三十年”加上“河西三十年”，不也是六十年吗？不过，如果说老闲话中的“六十年风水”是看不见、摸不着的，那么北方俗语中的“三十年河东，三十年河西”却是真真实实发生过的。这条河就是被中华民族称为“母亲河”的黄河。黄河发源于青藏高原，蜿蜒东流，穿越黄土高原入海。早在四千多年前，黄河流域就形成了一些血缘氏族部落，其中以炎、黄两帝的部族最为强大。后来，黄帝取得盟主地位，并融合其他部族形成了“华夏族”，即汉族的前身。故黄河是我国古代文明的发源地。但黄河沿途地理环境复杂，河水从上游挟带大量泥沙进入平原地区后，泥沙沉淀，河床不断增高，形成了险情迭出的“地上河”，致使黄河经常改道，常给沿河民众带来“灭顶”之灾。历史上，黄河曾多次改道。有记载的最早一次黄河大改道是“周谱云，定王五年河徙”（《汉书·钩洫志》）。后历经新莽魏郡改道、北宋澶州横陇改道、明洪武至嘉靖间的几经变迁、清咸丰铜瓦厢改道等大范围改道，至于小范围的改道则更多。因此，每次改道就会出现有的村庄原在黄河东面，若干年后，却因改道变为了在黄河西面的情况。时间久了，次数多了，当地百姓就用“三十年河东，三十年河西”来比喻人事的盛衰兴替、变化无常、难以预料了。

关于此俗语的来历，还有个民间传说，说的是郭子仪因平定“安史之乱”有功，唐皇将公主许配其子为媳，并赏赐金碧辉煌的河东王府供郭家享用。可是郭子仪死后三十多年，郭家孙子从小娇生惯养，长大挥霍无度，很快家产耗尽、门庭衰败，沦落成了乞丐。一日他来到河西一家院内有粮囤数座、牛羊成群的殷实农户家中求乞。经交谈，方知这家已逝的女主人，正是当年自己在河东王府时的奶妈兼佣人。于是不解地问刚从田头收工归来的奶妈儿子：“你家吃穿不愁，还有积余，何苦还一天到晚劳作呢？”奶妈儿子回答道：“家产再大，坐吃山空；勤俭持家，其乐无穷。”听得郭孙脸红耳赤、羞愧满面。后来郭孙被留在农家当管账，怎奈其对管账一窍不通，经常出错，惹人讥笑。天长日久，郭孙不由得感叹道：“真是三十年河东享尽荣华富贵，三十年河西无奈寄人篱下。”这个传说正好为老闲话“六十年风水轮流转”做了生动的诠释。

你走你的阳关道，我走我的独木桥

此语意为各走各的路，互相不干扰。也有分道扬镳之意，但明显带有赌气的味道：你的前途再宽广，我也不羡慕；我的前途再艰难也不懊悔，反正不管未来如何，我都认了。此语以西部荒漠上的“关”与东部水乡的“桥”为参照物来比喻前方之路的吉凶顺逆，足见其流传地域广大。独木桥在旧时的江南水乡并不鲜见，记得二十世纪五十年代末“大跃进”时代，笔者参加下乡扫盲运动，就曾有过摸爬过独木桥的惊险经历。那时农村小河之上常架有简易独木桥，以方便两岸人员往来。所谓独木桥，其实只是一块厚木板或几根树棍扎在一起的小木排架在两河之上。那桥面不宽，且走到中间会发生弹跳晃动，让城里人初上此桥心惊肉跳不止。若是再低头下望足下流动的河水则更会举步乱阵，一不小心便失足落水，常令好多望而却步者宁可抄“荡网兜”走远路或采用别法（渡船）抵达彼岸，故以“走独木桥”喻前途之艰险，实在是再贴切形象不过的了。那么比喻前途的光明为何会选择“阳关道”呢？“阳关道”又在何处呢？阳关道原指古代经过阳关通向西域的大道。它位于今河西走廊的敦煌西南七十公里的“古董滩”，此处是汉代陆路对外交通的咽喉之地，是丝绸南路必经的关隘。因坐落在玉门关之南故名。出玉门关者为北道，出阳关者为南道。汉唐时期由于商业繁荣，往来商贾如云，所以逐渐形成大路。历经千余年今日尚存宽约三十六丈的阳关大道，可知此地当年车水马龙的繁华景象。“阳关道”地处西部内陆，风沙弥漫，河流经常干涸无水，自然无须架桥开路。而“独木桥”不适用于大江大河，只有东部江南水乡才见使用。一个在西，一个在东。“阳关道”与“独木桥”自然没有关系，故以此比喻两者毫不相干，无甚联系。有时也暗喻彼此脱离关系，不再往来。恰如另一句直白的老闲话“桥归桥，路归路”说的那样：各奔前程，互不相干。

老闲话中的“阳关道”与“独木桥”只是比喻的参照物，何况所说的“阳关道”与“独木桥”也只是眼前的路况，过了“阳关道”与“独木桥”以后的路况如何，尚还具很大的不确定性。走“阳关道”未必一直能在平坦、宽广的康庄大道上走到底；走“独木桥”未必就会钻进死胡同，也可能是独辟蹊径，“山重水复疑无路，柳暗花明又一村”进入美好前程。其实，地上本没有路，河上也没有桥，都是人走出来、架起来的。因为心中有目标、有梦想、有追求，所以在勇往直前者的眼中没有走不了的路，也没有过不了的河。路在足下，再难过的独木桥也不在话下，再坎坷的路也能踏出通衢的“阳关道”。古谚云：条条大路通罗马。“阳关道”与“独木桥”也都通往美好的前方。愿人生旅途上的每个践行者，认准目标，不忘初心，奋勇前进，去迎接光明的前途吧！

师傅领进门，修行靠自身

“修行”之说原为佛教用语，宗教信徒出家时要诵经礼佛，参禅悟道，并由师傅帮其完成剃度，才算是把徒弟领进门了。至于后来的修行主要看其个人的悟性，若能大彻大悟，必能修成正果，这全靠个人的努力。老闲话的“师傅领进门，修行靠自身”将佛教用语引申到更广泛的领域，意为要在品行、学识、技艺等方面取得成就，除了师傅传、帮、带的指导外，更重要的是靠自身的“修行”。师傅的作用是引导入门，成就的高低全赖个人自身的努力。

师傅收取徒弟，是旧时各行各业技艺传承的主要方式，保护和传承非物质文化遗产提上议事日程和提倡工匠精神后，这一传统的传授技艺方式，正在不少领域逐步恢复。徒弟拜师后即执“弟子规”，视“一日为师”者为“终身之父”，师傅则尽师之职，将自己掌握的知识或技术悉心传授给徒弟，期望名师出高徒，乃至青出于蓝而胜于蓝。然而即使有再好的名师，徒弟自己不用心，不用功，也是难于学到真本领的。现实中出于同一师门，此后的成就却不能相提并论的，并不鲜见。究其原因，除个人的素质、智力和悟性等客观因素外，关键还在于自身的决心与毅力。俗语说一分耕耘一分收获，十分耕耘十分收获。耕耘与收获永远是成正比的。

关于此语的出典还有个民间传说可作参考解读。被后世土木工匠奉为祖师的鲁班，因其身怀鬼斧神工绝技，拜其为师者甚多。其中有个徒弟叫张通，虽是其姐姐的儿子，但鲁班却一视同仁，不开小灶特别辅导。不过，张通倒也心灵手巧，各种活一看就会，一点就通。一日鲁班教徒弟们做木狗，不一会儿，师徒们的木狗都做成了。初看上去，外形基本一样，是一个师傅教出来的，可是一操纵，差距就大了。鲁班做的木狗能跑能跳还能叫，大多数徒弟做的木狗不能动、不能叫，张通做的木狗倒是能够跑，却不会叫。张通就向舅舅求救，鲁班笑而不答。张通又向舅母求助，舅母答应待鲁班晚上回来后帮他问清其中奥妙，第二天告诉他。次日一早，张通就去问舅母，舅母说：“别提了，我刚开口，你舅舅就嫌我女人是嘴大舌头长，不许我打听。”张通听罢，顿有所悟，立即拆下昨日做的木狗的头，几经修理、摆弄，很快那木狗也能叫了。鲁班见张通做的木狗也能跑、能跳了，又是吃惊又是高兴，心想，这外甥已把我的手艺基本都学会了，现在是我把剩下的最后一手教他的时候了。于是鲁班就动手做了一个木人和一匹木马，把张通叫到面前说："你的手艺已学成了，应该出去闯天下，为天下人做事了，就让这木人、木马伴你走天下吧。"张通知道鲁班的脾气，知道他不会再留自己了，就跪下向舅舅、舅母磕头致谢后流泪骑上木马准备离开。可木马像钉上了四脚，任凭怎么摆弄就是不走。一旁的鲁班见状，就说："你别着急，稳住心，往前看。"说着拿起木楔，找准马尾巴的一个部位轻轻敲了两斧子。那木马立即四蹄腾空，健步如飞地向前跑去了。看着外甥渐渐远去，鲁班又朝木头人头上某个部位敲了一下，那木头人就挑起工具担，飞快地追赶张通去了。张通离开鲁班后，很快也做出了木人、木马，并刻苦钻研，反复琢磨，制作出了一种比师傅更高明的运输工具——木牛。这木牛，不光会走山路，还能驮二三百斤重物。据说后来诸葛亮六出祁山用来运输物资的木牛和木马，都是张通这位得到鲁班嫡传的高徒传下来的。原来，那天在鲁班做木人、木马时，张通已暗暗把图样和操作工艺记在心头。他骑上木马后，木马不动，鲁班叫他朝前看，他却留心注意后头，听出了鲁班斧头敲的部位，偷偷地学会了舅舅的全部手艺。由此可见，"师傅领进门"，只是开始，"修行靠自身"，才是结果。有如此师傅，如此徒弟，如此修行，才能有如此成就。

好肉上生疮

疮生在好肉上是不幸，却无奈。其实，疮一开始都是生在好肉上的。正因为生在好肉上，所以才被称为"疮"。若是生在腐肉上，那就是脓包或溃疡了。说"好肉上生疮"，明显带有担忧与惋惜的意思，但那语气声调，又分明有几分警觉与告诫的成分。人人都不希望“好肉上生疮”，但人人又很难避免好肉上不生疮。从中西医学理论求解，好肉上生疮有两种诱因。一是外因，好肉受到外力的伤害，伤口受到细菌感染发炎成疮。二是体内有毒，需要排出，于是在好肉上寻找突破口，成疽生疮。无论外因内因，生疮皆属非正常现象。但一般而言，疮非大疾，并不可怕，有些疮经过自身机能一些时日的调整，可以自行痊愈。但有些疮的康复则需借助药物的干预或手术治疗。若不及时医治，疮很有可能转化为疔、痈，甚至肿瘤。因此，好肉上生疮，绝不可等闲视之，有所忽视。

作为老闲话，说“好肉上生疮”，当然不仅仅是指肌体上生的疮，更多时候寓意着诸多社会现象，如果把社会运行机制拟人化为肌体，那么现实中“好肉上生疮”的非正常现象，就值得引起人们的警觉了。如近年来在“又打老虎又拍苍蝇”的反腐败斗争中，有些过去被认为是清水衙门的机构，竟一下子揪出了多个巨贪，让不少长期工作在这些机构中自命清高的人大惑不解，又深感“好肉上生疮”的难受：这不但损害了所在机构的公信度，又连累了机构人员的声誉，于是众口一词，必须除疮护肉，重树信誉。“好肉上生疮”固然让人精神不爽，不过，生就生了，也无须过分害怕。因为疮可预防也可治疗。预防的关键是要注重平时修养，讲究卫生，洁身自好，随时补充营养，增强抗体，提高免疫力，做到拒腐蚀、永不沾。治疗的关键是要及时发现并对症下药，或外涂、内服药品，或开刀乃至刮骨疗疮，决不手软。有此两手，不但“好肉上生疮”的概率可大大地减少乃至杜绝，即使“好肉上生疮”留下的疤也能让旁人、后人从中汲取到深刻的教训。说到疮疤，有些疮疤还有益于人体健康呢。记得吾辈小时候还专门撸起衣袖，露出好端端的手臂，忍痛请人割破皮肉，种上菌苗，让其红肿、生疮、化脓、留疤。这种人为的疮疤，有个受人欢迎的雅号叫“牛痘”。孩童接种了牛痘，可以预防天花麻疹。这种疮，散发着正能量，其时有人还求之不得呢。不过，随着医学的发展，从二十世纪五十年代开始，这种在“好肉上生疮”的牛痘接种法已改为无疮无疤的打针了。如今，人为的“好肉上生疮”已不再发生，吾辈手臂上“生疮”留下的疤痕，恐怕将是几代人“好肉上生疮”的最后留念了。

看枪毙带豁耳朵

此语所述情景为旧时处决死刑犯时的意外插曲，意为本无直接关系，却因意外受到连累。如乙、丙、丁三人应甲邀约聚餐比拼喝酒。喝着喝着，甲突发脑溢血送医院抢救无效死亡。结果乙、丙、丁不但被甲家属埋怨，还被告上了法庭，还要承担连带责任赔钱。“原来蛮开心的约会，哪晓得看枪毙带豁耳朵，晦气倒霉，惹出麻烦来了。”类似的事件在现实中不时发生，让人哭笑不得。有人挤进人堆里看猢狲赤膊戏，散场回家后却发现裤袋里的皮夹子（钱包）不翼而飞了；夫妻吵架吵得不可开交，有人前去相劝，结果架未劝成，却被男的失手打了记耳光，又被女的歪吐正着，中了一脸唾沫……无辜失窃、挨打、吐唾，虽比不上“带豁耳朵”的情节，但高兴而往、败兴而归的懊恼心态大致相似，大有敲脱牙齿往肚里咽、有苦说不出的滋味。

“看枪毙带豁耳朵”，虽是句老闲话，但此语所述现象的背景，出现时间不久，而且存在时间也不长，即由清末民初处决死刑犯用刀砍改为枪毙开始至二十世纪末在我国逐渐绝迹。而且从二十一世纪始，我国已基本上不再用枪毙处决死刑犯，而改用较为人道主义的药物注射致死。即使偶有枪毙，也只在封闭的特定刑场执行，不再让人围观看热闹。而在二十世纪四五十年代，处决死刑犯往往先要开大会公审，再游街示众，然后押赴刑场枪决（常熟的刑场六十年代前在北门报慈桥附近，七十年代后在西门牛角湾），早期没有刑车，行刑人员与五花大绑插斩旗的死刑犯一路上亦步亦趋，常引来成群看客。至刑场执行时，四周更是挤满了围观人群。如此场景，偶尔出现误伤或带豁看客耳朵的事件不是没有可能。鲁迅先生在小说《药》中有过血腥的描绘：看客中还有人迷信用馒头蘸热血吃可治痨病，于是见死刑犯中枪冒血，便争相上前抢血……对人权如此麻木不仁，无怪乎鲁迅要大声发出“呐喊”了。如今“看枪毙带豁耳朵”的实景场面已一去不复返。这是时代的进步，也是人类文明的进步。但现实中类似“带豁耳朵”无辜受连累的事却还时有发生。对此，作为一个有社会责任感的公民，面对不公不平之事，哪怕与本人无直接关系，哪怕遭到一时的伤害或误解，也应见义勇为，挺身而出，不惜“带豁耳朵”。而对于一些无聊的热闹，还是应退避三舍，不要去轧闹猛，免得身心受到污染，甚至“带豁”了耳朵或其他什么。

井水不犯河水

此语将“井水不犯河水”现象（注意：不能说成是“河水不犯井水”），比喻为现实生活中彼此各管各的，互不侵犯，源于古汉族生活方式的根深蒂固。远古时期，人们靠渔猎和采集为生，往往多住在江河边上。这是由于江河可以解决人们生存必须的饮水问题。同时，水中的鱼类还可以作为食物。故远祖先民逐水草而居，经常迁徙。后来，人们先是发现了山泉，后又通过挖地的方式找到了地下水，这便是“井水”。井水同样可以为人们提供生产和生活用水，同样可以保障提供食物资源的畜牧与农耕生产。因此人们对于江河的依赖降低了，逐水而居不再是唯一选择，开始有人向地下水丰富的一马平川或山高林密之处迁徙定居了。农耕社会由此逐渐形成，汉族人建立了政权。可是边境的少数民族仍然逐水草而居，成为游牧民族。游牧民族在频繁的迁徙过程中，经常发生争抢掠夺。而汉族因生产与生活的稳定性，很早就提倡并推行睦邻友好互不侵犯的文明外交，很少去干预少数民族，故有“井水不犯河水”之说。除此政治原因外，在古人的眼中，井水和河水是截然不同的。一个在地上，一个在地下，而且因有地块的隔开，两水不会相冲。但地上之水，小溪必然流入大河，河又汇聚成江，江再奔流入海。这些水都是彼此联系的。只有井水、河水互不干涉。

上述古人的认识貌似正确，其实是错误的。井水与河水，地上水与地下水，从地理水文学的角度看，其水系、水脉本是相通的，这是有现实案例可证明的。二十世纪七十年代一度因工业污水造成的严重环境污染，先是直接造成河水不能引用，慢慢地在井水中也检测出了河水中已含有的有毒成分，井水也变得不可饮用。这显然是因地上水与地下水相通，河水侵犯了井水——由此也可见，“井水不犯河水”的理论支撑是很单薄脆弱的，要完全实现很困难。它和另一句老闲话“各家自扫门前雪”虽有同样含义，但实际情况有区别。雪是固体，不会流动，各扫各的，确可互不相干。而井水与河水是液体，是随时在流动的，井水想明哲保身，以“不犯河水”来保持清白，是很难实现的。因为细密如毛细血管的水文系统，早就天生地将“井水”“河水”连接在一起了。井不犯河，河要犯井。一方有犯，双方同流。所以要保障井水的清白，必须纳入治理水环境的系统工程。也许是过去对此的认识不足，现在的城乡已很少见到曾长期服务民众生活的井了。如此说来，“井水不犯河水”其实只是表明了一种洁身自好的态度。但作为一种生活态度，“井水不犯河水”在很少有井的当今仍自有其积极意义。现实中的诸多现象都不是孤立的，但如果人人都能做到各自尽职，尽力地干自己的活，绝不去干扰、妨碍他人工作、生活，这对于社会安定，人际和谐倒不失为是种正能量。

说到曹操曹操就到

天下事无巧不成书。一滴水（刚巧）滴在（口小颈细）油瓶里，正议论到谁，谁就来到眼前了，如此凑巧及时，让人大有莫非天意之惑。此语明显带有巧合的成分，却并非戏说，而是有真实的历史事件为依据的。东汉末年，历经党宦之争，黄巾起义，汉王朝已摇摇欲坠，无法维持对国内的统治。其时，董卓带兵入洛阳，废少帝，立汉献帝。后董卓又被王允所杀，其部将李傕、郭汜率军入长安，杀王允及朝官多人并软禁献帝。未久，献帝在李傕与郭汜火拼时一度脱离险境。然李傕、郭汜再度合兵后，继续追拿献帝。正在献帝走投无路之际，有人向献帝推荐曹操，认为曹操剿平青州黄巾军有功，唯有他可以救驾。献帝接受建议后派出的信使尚未出发，李、郭的联军却已杀到。在此危急关头，曹操手下的大将夏侯惇奉命来到献帝的藏身之地“保驾”，并迅速击溃李、郭联军。曹操因此立功被加封官爵，迎汉献帝到许都，开始“挟天子以令诸侯”，并最终成就了一番霸业。后来，人们就用“说到曹操曹操就到”来形容曹操护驾的及时。《三国演义》第十四回“曹孟德移驾幸许都”，写的就是这段历史。

对曹操的评价，历来褒贬不一，但对其雄才大略的政治家风度，正方、反方却是一致点赞，即使称其为“奸”，也是不可多得的奸雄。“说到曹操曹操就到”的史实，看似偶然巧合，其实正是作为政治家、军事家的曹操长期观察时局、分析形势做出的正确判断与决策。历史的车轮有时就是在政治家一个与时代潮流巧合的决定中前进的。“说到曹操曹操就到”对于身陷困境的献帝来讲，无疑是捞到了救命稻草，有了死里逃生、卷土重来的希望，是件值得庆幸的大好事。但作为一句老闲话，此语并不仅仅属于出典中可供对号入座的当事者，它应该属于应用此语更广泛的三教九流各色人等。因此，人们在说“说到曹操曹操就到”时，除了有献帝那样有了救星可以摆脱困境的欣喜外，很多时候也会产生某种不愉快的尴尬。如几个人正在口没遮拦地议论某某的不是时，某某却“说到就到”地突然出现在现场，让人猝不及防，也难于说明解释。若某某还是议论者的主管领导，那么不管某某有没有听到议论内容，这些人从此也背上了可能会被穿小鞋的包袱，长久不得舒服。如此的“说到曹操”，真希望“曹操不到”。不过，在现代民主社会，出现上述“说到曹操曹操就到”的情况，尽可不必惊慌。说者只要实事求是、与人为善，被说者肯定比封建时代的“曹操”更开明，正好借此机会认真听取群众意见，融洽官民关系。如此说到就到的巧遇、巧合，实在是多多益善啊。欢迎“说到曹操曹操就到”，曹操一到，当面请教。

过河拆桥

桥给人们过河提供了方便，尤其是在江南水乡，往往行不多远，就有河流挡道，需要过桥到达彼岸。很难想象如果没有桥，人们要抵达一河之隔的彼岸是何等困难，不是要抄多大的“塘网兜”，就是要还多少“脚步债”。“力拔山兮气盖世”的勇士项羽兵败乌江之滨，却因无桥过江，无法联络江东弟兄卷土重来，而无奈自刎于垓下，留下了千古遗恨。就连已被神话的牛郎织女也唯有在七月初七喜鹊搭桥才能相会，其余三百六十四天也只能隔河相望、朝夕思念。由此可见，桥在人们生活中的重要地位。因为桥对于沟通的重要性，所以现实中有人在借助桥过河获得方便后就转身将桥拆掉了，目的是不想让后来者也过桥来分享河这边的独好风景。如此阴暗心理，如此卑劣行径，是可忍孰不可忍，理应遭到社会舆论的同声谴责。故“过河拆桥”一语常被用来比喻自己成事之后，就甩开曾帮助过自己的人，或只顾自己得益，不顾他人分享的极端自私自利者的丑恶嘴脸与行径。因为桥在日常生活中给人们带来了诸多方便与实惠，故以“过河拆桥”比喻上述行为，更让人深恶痛疾。不过，“过河拆桥”这句老闲话出典中的主人公却为此已身背恶名数百年，实在是桩天晓得的冤案。

元朝中书平章政事（相当于副宰相）彻里帖木耳，有一次在浙江主持科举考试时，因发现从官府到考生以钱财营私舞弊情况严重，便奏告元顺帝，请求废除自隋唐以来已实行了七百多年的科举考试，在朝中引起了巨大反响。地位略低于平章的参政许有壬持不同意见，坚决反对。许对丞相伯颜说：“如果废除科举考试，世上有才能的人都会抱怨朝廷的。”伯颜是力挺彻里帖木耳建议的，立即针锋相对地说：“如果继续开考，世上贪赃枉法的人还会更多。”许有壬反驳：“没有实行科举考试时，贪赃枉法的人不是也很多吗？”伯颜讽刺道：“我看中举人中有用之才很少，只有你参政一人可以任用。”许有壬不服气，双方争论十分激烈。但最终顺帝采纳了彻里帖木耳和伯颜的意见。次日满朝文武被召到崇天门听读皇帝下达废除科举考试的诏书。为了侮辱反对者许有壬，伯颜等特意安排他站在最前面的班首。许有壬心里虽不愿意，但又惧怕得罪皇帝遭到迫害，只好勉强跪在百官前列听读诏书。仪式毕，百官纷纷回府。御史普化悄悄走到许有壬身旁，冷嘲热讽地说："参政，你也是靠科举考试入仕当官的，今天皇上宣布废除科举考试，你却带头跪在最前面，真是好有一比，恰如自己过河后就把桥拆掉，不让人过了……"许有壬听了又羞又愧，又不便解释，之后就借故生病，不再上朝。但"过河拆桥"的恶名他却从此背上了。

在处世哲学中，采用"过河拆桥"手法，甚不光彩。但"过河拆桥"应用在战场上、战役中，倒不失为是种因地制宜的战略战术，充满着智慧。二次世界大战中，盟军和游击队曾多次利用熟悉河桥地理环境的优势，果断"过河拆桥"，阻断了敌军的进犯或对敌军形成合围之势。记得有部叫《桥》的南斯拉夫电影，演绎的就是游击队抢在敌军之前，先过河并在桥上装上炸药，做好拆桥准备，待赶到的敌军行到桥中时，及时地炸断了桥，让敌军葬身桥下大河中。我国有首《游击队歌》，其中也有"炸桥梁"的唱词，对"过河拆桥"的战术做了肯定。在中外历史上，甚至还有未过河也拆桥的战例。因为过河的桥先拆掉了，反而激发了将士们在前有追兵、后无退路的情况下，下定背水一战的决心，殊死拼搏，反败为胜——看来"过河拆桥"，只要拆对了时机，也有可能产生正能量。

新官上任三把火

此语泛指新上任官员初来乍到，立即办了几件轰轰烈烈颇有影响的事。但事有虚实之别，办事又有不同的目的与效果，故"新官上任三把火"有褒、贬两种含义。褒者谓此新官脚踏实地，敬业实干，说干就干，有热情，有干劲。良好的开端是成功的一半，有此等新官治理一方，面貌必有改观，故百姓对其寄予厚望，对其烧起的“三把火”自当点赞。贬者谓此新官爱装门面，虚张声势，真戏假唱，虚事大作，只求轰动效应，不问实际效果，目的是树立威信或取悦地方。一旦“火”熄，事过就风平浪静，恢复老样子，纯属“花架子”，恰似另一句老闲话说“新箍马桶三日香”。三日过后一天比一天臭，对此等表演，观者自然吐槽不断。

此语因所述的现象是泛指，故每有新官上任，常被挂上口头，说者甚多，但因流传时日久远，却已很少有人说得清楚谁是此语原创时的“新官”，该新官是否真的放了三把火、又是放的哪三把火？其实，老闲话虽是民间的口头创作，但并非都是戏说，往往是有真实的历史依据和人物原型的。“新官上任三把火”出自我国古典文学名著《三国演义》，其“新官”的原型便是大名鼎鼎的诸葛亮。隐居卧龙岗的诸葛亮应刘备“三顾茅庐”之请，出山担任刘备的军师，他一上任就在短短的时期内，连续三次用火攻战胜了曹操。第一次是火烧博望坡，使夏侯惇率领的十万曹兵所剩无几。第二次在新野，火攻继水淹使曹仁、曹洪的十万曹军几乎全军覆没。第三次是火烧赤壁，百万曹军惨败，曹操落得一个随二十七名败将伤兵落荒而逃的下场。诸葛亮的三把火，既烧出了刘皇叔的军威，也烧出了自己在将士中的权威。后人敬重诸葛亮，希望每位新官上任都能和诸葛亮一样雷厉风行地干出几件实事来，于是慢慢地，历史上的“诸葛亮上任三把火”，演变成了百姓口头的“新官上任三把火”。诸葛亮也因此成了后来各朝各代“新官”们的隐身代表。

新官上任要不要烧或放三把火，其实是要视具体情况而决定的。若新官对赴任地方的情况早已有所了解，那么新到该地即行对症下药地点几把火扫除陈规陋习，给期望改变现状的民众带来几丝新希望、新体验，未尝不可。这样的几把火，还能振奋民情达到官民团结、同心同德、共襄盛举的效果。反之，则不宜下车伊始就瞎指挥，更不可兴师动众做表面文章，而应该先安下心来，深入做好调查研究，找到问题症结和解决办法后才做决策。要先拾柴，再烧火。这样烧起来的火才旺、才持久。火光熊熊，能照亮事物，也能照亮人心。其实，新官的三把火，烧得对不对，烧火人是真烧还是假烧，检测的标准只有一个，那就是看火烧得旺不旺、久不久，民众有没有拾柴为新官点燃的火堆添薪。众人拾柴火焰高嘛。

三个臭皮匠顶个诸葛亮

《三国演义》中的诸葛亮，上知天文，下知地理，更知人心，其神机妙算，既能安邦治国，又能兴利除弊，可谓是集聪明智慧于一身，故历来为人崇拜，被人敬若神明，有些地方专门建有祠庙进行祭拜。但随着时代的进步，百姓对自身的认知程度日趋提高，终于有人明白，传说和文学作品中的诸葛亮虽实有其人，但其聪明智慧明显被夸大了，甚至带有作者编造臆想的成分。因此在承认诸葛亮过人的聪明智慧的同时，开始用平视的目光来看待他了。认为诸葛亮能做到的，其他人多花些心思和力气也是能做到的，一个人不行，两个人三个人总行吧。老闲话“三个臭皮匠顶个诸葛亮”就把已被搬上神坛的诸葛亮，又拉回到了人间，和芸芸众生的三教九流更亲近了。

那么既是“三教九流”，为什么又以臭皮匠为代表呢？为何不是三个木匠、三个铁匠而定要说成皮匠不可呢？关于这句老闲话的出典有二说。一说此语中“三个臭皮匠”原为“三个臭裨将”。裨将即偏将、副将。古时冷兵器军队打仗，各路兵马除任命主将之外，还要任命一名或多名副将，这些副将被称为裨将。裨将也非等闲之辈，皆有一套谋战韬略，三个裨将的智慧集中起来，往往能超过主将，甚至抵得上一个诸葛亮。所以此语原话是“三个臭裨将可抵一个诸葛亮”。后来，因“裨将”“皮匠”同音讹化成了“三个臭皮匠顶个诸葛亮”。二说皮靴鞋面上有道突起的“梁”，缝缀十分困难，技艺拙劣的皮匠很难独立操作完成，须有两个乃至三个皮匠凑合完成。因为用的是猪皮，所以有人说成是“三个臭皮匠，合做一个猪革梁”。“猪革梁”与“诸葛亮”为谐音，于是就讹传成了老闲话所说。两种出典，皆属谐音巧合，自然只可姑妄听之。但人的智商有高低，是已经被科学证明的客观事实（这也是所以提倡优生的理由）。不过先天不足，后天可补；只要努力，低智商也可接近或达到高智商，这也是被诸多中外精英的成长经历所证明了的。有位哲人说“卑贱者最聪明”，此话说得虽过于极端，但也不乏一定道理。三个臭裨将、三个臭皮匠不是也能顶个诸葛亮吗？反过来，三个臭裨将、三个臭皮匠能干的事，诸葛亮却未必干得了。人多力量大，人多也智慧多，信不信由你。

挂羊头卖狗肉

此语专门用来比喻打着美好的招牌，贩卖劣等货色，以假充真，蒙骗他人。可以是实物，如冒牌的名表、名包、名服装等。也可以是行为，如身披“优秀”“先进”“N佳”等光环的名人，实际是个并不优秀、并不先进、并不N佳的庸人乃至小人；在公众场合高谈阔论、冠冕堂皇，表现出一派威武不能屈、富贵不能淫的刚正廉洁形象，暗地里却是贪污腐败、五毒俱全，早已拜倒在“权二奶”“钱小三”的石榴裙下了——如此作为的恶劣程度，也早已胜过“挂羊头卖狗肉”的小本经营了。羊肉作为食材，可通过烤、炖、涮等烹调技艺制成令人食欲大开的佳肴，不但味道好极了，而且营养丰富，能温补身体，故从来就是受到大众喜爱并点赞的美食。有市场就有买卖，有买卖难免会有投机取巧、欺蒙哄骗顾客的行为发生。在没有或缺乏法制监管的旧时代，说无商不奸，未免极端，打击了一大片。但其时偶有奸商也并不奇怪。“挂羊头卖狗肉”即是其中一例。不过,此语最早的出典却不是民间小本经营的“挂羊头卖狗肉”，而是源自《晏子春秋》中的“挂牛头卖马肉”。

齐灵公有个怪癖，爱看女子穿男人服装，并按男人的样子打扮宫女。上行下效，于是齐国各地的妇女都穿上了男式服装。女穿男装，难辨男女。不久，齐灵公开始意识到了这一非正常社会现象的危害，于是下令让官吏们去禁止这种畸形行为：“今后凡是女子穿男人服装的，一经发现，即可当场撕破其衣服，扯断其衣带。”齐灵公认为采取这样严厉的措施后，一定能阻止女子穿男装之风的盛行。但时过好久，这种现象却并没有绝迹。大惑不解的齐灵公就去问晏子：“我已下令严禁女穿男装，为何令行禁不止呢？”晏子说：“国君让宫女们都穿男式服装，却禁止宫外女子穿男式服装，这不好比门外悬挂着牛头，而门内卖的却是马肉一样，怎么能让人信服执行呢？你为什么不首先在宫中禁止女扮男装呢？这样，外面的人自然也就不敢违抗了。”齐灵公最终照晏子说的去做了。过了一个月，社会上再也看不到穿男式服装的妇女了。“悬牛头于外，卖马肉于内”这句晏子说的话，在宋代因开封街头商铺林立，有了多家出售羊肉的店铺，顾客们货比三家后就拿来主义地将有以假乱真、以次充好的店铺说成是“挂羊头卖狗肉”了。

“挂羊头卖狗肉”实属欺诈，受到谴责理所当然，但狗肉虽非羊肉，却也是可食之肉，也是可以烹调成美味佳肴的。如刘邦出生地沛县的狗肉就很出名。因此在有些地方，其实狗肉的价格并不低，甚至还高过羊肉呢。当然，这些地方是不可能有“挂羊头卖狗肉”的（除非当地禁止出售狗肉，店铺为逃避监管才“挂羊头”掩人耳目），或许反过来倒有“挂狗头卖羊肉”的呢。不过无论出于什么目的，也无论何种原因，做买卖就该挂羊头卖羊肉，挂狗头卖狗肉，货真价实，童叟无欺。做买卖如此，做人做事又何尝不如此呢。

半路杀出个程咬金

本来正在顺利进行中的事情，突遭意想不到的横加干涉，致使事情可能就此办不成。面对意外变故的被动局面，人们往往会将责任统统推到一个人的身上,这个人就是大名鼎鼎的“程咬金”。“半路杀出个程咬金”，典出自《说唐全书》。隋朝末年，天下大乱，大盗尤俊达欲打劫隋帝的皇扛（皇帝派人押送的银子，因是装在打通了的竹扛里，故称皇扛），便四处物色武艺高强的勇士得知程咬金力大无穷又善使板斧，就拉他入伙。其时一贫如洗的程咬金为了赡养和孝敬老母，每日在集市上卖竹笆苦苦度日。尤俊达就恭恭敬敬地先将程母接到庄上奉养，消除了程咬金入伙的后顾之忧。程感恩尤的照顾，于是便随尤的人马去劫皇扛。前后接连三次，隋帝的皇扛都在半途被劫。不管官方押运的军官本领如何高强，都被半路上杀出来的程咬金挥舞板斧杀得大败。因为程咬金打劫的是皇扛，因为官军害怕手持板斧的程咬金杀出来，所以程咬金一下子就名扬天下，成了家喻户晓的人物，并被约定俗成其为凡事中途突遭变故的形象代表，进入了老闲话。平心而论，半路上杀出来劫皇扛的程咬金，虽然与盗为伍，干上了劫富济贫行当，但出于孝爱老母的至诚初心，情有可原。再说皇扛中恐多不义之财，还财于民在那个时代，亦有合理成分，但对于千方百计欲安全押送皇扛入库的官方看来，程咬金无疑是个刁民，他的半路上杀出来，让押运皇扛的官兵摊上了大事，也让皇上很没面子，故每遭突然打击或意外受挫时，便会恨恨地说一声“半路杀出个程咬金”。而百姓口中的这句老闲话只是借程咬金的半路杀出作个比喻，说说而已。故程咬金半路杀出来劫皇扛的行为孰是孰非，官方与非官方虽各有评判标准，却都接受老闲话的一致表述。这也是此语能广泛流传的社会背景。

借程咬金形象作喻的，还有句老闲话“程咬金的三斧头”。《说唐全传》描述：程咬金打仗就靠三斧头，第一斧头最厉害，第二斧头其次，第三斧头虽还有威力，但已是强弩之末。三斧头砍过，敌方若再不倒，程咬金就只能自己转身逃跑了。此语现在常被人们用来比喻有的人开始一段时间的工作做得很充分、很到位，可是这个阶段一过去就没有什么持续行动和后劲了，活脱脱的虎头蛇尾。现实中有人看透了程咬金三斧头的弱点，于是每有新官上任就做好了“扛他三斧头”的心理准备，待“程式三斧头”一过，就一切依然故我了。

放汤

也有说成“泡汤”的。意思是说撒手不管，放任自流，不闻不问。“现在他人也调走了，你早先托他的事，眼见势地是放汤哉。”“没有规章制度，只强调自觉性，好多本来可以合力办成的事，就慢慢放（泡）汤了。”“放汤”之说很容易让人联想到烹饪中的汤水，因此好多人都认为“放汤”就是烹饪菜肴时加水成汤。如此望文生义，难免以讹传讹。其实，“放汤”之说最早源自旧时浴室业的一个行业潜规则，即浴室在每天将近关门前特意留出一段时间，免费接纳无钱入池洗浴者（大多为劳苦大众）享受短暂的沐浴轻松感。然后再放去已经众人在池中去污除垢一整天的池水，另换清水明天加热待客。因浴池中的热水，民间俗称汤（如洗脸水，在常熟话中被说成是“面汤水”），故浴室业之举被称为“放汤”。“放汤”放的虽然是数十人乃至上百人洗过的不干净的汤水，但对旧时无条件洗热水澡的贫困者来说，已属福音，故常有人候在浴室门口等“放汤”，欲“混泥浆里汰出白萝卜”，清洁一身臭汗皮屑。“放汤”因有惠民成分，故此说逐渐被扩散到其他领域，于是就有了后来的戏院、书场在每天演出结束前的敞门不收票，任由未买票者入内观看或聆听的放汤戏、放汤书。

放汤一般只在小戏院、小书场才有。旧时大戏院、大书场接的多是名牌角儿或响档先生，是不允许也不可能放汤的。倘若出现放汤，会坏了名角和响档的名声，也坏了大戏院、大书场的规矩。而小戏院、小书场请的一般都是中不溜秋的演员，场东和演员都认可放汤之举。即使放汤时显得有点混乱，却乱中生情，联络了人脉，增加了人气，也联结起了和谐的睦邻友好关系，因为等放汤的多半是戏院、书场的街坊邻居或铁杆粉丝。老一辈革命家陈云，年轻时就是个听“放汤”书的常客，他回忆在故乡青浦小镇上当伙计时，经常到附近书场听放汤书，没有钱听书，就期望场东能早些“放汤”。少年陈云听放汤书听出了瘾头，从此对评弹艺术热爱终生。

“放汤”明显带有普惠情意，故向来受到大众欢迎。如今“放汤”被越来越放大，好多戏曲、歌舞、电影的专场演出都有单位或政府买单，凡爱好者皆可入场观看，甚至还要组织人人观看。此种惠民演出似乎大有取代“放汤”之举的势头。不过，俗话说“少吃多滋味”，汤放得太多，就淡而无味了。从头到尾一览无遗的大“放汤”，却反而让人减少了对在末尾最后几分钟“放汤”的神秘感和向往感。看来，任何时候，场东的“放汤”，应有度；自然，生活中的“放汤”更应有度。

狐狸精

狐狸在动物中素以狡猾著称。但狐狸成精，其实谁也没有亲眼看见过。不过在诸多传说故事、野史轶闻中，狐狸精却被渲染得似有活像，煞有介事，如《阅微草堂笔记》就有记述：清朝才子纪昀的舅舅健亭十二岁时，有年夏天，一次独自在院内乘凉，听见家中书房似有人走动。他便从窗缝里窥视，只见竹椅上坐着一位漂亮女子。而竹椅对面的大镜子里照出来的却是一只狐狸。女子也看见了镜中的影像，急忙站起身，绕着镜子连连呵气，很快镜面上被罩上了一层朦胧的雾气。过了一会儿，女子重回椅子坐下。这时镜子上雾气慢慢消失，镜子里显现出的就是一个绝色女子。此书作者纪晓岚虽是清代大学者，但所记之事是真是假，却无法考证，只能姑妄听之。姑妄听之久了，狐狸精逐渐在老闲话中被定了型：美貌可人，风骚性感，多情善变，大多不安好心（蒲松龄《聊斋志异》中的狐狸精，倒大多心地善良，颇受人同情、点赞，自当另类别论）。所以在市井百姓的老闲话中，狐狸精常被用来形容好卖弄风情、以色相勾引男子的淫荡女子，年纪小者称小狐狸精，年龄大者称老狐狸精。如“陈老板去年底在夜总会迷上了小他二十多岁的小狐狸精，今年春天乘豪华邮轮外出旅游，又被一个比他大十多岁的老狐狸精迷住了，还发生了一夜情。如今他是应付两只狐狸精也忙得焦头烂额，还有啥心思做生意呢”。此语中的大、小狐狸精均是反面形象。

虚拟的狐狸成精，被应用到老闲话中作为反面形象，是有一个对应的演变过程的。上古时期狐狸曾是不少部落崇拜的图腾，故狐狸最早是以祥瑞的正面形象亮相的。据传狐神法力高强，可幻化为人形。《玄中记》载：“狐五十岁能变化为妇人，百岁为美女，为神巫，能知千里外事，善蛊魅，使人迷惑失智，千岁即以天通，为天狐，其能力所向披靡，天下无敌。”但不知从何时开始，狐狸的正能量变成了负能量，狐狸精成了千夫所指、众口谴责的妖魔式反面形象。

此语能长久而广泛地传开，并不是狐狸真的能变，能呵气，而是现实中充满了光怪陆离的五彩变幻现象，需要人们提高警惕保持清醒。生活中有诸多真美女，也有诸多狐狸精变的假美女，两者都具极大诱惑力。而爱美之心，人皆有之。喜欢美女是男人的天性，并无不当与过错，况且狐狸精几乎具有男人企盼女人的所有优点，不仅美若天仙、多情聪慧，还小鸟依人、会发嗲小作……堪称男人心目中的梦中情人。可千万别忘了“她们”的本质是有欲望的野兽，很可能深更半夜吸你的血，在温柔乡中把你不知不觉吸成一具骷髅。其实，成精的狐狸既然可变成美女，当然也能变成如美女般有诱惑力的其他形象，如珠光宝气的“钱”小姐，如位高势大的“权”徐娘……人们啊，千万小心别看美女看走了眼，成了狐狸精石榴裙下的猎物啊。

顺便说一下，集狐狸精故事大成的《聊斋志异》中，狐狸精们有个共同点，就是几乎个个喜欢、爱恋的都是书生，即使有的书生犯过错、出过事、出过轨，狐狸精都能摒弃前嫌，与之破镜重圆，还能结婚相守、幸福生活在一起，这是为什么？这个问题长期以来让好多人说不清楚。其实，中国古代文化所有优美的爱情故事，男一号一定是书生。书生为何如此受青睐？这很难从文学、哲学的理念中找到答案。而如果从心理学的角度考虑，那么问题就迎刃而解了：因为写书的人是书生呀！这叫利益点决定观点，就是屁股决定脑袋啊。不过，这似乎也说明书生有更多让狐狸精喜爱的优势。如是，则书生更应警惕狐狸精的纠缠。

二郎腿

本指一条腿架搁在另一条腿上的一种坐姿，但在老闲话中却被引申为某种生活或工作方式的姿态，有了特有的肢体语言功能。如形容某君听评弹入神过瘾的样子：他边喝茶边摇折扇，半闭着眼睛，那跷起的二郎腿还随着琵琶弦乐的节奏轻抖着，完全融入演绎的情节中去了，显得何等优雅悠然，潇洒自如。再如形容过去机关作风衙门化，门难进、人难见、事难办，“公仆”对主人不是居高临下，爱理不理，就是仗位（地位）欺人，藐视他人。有人亲身经历经过登记、等候好久后，进了门却见办事员正坐在沙发里，高跷二郎腿，手握电话忙着通话呢，对着话筒嘻嘻哈哈一阵后，才互换了下二郎腿的左右腿，问道，办啥事……两种二郎腿的亮相，反映了两种社会世相，给人以不同的感受，前者轻松，后者沉重。但无论是前者还是后者，其自我感觉应该是相同的。那就是跷二郎腿舒服适意。因为有快感，所以才有那么多人不由自主地爱跷二郎腿。若是难受，谁还愿意自找罪受呢。其实，从生理学角度讲，久坐的人跷二郎腿，可以活动腿部关节，调和血脉，有益身体健康。而从历史人文的角度讲，最初的跷二郎腿是对旧时代封建礼仪的一种反叛与自我解放。礼仪之邦的我国，历来强调立有立相，坐有坐相，坐必正襟危坐，保持恭谨、严肃、端正的姿态，全身肌肉关节不得放松，故在早时坐而跷二郎腿者，被视为缺少自身修养，又对人不尊重的另类形象，是要受到社会舆论谴责的。但正襟危坐久了，不但下肢关节、肌肉紧张不舒服，就连上身背脊骨也难受得很，于是民间就有人自我解放跷起了二郎腿（北方人如山西、陕西等地则有人自我解放为双足蹲在凳或炕上）。在那个时代跷二郎腿虽然舒服，但不合儒家规矩，被官场和正统社会视为不雅之举，严加抵制。所以直到如今，凡是官方的或正式的会见座谈，双方都自觉不跷二郎腿，这似乎已成了国内外约定俗成的惯例。只是在非正式场合里跷二郎腿是左脚搁在右腿上，还是右腿架在左腿上，那就悉听尊便了。

那么为什么一条腿架搁在另一条腿上的坐姿称为“二郎腿”，而不是大郎或三郎腿呢，好多人误以为“二郎”指的是《封神演义》中的二郎神杨戬。近读四川诗人流沙河撰写的《二郎腿的解释》一文，方知二郎的原型乃是“秦时郡守李冰的次子，助其父凿离堆、斩除蛟龙，死后封二郎神”。二郎生前崇拜上古治水英雄大禹，而大禹治水呕心沥血，十年不入家门，辛劳过度得偏枯之病，一腿僵死成了跛子，走路一脚跳行，一脚跷起的步法被人称为禹步。为了模拟禹步，故“都江堰的二郎神像塑成坐姿右腿架搁在左腿之上”。一个随意的坐姿，却与两位古代的治水英雄有关，这实在是今日跷二郎腿的人们所想不到的吧。

二郎腿作为一种肢体语言，除了表示轻松自如、悠然自得外，随着二郎腿的多种变形还可以表达多种不同内涵：在众人面前架起二郎腿，且身体稍向倾的，暗含骄狂、自视高人一等，或是为众人所求、所逢迎者；跷二郎腿而略向前倾或斜靠的，示意放松、无拘束或是习惯性动作；两人并排坐时，靠近他人的一条腿向外架的，示意比较冷淡，或对相互间的谈话不感兴趣；谈话投机者，多为外腿向里架，因为这样可以侧脸相向，显得亲密无间，而如若是异性之间，均外腿向里架，则表明两人关系比较密切，很是情投意合，若是频繁交换两腿的架搁，则明显示意此人心绪不宁……跷二郎腿看似随意而为，其中却还有如此丰富的内涵，这更是让人想不到的吧。

耳边风

此语望文生义是吹过耳边的风或风从耳边吹过。但在老闲话中，此语常被用来比喻对说过的话与事漠不关心、心不在焉、丝毫不往心里去。如长辈批评晚辈：“说过多少次了，你总是记不住，把我的话当作耳边风了。”其实“耳边风”是成语“秋风过耳”的通俗说法。它出自《吴越春秋·吴王寿梦传》（汉赵晔）：“富贵之于我，如秋风之过耳。”

吴王寿梦有四个儿子，长子诸樊、次子馀祭、三子馀眛、四子季札。其中四子颇有才能，且品德高尚，最受吴王宠爱。公元前561年，寿梦得了重病，临终前欲改变传位给长子的制度，想把王位传给季札。但季札坚决推辞（历史有惊人的相似之处，恰如最早的新常熟人仲雍，当年也是因其父欲传位于季历之子，而与兄泰伯一同让国南来落户在江南的）。于是寿梦对长子诸樊说：“我想把君位传给季札，但他不愿破坏旧制，你即位后，希望不要忘了本王的遗愿。”诸樊继承王位后，他和馀祭、馀眛立下誓约：今后王位由兄弟依次相传，最后务必让季札继位。后诸樊死后，传位给馀祭；馀祭死后，又传位给馀眛。季札一直忠心耿耿辅佐兄长，处理朝政，贤名远扬。不久，馀眛临死前，按誓约要传位给季札。但季札还是坚决不从，他说：“父王离世前，我已明确表态，不继承王位。做人只要行为正派，品格高尚，至于荣华富贵，不过就像秋风过耳，没什么值得留恋的。”为了彻底表明自己的心迹，他索性前往自己的封地隐居起来，直到馀眛的儿子僚继位后，才回到朝中，协助吴王僚治理朝政。事隔十二年，诸樊的长子公子光刺杀了吴王僚，假意请季札继位。季札不但严词拒绝，而且严加痛斥。公子光继位后，季札逃回封地延陵，隐居到老，再也没有回过吴郡（延陵在今丹阳市境内，笔者前几年曾有机会两次去延陵镇季子庙拜谒过这位先贤）。季札的“秋风过耳”应该点赞，由此也可见“耳边风”源自于一种高风亮节，最初传递的是正能量。可是成为通俗版老闲话后，“耳边风”却明显带有了贬义。因为从人权意义上讲，人与人是平等的，既然双方对话交谈，就应互相尊重，认真听取，不但好话要听进去，坏话甚至反对的话也要听进去。听进去是对人的一种尊重，如果听不进去，可以当场表态，或商榷，或反对，或拒绝，切不可表面在听，实则如耳边风，右耳进左耳出，徒费人家一番口舌。而若是把他人的规劝、告诫也当作耳边风，那就不但是对他人的不尊重，对自己的进步更是有百弊而无一利。其实，任何时候任何人，只有把对方的话听进去了，对方才会也把自己的话听进去，达到交流相通。如果都把对方的话当耳边风，那么对方的话岂不全成了废话。记得阿庆嫂说过一句经典的话，“听话听音”。听音是先要把话听进去，不但入耳，还要入脑才能聆听到的。耳边风是永远听不到心声佳音的。

抬饭碗

这是旧时平民生活区或大院户居民用餐时，边吃饭边串门走户的一种普遍现象。无论是老人小孩，还是家长主妇，都边吃饭边走动，边交流边“嚼趣”，自由随意，自然融洽，充满着睦邻间浓浓的人情味，极具市井风情。“抬”饭碗实为“捧”或“端”饭碗。所以把捧饭碗或端饭碗说成“抬”饭碗，反映了农耕时代人们对粮食米饭的敬畏之心。因为需要“抬”的东西，肯定比能“捧”或“端”的东西分量重。“民以食为天”，老闲话将其说成“抬”，就清楚地说明了粮食米饭在人们心目中的分量之重。一碗饭盛得再满，也并不重，一只手即能拿起来。

旧时饭店里的堂倌还能一手端多碗米饭穿行于餐桌之间呢。但饭碗虽轻分量重，出于对粮食的敬重，人们早已约定俗成地硬是将可捧、可端的饭碗说成是“抬饭碗”。品味这句老闲话中蕴含的丰富地方民俗风情，让人感同身受，不由平添几分乡愁。

旧时人们的生活水平与生活质量普遍低下，其时的生活根本不能与今天同日而语，一般家庭都是子女多、收入少，家庭主妇常为无米之炊愁肠百结。为了维持基本生计，常采用“两粥一饭”的三餐开伙模式，午餐菜肴偶有荤腥搭配，早晚吃粥大多以酱菜将就。而酱菜正是主妇们的杰作，如酱缸里现取的酱瓜、经腌制晒干密封在容器内刚开封的五香萝卜、腌制在大缸内的水胖菜等，都是各有巧妙不同，别有一番滋味。因此每逢早、晚餐，主妇们就会用大海碗盛粥，挟上一大堆自制的杰作酱菜，“抬”着饭碗到左邻右舍去边吃边聊，边把自制的酱菜挟送到别人碗里，请大家品尝，等待点赞。小孩们也“轧闹猛”跟着大人一起“抬饭碗”，借此渴望有机会尝到别家的美味，满足一下“饭菜隔壁家香”的奢望。“抬饭碗”现象其实也是那个时代人们居住条件有限的写照。那是，大多数居民家没有客厅、餐厅，吃饭往往只能在灶前、床前或公共走道中进行。因此除了严寒的冬季，家家户户都有“抬饭碗”的活动，久而久之，渐成习俗。“抬饭碗”不单是互相吃来吃去，而且还能听来听去。在资讯不发达、消息闭塞的旧时，“抬饭碗”好似现场新闻发布会，既能听到时事新闻：南边发生车祸、北边发生命案，又听得家长里短：东家女儿找到了对象、西家儿子当上组长了。“抬饭碗”中，有些邻里矛盾消解了，邻里感情升华了。一旦发现“抬饭碗”常客缺席了，大家就会牵挂是否家有难事，是否身体有恙？于是有人就会直接“抬”着饭碗上门探望。一旦发现谁家有困难，邻居们便会结伴前往相助。

时过境迁。如今“抬饭碗”习俗已经不见了，但饭菜丰富美味了，房屋宽敞气派了，邻居间却反而出现了对门陌生、隔壁生疏，甚至老死不相往来的局面。回想起昔日的“抬饭碗”，难免不让人生出几分怀念之情。

红来发紫

也有说成“红得发紫”的。“红”和“紫”本来是两种颜色，“红来发紫”并不是说红色浓重变成紫色，而是喻指某人在某个领域或某方面的地位不断攀升，达到了巅峰，好得不能再好了，恰似当今那些演艺圈的大明星，名声如雷贯耳，粉丝遍地。“红”标志着人的境遇好，如人们习惯将受宠信或被重用的人称为“红人”。而“紫”则比“红”更胜一筹，在色谱颜值中似乎已达到了登峰造极的地步。两种特定的颜色怎么会有如此的象征意义呢？要弄清此语的出典还得从我国古代服色文化及其演变说起。

作为服色，“紫”在我国封建时代长期被定为权贵服色，且“紫”的地位比“红”（朱）的地位更高。唐宋两代规定，只有三品以上的高官才能穿紫色衣服，而唐代三品以下五品以上只能穿朱（红）服，宋代则五品、六品也可穿朱（红）服。由此可见，“红来发紫”，是“红”中的佼佼者继续上升才能进入“紫”行列，不过，这是汉代以后的后话。其实，在上古时代，朱即红是被视为正色的，而紫色只是间色（杂色）。间色是历来被人看轻的，紫色更是被视为一种惑人的邪色，很少有人喜欢，还有人强烈反对，孔子就是其中的代表人物。子曰：“恶紫之夺朱也。”（《论语·阳货》）后人何晏有注：“孔曰：朱，正色；紫，间色之好者。恶其邪好而夺正色。”可是反对归反对（反对者大多无权无势，左右不了什么），流行归流行，尤其是当君王身先士卒做出榜样倡导时，间色取代正色也就不是不可能，而是顺理成章的了。“紫”的地位上升就源于齐桓公喜穿紫衣并禁止百姓服紫。《韩非子·外储说左上》载：“齐桓公好服紫，一国尽服紫。桓公患之，谓管仲曰：‘寡人好服紫，紫甚贵，一国百姓好服紫不已，寡人奈何？’管仲曰：‘君可止之。’于是三日境内莫衣紫者。”从此，紫色的地位后来居上，超过了红色。“红来发紫”也由此衍生而来。

一个人要“红”，不容易，要“红来发紫”，更加不容易。“红”，不是每个人都能红的，“红”了以后，更不是都能“红来发紫”的。能“红”，能“红来发紫”自然值得庆贺，值得他人学习。但“红”了以后特别是“红来发紫”后，切不可忘乎所以，狂妄自大。如果认为只有自己最红最紫，从而目空一切，不再谦虚谨慎，那么离褪色和变色也就不远了——恰似桑葚，开始时是青色，慢慢变红了，待到红来发紫时，就会因成熟过度而自行脱落，零落成泥，无人看好了。

快刀斩乱麻

面对纷繁复杂、毫无头绪的问题或事情，采取果断措施，迅速加以解决，三下五除二，一气呵成。这种雷厉风行、不拖泥带水的作风，在常熟老闲话中被形容为“快刀斩乱麻”。此语出典源自赞扬北齐王朝文宣帝的一个历史故事。据《北齐书》载，南北朝时期，东魏有个叫高欢的丞相，生有多个儿子，他知道在当时政局混乱的时代，自己的权势、家产等东西，不一定能给儿子们带来长久的幸福，甚至能否传到儿子们手中，也尚属未知数。因此，高欢对儿子们的前途甚是担忧。为了测试和考察一下儿子们的聪明才智和在未来岁月的生存能力，一天，他把儿子们召集在一起，给每人发了一把乱麻，要求他们以最快的速度整理好。儿子们拿到一团乱麻后，大多数人是认真地一根根抽、一根根理。可是乱麻纠缠打结，难解难分，抽了这根，带出那根，理齐了上段，弯曲了下段，越理越乱，一个个慌了手脚，急得满头大汗。只有一个名唤高洋的儿子，接过一团乱麻后，一语不发地打量了一会，就转身回房拿来自己的腰刀，手起刀落，几刀就把纷乱的麻团斩断，然后再理，很快就把乱麻理顺了，第一个完成了任务。高欢见状，很是惊讶，问他为什么这样理？这样理不是让麻都变成很短的一小段了吗？高洋回答道："父亲您只说要理顺，并未规定长短，所以我才乱者必斩了。"高欢见高洋如此精明、果断，内心十分高兴，那颗为儿子们未来悬着的严父之心，也随之落了地。后来，这位"快刀斩乱麻"的高洋，果然成了北齐王朝的文宣帝，成为那个乱世时代的英雄人物。

快刀斩乱麻，首先要刀快，斩麻先得刀口快，这是最基本的。刀口钝，不锋利，斩时又优柔寡断，犹豫不决，乱麻很可能反将钝刀裹缠住，深陷其中，不得脱身。其次是下刀斩时，还得看对象，必需是麻棉丝线、草绳之类的可斩断体，不能是钢筋、铁丝之类的硬货，否则非但问斩不成，还会自身受伤。因此"快刀斩乱麻"立刀见效，虽不失为解决某些问题或事情的快速处理法，但绝不是解决所有问题或事情的灵药。现实中诸多问题或事情是各类矛盾交织纠缠在一起形成的，或盘根错节、错综复杂；或病入膏肓、积重难返，解决此类问题或事情需要的恰恰是磨刀不误砍柴工的时间与耐心，绝不是快刀斩乱麻就能解决的。因此联想到如今有些部门采用的"一刀切"工作法，即对凡不符合或违反规章制度，凡触碰三令五申高压线的一律看刀，决不姑息，如此"刀法"，倒也收效甚块，如对违反中央关于反腐倡廉的八项规定采取"一刀切"后，党风、政风大有好转。但其他领域是否也适用，恐怕还得具体问题具体研究，采取不同的方法处理为好，欲速则不达。有些问题或事情可以快刀斩乱麻，而有些则只可带泥萝卜吃一段揩一段，有些还可以留给后人去处理……

六月里做亲，勿要棉被（面皮）

常熟方言将“脸”说成“面”，“面孔”即脸蛋，“面皮”即脸皮；又将结婚说成“做亲”；“六月里做亲”就是在农历六月即赤日炎炎的酷暑结婚成亲、洞房花烛；“勿要”两字在常熟话中要连起来快速切成一个音。此语全句妙在借用方言“棉被”与“面皮”为谐音，用看似调侃新婚男女因天热（其时尚无空调）不盖棉被赤裸上床的隐私，而实为以此写照讽刺某些不知廉耻、不要脸的卑鄙龌龊之事或人。

此语的出典源自民间草民闲谈戏说的可能性极大。这可以从许多老闲话的原创表述，皆是从现实生活现象中随手拈来说事中得到证明。热天男女同房，盖不盖棉被纯属隐私，文人雅士往往是羞于出口谈论的。而草民百姓则惯于实话实说，虽然“下里巴人”，甚至在有些人看来有点“下流”，但却不乏幽默（这也是中国式幽默大多存在于俗文化中的原因），因此能很快获得轻松传播，就连先前自命清高的文人雅士也会不时借用，挂上口头或引入文字的大雅之堂。“六月里做亲，勿要棉被（面皮）”所以流传甚广，原因就是其出典扎根民间，很接地气。

说到此语在常熟的一时流行，不由想起了一桩有据可查的地方掌故，还真的与“六月里做亲”大有关系，并轰动全城呢。话说民国时期常熟地方封建顽固势力和“五四”以后的新思潮之间斗争相当激烈，在婚姻习俗的改革上尤为尖锐。当时一些新青年极力主张以“文明结婚”替代“一拜天地，二拜祖宗，三拜父母，红绿牵锦入洞房”的旧式婚礼。特别是追求自由的知识青年坚决要求革新旧式专制的父母之命、媒妁之言的婚姻制度和旧式婚礼仪式。常熟首创文明结婚的是民国初年服务于军政界，并曾与蔡锷为士官学校同学的邑人沈同午和归小姐的婚礼。地点在九万圩的赵吾园。当时人们出于好奇，纷纷前往看热闹。因沈、归的婚期定在夏天，故一些封建顽固派讥讽他俩的婚礼是“六月里做亲勿要棉被”，一时流言蜚语满城飞，也让这句老闲话迅速普及化。但新生事物自有其强大的生命力，必然会在实践中被人们所接受。民国十年（1921）以后，文明结婚已在常熟渐成时尚。顺便提一下，初期的文明结婚一般都借在公共场所或较好的旅馆中进行。菜馆则登门服务包办婚宴。1926年鸿运楼开业专设婚宴礼厅，为文明结婚提供了举行婚礼的场所，也为菜馆业开辟了新的生财之道。在酒店饭馆举办婚礼也渐成新的习俗，一直流传至今。

恶形恶状

常熟话中形容阴险狠毒、奸刁刻薄、乖戾卑鄙、龌龊下流的人或事，往往以“恶”字作冠，如恶掐、恶毒、恶赖、恶拆屎、恶屎做、恶讼师、恶形恶状、恶里恶掐、恶滋恶赖、恶人先告状、恶狗挡街路……上述话语中的“恶”，在常熟方言中读作“屋”音，属贬义。这是因为“恶”最早的意思是指粪便。江南就有地方志载：“恶，俗呼粪也。”（《嘉定县续志》）虽然《现代汉语词典》对“恶”的解释是指“很坏的行为”，已与粪便隔离分开，脱却了关系，但在吴方言和常熟话中读作“屋”音的“恶”依然保持着人们鄙视、反感的粪便原意。此说源自春秋时期的吴越之战。越国一度被吴国打败，越王勾践顿成阶下囚，受尽了吴王夫差的羞辱折磨。《吴越春秋·勾践入臣》：“下尝王之恶者，是上食王之肝也。”说的就是勾践被俘后为吴王尝粪便辨病情之事。受此奇耻大辱的勾践从此愈发坚定了复仇雪耻的斗志。他夜里睡在柴草上，又在起坐和睡觉的地方挂着苦胆，吃饭睡觉前都要尝一尝胆的苦味。经过长期准备，越国终于打败了吴国，这就是人所共知的“卧薪尝胆”励志故事。越国打败吴国后，越语在吴语地区扩大了流通面和使用频率，许多越语融入转化成了吴语的组成部分，“恶”便是其中之一。“恶”在越语中据古意粪便本读作“污”，如大便称“撒污”“撒烂污”，一堆粪便说成“一堆污”。而粪便在吴语中一直称“屎”。“污”“屎”两种说法，表达的却是同一物。不过说惯了吴方言的常熟人积习难改，不习惯将“屎”改成“污”的越语发音，只有在说到勾践被迫“下尝王之恶者”时，才会依越语发音将“恶”念成“污”，日久几经民间讹传，“恶”就被念成了“屋”音。故吴方言和常熟话中读成“屋”音的“恶”，指的都是臭不可闻的粪便。正因为“恶”是粪便，所以以“恶”作冠的常熟话皆是指令人恶心、厌恶的粪便般恶臭无比的丑态劣行。如表面和气却胸怀鬼胎，看似握手示好，实在暗中用指甲硬掐对方皮肉的“恶掐”；臭且有毒的“恶毒”；臭且死赖皮的“恶赖”；故意臭上加臭，以臭来要挟的“恶拆屎”“恶屎做”；专出坏点子刁难人的“恶讼师”；坏到骨子里，赖到不要脸皮的“恶里恶掐”“恶滋恶赖”；犯了丑事沾了臭气却欲转嫁罪恶、移臭他人的“恶人先告状”；改不了吃屎本性的狗，沾满了一身粪便，硬是占据了交通要道，不让人通行的“恶狗挡街路”。其中，“恶形恶状”一词使用频率最高。凡是遇到不堪入目的人或事，或臭不可闻的现象，常熟人就会脱口而出，如：“快六十岁人了，还穿下露肚脐眼，上露后背心的露背装，裙子也短到膝馒头上，真是马兰头开花——老来俏得恶形恶状哉。”“宴会上，他一双筷子伸到菜碗里，下面翻到上头，赛过鸡搜食地翻来翻去挑喜欢吃的往自己嘴里送，这副吃相吞头，实在恶形恶状，让人倒胃口。”“苋菜根发酵后的那股味道要你相信，真格臭得来恶形恶状冲鼻头管，不过在臭苋菜梗卤中浸泡过豆腐，油炸过后却是喷喷香的。”

左凑

从字面顾名思义，左凑就是从左面向右靠拢，主动凑上去配合对方，明显带有迁就或讨好的成分。如矮个子妻子要随高个子丈夫去参加同学聚会，为了让丈夫在同学面前更有光彩，特地穿了双向闺蜜借来的高跟鞋，可是丈夫见她走路摇摇摆摆的样子，硬要她换了平跟鞋出门，并心痛地说：“真实更显真情，你何苦来左凑我呢！”很显然，妻子是怕自己身材矮小，弱化了高个子丈夫在同学面前的婚姻家庭幸福感，所以才不惜冒穿高跟鞋摇摆不定有可能摔倒的危险讨好丈夫。但事实上，即使是出于自愿的“左凑”，也往往带有勉强的无奈的因素在内，会让双方都不好受。因此“左凑”的事，十之八九难有满意的结果，有时甚至适得其反。

其实，常熟话中的“左凑”来源自于现实生活现象。此语诞生之初就已开宗明义地说明了“左凑”有不正、不顺的含义。这是因为在我国最早的礼仪著作《礼记》中就已有了“子能食食，教以右手”的训言。这种严格以右手执箸、匙进食的训练，养成了绝大多数国人用右手操作使劲的习惯。3000 多年来，这种从幼儿时代就以“礼”的名义开始的训练，使得右手的功能远大于左手，不但形成了几乎所有国人的终身习惯，而且也成为人们的社会共识，以至于连执笔写字、使用劳动工具等，都以右手为“正宗”。偶尔有个别的左手现象，不仅被视为不合群，甚至被斥为没有教养。这种传统不仅出现在中国，在用刀叉进食的西方，同样有左手执叉、右手持刀的约定俗成，而以手进食的民族，也同样规定了使用右手进食，从而保障了右手强势“正宗”地位在全球确立。“左”，在常熟话中读“济”音，左相对右，左右手足，左右眼耳，左右鼻孔，连心肝肺亦有左右之分。左右分工合作，左右平衡正常，反之，则为反常。日常生活中，人们一般自小就习惯以右手使用筷子、刀剪、球类等器物工具（所以好多常规器材如镰刀只有专供右手使用的单一品种），因而常熟话就将右手称为“顺手”，如为人指路右转弯就说成“顺手转弯”。而将少数以左手操作的称为“左撇子”。实践证明，只有左右一致、动作协调，才能力往一处用，劲往一处使。否则，只能一方“左凑”上去，行动不协调说成“意见相左”；来路不正规，质量不正宗说成“左道旁门”；甚至把错念头、歪点子也称为“说左”“想左”；在古汉语中更是把降职也说成“左迁”。而常熟话干脆把不按规矩次序笔顺写的字，说成是“左凑字”。由此可见，“左”历来就非正道。“左凑”虽意在设法弥合、凑合，但往往一厢情愿，效果不会理想，有时或许还会成为帮倒忙，越帮越忙，事与愿违。所以，在原则、方向问题上，还是应该坚定立场，决不“左凑”为好。

黄尚

黄尚是常熟点心、小吃中最具个性和地方特色的一种。光是这名称就让外地人丈二和尚摸不着头，横竖猜不透其中的含义。“黄”或许还可以理解，因为黄尚的表皮是黄色的，但“尚”却令人百思不得其解。其实，“尚”在常熟话中与“脏”近音或谐音。而常熟人又习惯将猪大肠称为肠脏。因为黄尚的样子有点像一段猪大肠，故此点心最初取其形而命名为“黄脏”。后来汉字简化，内脏的“脏”与骯髒的“髒”合二为一，简化为“脏”。为怕有人会将“黄脏”误解为黄色的脏（髒）东西，于是不知是哪位舞文弄墨者将“脏”改成了谐音的“尚”，一下子让“黄尚”在糕团队伍中显得高大起来，因而其大名不胫而走，挂上了食客们的口头。

黄尚的命名费猜详，其形状也属另类。古代国人信奉“天圆地方”理论，所以糕团的造型，基本上都是或圆或方或近似圆、方的变形，如重阳糕的菱形、条头糕的长方形，即使是中间凹凸的定胜糕，其总体形状和外沿仍然是圆弧形的。可是黄尚却似一段竖不起、立不直、弯腰曲背的猪大肠，似糕不像糕，似团不像团，很难归属到糕团的哪一类。事实上，黄尚的制作过程却是贯穿着又是糕又是团的工艺，是糕、团工艺的结合：先要将配比好的糯米粉和粳米粉蒸熟，用手工擀成皮，同时准备好红豆沙馅，卷成肠脏状，再在外皮上均匀地涂滚上一层加工过的虞山松花粉，最后切成段，并在中间稍加压陷，使圆滚滚的肠脏竖放时，顶面呈倾斜，让馅显得更加丰满，宛若一朵盛开的花，引人顿生食欲。

关于黄尚这一常熟特色点心的产生，民间有两个版本。其一是说古代有一位长期在京城为官的常熟人，告老还乡后过上了闲居生活，一日忽然心血来潮想吃北京的名小吃——“驴打滚”，于是命厨房仿制。厨师是本地人，从未见过“驴打滚”，不知怎么做，就请教这位退休高官。这退休高官自然是会吃不会做，不过“驴打滚”的样子却记得清楚，就将模样说了一遍。聪明的厨师会意领悟后，经过一番揣摩，竟然做出了具有常熟特色的“驴打滚”——黄尚。退休高官尝过后，大加赞赏，说“此物既解了我对京城名点的思念，又让我尝到了家乡特产的风味，味道比‘驴打滚’还惹人开胃”。从此，黄尚就在常熟传开了。其实，“驴打滚”本也是北京地区的一种民间小吃。

据当地传说，东汉初年，汉光武帝刘秀御前大将军马武驻守北京昌平上口村深山中，将士们天天食用山中生长的黄米面馍，久而久之出现厌食现象。一天，马武忽然看见驮运粮草的毛驴，间歇时爱就地打滚，浑身沾满了黄土，于是灵机一动，叫伙夫用黄米面馍卷入红豆沙馅，然后把黄豆炒熟碾成粉末，再将蒸熟的馍像驴打滚一样沾上黄豆粉，并切成均匀块儿，既有看相，又调节了口味。士兵们尝了，争相食用，吃了以后个个精力充沛。后来，人们就将此食品称为“驴打滚”。常熟黄尚的制作工艺与“驴打滚”颇有相似之处，只是将北方的黄米面换成了南方的糯米粉，还用虞山上的松花粉替代了各地普遍皆有的黄豆粉，使其更上档次，更具地方风味。黄尚产生的另一个版本比较本土化。传说明代嘉靖年间，常熟县令王鈇，为抵御倭寇入侵，发动组织民众在入城的虞山半坡上修固城墙。附近妇女做了有馅的团子上山慰问，但因糯米团子糯性十足，经不起山路颠簸，送到城墙工地上时，篮子里的团子已是黏结在一起难以分开了，这让送团子的妇女们一时束手无策，很是无奈。在回来的下山路上，有个姑娘因一心想办法，不留神摔了一跤，正好跌撞在一棵盛开着松花的松树上，顿时落下一阵花粉沾在姑娘头上。后面的姑娘见了，觉得黄簇簇的煞是好看，就一边夸赞，一边随手采了不少松花，用鼻闻香，有人干脆放到了自己的发髻中。见此情景，跌倒在地的姑娘突然来了灵感，便采摘了满满一竹篮松花带回家中，然后将松花晒干，碾成粉末，试着将做好的团子在松花粉里滚一滚，再用手拿团子就不像往常那样粘手了。姑娘忙把她的经验告诉姐妹们，大家都效法炮制，松花黄尚便由此产生了。两个版本，两种传奇，都见证了常熟人民的聪明智慧。今天，当人们品尝黄尚时，实在应该感谢古代那位退休高官家的厨师，感谢那位上山送团子慰问民工归来摔了一跤的姑娘。

点心

民以食为天。国人对吃念念不忘，彼此相见常常以“吃”为主题问候，如在早上相见会问：“早饭吃了吗？”中午相见会问：“中饭吃了吗？”傍晚相见则会问：“夜饭吃了吗？”如此套话，几乎通行大江南北。但常熟人中午相见的问候却与众不同，往往会这样问：“点心阿吃哉？”以“点心”代中饭的说法在常熟农村尤为盛行，时至今日，依然挂在口头，常让现代年轻人听得有点摸不着头脑。因为以现代人的理解与共识，“点心”即小吃，是正餐之外，既供充饥，又可消闲的小食品。正餐一般是主食加菜肴，主食为米饭或粥、面条或饺子；菜肴有冷的、热的、干的、汤的，且食用时有一定的仪式感，需在约定的用餐时以各种姿势、吃相享用。同时品种也比较多，民间能工巧妇时有创意，可谓花样迭出，与时俱进。若照此理解，常熟老闲话将“中饭”（午饭）说成“点心”，显然是错误的。但事实上这句常熟老闲话非但没有说错，而且还正确地反映了我国古代人们的饮食习惯,具有特定时代的饮食文化原创意义。

现代人已习惯了一日三餐制，但在我国历史上，秦汉之前的人们一天只吃两餐。其时由于农业不发达，粮食有限，即使两餐，也要视人而定分等。《墨子·杂守》载，其时兵士每日两餐，食量却分五个等级，按兵种的不同定供应食品的多少，第一餐在太阳行至东南方隅中时（约上午九时）就餐，称“朝食”或“饔”；第二餐在申时（约下午四时）进餐，称“飧”或“食”。对于进餐时间，古人讲究“食不时不食”（《论语》），意为不应用餐的时间用餐是一种越礼行为。只有帝王特别犒赏时，才可加餐。《史记·项羽本纪》载有项羽听说刘邦欲在关中称王，怒而下令“且日享士卒”由“一日两餐”改为“一日三餐”，以此激发士气。刘邦得知后，亦改一日两餐为三餐，致大军气势倍增，攻取了“天险”崤关。由此可见，一日三餐在国库全额拨款保障供给的军队中，也只有在特殊情况下才有可能实行，民间自然皆是一日两餐了。但在其时脸朝黄土背朝天的强劳力，常在两餐之间坐在田头休息时，吃些随身带的“糕饼之类”的小食品补充能量。这种常熟话称为“点饥”的解饿小食品，在当时民间被称为“点心”。《能改斋漫录》：“世俗例以早晨小食为点心，自唐时已有此语。”但常熟人依然习惯沿用老说法，将新增加在两餐之间中午时分食用的午餐称为“点心”，一直流传至今。不过如今“点心”的含义已有了扩大与延伸，成了泛指正餐之外的所有小吃食品。对于重体力劳动者来说，一日三餐之外适当吃些“点心”，有助于补充人体营养和持续工作，而对于某些为减肥而忍饥挨饿的爱美人士来说，口馋难熬时，吃些小“点心”，其实是有益于身体健康的。

长寿面

国人敬畏生命，故人过五十岁后，每年生日都有做寿的习俗。做寿时除了亲友祝贺、小辈拜寿、张挂寿联等仪式外，最后主食都要吃一碗长寿面。这个习俗相传久远，至今未绝。那么为什么要把平常食用的面条称为长寿面，其中的典故恐怕好多年轻人都不甚了解了。要探究这句老闲话的来历和其中的民俗文化内涵，就得从我国的吃面历史说起。古时凡是面粉类的食品统称为饼，面的前身就是汤饼。那是将擀好的面皮切片后放入水里煮熟，加上调料后食用的，形状是片而不是条，类似常熟民间的“面脚板”。面片的长度很短，远不如后来的拉面和如今的机器轧制面，要多长就可多长。因此，其时能吃到长一些的面片条，实属稀罕，需要特别加工。那时，稍长的面片条还被记入了典籍之中。著名的《齐民要术》中就收录有长尺许，薄如韭叶的水煮面条“水引饼”。真正出现长条状的面，大约在宋代人们掌握了挂面技艺后。挂面是用和好的面团，揉搓成多根细圆条状，再黏附在圆棍上，然后挂在木架上拉抻而成。之后，人们在此基础上，逐步提高技艺，并在面粉中加入少量的盐，面条就越来越细，越来越长，酷似现代的机器轧面了。

至于为何做寿一定要吃面，并将面称为“长寿面”，则是起源于尚未有挂面之前的汉代。有一天，汉武帝与大臣游园，看到满园春色，想到自己生日将近，不禁感叹人生苦短，就对众臣说：“《相书》上讲，人的寿命长短取决于人的人中，人中越长，寿命越长。若人中一寸长，就可以活到一百岁。”大臣东方朔听后哈哈大笑，众臣莫名其妙，都怪他对皇帝无礼。汉武帝问他笑什么，东方朔解释道：“我不是笑陛下，而是笑彭祖。人活一百岁，人中长一寸，彭祖活了八百岁，他的人中就长八寸，那他的脸该有多长啊。”众臣听了也不由得大笑起来。汉武帝暗自思忖，觉得看来长寿靠脸是不可能的。可是为了表达自己想长寿的愿望，就问众臣可有什么变通的办法。于是东方朔答道：“有啊，脸即面，脸长就是面长。过生日时可以吃长长的面条来祝福长寿。”汉武帝和众大臣听了都觉得言之有理，既符合《相书》上的说法，又讨了口彩。从此，东方朔的这个建议经汉武帝带头推广，逐渐演化成了人们过生日吃面条，并把面条称为“长寿面”的习俗。关于长寿面的由来，《唐书》中还记载了这样一个故事：唐玄宗因王皇后无子而欲废之，王皇后求情道：“陛下独不念阿忠脱紫玉臂易斗面，为生日汤饼邪？”此语译成白话文，意思就是“陛下难道忘了当年太上皇被幽之时，家中无粮，我父亲脱下衣衫换来面粉为陛下做汤饼祝寿了吗？”由此可见唐代祝寿吃长寿面已成习俗风气。

鸭血糯

即血糯米，是常熟的土特产。因米皮紫红，外形细长，香气扑鼻，且富含血红素和铁质，具有补血强身的食疗功效，故命名为血糯米，可谓是名副其实。可是为什么常熟话要特别强调是“鸭血糯”呢？它与“鸭血”真的有关系吗？要理清此语的出典，先得正名。鸭血糯在民间最早的名称叫“龙血糯”，其来龙去脉出自一个美丽的传说。传说千年古刹兴福寺旁的破龙涧，为黑白两龙搏斗之处。当年带着龙血的涧水流淌到山下农田，染红了成熟的稻谷，农民就将之命名为龙血糯。龙是国人的图腾，龙血染红之米，自然神圣珍贵无比。所以民间对龙血糯存有敬畏，平时很少食用，只有在祭祀神灵和喜庆之日，才天人共享，或者在有人病重乏力时，才将之作为灵丹妙药养生健体。龙血糯的种子，更是倍加珍藏，不轻易外传（也因为产量低，每年栽植极少）。元朝末年，常熟县官知道破龙涧附近农田出产神奇龙血糯的事，就强征豪夺了几斗欲自己享用。谁知次年朱元璋就推翻元朝成了明朝的开国皇帝，这位县官为了保牢官位，就带了抢夺来的几斗龙血糯，到南京找关系向朱皇帝进献讨好。朱元璋本是农民出身，种过多年的田，却从未见到血红色的稻米，又听县官说：“米呈红色，一派喜气，足见吾皇登基乃是天意。”不由龙颜大悦，就问道：“这红糯米叫何名称？”县官刚想回答“龙血糯”时，忽然想起自古皇帝素有真龙天子之说，若据实相告是龙血糯，岂非有诛龙溅血谋反之意，那就不但保不住官位，还会惹来杀身之祸，县官想到这些因果，不由得惊出一身冷汗，把刚要出口的“龙”字又咽回了肚里，张大了口“呀呀”个不停，愣在那里不知答什么为好。幸亏一旁收了县官贿赂的太监急中生智，借着“呀呀”的谐音，代他回答朱皇帝说是“鸭血糯”，这才蒙混过去。不过，从此常熟的鸭血糯就被作为贡品成了皇宫御膳房的极品。

常熟鸭血糯其杆较长，谷壳上有红芒，成熟后谷壳浅紫，米粒殷红，色泽美观，特别香糯。早在1922年就获江苏省土产品奖，1962年又走出国门进行展出。鸭血糯性比白糯米少粘，故烧煮时宜掺以白糯。以鸭血糯做酒酿、粉团、米酥、糕点等皆别有风味。用鸭血糯加莲心、蜜枣、松子等炒制成的甜品点心鸭血糯八宝饭，香甜可口，广受食客欢迎，二十世纪八十年代已被列入《中国小吃·江苏风味》卷。

兜财馄饨

同样一种小吃，四川人称为“抄手”、福建人称为“扁食”、湖北人称为“包面”、江西人称为“清汤”、新疆人称为“曲曲”、广东人和香港人称为“云吞”，而包括常熟在内的江浙沪地区人们则称其为“馄饨”。长年累月经过口口相传，“馄饨”不但成了小吃中的老品牌，也成了挂在人们口头的老闲话。

“馄饨”名称的由来和其中的特别含义，自然还得从馄饨的起源说起。馄饨是我国的传统食品，源于北方，最早出现于三国时期。魏张揖《广雅》：“馄饨，饼也。”将馄饨纳入饼的范畴，差别为其中夹馅，以汤水煮熟成“汤饼”。北齐颜之推亦留下文字，写道：“今之馄饨，形如偃月，天下通食也。”可见早期的馄饨是月牙状的，已普遍为人们食用。又因为馄饨包起来时有棱角，民间也有称其为“角子”的，后来被谐音为“饺子”。因此，如今北方的饺子和南方的馄饨，虽然各有命名，但其实是一母（汤饼）所生的孪生食品，开始时是不分彼此，你中有我，我中有你的。直到唐朝以后，馄饨和饺子才明确区分开来。饺子的皮是圆的，馄饨的皮是方的，暗合古人世界是

“天圆地方”的宇宙观。饺子皮相对较厚，包馅后仍呈“偃月”形，而馄饨皮相对较薄，包馅后呈元宝形。饺子煮熟后一般不带汤吃，馄饨煮熟后则一般带汤吃，且对汤极为讲究，有用老母鸡吊汤并加紫菜、虾米皮等的。至于为何命名为“馄饨”，同样出自我国古代关于“天人合一”的原始哲学思想。古代神话传说，盘古开天辟地以前的世界为混沌世界，就是天地不分、天地相容、天地相裹的世界。盘古开天辟地后，混沌中轻而清的部分冉冉上升为天，重而浊的部分沉沉下降为地，从此有了天和地，上升到最高时为夏至，下降到最低时为冬至。如果冬天不停止的话，天地又要合拢，人类就要灭亡。而古人认为密封馄饨没有七窍，恰似天地之初的洪荒年代，世界一片混沌，需要有人将混沌“吃”掉，方能迎来朗朗乾坤。于是根据汉字造字的规则，将“混沌”改成“馄饨”。这样一改就赋予了吃馄饨可以去旧更新，迎来美好未来的吉祥意义。因此，从南宋开始，我国南方，特别是江浙地区就产生了每逢冬至吃馄饨的习俗。经过民俗有力的推介和传承，馄饨从此就与国人结下了不解之缘，不但成为中华民族的一道传统美食，而且也成为挂在人们口头的一句老闲话。而在常熟闲话中，善于想象又爱讨口彩的常熟人，更是从馄饨的形状和包馄饨时用皮子由上下左右四面包抄裹住肉馅的手法形象地将其说成“兜财馄饨”。长久以来，每逢喜庆时日，尤其农历大年初一，家家户户都要吃兜财馄饨，已成为地方民间习俗。吃馄饨时细辨这句老闲话的由来，定能让人食欲大增、大快朵颐。

白眼果

“白眼”是常熟话“白眼睛”的简缩语。“白眼睛”时，黑色的眼球深藏不露或尽量少露（完全不露很难做到，只有技艺精湛的演员在扮演瞎子时才偶尔亮相），其时眼眶内几乎是白茫茫一片眼白，人们常以此表情表达对某人某事的不满、鄙视、厌恶、憎恨。“白眼果”即是形状颇似白眼睛状态的一种果实。以“白眼”之虚带出“果”之实，此语结构可谓虚实结合。

眼睛是心灵的窗户。人们的喜怒哀乐皆可在眼球、眼白瞬间的黑白变化中反映出来，表情十分丰富，一眨一眄，一瞥一瞅，或转动或回眸，往往蕴含着多种难于用言语表达清楚的情绪，只可意会，不可言传，真是此时无声胜有声。名为“白眼果”的果，外地人大多称白果，其学名实为银杏。因其生长期漫长，往往爷爷栽树，要到孙子时才能结果，故又称公孙树。此果呈椭圆，侧看颇似藏去了眼球的人眼睛，故常熟人就顺手拈来，赋予其人的情状称其为“白眼果”，倒也形象逼真、惟妙惟肖。银杏是现存种子植物中最古老的孑遗植物。植物学家常将银杏与恐龙相提并论，银杏亦有植物界“大熊猫”之称。苏州地区是全国产白眼果的“大户”，产量占全国的20%。银杏果实营养丰富，是高级滋补品，含粗蛋白、粗脂肪、粗纤维及多种维生素成分，经常食用可滋阴养颜抗衰老。种仁中的黄铜甙、苦内脂对脑血栓、老年性痴呆和高血压等具有预防和治疗作用，银杏叶也有很高的药用价值。传说古代和尚因常吃白果，故寿命很长，所以现存的古银杏大多生长在寺庙内，如常熟谢桥双忠寺、虞山上的龙殿、藏海寺、三峰寺、维摩寺、宝岩寺等都存活着数百年树龄的古银杏。常熟城内阁老坊临琴川河更有多株古银杏巍然屹立。每逢金秋季节，枝头硕果累累，由绿转黄的叶片在阳光的照射下，摇曳生辉，自成一道风景线。

新鲜白眼果爆炒后吃口香、糯、韧而有弹性，味甘而微苦。但不宜多食，因其含有微量氢氰酸成分，多食易中毒。故旧时街头叫卖现炒白果的摊贩，常以小包或以颗粒计价："生炒白眼果，粒粒爆开个，香是香来糯是糯，一个铜板买两颗。"白果既可作为零食，也可作为荤、素菜肴的主、辅料，可炒、炖、烧羹、煮粥，如白果鸡丁、白果炖乳鸽、蜜汁白果、白果银耳羹等。其中最受人欢迎，也最具江南水乡风味的自然当数白果炒虾仁，色泽悦目，鲜香可口，真的是妙不可言。

白眼果是常熟人用人的面目表情对植物果实的命名。逆反过来，常熟话中也有用植物面目长相来"命名"某些人物的嘴脸的。如称忽而满脸笑容，忽而翻脸不认人一下子拉下脸面，顷刻间变换脸色判若两人者为"枇杷叶面孔"。枇杷叶一面光滑油亮，一面却布满经络绒毛，显得毛躁不平，以此植物叶片的长相为快变脸、善变脸者命名，岂不名实相副。常熟话中的"白眼果"与"枇杷叶面孔"，以植物、人物互相借喻，实在是大有异曲同工之妙。

馒头·包子

常熟话中"馒头"指的是北方话中的"包子"，内有馅；常熟话中的"大包子"指的却是北方话中的"馒头"，是无馅的。同一样食品被冠以两个意思正好相反的名称，究竟哪一种称呼正确呢？这就要从馒头的来历说起了。

我国种植并食用小麦已有四千多年历史。西汉时期，人们发明了磨，开始将麦子磨成粉，面食品种因此不断被创造出来。其时，凡是面粉类制成的食品统称为"饼"。至魏汉时期，已有了烧饼、蒸饼、汤饼、片儿饼、环饼等。后来人们又掌握了

“发面”（即发酵）技艺，于是也就有了馒头、包子之类的面食。其中馒头的原创发明者，据《事物纪源》（宋代高承撰）载：“诸葛亮南征，将渡泸水，土俗人杀人首祭神。亮令以羊豕代，取面画人头祭之，馒头名始此。”《三国演义》则有更详细的介绍：诸葛亮平定南方后，班师回朝。途经泸水时，遇到“猖神作祸”，依当地风俗，需“七七四十九颗人头并黑牛白羊祭之”，才可消灾。怀有仁心的诸葛亮舍杀人之策而“和面为剂，塑成人头，内以牛羊等肉代之，名曰‘馒头’”。诸葛亮用馒头祭祀后，果然“数个鬼魂，皆随风而散”，蜀汉大军才得以凯歌而归。由此可见，馒头的发明专利当属诸葛亮。不过其时的馒头只用以祭祀，因后有“禳鬼”功能，渐引入民间。但其名称却有因谐音而来的演变过程。据《七修类稿》（明代郎瑛撰）载，馒头初名“蛮头”：“蛮地人以人头祭神，诸葛亮之征孟获，命以面包肉为人头以祭，谓之蛮头。”“蛮”是古代中原地区汉人对南方少数民族的蔑称。古书上常有“南蛮”之说。周代时，连常熟地区也被称为“荆蛮之地”。诸葛亮依“蛮”俗祭“蛮”神，自然选的是蛮人之首，面粉塑成的人头也就呈“蛮”形了，故被汉人视为“蛮头”。可是“蛮”“曼”谐音，不久就在民间讹传为“曼头”。再后来又有文化人按汉字结构的规律，为供食用的“曼头”加了个“食”字旁规范成了“馒头”。由此可见，“馒头”的名称是符合原创意义的，既正确又富含饮食文化的历史信息。

其实，“馒头”和“包子”的名称在很长一段时间内并没有严格区分的。有的地方称“馒头”为“包子”，有的地方称“包子”为“馒头”，各自约定俗成。直到清代“馒头”才在北方地区被定名为“包子”，这是事出有因的。清代大批满人入关，定居中原地区，并在社会各领域占了主流地位，有了强大的话语权。满人习惯把“馒头”叫作“饽饽”，又称“饽子”。“饽子”之音几经谐变就成“包子”。从此，北方地区民众就依满人叫法，将带馅的馒头叫成“包子”，不带馅的才叫“馒头”。这种叫法以后逐渐在全国通行开来，但在南方好多地区，尤其是包括常熟在内的吴语地区，仍保留着原来的“馒头”名称。据说连近邻日本，也至今仍把“包子”叫作“馒头”。倒是近年来，本地有些店家为吸引食客，大张旗鼓地将“馒头”叫作“包子”吆喝，如网红一时的裕坤大包。但一时的吆喝，终究改变不了历经百年口口相传的老闲话叫法“馒头”。

关于馒头，旧时常熟民间还盛传过一句老闲话：“南苑馒头，烫痛后背。”此语的出典是在民国年间，常熟城内二十多家馒头店中，名气最响的当数南门坛上的南苑馒头店。该店馒头之所以广受吃货欢迎，是因为选用了当天新鲜猪肉糜和肉皮冻为馅，卤汁特别丰满可口。不少第一次慕名来吃南苑馒头的顾客，常常一不小心就被鲜肉卤汁溅得满身，甚至射到了邻座顾客，弄得哭笑不得、狼狈不堪。据说有年夏天，一位人高马大的壮汉进店买了半笼刚出笼的馒头，狼吞虎咽下口就吃，不料一口咬下去，馒头下部皮薄处开了个口子，一大股卤汁从手掌直流到臂肘上，他舍不得臂肘上的美味卤汁滴掉，就提起臂肘，用嘴凑上去吮吸，却忘记了手中还拿着已咬开的热馒头，当手举过头顶悬在后背上时，那滚烫的卤汁连串地滴落下来，直烫得他双脚极跳，引得满堂吃客哄堂大笑。从此，“南苑馒头，烫痛后背”就传开了，南苑馒头店的生意也愈发兴旺起来。

文莱轩随笔

金曾豪 著

家在常熟文學叢書

常熟市文学艺术界联合会 编

古吴轩出版社
中国·苏州

图书在版编目（CIP）数据

文莱轩随笔 / 金曾豪著. — 苏州：古吴轩出版社，2018.12
（《家在常熟》文学丛书）
ISBN 978-7-5546-1288-0

Ⅰ. ①文… Ⅱ. ①金… Ⅲ. ①散文集—中国—当代
Ⅳ. ①I267

中国版本图书馆 CIP 数据核字（2018）第 257043 号

责任编辑：俞 都
见习编辑：黄菲菲
责任校对：徐小良 王 芳
封面图文：启 明
责任照排：张单键

书　　名：文莱轩随笔
著　　者：金曾豪
出版发行：古吴轩出版社
地址：苏州市十梓街 458 号　邮编：215006
Http://www.guwuxuancbs.com　E-mail:gwxcbs@126.com
电话：0512-65233679　传真：0512-65220750
出 版 人：钱经纬
印　　刷：无锡市证券印刷有限公司
开　　本：880×1230 1/32
印　　张：8
版　　次：2018 年 12 月第 1 版 第 1 次印刷
书　　号：ISBN 978-7-5546-1288-0
定　　价：168.00 元（全四册）

总序

改革开放以来的四十年，是常熟历史上发展最快、变化最大的时期。这个发展和变化不止于经济、社会领域，更见于人们的精神世界。

对常熟全方位深刻变化感受最强烈、体会最深切的，当然是生活在这片热土上的常熟人。《家在常熟》文学丛书，以散文和诗歌的文学样式记录了当代常熟人砥砺奋进的足迹，礼赞常熟在新时代的华丽蝶变。

这里有时代脉搏，这里有古韵今风，这里有世道人心，这里有乡愁乡音。

陶玉霖的《生动的芦苇》是一部美文集锦，以精致的文笔写人状物，开掘生活美质，点睛时代精神。

张国灿的《乡愁如歌》纵观时代，抒放情怀，讴歌改革，诗咏故乡，是一部充满激情的时代颂歌。

金曾豪的《文莱轩随笔》发扬随笔以小见大、举重若轻的文体特点，信手成文，涉笔成趣，把常熟人几十年的生活有滋有味地呈现于读者面前，读

来亲切隽永，趣味盎然，让人油生对时代、对乡土的亲情。

袁文龙的《杂谈常熟话》是作家几十年研究家乡方言俚语的成果。区别于一般的吴方言题材出版物，本书不止于语义注释，还侧重方言词汇的源头考据和历史流变，从语言的角度记录了时代的变化。文本有语言学价值，却无学究气，以文史随笔的形式，娓娓道来，轻松活泼，生动有趣，是一份鲜活的乡土教材，是一份有价值的非物质文化遗产研究成果。

丛书的意义并非只是四位作家的作品结集，还局部展示了四十年来常熟文学工作者追随时代、服务人民的努力。

常熟市文学艺术界联合会主席　李忠

小引

清晨。在雪地里走。雪纯粹，铺张，有一种简化世界、让人间安静的力量。

下午。打开一柄伞走进雨中。伞不是寻常用具，能让雨亲切，让人和雨、天地从容相契。

黄昏。在水边坐，听水的荡漾，鱼的唼喋。恍惚间，你似乎听到了心灵深处那个本真生命的呢喃。

是夜。看月，在窗前。月边有几缕云。月把秀发绾于脑后，保持安静，微笑，不插话，一意倾听。

夜深了。闻风铃轻响，坐起。见一只猫无声走过黑瓦的屋脊，仿佛在寻找心情……

大多在这样的时节和情景中，想到一点，记下一点。自以为这是随笔呢。

作家张炜说，作家的脑子不要老围着“文学”打转转，看到什么事情立刻从文学的角度去改造它。我有同感，以为作家尤其要过正常人的生活，重要的是保持对生活的新鲜感，珍惜面对事物时产生的本真的感悟。

随笔就是记录本真感悟的文体。

随笔不是滥笔，不是“拾进篮子就当菜”。不是心随着笔，是笔随着心。不是随便，是随意。“意”字中间的部分不是“日子”的“日”，而是“子曰”的“曰”。“意”是立着的心，而且有话要说。心为什么立起来？因为有了感悟，有了有趣的发现，有了新鲜的想法。我思，故我在。

《常熟日报》邀我开一个小专栏。我说，那我提供点随笔吧。

随意写下来的，不见得都能成文。若用于发表，那更是要用心挑的，不一定有意义，但一定得有一点意思。

目录

贰　去吃常熟一碗面

叁　二十四番花信

壹

家在江南深秀处

江南，下雪了
亲爱的麦田
油菜花
蚕豆耳朵
江南『水八仙』
篱笆
瓜棚
稼什墙
河滩
潇潇黄梅雨
芦苇荡
尚湖拂水堤
城在江南深秀处
书香常熟
红豆的常熟
小巷
小巷好声音

江南，下雪了

在江南，下雪的日子不多，难得下一场雪，江南人就当作节日来过，会在第一时间给身在外乡的亲人打电话：家里下雪了！

江南的雪内向，喜欢在夜半三更悄然降临。屋子里的人往往没觉察，凌晨醒来，发现屋子里有点异样——有一种清朗的光辉映着四壁，撩开窗帘一看，方知大自然送来了一个惊喜。这种喜悦全无功利，却能一下子兴奋起全身的细胞，一下子记起来许多儿时读到的童话和古诗，还有俄罗斯作家普里什文笔下的美文。

下雪是有预报的。但江南人是识天的，听过天气预报后还会抬头看看天——呀，眼看晚上真会下雪呢！人们的心地忽然变得柔软了些，会愉快地想起白居易的那首美丽的小诗："绿蚁新醅酒，红泥小火炉。晚来天欲雪，能饮一杯无？"没有酒也没关系，这个傍晚注定不一般了，有意思了。

睡下了，如果你知道外边在下雪，这雪就可以"听"到了。江南的雪不是落下的"粒"，而是飘下的"朵"，哪有声音可听呢？是的，你恍然听到的沙沙声其实只是你的想象——常熟人把这个叫作"耳朵作怪"。你真能听到的不是无声的雪落，而是雪团子从檐口坠落的闷闷的声息，抑或是园子里某根树枝被雪压折的细微响动。你想：这会儿有一声柴门的吱扭声，有几声亲昵的狗吠就更妙了——那便是刘长卿的诗境了："柴门闻犬吠，风雪夜归人。"在下雪的日子里，许多人暂时成为诗人了。

在这些若有若无的声息里，床上的人都巴望外边的雪能积起来，不要化掉。在江南，这样的希望还真有一点奢侈。有了这一朵洁白的希望，你的这个夜晚注定不一般了，有意思了。

终于忍不住起来开窗看雪。只见雪花从灯光之外的黑暗中舞蹈而下，浩茫磅礴，却无声息。雪花诞生于严寒的高空，但那里不是它们的家，它们的家在大地上，所以它们扑向大地时会如此急切，如此热烈，如此欢欣！想起一句词：飞起玉龙三百万，搅得周天寒彻。

早晨起来，雪停了，江南的雪景在你眼前了，你手忙脚乱地出门，一心要踏雪寻梅呢。寻不寻得到红梅、蜡梅不重要，重要的是能寻到一片完整的雪地。在乡村，因为雪的删减和装饰，景色和千年之前没多大差别，如果有一条黑狗和几声鸡鸣，那便是经典的江南雪霁了。江南的雪景并不是柳宗元的“千山鸟飞绝，万径人踪灭”，而是岑参笔下的灵动境界：“忽如一夜春风来，千树万树梨花开。”

在城里，你得去公园或者小巷里寻找完整的雪地，却发现比你早起的人已有许多。即便暂无人迹，那猫已经走过，那鸟已经降落过。没关系的，看看逶迤的脚印也好啊；寻不到梅，看看变成琼枝的青竹也好啊。你在雪地里走，很小心，生怕弄脏了这一片圣洁。

孩子们敢于宣泄情绪，在雪地上奔跑、追逐、摔跤，捏起雪团子开仗，滚大了雪球堆雪人。下雪了，平日的许多禁令自动失效，孩子们就此疯掉，就此“无恶不作”。雪是大自然送给孩子们的最好玩的玩具呢！他们的天性终于可以痛快淋漓地挥霍一把了！

参加游戏的当然还有狗。在狗的眼里，平日里的人都是动作缓慢、缺少活力的家伙，没劲。在雪地上，人活泛了，有兴致了，狗就很兴奋，它们终于找到玩伴了。江南谚语“落雪落雨狗欢喜”，只说对了一半——狗不喜欢下雨，喜欢的只是下雪。连着这句话的还有一句：“麻雀肚里一包气。”下雪了，白茫茫一片，麻雀找不到吃的，当然很气恼。孩子们在雪地里用一根筷子顶起一只筛子，在筛子下撒一把砻糠吸引麻雀。筷子上系着一根细线，一直连到埋伏在窗台上的那个孩子手里。麻雀跳到筛子下面，拉倒筷子，筛子就罩住麻雀。这叫“牵麻雀”。别以为这就逮住麻雀了，还说不定，想伸手进去就得掀起筛子，一掀筛子，麻雀就有逃跑的机会了。隔年的老麻雀大多知道人的这个诡计，它们降落在筛子上头，一跳两跳，筛子一歪，倒掉了。其实逮住麻雀也没什么用，孩子们只想和麻雀玩玩。麻雀可不想这么玩。老麻雀骂一声：嗨，拉倒吧你们。

难得雪天，住在城里的摄影家们大概是最可爱的成年人了。他们兴奋地、匆匆忙忙地张罗着，说要拍雪景去，口气中有一点自豪，有一点神秘，甚至还有一点儿神圣。

不是摄影家的人也差不多，同样怀着一种发现了吉兆的兴奋劲和神秘感。

“白雪却嫌春色晚，故穿庭树作飞花。”这是韩愈的诗句。而鲁迅先生是这样点赞雪的：江南的雪美艳而滋润，“隐约着青春的消息”。先生说得妙。

如果没有下雪的夜晚，外婆的童话就会被忘记一大半，冬天就失去了许多的浪漫和美妙。

江南，下雪了。

瑞雪兆丰年，真好！

亲爱的麦田

春分之后的麦田越来越像草原，绿，绿，辽阔的绿……

到了小满，麦苗长高了，轻易就能在风中像模像样地起伏涌动，就成海的样子了。

麦苗拔节了，少年一般日见挺拔，日见茁壮。它们在风中集体舞蹈，宣示它们的团队精神，欢呼它们的年轻和快乐。然后，它们同时在风中接收到了季节的新信息，一齐奋力一蹿——几乎在一夜之间都探出了穗。麦穗还不饱满，麦芒却已初露锋芒，只是还沾着淡黄的花粉，还能看出来它们的稚气、天真。

青春期的麦田就像勤奋的高中生，有一种成长的紧迫感，吸纳着大地的营养和高天的阳光。它们现在的主题词只有一个：灌浆！野荞荞是麦子的竞争对手，也是一伙勤奋的家伙。

野荞荞是一种野生的豌豆，蔓生，缠在麦秆上，结的荚窄窄的，只有豌豆荚的四分之一宽，里头排着十多枚绿豆般大的豆粒。野荞荞煮了可以吃，味道类似豌豆。男孩子摘野荞荞不是为了吃，而是用来做哨子吹着玩。挑选饱满的荚，咬掉荚柄，小心地从一边剥开荚，去掉里头的豆粒，豆荚就变成哨子了，抿在嘴里吹，波波响。因为野荞荞是长在麦地里的，就叫麦哨，也有称“野叫叫”的。以麦哨为端口，用苇叶一层层地盘缠成喇叭状，最后用一枚棘刺锁定，野叫叫就成了一个绿色的短脖子唢呐，一吹，波波的声音已被放大，有了一点海螺的雄浑，很配男孩子的胃口。野叫叫只能现做现玩，隔一夜，豆荚干硬，就吹不响了。野叫叫的声音都是新鲜的、绿色的、有生命的。

芒种过后，麦田的绿色日见深沉，逐渐转换成黄色。黄色也是不停地变化着的，几天不见就勃然变了颜色。这时候，麦穗已经相当饱满硕大，一个个容光焕发了，沉稳了，有了甜蜜的期待了。终于，每一棵麦子都通体成为金黄了。逆着光看麦穗，那麦粒如凝结的汗滴，那麦芒如太阳的金针，整个儿闪烁着耀眼的光芒！

风吹麦田，金波层叠，满目生辉。这是麦田的黄金时代，真的是“尽带黄金甲”。风在路过时总是特别好奇，亲昵地摩挲着麦子，就像在抚摸上苍的宠物。

金色的麦田，特别是辽阔、成熟的麦田的美是宏大的、辉煌的，同时又是朴素的、纯粹的。如果能从空中俯视，麦田的壮丽会更加惊心动魄。

如果你欣赏过、陶醉过麦田的壮美，你对“麦田怪圈”的猜想就不会感到突兀——地球上的这幅壮阔华丽的美景是一定会引发外星人的创作冲动的。外星人使用的是宇宙的语言——数字，他们在麦田里绘制的几何图案一定是赞美地球的诗篇。

如果我们还没有发现麦田的壮美，或许说明我们对麦子的态度过于轻慢了。麦子是天、地、人合作创造的杰作，大自然母亲用它们养育了一代代地球人的生命。假如有一天，大地不再生长麦子了，那该怎么办呢？想想这样的事，我们立刻会对麦子心生感激。搓出几颗麦粒来，我们发现它们不但形如汗滴，还和我们有着同样的肤色。有一句著名的诗句突然从心中跳出来：啊，亲爱的麦子！

成熟的麦田宁静而端庄，听凭风的往来而波澜不惊。它们宁静着，它们等待着。它们已经注意到了左旁秧田里的稻秧正渐成绿毯；它们听到了远处林子里布谷鸟发出的，关于季节的一声声提醒和催促。

“稻要养，麦要抢。”和收割稻子相比，对麦子的收割总是那样的仓促，甚至有一点潦草。

为了这金色的成熟，每一棵麦子曾忘情地付出过一切，可它们知道不可以在这荣耀的时刻多做流连。有一位诗人看出了麦子的色泽里和麦浪的浪线里都有一种淡淡的忧伤。

麦子真这么想过么？我想不会，它们一想到人们吞吃馒头、面条时的笑容，内心无限欣慰。

麦子是大地养育的奇迹。因为亲切，因为美，麦穗的形象被画上了国徽。

油菜花

地气暖了，油菜花开了，开得浩浩荡荡、轰轰烈烈。面对阳光下铺天盖地的油菜花，人人都会大吃一惊——呀，呀！一时间，你不知道怎样来形容眼前的景象，不知道怎样来表达你的惊诧。

油菜花不大，四个瓣，薄，能透过一半的阳光。亿万朵明黄色的油菜花如同春天的主力部队，就这样排山倒海地占领了田野。田野一片蓬蓬勃勃，有一种奇异的光明，仿佛突然有了两个太阳的照耀。油菜花的香气不是一缕一缕的，而是一浪一浪的，汹涌澎湃，滚滚而来，仿佛大地积压了一冬天的激情终于得到了喷发。

蜜蜂出动了。它们很激动的样子，急急地从一朵花飞到另一朵花，不一会儿就沾了一身的黄色粉末，一个个成了会飞的金豆子。田野里充满了嗡嗡嘤嘤的声波。这声音由无数个细小的声音组成，又经过无数对翅膀的搅拌，颤颤的，听得耳朵深处有一种蚁蚁的痒，鼻腔里又灌满了甜甜的花香，就想打几个响亮的喷嚏。

蝴蝶也来了。和蜜蜂相比，它们采蜜的时候总是不够专心，老想卖弄舞姿，飘飘忽忽的，没个消停。它们泊在油菜花上时，两片翅膀一开一合，像是急促的呼吸，它们到底累了。大男孩一脸正经地向小男孩传授逮蝴蝶的秘诀，说一只手要捂着自己的屁眼，另一只手才能逮得住蝴蝶。小男孩信了，照着办，大男孩就笑得在田埂上打滚。仔细看，蝴蝶翅膀上美丽的花纹是由五颜六色的粉末构成的，手指一触就会脱落。它们太珍惜美丽，甘愿和自己的美丽同归于尽。来油菜花地的蝴蝶绝大部分是单色的黄蝴蝶和白蝴蝶，和油菜花一样，它们是同类中最朴素、最简单的一种。

蚕豆耳朵

在江南，大片栽种蚕豆的农家不多，一般种一两畦就够了，有的只在渠道边或田埂两侧栽几行就算数。嫩蚕豆的市价蛮俏的，但行市的时间极短，过不了几天，嫩豆就起沙了，老了，就卖不俏价了。城镇上节俭的人家不赶时鲜，宁愿等几天吃起沙的豆。嫩蚕豆的皮和肉浑然一体，只能一起嚼，清新鲜嫩，有一点儿青涩味，就觉得是在咀嚼着整个的春天。因为那一点儿青涩味，不少人反而喜欢吃起沙的老蚕豆，我就是其中一个。吃起沙蚕豆要吐皮，里头的豆肉面面的，很饱满，能久久地留住鲜味在唇齿间。

蚕豆的包装是双层的，外包装是豆荚。豆荚的形状像蚕宝宝，所以叫“蚕豆”。一个豆荚里大多卧着两枚或三枚豆粒，也有一枚和四枚的，不多。剥豆荚其实不是剥，是捏——食指、中指与拇指相对用力，豆荚就嘎一声折成两截，感觉到豆粒在豆荚里滑动，滑着滑着，扑一声就被挤了出来。看着青青的蚕豆那种欢蹦乱跳的样子，就知道它们很乐意“出世”，你就会产生一种帮助了别人的快乐。这些小豆子湿漉漉的，就像刚出世的小羊羔，看上去有一点点害羞。如果不是马上煮食，就得用湿毛巾把豆粒捂好，免得它们很快老掉。想蒸豆瓣酥或者做咸菜豆瓣汤，就得再为蚕豆剥一层皮。这一回是真的剥了，要用指甲。

剥多了蚕豆，指甲有点疼，就想玩一玩。剥去豆壳盖，把白生生的豆瓣挤掉，剩下的空豆壳就是一个绿色的指头套。等到十个指头配齐，你就可以扮演“田鸡精”了。田鸡精就是青蛙精，它们的手指当然是这样青青的、凉凉的。被“田鸡精”的手指触到的人哇哇叫，表示很害怕，其实那凉凉的感觉是蛮舒服的。另一种玩法是做“美国兵”。将豆芽那一半的皮剥掉，这枚豆就成了一个戴钢盔的美国兵的侧面。看着一个个一脸严肃的“美国兵”，不笑不是人。

在春天的田野里走，你会感觉有许多的眼睛在注视着你。定睛一看，原来是蚕豆棵上的花瓣。花瓣是椭圆形的，白中有点蓝，是个眼睛的样子，中间那个紫黑色的圆当然就是眸子了，方言里叫“眼仙人”。在江南的童谣里，这个黑色的圆不是眸子，而是“心”：春二三月草青青，菜花铺地一片金，红花名叫紫云英，蚕豆花开黑良心。

曾婆婆说这个歌谣是不能瞎唱的，你不是说蚕豆黑良心么，给蚕豆听见了它会不高兴，一不高兴就不肯结豆荚了。孩子们都相信的，因为他们知道蚕豆棵是长着耳朵的。

蚕豆棵两尺来高，主茎的截面是方的，有点怪。所谓的耳朵，就是那些畸形的、喇叭状的叶片。这些叶子和一般叶子的颜色与质地完全相同，所以要在茂密的叶子中找到它们并不容易，得专心致志地慢慢移动目光。因为得之不易，摘到耳朵的人必会惊喜地叫一声——呀，一个朵！呀，两个朵……听着小伙伴叫“七个朵”“八个朵”，而自己还没一个朵，心里就慌慌的，很有紧迫感。曾婆婆说，摘了蚕豆耳朵，人的耳朵就会“尖”。“尖”就是灵敏的意思。

现在有了蔬菜大棚，吃蚕豆是一年四季的事了，但就是觉得缺少了什么。真正的蚕豆是长在春天里，长在蓝天下的，它们有眼睛，还有耳朵。

江南“水八仙”

习惯说“山珍海味”，其实应当说“山珍水味”。

江南“水八仙”就是“水味”的代表。别错写成“水八鲜”，因为这些蔬菜不只是桌上的美味，还是田野里葱茏的美景和馨香的诗意呢。

荸荠、茨菰、菱角、莼菜、水芹、芡实、茭白，还有莲藕，随着江南的水波晃动起来，便有了一种楚楚动人的藻荇之美。

荸荠

江南农家并不认真栽种荸荠，顺手在渠边塘角的浅水里种一点尝尝就够了。和藕一样，荸荠长在河泥里，在田野里能看到的是它们摇动在水面上的茎。荸荠喜欢简约，并不在茎上长叶片，翠绿的茎就兼当了叶，因此得了个别名：通天草。这名字描写它们从水底河泥奋发向上的形态，很生动，很形象。

初夏，茎端开出来淡褐色的小花，一支支碧玉簪似的，柔韧而清丽，在田野的清风里兴高采烈。

秋天了，农家挖荸荠。挖出的荸荠是沾着烂泥的，在水里晃晃，就现出来油亮的、紫红的本色。说“紫红”不准，说“枣红”“栗红”也不到位，说深红更泛，逼得人们专门造一个新词：荸荠色。农家要漆家具，和漆匠说：漆荸荠色吧。漆匠就明白了。农家的家具大多漆成了荸荠色。这种颜色喜气，稳重且温暖。

汪曾祺名篇《受戒》中有一段乡村少女小英子挖荸荠的描写：

赤了脚，在凉浸浸滑溜溜的泥里踩着——哎，一个硬疙瘩！伸手下去，一个红紫红紫的荸荠！她自己爱干这生活，还拉了明子一起去。她老是故意用自己的光脚去踩明子的脚。

明子是谁呢？明子是个英俊的小和尚。少男少女踩在河泥里的脚都滑溜得像泥鳅呢。这一段乡村生活小景，真是滋润极了，美妙极了。

和藕比，荸荠很小。这么比没道理，可江南人坚持这么比，这一比就让荸荠在吴方言里成了“小”的别称。如果一个庵叫“荸荠庵”，这个庵的规模就一定很小。如果一个人长得小巧，就说：这个人，小荸荠一个。

削掉了皮，荸荠现出了白生生的玉体。这般别致，这般动人，可这又是一种什么样的白呢？

这个小问题是为归有光削荸荠的小婢女提出来的。归有光当时是太仆寺丞。雪白？不是。玉白？不是。瓷白？也不是。小婢女这一问，倒把归有光问住了。归有光没办法了，说：那就叫荸荠白吧。

小小的荸荠就这么俏皮，硬是为自己申请到了两种颜色的冠名。哈！

和雪梨不一样，荸荠绝无酸味，只有甜，又不怎么甜，恰到好处。荸荠脆嫩，不是很脆，不是很嫩，就有一点嚼头，但认真一嚼就不会有渣了，只觉得齿颊间甜津津、清凉凉的，把人的七窍都疏通了呢。

江南人还是喜欢甜食，有人嫌荸荠甜得淡，就想出了“风干”的办法。很简单，就是把荸荠摊开在小匾子、小筛子里搁在阴凉处。几天之后，荸荠的一部分水分散发掉，浓缩了，吃起来就甜了不少。这时，荸荠有了皱纹，看上去有点老相，有点沧桑。南方人把荸荠唤作“马蹄”，也挺形象。江南人把荸荠入菜时也就依了南方人，叫马蹄，比如马蹄鱼片、马蹄虾仁。

荸荠的味道淡而有味，一种水凫特别喜欢啄食。这现象引起了李时珍的注意，他的《本草纲目》把这种长在水底的小果子称作“凫茈”。这个名有点拗口。

幼时，我一到深秋气管就会出些小毛病，发炎，咳嗽，不小心受点热就会发烧。我父亲是中医，除了给我服白松糖浆，还让母亲榨白萝卜的汁给我喝，说这能消炎清火。生萝卜汁辛辣、有怪味，比药汤还难喝。母亲体谅我，常以荸荠来取代萝卜汁。

我被暖暖地拥在被窝里。我妈就在床边给我削荸荠，一边削一边说家常话，削好一个就往我嘴里塞，说：消炎哉，清火哉……

温馨美好的童年情景就这样和水淋淋、白生生的荸荠一起，清凉地镌刻在我的记忆深处了。

过年的时候，小镇上有小贩专卖削光荸荠，以“串”为单位出售。把荸荠仔细削白了，用一根尺把长的竹签子串起来八个或十个，就成了一个荸荠串。看到北方的冰糖葫芦，年长的江南人会联想到荸荠串，那是水乡江南的特色食品。

小孩子大张旗鼓地举着荸荠串，一边啃，一边玩，开心得不得了，觉得过年真是好。

荸荠串如同一首诗，串起来一颗颗童年的、甜津津的好时光。

茨菰

“茨菰”这两个字看上去挺远古，猜想是从《诗经》来的。汪曾祺坚持用“慈姑”来替代。其实，因有“大泽菰蒲”的惯用，这“菰”字传达出的湿地风光已足够别有韵致。

有一次，汪曾祺去老师沈从文家，沈师母炒了一盘茨菰肉片待客。沈从文带头吃了两片茨菰，说：“这个好，格比土豆高。”沈从文对什么都讲“格”。

小孩子不讲“格”，不喜欢吃茨菰，嫌那东西有点苦，有点“粉”。其实，茨菰的苦，苦得有分寸，只是一种弥漫着的、淡淡的气氛，并不刻意张扬，更像是“清雅”的极致。这一点，茨菰和百合有一点像。

茨菰可以入菜肴，典型的是红烧肉烧茨菰。要烧得浓油赤酱，把那一丝苦味推得渺渺远远。

把茨菰切成片油炸，炸成金黄色起锅，撒点盐末，就成了茨菰片。这时，苦味已淡远无踪，吃起来很香，不“粉”了，很脆，特爽，比超市卖的那种加了太多味精的薯片的“格”高许多。

小时候，我家所在的弄堂口有个茶食摊，摊主姓赵，是我家的邻居。摊虽小，却讲究时令食品的经营。春天有撑腰糕，夏天有酱豆和氽豆板，秋天有糖炒栗子和油炸茨菰片。这些都是让小孩子们兴奋的食品。

江南农家栽茨菰并不认真，一般都在灰潭基上顺便栽一点。旧时，农家每在田旮旯开挖一丈对径、半丈深的坑，用于沤制绿肥，称为“灰潭”。肥料取走后，灰潭被夷平，就是“灰潭基”了。栽在灰潭基的茨菰根扎得深，结的茨菰个儿大，圆整，只是挖起来有点麻烦。

茨菰的球茎上一圈一圈地长些土黄色的细毛，顶芽倒像一根翘翘的辫子。茨菰的球茎不算美，但茎叶绝对是美丽的。特别是在春天，剪刀状的叶片碧碧绿、欣欣然，整天是笑盈盈的样子，在水面上快乐地裁剪着乡野的风雨，裁剪着朝来夕去的光阴。

“有位佳人，在水一方。”长在水边的植物总是有点诗意的。有一首《江南行》写到茨菰：“茨菰叶烂别西湾，莲子花开犹未还。妾梦不离江水上，人传郎在凤凰山。”不知那远在凤凰山的郎可曾思念过水边的情人和茨菰？

菱角

要种菱了。三月，水还凉，不要紧，在细细的菱秧根部拴一小片瓦片，往河塘里扔，扑通扑通，扔完拉倒。半个月，菱头钻出水面来，过几天就成了一盘一盘的样子，浮在水面上。有根的，扎在水底，不会漂走，随着水波一拱一拱地摇晃。

菱头一天天铺展开，慢慢铺满了水面。水面上的菱头疏密得当，分布大致均匀，它们好像是知道彼此避让的。叶是绿的，梗是红色的。花是细碎的、紫白的，有一种极淡雅的香。

男孩子喜欢这样的菱塘，可以钓田鸡。江南人把青蛙唤作田鸡。钓田鸡别像钓鱼那么文静，要不停地让钓钩在水面上弹跳。青蛙把钓饵误当蚱蜢，跃起来一口吞下，就上当了。

采菱是女孩子的事，把菱桶当作小船，一人一只，盘腿坐着，以手作桨，在菱塘里划来划去。所谓菱桶，就是大号的木盆，长圆形。捉住菱头，提起来，一串菱角就起了水。白的菱不采，还没熟。摘下的菱角就堆在菱桶里。红菱的生硬，更显出女孩子小腿的白嫩，让人生怕尖尖的菱角扎疼了女孩儿呢。

江苏有个民歌叫《采红菱》，邓丽君唱过，水灵灵的，动听。《采红菱》还有一个版本：

七月老，八月落，新娶的媳妇摘菱角，舱里菱角没腰窝。挨着个“扁子”还好过，挨着“刺头”扎死我。该死的，光笑不疼我！

这个版本诙谐有趣，充满生活情趣。这样的劳作不仅有物质的收获，还有精神上的享受。

男孩子身体重，菱桶是载不动的。男孩子落得清闲，只在水边听女孩子唱山歌。

大诗人白居易任苏州刺史时，写过一首采菱的诗：菱池如镜净无波，白点花稀青角多。时唱一声新水调，谩人道是采菱歌。

菱花有黄色的，大多是白色的，细眉秀眼的。常熟水北门外有片水域，叫菱塘沿，猜想那儿原本是个菱塘。当年柳如是初访钱谦益，就在那儿弃船登岸。当代诗人曹大铁就住在左近，他的书斋叫菱花馆。

菱角有四只角和两只角的，红的叫水红菱，绿的叫大青菱，起水时都好看，水淋淋的，艳呢。有一种两角菱，角很钝，钝到几乎没有了角的形态，光溜溜的，被称作“和尚菱”，或者“馄饨菱”，都是形似。也有把“馄饨”写作“混沌”的，弄得有点玄乎。还有一种青菱个儿特别小，四只角却特别尖长，凶巴巴的，那是野菱。

嫩菱宜生食，齿间爽爽脆脆的，一嚼，都是水了，甜得清洁，有一点点青涩，是真正的水乡滋味。老的菱宜煮食，有栗子的风格，面面的，丰厚。卖菱的人家，煮菱不用铁锅，用铜锅。铜锅煮出来的菱外壳基本不变色，卖相好。野菱肉老，生吃没劲，煮熟了比红菱、青菱香，只是要小心了——那四只凶凶的角有点麻烦。在古书里，这种野菱不叫菱，叫“芰”。

熟菱不能往饱里吃，不易消化。小时候，大人就说吃熟菱多了会“吃伤”，不好办，要喝乌龟的尿才能解。说把乌龟放在镜面上，它就会拉尿。这种奇怪秘方大概是没有的，是大人用来吓唬小孩子的——乌龟的尿，多恶心啊。

菱入菜肴，与荤、与素都能很好配合。任你葱油烹炒，菱肉不变色，白玉似的，亮人眼睛。把菱肉、藕片和鸡头米炒在一起，称“荷塘小炒”，很江南。

还有一种两角的菱。两只角弯弯的，大，坚实，如水牛角那种盘盘的形状。这种菱个头大，肉质老，秋天一般不采，让它在秋水里老掉脱落，沉入河底，到冬天清塘时再从河泥里挖出来。深绿色的菱此时变得乌黑，黑得有光亮，像上了漆，被叫作“老乌菱”。老乌菱要蒸着吃。农家在蒸年糕时，顺便把老乌菱蒸熟了，过年时用以招待小孩子。“菱”与“灵”同音，好。大人指望孩子们吃了菱会变得聪明灵巧。

男孩子得了老乌菱，先要玩钩角比赛。将菱角对钩，拉，谁的角先折断就算输了，也就输掉了这只好吃的老乌菱。仔细闻，老乌菱有点河泥味，输掉就输掉吧。

莼菜

莼羹鲈脍是吴地菜肴的代表。“莼鲈之思”也就成了专门用于对江南的思念之辞。

莼菜古称“茆”，属睡莲科水生植物，当然要去湖边河滩寻觅。莼菜的叶片是盾形的，翡翠一般悦目。冒出水面的茎看上去有些纤柔，顶端开着紫色的、精致的花。

挽起袖子去叶下捞，指尖触到滑溜溜的东西，就是莼菜了。莼菜藏在深闺，起水时总是羞答答地卷着，怕见人、怕见光的样子，油滑如脂，好像一支支碧玉簪。摘一片荷叶包着一捧莼菜走，老是担心“碧玉簪”从荷叶包里滑出来，而口腔里已有了柔滑清香的味道了。

莼菜银鱼羹是江南菜肴中最有特色的上品。做这道菜“勾芡不宜重，莼菜宜过桥”，勾芡只要意思意思，过了就是糨糊了。所谓“过桥”，是将莼菜用温油和精盐熘过之后，单独装盆，与银鱼羹同时上桌，当着吃客的面将碧绿生青的莼菜徐徐滑入银鱼羹内。这样的处理，可以确保莼菜的色泽。

莼菜的味道真的很难描写，不知怎样措辞才好。叶圣陶先生说莼菜的美味是“无味之味”，而我以为莼菜的滋味不是通过味蕾传递的，是舌头上感受到的一种美妙的触觉。

水芹

旧时，常以“芹献”一词自称送人的礼物，是个谦词，形容礼物菲薄如水乡野地随处可见的芹菜。

其实，水芹分明有美人之相，美得青葱，美得淳朴。曹雪芹又在自己的名字中加了一个“雪”字，更是美得冰清玉洁。《吕氏春秋》曰：“菜之美者，有云梦之芹。”“云梦之芹”是芹菜的别名，读起来如诗如梦。

稍稍摘除一些老叶，让白的茎成为主角，洗净，一枝枝理整，崭崭齐齐成为一束，焯一下，扶起来挤掉一点水，切成一寸左右的段，在盆里码成整齐的一垛，浇上酱油，淋上香油，一个清清白白的冷盘就上了桌。叶片还是翠翠的，茎是更白了的，泼了油，又有深色的酱油衬托，更见活色，整个儿是一碟青翠的江南呢。

水芹，小家碧玉，容颜姣好，文静，是不自知的那种美貌。不自知的美是最自然、最动人的美。说水芹文静是指它的味。下锅之前，人几乎闻不到水芹的气味，出锅了还是闻不出来。入口，先还是尝到了酱和油的味，待咀嚼几下，才辨出了芹的味道和清芬。汪曾祺说过，吃芦蒿的感觉就像是春日里坐在小河边闻到的春水初涨的味道。我看吃水芹的况味略同。

水芹菜的做法有许多，但好的做法就是这样的冷拌。江南的厨师们觉得这道冷拌菜略显清冷，每每会在这一垛水芹旁同样整齐地码一行切开的皮蛋。一个皮蛋切成四份或八份，是用绷紧的丝线切勒的。用线勒出的皮蛋光滑，才能与盈盈朗润的水芹相匹配。

水芹一般在冬春蔬菜淡季时应市，就遇上了中国人最看重的春节。水芹与皮蛋的双拼冷盘几乎是年夜饭菜单的必有。家常吃冷拌水芹不会郑重其事去拼皮蛋，在我儿时，这道低调的美味提示的就是隆重的家宴。

在最能吃的年纪，我不幸遇上了那个饥荒年代。那时我常会梦到宴会，梦见自己正幸福地面对一桌丰盛的菜肴。那一桌梦中的盛宴，我“看”得清楚的只有三道菜：一道是红烧肉，一道是一品锅，第三道就是水芹皮蛋双拼盘。这是一个提示，我就此明白了我内心最钟爱的菜肴是什么了。

芡实

芡实生于稻田旁池渠边。叶片漂在水面上，先是箭形，渐成盾状，最后呈圆形，蛮大，炫着一种有水光的绿。叶子的背面不光滑，叶脉隆起，是一种浅浅的紫红。芡实的花是蓝紫色的，花托状如鸡头，就此得了个很俗气的诨名：鸡头米。如果是野生的芡实，就被称作“野鸡头”，有些生猛了。京剧《沙家浜》写到了芡实。新四军伤病员坚守芦苇荡，采鸡头米充饥。芦苇荡里的鸡头米当然是“野鸡头”了。

立秋时节，芡实悄悄地结了果实，样子像石榴，有男人的拳头那么大。果实上密密地长着刺，挺恣意的。剥开来，里头的果实有数十肉粒，裹着淡咖啡色的“内衣”，再剥，才是白色的米，浑圆，晶莹，温润，还娇嫩非常。

《神农本草经》列芡实为“上品”，认为芡实有补中、益气和强志的药用，“久服轻身不饥，耐老神仙”。苏东坡每天逐一细嚼熟芡实几十粒，称是他发明的强身美容妙方。

鸡头米是时鲜食品，剥出来了，如果不速冻，就得赶紧食用。把水煮沸，加一点冰糖，随即下米，等冒一会儿水泡，立即熄火。熄火要果断，千万不要恋，一恋，鸡头米就嚼不出美妙的汁来了。清水煮是鸡头米最好的吃法，不要放桂花，一放桂花，鸡头米的本色就被掩蔽，可惜了。要用小小的青瓷来盛，薄胎瓷更好。煮熟的鸡头米像出嫁的新娘，娇羞地沉在碗底，浸着它们的清汤似乎有一点绿意，不知哪里来的，闻一闻，隐隐的一种清香。捞一小匙入口，单觉得满口的温软和圆活，一不小心就让米粒儿滑入了喉头。

清人查慎行有写芡实的名句，云：“芡盘每忆家乡味，忽有珠玑入我喉。”写得妙。

茭白

春风一吹，岸芷汀兰，塘角渠边的浅水里会蹿出些浅绿的、纤纤的叶芽来。不是芦苇，是茭白。

不成片的茭白是野茭白，没人管的，放牛的孩子听任牛伸出舌头去卷。牛爱吃嫩茭白叶。羊是“苦嘴”，啃草连根扯。牛是“甜嘴”，只捋叶片吃，不影响茭白的继续生长。

有时，牛吃着茭白叶，放牛的孩子会意外地发现茭白丛里的野鸭窝——哈哈！把蛋捉在手心里，骑着牛一摇一晃地哼着小调回家——这一份从田野得来的惬意，真的难与君说。

成片成行的茭白是人家栽的，不可以碰。田野有田野的规矩，不归警察管，归农家的公德管。

十几支茭白扎成一束，几十束扎成一挑，担着去集上卖。最外头的茭白叶已经去除，挑子上的茭白都很干净，叶片是绿的，从叶尖起慢慢淡下去，到根部已淡成玉白色，很俏，有一点点性感，不愧是水边的出产。叫“蜡台”的茭白是好品种，剥了壳，就像一支白蜡烛。

茭白丝炒蛋，好。茭白片与蘑菇、木耳配成一道炒三鲜，好。茭白与河虾拼档，白的透，红的艳，看了叫人馋煞哉，也是好。茭白清蒸了，切成段，用酱油麻油拌，味道尤其纯真，淋几滴红红的辣油就更夺目。

茭白炒毛豆是最典型的茭白菜。这是一场美妙的、白与青的约会，仿照的是“白娘娘与小青青”的友情吧？茭白嫩时，毛豆也是嫩时，青青白白一配，素净，爽口，隐隐甘甜，美美的一盘江南素哟!

莲藕

荷高洁，同时又务实，在为人类奉献美丽的同时，又双倍地奉献了果实——藕和莲子。在中医看来，荷更是一身无弃物，荷花、荷叶、荷蒂、荷梗、莲子、莲心、莲房、莲须、藕、藕节均可为医家所用。

李渔在《芙蕖》中这样写：

可鼻，则有荷叶之清香，荷花之异馥；避暑而暑为之退，纳凉而凉逐之生。至其可人之口者，则蓬实与藕皆并列盘餐而互芬齿颊者也。只有霜中败叶，零落难堪，似成弃物矣；乃摘而藏之，又备经年裹物之用。是芙蕖也者，无一时一刻不适耳目之观，无一物一丝不备家常之用者也。有五谷之实而不有其名，兼百花之长而各去其短，种植之利有大于此者乎?

黄梅雨歇，莲蓬上市了。莲蓬是荷的花心——等到荷的花瓣落尽，碧绿的莲蓬就脱颖而出了。莲子是结在莲蓬里的。莲蓬是绵软的，小心地呵护着十几枚莲子。莲子们一个个探出头来，就像不安分的雏鸟。

江南人喜欢把莲子唤作莲心，从字面看，仿佛那是莲花的心呢。如果莲花有心，那一定是清洁到了高贵的。“最喜小儿无赖，溪头卧剥莲蓬”，这是辛弃疾的词。买了莲蓬来剥莲子，小手指和无名指自然而然会竖起来。这样的手势精致，特别女性化，就被舞台上的花旦青衣学去了，称作“兰花指”。这是我的即兴猜想，无典可查。

莲蓬的模样活像倒挂的马蜂窝。刚从莲蓬里挖出来的莲子，穿一身淡绿的、合体的“内衣”，圆满、玲珑、青嫩，隐约有白色的丝光，干净得不得了，嗅一嗅，清芬氤氲，可爱极了！莲子的肉太嫩，去掉绿色“内衣”时得格外小心。莲子里还有一枚极细的“芯”，是一味中药，使莲子多了隐隐的一丝苦，许多人会不嫌麻烦地剔去。其实，这一丝苦不去也罢——清淡的甜，隐约的苦，这不正是人生的滋味么？有人专门取莲子芯和枸杞子一起泡茶喝，说是能明目、降血压。也有单用莲芯泡水喝的，说能败火，效果不错。

莲子老了，剥出来可以入菜，最出名的就是银耳莲子羹。银耳是雪白，莲子是玉白，洁白的冰糖已溶化了。青瓷盏里的银耳莲子羹真是清雅到了骨子里，托在掌心里，还没吃呢，心里已经干净起来，妙哉妙哉。

吃藕了。

藕切成片，可以当水果吃，甘甜鲜洁，唇清齿爽，无人不爱。藕也是江南菜肴的材料，可拌可炒，如酸甜藕片、清炒藕丝，食之皆快人意。如果不怕麻烦，还可剁成藕末，炸成金黄色的藕圆子。再讲究些，可做成藕夹——在两片没有完全切断的藕片中夹进肉糜、虾仁，蘸上面糊入锅油炸。这两样都要趁热吃，酥软松脆，藕香连绵，快哉快哉。

老年人喜欢往藕的空洞中填充糯米，然后做“焐熟藕”吃。“焐熟藕”起锅后，那汤别弃了，可以用来煮藕粥。藕粥呈赭红色，藕香四溢，吃着“焐心”呢。

不知道藕粉是怎么做成的。

藕非荷的根，是地下块茎，分节，有极细的丝，每节都有贯通的一组空洞。横切，藕的本体断了，藕丝却没断。“摇动荷叶连带藕”“藕断丝连”这些意象常被附会男女情爱，生动而美丽。

看看欧阳修的《渔家傲》：

一夜越溪秋水满，荷花开过溪南岸。贪采嫩香星眼慢。疏回眄，郎船不觉来身畔。

罢采金英收玉腕，回身急打船头转。荷叶又浓波又浅。无方便，教人只得抬娇面。

正是秋水发的时候，一夜之间越溪水涨，使得南北两岸的荷花开成了一片。家住北岸的姑娘，只顾贪采荷花，不觉已采到了南岸，偶一回首，忽见情郎的船只已经来到了身边。这叫人多难为情啊！急忙想逃开去，但荷叶浓密，水又太浅，一时动不了船。没奈何，只得抬起头来了……

这么动人的江南小景是有来头的，来自遥远的《诗经》。

篱笆

许多农家用篱笆做院墙。

经典的篱笆是竹编的，大多采用细竹，编成菱形的网格。有的编得密匝，相信“篱笆扎得紧，野狗钻不进”；有的编得疏朗，觉得透透风蛮好的，还可以兼做豆角架子。“一个好汉三个帮，一段篱笆三个桩。”篱笆的桩用杨或柳的枝来做，开春，桩子说不定就活了，扎根了，好啊。

篱笆上自然是爬着牵牛花的。你编了篱笆，牵牛花好像自然会来爬的，这个有点怪。

春夏，牵牛花的蔓长得快，一个晚上能盘旋着长出三四寸。蔓端呈触须状，逶迤盘旋而上，就像精明的侦察兵。牵牛蔓的盘旋是有规矩的，取逆时针方向，从不乱来。掌形的叶片在风里快乐地摇摆，像准备鼓掌的手。牵牛的花期大概有半年，一茬一茬地开，或粉红，或玫红，或蛋蓝，或莲青，就像一柄柄朝天的小喇叭，所以有“喇叭花”的别名。花朵不分瓣，浑然一朵，就像用冲床一次性冲压成型的。喇叭花，花喇叭，定睛看时，耳朵边似有嘀嘀嗒嗒的喇叭声。

带着昨夜的星光，带着今晨的朝霞，牵牛花开放了，艳丽，娇嫩，欢天喜地。太阳升高了，牵牛花就把花朵儿悄悄合拢。她们娇羞，她们谦恭，认定自己只属于清晨，所以牵牛花还有个别名——朝颜。这个名字一定是诗人想出来的，有些凄美。也许牵牛花并不是出于谦恭，也许她们只是崇尚勤勉，不想见到那些睡眼惺忪的懒人。睡懒觉的人看见的牵牛花总是蔫的，他们错过了朝颜，错过了美丽。

牵牛花那么轻盈，怎么和“牛”搭界呢？农人们说，这花和牛郎织女的故事有关，是由牛郎织女的相思泪化成的。这是江南版的传说，有一点凄美。

还有一个牵牛花的故事发生在河南金牛山。一天，一个山村少女刨地时刨出来一个小小的银喇叭，她不知道这就是金牛山的山门钥匙，一吹，身后的山崖应声而开。山门里走出来一个白胡子山神，说：“姑娘，你运气好啊，发财啦，快进山洞去抱一只金牛吧。不必担心抱不动金牛，你只要对牛说一声‘抱’，就笃定能抱动它了。你可千万别说错了，如果不说‘抱’，而说‘牵’，金牛就变成活牛了，牵回家只能套犁耕田。”姑娘进洞一看，里头果然有一百头金牛，闪闪的金光把山洞耀得辉煌。姑娘是山里人，深知牛对山里农家的重要性，喊了一声“牵”，又喊了一声“牵”，一共喊了一百声，一百条金牛一下子都变成了真牛。姑娘把一百条牛牵回村，分给各家各户。从此，农家的篱笆上就开出了和银色小喇叭一样形状的美丽小花……

这是中原版的牵牛花传说，和牛郎织女无关。我想，这样美丽的故事，江南人也会乐意传说的。

有的农家栽木槿做篱笆。隔一拳栽一枝，浇几次水，木槿就活了，越长越密匝，就成了活的篱笆了。好像与牵牛花有过什么约定，木槿花也是朝开暮谢的，也有一个诗化的别名——日及。木槿的花分瓣，厚重，从瓣尖到花蒂，由紫色（或蓝色）向白色过渡，似乎有一点忧郁。唐代大诗人李商隐感叹起来：“可怜荣落在朝昏。”其实，那一点点忧郁只是成熟的质地，木槿是乐观的——天天都有新鲜的花朵，不是青春长葆吗？

如果把明艳的牵牛花比作天真烂漫的少女，那么木槿花就是淳朴稳重的村姑了。细细观察，那些勤恳的村姑大多是自信的、沉着的，她们觉得勤和俭是很自然的，生活里有些难也是自然的，这么想着，她们的内心就踏实而愉悦。

农家的姑娘和妇人都喜欢木槿。她们把木槿的叶子捋下来浸水，轻易就得了一份纯天然的洗发液，洗出来的头发柔顺爽利有光泽。编成辫子，用红头绳一束，好看。绾个乌龙髻，插一枚碧玉簪，也好看。

男孩子看中了木槿富有韧性的枝条，折几根挽个圈，就是一顶用于野外伪装的头饰。这是从战争电影里学来的。

有的农家栽枸橘李做篱笆。这种灌木有尖锐的棘刺，构成的篱笆以守为攻，连黄鼠狼都避之不及。秋天，篱笆上结出枸橘李子，状如小橘子，太酸，不能吃，但弹性好，能当皮球玩，玩完了,手上的清香能留住大半天,闻着胃口大开,多吃一碗饭。

有情趣的农家还在篱笆旁种几宕豆角，栽一丛蔷薇。豆秧爬起来了，豆荚怀孕了，蝈蝈来做客了，把篱笆变成了一面音乐墙。蔷薇蔓生的花枝和篱笆依偎着，在春天里一拨一拨地绽放红色、白色或粉色的小花，繁而结实，把农家的院子打扮成了美丽的新娘。

乡间的篱笆是有生命的，农人们称之为“生篱”，诗人们喜欢把它们称作“东篱”。为什么不是西篱呢？

瓜棚

西瓜熟了，香瓜熟了，瓜地里就有看瓜棚了。

看瓜棚有两类。一类是寮棚，小屋的样子，里头除了架着一只张挂蚊帐的小床，还备有竹椅、矮桌等简单家具。另一类极简陋，其实就是用船篷片子遮蔽的一张高脚床。到了晚上，四面的船篷片子撤去，就见瓜地里浮起来一只挂着蚊帐的床，睡在里头一定蛮凉快的。

瓜棚门口挂着一支长柄的鱼叉，有的三刺，有的五刺，磨得亮闪闪的，说是防獾和刺猬，其实是威慑偷瓜贼的。路过瓜地，顺手摘个瓜现吃，勉强不算偷，但瓜棚里可能会传出来表示提醒或者警告的咳嗽声，也是让人挺尴尬的。

一次，到陆家巷村去。出于少年的好奇，我在陆舅的看瓜棚里盘桓了半夜，若不是半夜下起雨来，会在那里过夜的。陆舅的看瓜棚是挺像样的寮棚，门口还用船篷片延伸出一个门廊，廊下置着一只矮桌子和两个小竹椅，桌上有一只小收音机和一把巨大的茶壶。在乡下，这种扁扁的大茶壶有个挺酷的名字：牛屎壶，肚子里灌着大麦凉茶。这种凉茶就得咕咚咕咚地牛饮，不然配不上“牛屎壶”这个粗犷的壶名。

侍弄瓜地是陆舅的嗜好。那个夏日的黄昏，在蚊烟堆的艾草清香里，陆舅兴致勃勃地大谈他的西瓜经，至今我还记得他说的两个窍门。窍门之一是“瓜果喜欢陌生地”，意思是没有种过瓜的田地最宜种瓜。窍门之二是“别让雌花坐得太密了”，坐花过密，瓜长不大，反而吃亏。

有一年初夏，陆舅把村头一个野蜂窝用麻袋兜了搬到瓜田里，挂在瓜棚附近一棵小树上。陆舅认定蜂对瓜的重要，搬蜂窝是想让野蜂对他的瓜田特别关照关照，不料这蜂窝后来成了他看瓜的帮手呢！

陆舅脾气好，即使在瓜棚里遥见有人顺手摘瓜也不好意思咳嗽，就想出一个办法：看见有人摘瓜，他就扯动瓜棚里的一根绳子——这绳子拴在那棵小树上呢，一扯，野蜂嗡一声窜出来，就把摘瓜人吓跑了。

这个故事发生在陆舅家那条老狗老死之后。那老狗本来是陆舅的看瓜好帮手，瓜熟时节白天黑夜在瓜棚里忠心耿耿地值班。没了老狗之后，陆舅找了个值夜的帮手——蝈蝈。瓜地里的蝈蝈蛮多的，每一个蝈蝈都守着一方领地，彻夜用鸣叫宣告它的占有权。它们很敏感的，如有活物靠近就会戛然噤口。看瓜人睡在蝈蝈的鸣叫声里，蝈蝈一噤口，看瓜人悚然醒来，赶紧咳嗽，赶紧弄点响动出来。

老狗不在的另一个瓜季，陆舅不慎崴了脚，邻村几个青皮后生竟结伴乘夜来偷瓜。星稀月残，黑咕隆咚的，他们带着麻袋，从意想不到的方向泅渡而至，谅崴了脚的陆舅即使发觉了也追他们不上。当时陆舅在瓜棚门口的躺椅上打盹，听得动静，知道来了不速之客，忽然哼哼起来，一声一声的全是痛苦的呻吟。偷瓜人不知是计，听出声音不对劲，猜想陆舅发了什么急病，放下麻袋奔过来考究。陆舅一手一个，抓住了两个湿淋淋的偷瓜贼。

陆舅哈哈大笑，说："你们倒心肠好，麻袋别用了，抱两个瓜走吧！"

丝瓜不种在田里，种在院子里。给丝瓜锅盖大一点点地，你就能得到半个院子的绿荫，多好啊！

长到一尺多长，丝瓜秧就会像蛇一样昂起头来，找寻往上攀爬的依附。这时候就要搭丝瓜棚了。丝瓜棚很简单，用几根竹子做架子，在架子上网上草绳子就行了。得了依附，丝蔓很开心，淡绿色的蔓须舒展着，像要甩个响鞭的样子。棚子上的瓜藤还疏朗呢，第一批花就开出来了。丝瓜的花不大，却夺目，是那种鲜艳的明黄色，使人想起深秋午后的阳光。好像没什么香味，但蜜蜂嗅到了，闻风而至，手忙脚乱地忙，嗡嘤着，你呼我应之间洋溢着十分的热情。

馋嘴的麻雀常来探看，在棚子上叽叽喳喳地争论不休。有的认为这是葡萄藤，有的认为不是。成熟的葡萄是它们喜欢的水果。

蔓须还在探索，藤蔓还在延伸，开过花的段落纷纷垂下来细小的丝瓜。那花还开放着，开在小丝瓜的顶上。丝瓜想向下垂，花却想面朝天，奋力向上仰，结果十有八九的小丝瓜成了一弯弧形。

麻雀的争论此时已见分晓，它们对丝瓜没有兴趣，不来了。有能耐登高的蝈蝈爬到棚子上来了，在那儿居高临下地放歌。碧绿的小丝瓜上站着碧绿的蝈蝈，很经典，很好看。

陆舅家的院子里有桂花树，丝瓜棚就搭在院门外头。夏秋两季，陆舅家的院子门口总有一片葱茏的绿荫。偶有阳光从藤叶间漏下来，在地上金币似的跳跃。

在市场上受欢迎的是那种直而细长的丝瓜，种瓜人在弯弯的丝瓜上用布带子拴了石块碎砖，要把丝瓜拉直拉长。拉直是有可能的，拉细好像不可能。

陆舅不让家人在丝瓜上挂砖石，怕丝瓜难受。陆舅家的丝瓜大多是弯的，像一勾新月。下雨的时候，雨水喜欢栖在弯弯的丝瓜上，越栖越多，最后从瓜尖上聚成亮晶晶的一滴。雨滴终于落地,瓜身往上一弹,牵动了藤和叶,引起一阵细细的绿雨。

丝瓜一茬一茬地垂下来，绵绵地延伸到中秋。丝瓜在渐凉的秋风里发起一波结瓜的小高潮。陆舅说，这就是“凉丝丝”的出典呢。

秋深了，丝瓜藤发黄了，一片一片落掉。来不及摘的丝瓜还挂在藤上，一天天变老，由绿变成黄，由黄变成褐。

农家是故意留下这些老丝瓜的。除了留种，还为了取用老丝瓜的络。采下老丝瓜，把发脆的外皮去掉，就现出老丝瓜的麻布似的黄色的筋络。拍打筋络，把黑色的籽拍出来留种，剩下的丝瓜络就是“丝瓜麻络经”。这是吴地人的叫法，听上去像一个多音节的俄文单词。

把丝瓜络剪成四寸长的段子，用来洗碗，管用。用来搓澡，更理想，很生态，很舒服。

陆舅家没机会收丝瓜络。入了秋，陆舅家的丝瓜藤就被齐根剪断，插进了空盐水瓶。一天一夜，丝瓜藤的灰绿色汁液滴满了瓶子。换个瓶再接，这次要用两个昼夜才能收满瓶子。最后，丝瓜藤就干枯了，不再有汁液滴出。

陆舅的舅舅是个慢性支气管炎病人，一入秋就会发病。丝瓜汁是一味民间偏方，用于治疗老咳喘。

丝瓜藤滴汁的那些日子，陆舅尽量不在家里待。他不忍心呀。

稼什墙

江南农家注重精耕细作，讲究农具的适手是自然的事。农家的下屋里大多有一面挂置农具的墙，称作“稼什墙”。“稼什”就是农具，江南人用方言说就是“家生”这两个音。

陆舅家的稼什墙是蛮讲究的。这是一面只起到隔断作用的墙，两米来高，没砌到房顶，L形的农具可以直接钩挂在墙顶上。挂着的钉耙有好几把，样式不一样，各有各的用途。垡田的钉耙都是四个齿，只是齿尖的形状不同，一把是尖头齿，一把是“鸭脚齿”，还有一把是菱叶齿。尖头齿利于深垡，另外两把便于扒拉。钉耙的竹柄被汗涔涔的手掌摩挲得绢光滴滑，握上去有玉石的感觉。竹的截面当然是圆的，中空的，而榫入钉耙“脑”的是竹的根部，实心，被修整成大致的方形，能起到固定的作用。竹柄榫入处称为“脑”，这个“脑”的倾斜度决定了钉耙刺与柄的夹角，也就决定了钉耙的好用与否。

九齿钉耙的形状类似猪八戒手里的武器。九根齿细而尖，微微向里抓，在水田灌水时用作平整田面，在沤肥潭起肥时用于抓提绿肥。

锄头和镐的柄是木质的，陆舅家用的是榆树。那么韧的树也让汗掌揉搓得溜滑，握在手里觉得十分得劲。

挂在锄头旁边的是连枷。这种看上去像玩具一样的工具用于拍打铺在地上的麦穗，使麦粒脱落。使连枷要腕力，还得有巧劲，要充分借用枷头旋转的力量。

靠在墙上的稼什也不少，比如开沟渠用的铲子，挑物用的桑木扁担，打坑下种用的菜花榔头，还有罱河泥用的夹网……

挂这些稼什是不用钉子的。挂在钉子上的是耘耥用的耥头。与耥头相配的竹柄很长，闲置时只能把竹柄卸下来另外存放。

镰刀有好几把，集中插在墙根的竹篓子里。墙根还有一部犁。犁是稼什中的老代表，被隆重地放置在一条短跳板上。这部犁蛮老了，是陆舅曾祖父手上置的老稼什。做犁的树料不好找，那位讲究的曾祖居然花了几年的时间，用一块大石块吊在一棵榆树上，硬是把那棵倒霉的树拉成了弯弯的犁状。陆舅家的犁的扶柄上有一个小小的铁环，这是陆舅爷爷的创造，是备着挂小竹篓子的——耕田时，扶犁的人发现土里有石块、瓦片，就随手捡起来放进竹篓里。这部犁在陆舅爷爷七十多岁时断了犁头，陆舅的父亲想换个新犁头，陆舅的爷爷不同意，说：“把犁头拆下来吧，去尤记铁匠店回回炉吧，还用这点铁。”还是那点铁，旧犁成了新犁。老人却永远走了，老人家自己没法回炉了。

我见到这部犁时，犁已经被弃用多年，就像一个清健的退休老人。

陆舅家的稼什墙上还挂着一把别人家没有的手锄。这是陆舅设计的，锄头的形状像一片夸大的银杏叶，木柄只一尺多长。陆舅有闲就会去田里转转，转转时就随手带着这把手锄，时不时弯腰给庄稼除一除草，壅一壅土。

陆舅有空也会去下屋看看他家的稼什墙。这些农具有的是祖辈传下来的，有的是他亲手置的，他对它们有感情，往往会忍不住一件件取下来擦拭一遍，摆弄一会儿，然后又一件件挂回老地方，整面墙的格局是多年不变的。

农具都老了，显得陈旧、凋敝，但都干干净净、眉清目秀，静静看，似乎都有与人交谈的欲望。铁件是抹过油的，用青油。青油是从乌桕树的籽里榨出来的，市面上买不到现成的。陆舅家屋后竹园里有一棵乌桕树，是他曾祖特地为保养稼什栽下的。到了深秋，乌桕树叶比枫叶还红得透，经竹园的翠色一衬，那可是村子的一景呢！

有一辈辈人的示范，像陆舅这样的农民是一开始就打算用一生的时间来和庄稼相伴的,身上自有一种特有的执着和宁静。他们有耐心，有兴致，在田地上静静地劳作，快活地收获。

陆舅家这些稼什大多出身于镇上南街尤记铁匠店，身上铭有一个小小的“尤”字。“尤”字笔画少,可铭时还是要小心——一不小心成了“犬”就不好了。

做陆舅家的稼什是蛮幸运的，可这些被宠坏的稼什还是不满足，老是抱怨后窗外的竹林遮挡了它们的视线，使它们看不到它们亲爱的田野。它们和田地有感情，自觉是这方田地迎娶的新娘呢。

一年中有许多忙忙碌碌的日子，也有许多农闲的时光。在那些寂寞的晨昏，稼什们总是在不厌其烦地聊着田地和庄稼。

年长的犁只能谈谈泥土和牛。这么多年了，它从来没有见过长满庄稼的田野，所以对一切关于庄稼的话题都很感兴趣，以至于它整个儿快成了一只倾听的耳朵了。

九齿钉耙不知道猪八戒，它能描述的是莳秧时节的田野：啊，啊，那么多嫩绿的秧苗啊！那么多聒噪的青蛙啊！当然，还有黑色的燕子。这些红下巴黑衣衫的精灵是到秧田来衔泥做窝的。可九齿钉耙并不知道燕子衔泥去做什么,它感到奇怪——难道燕子和蚯蚓一样是把烂泥当饭吃的吗?

专做耘耥工作的耥头能头头是道地描写分蘖中的稻田：稻棵是深绿色的噢！稻棵都提着劲地伸展腰肢，那种蓬勃的气息让人兴奋不已哎！你道稻棵为啥紧张啊？因为田里还长着不少稗草。那些草是很蛮的，一个劲地往上蹿，一心想从稻棵中探出头来争得阳光……

锄头最喜欢的事是挖红薯。锄头早就知道埋在土里的秘密，但它看不厌躺在地下的那些呆头呆脑、虎头虎脑的家伙。“嗨！”锄头说，“小家伙，我带你们回家噢！”

镰刀记忆中的田野总是金黄的：开镰时节的庄稼地一派金黄，饱满而俊秀的穗子在风中摇头晃脑，发射着太阳一般的光芒……

一把豁了口的旧镰刀最是见多识广，因为它在豁口之后成了孩子割猪草的工具，一年到头都是有机会到田野里去的。它是这样描写田野的：清明前后，田野最是欣欣向荣。子规鸟喜欢在麦地里找虫子吃。割草的小孩在田埂上走过，子规鸟尖叫一声“规”，然后“子”一声直射到天空里。这当口，油菜花轰轰烈烈地开着呢，金光闪耀呢，那些嗡嗡的蜜蜂叫得我刃口都麻酥酥的……豁口镰刀口才好，最后还有总结：庄稼没有不守规矩的，什么时节萌芽，什么时节发棵，什么时节扬花抽穗都是同步的，悉听大自然的号令。庄稼没有不好看的，它们爱美的，总是收拾得清清爽爽，玉米高挑，芝麻挺拔，麦苗妩媚，稻棵丰腴……

豁口镰刀这么说着，大家忽然想到：哎呀，这个农闲咋这么漫长啊？子规鸟叫过了，蝉唱过了，乌柏树红透了……

有一天，陆舅领着几个陌生人来到下屋，把那部老犁扛走了。市里农耕博物馆要收藏这部早就退休的稼什。老犁被扛出门的那一刻，陆舅有一种很深的难过。

博物馆的人有点惊诧：“呀，呀，这犁头还这么锃亮！”陆舅说：“这就是青油的好处了。”博物馆的年轻人一脸茫然，他不知道青油是什么。

一年又一年，陆舅不断地用青油保养着这些稼什，还把这面稼什墙归置得井井有条，有一种说不出来的美。

博物馆的老馆长说：“老陆啊，你这面墙很有意思的，我们可以整体收藏吗？”

陆舅愣了愣，还是摇了摇头，眼睛里满是落寞和惆怅。

陆舅几年前就无田可耕了，当工人了。竹园那边的田地早就开发成居住区了。

河滩

“人家尽枕河”是诗人的夸张，但临水而居确是江南人的最爱，有风有水，好啊。筑石驳岸时，江南人会在适宜处向河面驳出石级，尽量用整条石条，一级级往下降，一直延伸到水面之下。江南人把这部石级称作“水栈”“泾岸”，或者“河滩”。字写到纸上，觉得“栈”字有木字旁，似不对。“泾岸”与驳岸混淆，没落实，就勉强写作“河滩”吧。

仔细想想，江南人对以上三个名字也并不是乱叫的。那些窄窄的、一家独用的是水栈或泾岸（也有叫“水站”的），而那些宽宽的、公用的便是河滩了。

走的人多，整日水淋淋的，河滩的石条包浆十足，看上去特别滋润，特别健壮，还是坦荡外向的性格。

离我老家最近的河滩在练塘河的南岸，颇有规模，还不是直通通的那种大路货。石驳岸向外平延两米左右，成为上平台，然后向东下石级，到达下平台，再从下平台朝河面下石级。西侧并无下平台，一组石级紧傍着上平台直达水面。这就有错落有致的意思了。

这一段练塘河在当时是由东向西流的。东河滩在上游，用作淘米汰菜；西河滩在下游，用作浣衣涤物。这是约定俗成，人人遵守，从不“上”错。明明是向下走呢，偏要说“上河滩”。上比下好，顺耳。

河滩一般是没有名字的。这个错落有致的河滩有名：大河滩。

对男孩子来说，大河滩是蛮好玩的。

是戏水吗？不是。游泳得去镇外野河里，那边僻静，可以裸泳。只有裸泳才可能找到鱼的感觉，穿个裤头就不对了，就是人的感觉。一样的道理，乘飞机就能找到鸟的感觉吗？没门。

男孩子在这里和鸭子玩。晚饭吃过，贪玩的鸭子如果还是不肯起岸回鸭舍，男孩子就奉命去呼鸭。哪是呼鸭呀，分明是在和鸭子玩打仗游戏。

捕鱼也好玩。找一只破笆斗来，底上挖个脸盆大的洞，用铁丝网封住，在笆斗沿上拴一根竹竿，在对面沿口拴一麻绳，就可以“冲”鱼了。得有点臂力，得找一处垂直于水面的石驳岸，例如大河滩的上平台就挺理想。将笆斗口贴扣在驳岸上，绷紧绳子，连同竹竿一起抓住，猛力冲下去，一放绳子，让笆斗仰在水面上——行了，石缝里的鱼和虾已经被吸在笆斗里了。大多是土婆鱼，黑不溜秋的，长着两根胡须，气鼓鼓的样子，好像在嘀咕：人家宅在家里还不得安宁，烦不烦啊！土婆鱼刺少，一团肉，很鲜的。

那时河水清澈，有日光时，目光可以沉下去蛮深，看得见窜来窜去的鳌鲦鱼。勾下身子，还能看到萌萌的鱼苗。鱼苗的身子接近水色，乍一看只见得一对一对粟子那么大的黑眼珠，怪诞。

用蚯蚓做饵钓鳌鲦鱼成功率不高。先以为这些家伙不喜欢吃蚯蚓，可换了饵料照样不行。后来明白了——既然人能看见它们，它们不也能看见人么？它们这也是知己知彼，百战不殆。

改用丝网吧。丝网蛮贵的，那就自己织网。从削竹片做梭子起，什么都自力更生，挺有成就感的。我这一手是向同学学来的，他叫张祖坤。

将附着丝网的竹竿浮于水面，人像钓鱼一样守着。鳌鲦鱼游着游着，发现竹竿和丝网了，愣住，心想：这些人，居然这样明目张胆啊！岸上的人看得真切，把碎砖什么的扑通一声投在鱼群后头。鱼一惊，把前头的网忘了，向前一窜，行了，就自投罗网了。听说鱼有七秒钟的记忆，可一惊之下，它们的记忆就几乎归零了。提起竹竿网来，上头忽闪着一条条银光。把丝网附在竹竿上的好处是可以防止鱼在挣扎时把丝网弄乱。理丝网是头疼的事。自以为这种捕鱼法是我的首创，命名为竹竿网。是不是首创并未求证过，但可以肯定的是我这一手并不是学来的。这种捕鱼法可目睹鱼儿投网的全过程，有趣。

在河滩上逮鳘鲦鱼还有别法。一只手将一只篮子把握在水里，另一只手浸在篮子里，缓缓摇动手指。游近来的鳘鲦鱼见得白生生的活物，以为可吃，凑过来研究，就入了陷阱。篮子一提出水面，鱼儿就范了。这个法子得有好耐性，所得也有限，大一点的孩子便不屑，让小屁孩去玩吧。但小屁孩是不敢这么玩的，因为大人不允许，怕落水。

孩子长大一点，就会喜欢起历史故事什么的。说到这个，我们这个大河滩还有一个特别的妙处。这个河滩的对岸就是镇上的东园茶馆，兼营评弹书场。场子有一大排沿河窗，夏夜，窗子一溜儿敞开，坐在河滩的石条上就能听说书行生讲故事了。《白蛇传》《绿牡丹》《大红袍》《七侠五义》《张文祥刺马》……嘿，一部连一部，好听呢，听进去就出不来。可毕竟隔着河，还有蚊子的骚扰，听得断断续续，只能得个大概，心里痒痒。有些孩子不甘，就想着法子去书场听白书。我就是其中一个。

大河滩的这一段练塘河比较阔宽，常有鱼鹰船来此围捕。

一般是午后，河上来了四五条鱼鹰船。船都小得迷你，一人一桨。鱼鹰栖在挑出于船舷两旁的树枝上，长喙黑羽，眼睛贼亮，脖子上宽宽的皮囊鼓个不休。下水前，渔人在它们脖子上加了箍，预防它们吞下鱼去。渔人一手划桨，一手舞篙，小船也活活成了鱼鹰的样子。他们训练有素，四五条船转眼之间已经形成包围圈。不知谁朗声喝一声："宛！宛宛……"其他人一齐响应，同时按一个节拍踩响舱里的踏板，嘭嘭如鼓。那吆喝声极粗犷，那节拍极热烈，听着让人血管里充满热辣辣的力量。竹篙挥处，鱼鹰纷纷下水，出水时喙间大多已叼着活跳跳的鱼了。

渔人中有一个少年是我认识的。他叫小三子，苏北人，常赤了脚拎着鱼在街巷里啪啪啪地奔跑，嘴里喊：“慢市鱼喽，慢市鱼喽……”下午卖东西叫慢市。后来，这个苏北男孩子就这样啪啪啪地跑进了我的一篇短篇小说里。

潇潇黄梅雨

“一川烟草，满城风絮，梅子黄时雨。”

梅子黄时，江南“入梅”了。

入梅了，江南的晴天就像文章里的标点，占的份额很少。好不容易看见枇杷黄的太阳，那天空往往还有一角灰暗着，还淅淅地洒着暖暖的雨，有点死皮赖脸的样子。“东边日出西边雨，道是无晴却有晴”写的就是这一出，叫“太阳雨”。

总要下几场大雨的，连着下几天几夜，气势汹汹的样子，大河小河的水位眼见着就一泱一泱地涨了起来。接着中雨、小雨、麻花雨，忽紧忽慢，牵牵连连，洋洋洒洒，绵绵不断，分明填的宋词《雨霖铃》和《声声慢》。雨终于累了，歇一会儿，空气里却依然弥漫着潮兮兮的雾霭。几乎没有风，整个江南沦陷在巨大的湿气团里，什么东西都是湿漉漉的，满耳朵是水流动或者滴落的声音。于是，可能发霉的东西都发霉了，可能憋闷的人都憋闷了。于是，人们恨恨地把“黄梅”唤作了“黄霉”。

猜想植物是喜欢这种天气的。在这个季节里，植物们比赛似的跳着长，蹿着长，差一点肉眼都能看得见茎叶的伸展了。今天是一个苞蕾，明天就是一朵花，后天就是一个小果实。那些须蔓一个晚上能长出三四寸呢；那些黄瓜、长豆，隔一夜就变个模样呢。一块石头，几天不见就栖满了青苔呢；一片泥地，隔几天就成了草坪呢。在霏霏的细雨里，江南整个儿在蓬蓬松松地发育呢。青梅黄了，杨梅红了，芭蕉肥了，枇杷变成金弹子了……人们回心转意了，又把“黄霉”唤作“黄梅”了。

做酱，做乳腐，想法子晾出一竿一竿湿衣裳，主妇们很忙。这时节田里的活也多，叫“做黄梅”。

女孩子留意的是花事。巷口桥头，有人在卖花：“栀子花……白兰花……”是软软的吴地方言，“花”字拖得蛮长，颤颤的，又被细雨淋湿了，满耳朵的滋润。

叫卖两种花，其实只卖白兰花。栀子花的花骨朵有点松散，花瓣薄，白得有点冷，就用花蕊的一点明黄来点彩。这一点明黄色有洇化的倾向，不久就渲染到了紧靠蕊的花瓣。采一束栀子花养在花瓶里，就有了一屋子清雅的香。白兰花白得并不纯粹，厚实，小家碧玉的样子，和栀子花属一个香型，稍稍浓郁些。

卖花的多是少妇，臂弯里挽一只浅浅的平底篮，篮底铺一块湿毛巾，白兰花成对并卧着，有点害羞。一根极细的铜丝把一片叶和两朵花组合起来，还打一个小小的环儿，便于买花人把花扣在衣襟上。把一对白兰花扣在衣扣上，女人心里就挺美的，做事，走路，把幽香丝丝然然地播散在黄梅的江南。苗条的少女佩着白兰花，挑一把橘红色的伞打开，有事没事地在雨巷里文文静静地走，希望走成戴望舒笔下的丁香少女。江南人不种丁香，那“丁”字倒有点像打开的伞。

男孩子不肯忧愁，就觉得这长篇小说一般的雨和散文一般的水好玩。

老辈用的斗笠、蓑衣进博物馆了。套上透明的塑料雨衣，挽起裤腿，穿上高统靴，就踩着水花走进雨里去。走进雨里也不做什么，就是嫌屋里憋闷，想到处走走。穿过客堂时，小心避开一竿竿的湿衣裳，尤其要避免在裤裆下钻过。遇上沟渠河道，听见蛙鸣，赶紧回家取鱼叉。满世界的水都在流动，都是浑的，三个齿、四个齿的鱼叉并无大用，难找目标。

水渠和小河的交接处，有小小的瀑布。一些恋爱中的鲫鱼由本能驱使，一路逆水而来，想利用瀑布切水而上，急吼吼划动尾鳍，发出“切切”之声。在这里，鱼叉也不如“捞海”这种装竹柄的兜网有用。披着宽大的雨衣，握一个捞海守鱼，笨笨的，就像棕熊守着洄游的鳟鱼。这样的守水有点“熊”，得有耐心。男孩子耐不得这个，联手在小河上筑起泥坝来。坝成，找个破脸盆什么的往坝外排水。排出去的水是由竹畚箕、竹篓子接着的，过水不过鱼，没商量。“堰塞湖”里的水位慢慢浅下去，鱼们发觉不妙，在浑水里乱窜，把水搅得愈加浑浊。男孩子们已赤了脚的，小腿上感到鱼在水下滑滑地乱撞——成了，果然水浑好摸鱼呢！

筑坝一番忙，摸鱼又手忙脚乱，男孩子早大汗淋漓；把雨衣脱了，把上衣脱了，听凭大雨小雨打在赤裸的胸背上；抬起手臂抹抹脸，心里喊一声：“痛快啊！”

只要手里拎着一串鱼，浑身泥水地回家也没关系，大人不会怪的。

“黄梅时节家家雨，青草池塘处处蛙。”和男孩子一样痛快的是雨中的蛙。蛙们瞪眼看着赤裸的男孩子，开心得鼓起腮帮子大声叫：“呱呱呱，呱呱呱——痛快啊，痛快啊！”

梅雨时节，唱主角的原来是这帮水淋淋的男孩和蛙。

芦苇荡

芦苇太朴素，太平凡，我们常常忽视它们。法国思想家帕斯卡尔有一句名言："人是一支会思想的芦苇。"这句话的意思是，就生命而言，人和芦苇一样脆弱，而人的力量全在于有了思想。在这里，芦苇只是脆弱生命的代表。可见帕斯卡尔也轻视芦苇。

我们真的有资格贱视芦苇吗？

当一支支芦苇切近地站在身旁时，我们才会发现自己其实从来没有认真地关注过这种高高瘦瘦的植物。

每一支芦苇都尽力笔直地站立着，每一张苇叶先是向上拥抱着主干，然后向斜上方展开去，尽可能多地承接阳光和风雨。相信芦苇是喜欢风的，如同它们喜欢阳光和雨。芦苇确实很朴素，在秋天里，它们甚至有点憔悴，下部的叶子已经枯黄，为的是集中能量供给顶部的芦花。

没有开的芦花神色黯然的样子。绽放的芦花也算不上怎么美，不娇，不艳，只是一种灰白的絮。风来了，芦苇们并不抗拒，倾斜，倾斜……倾斜到一定的角度，风就对它们无可奈何了，它们于是又站了起来，挺直了腰杆。

芦苇在《诗经》里就早早出场了："蒹葭苍苍，白露为霜……"古人称初生的芦苇为"葭"，开花前的芦苇为"芦"，开花后的芦苇为"苇"。如此细细分别，说明古人对芦苇的重视。《诗经·蒹葭》将芦苇喻为亭亭玉立、脉脉含情的"伊人"，寄寓了美好的情意。

握住一支芦苇，觉得是握着一支坚强的竹竿。徒手是难以折断一支芦苇的，连根拔起一支芦苇更是困难。这是说的一支孤立的芦苇。芦苇在成丛，成片，成"荡"之后，坚韧的根虬结在一起，要想拔起一支芦苇更是难上加难。

三四米高的芦苇完全可以把人淹没，密生成阵的芦苇荡完全可以将人与外界隔绝。转折复转折的栈道一似祝家庄外的盘陀路，完全可以模糊人的方位感。一旦失去方位感，人“找不着北”，就会生出惶惑和惶恐。不信，你试试。

芦苇永远在风中，永远在摇曳。人道是“风起于青萍之末”，大概不对，应当是“风起于芦苇之丛”。感觉不是风在摇动芦苇，而是芦苇在摇动着风。

永远摇动的芦苇永远在发出荒野的声音。一支芦苇发出的声音是细微的，几万、几十万、几千万支芦苇合成的声音就浩浩荡荡，就无边无际。和海的浩荡不同，芦苇荡的浩荡永远是有节制的，不张扬，低调，凝重，坦荡，好脾气。

仔细听，芦苇荡的声音由两个声部组成，一个是上部的青叶发出来的“哗哗”声，另一个是下部的枯叶发出来的“沙沙”声。几千万个生命合作的双声部的荒野之声，细密、雄浑、壮阔、汹涌，蕴含着一种不可侵犯的凛凛威仪！

如果有一条拱起的桥就好了，站在桥顶上就可以看到芦花组合成的风起云涌的海。所有的芦花向一个方向张扬、摇摆，就像是一面面迎风招展的白帆，就像是一行行竖排的关于秋天和荒野的诗句。

看山时心旷，看水时博大，那么看大苇塘呢？看芦苇荡，飘逸、悠远的思想始终在触手可及之处，弥漫在默立者的呼吸之间。

走水路进芦苇荡，当然是要用船。有条件独自划一条小船是最好的。那种很小的船被李清照称作“蚱蜢舟”，而常熟人喜欢亲昵地把这种船唤作“淌淌船”。不知道“淌淌”是什么意思，只知道念着有快感，还有一种漂泊似的轻巧意味。江南有儿歌：“亮月亮，出淌淌，淌淌船上好白相……”江南人不叫“月亮”，叫“亮月”，认为这样才能和“太阳”相对仗。

上船要小心，落脚时要踩准船的中轴线，不然就容易翻船。在后艄坐定，船头就昂了起来，发现自己是坐在水平面之下了。小船活灵，像鸭子，似乎认得路的，一头就往芦丛里钻。

面前是被芦苇密密相夹的曲曲折折、宽宽窄窄、深深浅浅、无休无止的水道。芦苇荡深处的芦苇愈是长得恣肆，一条条绿林好汉的样子。想起《水浒传》中在芦苇荡里出没的阮氏三兄弟，还有诨名“一丈青”的扈三娘。想起扈三娘是因为“一丈青”这个诨号特别适宜送给芦苇。

芦苇丛中不时飞起来棕色的小雀儿。这儿没有麻雀，往斜次里飞的是芦雀，垂直冲天的是子规鸟。芦苇荡里有蛙，不多。不多是因为这儿有水蛇出没。夏天进芦苇荡有时能听到“蛇盘田鸡”的经典声音，那是蛙被蛇咬住盘缠后发出来的惨叫。在芦苇荡无休止的凉森森的风中，这种惨叫煞是恐怖。眼下是深秋，蛇进洞冬眠了吧？

隐隐传来一两声鸟的啁啾，使眼前的一切变得异常幽远。芦苇间的湖水因芦苇的摇晃而泛起些涟漪，就觉得整个大地在轻轻晃动。停下桨，随小船去亲吻苇洲……

在这芦苇荡的深处，分明有一种纯粹的、细腻的、安详的东西在弥漫，使人获得一种精神上的慰藉，那么，就闭上眼睛，让人生的倦意一点一点地消融。

风景区的芦苇荡是修整过的，并无危险可言，原生态的大苇荡就埋伏着许多的凶险。凶险之一是容易迷路，让你团团乱窜，找不到出路。凶险之二是苇荡中的水草窝子。深潭里的水草像章鱼的触手，人被缠住，就危险了，水性再好也没有用。

小船在芦苇荡里走。说不定有一两条鱼会从水里跳到船舱里来，水道浅而窄，小船把鱼们挤着了。你肯定能遇上小蟛蜞，如果遇上大闸蟹，那是你运气好。阳澄湖大闸蟹金爪黄毛、青背白肚，闻名海内外。

听说过“江南水八仙”吗？“江南水八仙”还有“荤八仙”

和“蔬八仙”之分。“荤八仙”是八种湖鲜：鳗鲡、螺蛳、白鱼、黑鱼、鳊鱼、草鱼、青鱼和清水虾。民间传说，八仙过海之后在阳澄湖逗留了几天，受到当地乡亲热情招待，临走时各显神通，每人为阳澄湖留下一样湖鲜，合起来就是“八鲜”。大闸蟹是阳澄湖本来就有的，当年乡亲们招待八仙，就是用的大闸蟹。“蔬八仙”是指八种水中的蔬果：茨菰、茭白、荸荠、水芹、莲藕、菱角、莼菜和芡实。如果在划船时稍加留意，你说不定就能遇上个“五仙”“六仙”呢。找齐“八仙”比较难，因为这里的莼菜和芡实基本上是野生的。

尚湖拂水堤

“仁者乐山，智者乐水。”对于一个城市，特别是对这个城市的孩子，山水的滋养太重要了！如果没有尚湖和虞山，很难想象常熟的孩子会怎么长大，或者说会长成什么样子。一个人在水边生长，水就流淌在他的血脉里了。一个人在山边生长，山就倒映在他的心海里了。

有那么多的大人会来教你说话，教你唱歌，但，有人教你沉默吗？没有。只有山水能教你这个。不懂沉默的孩子怎么长大呢？沉默，不只是不说话，还是一种独立思考、深入思考的能力，是一种面对孤独的能力。孩子大多是在孤独中、在沉默中，用漫步的形式走向成熟的。

在常熟，拂水堤是极宜漫步的地方之一。

尚湖的得名，是因为姜太公的独钓。读过《封神演义》的人没有不知道姜太公的。姜太公就是姜尚，姜子牙。“姜太公在此——百无禁忌！”这句话有豪气。在中国人的心目中，姜太公差不多是个半仙。有一半的中国人还知道一句歇后语：姜太公钓鱼——愿者上钩。姜尚千里迢迢，从陕西的渭水之滨来到江南垂钓，当然不是为了鱼，为的是躲避商纣王的逼害，为的是修养于山水之间，思谋天下苍生。

是尚湖教会了姜尚沉默，还是姜尚教会了尚湖沉默？不知道。只知道姜尚后来用雷霆般的声音影响了中国历史的进程。商灭了，周兴了，中国上古史翻开新的一章。

翁同龢的沉默是尚湖教会的。维新运动失败，翁同龢被贬归里，自题“瓶隐庐”镌于门上，取“守口如瓶”的意思，是沉默的意思。“开缺回籍”也就罢了，翁先生耿耿于怀的是圣旨上那一句“以为大臣险诈者戒”。此言有关人格，刻薄至极。

瓶庐就在虞山和尚湖之间。翁先生拄着他那根著名的拐杖，在尚湖边流连踯躅，不说话，只用耳朵谛听来自朝廷的动静，谛听神州苍生的动静。翁先生在瓶庐的院子里掘了一口井，关照井口要大过他的腰围。井名“渫井”，离尚湖只百步之遥。翁先生深知慈禧其人其心，开这口井就是为应对她更恶毒的迫害，准备以投井的决绝行动来昭告心迹，来完成“不为权恶所折，不甘随波逐流”的真丈夫的形象塑造。水不固滞，根据情形可为雨，可为汽，又可为冰，但决不改本性。

“青山不墨千秋画，碧水无弦万古琴。”尚湖是一架无弦的琴，有大智慧的人方能听得到她弹奏出的千折百回的韵律。流水与历史太相像了，与人的情感和思维也太相像了。

古琴艺术发达的地方，多是拥有湖泊的城市，比如常熟，比如扬州和杭州。古琴的形状是水波的形状，古琴的泛音就是水流的声音。查一查古琴的传世曲目，比如严天池的《松弦馆琴谱》，我们可以看到那么多那么多与水有关的作品：《流水操》《高山流水》《醉渔唱晚》《渔樵问答》《平沙落雁》《潇湘水云》《石上流泉》……可以说，常熟人严天池的《松弦馆琴谱》是始终萦绕着尚湖的浪声水韵的。可以说，尚湖就是《松弦馆琴谱》清凉的情感源头！

古琴大师严天池是尚湖的知音。在尚湖之滨，他听到了“博大和平”，听到了“清微淡远”。这便是尚湖的心音吧？水总是往低处流，即便为云为雨，最后还是会落下来，回归江河。从大趋势看，历史总是有着前倾的姿态，犹如水之终归大海。于是，到了严天池指下，《广陵散》中过度的悲怆被适度滤去；于是，《渔樵问答》虽有对古今兴废的喟叹，其主旋律还是在咏唱着江河的不废和民间的永恒。

“大痴道人”黄公望是为尚湖而“痴”的吗？黄公望的这个“痴”，说的是对山水的忘情。黄公望天才高逸，少有大志，在宦海沉浮中遍体鳞伤之后，他回到了故乡，回到了虞山与尚湖之间。他的忘情山水，是“人生在世不称意，明朝散发弄扁舟”；是在嚣嚣红尘中经过奔突之后，对宁静和自然的一种回归。难得的是，回归之后的黄公望依然热血沸腾，依然是一个新鲜锃亮的生命！

黄公望常在月夜独驾小舟载酒而行。至湖桥，弃舟上桥，且饮且吟，“沉醉不知归路”。真个是“俱怀逸兴壮思飞，欲上青天览明月”。黄公望太爱尚湖太爱昆承湖了，因为尚湖和昆承湖离人间很近，离人心很近，保持着一种农家山水的质朴本真，有一种宜人的田园之美。田园之美是一种亲切的美丽，一种温暖的美丽。

山、水、人融为一体，常熟的“湖甸烟雨”是最典型的江南风景了。宋人王观有《卜算子》：“水是眼波横，山是眉峰聚。欲问行人去那边？眉眼盈盈处。”这湖甸就是大自然的“眉眼盈盈处”呢！湖甸人家在渔火明灭中拥着静美的山水和古朴的风情，享受着江南的农家之乐。农家是很喜欢这个“甸”字的，拥抱着田园，心里踏实。

在更多的时间，黄公望是生活在渔人樵夫中间的一介书生，把故乡的湖山当作了他家的后院和前庭。听樵夫们说，虞山破龙涧的赭石乃当年龙血凝成，黄公望就去捡来试以磨作颜料。以虞山的山石来画虞山，黄公望觉得有一种本真之妙，就此一发不可收，终于创造了“浅绛山水”，深刻地影响了后世的山水画发展，被尊为“元四家”之首。

《富春山居图》是黄公望的代表作。去过浙江桐庐和富阳，我们才明白黄公望缘何像迷恋虞山、尚湖那样迷恋富春江：富春江的山水与常熟的山水太相像了！不只形似，还神似，是那种气韵、情致的一脉相通。

文学艺术本不是一种职业，而是一种生存状态。从事文学艺术，其实就是为了活得更真实、更自然、更自由、更有意义和更有意思；为了保留人类最本真的天性，像儿童一样敏感、喜悦和多情。黄公望正是这样一位本质上的艺术家。一个天分极高的知识分子走进民间、走进山水之后，有可能被囊括，被消融，被同化。文化、民间与山水就此能发出一种浑然的和声——竟是那样的质朴流畅，那样的自由自信，那样的典雅高华！

杭州西湖有苏堤和白堤，尚湖有拂水堤。堤是人造的，为的是让人很深地走进湖去。站在虞山上看拂水堤，只觉得那堤是虞山伸出的、挽住尚湖的一条手臂。传说中，虞山和尚湖本是一对相依相偎的恋人，这条人为的、深情的手臂倒是顺应了这对恋人的美意了。

走在拂水堤上，尚湖就不再只是一个绮丽的梦了，是一个亲切的现实呢！当你了解到这美丽的湖水中沉淀着的丰盈的历史和人文，你就会认定这一湖碧水是一种陈酒佳酿，需要我们日久天长地慢慢品味，才能领略她深邃的诗意、葱茏的哲理以及脉脉的温情。

这座山，这片湖，使我们感到了生命的朴素与安详。

城在江南深秀处

带一顶伞，去江南。

当然要去常熟，常熟是江南的典型。

常熟在哪里？江南深秀处，山水盈盈间。

“常熟”这个地名说透了这一方土地的富庶，而“半山入城，三湖簇拥”这八个字，则大概勾勒了这座国家级历史文化名城的地理形态。常熟的山、水、城圆融一体，温婉宜人，得天独厚，是太湖风景区的重要组成部分。

山是虞山。虞山隽永如琴，多情，“十里青山半入城”。

“三湖”说的是尚湖、琴湖和昆承湖。三个湖列成“品”字，分别从西、东、南三方拥抱着千年古城。

古城西北隅拥抱虞山，所以常有山雀飞过。虞山上的马尾松是人工栽种的，次生的其他树木的种子，大多由山雀衔来。古城的东南隅嵌在三湖之间，常有水鸟飞临，多数是湖鸥，偶见白鹭。水鸟大多白羽，翅膀柔柔的，总是从容不迫的样子。

有山雀水鸟悠悠飞临，城市便弥漫了一种安详、宁静的气象。这样的城市，“风水”是何等的好呢。

一样的清流不倦，湖的风景却各不相同。尚湖天生丽质，淡淡妆点，便仪态万方，雍容如大家闺秀。琴湖玲珑青葱，可爱之态堪比小家碧玉。昆承湖辽阔奔放，是气宇轩昂的阳光儿男。昆承湖是男性的，在精致的江南显出来几分粗犷；精神抖擞着，张扬出几分勃勃的壮野。

尚湖在常熟城西门外，有时会被亲昵地唤作“西湖”。尚湖是杭州西湖的两倍，不是瘦西湖，是大西湖，能养许许多多鱼和鸟。尚湖有郁郁葱葱的“水上森林”，那是由浅水和池杉构成的童话世界。你可以由栈道引导着走进童话里去，旁观白鹭戏青螺或者青螺戏白鹭的湖的细节。每年春天举办江南牡丹节的时候，串月桥畔的柳条已经垂及湖面。这里出过一位名叫柳如是的才女。因为她以柳自比，这里的柳树就格外婀娜多姿，格外妩媚玲珑。

尚湖因姜尚（姜太公）得名，虞山因虞仲（仲雍）得名。注意到“虞”字里头那个“吴”字了吗？后来赫赫有名的吴王夫差，正是虞仲的后人。

虞山每天把身影投入尚湖的怀抱，注释“心心相印”的成语。远眺，虞山像一架侧放的凤式古琴，俊朗而有韵致。剑门的危崖，透露了虞山刚强的男儿本性。并不都是风花雪月，江南原本就有凌厉的剑气。这一脉雄健之气，或由仲雍引自强悍的黄土高原，和江南的水样韧性融会，便蔚成刚柔相济的吴地民风。

秀丽的尚湖和刚健的虞山就这样气韵相接。婉约的情愫和豪放的气概就这样交相辉映。这就是典型的江南了。

水清木华，钟灵毓秀。常熟这个地方是中国的书香门第，是国家历史文化名城。具有全国性影响力的文化名人和文学艺术流派，传承悠远的教育和丰富的藏书，众多名胜古迹和多彩的民俗风情，共同构成了灿烂而风雅的文化景观。这里出过众多的状元、榜眼、探花，出过“叔侄状元”，出过“一门两帝师”，但常熟人更愿意说的是不肯适应封建科举制度的常熟才子，说他们如何在中国历史上留下了删不掉的章节。

黄公望辞官后与渔翁、樵夫为伍，喜欢在尚湖里散发弄扁舟，喜欢在尚湖的风波里朗读诗一般的虞山。有一天，他在虞山破龙涧捡到了传说中的龙血石，磨而成为赭色，就用这虞山石的颜色宣示胸中大气，泼墨成画，就此以“浅绛山水”开启中国文人画的先河。之后，这位名列“元四家”之首的大画家的同乡——王石谷和吴历，又成为“清六家”中的两员，开创“虞山画派”，并确立其地位。

明代的严天池喜欢在虞山上眺望尚湖。这位辞官归乡的书生，常在松风亭久久地拥琴而坐，终于在尚湖的波光浪线之间听出了尚湖的心音。他的敏感的手指按到了琴弦上——《渔樵问答》就这样波光粼粼地开始了。这一刻，满山草木皆屏住气息，侧耳倾听“虞山琴派”在中国艺术史上响起的第一串音符。如今，松风亭左近的山石叩之皆声美——它们铭记着古琴大师清微淡远的太古之音呢！

“昔人肇嘉名，千古称琴川。”常熟又名琴川，内涵是“弦歌礼乐之乡”，外形是城内七条如弦的小河。在城里走，小河总是悄悄伴着人。枕水而居，参差十万人家，怎么看都能看出来光阴的故事。到了黄昏，那些曲曲折折的小巷，还是戴望舒的诗句，隐约有叮叮咚咚评弹的弦索和吴侬软语的吟唱。如果古琴伴奏的是翰墨流香的岁月，那么，评弹伴奏的就是吴地人家庸常而精致的日子了。

大园艺家戈裕良应邀走进紫金街的燕园（当时还叫蒋园），发现虞山几乎就走到了园墙之外，喝一声“妙哉”，取来虞山黄石，在园中垒石为山。这座名为“燕谷”的黄石假山虽出自人工，却宛若天成，与苏州环秀山庄的湖石假山一起，成为戈裕良大师仅存于世的两个佳构。

曾之撰把尚湖之水引入家门，理水成池，造出清清凉凉的“荷花世界”，俨然唐代大诗人王维“辋川别业”的余响。园子名为“虚廓园”，有一种难以言说的清旷之美。曾之撰的儿子曾朴化名“东亚病夫”，在虚廓园中写出惊世骇俗的《孽海花》，还在典型的东方园林中特立独行地造起一座法兰西风格的“红楼”，在里头翻译雨果、小仲马还有巴尔扎克的作品，做起民主自由的红楼别梦。因为这位江左才子，常熟人一齐改口，把园子尊称为“曾园”。

钱谦益和柳如是把他们的拂水山庄筑于“拂水晴岩”之下，把“虞山诗派”的种子播在虞山与尚湖之间。这里正是“虞山十八景”之一的“湖甸烟雨”。山庄里终日的书诗琴画，还有江南烟雨的滋养，这一带的芦苇慢慢都长成了竖写的诗行。

钱谦益的“绛云楼”是江南藏书楼中的翘楚，可在书楼林立的常熟，它的排名还让人颇费斟酌。汲古阁，脉望馆，述古堂，爱日精庐，铁琴铜剑楼……这些声名显赫的藏书楼以“虞山藏书派”的名义，合力将世间最高贵的书卷之气囤积在这一方风雅的江南腹地。常熟的山水因此更具风流，成为文化意义上的名山大川。

说到常熟的私家藏书，还是绕不过“状元宰相”翁同龢。即便在二十一世纪，翁氏藏书从海外归来的消息还是能掀动中国文化人的心扉。是的，到了常熟，你还是应当去翁同龢故居看看。那里有彩衣堂。这座集江南彩绘精华于一身的厅堂是难得的国家级文物。翁同龢“开缺回籍”之后蜗居在尚湖边的瓶隐庐，中国近代史在那座老园子里留下了悲怆的情调，留下了老相国策杖而行的凝重足音。去那里远眺一个王朝的背影吧。苍凉是美的一种。

常熟人唤尚湖为西湖，因为常熟还有一个东湖。东湖是昆承湖的昵称，面积是尚湖的两倍，是杭州西湖的四倍。言里村在湖边，是言偃的故里。言偃是孔子门下“十哲”中第九人，《论语》的整理者之一，又因“文开吴会”而被后世尊为“言子”和“南方夫子”。昆承湖有一条言公堤，堤旁一个石头的十里亭，都是说的言子的故事。那里还有一条状元堤，其实也和言子有关——有言子“文开吴会”在先，方有常熟后来众多的状元及第。

虞山、尚湖、昆承湖和常熟城，是一个系列。从水看山，山有不尽的高低峻缓；从山看水，水有无穷的波光浪迹；从山水看城郭，城郭有人间烟火；从城郭看山水，山水有依依的情意……如果你已经历过许多的天涯行旅，见识过许多的名山大川，而要进一步寻觅山水之美，那么，你在虞山流连，或许会获得别样的感悟。和天下的名山大川一样，这方山水可以入画，可以入诗，但它更可以进入你的内心。虞山有跌宕，有险峻，有野莽，但更多的是隽永、温软和委婉。虞山离人间很近，离田园很近，离人心很近，保持着一种“农家山水”的本真，有一种宜人的田园之美。田园之美是一种亲切的美丽，是一种天人合一的和谐之美。

你猜得对，我还会说到阳澄湖。常熟紧靠阳澄湖，阳澄湖畔最有名的村落沙家浜就在常熟境内。抗日战争年代，阳澄湖地处日伪心腹地区，又是大平原，决定了在这里建立抗日游击根据地的不可思议的艰巨性。中国是应当有《沙家浜》这个戏的。去春来茶馆喝杯茶吧，那茶叶来自虞山之巅，是尚湖的水和虞山的云联手涵养的。

除了红色史迹可寻，今日的沙家浜还是国家级城市湿地。“一笛芦花深处吹”，驾一条小船驶进莽莽芦苇荡，想找寻当年新四军的后方医院或者修枪所，不经意间找到了著名的“江南水八仙”——莲藕，菱角，茨菰，茭白，荸荠，水芹，莼菜，还有鸡头米（芡实）。

要看新农村风景，可以去蒋巷；要看传统的江南田园，也可以去蒋巷。蒋巷于是就有些奇妙起来。不错的，那真是个可以“诗意地栖居”的江南水乡。

还有一个湖没有说——琴湖。不说了吧，这是常熟人故意藏之深闺的一块碧玉。

画江南的山水要用浅浅湿湿的色调，写江南的山水要用雅雅淡淡的文字。滋滋润润之间，人与山水就美美地糅合在一起，浑然成一体，再出不来了。这样的美，既是一种亲切的外在之美，更是一种本真的内在之美，须用心灵去感受，用智慧去领悟。

走了这么多地方，你的伞忘在哪里了？就让它留在常熟吧。如果伞上有你的名字，说不定还能衍生出一个美丽的传奇呢。

江南深秀处，山水盈盈间。常熟就在那里宁静着，美丽着。

书香常熟

言说常熟，最好的地方是临水的书房。这座城市与水和书结缘最深。

逐水而居，聚而成市本属普遍，但常熟人特别挑选了七条平行的河作为聚居之地，名谓琴川。人问：琴川得名是河如古琴之七弦之故耶？常熟人另加说明，道：琴川之名乃礼赞言子"弦歌雅化"的人文主张呢。

言子，名偃，常熟人，孔子唯一南方弟子，世尊"南方夫子"，是常熟乃至江南的文学儒宗。

文风既开，绵延不绝。古诗称道常熟："莫笑耕夫多识字，梁时便有读书台。"常熟在元代便有书院设置，此后，常熟的教育官办与私办并举，相辅相成，努力做最广泛的覆盖。江南小城因此渐成"学道名邦"。名邦之成，不止书院之功。"梨花院落溶溶月，柳絮池塘淡淡风。"去私家园林走走，发现这里的曲廊拱桥竟和所有的文艺种类都有门道可通。去乡野走走，发现这一田山歌的源头竟是古风皇皇的《诗经》……

古代常熟最引人瞩目的文化景观是仅次于苏州和杭州的私家藏书事业。明清时，常熟已不仅有藏书家、藏书楼数量上的全国领先地位，更有收藏质量的优势和藏书流派的形成，俨然中国私家藏书中心之一。

放眼县域，有赵氏脉望馆"网罗载籍，朱黄雠校无虚日"的学术态度和夫子家风；有毛氏汲古阁始创"影抄法"，研制毛太纸，力搜秘册，卖田刊经的书生担当和工匠精神；有瞿氏铁琴铜剑楼"藏以致用"、共享私藏的开明襟怀，"传承五世，历经百年"的文化传奇，更见化私为公的感天动地的高风义举；当然还有绛云楼上"钱柳"演绎的"百尺楼中偕卧起，三重阁上理琴书”的白发红颜、翰墨知音、家国恩怨的士林故事……

这么多藏书楼以“虞山藏书派”的名义，合力将高贵的书卷气囤积在了这一方风雅的江南腹地，氤氲在常熟人的血脉之中。

富藏着古籍，富藏着历代的书，这座城市的人便有了完全意义上的故乡，便有了诗意栖居的可能。江南的文化恰是诗意的文化，亲切近人，总能以一种华滋弥漫或神韵投射的形式，像江南的风花雪月一样细如无声地渗透在人们的日常生活之中。于是，从这座小城里走出来非常多的科举成功者便是水到渠成的事了。要说晚清时影响最大的文化世家，当属以翁同龢为代表的常熟翁氏。父子入阁，父子帝师，叔侄状元，三子公卿……这等功名福泽，这等家门荣耀，实为世所罕见。

常熟人在历代科举场的耀目，只是常熟彬彬文盛的表现之一。读书使人的内心辽阔、丰富，还有独立。书籍中不只有知识，更重要的还有智慧，还有使生命饱满、发出光芒的力量。一些不肯适应科举的常熟人以“虞山琴派”“虞山画派”“虞山诗派”“虞山印派”为标志的文化造就，在中国文化史上留下了生动的身影，留下了删不掉的章回。

黄公望喜欢在尚湖的风波里朗读诗一般的虞山，用虞山的赭石宣示胸中大气，一举开创中国文人画先河。继而，这位位列“元四家”之首的大画家的同乡——王石谷和吴历，又双峰突起，成为“清六家”中两员，开创了“虞山画派”。

明代的严天池喜欢在虞山上眺望画一般的尚湖，常在松下石上拥琴而坐，默对悠悠三吴，终于在尚湖的波光浪线里听出了尚湖的心音。当他敏感的手指按上七弦——中国艺术史上便响起了“虞山琴派”第一串清微淡远的太古之音。

“东亚病夫”曾朴，在虚廓园的荷花世界踯躅“不倚”，冷不丁写出来惊世骇俗的《孽海花》。庞薰琹，学贯中西，一从法兰西归来，便在沉闷的东方大地上掀起“决澜”之波，铿然奠基了中国现代工艺美术事业……

根深然后叶茂，源远而致流长。常熟文脉悠远壮健，时至当代，更见俊杰辈出如玉出昆冈。两弹元勋王淦昌，水利泰斗张光斗……

一代代乡贤以他们饱满的生命，在这方土地上独而树一帜，聚而成气象，成为亲切的标榜。气象者，环境也，是一代代人一点一点营造出来的，与这方人们的生活长相厮守，是无法急就的。这里的人不说“学而优则仕”，只说“书包翻身”。“学而优则仕”多少有点实用主义，而“书包翻身”说的是“知识可以改变命运”，一点没有错。

人说常熟是中国的书香门第。常熟人说：我们算个耕读世家吧。

“耕读传家久，诗书继世长”，书香芬芳，岁月静好，多美啊！

天大，地大，书更大，因为书能让世界变小，让人变大。

读书是聆听，著书是倾听，藏书是积淀和传承。这些都和书有关，也便与人的成长有关。天地间最雄浑的力量不是地震海啸，是万物的萌发和成长。

人在贞洁的雪野，遥见一树蜡梅。还远，蜡梅的花香不可能抵达，但我们却分明感觉到了那一缕缥缈的暗香。这只是一个比兴。是的，书香非关嗅觉，是一种气氛，一种心灵的共振，是只有读书人才能感悟到的文化馨香。

因为有书，书房格外安静。落地窗外，河里，咿呀地正过着一条小船……

这是在常熟。

红豆的常熟

常熟名胜读书台，居城中高埠，朴素而安详，是梁代昭明太子萧统读书著述之处。人们尊崇这位彬彬儒雅的太子，是因为他那一部名重史册的《文选》。昭明的《文选》收录周朝至南朝梁七八百年间一百三十位作者的七百余篇作品，开了中国出版史“文选”的先河；以“搜罗宏富，裒英集粹”的特点而备受历代文人学士推崇，一度成为士人必读之书。

萧统贵为太子，却潜心学问，恂恂儒雅，处世淡泊，待人真诚。他为虞山僧人招真撰写的碑记中有“远望仲雍而孤坟萧瑟，旁临齐女则哀垄苍崖”之句，可见他对朋友的一往情深，对常熟山水人文的熟悉和眷恋。

可供了解昭明太子为人的，还有一个美丽的传说。

有一天，太子出游，在一个山野小茶店里遇上了卖茶少女慧娘。慧娘捧上茶来，盈盈一笑。这一笑，直教人生死相许。太子爱上了山野小花般清纯美丽的慧娘。在世间，“一见钟情”是有的，“心有灵犀一点通”也是有的，不然就有许多爱情故事无法解释。一杯茶的传递，使这一对少男少女有了一段无比美丽的日子，有了一段无比纯真的情感经历。

到了回京的日子，萧统才向慧娘明确表达了自己的心迹。慧娘一笑，笑得苦涩，说：“萧郎，这是不可期望的事，不为别的，就为你是太子。”

萧统笑了，笑得自信，说：“这是可以期望的事，因为我是太子。再来江南之日，我要凤笙龙管、紫盖香车迎你进宫。请你等我，求你等我。”遂取出两枚珍藏的红豆赠予慧娘。

慧娘接了红豆，眼眶红了。

萧统说，我不久就会回来的。他总是自信，总是天真。

宫门一入深如海。宗法礼教不肯迁就太子的天真，是不会为太子的真情所动的。萧统的自信原是没有道理的。几年之后，太子才争取到再下江南的机会。其时，慧娘已因相思而逝，太子得到的只是那两枚红豆。太子哀而不能自拔，栽下红豆，挥泪而去，不久也郁郁而薨。“问世间情为何物，直教人生死相许！”

精诚所至，太子手植的两株红豆树慢慢合抱成为连理之枝，地点是常熟和江阴交界处的顾山南澜。江阴有北澜镇，不知有没有南澜这个地名，我没有去考证。

到了唐代，大诗人王维在江南游历时听到了这个凄美的故事，遂有《相思》诗成：

红豆生南国，春来发几枝？
愿君多采撷，此物最相思。

因为江阴有北澜镇，有人认为诗中的“南国”当为“南澜”，是后人的讹传。因为红豆树的原生地在南方，这样的讹传是很有可能的。

考证是不必的，对这样美丽的传说，何忍去质疑呢？民间以这样的故事附丽在萧统身上，一定是有缘由的。故事中的萧统多情多义，亲近庶民，在王子公孙中倒是难能可贵。

说来也奇，在王维写《红豆》诗之前，红豆树尚是平常的一种红木，一经“诗佛”寄情，红豆树便成了温情脉脉的相思树，成了美丽爱情的象征。此后，有红豆树的地方还真的容易发生爱情故事呢。

常熟城西的曾园（虚廓园）有三百五十龄红豆树一株，亭亭然高近四丈，乃明代名园小辋川遗物。小辋川建园的参照物是唐代王维精心设计建成的名园“辋川别业”。有红豆树的曾园原来也与王维有着遥遥的文化牵连呢。

清光绪年间，青春年少的曾朴与丁家二表姐曾在红豆树下演绎了一段真挚倾情的自由恋爱。封建宗法不能容忍这样的自由恋情，断然棒打鸳鸯，给青年曾朴造成终生不愈的情感创伤。曾朴有幸在遭此打击后得了一位贤惠的妻子，可是，不久，曾朴爱妻产后病变，半月后竟演成永诀，所遗女婴又在数月后夭亡。

这一深刻的创伤一直被隐忍着，直到三十年后，曾朴才借着《鲁男子》，以长篇小说的形式尽情地做了血泪迸流的宣露。

曾朴的这一人生章回，与巴金《家》中大少爷觉新的经历何其相似！那个高家大少爷，先是与梅表姐的恋情被腰斩，接着与钰结合，不久是钰的产后病亡，接着又是儿子的夭亡……在这种大园子里，自由恋爱几乎都是以悲剧告终的，真个是“良辰美景奈何天”。

从那以后，曾园的红豆树就再也没有结过红豆。

红豆树四月开花，九月结豆，但这不是年年有的事，也许隔七八年，也许隔几十年才结一次豆，谁也猜不透红豆树的心思。

常熟五棵古红豆树中的另外一棵生长在白茆芙蓉村的红豆山庄。这棵四百岁的红豆树是国学大儒陈寅恪写作传世史著《柳如是别传》的缘起。陈先生在谈到是书写作的最初萌动时说：“昔岁居昆明，偶购得常熟白茆钱氏故园中红豆一粒，因有笺释钱柳姻缘之意，迄今二十年……”陈寅恪先生为柳如是作传，旨在为一位于国破家亡的乱世中表现出超凡气节的奇女子作传，在为一种伟大的人格风骨作传。柳氏的风骨，与先生的“独立之精神，自由之思想”，在血脉、在心灵上是相通的。

钱谦益这位明朝大臣，在降清失节之后，又一次不听妻子柳如是的苦劝，到清廷去谋了个官做。钱氏到京后不被重用，还累遭白眼，半年未满便不堪受辱而托病辞官，回到红豆山庄，回到柳如是身边。钱八十岁时，三十年未结豆的红豆树突然花开满树，秋后又结出红豆一枚。柳如是为此举办了一场文人雅集，把那枚唯一的红豆作为寿礼送给“终于归来”的白发丈夫。在世事动乱、宦海颠簸中挣扎得焦头烂额的钱谦益，捧着这一枚象征人间真情、象征家园热土的红豆，感慨莫名，老泪纵横！

毕竟人间自有真情在。毕竟人间正道是沧桑。

小巷

把小桥、流水、人家这三个元素这样编，那样排，就编排成了一个个生动的江南小镇。周庄编排得尤其巧妙，成了江南小镇的典型。

小镇的主角还是“人家”——街和巷。在周庄，巷子窄，街也窄，周庄好像不想分别街和巷。我以为还是可以分的——巷是没有店面或者基本没有店面的。

江南小巷有几种。

一种是“幽巷”，听着这名就觉着雅，会想起“小楼一夜听春雨，深巷明朝卖杏花”。两边的房子一般是两层小楼，有的房顶上还附有“老虎天窗”，里头是个小阁楼。没有房子的段落是围墙，墙头上探出桂花、蜡梅或者枇杷树。这些树不会长得太高大。从墙头上溢出来的还有蔓生的花，大多是蔷薇。蔓生的蔷薇开出的花朵小而繁，以粉色为多，一嘟啰一嘟啰地开得热闹，人称“十姐妹”。也有栽紫藤的，就是极少栽葡萄的，怕引蛇上宅。栽芭蕉的人家是书香门第吧？芭蕉入画入诗，读书人不说“一丛芭蕉”，说“一本芭蕉”，仿佛那是一种书籍。巷子里有窗户，开得高，路人踮起脚尖也投不进去目光。门不多，大部分是后门。有的门开着，里头是个小院子，有人在花坛边侍弄盆景，有人在井栏旁弄出水声。看见的多是背影。

小巷长而曲，窄不及丈，就显得深，像藏在深闺的古典女子，优娴而贞静，不动声色，有一点点害羞。

这样的幽巷，走进好深也遇不上一个人，你的脚步声被放大了，一步一声响，就觉得自己居然举足轻重了。终于听见咿呀一声，是门轴声吧？料想能遇上个人了，结果还是没有，那是关门的声音呢。看看前面被堵了，走过去，发现小巷只是做了个曲折。有时候能遇上一条狗。卧在门口的狗有依仗，不吠，是见多识广的眼神。走着路的狗对人有一点警惕，瞥一眼，靠着墙根小心地走。

幽巷很悠闲，很清宁，很动人，适宜独步。如果是雨天，你打了一把油纸伞，那就是戴望舒笔下的经典了。

如今的周庄游人太多，想品味这样的幽巷，你得住下来，在黄昏和清晨时分去从容寻觅。

另一种是水巷。

“君到姑苏见，人家尽枕河。”水巷里的人家前门对着小巷，后窗临着小河。不少人家有后门，称水后门，跨出门就是“水栈”，走下几级石级就是河面了。一些住家的房子分置在小河两岸，就用一条跨河的廊来联结。有的廊道用排窗封闭，就成了阁道。这样的枕河人家上借天，下借河，没借地，打了个擦边球，透出江南式的精明和浪漫。

还有一种“半边头巷子”——路和小河紧贴着，这边是一溜儿住家的前门，河的对岸是一溜儿住家的后门。这样的巷子把江南小巷的正反两个面同时展现出来了，特别是能把住家的水后门看得很仔细。各家各户的水栈竟各不相同的，那种因地制宜的妥帖与机巧相当有趣。最有想象力的是“条石悬挑”的设计——石条逐一从石驳岸中延伸挑出于水面，形成悬空的石级，用料经济，结构轻灵，又增添了光影之趣，好。

抬头看，看到了屋顶上的封火墙。江南民居的封火墙有两类造型：一类是直线构图，阶梯状叠落，俗称“马头墙”或“女儿墙”；另一类是曲线构图，又名“观音兜”。枕河人家的封火墙耸出于房顶，垩白与青灰构成清雅对比，参差起落，变化出丰富的天际线，房屋的轮廓剪影饶有韵律之美，好。封火墙并非全为美观而设，而是具有防止火灾蔓延的实用功能。先有实用需要，再加精心美化，是江南人的创造原则。

周庄沈厅附近的一条无名小巷就是典型的半边子巷。几株大树把绿荫投入七八米宽的河道，水面就绿绿的，有一等的清凉。对岸临河的是一家一家的后门，一家有一家的格局，让人应接不暇。有一家在后门外挑出一个小小平台，三面临水，特别宜于在此梳妆和品茗。有一家把房子的后檐延伸一点，为自家的水栈避雨遮阳。那儿的墙上还俏皮地挂着一个汽车内胎代做的救生圈，大概希望路人做轮船的联想。还有一家索性在河上架了一座半米来宽的小铁桥，作为专用通道……

大河小河是相通的，构成一张水网。一些小划子船载着白蚬湖的水鲜来了。划船的人吆喝道："刚出水的白丝鱼啊，刚出水的青虾啊……"

买家从后门走出来到了水栈上。没有水栈的买家就通过沿河的窗口接应。讲好价，把钱放进系有麻线的篮子垂下去，再把水鲜和找零提上去。这样的生意挺好玩，可惜现在难得一见了。

有了小船的往来，这里的天光水影就活泛了许多，临流的家园都在清波里生动地摇晃呢。

双桥西面的那条小巷随着旁边的河道称名，叫银子浜。这巷子还在镇中央，河对岸却别有风景。临水有菜畦小渠，屋后有竹园短篱，分明是"雨里鸡鸣一两家，竹溪村路板桥斜"的乡村风光呢。这是真正的半边子巷了。

在小巷深处，有时还能遇上过街廊棚。所谓过街廊棚，即房主为家门口或者店门口的一截巷子加造屋面。这样做不影响交通，还为路人提供了避雨遮阳的便利。有的过街廊棚还临河置了长靠椅，俨然园林里的美人靠。这样的设置，住宅、商店与道路相交融，一份空间做几种用途，经营的精明和民风的淳厚同时体现，是一种机智而充满人情味的"交通生活化"。

"小楼一夜听春雨，深巷明朝卖杏花。"其实江南的卖花女卖的不是杏花，而是白兰花、栀子花、茉莉花。

"栀子花，白兰花……"用吴语唤出来的叫卖声不像在做生意，而像在歌唱。

江南小巷里有悠闲时光，有市井风情，有老百姓的日常生活。走进江南小巷，你就觉得正在走向江南的深处。

在小巷里走，我忽然想：这小巷多像是江南的眉啊！

小巷弯弯的，细细的，秀着。江南笑着，美着，亲切着。

小巷好声音

见到文题，你或许会想到两句经典的宋诗：“小楼一夜听春雨，深巷明朝卖杏花。”其实，江南小巷里叫卖的不是杏花，而是栀子花和白兰花。

叫卖的广告语和声调、曲谱都是约定俗成的，甚至卖花人的性别、年龄也是基本约定的。叫卖的不会是男人，也鲜见少女，大多是三四十岁的妇人。“栀子花……白兰花……”“花”字要浪调，有一点波动，有一点颤。一个“卖”字从不出口，就是反复地报着这两个花名，像是用吴语一遍遍地、亲切地呼唤着这两种芬芳的花儿。

小巷里的叫卖声蛮多的。

“阿有坏棕垫修……阿有坏棕垫修……”“棕垫”两字要强调，说得清，拖得长；“修”字极短促，且是轻声。

“钉碗……”钉碗的人必定是江西人，不是江西人也得用江西方言喊出这个“碗”字。小时候，我感兴趣的是钉碗人用于在碗上钻眼的那个转钻。转钻的结构和江南木匠用的是一样的，就是要小得多，钻头上有钻石，不然钻不动瓷器。“没有金刚钻，别揽瓷器活”，就是这个出典。

“生铁补镬子哉……”补锅的一定是汉子，印象中都是连鬓胡子，穿深色衣裳，坐在炉子前，右手忙着这样那样，左手只管一样——不停地拉风箱。令我着迷的是那只风箱。风箱不大，看似黑不溜秋的，但听那鼓风的声气，你就能断定这是个十分精巧的器物。因为精巧，手臂的功力高效地被转化为风力，逼得小炉子里的红火一闪一闪地变蓝。“浦——卟，浦——卟”，这是风箱吐纳空气的声音，没有一丝儿杂音，犹如运动健将雄壮的呼吸。

挑换糖担的来了。换糖的多是本地人，用麦芽糖换旧货，可能是唯一留存下来的“以物易物”的交易形式了。换糖人一般不吆喝，吹短笛引人。单手执笛，反复吹一句曲。这句曲大概也是约定了的，听着都一个腔调。换糖担主要在乡村里活动，难得到小巷里来，孩子们就觉得新鲜。

有一个无锡人用唱歌代替吆喝：“哈拉玫瑰香粉，哈拉鹅蛋粉……”他推销鹅蛋粉，反反复复就唱这两句。扁担很软，他又刻意用脚步来夸张，那担子就在他肩膀上一拱一拱起伏，结果整个儿成了一个舞蹈，类似于江南民间舞中的“挑花担”。挑花担是女孩子的节目，他一个大男人来跳就吓人了，那个娘娘腔真叫人吃不消。这人的表演欲偏特强，有人看他，他更来劲，走三步退两步，把做生意都忘掉了。这镶着金牙的人一年会来好几次，大家叫他“哈拉玫瑰”。

无锡人走了，常州人来了，他们卖木梳，卖马桶刮洗水磨筷。其实卖木梳的不一定是常州人，但常州木梳名气大，用常州方言推销木梳最是相宜了。

卖豆腐花的只喊一个字：“焕……”江南人把豆腐花简称为“焕”，一定是有出典的，只是岁月长了，不小心把典故弄丢了，谁都说不出个中缘由了。丢了典故也不要紧，至少常熟人还听得懂，知道这个“焕”就是豆腐花。

配钥匙、修脚炉、修汤婆子的铜匠担不吆喝，只在担子上挂铜件，一走动丁零咣啷响。

现代京剧《红灯记》普及之后，江南的磨刀人都改用戏里的那一声京味吆喝了：“磨剪子喽，抢菜刀……”江南人以前好像从不用“抢”字的。这一句吆喝通行以后，江南人就把江南版的磨刀吆喝忘记了。

如果要评传统版的“小巷好声音”，我会支持“赤豆糖粥”的叫卖声。“赤豆糖粥”一定在黄昏时分上场，摊主是位丝发不乱的中年妇人。可能是因为这个“粥”字是怎么也说不响亮的，这一句“赤豆糖粥”喊出来总有点怯怯的意味在里头，听着觉得特别可信托。看到电视里“南方黑芝麻糊”的广告，我就会想到江南的“赤豆糖粥”，就是那个情调。小巷寒夜里的这一声喊，是多么亲切，多么温暖啊！

现在的吆喝大多电声化了。电瓶车上附个喇叭，一遍一遍地放着录音就是。磨刀的就放“磨剪子喽，抢菜刀”，修棕垫的就放“阿有棕垫修”，钉碗和补锅什么的没有了。

收购旧家电的当然也装喇叭了，因为收购的内容太庞杂，就仿照马致远“枯藤老树昏鸦”的名词罗列法播音道：“冰箱，洗衣机，电视机，录音机，电脑，打印机……”为了让人听清楚，名词之间有停顿，节奏舒缓。

设备粗糙，又经过长时间颠簸，这些电喇叭吆喝出来的都是破声烂响，属于市井噪声，是没有资格参评“小巷好声音”的。

一天天多起来的是送外卖和送快递的呼叫声。

要我投票现代版的“小巷好声音”，我一定选“张伟”。张伟（大概是这两个字）是小区的一个少年男孩的名字。每逢双休，总有另一个男孩踮脚跨在自行车上，仰脸呼唤这个名字：“张伟！张伟……”他从来只呼名字，不说呼唤的原因，但大家都知道他这是在呼唤张伟去踢足球，因为他的自行车后座上夹着一个黑白相间的足球。小区人都知道这个新村里有个张伟。张伟是我们这里的第一名人。

这个大男孩清亮的呼唤声里有青春，有友情，有健康快乐的生活。这声音多么美好啊！

贰

去吃常熟一碗面

常熟一碗面

吃蟹哉

闲说叫花鸡

七荤八素家常菜

节令里的糕

绉纱馄饨

三个铜板豆腐

螺蛳　蛳螺

莴苣笋

又见木园堂

常熟一碗面

常熟人吃面条是很讲究的，差不多讲究到了“疙瘩”的程度，所以常熟人在外地吃面是不大可能满意的。北京炸酱面、四川担担面、兰州拉面、昆山奥灶面……这些面食也算是大名鼎鼎了，可常熟人大多反应一般般，当着主人的面会说一声“不错”，心里在嘀咕：“勿要做啥哉，这种末事……”担担面不就是个辣吗？炸酱面、拉面考究的是有咬劲，殊不知太有咬劲，面汁就进不了面，就和汤“隔”了。

常熟人不在生面上做文章，采用标准粉的机轧面。这种面韧性得宜，肯入味，营养好。奥灶面也讲究面汤，但单一，红得太“亟”，吃一次蛮好，再吃就觉重复。刀削面怎么样？常熟人窃笑：那不就是我们家常吃的“面脚板”吗？

常熟的“面脚板”也是日常美食。要用酸咸得宜的腌菜“合汤”，顺手还要下一把绝细的笋丝。面揉成手臂粗的扁条状，“伏一伏”，待面汤沸了，用刀现切现下锅。“面脚板”不可以预先切好的，预先切好必得用干面粉来防黏，把干面粉带下锅，汤就浑了，不好。

常熟人日常还吃“菜下面”。不过汤，面熟了再下菜，烂糊烂糊的，所以又叫“烂糊面”。烂糊面只在秋冬吃，秋冬的菜经了霜，好。还有毛豆子呢，常熟人做烂糊面是绝对不会忘记毛豆子的，如果没有毛豆子就不做烂糊面。毛豆子要现剥的，带着“胎衣”和“绿血”，鲜洁。毛豆子起镬时尚有咬劲，所以烂糊面其实不是一锅烂糊，还有可嚼，一嚼，隐隐有点天然的甘（不是甜），有点大地和太阳的香味，灵光。做烂糊面是在晚顿，一煮一大锅，故意留下一小半做次日早餐的“炒冷面”。炒冷面当然是要起油镬的。伏了一夜，烂糊面已经凝成青青白白一块，下油锅是用铲刀一块一块切着下的，一颤一颤的，惹看。下了锅，不忙翻炒，故意让沸油炸黄一小部分面块，就有了一种油焦香。看看不够吃，可以再加点冷饭下去，就成了面夹饭，更有“骨子”了。炒冷面的味道比烂糊面胜一筹，香、肥嘟嘟，入口即化，妙不可言，营养组成又极合理。天冷，能吃辣的可下点辣，出一鼻子汗，舒坦。

上台盘的当然是炒浇面，那要到专门的面店去吃。宾馆也有面，那只是走过场的“主食”，人家不重视，还是到面店去吃。

常熟面店的师傅大多肯动脑筋，常熟人吃面的疙瘩劲就是被他们宠出来的。也可以反过来讲：这些师傅是被常熟吃客讲究出来的。讲得完整点：两者是互相推动的。这个和评弹名家与老听客的关系是一样的。从某种意义上说，有什么样水平的听众，就有什么样水平的说书先生。常熟之所以出了那么多评弹名家，就是因为拥有大批水平了得的老听众。老听客中好多是上“段位”的票友，下水唱一段拿手的片子是随口的事，还说得出师承何门、何派、何人。在这样的听众面前，你先生上台敢捣糨糊啊？先生上台如临深渊，就会在艺术上精益求精。等到先生修炼成家，对听众又来了新一轮的艺术培养。如此这般，常熟就成了江南第一说书码头，成了评弹第二故乡。这些称谓不是哪个协会颁的，是老百姓和岁月赐予的。

常熟炒浇面也是这样发展起来的。

淼泉小肉面曾经名闻常熟。其实，常熟各镇都是有几家认真经营的面店的。我故乡练塘镇上就有王家面店。少时，我每天上学都要经过王家面店，那种穿透力极强的、撩人的香气给人的印象真是深刻难忘。“此味只应天上有，人间哪得几回闻”这样的句子，在少小的我的脑子里是没有的，那时只是狠狠地想：等我长大了、有钱了，就一天三顿吃“红碗面”。王家面店的碗都是很大的二号碗，内壁是纯白的，外边是紫红的，没有花纹，没有一个字。这种碗是王家去宜兴定制的，市面上买不到的，只此一家，这比在碗上刻“王记”之类高明得多。这种碗还在无形之中使王家面店的产品获得了一个品牌：红碗面。现在想想，这个品名真的好呐！

王家面店的面汤备有三种：一种以鳝骨、猪骨等熬成，以配肉面类；一种以鱼鳞、鳝骨等熬成，以配鱼面类；还有一种是白汤——鸡汤。除非客人是真吃素的，或者当天要去兴福寺烧香，不然配素面的汤也用白汤。肉类面有：大肉、小肉、大排、小排、肉片、肉丝、焖肉等。鱼类面有：爆鱼、鱼片、鳝丝、鳝糊、虾仁等。素面则有面筋、香菇、扁尖、蕈油等。也有半荤半素的，如：咸菜肉丝、咸菜走油肉、炸酱（用酱炒肉丁和豆腐干丁）等林林总总。

吃客叫面，除了点“浇头”，还有其他附带要求，如：宽汤、紧汤、拌、免青、重青、重面（加量）、轻面（减量）、硬点、软点……不一而足。跑堂喊：“本色划水一碗加量宽汤重青带硬哉……”其实就是一碗爆鱼面。“本色”就是爆鱼，“本色划水”是指定要连着鱼鳍的那块鱼肉。“青”即大蒜叶，方言中叫“大蒜花”，“重青”就是要多放大蒜花，“免青”就是不要放大蒜花。跑堂要应对许多吃客，这“一口清”已经不容易，还要讲究抑扬顿挫喊出味道、喊出艺术来，难。

什么浇头也不要就是“光面”。但生意场上忌讳这个“光”字，就改称“阳春面”。有人说古时一碗光面十文钱，“阳春”就是取的“十月小阳春”的意思。阳春时节，一片大好春光，而且“阳春”两字喊出来跌宕有致，朗朗悦耳，喊得店堂里一片春光。

吃鱼面一般是宽汤，吃肉面一般是紧汤。也有喜欢吃干头货的，就叫“拌”。一般的面店没有羊肉面，那是羊汤店供应的。到羊汤店你千万别叫“拌”，人家会笑你假充内行，据说那是“洋盘”（羊拌）的出典。

王家面店在西街，西街上一早上都飘荡着王家面店的香气。这种面香的主体是“重青本色”的香型，可见“重青爆鱼”可以算是红碗面的代表作了。现在有电话叫快餐，那时有传口讯点面。送面的是小伙计，称“跑街”，提个长方形的盖篮在街上急走，就把面香播开到其他的街上了，把日子弄得挺有滋味的。那时候，练塘街上的人大多胃口极佳。

也有点“双浇”的，如：鱼肉两鲜，鳝糊焖肉，虾腰……鳝丝是预制的，鳝糊是要现炒的，人称“响油鳝糊”。“虾腰”即是虾仁炒腰片。咸菜鱼片是白汤，也要现炒的。这样的面叫“炒浇面”。

那时候吃炒浇面有点阔少派头。发展到今天，常熟人的生活水平提高，炒浇面的“受众”大大扩展；到后来，除了焖肉、本色等少数几种，其他的浇头都发展为炒浇了。大排、鱼排等也考究现炸现吃，本质上也是炒浇。常熟炒浇面就是这样发展起来的。

现在的面店不用跑堂，采用半自助的形式，很好的。店堂和厨房之间有一个大窗相通，吃客就在那里向面师傅“点面”。要咸要淡、要宽要紧、要加点咸菜开开胃什么的，你只管开口就是，一律不加钱。对了，还有香菜，要加尽管加。堂内堂外有了沟通，又目睹面浇头的制作过程，吃客心里踏实。炒浇的面起锅要早一点点，面条的最后催熟靠的是随即下碗的、沸烫的浇头。这一催，面条吸纳了浇头的浓汁，就鲜得“透”了。这是炒浇面入味的缘由了。

有客自远方来，我常会自豪地领他们去吃常熟炒浇面。那些面店当然是我反复试吃过的，有把握，他们准能一吃难忘。下次再来，他们大多还念念不忘，提议“再去那个店吧”。店名倒不一定记得住的。

面店经营的认真与否，一看浇头，二看汤汁，三看面条。面下锅，到一定火候，就用长筷捞起。面条并不直接进碗，要捞到竹制的抓篱里过渡一下。右手捞面，左手不停地颠簸抓篱，把锅水沥掉。经过反复过面，锅里的水总有点浑，碱性重，所以锅水是沥得越干越好，否则会使面汁稀薄或变味。这就是美食家要赶“头汤面”的原因。锅水沥得如何，老吃客一看便知——面在碗里打成团，小岛似的不易散开的便是沥干了的，好。

有的常熟面店有一碗“葱爆鳝背”，不错，是一种“热炒干拌”的新样式了。“热炒干拌”是湖北的特色面点，现在常熟面也吸收进来了。这说明常熟的炒浇面还在兼收并蓄，不断发展。

蕈油面是常熟的一个传统特色面点，是虞山特产松树蕈的派生产品。松树蕈和蘑菇不同，和一般的蕈也不同，特别有咬劲，有天然的鲜味，有野鸡肉的口感，妙。传统特色产品可以改进，但改时一定要慎之又慎，稍有草率就会失去特色，就拉倒吧。比如蕈油面不宜用色拉油，要用上等的菜油和麻油。不都是素油吗？不一样，不信，你试试看。有些东西是说不清的，都说清了，世界就只有意义，没有意思了。

饮食文化是最讲究实惠的文化。常熟炒浇面很实惠、很平民、很日常、很江南，人缘极好，品位不低，是值得为之写这篇文章的。

如果评常熟十大传统食品，相信蕈油面会在其中。其实，“常熟炒浇面”整个儿就可以打造成一个品牌。如果觉得“炒浇面”这个词太过直露，那就想一个类似“红碗面”这样的名词好了。如是，来常熟的外地朋友除了来吃大闸蟹、叫花鸡，还可以去定点的面店品尝一吃难忘的常熟面了。

吃蟹哉

你能说出几种骨头长在肉外头的动物？龟，螺，虾……说出几种不难，要数出十种以上也许就不容易。

没忘记蟹吧？我猜不会。吃过蟹的人不会忘记蟹。

阳澄湖水面宽阔，不深，湖底平实，食物丰富，水里的蟹健硕有劲，在水滑的玻璃上照样能撑起身子来走路，可以一口气爬上闸顶（这就是“大闸蟹”的出典）。介绍阳澄湖大闸蟹时，总会说到玻璃，但去买蟹时，谁也不会真的带一块玻璃。有替代的办法，就是把蟹翻仰过来，那些一骨碌就能翻过身来的蟹就是有劲的家伙。捉蟹的时候先要掂掂分量，分量比个头重要，大而轻的是“空心大佬官”，中看不中吃。顺便用手指去逗一逗，那些舞螯“摇眼”、凶巴巴、脾气大的家伙就是好家伙。蟹眼特别，居然长着一个柄，能伸缩，能摇晃，所以我说“摇眼”。

蟹是论斤量卖的，卖蟹的人不会饿着他们的蟹，所以你买回去最好还要养一养，让蟹排空胃肠中的内容。养一天差可，养两天正好，养三天就把蟹饿瘦了。不喂食，用“养”字不切，应当用“囚”——最好把蟹不紧不松地捆起来，不让这些穿盔甲的武士横行打斗，或者试图“越狱”而徒耗体能。不要低估蟹的逃匿本领。一旦发生“越狱”事件，你可往黑暗处搜索，它们笃信黑暗中有安全。有一次我家逃了四只蟹，乱了半天只找回来三只，怀疑第四只是通过抽水马桶“宵遁”的。

常熟的“潭塘金爪蟹”自古就被列为贡品。“一骑红尘妃子笑”，为运送京城，当时有人专门烧制了一种有蟹形凹痕的青砖，用作“特快专递”的包装。被夹在两块砖的中间，稍能动弹又不能大动，砖块又不断被淋水，蟹在其中能找到“被卡在泥洞中”的感觉，料想不久泥洞坍方就有摆脱的机会，于是心存指望，安于现状，一路无事，吹吹白沫，晕晕乎乎就到了京城，进了御厨房。

蒸和煮是正宗的做法，以捆扎后用急火蒸为上。去浴池洗澡，遇上水温太高，每会联想到蒸蟹，想想在一点点升温的水里挣扎的情境实在觉得恐怖。听朋友说有一位老人在煮蟹前必先用白酒把蟹灌醉，我赞为慈悲之举。朋友却道那老人是“吃客”，灌酒是为彻底去掉腥气。对于水产、昆虫之类，人无法与它们沟通，认定它们并无情感，所以活蒸螃蟹的行为并不见有人指责。

阳澄湖大闸蟹煮熟后，背壳鲜红光润，色泽比其他地方产的蟹鲜艳些许。看着这种颜色，你就能推测这些家伙生前的凶猛健硕。

吃蟹了。

江南的老吃客专门为吃蟹设计了一套工具，锤、砧、勺、钳……一共八件，号称“蟹八件”。依我看，这八件纯属多余。扯下一只蟹爪来不就是现成的工具吗？叮叮当当用起这八件劳什子，你就是在修钟表了。

备一只大一点的浅盆子倒是要紧，最好是上等的瓷器。酡红壮硕的蟹有一件雪白的瓷器作为背景，是何等的悦目！还备一碟蘸料。上好的米醋中加一点糖，加一撮绝细的姜末。姜，稍浸，去皮，用刀背拍扁，再纵横下刀，姜末就能入醋便化尽快出味。“绿蚁新醅酒，红泥小火炉。”还要备一杯酒，黄酒或者白酒任选，就是不要啤酒。不要上其他的菜肴，巨鲜上阵，小鲜们还是回避的好。如果桌子上放一盆菊花，就经典了。

正式吃蟹了。

但是，问题又来了：爪、螯、斗、坨，先吃什么，后吃什么，再吃什么，最后吃什么？一般的次序是：坨、斗、螯、爪。以我之见，这个次序恰好弄反了。不信？听我一一道来。

阳澄湖大闸蟹的腿肉真的有隐隐的甜，那一丝一丝朴素的甜，就是阳澄湖的体味呢！如果一用蘸料，这种本真的甜味就被遮蔽，清水大闸蟹的妙处就无从凸显了。所以你得先吃腿肉和螯肉，这时候，你的味觉尚没有蘸料的记忆，就不会和最本真、最微妙的滋味擦肩而过。吃蟹脚，你不要乱嚼，那叫“牛吃蟹”，不上台盘。用门齿切断蟹脚的关节，打通蟹腿的密封，然后在大头一端，噘起嘴唇将里头的肉完整地吸出来。噗的一声，满口是肉，快哉！辨到那一丝丝的甜了吧？

揭开蟹斗。应该倒不出水来，如若里头有不少水，就是次货。如果是“一壳水”，那就是劣货了。吴语中的“一壳水”这个词就来自吃蟹。用蟹的爪尖把位于蟹斗中部的胃勾出来弃掉。把手里的蟹脚倒过来，将蟹斗里的“黄”或“脂”耕松，浇入适量的蘸料，然后把内容往口中划……哎哟，吃蟹的第一个高潮就到来了！

吃蟹坨也有分教。先去掉蟹的鳃和心。毛茸茸海绵状排列在两肋的是鳃，扯掉就是。蟹心不外露，要用爪尖在蟹坨中间部分寻找，那枚白色的五角星就是，乃寒物，亦不可食。双手用力，把蟹坨一掰为二——左右两半蟹坨上的肉白生生的，各顶着一坨金黄色的“华彩”，颤颤地动人。屏息静气，蘸一点姜醋，送入口中，抿住，稍稍停顿，细心品味……吃蟹的最高潮就这样到来了！

如何描写吃蟹的感受？难。还是章太炎夫人汤国梨说得机巧：“不为阳澄湖蟹好，此生何必住苏州！”大名鼎鼎的李渔也说过类似的话：“予嗜此一生，每岁于蟹未出时，即储钱以待，因家人笑予以蟹为命，即自呼其钱为买命钱。”以为汤、李二人已说得绝，不料前年听到一位仁兄竟喟叹曰：“哎呀，还是活着好！”是艺术夸张，谅他老兄是并不真会为吃蟹而“叛变”的。

意犹未尽，就想把美妙的时光加以延续，就想出许多的花点子来玩“余兴”。

其一为“捉法海”。从蟹壳里剔出来的那个藏污纳垢的胃没扔吧？把这劳什子反过来套在手指上，一个趺坐入定的老僧就现出了原形。人都说这光头就是破坏别人美满婚姻的法海和尚。得悉白娘子生了个状元儿子，被从雷峰塔特赦出来，法海慌了手脚，穷途末路中钻入横爬将军肚皮里避难。这个传说说明中国老百姓对破坏自由婚姻的人煞是痛恨，每次吃蟹都要把法海拉出来批斗一番。冷静一想，白娘子是异类，擒拿她是维护人类尊严，实在是不应当恨法海这个执法者的。

其二是“拼蝴蝶”。雄蟹的螯大，把上面的“钳”拔下来，将两个湿答答的蟹钳拼在一起粘在墙上，就成了一只立体的蝴蝶，翅膀半是白半是黑，还拖着一条尾翎，很是生动。乡下大妈硬说这就是梁山伯或者祝英台变的，说梁祝世世代代要成双成对，所以每只蟹上都有他们的半面身体。这么说，倒是有点儿凄美了。

牛吃素，和蟹没关系，风马牛不相及。江南的民间故事偏让这俩发生瓜葛，还说蟹壳上那个凹痕是被牛踩出来的。这一回倒没有把这头牛特定为牛郎织女故事里那头老牛，要不然，中国四大民间故事中竟有三个故事与蟹发生关系了。吴方言中还有“牛吃蟹”一说，描写“勉为其难”的情状。其实生活中根本没那个情状。

蟹壳也是有人玩的。用纸剪一副五官，再剪一个“王”字，贴在蟹壳上，然后凑近煤油灯熏。油烟把蟹壳熏黑了，把纸片揭掉，张着血盆大口的黑虎就狰狞露脸了！

知道蟹为什么横着走路吗？知道蟹为什么不停地吐白沫吗？

猜想你是听过许多传说的，就不说了。

吃一只蟹，你就同时吃了一打故事。饱了吧？哈！

闲说叫花鸡

关于叫花鸡的出典，有几种说法，倒也大同小异。

有一个小乞丐不慎落水，没替换衣裳，寻得个无主破棚子，蜷在草堆里苦等湿衣裳晾干。偏是个雨雪交加的日子，那湿棉袄冻成一件冰甲，脱下来就再也穿不上。一连两天，小乞丐光着膀子困在草堆里出不去乞讨，饿得肚皮贴住了背皮，惨了！

向晚时分，破棚子里来了一只觅食的母鸡。乞丐饿急了的，顾不得“乞丐不可偷”的古训，光溜溜地从草堆里蹿将出来，一扑即获。那鸡也怪，竟不声张，一派舍身救人的样子。

总不能茹毛饮血呀，就捡些树柴来养了个火堆。小子撕条鸡腿来烤，却是外焦内生，好生尴尬；想起古谚“跌倒也要抓把泥”，情急生智，和团泥将鸡糊成个泥冬瓜，再在火上烤。

泥团里面飘出的香气把寻鸡人引来，看见一地鸡毛，明白发生了什么事。小乞丐雪天光身，饥寒交迫，令人怜惜。鸡主人扶起浪子，道：莫怕，莫怕，且让我回去取些盐来给你。

小乞丐以泥代锅，端的机巧。鸡主人雪地送盐更是感人。这事便在茶坊酒肆流传开来。

有一位叫朱阿二的，听了这个故事，拍案道：妙哉，妙哉！

原来朱阿二是常熟城里山景园的大师傅，生性机敏，对烹饪手艺从来留心。这回阿二得了启发，回去几番试验，竟就创出一只很有特色的煨鸡来。这道菜发端于叫花子，就定名“叫花鸡”。有人说菜名先是翁同龢所提，说翁同龢认为借火送盐的善举有“教化”功能，起名“教化”。一则“叫花”比“教化”有趣，二则在常熟方言中“教化”与“叫花”音近，以讹传讹，慢慢就通称“叫花鸡”了。

朱阿二创叫花鸡是民国十年（1921）的事，其时翁同龢已逝世十六年，可见翁同龢起名是附会之说。

经朱阿二等人不断考究，常熟叫花鸡的工艺逐步完善，渐成江南名菜。

叫花鸡肚内填料并不严格限定，常用的是鲜肉、火腿、笋丁、香菇等。香料只用丁香和肉桂。填料入鸡肚后用鸡头堵塞住刀口，用猪网油、葱结等紧裹鸡身，再依次包以荷叶、高温玻璃纸、第二层荷叶，最后用泥糊成茧状。

如此写出，似乎人人会制，其实真能做出酥嫩香美、口味独特的叫花鸡并非易事。笔者为写大戏《叫花鸡传奇》，曾采访过温师傅等老一辈厨师。这些做了几十年叫花鸡的老师傅每对粗制滥造、败坏名菜声誉之举遗憾万分，慨叹不已。

要用刀背折断鸡的大骨，不使有尖锐的棱角。这就利于鸡熟透度的一致。鸡脯是鸡身上最嫩的地方，火候稍过就呈焦煳状，所以得重点保护。可以在上网油之前先覆手心大一块肉皮，一则避免干焦，二则利于保留鸡肚内卤汁。

鸡肚内还要放适量的水。所用猪肉须精肥适度。烘烤时间亦不能只看钟表，应视火头、泥团湿度，乃至烘箱内鸡只的多少等情况做适当调整。适量、适度、适当都是些模糊概念，亦即是工艺的难度所在了。

也别小看了泥的取制。最好用酒甏盖泥，羼入一二寸长、软化了的稻草，加盐和酒脚适量……

如此小关目难于尽列，真是说不尽的叫花鸡。

1939年，山景园在上海开设分店，打出“叫花鸡”牌子，每只卖大洋一块半。一块半大洋在当时已属大数，但吃客盈门，供不应售，叫花鸡的知名度就此大大提高。

后来，浙江也出现了煨鸡，打出“叫花童子鸡”的菜名。浙江煨鸡的肚内填料主用金冬菜。所谓“金冬菜”者，是用白菜帮切丝加花椒等腌制而成。笔者曾在杭州楼外楼品尝过叫花童子鸡，认定其风味和常熟叫花鸡尚有差异，就算各有各的妙吧。

近年来，常熟一些菜馆用蹄髈和鸡一起裹泥煨制，使叫花鸡有了新的版本。

七荤八素家常菜

常熟菜属苏帮菜，但常熟人没苏州人那样“细磨作到”，看到像雕塑作品一样的菜肴并不起劲，认定吃的“末事”不宜横捏竖弄，还是自然点好哉。还有，偶然把豆腐衣做成烤鸭的外形未尝不可，只是不必刻意把每道素菜仿成荤菜形状。素有素的好，何必不自信呢?

在苏帮菜里，常熟菜还是有个性的。如果用“精细”来概括苏帮菜，那么，常熟菜或可用两个词组来表述：朴素的精细，清爽的丰腴。两对词看着有点冲撞，其实是可以统一的。

常熟烹饪领域有人才，出精品，也多有研究总结，本人纯是圈外之人，也来岔嘴说说常熟菜。我说的是家常菜，一人之见，与名菜评定之类无关。

有七样荤菜和八样素菜最合我意，我以为这“七荤八素”可以称作常熟家常菜的代表。

先说八样素菜。

和旱芹不同，水芹长在浅水里，清秀，风雅。过去读书人考中秀才了，可去文庙的泮池采几株芹菜插在帽子上，所以读书人又称“采芹人”，所以我说芹菜风雅。雪天，白鹭在芹菜地旁款款走过……这是何等清绝美极的画面！曹雪芹的名字就取这个意境。江南多雨，水涨起来，逼着水芹往高长，没在水里的茎就拉长。水下的茎，嫩，肥白，隐约有绿意。这个“白段”是水芹的精彩段落。白段长的水芹品种好，叫“长白梗”。常熟人把“茎”称作“梗”。常熟水芹多长白梗，出秀。摘去老叶和根须，洗净，切段，大火快炒，菜就成了。清炒最好，加入些干丝也可以，但不要用有香味的豆腐干，那会弄杂了芹菜特有的香。也可焯一下，然后切段凉拌。水芹菜入口爽脆，妙不可言。

香椿树在春天里萌生的新叶就是香椿头，又是另外一种清芬。有人用蛋壳罩在刚萌生的椿芽上，说能使香椿头更嫩。不必的，还是天然的好。香椿头炒蛋不要放味精，小心别把香椿头炒黄了。香椿头焯过细切之后拌嫩豆腐也是好菜，如有皮蛋丁加盟，这个组合的滋味就更丰饶了。

虞山上的松树蕈名气很响。在乡野“捉”到的野生鸡脯蕈也是蔬中上品。野生蕈有聚众特性，一窠一窠出现。以前江南乡野多有干棵墩（荟棵丛），里头常有蕈秘密生长，称为“蕈窠”，每在雷雨后茸茸冒出，捉回家和豆腐煮炒，其味鲜极。用菜油制成的“蕈油”，是面浇头中之极品。兴福寺的蕈油面现在已成常熟一绝。

腐乳的滋味由植物蛋白腐败而成，独特而强烈。腐乳偏咸，用以下粥极宜，用以佐饭就嫌咸。江南人就此发明了一道“腐乳蒸豆腐”的家常菜。把嫩豆腐与几勺腐乳汁稍加搅拌，上面再铺少量腐乳，加油和葱、姜共蒸即可。用红腐乳，上桌时白底红朵，十分悦目。腐乳偏咸的缺点一经修正，用以佐饭，真个是妙。妙到说不出如何妙，连打个比方也没词。

春夏时节，江南田野到处生长着马兰菜（江南人称“马兰头”）。提只小竹篮，带一柄小寸刀，不一刻就可得小半篮这种深绿色野菜。洗净，在沸水中焯过，切细，与豆腐干末拌和，淋上麻油、加入调料，就可上桌了。豆腐干要用“有劲”的，最好是“糟”过的。如用糟豆腐干，调料中就不用麻油，改用菜油，以免冲了“糟”的味道。马兰头的田野清芬与豆腐干的糟香匹配，相得益彰，也是妙不可言。马兰头的脆嫩与豆腐干的咬劲匹配，唇齿间的感觉就丰富了。

茨菰的苦，苦得有分寸，只是一种弥漫着的淡淡的气氛，并不刻意张扬，更像是“清雅”的一种极致。这一点，茨菰和百合有一点相像。茨菰可以入菜肴，典型的是红烧肉烧茨菰。

要烧得浓油赤酱，把那一丝苦味推得渺渺远远。把茨菰切成片油炸，炸成金黄色起锅，撒点盐末，就成了茨菰片。这时，苦味已淡远无踪，吃起来很香，不“粉”了，很脆，特爽，比超市卖的薯片的品位高许多。

金花菜，江南特有，植物蛋白极丰富，别名“草头”，好像是“草中之王”的意思。草头不宜炒，焯一下拌以油酱，即可。腌草头有一种极鲜的酸，用甘草末一拌，吃了大开胃口，好像只在春节期间有出售。买一撮腌草头当零食吃，很别致。

油焖笋须用春笋（无笋季节可用茭白代替）。春笋要嫩，菜油要重，酱油要轻，绝不加其他食材。急火炒，焖一焖，起锅——分明一盘江南的春！

如果叫我排出七样家常荤菜，我这样排：红烧肉、白切糟肉、干焖鸡、酱油蛳螺、蚬肉炒笋丝、油炸鳘鲦鱼、面拖蟹。至于叫花鸡和大闸蟹，名气蛮大，我却不排，因为那不是家常菜。腌笃鲜倒是家常菜，那是汤类，另说。江南人说汤，不说“煲”。

节令里的糕

我们小镇上那时有两家挺像样的食品店，经营糖果糕点，店主都来自丹阳，给我印象最深的是其中的一家——庆香斋。庆香斋前是店堂，后是作坊，以自产自销为主，十分讲究食品的时令性。

南糕北饼，只说糕。

一开春，庆香斋的银条糕就上市了。银条糕本质是脂油白糖糕，做成条状，结实，通体雪白滋润，缀以蜜汁的桂花朵，玉堂金马，有一种出身名门的自信，还有一派欣欣向荣的气象。这糕正式的名字叫撑腰糕，农历二月初二是“正日”，许多人会去买了送给长辈吃。都说吃了撑腰糕，腰板会硬朗一年的，好。

夏至一过，庆香斋的白印糕亮相了。

白印糕是一盘一盘现蒸现卖的。木盘约一尺见方，里头排着四四方方一十六块糕。每块糕就像一方白玉的印，“白印糕”的名字就这么来的，名副其实。每块糕上面有一个凸起的“庆”字或“香”字。繁体的“庆”字笔画很多，糕看上去就很厚重，很合算。有的男孩子去买糕，会说：“要庆字的。”老板说：“庆，好。”有的孩子说：“我不要香的。”老板就笑，说：“好，你不要香的，那我给你臭的。”

卖糕人手里拿着一把平口的小铲子，很小心地把糕起出来放在一角荷叶或一截芦叶上递给你。你托着糕，手掌热烘烘的，不忍心下口，切近地看，目光就透下去，发现这糕是有馅的——是豆沙馅，隐隐地黑着。豆沙里还有几枚晶莹的东西，那是板油。也有包绿豆沙的，雪白之下便是隐隐的绿，更悦目。

九月，秋高气爽，重阳糕登台了。重阳糕是黄松糕质地，面上抹深棕色饴糖，撒红绿丝，一寸多厚，被斜切成平行四边形。为什么不是长形、方形、三角形，而要取平行四边形？不知道。约定俗成有时是不需要理由的，怎么约就怎么定。九月九，重阳节。这一天，每块糕上要插上小纸旗。纸旗是三角形的，五彩，上面剪出看不懂的图案，就像是京剧舞台的武生、武旦背插的靠旗。一盘糕上插十多面旗，五彩缤纷，分外醒目，招摇着节日的气氛，蛮好。

冬天到了，快过年了。许多人家会自蒸年糕，庆香斋对年糕就不再重视，重点推出的是雪片糕、烘片糕和橘红糕。苏州人把雪片糕叫云片糕，把烘片糕叫饭粢糕，两种称谓各有妙处。庆香斋的雪片糕里有松子或者核桃仁，每个切面都有这些干果的断面，油滋滋地诱人。男孩子认为把雪片糕切成薄片是没必要的，整块地啃才有劲呢。女孩子不同，她们会一片片撕开，先用火柴棍把糕片里的干果仁儿顶出来另吃，那薄薄的雪片上就有了千奇百怪的小窟窿，好玩。烘片糕突出一个香，米的焦香和面包的麦香不一样，倒是一样有沁人心脾的效果，闻着，心里特别的亲切，特别的笃定。粮食这个东西就是实在，“手中有粮，心里不慌”这句话是沁入潜意识了。橘红糕有乳白的和橘红的两种，混在一起，相映成趣，让人爱不释手。这种糕被做成拇指大小，怕粘连，就撒些粉，看上去就有一种迷蒙感，越发的娇羞美艳。糕里是渗有橙或橘的成分的，味道是浅甜微酸，还有一丝丝中药味道，大人说这是消食的，特别适宜在春节里食用。

庆香斋就这样兴致勃勃地提示着、点缀着小镇的四时八节，给小镇的日子增添了许多的滋味。

除了跟着节令走的糕，小镇上一年四季都有海棠糕卖。经营海棠糕的店很小，很简陋，或者只能算是个“摊头”，经营者来自苏北。

海棠糕是面食，称“糕”是不对的。再想想，这也没有什么不对的，从来没人规定糕一定是米粉的制品。还是那句话：

怎么约定就怎么定。

面糊是发过酵的，打得很有“劲”，看上去弹性十足。平底铁锅不是一般的平底锅，其实是一个模子，若干个小圆模集合成一个大圆模，总体看有一点点像开放的海棠花。炉子上的锅热了，就用一个小小的拖把往里刷一点油，然后用一个铁勺子往里灌面糊。每个模子里的面糊只搁浅浅的一点，叫人担心成不了“糕”。原来还要加馅，是豆沙。下豆沙的工具是一片很光滑的竹片。在加入豆沙时顺手把竹片插进面糊翻一个个儿，就把下面的一部分面糊翻上来糊住了豆沙。又在每个模子里撒一点蜜汁的红绿丝。绿丝是青梅肉，红丝是黄萝卜。做完这两步，模子里的面糊已经把模子发满了，还有继续发的趋势。这个平底的锅是有一片生铁锅盖的，这时已经涂上了一层糖油，而且已经预热。锅盖盖上去，把发起来的糕“镇压”下去，又整个儿把锅翻个身——锅盖倒成锅底了！就听得锅里滋滋地响，就闻到一阵糖油的焦香味儿。锅翻正过来，把锅盖揭开，一“窝”海棠糕就可爱地出世了！淡黄色的、软软的本体顶着一片脆脆的、金红色的“面”，看上去非常漂亮，非常诱人。

在整个制作过程中，摊主的手法很熟练，很从容，有一张一弛的节奏，没有一个多余的动作。你就觉得这个制作过程很好玩又很有成就。摊主的儿子也会做海棠糕，操作同样熟练，也有那种迷人的节奏感和从容的神态。你不觉得他在干活，而觉得他是在玩，在表演一个拿手的节目。

这个小店有时做梅花糕，做梅花糕时就不做海棠糕了，我没弄明白这是不是也是随着时令在变化。

梅花糕是海棠糕的一个亚种，只形状不同，不是扁圆的饼状，是百合花那样的形态，顶端也未经锅盖压平，握在手里就像握着一支蛋卷冰淇淋。

绉纱馄饨

“馄饨”这个词让人联想到“混沌”。“混沌”是开天辟地之前的洪荒之象，该是和这种小吃没什么关系的吧。“馄饨”还有“云吞”“抄手”的别名，倒是蛮形象的。馄饨沉浮在碗里，恍如一朵一朵的云。馄饨的两只角向内挽在一起，抄着手的样子。“抄手”是四川人说的，江南人不说，江南人把这种肢体姿态称作“打穷结”，不吉利。

这是说的大馄饨。小馄饨更有“云吞”之相，但绝无“抄手”形象。小馄饨的皮薄，薄如纱，江南人就称之为“绉纱馄饨”。这个称谓形象，还温婉，有小家碧玉的韵致。

大馄饨有几种吃法，一种是汤，一种是冷拌，还有一种是煎。绉纱馄饨只有热汤热水一种吃法，所以说起绉纱馄饨就有一点“烫”的感觉。幼时受了风寒，流清水鼻涕，父亲只吩咐多喝开水，母亲知道小孩子是不肯多喝水的，就会想办法让我吃一碗绉纱馄饨，要趁热快吃，吃出一鼻子汗来最好。这个热汤热水的童年记忆挺深的，如今犯了“冷伤风”，我还会去吃一碗下了辣油的绉纱馄饨。这是我的一个治感冒的秘方。

我妈裹起大馄饨来一流的快，可就是不会裹绉纱馄饨。她要裹绉纱馄饨就去汤团店买生坯回来下。荤油和“味之素”（味精）是必要的，葱花也不可或缺。葱花在馄饨起锅后撒在碗里，一撮撒下去，绉纱馄饨立时眉清目秀，香气袭人。葱和蒜的香专门刺激食欲，和花的香、雪花膏的香是不一样的。馄饨汤里也可撒大蒜花，但下葱花是经典。江南人的讲究（或称疙瘩）就在这类细节里。

我妈能干，居然不会裹绉纱馄饨。为这个，我多次注意过汤团店师傅裹绉纱馄饨的手法。薄薄的皮子摊在左掌心，右手用个小竹片儿蘸一点烂烂的肉酱抹在皮子中央，然后左手就那么果断地一捏，一只绉纱馄饨就花朵一般开放在掌心里了。这关键的一捏必是有机窍的，但因为动作太快，看不清那五个手指活灵灵的配合，我始终没弄明白其间要领。绉纱馄饨的馅只有纯肉一种，不兴加荠菜什么的。肉酱最好手工剁，不要用绞肉机。手工剁的肉糜香，不知什么原因。这是江南人讲究的又一个细节。有些细节的设置是不需要理由的。

吃绉纱馄饨是我们家的传统奖品。学校里得了好成绩，妈就给几分钱外加一个生鸡蛋，说："去海清店里吃碗绉纱馄饨吧。"汤团店的老板叫海清，老板娘叫"海清笃"，意为海清的家里人。小镇上的人彼此都熟悉的，海清笃看见我这个"金家弟弟"手里捏个鸡蛋，就热情招呼。鸡蛋下在沸腾的大锅里会散掉，她会用一个小铁勺装点淡盐水"坐"在沸水里，先让鸡蛋凝一凝。

碗里备好汤了——一定要宽汤，讲究点的人家会在汤里撒一点黄黄的蛋丝和黑黑的紫菜用作点缀。绉纱馄饨浮在汤里，舒展着，看上去挺拥挤。知道碗底还卧着个水潽蛋，就愈觉得内容的丰富。皮子本来就薄，熟了，呈半透明了，一点一点浅红的肉馅十分亲切。如果再加两个汤团，这一碗江南点心就更加"崭"了。

本就配调羹的，如加了汤团，店家会加配一双筷子和一只牛眼小瓷碟，供你把汤团逐一转移到碟子里从容下箸。汤团里的肉馅一定有汁，很烫的，不小心要"烫歪嘴"。"馅"是普通话的读法，苏州人读作"酿"，常熟人读作"心"，听着挺亲昵。

绉纱馄饨加汤团很灵光，可我宁愿把两个团子折换成一个煎团。肉心团子本是圆的，下了煎盘便有了"腰"，成了熟柿子的形状，外皮金黄脆香，里面洁白糯软，馅子浓油赤酱，那种色味之丰隆，一言难尽呢！煎团是一定要烫着吃的，香着，鲜着，脆着，糯着，又烫着，那一种急迫中的幸福感令人兴奋！

在海清的店里，两个汤团还可以折成一根大油条。把热油条掐成段分批浸入馄饨汤，油条立刻吸饱了汤汁，入口即化。油条和馄饨间着吃，就有了二重奏的美妙了。

那时的孩子难得有零钱，凑满一碗馄饨的钱有点难。有时我会和二姐拼钱去海清店里吃绉纱馄饨。一碗馄饨配两把勺，姐弟对坐，我吃一只，她吃一只，蛮好。如果馄饨是奇数，到最后就得协商一下：谁吃了最后一只，另一个就有权喝剩下的汤。

这样的快乐，成年之后再也找不到了。

大馄饨可做正餐，绉纱馄饨只是“点饥”的小吃。江南人把下午三点左右这段时间称作“慢头”。“慢头”和黄昏时分，卖馄饨的担子上专供绉纱馄饨。挑馄饨担子的小贩不叫卖，一路走一路敲竹瓣：嘀嘀啪，嘀嘀啪……这是约定俗成，只有馄饨担敲竹瓣。卖糖粥、酒酿圆子一类甜食的担子不敲竹瓣，敲竹梆：笃笃笃，笃笃笃……小孩子就和着这个“笃笃笃”学舌：笃笃笃，卖糖粥，一升核桃两升壳……核桃和糖粥有什么关系呢？难道糖粥里头有核桃肉？好像没有的。

没听过关于馄饨担子的童谣。

三个铜板豆腐

吴人在极言人的无能时常说的一句话是："你三个铜板买块豆腐撞死仔吧！"豆腐便宜，是江南家常菜中主角之一，早被吴地人演绎得花样百出。

水磨的黄豆浆，在盐卤或石膏卤的点化下变身成为老豆腐或嫩豆腐。嫩到发嗲时，就是豆腐花，北方人叫豆腐脑。豆腐压制一下就是豆腐干，压得极端就成了百叶。还有一种豆腐衣，听说是"挑"出来的，我没见过制作过程。

选几道豆腐菜来吊吊你的胃口。

用文字描写味道有点难，讨巧的办法是用大家熟悉的味道来比喻。因为找不到可比之物，要描写腐乳的味道真是难煞。腐乳的滋味由植物蛋白腐败而成，独特而强烈。因为要用食盐控制腐败的程度，腐乳偏咸了点，用以下粥极宜，用以佐饭就嫌咸。江南人就此发明了一道"腐乳蒸豆腐"的家常菜，做法简单到"傻瓜"的程度。把嫩豆腐与几勺腐乳汁稍加搅拌，上面再铺少量腐乳，加油和葱、姜共蒸即可。一般用红腐乳，上桌时白底红朵，犹如雪地红梅，十分悦目。腐乳偏咸的缺点一经修正，用以佐饭，真个是妙。

香椿头是椿树新出的嫩叶，焯过切细后拌嫩豆腐，是另一道传统凉拌菜。把皮蛋切成丁加入，这个组合的滋味更佳。荠菜与豆腐配伍时，江南人常取羹的形式。以稀薄为好，可加入少许肉丝或鸡丝领鲜。羹料最好用菱粉，菱粉做出的羹滑如流脂，有触觉享受，能将舒坦延伸到食道。豆腐是滑下去了，荠菜和肉丝还在口中，是这道菜的"第二乐章"。

苏州的樱桃肉和杭州的东坡肉都好，但怕油腻的人大多只敢小尝一块，不能尽兴。江南人就在红烧肉中混入少许豆腐干。

肉是切成方块的，豆腐干是切成三角形的，所以称作“方角肉”。豆腐干混在浓油赤酱的红烧肉中，也有肉的样子，也染了肉的味道，怕油的人也可大快朵颐了。用百叶结代替豆腐干也有同样的妙处。

天寒地冻时节，把老豆腐放到户外冻一夜，就成了冰豆腐。即便用热水化冻，冰豆腐也不会再变回老豆腐了。冰豆腐比老豆腐“韧”，入沸水不变形，特别适用于火锅。冰豆腐有无数小气孔，能涵住汤汁，吃起来特别“入味”。

还有一道特别的豆腐菜不可不提。

阳澄湖的大闸蟹是中外闻名的美味。阳澄湖的蟛蜞也不错，就是个子小，吃起来麻烦。就有了“蟛蜞豆腐”的吃法。把蟛蜞放在石臼里杵成浆状，用纱布沥去硬壳杂物，然后打入鸡蛋，搅和清蒸。蟹有腥味，料酒和葱、姜要加倍。这道菜号称“蟛蜞豆腐”，其实不用豆腐，大概是其形状如嫩豆腐的缘故吧。尝这道菜得用匙子。因为太鲜美，一入口，人就会不自禁地吞下去，为了把美味多挽留一会儿，可在里头加一点虾仁。加一点鸡头米更好，更能保持这道菜的独特。

螺蛳　蛳螺

常熟人固执地把“月亮”称作“亮月”，把“螺蛳”称作“蛳螺”。仔细想，常熟人是对的。和“太阳”对偶的是“亮月”，而非“月亮”；和“田螺”“海螺”对偶的当然应是“蛳螺”，而非“螺蛳”。

不知什么年代，兴福寺有个小和尚耐不得常年素食，就偷偷去附近河浜里弄些螺蛳来吃。不久，事情败露，小和尚受到严厉训斥，却还是禁不住美味诱惑，屡教不改。到后来，当家和尚就要小和尚做最后的抉择。为了吃螺蛳，小和尚毅然选择了还俗。由此可见螺蛳的鲜美非同一般。小和尚被逐时还留下一些已经剪去屁股的螺蛳，还蚁蚁地活着。老和尚连称“罪过”，把残螺放入寺旁空心潭内。螺蛳生命力强，竟然在潭内活了下来，而且相传代代都不长螺尾。传说，这便是空心潭“无尻螺”的来历。

清明前后的螺蛳基本上不怀子，好。浓油赤酱地炒，或者重姜重蒜地炖，味道都好，都有一种无法模拟的独特鲜味。炒和炖都要有度，“透”或“欠”都会造成难以吸出螺肉的后果，就得用针来挑，不只麻烦，还丢失了汁肉同时入口的快意。

螺蛳行动缓慢，用个耥网沿河滩推扒，就能耥到螺蛳。还有更省力的：傍晚时分，往破草包里塞进些石块，系上绳子抛下河去，第二天早晨，把草包慢慢拉上岸来，草包上准栖满了螺蛳，一捋一大把，得来全不费功夫。

螺蛳耥回来后一颗颗洗净，不能混入一颗死螺，否则能臭了一碗，晦气。洗净之后还要养一养，让螺体内的杂物排空。

乡间有“螺蛳姑娘”的传说（有时叫“田螺姑娘”），说得头头是道、津津有味。说有个种田后生是孤儿，有一天耥到了一粒像田螺那么大的螺蛳，舍不得吃，养在水缸里，一养就养了三年。大螺蛳其实已经成了精的，对勤劳善良的后生产生了感情，待后生下田时，就变作女子操持家务，备下可口饭菜。后来后生窥破了秘密，后来螺蛳姑娘成了后生的妻子，后来螺蛳姑娘生了个大胖儿子……后来姑娘受不了村上人的歧视，跳回螺壳变回螺蛳，再不肯做人了……

小时候听这个故事，觉得遗憾得要命，抱怨种田后生留着那个螺壳。这个故事演绎的是“众口铄金”的悲剧，那么多人指着背窃窃私语，日子就难过了，到最后就没法过了。本来向往做人的螺蛳精变回原形是一种无奈,更是一种对人类的失望。幸亏后生把螺壳留着做纪念，要不然，螺蛳姑娘就没有退路了，悲剧可能会更加沉重。

中国老百姓既然能同情许仙和白娘子的结合，我想他们对螺蛳姑娘的窃窃私语大概也并无恶意，就是说说稀奇而已。“丁丁丁，你家阿妈螺蛳精。各各各，你家阿妈的螺蛳壳……”这种顺口溜念起来是那般的溜滑有趣。哪知道，无意中就破坏了一个美丽的婚姻，破坏了一个幸福的家庭。这个故事里没有坏人，而由一群好人在不知不觉间酿成的悲剧实在是更沉重的悲剧，更有警世的意味。

小孩子都有一个天生的本事，就是能识别童话，不会把童话和生活故事混淆。而那些好像发生在邻村的传说之类，却往往会使他们真假莫辨。一些荒诞的故事他们也不会相信，但却能在他们的心里投下或深或浅的影印，在潜意识中发生作用。

螺蛳来得容易，又鲜美无比，街头巷尾就出现了卖熟螺蛳的小贩。出摊大多在夏日黄昏的路灯之下。

还记得有个卖家名叫莫阿六的。莫阿六考究，比别的摊头多备两样东西：一是棘刺，用于挑螺肉；二是竹筐，用于收螺壳。为了招徕顾客，他还白编了几句打油诗——

卖螺蛳，莫阿六，
罐头里厢笃笃肉，
一碗蛳螺两碗壳，
吃了肉，还我壳。

打油诗有趣，吃到螺蛳就会想起来。

莴苣笋

莴苣长在地里，不分枝，不东张西望，一心一意往上长；叶片四十五度斜向展开，张臂欢呼的样子，逐叶递进，像诗词接龙。

小时候养蚕。向同学讨几十条蚕蚁，折一只纸船便安置妥当，觉得养大这帮小东西不会有问题。蚕宝宝小时候比蚂蚁还小，也是黑色，但不似蚂蚁那样好动，个个文静，专心吃桑叶，就想着天天向上，快快长大。没过几天，蚕蚁变身为蚕宝宝了，灰白色，身体日长夜大。又过些日子，这些家伙的身体就扩张了十几倍，几十倍，居然要用小匾子收容它们了。找个匾子没什么难，叫人吃不消的是它们日见增长的食量。静听那种密集的蚕食声浪，心头不免焦急，这才发现当初养蚕的决定原是那样的轻率。我的故乡不是蚕桑区域，少有的几棵野桑树早就秃了，桑叶供应成了严重问题。就试着投以其他的树叶，却遭到蚕们坚决抵制。和熊猫一样，蚕的挑食太夸张，刁钻促狭，让人哭笑不得。蚕勉强肯吃几口的树叶来自一种叫“榨树”的灌木。这种灌木难寻，有刺，摘时扎手，找到不容易，好不容易找来，蚕也只是敷衍几口就再不肯将就。榨叶还是指望不上。快绝望时听人说蚕肯吃莴苣叶，大喜，一试，没错的，蚕饿急了还真肯委屈着吃一点点莴苣叶呢。吃吧吃吧，莴苣叶足足的有哇！结果，蚕吃了莴苣叶，第二天就拉稀了，一副恹恹病态，从此不肯将就。

匾子里没有了青，只有白。饥饿的蚕缓缓摇晃它们的头，盼望着桑叶。什么叫嗷嗷待哺？这就是。

蠕动的东西多少有点邪恶感，蚕没有，一副善相，一派天真，天生的好脾气。不管饥饿怎样严峻，蚕还是沉默。这种无声的呼喊真让人无法承受。诗人说：蚕的世界里没有“死”，只有蜕变。不对，没有桑叶，它们不可能提前结茧化蛹，会饿死。

怎么办呢？那时候，大人是不管孩子的这些鸡毛事的，有困难，靠自己啊。

现在想来，让一个孩子经历一番独立养蚕的事，实在是大有裨益的，能让孩子从小体会到一个生命对另一个生命负责的不易，要对几十条生命负责就更是大不易，必须做出倾心倾力的努力。

扯远了，还说莴苣。

莴苣的自然状态像开花之前的鸡冠花，但更壮实、更挺拔。江南人把莴苣称作莴苣笋，认为去叶之后的莴苣形如竹笋。只能算是略像吧，去叶的莴苣没有壳，只有鳞叠的叶柄，骨棱棱的粗糙，沁出点白色的浆汁，闻一闻，气味并不好。

把连着叶柄的粗纤维的皮削去，莴苣这才露出了水灵鲜嫩的玉体。削皮时得集中注意力，一不小心，莴苣就会像活黄鳝一样从手里滑脱。莴苣在这时候才和竹笋形似了，一个是嫩绿色，一个是白色，放一起就是“清白世家”。苏州作家车前子说苏州有道菜就叫“清白世家”，不过白的不是竹笋而是去皮的马蹄（荸荠）。莴苣用盐腌过，马蹄用糖渍过，上桌前搅在一起。讲究点的人还撒几颗红红的枸杞，改称“清白世家见丹心”。常熟人做莴苣菜不用糖。总说江南人喜甜，其实常熟人在这方面很节制。

在江南的菜谱中，这两样笋大多时候能互相替换，就像舞台上的 A 角、B 角。腌笃鲜中可以放竹笋，也可以放莴苣，一样胜任。笋丝和莴苣丝都可以炒蛋，笋片和莴苣片都可以炒肉片、木耳。这些菜肴都好，都是一盘精彩的江南春。

江南的春蔬中，竹笋是小生，莴苣笋是青衣。或者用另一个比喻：竹笋是白素贞，莴苣是小青。许仙是什么呢？是荸荠吗？不是，什么都不是。江南人不喜欢许仙这个黄胖男人。《白蛇传》里有个角色倒是应当同情的，那就是法海。人家明明是个严肃的执法者，却被指为破坏他人家庭的家伙。或许《白蛇传》的作者想做个试验，看看感情能不能压倒理性。《白蛇传》是群众创作，一代代人七手八脚地改，改成了这个样子，成为中国四大民间传说之一。

扬州多吃货，把莴苣切小片渍成酱菜，取名菜心，入口爽爽的，果然脆嫩鲜灵。

苏州人出手了，居然出其不意地弃用了莴苣的爽脆品性，创出个“莴苣干拌花生米”。莴苣干是酱过的，绵软。花生米是炸过的，香脆。拉郎一配，软硬兼施，也是好手段。

最精彩的是油酱生拌莴苣片，做起来最是简单，都不用动火的。去莴苣皮，纵剖两半，斜切成片（不要过薄），撒细盐控去点水，伏一伏，装盘，泼酱油，浇热油，淋麻油，拌，下几星葱花，齐了，下筷吧。这一盘油酱莴苣真是极品呢，脆，嫩，在唇齿间“夸嚓夸嚓”细响，那份凉凉的清爽妙不可言，那种朴素的美质让人感动！

莴苣、竹笋、太湖莼菜这类食材味道寡淡，它们的魅力是那种“齿舌间的物理快感”。这个词组是我的杜撰。都说烹饪有个四字诀：色、香、味、形，我说还得加一个“齿舌间的物理快感”。用哪一个字概括呢？可以用“质地”的“质”么？如果可以，就成了：色、香、味、形、质。如果以重要性来排，应是：味、质、香、色、形。食物，味还是第一位的，第二位应是口腔体会到的质感。

又扯远了。

这个菜在家里自己做吧。越是简单的菜肴，饭店酒家越不容易做到位，他们老是想提高技术含量，结果画蛇添足，无意间丢了原汁原味。

这篇随笔太随意了点。至少作文不能这样写，语文老师不喜欢。

如果作文是竹笋，那么文学作品便是竹子。竹笋长大了成为竹。但评价笋和评价竹的标准是不一样的。

又见木园堂

小时候去乡下亲戚家吃喜酒，常会遇上木园堂。这种突然出现的木屋会使小孩子很兴奋，会让他们想起“一夜之间出现了什么什么”的童话情境。

木园堂是像模像样的房子，门窗齐全，还有地板，走进去脚下咚咚响，觉得身在一条大船上。在船上吃饭也是件难得的事，有劲。搭木园堂是为了设宴请客，里头不是空的，摆满了桌子凳子，左右两行，一数，居然有二十几桌。这么多的桌子，再大的客厅也是放不下的，所以要搭木园堂。

要给几十桌席面上菜，原来的厨房远远应付不过来，就在露天砌起临时的简易灶头，大锅上一冲天叠着十几个大蒸屉。灶膛火旺，灶上热气蒸腾，香气四溢，把办“大事体”的气氛张扬得热火朝天。

蒸屉里是一碗碗配好了的菜，大多是熟坯，干蒸的和汤水的都有。这就是江南蒸菜。一轮几十桌席面同时上菜，不用蒸菜不行。江南蒸菜就是这样被迫创作出来的。江南蒸菜一是上菜快，从蒸屉里搬出来就可上桌；二是热汤热水暖桌面，连碗都是“飞飞烫”的，焐心。蒸菜似乎没有太多的烹饪技艺，吃的是原汁原味，吃的是热汤热水，吃的是乡间风情。

我说蒸菜没什么技艺，厨师们是不会同意的。他们会问我：“你阿晓得我们这个高汤是怎么合出来的吗？”神情有点儿神秘。他们会说：“你看看我们的一品锅吧。”

一品锅是江南蒸菜的代表作。因为蒸菜可以预先落做，厨师们有时间把蒸菜弄得很舒齐，很精致。碗面上雪白的冬笋片、暗红的火腿片还有金黄的走油肉，排得一风一水，尽显刀功。蛋饺、爆鱼、鸡脯肉色泽油亮，端的抢眼，对肚饥之人简直有摄魂夺魄之魔力。汤是高汤，看似清澈，其实内容丰饶，经过三煮三焖，烫得辣嘴，连打碗底的白菜也鲜得十分深邃。

江南蒸菜不但原汁原味，营养保留完全，还有一个节脂少油的优点，很符合现代人的膳食考究。

还是说木园堂。

一度在江南盛行的木园堂消失于困难时期，近年在乡镇重现，而且有进城的趋势。有人专门做木园堂生意，有的“茶担”把木园堂纳入他们的一条龙服务。只待“办事体”的主家定下日期，家门口会如期出现一座喜气洋洋的餐厅。你办十桌、二十桌可以，办三十、四十桌也可以。木屋本是流动的，组装的，机动着呢。如果是包的一条龙服务，那就齐了，主家连一双筷子都不用操心了。

最近赴一位镇上老友的寿宴，在木园堂里好好重温了一遍江南的农家风情。

木园堂照例是长条形的，二十只圆桌分列两行，正面板壁上红彤彤地挂着寿字、寿联，屋顶上还俏皮地饰着喜色精巧的小型灯彩。二百多亲友欢聚一堂，几十道菜肴流水般上席，那一份喜庆的气氛浓郁而亲切。

同一件“事体”，在木园堂里办和在饭店、宾馆办是不一样的。在宾馆办事，亲友们得到邀请后一般是不会去主家的，他们知道主家那个客厅容纳有限，还是计着时间直接去宾馆吧。这样，外地来的亲友就有点尴尬，看看时间尚早，只能到处打野转了。到时间了，报到入席，吃完饭打声招呼就各奔东西了。回头想想，自己这一天的行动和主家的那桩“事体”其实是“隔”着的，是个走过场。过去有“贪张嘴，过渡水”的说法，现在大家生活富裕了，谁还会“贪张嘴”啊？这种赴宴实在是一种累事了。在木园堂办事就不同了。亲友们可以早早赴请，就在木园堂喝茶、打牌、聊家常。多年不见的亲友难得腻在一起，就聊个畅吧，蛮好蛮好。然后入席喝酒，边吃边聊，蛮好蛮好。

不知道为什么，木园堂这种地方似乎是个天生讲平等的场合。这一点有点微妙。这里是不讲究啥长啥老板的，这里没有包厢，没有贵宾席，走进来的人都蛮放松，先到先坐，都是长条凳，不备椅子，坐满一桌算一桌，同桌吃饭也是个缘呢。斟酒在饭碗里，蛮好；酱油盆两人合一个，将就吧。这里的服务员都是临时的，端菜续茶的都是亲友邻居充当的志愿者，你是没资格吆五喝六乱差遣的，倒要抽支香烟说一声：“吃力哉，吃力哉。”这里只有亲情、乡情，只有人与人之间的亲仁乐和。这样的气氛，久违了。

老友说在木园堂“办事体”，价格要比宾馆低，不是低一点，而是低蛮多，但在木园堂“办事体”主要不是为了省钱。从“办事体”的总体看，钱是不省的，因为在宾馆办只一餐，在木园堂办是一两天。老友说他之所以要请木园堂，就是为了寻回传统人与人之间的那份实实在在的情意。

又见木园堂，蛮好。

叁

二十四番花信

想念燕子

黑色是最沉重的颜色，可燕子偏偏选择了黑色，而且把黑色演绎成一种极端的轻灵。当展开折叠整齐的双翼，燕子就成了一把名牌剪刀，精致，锋利，闪耀着钢铁的光芒。

燕子是人类最熟悉的候鸟，一年中有一半时间在北方，一半时间在南方。那么燕子的故乡是在北方还是在南方呢？这是我小时候就提出的问题，至今无人回答。

猜想燕子是旅游迷，每年都要游历北方和南方之间的千山万水。猜想燕子是完美主义者，总想兼得北方的俊朗和南方的旖旎，因为不肯放弃，或者因为犹豫不决，它们只能这样年复一年地颠沛流离。猜想燕子都是孝子贤孙，纵然飞回北方并无必要，它们还是谨遵祖训，居无定所，迁徙不止……

燕子的迁徙一定是有原因的，只是我们尚未了解或者难于理解罢了。

燕子是和人类最亲近的鸟类。古往今来，中国有无数个女孩子被亲昵地称为“小燕子”。最有名的是汉成帝的皇后赵飞燕，她与唐明皇的贵妃杨玉环联合组成了“环肥燕瘦”的成语。古往今来，有无数的诗人把燕子写进了诗作。最有名的是刘禹锡的《乌衣巷》：“朱雀桥边野草花，乌衣巷口夕阳斜。旧时王谢堂前燕，飞入寻常百姓家。”王家和谢家是名门富户，其厅堂定是高敞华丽，但燕子是不在乎这个的，它们喜欢的只是世俗的生活，在乎的只是环境是否宁静平和。燕子窝因此成为善良和安宁的标识。

燕子和人类住在同一个屋顶下，放心地把窝筑在檐梁或者二梁、三梁上。檐梁还是在屋外，二梁和三梁就在屋里了。住在屋里的燕子俨然是这个家庭正式的成员了。燕子并不为人做什么事，它们要忙自己的事。燕子很勤快，每天一大早就要出门觅食,所以它们不会选择在常常关门闭户的慵懒人家中筑窝。燕子窝因此成为勤勉兴旺的证明。

厅堂有燕子的呢喃，门前有燕子织来织去的身姿，这个家庭就感到了吉祥，感到了光荣，就觉得家庭生活有了一种朴素的诗意。

农家孩子尽可以上树掏鸟窝，上房逮麻雀，但绝不敢对燕子有非分之想。“打燕子，烂眼珠；掏燕窝，遭雷诛”的童谣就像可怕的咒语，从小就影响了每一个孩子的灵魂。

有一次，语文老师在课堂上说：“请家里有燕子窝的同学举手。”不少同学举起了手。老师说：“下个星期，我们要写一篇关于燕子的作文，请同学们仔细观察燕子。家里没有燕子窝的可以到有燕子窝的邻居家去观察。”

我家没有燕子窝，我觉得很惭愧。

每年春天，我就等待着有燕子到我家做窝，可燕子就是不理睬，甚至不肯来勘察一下。我曾经爬到邻家的二梁上探看过燕子窝，刚巧被燕子撞见，它们吐掉喙间的食物向我大声抗议。我疑心这便是燕子不肯来我家做窝的原因,它们记住了我的脸，并且把我的不端行为在种族中做了广而告之。现在想来，燕子不肯来我家“驻跸”的原因其实很简单——我们家的大门是向北开的，不符合“向阳人家”的条件。

少小时，我盼望燕子到我家里做窝的原因要实在得多——就是想确认我们家里没有蛇的埋伏。曾舅妈说过，没有燕子窝的人家是可能潜伏着家龙的。所谓“家龙”，就是蛇了。对一个孩子来说，住着有蛇的房子是多么可怕啊！

曾舅妈家当然是有燕子窝的。每年燕子归来时节，江南的农家正在做秧地，田野里到处是面面的烂泥，正好为燕子提供筑巢的材料。这时节，曾舅妈总是坐在家门口，戴着老花眼镜，慢慢地做针线活。燕子“叽叽”地进门，“叽叽”地出门，曾舅妈就说："看看，人家多有规矩啊，出出进进都是打招呼的。"听到燕子打招呼，曾舅妈就应答："回来啦？""又出去啊？"

有人家怕雏燕往下拉屎，在燕子窝下面吊一个小纸盒子承接。曾舅妈不吊这个，说那样就见外了。有一次，小燕子不小心从窝里跌落下来，因为没有承接的盒子，就一下子跌到了地上。出于飞翔的天性，坠落的小燕子并未受伤，只是没法回到窝里去了。曾舅妈不在家，她家的猫就在叽叽叫的小燕子身旁耐心地守护着，防备路过的野狗进来吓着了小燕子。可能是受了人类的影响，猫一般是不会侵害燕子的。猫擅长爬树，但它们不大会去骚扰窝里的鸟。有时候看见猫跳来跳去抓麻雀，那多半是闹着玩。

曾舅妈家的门框上留着一道巴掌宽的缝，是专门为燕子留的通道。可只要门开着，燕子是不肯走那道缝的，贴着人的耳朵"嗖"地掠过，接着站在窝沿上把脑袋歪来歪去地逗人玩，还叫着："叽叽叽，叽叽叽……"

山歌唱道："成家立业勿轻易，燕子筑窝一口口泥。"江南人常常用燕子筑巢来比喻成家立业的艰辛。燕子筑巢确实很辛苦，但它们满怀创业的激情，忙碌得很快乐。每年春天返回时，它们总想找到旧窝。它们不是怕辛苦，而是因为恋旧。它们一般总能找得到旧窝，主人是不会把燕子窝弄坏的。重回旧居，燕子也要忙碌一番，进行内部装修，彻底更换巢中的衬垫物。

似曾相识燕归来。看到归来的燕子，年长的人就有点淡淡的惆怅——去年的燕子回来了，去年的春天却不会再回来。这是对"时光"的惊惧。

筑好巢之后是短短的蜜月。不久，雏燕就出壳了，亲燕又忙碌起来，不停地给孩子们喂食。听到父母归来的翼动声，小燕子便努力地张开镶着黄边的大嘴讨吃，发出细声细气的"啾啾"。它们的嘴巴张得太大，大到了与身体不相称的程度，看上去馋得要命，滑稽得要命。小燕子们平时倒是挺文静的，它们知道是寄住在别人家里，应该做一个好房客。

曾舅妈寂寞的时候会朝着燕子窝唤："燕儿燕儿，叽叽叽叽……"

小燕子们一齐把小脑袋探出来回应："叽叽叽叽叽，叽叽叽叽叽，叽叽叽，叽叽叽……"

曾舅妈向我们翻译小燕子的话——"不借你家盐，只借你家檐，不借盐，只借檐……"

有一个白发老奶奶在乡下住，和燕子相处了几十年。老奶奶太老了，就让儿子接到城里去住。出卖乡下房子时，老奶奶对买主说："有燕子窝的那根梁我不卖，我已经送给燕子了。"买房子的黑头发小伙子说："奶奶，我明白了。"从此后，住在城里的白发老奶奶每年能收到黑头发小伙子的三封信。第一封信告诉老奶奶：燕子回来了。第二封信告诉老奶奶：新燕出壳了。第三封信告诉老奶奶：燕子北飞了。几十年过去，黑头发的小伙子成了白头发的老爷爷。在卖房子时，白头发老爷爷对买主说："有燕子窝的那根梁我不卖，我已经送给燕子了。"买房子的黑头发小姑娘说："老爷爷，我明白了。"从此，住在城里的白头发老爷爷每年能收到三封信……

这是我读到的极美的儿童故事之一。我找不到这个故事的原文，但我常常给孩子们讲这个温暖的故事。

曾舅妈到很老的时候头发也没有白，但我总觉得故事里的白发老奶奶就是曾舅妈。江南农家女人的心肠都是这样善良，这样美好的。

"小燕子，穿花衣，年年春天来这里……"

燕子是讨厌车马喧嚣的城市的，它们不肯进城。在城里住，我已经很久没见到燕子了。事实上，现在乡下也很难看到身为"天命玄鸟"的燕子了。没有了轻盈快乐的燕子，乡下的春天会沉闷许多吧？

在城里想念燕子时，忽然读到一条来自日本鹿儿岛县的新闻：一家大宾馆的经理发现一对燕子竟然学会了打开电子感应玻璃门的本领（只要在玻璃门前停留一会儿）。经理下令：全体员工不得干扰和关注这对聪明的燕子。这对燕子就在最现代、最豪华的大厅里，筑了一个最原始、最简陋的燕子窝，成为这家宾馆的独特景观。

如果这不是一条假新闻，那么就可以说明，有些燕子正在努力地迁就人类新的生活方式。我相信，燕子也是舍不得和我们人类分别的。

一年花事

四季轮回，草木先知。草木之所以对光阴敏感，是因为它们承天泽，接地气，始终与大自然保持最亲密的联系，听得懂大自然的神秘语言。它们忠诚地守候在季节的拐角处，在每一个寒暑交替之时，调整自己的生命状态。

春分（2017.3.20）

我家后院蜡梅树上还残留着暗黄的花朵呢，我们小区的几棵玉兰树已经脱去毛茸茸的外套，开出了满树琼瑶。玉兰树高大，玉兰花居高临下，自有一种傲岸贵气。

此前十天，我曾去苏州光福香雪海赏梅，见那里的梅花竟然已盛极而衰了。如今，各地都重视绿化、美化，人们见得多了，香雪海那一片梅林实在已构不成视觉冲击，但“香雪海”这个名字真的好，一下子就能在你脑子里虚拟出美极香极的一片琼林仙景，使人心向往之。可见品牌这东西有多么奇妙。

都说红花要绿叶相衬。玉兰花性急，剑出偏锋，一出场就把一轮满月捧出来，只管先花后叶，花开时绝不见一叶相扶。会不会显得单薄呢？不会。玉兰千朵齐放，一树明媚，端的是“绰约新妆玉有辉，素娥千队雪成围”。这两句是文徵明的诗。先叶后花的还有南方的木棉树，别名英雄树，也是对自己的美丽十分自信的家伙。我家后院的蜡梅有些年也会先花后叶，有些年又花叶并绽，其中原因不得而知。

木兰是典型的乔木，棵棵挺拔傲岸，枝枝蓬勃抖擞，朵朵神采飞扬。远看，玉兰花有一种瓷或玉的质地，笃实饱满，使人联想起略有武功的飒爽女子，如《木兰辞》中的花家碧玉。

木兰是玉兰的别名，《离骚》名句“朝饮木兰之坠露兮”中的木兰，即玉兰。

小区的几棵玉兰皆为紫玉兰。我记得南沙路小游园有白玉兰的，去寻，果然得见。这几株树年轻，枝干单薄，开出的花却硕大。天气正好，仰望玉兰，有天的钴蓝作为底色，愈见得玉兰花的雍容高洁。（记忆中，欣赏白玉兰时总是蓝天白云的好天气，不知为什么。）仔细看，白玉兰并非全白，每个花瓣接近花蒂的地方有一抹淡紫。隐约有紫色，极淡，转眼就在玉白中消失了。其实紫玉兰也不是全紫的，花蒂生发出的紫慢慢淡去，快到花瓣尖时便成了白色。白玉兰和紫玉兰这对姐妹犹如服装师剪下的同一款作品，款式相同，色调有别，各有妙处，若让二中选一，就难为人了。

瞧瞧这些玉兰花，每一朵都在吸收着春光，也在释放着春光。

瞧瞧这些琼兰玉树，她们把青春举得多高啊！

暖暖的风是狡黠的小骗子呢，在万物的耳朵旁有说不完的甜言蜜语：春日静美，春光正好，快快发芽啊，快快开花啊……

听多了风语，我家前院的海棠已见动静，有了嫩绿的叶芽儿。记得这棵海棠在买回时是只有其花未见其叶的。而从第二年起，这树就改了章程，不知是什么缘由。可能当时是被施了催花的什么化学品了。给花施化学药物真是不好，是可以称作变相的暴行的吧？小区有一小片装置有体育器械的草坪，去年竟被厌烦修草的管理者施了农药，绿地顿成焦土，真是岂有此理，让人哭笑不得。

在地下蛰伏一冬的芍药也在我家前院萌动。芍药破土而出，叶芽水盈盈的，浅红色，极嫩。猜想它们在突破土层时是会疼痛的。这么想，就觉得这小芽儿楚楚可怜了。

后院的无花果和樱树的枝上都有了青春痘般的芽豆。无花果的叶芽茁壮，枝干是偏近黑的那种墨绿色，是粗枝大叶的倾向。樱精致得多，枝和叶芽都是带一点红晕的暖色调。

一年一度，观赏这些花木从发芽到叶落的过程，是一种微妙的享受。比如这初春的萌发，观者自有一种见证新生的欣喜和感动，而秋风中的叶落予人的就是一种从容和宁静。对于年长的观者，这份欣喜和宁静也不是单纯的那种，个中还杂着因目睹生命荣枯而生出的感慨。对岁月是应当敬畏的。

“明朝寒食了，又是一年春。”记不准这是谁的词句了。是顾太清的么?

清明（2017.4.4）

转眼间，玉兰花谢了。玉兰花大多是整朵地落，落地，花就碎了，缤纷。从树下走过，见一地碎瓷，不忍踩的，心头浮起“香消玉殒”一类词语，生出些惆怅。美丽的东西或许大多是短暂的吧。美纵然短暂，但对于美的记忆和感受是长久的。这么想，也就不必有太多的惋惜。

玉兰把花事的接力棒传给了海棠。

“清明时节海棠春。”这一周，看海棠从青葱到丰腴，每一天都婀娜绰约，美不胜收呢！我家的这一枝是垂丝海棠，花朵成束，或下垂，或侧放，神若含羞，像一群群交头接耳、欢天喜地的乡间小姑娘。有嫩绿的新叶伴着，海棠就这般绿肥红瘦，一树缤纷，仪态万方。

海棠真的不香，任你凑近了闭上眼睛嗅，还是没味道。张爱玲笑谈她有“人生三恨”，其一便是“海棠无香”。另外两恨是“鲥鱼多刺”和“《红楼梦》未完”。

哲人说：人有两件事最痛苦，一是想得到而得不到，二是得到了。这么看，恨是爱到了极深处呢。就是这个道理，可见张爱玲其实是爱海棠的拒绝亵玩，是爱鲥鱼对饕餮的反抗，是爱《红楼梦》的博大精深。《红楼梦》的伟大，正在于没有单纯、完整地讲一个故事，而是草蛇灰线，伏延千里，留给读者无限的想象空间。

见有很小的类似蜜蜂的昆虫来海棠花上采蜜，我便想：或许海棠并非真的无香，只是人类的嗅觉没法感受到而已，而昆虫是能够闻到海棠的香的。植物的开花本不是为人类，而是为昆虫——吸引昆虫们来采蜜，为它们传播花粉。有些兰花是不香的，但因它们的形态很像蜂，也能吸引蜂的光临。蜂一落脚，发觉上当，赶紧离开，但它们毛茸茸的身体已经沾了花粉了。这些兰花就用这种方法，缩短蜂在它们身上的时间，避免了自花授粉，有更多机会获得杂交优势。真想不到这小小的兰花竟有如此高妙的生存策略呢。

樱的花事开幕了。方塔园旁，护城河东岸一带的樱花，在隔岸垂柳的喝彩声中齐齐盛放，若红霞弥天，蔚为大观。和油菜花一样，樱花的团队精神特别强，开起花来像听到发令枪似的，一齐发力，非要营造出漫天花雨的气象不可。这种策略会使花期短促，但它们在所不惜，就是要追求这样的众志成城，轰轰烈烈。

日本人有“樱花七日”的解读，符合日本人骨子里悲观主义的审美习惯。樱花被日本人尊为国花，一是赞美它的娇媚，更是为它短暂灿烂后的壮烈凋谢而感动。太艳丽的东西总是隐含着一种淡淡的哀怨。

谷雨（2017.4.20）

“谷雨”这两个字真是好。南方的植物好福气，总能要风得风，要雨得雨。

盆栽的玉兰花试探性地绽了一朵，香气清淡，不是期待中的馥郁。前年也种白兰花，因在大寒节气忘记搬进屋里而受了冻，在挣扎了一个多月后还是没能保住。这一盆玉兰花的姿态远不及前任，妻老是在懊悔当时的疏忽。白兰花高近两米，陶缸硕大，搬动实在不易，那次的疏忽是对那几天的气温估计不足。草木对气温的感受原是和人类不一样的。白兰花不耐寒，于江南的“暖冬”，它们也是经受不起的。

后院的无花果不开花。没关系的，它们的叶片实在可爱，宽阔，干净，绿得生机勃勃，一张张叶如准备鼓掌的手。无花果树没有主干，一丛差不多粗细的干你追我赶，天天向上，很有气氛。无花果其实也是有花的，但它们太内向，把花开在它们的小果子里头。说它内向是拟人化了，它们这样开花也是一种生存策略。

后院外一小片苜蓿开花了。花是极小的，粗看，一朵有五个花瓣；细看，发现这不是五个瓣，而是独立的五个小朵，比米粒还小，还各有花蕊呢。江南人不叫苜蓿，也不叫金花菜，叫草头，不知是何出典。

前院的芍药长成脸盆大嫩绿的一丛，枝叶还呈娇弱态，还是“黄毛丫头”。说的“一丛”，有三十枝左右吧，从中冒出六枝来，每一枝都顶着一个花蕾，球形，饱满着，浅红，只豌豆那么大。看来不久会开放，就是枝干太细弱，让人担心它们举不动绽放的花朵。忙寻几根小竹竿来帮着扶一把。见芍药会联想起牡丹。我们养不来牡丹，看牡丹就去尚湖。

爬在前院铁栅栏上的蔷薇开出了小小的红朵。不知什么原因，这棵蔷薇栽几年了，一直瘦瘦的，开花也不多，但每一朵花都红得俏，且香气浓洌，从旁经过，你不由得会看它们几眼。细观，那花虽小，却是重瓣，是有一点紫红倾向的红，但还不是紫红。每个花瓣上镶有一道极细的白边，似一等绣娘的手工。妻说这花香，这花漂亮，就得用“芬芳”和“标致”来称赞它们。为什么不用“香”和“漂亮”？我也说不出理由。

立夏（2017.5.5）

江南的春天好像越来越短暂了。百花争艳、万绿率领是有过的,但也就那么几天繁华。可能夏天的气场大,春天没法比拼。

立夏，夏天站住脚跟了。

这十多天里，我家院子里芍药的六朵花同步经历了花开花谢的全过程。花朵不大，近似玫瑰的红，又不全是，或许可以称“洋红”。叶还是嫩绿，干还是细，整体形象还是娇弱。牡丹是雍容华贵，芍药是“绰约”，但不要用“风姿绰约”。“风姿绰约”是荷花。“芍药”的发音近似“绰约”。这是李时珍说的。芍药确是一味中药，张仲景常用来治疗伤寒。芍药不怎么香，是一种淡淡的药的馨香。

《文艺报》有个副刊叫《芍药居》，有深巷小院的意味，幽，且雅。

那丛蔷薇爬在南邻院门上，好像栽有多年了，主茎有一握之粗，从铁栅栏一直爬到院门上。邻家特为它在院门上置了一个环形的铁架子。蔷薇开得繁，粉红，一嘟噜一嘟噜，累累坠坠，居高临下。过几日再去看，还是蓬勃景象，热闹。一伙一伙的小花朵从绿叶丛里挤出来，有制止不住的气势。这种成伙成束的蔷薇有个别名叫“十姐妹”，很形象。

蔷薇是很香的，香得无所顾忌。走过，一阵香气袭来，觉得耳根有点痒。香气和鼻子相关，怎会牵绊到耳朵根呢？奇。

我在少年时代养过一只山羊，知道野蔷薇的一个秘密——它们在刚出土时很嫩，还可能有点甜。在我放羊的路径上，有一段枸橘李子构成的篱笆，那儿有几丛蔷薇。我每次牵着山羊经过那儿时，羊总会挣扎着去啃几口刚长出土来的蔷薇，啃下茎和叶一起嚼。蔷薇稍长，刺变硬了，山羊便不感兴趣了。蔷薇要依附人家生长，应该巴结一点人家的，可它们却长出刺来，有点蛮不讲理吧。

前院的香橼悄悄开过花了。花朵小，白色，内向，躲在叶丛间，直到落到地上才被发现。我家这棵香橼树树围大约二十厘米，正当盛年，去年结的果实估计有一百多个，十厘米的球径，色如柠檬。摘下来送邻居。怕他们不要，就说放在屋里清香，放在冰箱除异味，放在汽车里醒神，如做推销。这么好看的硕果不能吃，送不出去怎么办呢？暴殄天物啊。

小满（2017.5.21）

后院外种的两棵黄瓜茎长不足一尺，却已经开花了，其中一朵雌花还萌出了小黄瓜。两棵辣椒同样未成年的样子，却也开花结果了，一棵是尖椒，一棵是圆椒。看着这些匆忙的植物，挺别扭的，活得何必如此仓皇呢？这是转基因了，还是怎么了？

西邻院子里的石榴花进入盛花期。从西窗看去，那橘红的花就像一朵一朵火苗。走近去看，见石榴花一个枝头往往有三朵花，花有一节手指那么大，钟的形状。花蒂部挺结实，里头有内容，看趋向，发展一下就是小石榴了。

我的第一篇短篇小说名为《石榴花开》，很幼稚的东西，从不敢收在作品集里，但终是我的小说处女作，还是记着它诞生的过程。1973 年春，我去太湖西山岛参加苏州地区的文学笔会，我的《石榴花开》得到老师们的称赞，心里挺得意的。陈通先生是带我去的，定稿前为我做了文字编辑工作。看到改定稿，我吃了一惊——竟是满纸红字呢！先生是用毛笔蘸红墨水改的，那真的是满纸飘红！细读，他改得字字有理，令人佩服，让我至今不忘。原来，文字是应当这么精雕细琢的啊！看到石榴花开，我每会想到西山岛上的满纸红字，叮嘱自己敬畏文字。

去年在前院种过一棵绣球花，弄折了，再没有缓过来，随它去了。今年春上，种绣球花的那个角落忽然萌出来一些嫩叶，看叶片好像是绣球。隔几天再看，果然是，是从去年的老根上生发出来的。

绣球的叶疏疏的，宽阔，绿得有精神。这很合我的胃口。很多花一年开一次，花开花落，一转眼就过去了，更多的日子人是在看它的叶，叶和花同样重要。选栽什么花要考虑这一点，海棠的花好看，但叶片不好看，暗，沉闷。芍药的叶也差强人意，是“面有菜色”的那种，幸亏长得密，一丛蓬勃，才稍有可观。无花果不开花，可它们的叶好看，形状如放大的枫叶，坦荡大气，绿得青葱，好像打过蜡的，特别干净，干净得很自尊，一副弄不脏的样子。

绣球花开了，很大，半球状，是许多小花朵的集合。绣球花有多种颜色，我家这棵是淡淡的青莲色中杂着些白色或嫩绿色，丰隆的样子。原来这些小花朵的颜色是不一致的。绣球的花不是独奏，是协奏。

前院和后院的天竺也开花了。花束顶端耸起由许多米粒大小的花蕾构成的高粱形状，米色。过几天，花蕾绽开，黄色的花蕊就一星一星地亮出来。这样的花别有新意。天竺的名字好，加个“人”字就是“笑”，讨喜。严格说，“笑”字下部不是个“天”，是“夭”。

芒种（2017.6.5）

盆栽米兰开了。花小，不是大米，是小米，颜色橙黄，也如小米。米兰低调，躲在绿叶间，羞答答的样子。米兰的叶类似瓜子黄杨的叶，但稍薄，摘下来磕在额上发不出嗑瓜子的微响。米兰的好处是花期长，散出的香似是一缕一缕的，一忽儿绕在鼻前，一忽儿又消逝了。这就是幽香了。与其他的兰花相比，米兰的花香浓一些，俗一些。兰花是馨香，忽有忽无，若有若无，有一种仙界的缥缈和超然。我家也养兰花数盆，这时还未见花苞。

前院墙外拐角处有一株凌霄花。去年栽下时是指望它攀在围墙上的。这家伙久有凌云志，瞧不起矮矮的栅栏围墙，一心向高处冲击。那儿正好有一根很高的水泥电线杆，就成了它的登天梯了。凌霄花是旺仔，干劲冲天，没多少日子就冲高四米多。赶紧架了梯子来修剪。对付藤蔓比较简单，找准主茎下手就是。看它积极向上的亢奋劲，动剪子时还真有点不忍呢。

凌霄花从下往上渐次开花，都开在分枝的枝梢。一个枝梢就是一束花，有七八朵之多，喇叭状，橙色。这七八朵花并不同步，有的正含苞，有的盛开着，有的已经开始衰败了，这样，每一束花都有点败象，整个看就是徐娘半老之态。凌霄花给人的总体印象不怎么好，匆忙，潦草，不修边幅，犹如冗长的肥皂剧。

闲来读书，得知无花果并非无花，只是取了“秘密开花”的策略而已。那果实其实是一个肉质的空心球体，里头就藏着花呢！去摘一个无花果来解剖，里头果然有白色的、类似于花蕊的东西，闻，无味；蒂上沁出些白色浆汁，黏黏的，没尝，大概是甜的吧？果实顶端有小孔，极小，不易发现，小虫儿可以从小孔进去，采蜜传粉。给无花果传粉的不可能是蜜蜂和蝴蝶，不知是哪种小巧的昆虫。

夏至（2017.6.21）

南邻院墙外植一丛蜀葵，开花了。蜀葵长在两幢楼房之间的窄弄的南口，主干一齐向南倾斜，努力从窄弄中探出身体来迎接阳光，让人想起另一种葵——向日葵。“蜀”是四川，是这种花的原产地。江南人把蜀葵唤作“蜀其花”。这个“其”是我记的音，并不知道标准的写法。这花在江南还有“梅雨葵”的别称，说此花从梅雨季开始初放，节节高开到顶端时刚好雨季结束。

蜀其叶似桐，花像楝树之花，整体类似木芙蓉。蜀其花从茎的基部开起，沿着笔直的干次第开放，很有秩序。这一点很像芝麻。民歌中“芝麻开花节节高”句很著名。“节节高”的寓意极好，江南人喜欢，四川的蜀葵便千里迢迢到江南落户。

去年，我从河对岸的农家讨来几苗夜饭花秧，栽在房子西墙脚。那里土地瘠薄，可这种草花不在乎，花开得旺，且花期长，一番一番地开，到了初冬还在继续开。没注意收集种子，今年在原地自己萌发了许多，依然长得兴致勃勃，这几天又开花了。

夜饭花是洋红色，形状如微缩版的小号，性格也似小号，欢天喜地的样子。总觉得乐器是有性别的，是有性格的。小号是乐队里的男高音，擅长以高亢和嘹亮来表达欢畅的情绪。

夜饭花在傍晚开放，一直开到第二天太阳升高，便有文人给了个“夕颜”的雅号。“朝颜”是喇叭花的雅号。见到夜饭花，我很觉亲切，它们是我童年时代的伴侣。我小时候栽过夜饭花，知道这是很随和的一种花，生命力强，皮实，好养。江南人把彼岸花也俗称夜饭花，混淆不清。这是完全不同的两种花。我写过彼岸花，为了区别，我在文章里写作“野梵花”。野梵花不随和，神出鬼没，怪僻。

西邻的石榴结果了。一个枝头的三朵花，发展成小石榴的只是其中的一朵。小石榴起先是淡青的，现在开始向红色转化了。石榴慢慢长大，看着有点分量，把树枝一点点往下压呢。另外两朵花不见了，它们是作为备份的么?

小暑（2017.7.7）

白兰花在谷雨时节就开了，到现在还在一波一波地开。“一波一波”就是一茬接着一茬的意思，前边的花将谢，接班的又含苞欲放了。在白兰花这里，“花期”这个词说的不是一朵花的开落，而是一棵树上花的开落。白兰花的花期这么长，或是上苍对江南的特别恩赐吧。

江南的女子把两朵含苞的白兰花用铜丝并排串成一对，佩在襟前，手执一柄团扇有一下没一下地扇动，那淡淡的花香就一阵一阵地扑在人的嗅觉里了。昆曲里的杜丽娘就是这样一个形象。便有曲曰：“轻罗小扇白兰花，纤腰玉带舞天纱。疑是仙女下凡来，回眸一笑胜星华。”

大暑（2017.7.22）

今夏酷热。进入大暑，花事寂寥，人也没了赏花情绪。

后院外有一棵金橘。虽是盆栽，却因花盆太大移动不得，其处境也不好。可是，一天早上，我忽然发现它已悄然开花了。说忽然是因为我没发觉它准备开花的动静。是昨晚一场短促的阵雨使然？金橘的花是很小的，白色，窄窄的五个瓣，花蕊是一点浅浅的黄。这枝主干只一米不到的小树，绽开的小花竟有上百朵之多。有几只蜂在花朵间流连不去，发出些嗡嗡嘤嘤的声息。这些蜂不是常见的蜜蜂，小得多，苗条，机灵，毛茸茸的黄上加一道一道黑色。我靠金橘很近，小蜂离我的眼睛不过十厘米吧，可一点也没打扰它们，它们是不介意吗？

对于寒来暑往，这些小生命的应对远比人类从容。人们对连着二十多天的酷热满腹怨恨，无心做事之时，这些小家伙却依然活得有滋有味。

在燠热的暑气中看看这些欣欣然的小白花和小昆虫，心中有了一丝丝清凉，无端想起来“六月雪”这个词组。这时的六月雪和《窦娥冤》无关，是一种普通的野草，长在水田边，山坡上，学名叫奇蒿。炎炎夏日，六月雪在纤细紫红的枝干上舒展片片绿叶，开出颗粒状的一朵朵小白花，远望似枝叶上积了雪呢。

因为屠呦呦发现了青蒿素，青蒿如今是很有名了。青蒿是另外一种蒿。古人有“青蒿得春最早，人剔以为蔬，根赤叶香”的记载，知道其发花在春天，而非盛夏。找来青蒿的图片看，倒也是粒状的小白花。

立秋（2017.8.7）

多年前，我从浙江莫干山挖了几个彼岸花的根茎种在前院的角落。这花年年叶发，叶枯死无踪后又突然在原地窜出许多一尺左右的嫩茎，不久，茎的顶端开出一朵花来，粉红，形如删过的菊花。这花就这么怪，叶和花永不相见，如隔阴阳之界，所以名叫彼岸花。我写过一篇短篇小说，就叫《鬼谷野梵花》，里头就写了这种怪怪的花。江南人不肯叫彼岸花的，含糊地称作“夜饭花”，故意和另一种夜饭花混淆。“野梵花”是我的杜撰，为的就是和另一种夜饭花区别。“野”是说它的特立独行，“梵”是说它的宗教意味。

去冬在前院加铺了一层新土。这些土质地不好，遇水就烂，一干就僵硬。大概就为这个，今年叶是见了，枯后却终不见花的出现。

处暑（2017.8.23）

春天，女儿从她朋友处移来一棵缸荷。养了一个多月，这荷起先还发了几片叶，后来就萎了，细看水中有蚊子的幼虫，袅袅地令人生气，就把荷放弃了。

在常熟，看荷可去尚湖荷香洲，更可去曾园的“荷花世界”。

荷会用整整一个多月的时间，来展示她们从豆蔻少女到丰腴少妇的美丽年华。是的，你是无法不把荷花当作女性的，面对荷塘，你就觉得正有一群洛浦女神，素服淡妆，踏波而来。

天下美丽的事物，大多只一方面或几方面漂亮。比如孔雀，一开屏，后面就不好看。只有荷花不这样，它们的美是全方位的，连在水中的倒影都是婀娜多姿的。（顺便想到：小提琴也是这样绝对地美着的）荷就以美丽无瑕的身姿，在整个夏天里亭亭然站成一片清香益远、仪态万方的风景。

赏荷还是清晨最好。经过一夜的露水滋养，粉色的荷花特别精神。那些平举的荷叶还捧着些大大小小的水珠，微风起时，水珠就活活地滚动。但愿水珠不要失落，心里便有些担忧。白居易一生酷爱白莲，在庐山写下《东林寺白莲》诗：

东林北塘水，湛湛见底清。
中生白芙蓉，菡萏三百茎。
白日发光彩，清飚散芳馨。
泄香银囊破，泻露玉盘倾。

古人讲究，称含苞未放的荷花为菡萏，盛开的荷花则称芙蕖。现代人粗糙，最多知道荷的一个别名：芙蓉。其实荷花的别名很多，从字面看，每一个都很美：芙蓉、芙蕖、菡萏、水目、水芝、水华、泽芝、玉环……

关于荷的古诗词太多了。我最喜欢宋人周邦彦的一句词："叶上初阳干宿雨，水面清圆，一一风荷举。"清新美丽，动态可掬。

荷花已开到全盛，花瓣捧着的莲蓬呈带有红晕的明黄色。莲蓬被橘黄的花蕊拥簇着。三只嗡嗡嘤嘤的小蜂就在这茸茸的花蕊中拱来拱去地忙碌。这个画面给人的印象不只是美，还有干净，干净到一时想不出怎么来描写。能用婴儿的眼球来比喻吗？

曾园夜晚不开门，要知道夜晚的荷塘是怎样的，就只能去读朱自清的《荷塘月色》。缺了颜色，夜晚的荷塘之美大概主要是靠嗅觉和听觉来体会的吧？

看牡丹要赶早，富贵人家的衰败是令人沮丧的。荷不一样，荷的一生在美丽之后还是美丽，不过是美的品类不同。秋天，荷是残了，但残荷自有沉郁的美。“留得残荷听雨声”，有萧萧的雨就更美。到了冬天，水面上只剩下了荷的叶柄，有的直立着，有的已被风霜折断，枝茎遒劲而嶙峋，极像王铎草书的线条，萧瑟孤迥。这些直立或者弯曲欹斜的叶柄无一类同，而且皆被水面复写成倒影。这一幅荷塘冬景，无悲无喜，无牵无挂，是火气尽消后的沉静，是渐老渐熟后的平淡，是冥合天地的真实。呀，这不是文豪晚年老辣的文笔吗！

端详一枝一枝的荷，是赏荷。要赏曾园的荷，你得把曾园的景致纳入画框。要从总体赏曾园的荷，清风明月阁是最佳视点。

“湘妃雨后来池看，碧玉盘中弄水晶。”但我看，夏日的荷塘还是请风来入画的好。荷叶正反面颜色不同，还因朝向的不同而显出各样的颜色。这样，你就可以清清楚楚地看到一阵风从荷塘走过的全过程。有时是“风生水起”，有时是“风起于青萍之末”。响应着清风走过的那一枝一枝的荷，是何等的快乐呢！这么看着，你就没法不快乐起来。

白露（2017.9.7）

妻培育的兰花开花了，不容易。妻曾几次就如何养兰请教花鸟市场的花农。得到的真经有四句：春不出，夏不日，秋不干，冬不湿。意思是：春天不能把兰花拿出屋去，夏天不能曝晒，秋天别让兰花太干，冬天不能让兰花太湿。

一代代文人对兰花的赞美够多了，再加一句有点新意的赞美已是很难，就不加了。对兰的美誉中，就数“君子”一词让人印象最深。牡丹是杨贵妃一类华丽的贵妇形象，菊花是李清照一类清瘦的才女形象，蔷薇是沈从文笔下《边城》中的山野少女形象，而兰花给人的总体印象真就是骨子里有一点清高的君子形象。为什么有这种印象呢？久久默对院中这两盆兰花，我心里一直在想这个为什么。

几乎所有的花朵都会和相衬它的叶子在形态和颜色上尽量形成对比。兰花的花瓣很节制，和叶片相似，而颜色也和叶片取同一个倾向。如果叶是绿色，那花的颜色也就是在绿色中极节制地加了一点点黄而已。花香也是幽幽的，淡淡的，还若有若无。这种谦谦的含蓄还真有君子的品性呢。兰的幽香让人感到诧异——一朵花怎么会这么高明，能让自己散发出如此奇妙的气味，那么清澈、宁静，好像把所有的后果都预料到了。

兰花是国画家们常“写”的花。画兰不说“画”，说“写”。看画家写兰，或兼毫或鼠须，一笔就是一叶，就是临池草书的那份舒展和优雅。画花时常要换一支笔的，走笔也慢了下来。画兰的花朵似乎用工笔更宜。写兰如书法，叶是大草，花是行草。行草相兼，耐看了。

秋分（2017.9.23）

常熟人家栽蜡梅的不少，但栽桂花的更多。在我的感觉中，桂花的数量大概会有蜡梅的三倍。这么看来，常熟的市花似应是桂花而非蜡梅。常熟的桂花酒和桂花香栗子都是蛮有名的土产。

这个季节，常熟城“满城尽带黄金甲”，整个是一个桂花香阵。在街上走，一不小心就陷入一阵桂花肥肥的浓香中。我所在的小区也是这样，那么多院子里不是金桂就是银桂，任尔东西南北风，桂香总是乘风而至，弥漫袭人，无法逃遁。

和梅、兰不同，桂花的播香决不委婉，不讲含蓄，就是直来直去的坦然和奢侈。在秋高气爽的日子，这一城的桂香真个是汹涌浩荡呢！桂花香太浓时，人有一种微妙的眩晕感，这是天然的香，人不会产生反感。人造的香料是对花的模仿，一不小心就过了头，令人不适。

我家南邻的银桂率先怒放，北邻的金桂在一星期后跟上。东邻和西邻的银桂更慢一拍，进入盛花期时，南邻的银桂已经呈现颓势。我家院子里只有香橼、海棠，不栽桂花。在花阵包围中，我是不必再栽桂花了。

前日黄昏下了一场秋雨，南邻的桂花就势下了一场桂花雨。我开车夜归，车灯猛然照见一片白——不是地上霜，而是一地的花朵呢！

桂花是直性子吧，高声朗语、大大咧咧的样子，煞是可爱。

摘一掬桂花朵儿贮在蜜里，待中秋节煮桂花糖芋艿。

中秋的月亮是月亮的代表作，有个神话就把一棵秋天的桂花树栽入了月宫。月宫里的桂花树叫“梭椤树”，吴地人以讹传讹，唤作“苏婆树”。神话说，嫦娥奔月之后耐不得千年寂寞，申请回到凡间。天帝不高兴了，说：好吧，我在月宫栽一棵梭椤树，你想办法把树砍掉就回凡间去吧。嫦娥力薄，托吴刚砍树，砍完了树，她就得到回人间的“签证”了。不料，这树高达五百丈，可不是一般的树，砍一枝，它就长一枝，层出不穷，没完没了。嫦娥的“签证”也就遥遥无期了。

如果嫌一个人说话太啰嗦，吴地人就会说：嗨，这个人就是个苏婆树。

这应该是昙花开花的时候了。去年的一盆昙花冻死了，今年又引种一盆，却不开花，大概太年轻了吧。

我去年写过一篇短文《昙花的活法》，感叹昙花拼尽全力开出的异花却转瞬即谢，美得太过短促。现在想想，花期的长短是各种植物适应自然的策略，总是各有理由的。世上绝大多数人都是平庸的，这个不只指事业的成就，还指他给别人带来的感受。许多人活得沉闷，从来没有奇思异想，说的话只是发出的声音而已，没有令人莞尔的幽默，没有发人深省的睿智。如果我们遇上生动活泼、充满智慧、兴致勃勃做事、快快乐乐生活、内心充满真善美冲动的人，那是多么令人惊喜啊！昙花就是花中的这一种角色，是一种令人惊奇和喜欢的花。昙花要做的就是这样的花呀！这么看，昙花真是一种可爱的花呢。

寒露（2017.10.8）

寒露清秋去。

后院外的无花果充分成熟，小笼包似的一个又一个，绿色的果皮里杂着好看的胭脂红。熟透的无花果摘下后会很快变质，这是这种植物在“秘密开花”之外的另一个非凡之处。

节气是大自然的操守，也是万物众生的操守，守着各自的本分。可以盛装行吟，可以乱头粗服，只要守着本分，那就是对的。

霜降（2017.10.23）

每年这个季节，西城楼阁景点都要举办菊展。参加菊展的菊花品种繁多，看不尽的绿肥红瘦，数不清的姹紫嫣红。人们为菊花起的名也是争奇斗艳，一个个仿佛是小资们挖空心思为自己起的网名。浏览这些或硕大丰腴，或婀娜亭亭的花朵，任怎么也无法与“人淡如菊”“心素如菊”这些词汇对应起来。如果陶渊明东篱下开的是这种华丽的花，那就和陶诗清幽的诗境错位了。

就如金鱼还是鱼一样，这样的菊花还是菊花，但那已经是经过了人类苦心编辑装帧的精装版菊花了。菊花本是外表素朴、内心却极整洁雅致的女子，现在人类给她们穿上了华丽的外衣，让她们走上了城市的T台。

那么多人、那么多菊花进城了，野菊花不走，还在陶公的东篱下，还在驿站的断桥边，还在古战场的马蹄印里。

日子到了霜降，天地安静了下来。菊花也能开出个万紫千红，但和牡丹、海棠的争奇斗艳不一样，它们笃定，有静气，一副矜而不争的神态。

秋草黄时，愈加显出野菊花的简洁朴素、宁静庄重的美质。一丛一丛的菊，一如它们的祖先，纳天地精气，融山水灵性，怡情养心，在秋光里眷眷卿和。人来，人不来，它们都不介意的，它们不是诗人遗失的什么纽扣，它们也不想去中药店疏风散热，更拒绝去点缀有蟹的酒席或者变身“满城黄金甲”什么的去做一部电影的名字。它们就在这天高野阔的地方随遇而安，欢欢喜喜地守着一山一山的风，守着一辈一辈的草木。很好的。

西城楼阁的菊展又开展了吧。不去。热闹的地方，花会开得早些，那里的花怕是早残了呢。

立冬（2017.11.7）

前院香橼树的果子已经熟透。指望邻居来摘些去，放在屋里、车里清新空气。

不时发生果子坠落事件。如果听得“嘭”一声钝响，便有一个香橼落地了。

小雪（2017.11.22）

到了小雪节令，西墙脚的夜饭花居然还在艰难地一茬一茬开放，只是节奏明显慢了，而且开放得很节制，每一茬只开少量的花。

小喇叭似的红花脱落后，都会在原来花蒂的绿色小碗里留一颗绿色的种子，几天后，种子就变成了黑色。摘了种子存起来，就能种出明年的夜饭花来。如果不摘，种子会自动从碗里滚落。

显然已有许多种子落进泥地了。令人惊奇的是，这些落下的种子竟然已经发芽长成小苗了。

江南的“小雪”是不会下雪的，最近几个星期的气温还在十五摄氏度上下，莫非就是这“小阳春”误导了这些小苗的萌发。它们居然在冬天里迫不及待地发芽成苗。这些想创造奇迹的小苗太过自信。江南也是有严寒的日子的。

大雪（2017.12.7）

无花果在一夜之间几乎落尽了它的叶。落下的叶很多，互相重叠，每一片都还绿得明亮，宽阔如拳王的手掌。

这一多少有点凄美的景象，让人生出来淡淡的忧伤。或许这是不必忧伤的，倒是应当油然起敬的呢，为它们的坦荡大度，为它们对季节的尊重。毕竟，季节是有权收割的。

想起于坚《避雨的树》中的句子：那是什么，使它显示出风的形状，让鸟儿们一万次飞走一万次回来 / 那是什么，使它在春天令人激动，使它在秋天令人忧伤？

我把诗中的“它”看成这些叶。

几天后，叶片开始干枯。又过几天，枯叶卷起来，“像一千个少女的眼睛卷起，永远不再睁开”。这还是《避雨的树》中的句子。

原本美丽的叶消失在泥土里，它们会变成明年的叶，变成明年的美丽。

冬至（2017.12.22）

《姑苏晚报》上登了蜡梅盛开的照片。

我家后院的蜡梅也已经含苞，叶片变黄了，一种很透澈的明黄，就是不肯落掉，还坚持在枝上。记忆中蜡梅开放时枝上是没有叶的。这是怎么了？

还是找到了两枝花蕾较大的枝，剪下来，扯去叶，插在花瓶里。蜡梅的香是一种冷香，很清冽，有一种高贵的气质。

天这么冷，前院的野梵花的长叶还是翠翠的。

就像有人把珍爱的瓷器擦干净，摆了摆，又一件件收起来。大自然每一年都会把它的宝贝一件件拿出来炫耀一番，然后从头再来。

便有了二十四番花信。

大自然是佛性的，有伟大的包容心。一年草木，美的也好，丑的也好，皆是大自然所爱。

南瓜往事

那时，我家附近有一大片废墟。那儿原是一家富户的大宅子，后来因日寇的兵火，整个儿成了一个瓦砾堆。只有围墙还算完整，高高的，墙根染了些苍苔，还有一个用三条花岗岩石条构成的门洞。因为这种石条构成的门叫石库门，这片废墟就被叫作“石库门里”，简称“石门”。石库门里当然是我们孩子的乐园了。

废墟的瓦砾堆积很厚，可还是有野草顽强地从砖石间隙蹿出来疯长。野草提示我们：这一片土地荒着多可惜啊！

“我们”指的是十岁左右的一帮小孩子。我是最年长的，十二岁，是个头儿。

我说：我们在这里开辟一块菜地，好不好？种东西很有劲的。

大家说好，七张八嘴讨论起种什么好玩。占上风的意见是种山芋或者马铃薯，原因是这两样作物把果实藏在地下，不会引起注意，而且收获时会很有趣——每一棵都是一个悬念呢！好的，那就动手吧。

一动手，才知道在瓦砾堆上垦荒有多难。瓦砾堆太厚了，凝得铁硬，凭我们细细的臂膀很难撼动它们。

大家满头大汗，大伤脑筋时，三宝想出了好办法：改种南瓜。三宝是农家孩子，对种植这些事比我们镇上孩子内行得多。

种一“宕”南瓜只要挖出锅盖大那么一块地就可以了，而这一片瓦砾地一共只需挖七八宕。算一算，这能节省多少力气啊！那就种南瓜吧。

瓜宕挖出来了。三宝又指挥着弄些猪圈肥来做基肥，又用草木灰拌了细泥做出平整的宕面。南瓜苗是去农家讨来的，每一宕栽十多苗就可以了。三宝说瓜要种得疏一点，过一段时间还要“间”掉一些苗，每宕留下五六苗就够了。南瓜苗才两个瓣，肉肉的嘴唇似的，等着喝水呢。

下了基肥的泥土被太阳一晒，生发一种“并不讨厌的臭”，嗅着，人会产生一种微醺。把十多苗瓜秧种下去，让它们围成一个圈，就像在安排幼儿园的小朋友做游戏。

瓜秧栽下了，不放心呢，便用断砖围了一道防护墙。临走，彼此提醒着别忘了明天来浇水。

当天晚上，瓜秧就遭了虫咬，有些叶瓣上有了难看的小黑点。三宝断定这是萤火虫干的坏事，还说他有办法对付。三宝在瓜宕里插了些三四寸长的树枝，树枝上各套上烧焦了的鸡蛋壳，看上去就像泥地里长出来的蘑菇。这一招蛮有效的，可见萤火虫真的是害怕蛋壳的焦味的。等到长出大叶，瓜秧就不怕萤火虫了。

南瓜秧并不娇气，得了水和肥，太阳一照耀，一棵棵都是欣欣向荣的，叶片儿成对出现，没几天就有了爬藤的欲望。藤蔓是青青的，叶片是宽宽的，有细细的毛刺儿。

不能再拖了，按照计划得“间苗”了。可是一棵棵都是青葱茁壮的样子，怎么下得了手去“间”啊！最后，还是三宝下的手，他比我们更懂得庄稼。

瓜秧变成瓜藤了，很快爬出了瓜宕。经过人工引导，瓜藤向不同方向发展，呈放射形，尽量不让它们发生领地之争。

瓜藤们努力生长，伸出来的卷须一晚上就能长出一大截。它们急吼吼的，好像在进行一项重要的比赛，结果都长成了粗枝大叶的样子。瓜藤像麻绳那样粗，有棱，节处生根，顺应着瓦砾的起伏迤逦而行。叶片宽宽的，像巴掌，就想接住更多的雨水和阳光。

三宝反复警告大家不要碰到瓜藤，说瓜藤其实是蛮嫩的，弄伤了就会流汁，那是它们的血呢。瓜藤是空心的，真的不够结实，它们长着小刺，原是不愿意别人触碰它们呀。

南瓜藤就像贪长的农家孩子，健壮，快活，憨厚，一不小心就能疯长起来。七八宕瓜藤铺展开来，竟然很快就让瓦砾堆改了模样，成了一片起伏的绿色。

很快，花苞出现了，一天天地膨大。这使我们好好体验了一把种瓜人焦躁而甜蜜的复杂情感。“种瓜得瓜，种豆得豆”的感觉，原来是如此的美妙啊！

似乎早有约定，一个阳光灿烂的早上，那么多南瓜花一齐开放了！花的形状就像缩小版的老式留声机的喇叭。花瓣是明黄色的，新鲜干净得令人感动。花蕊的颜色略深一点，粉粉的，羞答答的样子。三宝在数点花数时用了“盏”这个量词：一盏，两盏，三盏……“盏”是旧时用于沏茶的一种敞口小碗。

花好像不香，可蜜蜂闻到了。蜂们是一伙的，用一个音调“嗡嗡”，表示它们的陶醉；扑闪着薄纱般的翅膀，在花盏前做空中悬停，然后老练地降落进花盏中。从花盏中出来时，它们的身上都沾上黄色的花粉了，在阳光里成了一粒粒嗡嗡响的金豆。对它们来说，这花真是盛蜜的碗盏呢。而对蝈蝈来说，南瓜花本身就是它们的美食。为了保护花，我们发起了逮蝈蝈行动。大肚子蝈蝈长得肥，鸡是很喜欢吃的。

花蒂上有绿色膨大物的是雌花。三宝说，每根瓜蔓上的雌花不能留太多，太多了瓜会长不大。这样，我们又面临了一次痛苦的选择——该把哪些雌花摘掉呢？这还得让三宝下手。

三宝挑选了几株特别强壮的瓜蔓，每根蔓上只留下一盏雌花。我们要重点培养几个特别大的南瓜。去年，我们在展览会上见到过一个五十多斤重的大南瓜。那个红色的超大南瓜引得多少人的惊叹啊！我们决心冲击这个大南瓜创下的公社纪录。

一天中午，我们正在南瓜那儿流连，来了电影队的队长。他竟是来找我们商量事情的。第一次有大人来和我们商量事情，我们都有点受宠若惊，当然还有点紧张。

要商量的是一件麻烦事：县里电影队大约一个月来一次小镇放映电影，放映地点一直借用小学校操场。这次正遇上小学建房，就看上了这片有围墙的废墟。

南瓜正收花结果，牛眼大、拳头大的小南瓜，愣头愣脑爱煞人。毁掉这些嫩果果太叫人难受了！

我看看三宝，三宝看看我。

我对三宝说："当然的，对吧？"

三宝说："对啊，当然的。"

这话说得没头没脑的，可大家都明白了。事情就这么商量定了。

队长说："当然的，你们的损失我们尽量补一下。看看，你们要多少电影票呢？"

我说我们要八张电影票，一人一张。

队长后来给了我们十六张电影票。

那时，每张电影票值五分钱。

石门猪事

鼎婆婆在石库门里那个废墟上靠着围墙用乱砖砌了间小屋，在里头养起了猪。不久，我妈也仿照着弄了个小屋，准备养猪。

那头小猪买回来时，小屋还没弄周齐，就在院门旁堆柴的小披间用乱砖围了个墙角作为小猪的暂住地。

这是一头胖嘟嘟的小黑猪。咻咻的小鼻筒嫩嫩的，毛茸茸的小耳朵还没有耷拉下来，小眼睛是双眼皮的，眸子清澈，有微翘的睫毛，小蹄子更如名牌皮鞋似的精致得不得了。小猪的妈妈把它打理得干干净净的，谁见了都想伸手去摸摸它。

小猪是我妈从一户农家买来的，是直接从猪妈妈的乳头上扯下来的。“从猪妈妈乳头上扯下来”这句话一下子就感动了我们兄妹几个，就觉得这小猪特别可怜，都想着好好对待小家伙。

我们在临时的小猪圈内填了一块旧棉胎，还堆了一捧干爽的、散发着阳光香味的稻草。二姐仔细地把干草弄蓬松，认真得就像在为小猪整理床铺。小家伙乍离母怀，孤苦无依，心存疑惧，钻进干草堆就不肯露面，时不时在里头咕咕地哭泣；后来饿了，不得不钻出草堆来，用前爪扒着乱砖墙奶声奶气地哼叫着讨吃的。二姐先是喂它粥汤，后来又弄来一点麦乳精冲给它喝。尝到美味，小家伙兴奋得耳朵竖直，小尾巴一个劲地摇——呀，呀，世界上竟有这么好吃的东西啊！吃饱了，小家伙又钻进草堆躲起来。这回不哭了，在里头不顾一切地呼呼大睡。

初春时节，晚上还是蛮冷的。二姐弄了一个空盐水瓶灌了热水塞进草堆让小猪取暖。或许因为这个温暖的盐水瓶，小猪在离开娘怀的第一个晚上表现得还算有风度，至少我们没听到它哭爹喊娘。

玩伴中有个姓诸的，我们都叫他小猪猪，为了区别，我们把这头真正的小猪唤作小胖。“人怕出名猪怕胖”，对猪来说，胖可不是好事呢，可我们小孩子在和一头小猪相处时，是不会想到今后会杀它的。

过些日子，小胖就被移到石库门里那个简陋的猪屋去了。我妈抱着小胖离开时，小胖挣扎着，哇哇叫喊着，请求我们救下它。它是不愿意离开这个刚刚熟悉的小窝，不愿离开给它麦乳精和盐水瓶的小主人呀。

小胖发现在新的住地还是能常常见到我们姐弟的，就放心了。在宽敞的猪圈里，一头小小的猪显得愈加孤苦伶仃。我们在一个角落里给它营造了一个新的干草窝，小胖很高兴，一会儿钻进去，一会儿钻出来，喉咙里发出唔唔声，表示它的满意和感激。

猪圈里是铺着晒干了的泥土的。这些干土过一段时间就成肥料了，叫猪窠灰。出卖猪窠灰是养猪人家的一宗小收入呢。也许小胖的妈妈教过它，也许出于本能，小家伙从不在睡觉的角落大小便，即便如此，过不多久，猪圈里还是有了猪圈的气味——一种似乎有点热烘烘的臭。

人骂猪脏，实在是没道理的。你把人家圈住，不让人家去别处方便，把它们当作制造肥料的机器，你还能嫌它们脏么？

人骂猪笨，也是没道理的。比如小胖，它很快就认得老主人和小主人了，很快就懂得我们的招呼或者呵斥。听到开门声，小胖会欢叫着奔过来迎接，亮晶晶的小眼睛里满是亲热。“唔唔唔……”它在问：今天有什么好吃的吗？猪的食欲旺盛，总有很好的胃口。没带吃的来，它也不在乎，还是趴在矮墙上摇着小尾巴表示快乐。你能伸手摸摸它，它就更开心了，小尾巴摇得更欢实，把饱满的小屁股都带动了呢。它把身体横过来，希望我们在摸过它的耳朵之后，再摸摸它的腰和屁股。

在这个简陋的小屋里，小胖真正开始了猪的生涯。那时物资紧缺，每天只能给小胖一点点米糠。一点点米糠拌在菜和草里，再加一点涮锅水什么的，清汤寡水的弄成小半桶，就是小胖的吃食了。提着这晃荡晃荡的猪食去喂小胖，真有点不好意思呢。当时，养猪是唯一被提倡的家庭养殖，一些养猪知识被广泛宣传。其中一点是号召大家给猪喂生食，说把猪食煮熟会流失营养。我妈坚持喂熟食，始终不肯喂生食。无论猪食多么差，给小胖热汤热水地送去，在心理上会好过些。不少人家把稻柴用机器打成柴糠来喂猪，我妈先是不肯用，觉得这是对猪的欺骗，后来还是违心用了，每次去喂猪，都会自语：“罪过罪过，你将就吃点吧。”

猪食下槽，小胖先挑干货吃。它心态好，一个菜帮子也能嚼山珍海味一样弄出津津有味的声响来。挑完了干货，剩下汤水了，小胖会抬头唔唔几声，好像在嘀咕：噢噢，这也太稀了吧？行，行，那就将就着吧……

那些日子，田野里那么多的野草在我们的眼里分成了两类，一类是猪草，另一类是猪不肯吃的“非猪草”。除了野苋菜、灰蓼头、浆板草、野苜蓿等传统猪草，我们还把一些不知名的野草割回去让小胖试吃。大家都在割猪草，田野里的猪草越来越难寻了。给猪喂水葫芦和水花生，那是难为它们了，它们实在很厌恶这种一壳水的苦涩的水草。苦涩是猜的，没尝过。

有一回，我给小胖带了一株酸姐姐草。这是和小胖开玩笑呢，我们尝过这种草，知道酸得谁也受不了。咬了一嘴草，小胖赶紧吐，尖叫一声逃开去，在墙角里哇哇抗议——嗨，嗨，这玩意能吃吗？那神态活脱脱一个上了当的孩子。

有一回我又想和它玩一把，将一条活泥鳅埋在猪食里。它的长嘴巴一插进食槽就感觉到了情况，不动，静静地感受，然后果断地一口把泥鳅叼住，甩在食槽外，等看清楚了，叼起来就嚼——那个美！以后，凡是我去喂食，它会先用嘴巴插进猪食里探测一下，看看有没有活食埋在里头。

营养差，又到了“拉架子”阶段，小胖不胖了，瘦了，额上和脸上有不少蛮深的皱纹，一副少年老成的样子。小胖这个品种是太湖猪的一种，因为脸上皱纹深，被称作“二花脸”。

单独圈养的猪的生活太枯燥了，太孤独了。除了睡觉和进食，小胖能做的只有两件事。一件是拱圈泥。圈里的泥土是专为吸纳排泄物的，时间一长就臭烘烘的，脏。因为无聊，还出于本性，小胖一遍一遍地用鼻筒耕耘着这些臭泥巴。“脏猪”这是被人逼出来的呀。小胖对抗无聊的第二件事是“隔墙对谈”。这里和鼎婆婆家的猪舍只隔着一堵一人高的墙，两头孤独的猪可以隔着墙交谈。小胖是挺看重和同类的交流的，一谈起来就没个完，神情专注，甚至有点严肃。相信猪是有它们的语言的，是可以做简约的交流的。不过，两头从小就被单独圈养的、孤陋寡闻的猪，它们能谈些什么呢？它们谈不出什么的，可同类的声音总是亲切的呀。

这石库门里就是一片废墟，为什么不可以把小胖放出来活动活动呢？

我妈猜出我有这个想法，反复警告我不能把猪放出来，说那会让猪“野掉”，野掉的猪难以管束，不长膘。唉，唉，终身囚禁是多么可怕的事啊！

本来干爽的垫圈泥慢慢成了湿答答的猪窠肥了。得出猪圈肥了。小胖终于有了一个到太阳底下走走的机会了！

圈门打开了，小胖一时不知道怎么办，傻了一会儿才探头探脑地走出猪屋。它在初夏暖洋洋的阳光里眩晕了一会儿才睁开小眼睛。睁开眼睛，它回过神来了，一溜烟跑进了隔壁猪屋。两头天天交谈的猪，在这一刻第一次见了面。好在鼎婆婆家的猪圈不是短墙而是铁栅栏，两头猪就隔着栅栏行了它们的碰鼻礼。它们咕咕哝哝地哼哼着什么，表示它们的开心和亲热。

重新走到阳光下，小胖忽又记起来什么事，径直往石门那边跑，全不理睬我的招呼。出了石库门，它张望一会儿，不顾我的呵斥，扭着屁股往几十米之外的我家院门跑。显然，它还记着几个月前的事呢！

猪是很有力气、很有速度的动物，只要它们态度坚决，人就很难追得上、拦得住它们。

当我尾随着奔进院子时，小胖已在院门旁堆柴的小披间里打转转了。它确实还记得它刚到我家时的临时住处。小胖原地打转，发出咕咕的、表示不满的哼哼——哎呀呀，你们怎就把我的床拆了呢！这家伙一定还记着小时候住在这里时受到的优待，以为回到这里还可以享受甜甜的麦乳精和暖暖的盐水瓶呢。

看看，我们还能骂它们是“蠢猪”么？

在协助我妈饲养小胖的过程中，少年的我一直思谋让小胖避免被宰杀的办法。思来想去，这样的方法竟然是没有的。几十年之后，我终于在长篇动物小说《白色野猪》中虚构了一个关于猪的别样结局——逃向山林，成了一头野猪。

几个月后，小胖再次进入阳光时，它已是被绑着的了。我妈要把它卖了。

左前脚和左后脚绑住，右前脚和右后脚绑住——这样，用一根杠棒就可以把猪稳稳地抬起来装到平板车上去了。

对于这样的待遇，小胖很愤怒，大声嚎叫着表示抗议。猪的脾气好，一生中很少这样大声喊叫，平时都是用哼哼来代替叫唤的。

发觉情况不妙，小胖把抗议改作了呼救。它的眼睛是对着我和二姐的——小主人，救救我呀！

可我和二姐能有什么办法呢？

它的呼叫又改作了哀怨——我不想出来的，我从不挑食的，我是很乖的呀……

这些，我和二姐都是明白的。

也许明白了小主人的无奈，当平板车被推出石库门时，小胖突然不叫了，它知道命运已经不可更改。它奋力昂起头来，张望着我家的院门。

麦乳精，盐水瓶，干草窝……那是一头猪对世界仅有的留恋么?

我和二姐都流泪了。二姐蹲着，捧着脸哭。我抱着一棵树，躲在树后哭。

小胖，永别了。

只为那盆清水

今年初夏，有一条流浪狗在我居住的小区盘桓不去。是一条普通的草狗，中等个，从它的眼睛和毛色看，似乎还是一条未曾发育完全的半大狗。

我几乎每天上下班都能看到它。它徘徊在楼门口，向所有的人摇尾巴，用一种恳切的、乞求的目光看一个一个人的脸色。如果看到这个人的目光中有和善与关切，它便会跟这个人走，直到遭到厉声呵斥。大家都知道这条狗在寻找新主人，可谁都不愿意收留它。过几天，它就会转移到另一幢楼的门口，重复着推销自己的努力。有一天，它转移到了我住的那幢楼的门口。它现在的眼神中多了一种害羞的意味——是对这么久没人收留它感到不好意思吗？

我家位于四楼，而且一上班家里就没有人……我为自己编了几个不收留它的理由，和别人一样呵斥它对我的“瞎跟跟”。和别人一样，我有时也会在早餐时想到这条饥饿的小黑狗，把吃剩下来的干点给它带上一点。事实上，这条狗就是靠着人们的这点偶发的怜悯在苟延生命。向小黑狗施舍最多的是那些背着书包一边走路一边啃点心的男孩子。当然，给小黑狗“吃苦头”最多的也是这些男孩子。是送一个馒头，还是踢一脚，就全凭这些男孩即时产生的念头了。

看得出，小黑狗在一点一点地憔悴。它的憔悴与我无关，但我的心里还是像读到了红心鸭蛋之类坏新闻一样不舒服。

我给小黑狗带过几次食物。有一次是一只完整的肉包子。我招呼它：“小黑，来，来……”我随口为它起了一个名字。确认包子是给它的，小黑的眼睛立刻亮出光彩。它一定很饿，可它努力地克制着贪婪，嗅嗅包子表示接受，却并不急着下口，大幅度地摇动尾巴，把屁股也带动了。走过一段路了，我回头看时，小黑狗还在向我行注目礼，还在恳切地摇尾巴。我猜想这条狗曾经有过比较安逸的生活，曾经接受过训导。

人类对动物太苛刻。比如对狗，我们一面要求它们忠心不二，绝对服从，一面又讥讽它们奴性十足，没有自尊。其实，狗也是有自尊的，就说这小黑，它在极度的饥饿中还没有忘记感恩和“面子”，我们能说它没有自尊吗？至少，它已经为保持自尊尽了力。

过了半个月，一对外地夫妻在我们小区租用了一个自行车库，开了一个为人现做铝合金门窗的小作坊。他们收留了小黑，收留的标志就是放在车库门口的一只盛有清水的搪瓷盆。这对夫妻的善举使人们为小黑松了口气。

自行车库只有两平方米，只能堆放一点材料和工具，是无法住人的。到了傍晚，把车库门锁了，丈夫就用一辆破自行车驮着妻子回到他们的住地去了。小黑被告知不能跟着去，每次送出一程又回到自行车库门口。它已经把车库当作了它的家。到了晚上，这一带停有一长溜小汽车，小黑就宿在离车库最近的一辆私家车底下，既然有了家，它就有责任看守家门。

一天早晨，我又给小黑带了一个吃剩的馒头。那时小黑正坐在那只它非常看重的水盆旁边。我唤了它一声，照例把馒头扔在地上。小黑站了起来，摇着尾巴，却没有走向食物。我发现它在用眼睛的余光瞟它的女主人。我一下子就明白了小黑的心思：它认为在主人面前接受陌生人的施舍是一件不体面的事。这么想着，我甚至在小黑的眼神中读到了为难和羞怯。我走开了，没再为难它。它事后会把馒头吃掉的。

夏天快过去时，小黑成了一条瘦巴巴的成年狗。我在小区的各种地方看到过小黑，看见时它总是在专心地寻觅食物，常去的是那几个中转垃圾的小屋。虽然常接触垃圾，可小黑的身上似乎并不肮脏。我想它是刻意做到的，因为它现在有了主人，是理应区别于那些失魂落魄的流浪狗的。这一点从它对待流浪狗的态度上也可以看出来。在那些神色惶惶的流浪狗面前，小黑表现得镇定，有一点儿严肃，有一种家养狗的优越感。

事后我才知道，那对外地夫妻每天要回到住地去用餐，并未认真为小黑提供过食物，他们认真提供的其实只是那一盆清水而已。

快到中秋节时，那对外地夫妻退租了那个自行车库，转移到别地去了。他们没有带走小黑一定是有原因的，毕竟，他们自己也处于居无定所的生存状态之中。

小黑还是在小区的旮旮旯旯寻觅食物，晚上还是在离自行车库最近的小汽车底下宿夜。它重又变得肮脏了，眼神也重新变得惶惶不定，楚楚可怜。

我想，小黑的这个变化只是因为那盆水。那盆为它备着的清水没有了。

深秋的某一天，我又想起小黑时，发觉已经好久没有见到小黑了。

谁也不知道小黑在哪一天离开的，是怎样离开的，去了哪里。

绿毛龟

多年前我在老家的蟹眼天井里养过几只龟。其中一只对外界的反应端的积极，颇有生活经验，那冰粒似的小眼珠竟能看破一些人的动机。人去看它，任你指点或逗引，它一概不加理睬，该做什么还做什么。如果把它掀个肚皮（板）朝天，它知道你想观赏“乌龟翻身”，偏就仰着不动——你没买门票，凭啥让我翻啊？人去喂它，它立马响应，头是昂起，目是炯炯，径直爬来，以示欢欣。

前几年李忠国先生赠我一只绿毛乌龟，说让我写作之余养养眼睛。既是绿毛龟，就只能养在蓄水的小缸里。水要浅浅的，好让龟儿一抬头就能呼吸到空气。与冬虫夏草不同，被古人称“灵”的绿毛龟的绿毛不过是寄生于龟背的藻类植物，与龟本身只有物理性的关系，所以尽可把它们当作龟的一种。此龟的“龟性”十足，有人靠近，一律“龟缩”，固执着拒人于千里之外的冷漠态度。人离去很久了，它才伸出头、足和尾巴，算是放弃了防御。给它喂食，它会吃掉，但不会让你看到它的吃相。食物就在嘴边，它就是久久不作为，愣是用它无与伦比的耐心逼人离开。没劲。

因为它的沉默和冷漠，我们有时会连续多天忘了给它喂食，忽然想起它来，心甚不安，忙投食。这家伙却冷淡如故，还是不肯当面吃东西。如果太久忘记投食，它就翻过身来作袒腹东床态，以示抗议。这是它最强烈的肢体语言了。它是忍者，从不感激，从不言怨，只用这仰躺的姿态表示抗议。

秋去冬来，寒意渐重，它便不再进食，只想早早进入冬眠。冬去春来，惊蛰过去快一个月了，它还迟迟不肯活动，慵慵地不思进食。以为它死了呢，敲敲它的背——原来还是活的。这让我联想起曲阜孔林墓道的那些千年古柏。有些古柏虬枝秃秃，分明枯死了，但当地人是不会去砍伐的，因为这些秃秃的树说不定哪一年春天又会绽出新绿来。慢，有时还会停一停，这是它们的活法。檀树、黄花梨一类的优质树木也是崇尚一个慢字的。博大的自然给了生灵充分的选择。上苍说：和快一样，慢也是生命的奇迹。

有友人告诉我，说他们家养的龟认人，对常喂它的人会做亲热状，对陌生人才报以“龟式冷漠”。一问，原来他们养的是巴西龟，来自南美热带雨林。

以我的观察，我认定龟是有性格的，但如果问我龟有没有情感，我则不能确定，至少，龟对异类怕是难以产生感情的。难以产生感情是因为它们拒绝交流。因为这一点，养龟其实是挺无趣的事情。如果你感到没趣，那是你自找的。

而龟或许正是要用“无趣”来抗拒被豢养呢，它们拒绝当人类的宠物。宠物是“物”，它们不干，它们是生灵，不是物。

那就把绿毛龟放生吧。可是，这世上有那么多对野生动物虎视眈眈的人在，即便把它们放归山野，怕它们也自由不了几个日夜。即便没人打扰，怕也是不行，环境变了，这种固执的物种也难以自食其力地生存下去。环境是人改变的，人还是通过环境在严重地干扰它们。

还是养着它吧。但愿酷爱安静的龟对被囚禁并不太介意。

作家张炜说过：衡量一个现代人是否在物质的世界里蜕化和变态，是否正常健康，有一个最简便易行的方法——就是看他能不能对相处的生灵发生情感的联系。张炜说的生灵甚至包括植物，比如一棵树。显然，比起爱宠物，去关注一只目中无人的龟要困难得多，去关注一棵从不移动的树就更难。

人的感悟力其实是有可能抵达异类的各种生命状态的。而人的生命力中有一部分本来就是用来为与其他生灵共存而储备的。如果人恢复了跟其他生命、特别是那些不能发声的、与人类完全不同的生命的交流，人性也就得到了全面的苏醒和修复。

我曾多次在夜静更深时悄悄观察小缸里的绿毛龟。在阒无声息的星光之下，绿毛龟一反白日里的静穆和淡定，竟是相当的活跃呢！它一遍一遍地努力，试图越缸而出。无奈缸是圆的，是滑滑的玻璃做的，它一遍一遍地遭遇失败。

原来，龟们喜欢的安静并非我们所提供的安全和平静。原来龟生硬的外壳中同样搏动着百折不挠、如火如荼的生命激情呢！看来龟想要的活法是只能在大自然中找到的，我们是无法给予了。这就让人无奈了。

点击“百度”。百度说绿毛龟原产于常熟虞山。

可是，绿毛龟能找到回家的路么？

绿毛龟，如果有一天晚上你越出了玻璃缸，你会去哪里呢？

虞山还在，破龙涧还在，可已经不是原来的模样了。

凤仙花

一年夏天，二姐带我到一个叫三家坟的野地里玩，结果她的脚趾被蛇咬了。乘我们慌乱，那条作案的蛇遁入草丛，不知去向，我们都来不及看清楚它。即使看清了，我们也认不得这蛇有没有毒。其时我二姐大概十二岁。

我二姐从小有主见，坐在田埂上，用手帕扎住伤口，指使我去镇上老孙爷爷家采白凤仙，说用白凤仙花捣成的糊糊敷了可治蛇伤。我们这次是偷跑出来野地里玩的，二姐不让父母知道她被蛇咬的事。我们太年幼，完全信了人家信口乱说的偏方。

我飞奔着到了孙爷爷家，见孙家院子里果然有一丛开着白花的凤仙，就向孙爷爷请求让我摘花。孙爷爷见我满头大汗的样子，非得我说明了原因才让摘花。我只能实说了，一个八九岁的男孩子还能怎样呢，连现编个谎话都没能耐呀。孙爷爷大惊，一把捉住我，扯着我去见我父母。

凤仙花看着挺娇嫩的，其实有很强的生命力，只要种子落地，无论房前屋后，不管石隙砖缝，都能长得蓬蓬勃勃。凤仙花在江南又名接客花，就是“指甲花”的意思。红色的凤仙花可以染指甲，江南的女孩子几乎个个深谙此道。她们会挑红得最深的凤仙花，和着一点点明矾在石臼里捣烂，然后隆重地把花泥装在白瓷碗里备用。

提前做完家务，细细修剪过指甲，她们互相帮助着将花泥抹在指甲上，用新鲜的桑叶裹住，最后用细线仔细包扎好。这时，十个指头都不敢动了。因为满怀期待，这个晚上她们很难睡好，不知道把手放在哪儿好。终于，天亮了，迫不及待地把树叶去掉——呀，呀！十个指甲都变成橙色了！这样连续染几个晚上，她们的指甲就完全红了，是那种天然的、鲜活的红，仿佛还带着幽幽的甜香呢！她们好喜欢，脸颊上也有了绯色的云霞。

看着她们专心致志的操作过程，你就能体会到江南女子那种温婉娟秀的内心质地。

孙爷爷家院子里有白凤仙，那是孙爷爷相信白凤仙和白鹤花一样能驱蛇，相信院子里栽了白凤仙，蛇就不敢光临了。不过，孙爷爷不相信白凤仙能治蛇毒，不然他就不会扯着我去向我父母报告我二姐被蛇咬的紧急情况了。

曾婆婆家的院子里也栽着白凤仙。曾婆婆每年都要用白凤仙的根与生姜一起捣烂了，和着烧酒做成敷治风湿病的药，不知有没有效。

男孩子们只对凤仙结的籽感兴趣。

凤仙花开过了，它们把自己的籽打成一个一个绿色的“包”。这些包变黄时，里头的种子也成熟了。这时候，只要用手指轻轻触一下，这个种子包就会有力地爆开，里头黑色的种子向四面八方弹射出来，弹得挺远的。这是不是蛮好玩啊？

金蝉脱壳

蝉是夏天的背景音乐，连聋子也听得见。

蝉是昆虫界的大明星，没有人不知道的，还都知道蝉是从知了猴“考”出来的，但真见过“金蝉脱壳”的人不会多。我见过。

那天我路过高家竹园时还挺早，被高叔叫住了，原来他正在静观一只知了猴“考蝉”。在吴方言中，这里的“考”就是蜕化的意思。

在土里修炼多年，知了猴才有资格“考蝉”。昨夜下过雨，这家伙乘着雨后土软，破土而出，赶考来了。

知了猴停在一人多高的粗糙的树干上，胖乎乎的，一身油光光的黄。它虽然定格在那儿，但头冲上，爪子虬曲，整个儿是一种向上登攀的姿态。它是有方向的，它是兴奋的，它是充满着紧迫感的，可它就是不动。它一定是在积聚力气。

高叔让我别太靠近知了猴。哪怕是一只小小的昆虫，在这种要紧的生命关节都是应当尊重的。

知了猴动了，动的是爪子，用了机器人那样的动作，僵硬，机械，但目的明确，毫不犹豫。看得出，它并不想爬行，调动爪子只是想站得更稳。停顿了一会儿，它整个身体抽搐起来，看上去有些痛楚。它的背上出现了一道纵向的豁口。豁口一点点裂开，露出了它浅绿色的背。浅绿的背不一会儿就成了深绿色。它是没有脖子的，豁口向上一点点就是它的头了。挣扎着，挣扎着，它终于把头拱了出来，一对大眼睛透明发亮。

因为这对眼睛，我和高叔不由自主地往旁边闪了闪。

它又停顿了一下，似乎在喘息，似乎因为这个突然明亮起来的世界而惊愕。明亮美丽的世界触动了它，它努力蠕动，奋力把爪子一只一只从蝉壳里拔了出来。它抓稳了，爪子一齐发力，想把它的后半个身体从蝉壳里抽出来。它没有成功，努力了几次都没有成功。它积聚了一下力量，上半个身体突然用力向后仰，又敏捷地向前一扑，抓住了树皮。这个惊险的动作给了它一个爆发的力量，它的后半个身体这回终于有了松动。再一用力，它的下半身就抽出来了——哎唷，它的肚皮竟是又白又嫩的呢！

它出壳了，可还不是金蝉。除了背上那一片硬甲，它的全身都是灰白色的，翅膀蜷曲着，湿答答地缩在身体的两侧。它的肚子在微微地颤抖。是因为激动，还是因为冷？

小家伙接下来的变化出乎意料地快速，有点像川剧里的变脸。原来，它颤动的肚子是在催促身体的变化。它的身体很快就变成了棕黑色。它的翅膀干爽了，挺刮了，成为半透明了，上面还布满了精致的斑纹！

我和高叔都松了口气。这个小家伙考出来了！

我逮过许多知了和知了猴，可这一次我没有生出一点点逮住它的念头。

仪式完成了，小家伙展翅起飞，飞向它的树林，飞向它歌唱的年华。它的第一次飞翔竟是如此的恣意，如此的潇洒呢！它的壳还在树干上，还是一个完整的、向上攀登的姿势。蝉飞走了，没有回头，它一点也不留恋它的旧衣裳。

可以在土里长，可以在树上唱，也可以在空中飞。蝉这个小家伙真是不简单啊！

叫哥哥

小麦登场，田野里就有蝈蝈在鸣叫了。高叔让我们别理睬这些性急的蝈蝈，说这个节令的蝈蝈叫声单薄乏力，是那种病恹恹的腔调，不好。高叔不是竹匠，可他会用篾黄编蝈蝈笼，到了夏天，高家竹园里会挂好多蝈蝈笼，热闹呢。

到了盛夏，新一批的蝈蝈出场了，鸣叫声浑厚洪亮，精神抖擞的，听着来劲。江南人把这种蝈蝈亲切地唤作“叫哥哥”，说小孩子听了能“走疲经”。没人解释“走疲经”是什么意思（这个词是我杜撰的），大概是化解疲劳、提长精神的意思吧。

蟋蟀基本上只在晚上鸣叫。蝈蝈精神旺，是个工作狂，晚上叫，白天也叫，而且叫得更起劲。逮蝈蝈就得白天去，最好的时间是最炎热的晌午，最好的地点是毛豆田或者茅草地。

远远地就听见蝈蝈叫了，这里那里，此起彼伏，声浪滚滚。走近时得慢慢动作，轻轻落脚。要带个小网兜，空手难以扑住蝈蝈，扑住了也容易把小家伙弄伤、弄残。还有，它们挺凶的，会奋起反抗，咬你的手，再把一口褐色的口水抹在你伤口上，让你辣辣地疼。

仗着跳跃的本事，有能耐的蝈蝈喜欢栖在植物最高的枝头鸣唱，所以你的目光应当更注意植物的上部。

蝈蝈有两种，一种叫绿蝈蝈，一种叫铁蝈蝈。绿蝈蝈通体翠绿，逆着阳光看晶莹如翡翠，精致极了。铁蝈蝈是褐色的，个头稍大，鸣叫声高昂浑厚，更显雄壮。绿蝈蝈细心，一身掩护色，比较难发现。铁蝈蝈鲁莽，一身褐色戎装，大大咧咧地在绿叶上坦荡无忌，只管振翅放歌。

蝈蝈没有声带，靠摩擦翅膀上的发音镜发声，不是歌唱，是演奏。在童话书的插图中，蝈蝈大多被画成小提琴手，是对的。

受到惊动，蝈蝈一定会向下跳，所以使网兜时得从下往上捞，否则基本没戏，这种小提琴手相当敏捷。高叔逮蝈蝈从不去灌木丛，因为灌木丛的树杈棘刺一准会把网兜钩住。

高叔对蝈蝈有研究，逮蝈蝈一定挑声音最洪亮的下手，养蝈蝈更是专挑名品。如果是绿蝈蝈，那就得是红眼睛的，叫“红眼绿蝈”；如果是铁蝈蝈，那就得是黑眼睛的，叫“黑眼铁蝈”。即便是这两种名品，高叔还会计较两样：一样是翅膀——翅膀要短而厚；一样是肚子——肚子太小的蝈蝈体力差，太大了也不好，懒，不愿鸣叫。

高叔的蝈蝈笼都是新编的，编时不封口，装进蝈蝈后再封口。篾黄编成的馒头笼是淡黄的，里头的蝈蝈是翠绿的，系笼子的线是红色的。这些颜色相配，多美啊！

蝈蝈的胃口粗，肯吃的东西不少，最喜欢的是毛豆和葱。蝈蝈吃葱，咬住不放，能把一根青葱一口气从头吃到尾。蝈蝈喜欢吃葱是我的偶然发现。

蝈蝈进笼，失去自由，心里愤懑，有的就只肯吃不肯叫，以沉默来抗议。那就找一根细齿的钢锯条来吧——用一片竹片在锯齿上轻轻划，划出来吱吱的声响，让蝈蝈听。这种颤颤的、听得耳根痒痒的声音对蝈蝈是一种很大的诱惑呢！虚荣心特强的蝈蝈想：哎呀，谁能比我唱得还响啊！就把沉默忘记了，就放声鸣叫起来。这是高叔的发明。

高叔每年要做许多蝈蝈笼子，里头囚着红眼绿蝈或者黑眼铁蝈。除了送人，高叔把蝈蝈笼挂在他们家的竹园里，让蝈蝈们对歌或者斗歌。过些日子，高叔就把蝈蝈放掉，然后再用网兜去田野里逮蝈蝈。高叔把蝈蝈放生在他家竹园旁边的枸橘李丛里,希望这些优秀的蝈蝈能在那儿繁殖出更加优秀的蝈蝈来。

那些蝈蝈却不愿意留下来，都跑了。或许，蝈蝈们是受不了枸橘李子的那种味道吧？

风中麻雀

造物主在创造生灵的时候，一定是注意搭配和平衡的。羽毛美的鸟一般就配上了比较差的嗓音，而好听的嗓音就配给了羽毛不好看的鸟。乌鸦的羽毛不好，就得到了一个不错的中音，可惜它们不会用嗓，开口就是一个“哑”，惹人厌。

麻雀的毛色和嗓音都不好，是造物主不小心亏待它们了。麻雀倒不在乎，蹦蹦跳跳、叽叽喳喳，一天到晚乐得个没心没肺。它们甘于平凡，认定“平平淡淡才是真”。

麻雀，麻雀，这个“鸟生观”是你们快乐的原因吧？

麻雀一翻眼，说：拉倒吧，平平淡淡是有个前提的，那就是自由自在。

麻雀虽小，可它们追求自由的决心却是很大的。继鹦鹉咿呀学舌后，八哥也让人类修剪了舌头。雄孔雀在人类的花衣裳面前不知羞耻地展开它的花翎，而暴烈狂野的鹰隼也有十分之一的可能被人类熬成打猎的帮手。在鸟笼子里歌唱的鸟就更多了：百灵，黄雀，画眉，秀眼……

就是没见过被人驯服、关在笼子里的麻雀。农人说：麻雀“气性大”，养不活。

被单独囚禁的麻雀大多很快“气死”，脾气好的不吃不喝，一两天后也绝食而亡。如果把两只以上麻雀囚在一起，它们会互相啄肚子，协助对方流血，属于变相自杀。把黄口小麻雀囚禁，它们的父母在认定营救无望后，怕无知的孩子被人驯服，会叼来毒虫或毒果把儿女毒死。“不自由，毋宁死”是它们的“鸟生观”，挺爷们儿。

在我们男孩子的心目中，麻雀很弱小，只要我们一挥手，一声喝，它们就会噤声，就会逃窜。当然，我们这一招只能对付当年新出世的年轻麻雀，那些经验老到的老雀不吃我们这一套，它们爱理不理，或者敷衍了事地装作有点害怕，绝不会有一惊一乍的表现,它们知道人的什么动作才会对它们构成威胁,也许还能准确地判断人的善意或恶意。人逗它们玩，它们知道，如果肚皮饱着，它们还乐意和人玩一玩呢。

它们挺反感插在田里的那些做工粗劣的稻草人，见了就会骂声喋喋：拉倒吧，你们骗三岁小囝啊！它们当着人的面，飞去歇在稻草人的头顶上，在那儿梳理羽毛，在那里毫无顾忌地打闹，就像一群无厘头的惹厌小孩。

农家小囝生气了，把麻雀赶得远远的，然后披上稻草人的蓑衣，戴上破草帽，去那老地方一动不动地站着，想让那些老麻雀上个当。可老麻雀就是老麻雀,一眼就认出了人的“惑儿”,一声不响地从人的背后俯冲下来，在人的头顶上啄一记，然后向斜次里哄笑着飞开。

吴语中的“老麻雀”就是“老滑头”的同义词。如果老滑头偶尔失算，吴地人就会说：老鸟拖（掉）毛哉。这儿的“老鸟”就是老麻雀。

这一回是假扮稻草人的人“拖毛”哉。

麻雀是乐天派，喜欢成群，喜欢热闹。它们常常会为一点点食物争抢吵架，但如果发现食物比较多，它们又会叫来同伴分享。它们觉得会餐更有趣，也比较安全，那么多小脑袋侧来侧去的，有什么情况能躲过它们的眼睛呀。

有一回，我撒了一把米，存心观察它们的会餐。一只麻雀来了，犹疑一会儿才小心试啄了几粒——味道不错噢！食物蛮富裕的，它嗖一下飞走，很快叫来了五六个同伴。它们叽叽喳喳地吃得很快活，很热闹。有几只特别活跃，没有必要地蹦来蹦去，像是故意要引起一些混乱。吃一会儿，又有一只麻雀飞来加入会餐。它一来，群中的一只麻雀好像突然想起了一件事，飞掉了。它没有飞远，就在不远的树枝上栖着，尾巴翘来翘去的，脑袋侧来侧去地在那儿东张西望。过一会儿，树枝上的麻雀又飞回来了，它一回来，又有一只麻雀离开饭局，栖在了那个树枝上……我看明白了——它们这是在轮流值班警戒呢。

和大部分禽类一样，麻雀在晚上是个半瞎子。傍晚，你发现了麻雀窝，晚上拿个手电去掏窝，一掏一个准。麻雀尖叫，叫几声就不再叫，极度的愤怒使它们全身痉挛，痉挛得难以发出声音了。抓住一只麻雀，你就觉得是握着一团丝绸，觉得有一颗狂跳的心脏在直接撞击你的手掌。有时候，温暖的窝里还有鸟蛋，一般是两枚，暖暖的，滑滑的。男孩子对蛋不感兴趣，太小，而且听老人说吃了麻雀蛋，脸上会生雀斑。有时候，温暖的窝里有雏鸟，稀毛溜溜的，镶着黄边的嘴大得可笑。如果家里没养猫，这种难看的东西男孩子也看不上。

这么写着有点残酷，其实真忍心去掏鸟窝的孩子不多。男孩子只是喜欢和麻雀闹着玩，一般不来真的。在雪地里支筛子，在打谷场使弹弓，在树枝上抹胶水，那都是带着游戏性质的，能得到大人们的默许。如果晚上去掏鸟窝，性质就不一样了，大人会很反感——小团，这是作孽啊！

有人在竹园或树林里张网逮麻雀，叫“牵麻雀”，网很大，一网能逮上百只麻雀。这样做纯是为了挣钱，卖给店家做燠麻雀。

牵麻雀的人不受欢迎，竹园的主人常会出来阻止。我就亲耳听见过高家竹园的老主人和牵麻雀的之间的一次对白。

高家老太太：“我家竹园有笋呢，别在这里牵麻雀。”

牵麻雀的：“老太太，笋早长成竹头啦。”

老太太：“笋是长在竹鞭上的，竹鞭在土里呢，你看不见。”

牵麻雀的：“那我小心点。”

老太太：“那也不可以，晚上来竹园的麻雀是我们养的。”

牵麻雀的：“老太太，麻雀哪有家养的啊？”

老太太：“就是有，我天天在竹园撒谷粒的，你去问问村上的人去……”

高家老太太分明是强词夺理呢，可村上的人一定会帮着她。不知怎么的，听着老太太的话就觉得有理，仿佛她是在呵护着我们之外的另一帮村童。

麻雀顽皮，乐观，喜欢打堆吵噪，心性和村童真有许多的相像。麻雀有翅膀，却不会认真飞翔，飞得不是飘飘忽忽就是踉踉跄跄。它们有爪子，却把走路忘记了，只会蹦蹦跳跳。它们朴素，只要有一蓬阳光，能吃饱，就欢天喜地。它们游来荡去，蹦跳着，喧闹着，使村庄和小镇充满亲切的烟火气息，使田野有了灵性和活气。

小时候的观察大多潦草，想要仔细观察麻雀时，我已住在城里了。我住四楼，对面楼窗下的那个空调机外机正好是一个麻雀家庭日常活动的地方，仿佛那儿是它们家的起居室。

除了冬季，那个空调外机上会不断出现新出窝的小麻雀。小家伙们的个头与亲鸟差不多大，明显的差别就是嘴丫上镶的那一道浅黄的边。它们比成鸟更加好动，毫无必要地蹦个没完，连自己也不知道要干什么。鸟的羽毛都是向后顺的，所以它们在风中总是逆向而站。小家伙们还没弄懂这个，风有时会把它们的羽毛翻得一片零乱，弄得它们喳喳尖叫——这是怎么啦！这是怎么啦！除了向亲鸟要吃的，它们没事可干，它们似乎一直处于饥饿之中，一见到亲鸟就迫不及待地冲过去争食，有时会把妈妈撞个踉跄。有的小家伙没学好吞食，不停地张合着喙，费好大劲才能把食物调顺，然后一伸脖子囫囵吞下去。

这时候，它的妈妈在一旁蹦跳，从多个角度欣赏着它的小宝贝。没夺到东西吃的小家伙闭了嘴，塌着翅膀，一副沮丧的样子。妈妈尾巴一压，飞去了。要填饱三张嘴，它不容易。

有一天，我听得麻雀们惊慌的叫唤，赶紧走到窗边去看。原来是挂在树梢上的一只蛮大的白色塑料袋惊吓到了小麻雀。小家伙们趴在空调机上，冲着塑料袋惶恐地叫：这是什么呀？

这是什么呀？它们的妈妈回来了，飞去树梢上考究了一下，还用喙啄了啄塑料袋，才让小家伙们安静下来。

小家伙们长得很快，没过多久就长大了。它们在风中飞来飞去，去寻找吃喝，去过它们自由、简单、快乐的生活。

看着麻雀的家庭生活场景，联想到人类的家庭生活，我心里感慨：这生灵和生灵，原来有这么多的相仿啊！

不管人类的态度如何，麻雀还是喜欢和人类一起生活。城里的麻雀不多，是散兵游勇的状态。它们爱热闹、喜成群的本性没有变，每天傍晚，它们还是有集会。集会的地点是固定的，我们这一隅的麻雀集会地是海虞旧货商场外的那两排行道树。傍晚时分，从这里走过，满耳都是麻雀的聒噪，听上去还是兴高采烈的那种腔调。旧货商场拆掉后，它们又迁到北汽车站街对面的一片小树林去了。这两个地段都是农民工集散地，莫非麻雀们虽然进了城，心中却还是认定乡村是它们的家园？不知道。

落叶

深秋是虞山公园最好的季节。

公园里的长椅被唤作“礼拜凳”，听着觉得挺休闲的。林子里的礼拜凳有诗意，是一首横印的十四行诗呢。椅子旁有一些落叶，蛮好的。“碧云天，黄叶地，秋色连波，波上寒烟翠。”（范仲淹）新落的树叶不是垃圾，是情调，不要急着扫掉。

如果说春天用了迎风招展的花朵和枝叶，向天空致敬，那么秋天是用了它全部的果实和落叶，俯身下来，向大地感恩，也为下一个春天的花朵和枝叶留出足够的空间。

不知为什么，中国人一见“落叶”这两个字，首先想到的多是梧桐叶。梧桐的落叶有一份寂寥的气息，这多半是被一代代的婉约派诗人“小资”出来的。“无言独上西楼，月如钩。寂寞梧桐深院锁清秋。”（李煜）“梧桐树，三更雨，不道离情正苦。一叶叶，一声声，空阶滴到明。”（温庭筠）“梧桐更兼细雨，到黄昏，点点滴滴。这次第，怎一个愁字了得！”（李清照）梧桐叶上本来无愁，是人的心绪凭地制造的。

中国人受唐诗宋词熏陶很久、很深，从小就在不知不觉间记住了唐诗宋词构成的一个个情感模式。比如中秋月就是思亲的愁绪，竹子就是清高气节，杜鹃的鸣叫是“泣血”级的哀伤，如此等等，多不胜数。有了这些约定俗成的符号化的意象，人表达感受多能信手拈来，一步到位。无论是文采还是情感的质地，能背几十首唐诗宋词的人和“没有书根”的人就是不一样，但弊端也随之而来，那就是在表达感受时容易落入窠臼，滥用现成，缺少独创，犯了“学饱而才馁”的读书人通病。文学创作中滥用成语也有类似的弊端。我的“成语政策”是：叙述时极少使用，描写时尽可能不用。

“霜叶红于二月花”说的是枫。和梧桐的落叶不同，枫树的落叶是红的，不是凄清，而是烂漫。诗人们都说枫叶是秋天散发的传单或者请柬，有点自作多情。夏天过去，不去秋天你更投何处？

公园这个“枫之谷”中有枫树1500棵之多。“山明水净夜来霜，数树深红出浅黄。”（刘禹锡）深秋时节，满目的橘红、绯红、猩红、朱红、枣红交相辉映，真个是“百般红紫斗芳菲”。常熟西门外本有“吾谷枫林”一景，是“虞山十八景”之一，可见常熟人自古爱枫。常熟人将红叶制成书签，昵称“聪明叶”。恋人们则以并蒂的枫叶传情，浪漫而且美丽。流风所及，常熟人一致举手，将枫树选为市树。

有一段曲很“常熟”，就是马致远的《夜行船·秋思》：

爱秋来时那些：和露摘黄花，带霜烹紫蟹，煮酒烧红叶。

在常熟人看来，诗中的“黄花”是桂花而非菊花，“紫蟹”当然就是阳澄湖大闸蟹了。有了这两样，秋天很美，很丰硕。

随着秋天的一点一点成熟，虞山的这个“枫之谷”也就像化学家做实验般一点一点地变化着颜色。树种不同，树干高低不同，树叶疏密不同，光照时间不同，受霜面多少不同，都使枫叶由青转红的过程有长有短。秋天垂老的时候，终于把枫叶都染透了。但还是红得不统一：紫红，深红，酡红，浅红。还有黄的，橙黄，姜黄，柠檬黄。就有了层次，有了斑驳。但秋叶中红得最透的不是枫，是乌桕。陆游的“乌桕赤于枫，园林九月中”句，不错的。

站在谷底抬眼望，层层叠叠的枫叶就成为一抹醉眼的晚霞了。这是仰视。如果从虞山辛峰之巅往这边俯视，枫之谷就像一块剔透的鸡血石。

因为这如火如荼的红色，秋的多少有些清冷的深处，就有了李白的飘逸，李商隐的浓郁，苏东坡的烂漫。烂漫和浪漫不同，浪漫是艺术中的翩翩少年，烂漫是大师的艺术。苏东坡一生都是烂漫。

常熟有了“落叶景观带”，真好。

野草

我老家后院原来铺着几块一米见方的水泥板，后来移走，露出来一片长方形的泥地。没过几天，这方荒地上就长出了许多种野草，而且很快欣欣向荣起来。

我于是想：这些草的种子是本就埋伏在水泥板下的吧？可这些水泥板已经铺了好多年了呀！又想：这些草的种子是哪里来的呢？好多草的品种是院子里从来没有过的呀！

这就是野草，它们和庄稼是不一样的。“千年的莲子，万年的草根。”野草不是人栽的，是大地自动的生发，多少有点神秘。大地怀有无尽的秘密和奇妙的念头，却沉默千古，不肯泄露秘密。

“地气”这个词现在是常常被提起的。看到这个词，我忽然会想到野草，想到那些陪伴在我们周围的生机勃勃的翠绿。

那些人迹罕至的小田埂和溪头浜梢的“田旮旯”是野草的大本营，是女孩子挑野菜的好地方。挑野菜的“挑”是“挑选”的意思。马兰头、野苋菜、荠菜、灰蓼头、豌豆苗、蛤蟆叶、枸杞头、车前草……野菜的品种有很多，不能混着吃，你得挑选一种。男孩子来这里是为了割猪草或者割羊草，草虽然是当饲料的，也得大概挑选一下。马绊筋太老，三棱草和鹅儿不食草有小毒，不要。鱼腥草有鱼腥味，我猜想吃素的羊是不肯吃的，也不要。最好的饲草是酱板头草，因叶片状如马的牙齿，大名马齿苋，茎叶都肥嘟嘟的，是猪草中的上品。酱板头草也是一味药，煮成汤，可以治轻度的腹泻。浆麦草的叶片像麦叶，富有浆汁，有一种好闻的清香，是农家做青团子的原料。

野蓬头的学名叫艾蒿，喜欢群体生长，有的小田埂整条是它们的世界，割一茬长一茬，层出不穷，蓬蓬勃勃。大热天晚上露天乘凉，将新鲜的野蓬头压在场角的火堆上，空气里就有了丝丝然然的艾叶味，人闻着有点青涩，蚊子吃不消，赶紧逃之夭夭。到了端午节，野蓬头还有一个特别的用途——和野菖蒲扎成一束，挂在大门上“压邪”。老人们说，菖蒲的叶片是钟馗的剑，艾蒿的气味是“正气”，而且是束成人形的。正气凛然之人握着镇鬼的剑，当然是能“压邪”的。古时候巫师将艾用于祭祀。中医则用艾草点燃后熏病人的穴道，谓“艾灸”，是外国人看不明白的医术。

野苋菜的茎上长刺，凶巴巴的样子。它的叶子嫩时可吃，味道类似苋菜。老苋菜的茎是制作臭豆腐的原料。

有一种野菜叫“酸姊姊”，能长到一尺多高，暗红色的茎有大拇指那么粗，肉肉的，很脆。嗅一嗅，有一种刺刺的酸味，能把人的鼻孔扩大一倍；用舌头舔折断处，一种猛烈的酸味便像电流一样逼得你喊出声来。

春天，茅草生青碧绿，一点也不“茅”，每一支都怀着一枚柔软的茅针。茅针很嫩，茸茸的，嚼一嚼，舌上是津津凉凉的甘。甘和甜不完全一样，是那种特别清澈的、隐约的甜。

女孩子喜欢酸姊姊，男孩子不喜欢。男孩子喜欢“打官司草”。这种草的主茎有韧劲，将手里的草茎和对手的草茎绞在一起，用力拉，谁的草茎先断，谁的“官司”就输掉了。小孩子具有把生活简化的能力，有时候真就用这种办法来判决纠纷。

微型刺猬似的苍耳子也受男孩子喜欢，采下来用作“开仗”的弹药。这时候，苍耳子已经苍老了，绿色的小刺豆变黄了，一根根小刺弯成了一个个小钩钩，能牢牢地纠缠住头发或者羊毛衫什么的。被苍耳子击中脑袋，很烦的，除非你剃了光头。男孩子身边的那些狗更怕苍耳子，它们觉得全身都受到了苍耳子的威胁呢。

麦子灌浆的时候，野荞荞结荚了。野荞荞是一种野生的豌豆，蔓生，嬉皮笑脸地盘缠在麦秆上；结的荚窄窄的，里头排着十多枚绿豆般大的豆粒。野荞荞煮了可以吃，味道类似于豌豆，但有青涩味，只能将就着吃。男孩子摘野荞荞是用来做哨子吹着玩的。挑选饱满的荚，咬掉荚柄，小心地从一边剥开荚，去掉里头的豆粒，豆荚就变成哨子了，抿在嘴里吹，波波响。因为野荞荞是长在麦地里的，就叫麦哨，也有称“野叫叫”的。以麦哨为端口，用苇叶一层层地缠成喇叭状，最后用一枚棘刺锁定，就成了一个绿色的短脖子唢呐，一吹，声音被放大，有了一点海螺的雄浑。野叫叫只能现做现玩，隔一夜，豆荚干硬，就吹不响了。

蒲公英的黄花似乎是怕阳光的，地丁草的紫花清纯、楚楚可怜，狗尾巴草的花就像狗的尾巴，灯笼草提着一只只绿色的小灯笼。有一种白色的花成团开放，很繁茂，俗称瘌痢花，女孩子最怕男孩子冷不丁给她们插在头上。据说插了这种花就会掉头发，变成瘌痢头，多可怕啊！有一种粉中透点红的花样子挺特别，花瓣连在一起，像一个浅浅的小碗。这种花名叫“打碗碗花”，连男孩子也不敢摘，谁摘了就成了“火手”，老是会把碗打碎。解除“火手”的秘法是找一条蛇蜕来搓手。蛇蜕可不好找，麻烦了。关于这些花的传说，都是老太太们绘声绘色讲出来的，她们常常冤枉了这些美丽的花，却给田野增加了神秘。没有神秘的地方不好玩。

最有神秘感的是生在阴湿处的凤尾草。那是蕨类植物，来自几亿年之前，自有一种恐龙时代神秘兮兮的洪荒气息。蕨类植物不开花、不结籽，与藻类、苔藓一样，靠叶背的孢子飞散繁衍，所以它们能怪诞地植根在古井的黑咕隆咚的井壁砖缝中。老人们说，这种草可以治疗相思病。比如一个少女看上了一个男青年，得不到家里的支持，就恹恹地患上了相思病。这时女家的人就会悄悄去青年家日常取水的井里弄几根凤尾草来煮水给少女喝。这事可不能让喝水的人知道，不然就没有效果了。因为有了这个幽怨的传说，凤尾一样的凤尾草就越发神秘和美丽了。

人间柳色

在木匠眼中，杨树不成材——劈了当柴烧吧。不是木匠的人都知道，柳更不成材——当柴坯的资格也欠了点，火力弱，就削削当个篱笆桩吧。

垂柳也真是任性，活一百年还是一任天真没商量。

李白有诗："寒雪梅中尽，春风柳上归。"柳树敏感，得到一丝春消息，便射出千条万缕嫩嫩的细枝，在春风里摇荡。江南一夜雨，便添了柳色。一不留心，这些细枝已经漫漫生长，还绽出来一枚枚鹅黄的叶芽。叶芽的出现，几乎只是一夜细雨的事情，突兀得有些奇诡。这些突现的叶芽莫不是雨滴儿直接变幻出来的?

唐人贺知章道："碧玉妆成一树高，万条垂下绿丝绦。不知细叶谁裁出，二月春风似剪刀。"这些在风中荡漾的细枝，原来是春风的女红啊。

枝条细，往下垂，往下垂，那架势是要一垂到底呢。

猜想柳爱美，要"对镜理云鬓"，所以柳总是喜欢临池凭风，在水一方。

两枝桃树间枝柳，一带烟水十里堤。春雨斜处，一笠，一柳，一舟……江南的山水怎可缺了柳婀娜的身姿呢?

柳丝够长了，把春风舞起来，燕子就翩翩而织。柳丝够长了，纤指儿一点，水面上涟漪阵阵，游鱼袅袅来朝。燕儿双飞，黄鹂啁啾，鱼儿唼喋，好一派盈盈生机。柳儿就放飞它的白色的絮。这是柳的另一种抒情方式。既要飞舞轻扬，借一借风力又何妨?既是才情丰沛，绵绵不绝自是当然，谁对柳絮过敏是谁的事，柳不管。

"寒食东风御柳斜""月上柳梢头，人约黄昏后""杨柳岸，晓风残月”……在柳的婉约的身体里，充满了流水江南，充满了儿女情长，似乎总含着一种莫名的、淡淡的忧伤。

而“两个黄鹂鸣翠柳”的和谐与“柳浪闻莺”的静好，“月上柳梢头”的有约黄昏与“柳色新”的渭城朝雨，不正是烟火人间的至美吗？美就是理由，你何必再挑剔那么多。

既然人能把美丽的情愫寄寓于柳，你怎可说柳树无用？谁说“无心栽柳”？自古至今,柳都是人们热情挽留的美丽的树木，“临水不禁思栽柳”是自然的事。“柳”和“留”在汉语中同音，友人相别常以“折柳”表意——今日作别，请把情意留下啊。这样的离情别意，少了柳的依依，就煞了风景。

以为柳总是这般地浅吟低唱呢，一转身，却在荒寒的大西北见到了柳的另一种生命姿态。因为左宗棠，这里的柳树都姓左。听到“左公柳”这三个字，和听到千年胡杨还有“坎儿井”一样,所有的中国人都会对新疆这片广阔伟岸的大地肃然起敬。听到“左公柳”和“坎儿井”，严肃的上苍也会为它的坚韧而聪慧的儿女绽开自豪的笑容。

原来，柳崇拜水流，不只为了梳妆，更是对水刚柔相济的秉性的钦敬。原来，左公柳的叶脉里，不但流淌着李清照、李煜、柳永和纳兰性德的婉约品性，还澎湃着苏东坡、辛弃疾、蒲松龄的豪放气质和生命激情。

有一位出身蓬蒿、生当乱世的常熟才女因柳改姓，并以她坚韧铿锵的人生，令无数须眉汗颜失色。

她就是柳如是。

无情最是台城柳，年年依旧绿葱茏。柳，年年绿，不为媚好谁个，只为自己心中那点美好的理想和坦荡的爱。

春天来了，又有许多篱笆桩活了过来，开始了它们自在翠绿的生命。

人间柳色，天地生机。

尚湖白鹭

尚湖，可以在岸边平视，可以上虞山俯视，皆美。尚湖可以仰视吗？可以的——去看湖上飞翔的鸟啊。这些鸟也是尚湖的一部分呢。

最能代表尚湖的是小白鹭。它们轻灵，干净，有一种宋词般的秀美。

白鹭在湖面上飞过，飞得翩翩，飞得款款，飞得从容不迫，悠然无忧。它们已经是留鸟，把尚湖当自己家了，家是最可以随意而为的地方。

款款，慢。它们是飞得慢的，让你想到一首取名《从前慢》的小诗：从前的日色变得慢 / 车，马，邮件都慢 / 一生只够爱一个人……记不全这首诗，可我记得作者是木心先生。木心，树的心，树也是慢的。

传说中，姜尚在尚湖垂钓，说是愿者上钩。可他的鱼钩不打钩，直的，而且离水三尺，叫鱼儿怎么上钩啊？尚湖里的鱼围拢来看稀奇，结果把大智者的静气接应到湖里，绵延了千年。小白鹭在演绎千年传递来的静气吧？一悠一扬的，令人屏息。闭上眼睛吧，让思绪一点点羽化，飞进大自然灵秀清远的天籁……这是一种心灵的享受。

从容是快乐的前提。“大将风度，绰绰有余。”绰绰有余，就是从从容容，不忙乱，不慌张。人生苦短，紧张，就更短促；慌乱，就很苦。不一定做大将，但总要找到从容的生命节奏才好。

多数的飞鸟都尽量逆风而飞，白鹭也是。逆风飞便于控制方向，也是为的姿态美，不让风弄乱了羽毛。

人以为审美是人类独具的能力。其他的生灵就不知道美么？未必吧。你看看小白鹭枕部那两支长翎——飘逸如斯，潇洒如斯，优雅如斯！只这一绺没有实际功用的羽毛，便可推倒人类关于审美能力的武断之说。或许天地生灵都是有审美能力的，至少是大多有。

白鹭在千百种美中挑选了轻盈、精致还有优雅。

那天，从串月桥那边飞向荷香洲的小白鹭有六只。为什么不是五只或是七只呢？如果是，那不就是一句唐诗了么？并非“一行白鹭上青天”，它们不排行列，散漫如放学回家的学生。

是个好天气，天蓝，云白，仰视中，飞鹭的背景一会儿是蓝，一会儿是白，每一帧画面都清明，淡雅，干净。

飞禽都爱惜羽毛，白鹭尤甚。它们是涉禽，主要活动于浅水泥淖，却洁身自好，始终保持一尘不染，似有洁癖。印象中，有洁癖的人总是瘦，总是羞涩。白鹭也清瘦，娟秀，羞涩，体不盈斤，人家追求骨感美。知道它们为什么是六只成群了，它们更喜欢婉约派的宋词呢，比如《清平乐》中的句子“一霎荷塘过雨”，又如《忆仙姿》中“楼外一江烟雨”。

飞快飞快，飞就一定快吗？未必。因为轻，因为驾驭气流的能力高超，白鹭的飞翔可比秋云，可以飞出慢来。仰观飞鹭，久了，觉得周围有一种蛋壳般薄薄的静，心中便生出“长坐一日垂钓”的闲情来。

终于，六只白鹭如仙女下凡，飘飘摇摇地降落下来，降落在一片亲水的小渚上。小渚有些长长的蒲草，有些矮矮的苇，整个儿是一种柔和的深绿。鹭的羽色并非纯白，是乳白，在深绿的背景上就更见其青秀和柔美。

白鹭的降落有先有后，姿态各异，有的一步到位，精准如休止符；有的以碎步过渡，如一串流利的琶音；有的落下又飞起，几度跌宕，犹如演奏家即兴创作的华彩段落。

白鹭的腿挺细、挺长，但你不可以用人类的踩高跷来比喻，白鹭的身体整个儿是协调的，它们的腿再长一分不对，短一分更不可以。

白鹭不是仙女，它们为觅食而来。

有的在浅水里奔来奔去，作舞蹈状；有的把长喙插到水里快速张合，作喝水状。不是舞蹈，不是喝水，它们是在扰动水下潜藏的鱼虾。捕猎开始了。一啄两啄，喙间就有了银闪闪的小鱼了。一颠两颠，喙间的小鱼顺了过来（让鱼头对着喉咙），一仰脖子吞下。一只白鹭飞机俯冲似的在滩地上低头疾走——它是在追赶一只横行的小蟛蜞。它叼住了它，甩头。它挣扎，挥舞小小的螯。

欢腾的宴会结束了。白鹭们显出餐后的慵倦。

鹭涉水而行，极富韵致。细长的脚杆交替提起，九十度弯曲，稍稍停顿，带蹼的趾蜷拢如拳，然后脚杆下斜，趾呈平面张开，如一片银杏叶，落下，入水。

伫立是鹭的招牌姿态。单腿着地，双翅半展，长颈微微后仰，总体像一个“亭”字。这是“亭亭玉立”的注释吗？鹭，伫立着，就像一朵安静下来的灵魂。

和白鹭一起守望山湖，心中便有了明净阔绰的大野芳菲呢！

秋水微漾，岁月静好。

不觉间，酣美的秋阳已经西斜，湖对岸的虞山斑斓如画。

有一只鹭想起回家了，像打开折扇似的徐徐打开了它的翼。双翼一动，它便像一朵白云似的摇晃着浮动起来。其他的鹭也有了动作，一个个身姿婀娜，衣袂飘飘。它们纷纷离水，将长颈曲折起来缩在肩上，贴着湖面飞，然后一波一波爬高，朝着斜阳的方向梦一般地远去。想起一句古诗：碧峰斜见鹭鸶飞。

仍然不成队形，自由着，逍遥着，仿佛游神散仙，但它们不会走散，大方向趋同，都会去远处的“水上森林”过夜。那里是它们的宿营地。

白鹭，晚安！

白鹭有时会进城去，看看人类在怎样过日子。它们沿着河道飞，飘然掠过一幢幢房子和一条条马路。它们俯瞰，兴致不错，但不做任何评论。

有白鹭翩翩飞过的城市，真的好。

第一次骑骆驼

动物园里的骆驼，总是肮脏、丑陋的模样，总是呆滞、沮丧、卑琐的神情。

我相信这不是原本的骆驼，否则严峻的自然法则早就淘汰这一物种了。

有机会在塞外见到了骆驼。从兰州乘汽车去敦煌的路上，随时可以见到骆驼。

茫茫戈壁，芨芨草零星可见。近景是沧桑味十足的古长城遗迹，远景是威严冷峻的祁连山脉。骆驼就在这样的背景下出场了。依然谈不上英俊，但是，当它们在这样肃杀而恢宏的大背景下出现时，那些缺陷一下子都有了动人的注释。为了适应严酷的环境，它们在进化时被迫过多地注重了实用特质。

它们呆滞、沮丧和卑琐的神情荡然不见，代之以从容、执着和坦荡。作为异乡客，我竟然还在它们的眼角读出了因优越而生的居高临下的傲岸。我以前对它们确是误解了，轻慢了。和大漠在一起，骆驼不再平庸。它们是不适宜离开荒野的。

在酒泉街头，我得见一头更加生动的骆驼。

看上去它还年轻，毛还不是褐色，而是我理想中的那种予人暖意的标准驼色。它沿着路的右侧颠颠小跑，暖洋洋的毛在晚风里快乐地摇曳。它的主人是个英俊的小伙子，骑辆破旧的自行车和它比肩而行。它身体前倾，昂着头颅，一副傲视一切的样子。它不时地瞟一眼它的主人，以便调整速度和主人保持并肩。马是需要遛的。这小伙子是在遛骆驼吗？我想是的，因为这一幕明明白白地有着一种游戏的性质。

原来，稳重冷漠的骆驼也会兴奋，也会活泼，也会游戏。原来，人与骆驼在一起也可以这样其乐融融。

在嘉峪关的城楼下，我领略了另一种骆驼形象。那匹骆驼的双峰之间披着一片粉红的毯子,耳朵旁挂了一绺红色的缎带。这是一匹专门供人骑着拍照的骆驼，备有一个带梯格的高凳子，供游人爬到驼背上去。对游人来说，骆驼是一种有极浓边关风情的符号，但又是一种陌生古怪的大动物，挺想亲近却心有怯怯。

我久久地凝视这匹老骆驼的眼睛，努力揣摩它的心境。它会因为就此摆脱艰苦的跋涉而庆幸、感激吗？它会因为被迫充当道具而怨恨、悲哀吗？

终是未能解读。可以把它的眼睛看作一种逼近于“无”的空白，也可以看作一种有无数解的无解。它拒绝沟通。

我只得退到远处，把嘉峪关的城堞以及大西北赭色的远景和深蓝色的天穹一齐纳入我的视界之中。在这个构图中，瘦瘦的老骆驼即刻有了某种意味，某种情调。这是一种苍凉的无奈，一种哲学式的忧伤……

且止！如果我面对的是一幅画抑或一张照片，那么我会满足于以上的观感。可我刚从骆驼身边走开，所以我不满足，并且感叹我们落入某种现成的思维模式原来是这么容易。那么多熟套而浅薄的游记、散文，就是这么制作出来的。

骆驼自有骆驼的想法。它们把它们的想法深埋在缄默里，拒绝人类千万次的叩问。

我平生第一次骑骆驼是在敦煌，确切点说是在敦煌郊外著名的鸣沙山。

登鸣沙山当然要赤足。从山脚到山顶，到处沙可没脚，可空气却是纯净得使人不好意思呼吸。“沙挟风而飞响，泉映月而无尘。”后一句说的是山谷里的月牙泉，沙山腹地兀然出现的这一汪湛蓝明澈的水域，使人惊诧万分。

月牙泉边还走着一个驼队呢！驼队从从容容踩出来一串叮当的铃响，踩出来一个经典的诗境。不由人暗暗喟叹：世界原是可以这等宁静，这等安详的啊！

此时的骆驼再不是呆物，而成了一种精神，一种不屈不挠、令人钦佩的生活态度。

在月牙泉边，我生平第一次骑上了骆驼。已经是黄昏时分，山谷里的月亮格外大，格外新鲜。

役使驼队的是一位少年，看他瘦小的样子，游人实在不大放心。这儿没有“梯凳”。少年打一声呼哨，骆驼们一齐跪倒于尘埃，先是前足，继而是后足，訇然一下，把人吓一大跳。

骑到双峰之间，我嗅到一种陌生大动物的膻味，心不禁颤颤，死死地抓住铁把手。听到一声尖锐的吆喝，骆驼们一起站起来，站一站，然后走。蹄声先是杂沓，很快就整齐了。前后一望，发现十多头骆驼已经成为鱼贯一队。

心绪甫定，又有女士尖叫。听少年反复喊一句话，大致是叫我们双腿不要太使劲。便放松，不一会儿发觉又使上劲了。

驼铃沉稳镇定起来，听着使人得到安慰。方知驼铃不是为诗人而置，是有实用价值的。

不久就老练些，渐渐地还品出些《胡笳十八拍》之类的情调。摸摸骆驼的前峰，它头猛地一昂，发出一个可怕的响鼻，我赶忙缩手抓住铁把手。骆驼侧过头瞅了我一眼，竟有一种狡黠。莫非它要戏弄我？

我猜对了。

我们正走在一道深沟边。深沟在右下方，在暮色中黑黝黝的怕人。那个赶骆驼的孩子呢？

正不安呢，我的坐骑猛地吼了一声，接着就觉得它带着我在向深沟倾倒！

我记不清我当时是否惊叫出声了，可以肯定的是我听到了其他人的惊叫。玩这种恶作剧的不止一匹骆驼。

向右倾倒的其实只是两个驼峰。骆驼在恶作剧之后又侧首瞥我一眼，竟是满眼的洋洋得意！

那时我一定是满头冷汗，狼狈万分。

这鬼东西！

骆驼不是玩物，不是象征，不是边塞诗，不是哲理。骆驼就是骆驼，是一个又一个活活的生灵！

杜鹃布谷

“谷谷谷布，谷谷谷布……”

是什么鸟在叫？

是布谷鸟。

布谷鸟很有名。听到布谷声声，我们的脑海里便会出现芒种时节的江南田野。在绵绵的、暖洋洋的南风里，小河边的秧田绿了，三四只白鹭低飞起落，偶然有一两声蛙鸣在秧田里响应布谷鸟的呼唤。蛙声是属于水稻的，麦子听了就有点着急，一着急，脸就黄了。

都说布谷鸟催人农耕，但它们的鸣叫其实是很悠闲的，叫一声两声，停顿一会儿，再来一声两声，传达的全是从容淡定的意思，营造的全是岁月静好的况味。它们好像挺关心农事，伴唱的又是一幅美丽的田园芒种图，所以江南人喜欢它们，把它们亲昵地唤作“鹁鸪鸪”。小学课本里就有布谷鸟出现，江南的孩子说：“那不就是鹁鸪鸪么？我晓得的。”

晓得是晓得，可真见过布谷鸟的人怕是非常少的。布谷鸟害羞，不近人，总是孤独地深藏在远离村庄的树林里，不肯露面。相信你记忆中的“布谷声声”总是来自遥远的地方，而且只闻其声、不见其身。

我只见过布谷鸟一回。有次在无锡一宾馆参加戏剧方面的活动，那里离太湖很近。一日午后散步，我意外地遇上了布谷鸟。是一只黑灰色的中等大小的鸟，翅膀缓动，做类似滑翔的那种稳稳的飞，一边飞一边吟唱似的叫：“谷谷谷布，谷谷谷布……”叫声很经典，能断定这是只布谷鸟。平生第一次得见布谷鸟，我有点兴奋，同时也有点失望——想象中的布谷鸟是应该漂亮一点的，至少不该是这一副平庸灰暗的形貌。

事后查资料，确认布谷鸟就是一种相貌平平的家伙：“状如雀鹞，而色惨黑，赤口。”这是李时珍在《本草纲目》中对布谷鸟的描述。怎么的，李时珍要把布谷鸟当作一味中药么？

“不如归去，不如归去……”

是什么鸟在叫？

是杜鹃，亦称子规。

范仲淹听到了，作《子规》诗：夜入翠烟啼，昼寻芳树飞。春山无限好，犹道不如归。

杨万里听到了，作《石桥上闻子规》诗：花愁月恨只长啼，雨夕风晨不住飞。自出锦江归未得，至今犹劝别人归。

杜甫听到了，作《杜鹃》诗：杜鹃暮春至，哀哀叫其间。我见常再拜，重是古帝魂。

古代蜀人认为杜鹃是古蜀国望帝杜宇的冤魂所化。古时蜀地，连年洪灾，青年猎人杜宇带领众人治水，获得大成功，被拥戴称帝，号望帝。后来杜宇被他提拔起来的一个叫鳖灵的人陷害而死，冤魂不散，化作杜鹃，每年夏初都要悲鸣哀叫：“不如归去，不如归去……”原来，杜甫拜的不是鸟，是“古帝魂”。

有了这许多附会，杜鹃犹如雪中的梅、中秋的月，成了一种文化符号，只要它们道一声“不如归去”，气氛便有了绵绵无尽的惆怅和幽怨。若是不称意的游子听了，那更是离情百结、愁肠寸断呢。

“水鹁鸪鸪，晒晒我窠……”

这是什么鸟在叫？

是鸠。

鸠的闻名是因为它们奇特的育雏策略。鸠不筑巢，把卵产在别人家的巢里，自说自话地把孵育的责任全盘交给其他的鸟。它们模拟鹰隼的飞行姿态，把正在巢中孵卵的鸟吓跑，然后从容地把一枚蛋产在人家巢中。鸠的绝招是能让自己产的蛋和人家的蛋相仿，没有常识的鸟很难识破它们的诡计。外逃的鸟回来见亲爱的蛋宝宝还在，喜出望外，赶紧用温暖的胸脯拥抱宝宝，浑然不觉中就做了人家的全托保姆。小鸠也不是善茬，一出壳就很强势，依仗父母遗传给它的体魄，反客为主，无情地排挤同巢的义兄弟，以取得义父母更多的照料。

这就是成语“鸠占鹊巢”的出典。

虽然不能用人类的道德标准来评判鸠的这种行为，但看到这个“鸠”字，总是令人心生嫌隙。

布谷，杜鹃，鸠，是完全不同的形象，却是同一种鸟，信不信由你。这样的“横看成岭侧成峰”也太酷了点，直教人惶惑不已，不知怎么说道才好。

“谷谷谷布，谷谷谷布……”

“不如归去，不如归去……”

“水鹁鸪鸪，晒晒我窠……”

这是同一种鸟在歌唱同一句歌，却被人类听出了三句不同的词。

大自然和人类一联手，这个世界便能丰富如此，奇妙如此。

鸡的日子

中秋节前夕，友人送我一只鸡，是只黑母鸡，羽毛肮脏，精神萎靡。这种呆呆的“木鸡”是在养鸡场里长大的吧？一问，果然是。

我曾读过英国人彼得·辛格的《动物解放》，知道一点工厂化养鸡场里鸡们的悲惨生活。专门的“分鸡工”从刚孵出的鸡雏中把公的剔出，然后把叽叽叫着寻娘的小公鸡活活碾成鸡饲料。留下的母鸡雏活下来，开始了铁笼里悲惨的一生。笼子很矮，鸡长成后就无法昂起头。因为要让鸡蛋滚到笼子外的收蛋槽，笼子的底网是倾斜的。矮，倾斜，而且挤，这三个拼一起就是个灾难了。不是一般的挤——一张A4纸的面积要挤上两只鸡。太挤了，太挤了呀！笼子里的鸡一生都在哀叫求助，一生都在互相践踏和攻击。在这里，鸡的所有本能都遭到践踏。生蛋是母鸡一生中最庄重的事情了，它们需要有一点点私密。不行！在这里，它们只能挤在同伴中间产蛋。产蛋时，鸡的肛门会变红变湿，旁边的鸡就会忍不住去啄……

想到这些，我不由得对这只来自养鸡场的母鸡生出了怜悯。尽管在小区里养鸡是要被叫停的，我还是想让这只年轻的母鸡过几天鸡应当有的生活。

当晚，我安排黑鸡宿在一个装过王庄西瓜的纸箱里。小母鸡非常配合，当晚就生了一枚蛋。这就有了“暂时养着它”的实在的理由了。

把黑鸡用细绳子拴在前院的香橼树上。拴着是怕它跑了，可它根本没有跑的意识。在它看来，这院子已经宽敞到了不敢奢望的程度了，还有必要跑出去吗？几天后，我把绳子解开，让它在院子里自由活动，只是不让它走进屋里去。撵过几次，它就明白了不能进屋的规矩。它坚持每天生蛋，不声不响地跳进纸箱去生蛋，很快就生完了，生完了也不“报蛋”，还是不声不响。看得出，它对放在走廊里的这个纸箱很满意，很依赖——终于有了一个生蛋的私密空间了，不容易呀！看到我们每天为它换掉垫箱子的旧报纸，它就明白了，不再在纸箱里拉屎。不在窝里拉屎，该是鸡的本能之一吧？

它对院子也很满意。香橼树和海棠树之间有一小片书带草，一块石头旁边有一丛芍药花。这就够了——花、草、石皆有了，夫复何求。它像领导一样背着手在院子里信步，不时停下来歪着脑袋想一点事。一只鸡会想到什么呢？它会回忆在养鸡场的日子么？不知道。当然，作为一只鸡，它更多的时间会在草丛间搜索点什么，似乎不时有所收获，有收获就会快乐地嘀咕什么。

过些日子，它敢去院子外走走了，很小心，一有风吹草动就会逃回院子来。一天，它发现邻家院墙外地上有洒落的桂花，竟一朵一朵地捡着吃呢。莫非桂花有点甜？这样它就有了名字，叫金桂花。

自然，黑母鸡金桂花有很多机会吃我家的剩饭剩菜（南方人叫“厨余”）。金桂花对厨余好像不太感兴趣，吃起来总是心不在焉的样子。鸡是有舌头的，但谁也不知道它们的味觉是不是和人类相同。

金桂花吃惯了养鸡场的复合饲料，在吞食时根本不考虑食物中有异物，有一次就被厨余中的鱼刺鲠了，当场咳得厉害，一边咳一边徒然地往后退，指望退掉鱼的刺。我们想不出帮助它的办法，只能靠它自己了。整个晚上它都在卡卡地咳，把全家人都弄得很难受，一边不忍，一边怯怯地想：是不是天一亮就把它杀了，让它摆脱这样的痛苦？

天亮了，它跳出纸箱来喝了几口水，居然没事了。鸡啊狗啊就是比人类更有自我修复的能力。江南人常说的“鸡连皮，狗搭骨”，就是这个意思。

金桂花认为出了纸箱之后就可以随地方便，这把我们弄得手忙脚乱的。为了这个，我们把它关进了后院。这个小小的后院与正屋无门可通，是个独立的空间，里头有一丛竹、一丛天竺和一棵蜡梅。鸡埘用砖块叠成，夹在蜡梅与天竺之间，是个很小的单间。金桂花对这次搬迁并不满意，一有机会就溜到前院来怀旧，天晚了就趴在原来放置纸箱的角落赖着不肯起身。当然，这可由不得它。

后院地僻，有了鸡，就成了麻雀的觅食点。金桂花的领地意识被激发出来，左冲右突，奋起驱鸟，却成效不大。麻雀们根本不怕它，仗着成群结队，游戏般地声东击西，让黑鸡顾此失彼，疲于奔忙。金桂花终于厌倦了，只要麻雀不过分，它就睁只眼闭只眼地装起大方。为助驱雀，我们在鸡埘旁另搭了一个小小的棚子，作为鸡的专用餐厅。食盆放在最里头，金桂花探身进食，蓬松的屁股基本就把进口堵住了。只见效几天就失效了，麻雀天生无赖，硬是从鸡毛中钻将进去夺食。餐厅很窄，金桂花的驱鸟动作根本施展不开。想起杜老夫子的诗句来：“南村群童欺我老无力，忍能对面为盗贼。公然抱茅入竹去……”哈！

后院偶尔会降落一两只家鸽。也许是因为体量比较接近，金桂花对它们比较客气，只要自己饱着，容许鸽子蹭点吃的。鸽子是有人喂的，没有麻雀的饕餮相，稍稍捡一点尝尝也就完了，就在院子里踱步，有时还参观一下鸡埘，咕咕咕发表一点观感。鸽子善飞，却没有忘记走路，走起路来尚有派头。麻雀飞得不怎么的，却把走路忘记了，只会蹦跳，有点残相。

金桂花在鸡埘生蛋，不再像在纸盒里生蛋那样快速，生一个蛋要好久，趴着，蹲着，站着，不断变换姿势。关键时刻是半蹲着的，张着喙，喘的样子，猜想它是蛮痛苦的。这种时刻，人若去张望，金桂花会很光火，必厉声抗议——嗨，嗨，不可以窥人隐私噢！生完蛋，它立刻心平气和了，走到阳光里，抖擞一下，整好羽衣，然后进餐厅看看麻雀有没有给它剩下点吃的。它不报蛋。养鸡场的鸡大概都不报蛋。

金桂花不喜欢吃厨余，喜欢吃新鲜的菜。看它吃菜，你会很烦的——它没法一口吞，叼住了菜叶用力甩，然后翻着白眼把留在喙间的菜叶吞下去。如果把菜叶用爪子踩住，吃起来会很容易的，可它就是不知道这个窍门。养鸡场的鸡是人工孵化的，没有妈妈的呵护和教导，生活技巧都得靠自己慢慢摸索。生物的能力一靠本能，二靠传承，三靠自己摸索总结。鸡的一生很短暂，终其一生能获得的经验是很有限的。没有辈辈传承的生物，低能在所难免。

啃过的煮玉米棒是金桂花喜爱的食物之一。客厅的后窗外就是后院。见到拿着玉米棒的手，金桂花这家伙就会兴奋地呼喊着飞腾起来。这只备受养鸡场折磨的鸡，能这样奔放一下，倒也让人欣慰呢！

能使它兴奋的还有蚯蚓。一天，我们在后院外的空地上坌土栽花，金桂花突然窜过来叼起一条蚯蚓，侧着头在地上把蚯蚓蹭了几下后一口吞了下去。花坛里没再坌出蚯蚓，使守在一旁的金桂花很失望。它从此迷上了觅食蚯蚓。空地上的土太硬，它没法扒拉，唯一的机会就是等人去松土。只要一有人动土，它就会飞奔过来紧候左右。人翻土的动作慢了点，它会显得不耐烦，咕咕咕地在一旁催促——怎么这样慢呀，快嘛，快嘛！这时候，它成主角了，松土的人倒成了它的雇工了。

猜想是被大便逼着的缘故，金桂花一大早就要催着开鸡埘门。鸡埘的门是用一块厚厚的泡沫塑料充当的，金桂花啄门的声音相当响亮，一边啄一边咯咯叫。怎么还不开门啊？到底怎么啦？人去开门，它炮弹一样从鸡埘里射出来，嘴里还在不满地嘀咕。它这种自主自信的派头，真让人忍俊不禁呢！

金桂花就这样在后院孤独地生活了几个月。时近春节，又有亲戚送来一只公鸡。看那委顿相，就知道是养鸡场出来的“肉鸡”。我们把公鸡放进后院，庆幸孤独的金桂花有个伴了。不料，金桂花对这位异性同类十分排斥，等我们一走开，它就对小公鸡发动了攻击，那种暴怒，那种无情，是要把来者置于死地呢。小公鸡毫无血性，惨叫着逃来逃去，鸡冠上分明有了鲜红。这恐怕又是“养殖场综合征”的表现了。在超拥挤的鸡笼里，每个鸡都以邻为壑，把同类视作仇家。这真是可悲的事啊。

一开春，金桂花停止了下蛋，恋窝，没胃口，叫声有点“破”——咯咯声，变成了壳壳声。它这是要讨孵了。鸡的讨孵是一件挺让人头疼的事。这种时候，鸡一心就想孵蛋育雏，人绑它、吊它、用水浸它，都没有用，它痴迷的程度近乎疯狂。想不到养鸡场出身的金桂花还没忘记鸡族的这一出呢。金桂花窝在鸡埘里，脾气大得吓人，你向它伸手，它就会狠狠地啄你，决绝得令人惊骇。

想想，人厌鸡讨孵是没有道理的。这是鸡的本能啊，正是这一本能，鸡才一代代地从远古繁衍到了今天。又想：在养鸡场里，如果鸡要讨孵会怎样呢？这个问题其实是伪问题，是不存在的，鸡停止生蛋了就会被无情地处置掉，根本轮不到母鸡讨孵发脾气。

金桂花对小区的环境有了局部的了解。它是不敢走远的，看不见“它的院子”了，就会匆匆跑回来。养鸡场的悲惨经历，让它对这个世界充满了恐惧。

金桂花对泥地有足够的兴趣，一天到晚在那里寻寻觅觅，从不厌倦。对草生草长、花开花落，它有足够的理解，只是对汽车漆面上出现的影像百思不得其解，总是气咕咕地和自己的镜像对啄。在养鸡场，它被挤怕了，排斥同类成了它的习惯。

邻居家装修房子，后院外的空地上出现了一个沙堆。金桂花发现它很轻易地就能扒拉动沙子，兴奋起来，积极地东扒拉西扒拉。蚯蚓呢？蚯蚓在哪里？它用很多时间来寻找蚯蚓，可一无所获。它不知道干沙里没有蚯蚓，不是妈妈没教过，而是没有妈妈教它。歪打正着，它在沙堆上发现了“打沙”和“吞沙”。在沙堆上挖一个浅坑，趴进去把沙子划拉进羽毛，滚啊滚啊，很舒服的。享受过了，顺便吞食几颗干净的沙粒，奓开全身的羽片把沙子抖掉，然后转移到芭蕉树下仔细梳理羽毛。这时已是春天了，空地的一角长出了一本芭蕉。它就喜欢在芭蕉宽大的叶片下小憩。

初夏，邻居家临时在后院里养了一对黄母鸡。那些日子，金桂花被隔墙传来的鸡叫声弄得心神不宁，侧着头静静地听，然后咯咯咯地呼应。好多天后，它才寻到了邻家后院，隔着铁栅门和两只黄母鸡絮絮叨叨地聊天。安宁的日子终于让它平和下来，发现了有同伴的日子原来是那么的好。母鸡们的聊天是蛮动听的，听着，听着，你就觉得岁月静好。

因为它的热爱，在沙堆消失之前，我们特地为它弄了一点沙堆放在芭蕉树下。

下雨了。鸡不怕小雨，照样上它的班。虽然有人喂，但鸡还是会去觅食。母鸡认为吃饱肚子、生蛋、孵小鸡和领小鸡就是它们一生的事业。穿着毕生不脱的硬皮靴，鸡在雨中从从容容地走，它们低着头，看看有没有蚯蚓从湿地里钻出来，看看有没有新萌生的可以吃的青草和花朵。在鸡看来，大地发生的大事件不是地震，而是层出不穷的万物的萌发和生长。除了生蛋和讨孵，金桂花在白天是不去鸡埘的。雨下大了，它就去芭蕉叶下躲雨，在那里没完没了地梳妆和发呆。

天晴了。金桂花就上它的班。有风，一走动，金桂花有一些羽毛随风拂动，犹如飘飘的裙裾。为了保持风度，金桂花在静止时总是逆风而立，不让风弄乱它的羽毛。它少妇般站立在芭蕉下，听凭斜阳镀亮它墨玉般的羽片，镀亮它朱红的脸颊和肉冠。这么多日子过去，养鸡场加于它的憔悴、萎靡和肮脏都不见了。仅仅给了它一点点空间、自由还有尊重，种群的本能已经在它身上一点点恢复。是的，金桂花现在已经知道隔些日子需要吞吃一点点沙粒，以帮助消化。对于厨余，它会做必要的检索和挑剔，看看有没有鱼刺或者塑料带子什么的有碍健康的东西。它也知道啄食菜叶时要用爪子踩住了。这一点是它自己总结的生活经验。

风中，黑母鸡金桂花娴静地伫立，而阔大的芭蕉叶在不停地摇晃。如果画家们认定芭蕉和白猫是一个经典的构图，那么芭蕉和黑母鸡的构成，则在静美之外还有一份侠士般的俊朗和潇洒。黑母鸡静静伫立，分明在思索着什么。

芭蕉结果了，鸡不关心。世界在明年、明天或者下一刻会发生什么，鸡也不关心、不预测。那么，它在思索什么呢？

切近地凝视，我们发现鸡的眼眸深处似有远古的洪荒气息。难道鸡真是一种活到今天的恐龙？不知道。我们知道的是，对于所有的生灵，我们都是有理由敬畏的。

肆

猜想一棵树

早晨好
时光
大年夜
闻琴疑有仙
江南枸杞王
白纸黑字
水与火
手感
云中鹤
绿了芭蕉
趣说童谣
江南蓝
寻找好书
享受朗读
昙花的活法
牡丹之歌
花开花落
中药店情调
大漠之梦
猜想一棵树

早晨好

上苍坚持普惠原则，为每一个地方都创造了早晨。

早晨，犹如刚刚擦亮的银器，光洁，清爽，新鲜，还有一种无与伦比的静穆。这种静穆的原因是世界被弄“皱”之后重新得到了舒展和复衡。

稀星逝去，淡月还在。这时的月亮薄薄的，像一页白纸。莫非早晨是月光擦亮的？整夜辛苦，月亮自然累了。在乡村，这时的静穆更动人。从庄稼地和小树林里流淌出来的不只是薄雾，还是一种美妙的诗意。

所有的鸟都是早晨的崇拜者。它们每天都在最高的树枝恭迎黎明的第一缕青光。它们欢欣，它们歌唱，每一天都情真意切。一种鸟鸣有一种曲谱，但所有鸟的歌词都是一个主题——早晨的讴歌。有麻雀越过马路，飞进林子里去了，飞得高低不平，飞得无忧无虑。

所有的植物都是早晨的崇拜者。晶莹的露珠是早晨分赠给每一片绿叶的礼物。露珠不是普通的水珠，是天地协力酿造的甘霖呢！它们的代表是牵牛花。牵牛花只在早晨开放，靛蓝的花色模仿的是黎明的深空，毛茸茸的卷须在晨风里颤动着拥抱天空。诗人们被这种献身晨光的小花感动，联想到青春的珍贵，把牵牛花唤作“朝颜”，有一点淡淡的忧伤。

桥下的小河宁静着，水面上有一带一带依稀的水汽，算雾么？猜想小河还没有完全醒来，这稀薄的雾也许就泄露自它们的梦境。把目光沉下去，却看见水底的绿藻已在抚摸石头，而一条鱼已经活跃在一群鱼中间。

早起的人走在早晨里，不管脚下是乡村的起伏还是城里的平坦，都觉得关节弹性十足，胸膛开阔畅快，脑子有点“饿”——

渴望想一点事情。同样，早起的人走在早晨里，不管脚下是乡村的起伏还是城里的平坦，都觉得世界疏朗而且安静，觉得自己是这里的主人呢。鸟在啁啾，露珠在晶莹。原来还有这么多鸟和我们生活在一起啊！原来这露珠还像几千年前一样的清澈啊！原来岁月和季节就在河边的树林里悄悄地生长，弥散着隐约的、类似于黄芪和甘草的芬芳啊！

鸟们突然噤声，屏息注视着东方的天空。

是的，世间万物都知道的——一个伟大的事件行将发生。

东天，原本灰的和白的云朵不知何时已经变了色彩，呈现各种层次丰富、难以言说的黄、红还有紫色……云朵还在变薄，色彩还在流变，转眼已非，层出不穷。这就是朝霞呢。

霞越来越透明。一些霞镶着金边，越发璀璨华丽。太阳就让这些镶着金边的霞掩护着，一举冒出了地平线。初露的太阳并不耀眼，红得有一点害羞的意味。

太阳总是在努力向上，但一时间没有更大的成功。说不清这是太阳在依恋地平线，还是地平线在依恋太阳。这样的依恋持续着，似乎还在渐次浓稠。半天的彩霞涌动着，似乎在呐喊喝彩。

太阳是有使命的，不敢耽搁，积累了一下力量，一跳——哦，终于喷薄而出！

这时的地平线非常粘。巨大红日的下半部还被粘着，不圆了，整个儿成了一个上下拉长的椭圆。

稍稍停顿，太阳又奋力一跳——终于，一轮圆满横空出世，万丈光芒彻照了天地。

日出是早晨的高潮，是大自然伟大的杰作之一。

诗人说：见过早晨的人比去过旅游胜地更幸福，比佩戴百达翡名表更知道时光的珍贵。

哲人说：一日之计在于晨。浪费早晨是多么大的奢侈啊！

可惜，有的人已经久久地与早晨隔离了。疏离早晨的“晚起一族”好像还在不断壮大之中。

循着太阳起落而作息一定是有道理的，因为一切生灵的生命节律都是太阳设定的。

日出东方，岁月静好。让我们向遇到的每一个早起者道一声好吧。

早晨好！

时光

法国思想家伏尔泰出过一个谜语：世界上什么东西是最长的又是最短的，是最快的又是最慢的，是最不受到重视又最令人珍惜的？

是时光。

那么，时光是什么呢？

历法、沙漏、钟表，只是人类为时光打标点的企图。

女人说：时光是考验一切情感的试金石。

男人说：时光是医治世间一切缺憾的灵药。

女人说：时光是生命的产婆，又是生命的杀手。

男人说：时光是见不着、摸不到，又无法摆脱的隐形伴侣。

女人反驳说：时光并不隐形，它就在人的皱纹里，在每一个代谢的细胞里。

诗人说：啊，时光就是组成生命的材料。

有人反驳说：不对，时光同样作用于一切无生命的东西啊。

……

这些回答等于没有回答。

那么，对时光来个比喻总可以吧？

有人说：时光抓不住，就像鳝鱼，就像沙砾。

作家说：时光就是有时像白驹过隙，有时像蜗牛上山的那种东西。

有人说：时光像风。

圣人说：逝者如斯夫，不舍昼夜。

许多人说：圣人说得对，时光像水流。

有人质疑：流过去的水还在流去的地方，而过去的时光完全没有了。用流水比喻时光，偏颇。用风来比喻，更不靠谱。

风虽然看不见，却能实实在在地感受得到。

……

所有的比喻都是跛足的。

然而，好像人人都知道时光是什么，他们总是问别人：你有没有时间啊？

孩子发问了：时光是怎么开始的？

老人发问了：时光本身会衰老吗？

不知道，不知道。看来，关于时光的所有问题都是难以回答的，即便心中依稀明白，却无法说出来。晕！

我曾住在一座桥的附近。一次，因病困在家中，无聊的我几乎整天坐在阳台上，看着桥上的人来人往，看着无数匆忙的脚步和轮子从早晨走到黄昏。夜深了，没有行人了，而桥还在那儿，桥上还有一些随风飘荡的塑料袋什么的……我恍然觉得看见时光了。再一想，不对，我看到的只是在时光里走过的人。

有一次上黄山，我在玉屏峰与同伴走散了。那时还没有手机，无法联络，正彷徨呢，山谷里突然漫上来浓浓的、灰白的云朵，一下子将一切淹没，天地间一片混沌。白茫茫的云雾里，除了我的心跳声，再无声息……一种念头突袭心头：这时候，不是只有时光和我相伴着吗？再一想，不对——伴着我的不是还有脚下的岩石和拥抱我的云雾么？我还是没法把“时光”单独挑出来。

我们是看不到、听不到、摸不到时光的，而时光无处不在，无时不在。我们能实实在在地看到的花开花落、生老病死、斗转星移、沧海桑田……都只是时光走过之后留下的足迹。不，还不能用“足迹”这个词，只能用一个含糊的词——“后果”。

陪伴你的是属于你的时光。时光不等你，不催你，不睬你，陪你走过童年，走过青年，走过壮年，走向老年。时光没有亏待我们，她给过我们品味她的机会、雕刻她的机会。如果有一天，你发现身边一片荒凉，那是你自己荒废了时光。

无奈，我们只能用诗的形式来说道时光了：沙漏是看得见的时光，钟声是听得见的时光，流水是摸得着的时光。我们心里明白，这些诗句全都在远兜远转，实在蹩脚。

时光是没有形态、没有色彩、没有味道、没有质量的一种奇异的存在。这样好像不存在的"存在"真是奇异之极！

"天空没有留下鸟的痕迹，但鸟儿已飞过。"这是印度诗人泰戈尔的伟大诗句。这位东方的哲人似乎在说：时间就是过程。那只不留痕迹的鸟，就是诗化的时光吗？

"前不见古人，后不见来者。念天地之悠悠，独怆然而涕下。"这是中国唐代大诗人陈子昂对于"时光"的感慨和惶惑。

如果真有上苍，那么，上苍就是时光么？

大年夜

在江南，除夕这一天被称作“大年夜”，听着就觉得蛮隆重的。

对中国人来说，除夕这个日子是一年中最动人的日子。这个日子积淀了太多的中国文化，是一个只能用汉字叙述的日子，因为有那么多的词句难于翻译。

这个日子是一个穿越时空的提醒：你是中国人。无论身处国内还是异域或者外星，这个日子总归会让每一个华夏儿女牵肠挂肚，情丝百结。几乎所有的中国人都会在这一天里想起祖宗，想起父母，想起童年，想起亲情，想起友情，想起家。

不要把除夕朴素的祭祖斥为迷信。这哪是迷信啊！那是生者与死者在情感上的一次约见。不要老是让小孩子去讨论如何合理使用压岁钱，那是长辈对未来的一次祝福，是小孩子对家谱、族谱的一次温习。

如果想品味“家”这个中国字，最好的方法是大年夜离家。五星级宾馆的舒适一点也没有用，到辰光，有一种不可言传的情绪就会弥漫起来，你的心会空空荡荡的，像一只没有了胳膊的衣袖。人头马和华尔兹也没有用，你似乎听见自己灵魂深处有一种类似植物被拔离泥土时、根须被扯断的那种嘎嘎的声音，隐隐地疼呢。家里，那桌热腾腾的团年饭摆开了吧？你知道的：虽然你不在家，可八仙桌上还是有一副属于你的杯筷。在电话里，你果然听到了这杯酒，这双筷。所有的游子这一刻都会红了眼圈，哽了喉头。电话传到母亲手里时，你再忍不住，泪哗地下来了。

最豪华的圣诞树能替代寒山寺的钟声么？不能，圣诞树在中国人眼里只是一个玩具，充其量是一堆营火晚会上的火。寒山寺的钟声，兴福寺的钟声，都皇皇地传自悠远的岁月，中国人的心弦都会遥遥地和这一百〇八记钟声发生共鸣。

如果把历史比作一篇文章，大年夜这个日子便是一个自然段落的句号。明天，岁月要另起一行呢。

老年人在这一天格外慈祥，格外睿智，时有莫名的淡淡的忧伤爬上心头。淡淡的忧伤也是美丽的，也许那只是对岁月的一种惊悚。也许，那根本就是另一种体验幸福的方式。老人是最看重天伦之乐的，那是一种最厚重的幸福呀！是的，幸福有时就这么简单，不要华贵的物质，不要尊崇的待遇，只要一个约定的日子，只要亲人团圆就可以了，幸福就已经天高地厚了。一年又一年，真的很快的！老人们忽然发现，原来天地之间的一切都是明亮的，所有的事情在回头看时都不过是一个过程，如果有痛苦和悲伤，那也过去了。时光，岁月，人的胸襟，还有对生活的热爱，是可以包容一切、化解一切的。领悟是愉快的，静好的，所以老人们一脸的淡定，微笑着，舒适地坐在老藤椅里，就像坐在人生的边上。

对人生列车而言，大年夜是一个月台，风尘仆仆的旅人可以走下列车来接一接地气，抽一支烟。这一天，再忙碌的中年人也会变得宁静许多，甚至愿意系一系家里那条做家务的系身（围裙）。在大年夜，在家里，庸常的世故杂事似乎都遥远了，繁杂的心情便有了整理，啊，啊，清宁和单纯原是这样的好！天地玄黄，岁月如水，他们感慨系之，发现自己的情感在奔忙中多少变得粗糙了。他们惊诧自己还能比较完整地哼几首歌。那些歌在他们青年时代很流行。

青年人的心态稍难捉摸。有的对幸福并不自觉，就像在果林子里漫不经心地徜徉。有的心不在焉，埋头手机，联系着电波那一端的爱情、友谊或者起步不久的事业。年轻，只要努力，就什么都有可能，他们确实有理由去对人生做更多的憧憬和探索。只是聚会难得，手机就不要玩得太久了。陪长辈们喝一杯吧，今晚不开车。

相比于成人，孩子们的快乐要纯粹得多，晚饭之前已经在关心备放的爆竹和烟花。暂时离开了功课和比赛，他们在今天更像孩子了，压岁钱又使他们财大气粗，急着要买回思谋了好久的东西。

大年夜这个日子使苍老或者生硬的心变得比较青嫩，使每个人多少带了点诗人或者哲人的气质。

大年夜这个日子最富人情味，最多宽容。甚至，人们在看到老鼠时也会说：“哈，老鼠要嫁女了！”世界一旦被简化，便带了一点童话的色彩。

如果把一年三百六十五天排成一个椭圆，大年夜这个日子和民族靠得最近，和真情靠得最近，和天堂靠得最近。

明天就是新年了。旦复旦矣，春之将至，祝愿每个人在春天里都能拥有一份生命的精彩。

闻琴疑有仙

游历四川。有一晚宿在一个什么矿的招待所，离峨眉山不远。地处偏僻，夜深时静如深渊，唯闻秋虫吟咏，听久了便迷离以为在梦中。

这时听到了琴声——呀，是古琴！

峨眉月下遇古琴，何等的古典呢。

琴音断续，往往一个孤单的音响起，缥缥缈缈逝去了，第二个音还迟迟不至。是在调弦么？

听觉有些饥荒，觉得耳郭在动呢。是错觉，人早就丢失了转动耳郭的能力，但捕捉声音的欲望还在。

古人有时把奏琴称作“弄”。这时的情状便是“弄”吧？

猜想弄琴的是位清癯老者，长发披肩，微眯着眼，脸上是那种孩童式的俏皮。他的手指在弦上动作得随意，随意到近似于“玩”了。不是“玩耍”，而是“玩味”。那“味”不只是一个一个的音，还有音与音之间的那种若有若无的粘连。

到底出现了一个连绵的乐句，而且重复了几遍。之前的那些断续的音，原来就是这个乐句的松散化。珍珠还是那些，现在是串起来了。

琴不是在表演，而是在独语，古远，淡逸，和润，静美……

峨眉冷月，一琴如诉，千古寥落，清虚旷远，就缺一炉檀香了。

琴声却戛然而止，竟杳渺不归。这才发觉，秋虫们是一直在吟诵着的，这清逸的琴声居然没有打扰到它们。真正的天籁是不会惊扰生灵的。

琴声再没响起。翌晨，旅行团匆匆起程，我没有机会寻找那位猜想中的老者。之后回想，自己也拿不准那夜半的琴声是真实还是梦幻。想起一句诗：鹤鸣疑有仙。

开始留意古琴。

而家乡常熟，正是古琴之乡，历史上出过闻名遐迩的“虞山琴派”，接触古琴是日常的事。我所在的文化馆，就有一位画家兼能古琴。我和他说起古琴。不记得他说了什么，只记得他过几天就送了我一幅水墨荷花。一片高茎的荷叶，一朵淡墨勾成的、半开的白荷花，题一个字：清。我把这幅画裱了，挂在我的单身宿舍里。不久，他借我一把古琴，说：你拿回去玩几天吧。因为我当时还迷恋着小提琴，更重要的是因为我和古琴缘只浅浅，过一些日子，新鲜劲过去，就把古琴还了。

当我快把古琴淡忘时，又在西泾岸居委的俱乐部里听到了翁瘦苍老先生的琴音。

那天，翁先生在古琴旁一坐定，我的脑子里立刻跳出来峨眉山的弯月。

翁先生神情肃穆，端坐，迟迟不动，似乎在等待场子里安静下来。那儿是居委会的活动室，难免吵噪。

琴声响起来，镇定自若，旁若无人。刚才，他并不是在等待别人的安静，而是在等待自己的安静。

不知道他弹的什么曲子，我只觉得这琴声是在养着一朵云。那朵淡灰色的云，在缓缓地舒展，在悠悠地变幻……又觉得这琴声放牧着一条林中的小溪。那一脉瘦瘦的水，在秀秀地流动，在轻轻地亲吻水中的云影……

在地为水，在天为云。水和云是一样的品性。有一首古琴曲叫《潇湘水云》，让人想到竹林，又无端让人觉得那是个秋天。曲名是一种引领，其实大多时候是不必有的。许多古琴曲皆可以“清静”为题。操琴是一种使自己安静下来的艺术，与茶道、围棋相类似，传递的大多是色彩不一的静思意味。

一如此时，场子里还是有孩童的吵噪，但抚琴人却如坐无人之境，一脸沉醉，而琴声穆如清风。这习习的轻风在安抚着抚琴者，安抚着倾听者，安抚着天地之间的一切生灵。“千年寥落独琴在，有如老仙不死阅兴亡。”这是苏东坡说的。

在不知不觉间，我已被感动。犹如这微微的风，琴声不想惊动我，却又整个地浸透了我。人总有几处手够不到的旧伤痕，是古琴替人抚摸到了。

我不时听到细微的指腹压迫琴面的声音，觉得抚琴人是在和古琴交换对世事的感想。那古琴因感慨的积累而渐渐兴奋，而抚琴人提醒和压抑着琴，让它保持平静，让它以歌当哭，让它把苍凉和忧伤化作凉爽的咏叹。抚琴人在说：不管你走过多少沧海桑田，你还得从容前往；即便你的心有百孔千疮，你的情感还得保持干净和芬芳……

这么想象着，人直想流泪呢，是那种莫名的泪。此时的人，就像一只怀珠的蚌——欢欣中有一点点隐约的疼痛。古琴就这样，不动声色，却容易引起人的悠远之思和归真之想。

翁先生还是一位书法家。事后，我向翁先生求字。这位饱经磨难的老者，提笔在手，略略沉吟，然后一挥而就，竟是一联赞美家乡的诗：七溪流水皆通海，十里青山半入城。字里行间透出来一种灿烂的欢愉，透出来一种汪洋般的博大和平。

几年以后，心血来潮，我为陶玉霖的《昭明太子读书台》谱曲。文化馆做伴唱带时，我提出要用古琴为主伴乐器。文化馆请来了年轻的朱晞。朱晞提出只用一支箫来协助他的琴。古琴这种乐器太过清高，其他乐器大多与之难于相处，唯有孤傲的箫和苍幽的埙较易协调。“箫”和“埙”是两个怎么也读不响亮的汉字。

听过古琴和钢琴的协奏，说是“中西文化的对话”云云。我却不以为然，不知妙处何在，倒是觉得这两件乐器不是在对话，而是在话不投机地争执。

琴箫伴唱的效果不错，把昭明太子那种带一点贵族品质的书卷气营造了出来。书卷气是天地间最典雅的气质，是在蕉窗前、端砚旁，经过经史子集、诗书画印的长年浸染方能养出来的气质，而古琴中蕴含的正是中国文化儒道诗书的理想。

朱晞说：发现了没有？有几个音我是故意做了处理的——稍稍离一点儿谱，着意撞在箫声的“腰”上呢。

作曲不过是客串，我是此道的门外之汉，哪能考究出来朱晞的变通，就是觉得有几处琴、箫、人声的相和煞是曼妙有趣。其实，古琴从来就是在追求大自在的境界，即使离谱，亦属常态，机械的节拍又何能约束它呢？古琴总似宽袖飘逸的名士，归去来兮，自由自在，离谱之时，往往离人倒是近了。

首届中国古琴艺术节在常熟举办，常熟人有幸聆听许多古琴大家的演奏，如龚一、李祥霆、朱晞、戴晓莲、王菲等。那几天的常熟城满城风雅，遍地云水，妙处难与君说。

古琴有伏羲式、神农式、仲尼式、灵机式、联珠式、响泉式……这些名式皆与古时圣贤或造化相关，闻之先就使人肃然起敬。琴家们流派不一，性格不一，但临琴时的神态却是一样的，皆一脸高古，旁若无人。大琴家面前的古琴，显得浑厚而精致，古朴而玄妙，似乎内心蕴藏着无数的命运和玄机。人和琴在此时一纵一横，一动一静，“泱泱乎高山，澮澮兮流水”，听琴者赶紧肃然危坐，不敢妄思。

琴之为“君子四事”（琴棋书画）之首，就是因为弹琴不为谄媚，不为炫耀，只为秉持一种清澈的心情，只为营造一片清明平和的天地。

第一个琴音响起，常常很轻，你却觉得这声音是那样的坚定，宛若峻岭之石。第一个琴音响起，常常很钝，你却觉得这声音旷逸沉郁，径直抵达了你身体的最深处。你不由得安静下来。

琴在诉说，在凭吊历史，在景仰前贤，在怀想亲情，在挥别故人……

现代人发现，这样的倾诉和聆听竟是难得一回了。因为忙碌，人们努力把交通和通信弄得越来越便捷，但人们的忙碌并没有得到缓解，反而更加马不停蹄，心如火燎。原来，我们大家是一起坐在了现代化的流水线上，一切活动再由不得自己了。迷惘、孤寂和无奈就这样产生，这样漫漶，发自内心的欢愉和美感就这样一点点地离我们而去。原来，欢愉不全是用金钱买来的，常常得自无价的清风明月和行云流水。原来，美不全是实用的，但心灵需要，需要美的慰藉和滋养。

安静是生命的艺术，也是生命的力量。只有安静下来，内心的力量才会一点点集聚和滋生出来，犹如沙坑滋水，悄然充盈。

听龚一的《流水》，听李祥霆的《流水》，听朱晞的《流水》，那水是一样的清澈，而水流的状态却有细微的不同。有的有粼粼的波光，有的有浅浅的漩涡，有的有小鸟的点水和小鱼的唼喋，有的摇动着岸边的藻荇……

想：似乎每一个音符都是有独立的生命的，而音符之间的静默暗示含容万物的虚空。那人称旋律的东西，好像并不重要，不过是众音符相聚的一个话题。

想：最纯真的音乐，可能是不承担治国平天下的责任的，它们只是随着情感的流淌，即兴地感叹一下人间的沧桑，陶醉一下大自然的奇妙。得了心领神会的快意，那音微微波动，稍稍上行，很快又平缓下来，平淡起来。

又想：音乐既是从语言的尽头起步，就有可能摆脱俗世的纠缠，直达人心。为了直达人心，难道就要那么多的和声和复调么？有了那么多高难的技巧，那么多繁琐苛刻的计较，音乐还怎么顺畅地呼吸呢？

又想：一首曲子，最好像山野里的一棵树，自由自在地生长。唯其自由自在，它才会那样的健康，那样的潇洒，那样的曼妙。

又想：五代时董源的画，“不为奇峭之笔，不装巧趣，皆得天真”，论的是画，用来论音乐又何尝不可。如果西乐是油画，中乐是国画，那么，古琴曲就是中国画中的大写意水墨了。

再想：许多人说“虞山琴派”的艺术风格是“清微淡远，博大和平”。这样说对么？对的，但还说得不准。“清微淡远”不只是艺术风格，还是中国古琴的精髓所在。如果失了正宗，忘了雅俗，弹奏的风格是不足道的吧？

听过关于古琴是乐器还是道器的争论，觉得有点深奥，有点神秘。我以为古琴本身不是神秘的器物，但它的关于文化和心灵的神秘性，却是需要我们一辈子珍爱与玩味的。

古琴在端庄而自由地诉说。

在这样朴实无华的大音之中，人可以默坐，可以起舞，可以吟诵。在这样朴实无华的大音之中，人不敢妄动，不敢谩骂，不敢斗殴，否则就会为人所不齿。

江南枸杞王

很久很久以前的某个夏夜，天气陛下突然发怒。他吼着，挥舞起电与火的剑，狂暴地劈断了一棵巍巍的罗汉松。树的上半截訇然倒下，下半截却依旧挺立在青烟紫火里。暴君又唤大雨浇灭了烈火，然后狞笑着，消逝在渺渺苍穹。他不让树壮烈地死，要久久地折磨这棵倔强的树。

这棵命运多舛的树长在常熟任阳镇的一座古庙里。

过去了漫长的岁月。那被摧残的树到底没能相应地增加年轮，岁月就像铁锉和石磨，把木质锉磨成细末。它成了中空的、半枯的一截。然而，它还是顽强地举着仅剩下的一枝绿。从春天举到冬天，又从冬天举到春天。

秋天的某一天，一只小鸟在枯枝上小憩。被岁月蚀空的树洞，黑森森的怕人。小鸟惊呼一声，惶惶逃去。从小鸟的喙间掉下一枚红色的果实，坠落在松树深深的伤口底部。

春风没有留意“井”底的种子。春雨在那里试着用木屑酿酒，不过是逢场作戏。种子发芽了，努力舒展身肢，两个叶胚像张开的唇，兴高采烈地预备亲吻阳光。它失望了——太阳在顶口徘徊，无法把金色的馈赠递到它的唇边。只是在太阳西斜的时候，有一束淡淡的阳光射进来。原来，靠近松树根部有筷子那么细细的一个小孔。

那小苗终于没有垂下它的头。它看得见洞口上松树的那一蓬翠绿的针。或许，正是这个绿色的生命火炬打动了它、感召了它。从此，它每天紧张地等待着傍晚时分太阳在小孔里的匆匆一瞥。

一片叶子，一片叶子，又生出一片叶子……原来是一棵枸杞藤。

枸杞藤长到能够得到那个小孔了。小孔外面是一个多么宽阔、灿烂的天地啊！蓝的天，白的云；绿的叶，红的花；像阳光一样多的水，像空气一样多的阳光！

枸杞藤是可以从这小孔里伸出头去，摆脱这恶劣的环境的。只要它一探出头去，它轻而易举地就可赢得一片赞美：顽强、机智、不屈不挠……

可是，它不！

它认定了那个虽然高远，然而宽阔的顶口。顶口，那一个绿色的、生命的火炬在燃烧，在召唤！它抖擞起精神，更紧张地等待着那一束短暂的阳光……

起先，松树没有太多地留意。漫长的年月里，在它的伤口里曾经不止一次地发生过萌芽夭折的故事。直到枸杞藤出乎意料地放弃了解脱的机会，执拗地向上冲击时，这苍老的树才百倍地器重了这一棵小苗。它第一个理解了它：是啊，如果从那小孔出去，它至多只能佝偻着长到筷子那么粗。

不过，松树有担心——要知道，枸杞，本来至多只能长二三尺高、筷子般粗细的藤蔓呀！

枸杞藤发现这囚禁地竟也有可利用的好处：深秋的风很难撕掉它的叶片，使它比其他枸杞藤获得更多积蓄养分的时间。第二年春天，它一举长出一根旁枝，像一只手似的伸出小洞去，伸向慷慨的太阳。

……

不知过了多少年。那棵雄心勃勃的枸杞终于从松树的顶洞里探出头来了！这时候，按照松树的模式，它的主干已经有五尺多高。它笑着，有一点惨然，更多的是自信。多么艰难的突破啊！

一出顶口，它迫不及待地向四面伸出它的旁枝，深深地拥抱蓝天，拥抱金子般的阳光和珍珠般的雨露。

历经磨难的古松和脱颖而出的枸杞多少年来虽然相对无

语，却已是心心相印。古松确认已有后继者举起绿色的火炬了，临终时，那枯朽的躯干上竟渗出几滴松脂来，像是一个欣慰的、含泪的笑。

枸杞问自己：能举起绿色的火炬吗？自己毕竟是藤而不是树呀。它不能有一刻的懈怠呐。

直到许多年后的一天，当松树的遗骨朽溃时，枸杞藤脱胎而成，横空出世，俨然是一棵亭亭的树！

1958年，枸杞树所在的地方要开一条河。理解它的人们，把它迁到了常熟市董浜乡政府的院子内。

枸杞树主干高一米八，直径二十二厘米；表皮上留有螺旋式的纹迹，就像从有膛线的炮管里射出来的。

这纹迹，记录了它不屈的痛苦和搏斗，描写了意志向命运的冲击，见证了力的坚韧的掘进。

这纹迹使人想起黄河上的纤夫——喊着号子，踩着滚烫的砾石，拼力向前迈进。不能彷徨，不能懈怠，“一蒿松劲退千寻”啊！

这纹迹必也凝记了那枯松的严教和拥抱，还有那忘我献身时的一吻。这叫人想起大沙漠里一对祖孙的悲壮故事——水尽了，老祖父割断了自己的动脉，让鲜血流在水壶里，让孙子带着这水壶逃出死神的魔掌……

请不要全盘否认我对于枸杞树形成史的猜想吧。这棵动人的树，如今还生机勃勃地长在江苏常熟董浜镇。在从任阳镇迁来的时候，它的身上还附有不少松树的枯皮呢。每年秋天，它结出无数卵形的、血一般红的小果子，远远看去，就如一棵缀满了红宝石的圣诞树。听说曾有外地人想用两辆解放牌卡车来交换它，被婉言拒绝了。

这就是藤和树在漫长的岁月里完成的深沉凝重的关于生命和奋斗的鸣奏曲。不，没有完——那由藤锤锻成的树，又开始了辉煌的第二乐章……

白纸黑字

第一次从老师手里领到新书时的那一阵油墨的馨香，我至今难忘。同时得到的还有一叠练习本。面对这么多等待我去书写的纸，我的感受是和农民分到土地时的感受差不多的——一种春华秋实的期待，一种跃跃欲试的冲动。

一张宁静的书桌，一叠纸，一支笔……这或许是多数文化人倾心的静物组合。当然，若能再加一杯茶，就更好。

只觉得那纸在期待着你，那笔在催促着你，你或许因此产生了倾诉的欲望。倾诉是一种快乐呢。你提起笔来……于是，局面一下子就扭转过来——轮到你的思维来催促纸和笔了。

你把感情和思想，以文字的形式驻扎在纸上，这页纸便有了你的生命体温和智慧的光芒。许多这样的纸构成了一个小世界。这个小世界是你创造的，你是这个小世界的上帝呢！这就是文学创作，充满了创造的快乐和生命的温情，本质上是一种精神境界的浪漫之旅，是一件富有诗意的事情。

都说文学创作在很大程度上是对人间的描摹。其实，因为汉字是象形文字，写字的本身在很多时候也是一种描摹。写繁体的“鱼”的四点，你想到的是水。写繁体的“马”的四点，你又想到了马的四个蹄子……发展中，汉字慢慢离开象形，一点点符号化，描摹的成分渐渐减少，以至于似乎没有了。其实，汉字的描摹性还是蕴藏在人的意识中，有的藏到了人的潜意识之中，不为人所觉察。写“茶”字，你就觉得身在草木之间；写“龙”，你的笔会飞腾起来。写“清凉寺的钟声”这个词组，和写“清水里的刀子”这个词组时，你的情感状态肯定是不一样的：前者是悠远而苍茫，后者是一种凛冽的疼痛。

描摹是一件诗意的事，写字是挺诗意的一件事，所以中国有了一门独有的艺术——书法。

纸的发明是在东汉，宣纸的发明是在唐代。纸的发明是中国文化史上的伟大事件，宣纸的发明是中国艺术史上的伟大事件。自从有了宣纸，中国的书法艺术就成了一种使人陶醉的艺术。人说“除了中国书法，世上所有的艺术都是人与自然的合作”，我看不见得，既然中国书法有宣纸的参与，那也就是人与自然的协作，只是人的创作成分占了更多的份额，因为宣纸本身也是人创造的。

提笔在手，蘸得墨饱，然后云霞般落墨在雪白的宣纸上……当毛笔和宣纸相触，一种奇妙的感觉便会通过你的手指传遍你的魂魄。那种感觉，那种快意，是难于描述的——这一瞬间，你几乎就能认定有一位掌管艺术的神仙（在西方被称作“缪斯”）翩然而至，正在襄助你。那些难于重复的“神来之笔”，就是在这一瞬间奇迹般出现的！写字就这样成了创作，成了艺术。

“快”是电脑时代人们的共同追求。熟练了一种输入法，写作的“快”是可以实现的。但是，文学作品必须具备独特、精致和探骊得珠的品格，这一切都得慢慢来才行。一个危险出现了：当工具变得越来越快捷灵便时，它的速度就要来催促、催逼乃至代理思想了。一不小心，这种催逼就成了一种破坏的力量——催逼着文学走向平庸，走向粗糙，走向肤浅。一不小心，数字化的输入和传播方式就会这样那样地影响人的思维。在数字化的过程中，“创造”的一些最重要的特质往往就被过滤掉了。难于表述这种特质是什么。是诗性吧？诗性，这不是文学中核心的东西吗！也许，那么多的快餐文化和文字垃圾就是这样“一不小心”流利地制造出来的。有时候，似乎屏幕上匆忙掠过的那些标准的字，只是充任了符号的功能，急促、草率、直通通地表述了人的皮相和事的始末。

毕竟，文学这个古老的东西，最初就是一个人在寂寞空间里从容完成的手工。毕竟，“浏览”和“阅读”是不完全一样的行为。

电脑写作和网络浏览，常常像肯德基连锁店里的就餐。玻璃门外是熙熙攘攘的人流，你先是排队领餐，然后在服务员“前客让后客”的目光催促下，用塑料吸管猛吸纸杯里的可乐什么的。纸本写作和阅读则有点像在中国小酒店里的品酌。“绿蚁新醅酒，红泥小火炉。”酒是在串筒里温着的，叫花鸡则在后面的厨房里用文火慢慢地煨着。在这里，你主动，你从容，反倒是你在催促着这个那个：“酒家，请快一点……”

我很多时候也是用电脑写作。我感谢纸笔，也感谢电脑。感谢电脑是因为它给了我那么多的便捷和整洁。感谢纸笔是因为它们给了我那么多的灵性和温情。

纸的前身或是一棵葱茏的树木、青竹，或是一株在风中摇曳的草，现在以一张纸的形态呈现，依然是那般的面目从容，神情恬静。当我们面对一张纸时，或能感受到它的生命，它的呼吸。

是的，纸是有温情的，应当十分敬惜。

纸不但记录了文明，还是创造文明的重器。我们的老祖宗在几千年前就说过了——敬惜字纸！

水与火

水崇尚行动。止水浊浊，憋屈。即便有风，死水微澜，还是憋屈。落差是水的最爱。有了落差，溪流高兴了，歌舞；瀑布高兴了，飞溅；江河高兴了，奔腾。

只要有落差，水就有了能力，就什么都不怕。遇到坑洼，水不惜一切地把坑洼灌满，然后漫而溢之，扬长而去。遇到山丘阻遏，水便逶迤绕道，绕不过去也没什么，静待后援就是，积累，积累，终能水到渠成，或漫溢翻越，或溃决突围，呼啸而去，再不回头。

水随和，随和到不坚持自己的形体。水随形而形，容器是什么形，水就是什么形。水其实是有形的，是球形，水没忘记它的原形，可它乐意变形。水还能借温度的变化，在液态、固态和气态之间奇妙变身。“黄河之水天上来，奔流到海不复回”，是诗人的说法，其实不是——水到了大海就蒸腾而为云，然后御风而行，便能轻盈“复回”。

“流水不腐”“抽刀断水水更流”“在地为水，在天为云”“水滴石穿”……水就这样，生动，从容，通达，不屈不挠。

水是现实主义，一滴就是一滴。

火是浪漫主义，从来无中生有。未达燃点，火阒无踪影。一达燃点，火突然现身，灿然出世，烈烈轰轰。“不要问我从哪里来！”火说。

一滴水生不出另一滴水。火不一样，第一朵火能帮助第二朵火达到那个神奇的“燃点”。一而二，二而三，三而无穷，星星之火，可以燎原。

水执意奔流。火不一样，好奇，好盘桓，总是想抚摸一切够得着的东西。比如：摸树，摸铁，摸冰。树里藏着火的内应，听到召唤，跳出来迎接火。铁里的火害羞，就躲在里头绯红了脸。冰拒绝火，宁愿全部化作泪水。把冰的泪水烤干也没有用，水会通过汽化腾身而去，移地重现。没劲！火从此对水没兴趣，水火不相容。

水是可存的。可以把水装进瓶子，装进坛子，用堤坝围成水池。

火不可存。火的消失是完全的消失。那些灰烬是燃烧物的遗骸，早与火没有关系。火消失在黑暗深处，杳不可寻。“不要问我到哪里去！”火说。

水和火都是舞蹈家，都希望像花一样展现美，只是流派不同——水向下，火向上。向上、向下都是全身心的倾诉和求索，谁也不能阻止。

水有时温柔，有时暴躁，有时一往无前，有时千转百回。水的舞蹈因此多姿多态，或涟漪荡漾，或浪花飞溅，或汹涌澎湃。火华丽妖艳，考究色彩。火的舞衣不只是红的，还有金的，蓝的，白的，如川剧的变脸，瞬息万变，不可捉摸。火的舞蹈只宣泄一种情绪，总是激昂，总是兴高采烈，总是豪气冲天。

水是帅，火是酷。

人说“水火无情”。其实水与火只是严遵上苍的规矩，决不逾矩，决不通融。

人，别对水火指指点点，说什么“逊顺祥和”或者“狂暴凶戾”的评语。水与火皆是天地精灵。没有水火的相生相克、生生不息，就没有一切生灵。水在，火在，人才能在。

弟子问圣人：时间去了哪儿？圣人指着流水说：逝者如斯夫。

弟子问佛陀：如果尊神死了，他去了哪里？佛陀点亮一支蜡烛，又吹灭，反问道：火苗去哪儿了？

天空的云悠悠地飘，像是一些被抛在远方的心事。我们猜不透这些水汽的内心——是想凝而成雨呢，还是希望流连天空？

火柴是静态的火。我们也难于猜出它们的内心——是渴望着燃烧呢，还是恐惧那一个冲击燃点的摩擦？

原来，我们知道的并不多。

云中鹤

“晴空一鹤排云上，便引诗情到碧霄。”

丹顶鹤是一种美丽绝顶的大鸟，是造物主灵光一闪的杰作。白羽，红顶，在脖子和翅尖随意点染的墨色已是大气逼人，而细长到匪夷所思程度的腿，更是骇世的险笔。正是这两条细胫的亭亭“鹤立”，使丹顶鹤超凡脱俗，让所有的生灵为之惊羡。

鹤凝神站立，有一种无法模仿的高贵。鹤款步涉水，节奏如屈原的《楚辞》。鹤御风飞翔，从容到难得一动翅膀，轻盈到白云为之坠落。鹤踏歌起舞，潇洒比王羲之行书，曼妙到大地为之倾倒。

谁说审美能力专属人类？至少，禽类也是有审美能力的，否则雄鸟们痴迷于炫耀美艳的羽毛就无法解释。丹顶鹤是知道自己的美的，它们因此而傲岸自负，小视一切。它们举止飘逸，神情超然，使人类自然地联想到灵山隐士和天界神仙。因为看上去最有可能是天、地、人、神间的信使，它们荣获“仙鹤”的称谓已经几千年了。

对于人类（它们眼中的“另一种两腿动物”），鹤偶尔也会瞥一眼。对人类粗笨的腿和驳杂的“羽毛”不屑一顾，它们不肯与人共处，生怕沾了蝇蝇俗气。

它们似乎是直接从侏罗纪飞来的生灵呢，眸子里还映着深刻的大蛮洪荒。“直接飞来”是诗化的语言，意思是说这种傲慢的鸟六千万年来固执地保守着它们物种的生存法则，不肯有一点点妥协变通。

居高临下的攻击角度，尖利如剑的喙，以及恐龙式的眼神和凶狠的气性，使鹤成为一种强悍的大鸟。这种大鸟的群体令异类生畏。可惜，鹤群还像六千万年前一样，没有首领。所谓的鹤群只是若干个家庭的“独联体”。它们在享受家庭的独立与个体的自由的同时，备尝“群龙无首”的苦头。在地上，栖息中的鹤在受到袭扰时只考虑自身和家庭的进退利弊，根本不顾及其他同类。没有统一意志的鹤群在受到袭扰时往往张皇失措，在一片混乱中受到严重损伤。除了人类，鹤群在空中是没有天敌的。鹰有把握对付单个的鹤，但绝不敢与鹤群对阵。如果知道鹤群不过是“独联体”，那么鹰必定会毫无顾忌地冲向鹤阵。

在鹤群的驻地，巢与巢之间有很长的距离，貌似按照兵法布下的军阵。这么布阵是对的，利于打开视界，互相策应。但鹤并不是为了这些，它们这样布局只是为了各树山头，以邻为壑。如果邻居家的幼鹤误越巢界，鹤的全家会立即拔剑相向。攻击是严重的，并不以驱逐为目的，而是要往死里整。许多幼鹤就夭折于这种不足说道的邻里纠纷。

也许，六千万年前的生存环境需要鹤以这样的策略应对，可在种群衰微的今天，这样的同类相残就显得不可理喻。

丹顶鹤仅存 2000 多只，面临灭绝的危险。人类的侵犯和生态的变化固然是它们身处困境的原因，却不是全部的原因。除了外患，它们还有内忧。

鹤就那样固守着它们种群古老的生存法则，生硬地坚持着它们的生命姿态。这种美丽、优雅、高傲、冷峻的大鸟，就这样头也不回地一步步走向式微乃至衰亡、灭绝。这让我们唏嘘不已，百感交集。

昨夜，梦中，我走近过一只湖边的鹤。

它后退着，一只脚点地，另一只脚高高抬起，纤细的脚趾收拢在柔软的腹部。它惊恐地向四围张望，并不情愿地扇动巨大的翅膀，将身体悬浮在水面之上。它一声声长唳，似乎在解释什么。可惜我听不懂。

唉，云中鹤。

手感

我与建筑工人曾经有过许多接触，和木匠的接触尤多，有些木匠成了我的好朋友。“木匠”这个概念，一般不包括桶匠、雕花匠和船匠，而有“大木”与“小木”之分。“大木”是造房子的，“小木”是做家具的。“小木”是最能分别技艺高下的行当。一般跟师学艺三年，就可以出师，但你得交一篇“毕业论文”——在一定的时间里单独做成一两件家具。传统的做法是一个工日做出一条长凳或一个纺车。长条凳看似简单，其实涉及木匠手艺的大部分基本技术，每个榫和榫眼都是斜的，要做到严丝合缝并不容易。一般的三年徒弟都能完成这个题目，把活计“做出”来。

“做出”和“做好”是两回事。有的木匠一辈子只能粗粗糙糙地勉强“做像”，有的就能一风一水地“做出”。“一风一水”，吴方言，“很规整”的意思。只有少数木匠能登堂入室，把家具制成准艺术品。

要知道某木匠的技艺如何，去看看他的工具就是了，八九不离十。这是我的木匠朋友史兴保告诉我的。木匠的工具主要有三类：锯、刨、凿。这三类工具除金属配件外都是木匠自制的木质零件，大致体现了这个木匠的技艺水平。既是行内人，每个木匠都会尽力把工具做得考究些。我是外行之人，看看这些锯、刨、凿都挺规整光滑的，就难于分出高下了。请教兴保师，兴保师只说了两个字：手感。

在兴保的工具上，我深切地领略了“手感”这个词。无论锯、刨、凿，只要握住它们，你的每一个手指立刻就“卧”进了那恰到好处而又不露声色的凹痕里。硬木的生硬和僵直不见了，你甚至感到这些工具也是有体温的！你一下子就领会到了制作者是在恳切地把他惬意的手感千方百计地传递到你的手上，心中便有了一些感动。

兴保师的工具箱比一般木匠的要大一点，里头整整齐齐地码着他的玲珑精致的宝贝。其中凿子就有十多件：三分的，五分的，七分的，九分的，十分的；平口的，斜口的，圆口的，折口的……它们能互相替代吗？有些是可以的，但那就是“将就”的意思了，结果往往是费力费时还七歪八扭，难于企及完美的境地。一个工具箱是装不下一个好木匠的工具的，他们的家里还储藏着更多的工具。有的工具三两年才能用上一回两回，但它们照样一尘不染、眉清目秀、绢光滴滑，一派随时准备上场的架势。看着这些精妙的工具，你就会觉得这活儿是没法做不好的，要做不好也难。并想：人操作起来，手里的工具件件称心遂意，那劳作的过程一定是充满了快意的。

“手感”这个词其实是蛮要紧的。在日常生活中，手感的问题无处不在。保温瓶的提襻是割手的利器，香皂不是生硬如砖就是滑活如鳅，打火机连按七八下不见火苗，拼着老命才能把电源插头揿进插座……这样的生活注定是粗糙的、丑陋的，根本谈不上精致与情调。

其实，城市也是有“手感”的。一个城市的手感在华丽的街景摄影中总是被掩饰着，只有生活在这里的人们才能切实地感受到。慢车道上的阴井盖是凸起的，就像在一件高级西装的口袋里装进鼓鼓囊囊的杂物；水泥桥面上防热胀的横铁条松掉了，在车轮下响如鞭抽；路面与桥面的衔接处总有三厘米以上的落差，定叫路过的车辆咣当一惊；闹市区难于找到厕所，好不容易找到一个，却已在半小时之前打烊……如果是这样，那么，我们就可以说这个城市的“手感”有点糙。

绿了芭蕉

风来，最敏感的是身旁这本芭蕉了，宽大的叶片快活地摇晃着，看上去心情特别的好。李渔一生爱好芭蕉，有他的许多题蕉诗为证。其一曰：

万花题遍示无私，
费尽春来笔墨资。
独喜芭蕉容我俭，
自舒晴叶待题诗。

瞧，李先生想在蕉叶上题诗呢。芭蕉叶宽，古代的书生有可能产生在蕉叶上写字的冲动。现代的书生不用毛笔，不会有这种冲动。用电脑写字的少年更会说：这边没有电，怎么写“东东”（他们不说“东西”这个词）？

传说唐代大书法家怀素幼时家贫，无钱买纸，便在蕉叶上练字，后来出家为僧，在寺院旁植蕉万本以代纸张。怀素是舍不得采下蕉叶的，就提着笔去芭蕉旁练字。“等闲书写满蕉叶”的景象也是洋洋大观呢。宋代苏东坡让夫人王弗在院子里种了几丛芭蕉，几个月后遇上雨季，听烦了雨打芭蕉，摘一片蕉叶写道：“是谁多事种芭蕉，早也潇潇，晚也潇潇。”王弗也摘片芭蕉来写：“是君心绪太无聊，让种芭蕉，又怨芭蕉。”后来苏东坡被贬海南，麻鞋鹑衣，食不果腹，生活十分困苦，可苏学士并非平凡之人，这位曾经的帝师居然在蕉林里义务开课，教黎家子弟读书。太穷了，没有墨，没有纸，只有几支秃笔，苏学士便让孩子们以“色土为墨，蕉叶为纸”，而课本就在他大学士的脑子里。这一景真是感人至深！

大概因了这两件令人感慨的事，读书人从此用“本”字作为芭蕉的量词。只有书籍和戏剧才有资格用“本”这个量词呢！

最有名的芭蕉诗是《未展芭蕉》：“冷烛无烟绿蜡干，芳心犹卷怯春寒。一缄书札藏何事，会被东风暗拆看。”诗中的“绿蜡”被后人作为芭蕉的代名词。芭蕉的叶片油晃晃的，是有点上了蜡的样子，在上面能写字么？因为这个，我还真在蕉叶上用毛笔试过。一试，还行，蕉叶是着墨的，但叶脉很密，且生硬如棱，走笔很受拘束。看来怀素用以习书法有点难，东坡先生用于给孩子们开蒙倒是可行的。

我小时候就拥有线装的、有插图的《聊斋志异》和《红楼梦》。不少插图中有芭蕉，姿态挺美，画在窗框里就更有装饰性。大概是受了这个影响，我自小就喜欢芭蕉的乐观和蓬勃。我练塘老家后院那本芭蕉是去朋友那儿分来的。这位朋友名叫顾鉴明，亦爱芭蕉，嘱我不要以为芭蕉随遇而安而轻贱它们。我作一首打油诗《绿客》相赠，把芭蕉歌赞一番，让他放心。后来，我全家迁城，也没有忘记把芭蕉带上，“绿客”进城，随遇而安，又年年蓬勃在我新家的后园了。杜牧说“芭蕉为雨移，故向窗前种”，白居易说“隔窗知夜雨，芭蕉先有声”，不错的，我栽芭蕉为看叶，还想听雨呢。

却读到了李清照的词：“窗前谁种芭蕉树？阴满中庭。阴满中庭，叶叶心心，舒卷有余情。伤心枕上三更雨……”李清照的笔下总是那一份淡淡的忧伤，美，美得你情不自禁地跟着她去愁，去忧伤。

芭蕉却有“绿天”别号，音谐“乐天”。它们或许确是乐天派，你看它们一天到晚高兴的样子，似乎到了没心没肺的地步。风来了，它们就“一窗绿舞”；雨来了，它们就把雨声夸张、美化成琵琶曲。“东窗一夜听蕉雨”，是一个有喜事而兴奋得失眠的人写出来的诗句。李渔说：“蕉之易栽，十倍于竹，一二月即可成荫。坐其下者，男女皆入画图，且能使台榭轩窗尽染碧色，绿天之号，洵不诬也。”芭蕉天生有亲和力，不止匹配男人女人，给白猫做陪衬也好，给小鸡做背景也是个好。芭蕉生性大度，心宽体壮，即使在很贫瘠的地方也能活得滋润。

芭蕉是多义的。因为生命力强，有人说它是贱物，可它明明俊朗风雅如披着风衣的美男子啊！有人说它叶叶心心皆是愁，有人说它风风雨雨总是乐。其实，这是芭蕉的随和，它肯跟着人的心境走。

“红了樱桃，绿了芭蕉。”芭蕉最好看的时候是樱桃红了的时节，那时的蕉叶，乍大未大，有舒有卷，风雅潇洒，在风中招摇它翡翠一般的青春年少。

这个季节的芭蕉已是壮年，有一些叶片有了豁口，但它们依然快乐得像个无忧的少年。

趣说童谣

“常熟好地方，山水好风光。尚湖里，划龙船；虞山上，登城墙……”用常熟方言念这首童谣，舌尖上滴溜爽，心头很愉悦，好。一经电视传播，这首常熟新童谣不胫而走，挂在了许多孩子的嘴上。一些幼儿园把这首歌谣放大在活动室墙上，当作孩子们学说方言的范本呢。

童谣是儿童喜欢的诗歌，浅显生动，韵律响亮，诙谐有趣，特别适合儿童。

从前有座山/山上有座庙/庙里有只碗/碗里有个蛋/蛋里有个黄/黄里有个小和尚/呜哩呜哩想吃绿豆汤/歇歇来了老和尚/说道勿要吵勿要闹/听我讲个故事吧/从前有座山/山上有座庙……

这个童谣是永远唱不完的。山、庙、碗、蛋……一个个意象串起来，重复循环，无休无止。唱着听着，小孩儿的眼皮就粘住了，就睡着了。

小耗子/上灯台/偷油吃/下不来/吱儿吱儿叫奶奶/奶奶拿个包子哄下来……

这一首一定是位慈爱的老奶奶在哄孙儿时随口编的。在老奶奶的心目中，那个馋嘴的小耗子就是怀里的小孙儿呢。

其实孩子对于唱词并不一定都懂，大多是似懂非懂，只是觉着好玩。玩是孩子的权利。

童谣充满了生活气息，大多还有地域性。即便是同一个题材，一地也有一地的版本。《摇啊摇，摇到外婆桥》，一听就是江南的。

摇啊摇 / 摇到外婆桥 / 水磨桥浪跌一跤 / 又买团子又买糕 / 外孙吃仔哈哈笑……

《小耗子上灯台》一听就是北方的。而《小板凳儿》肯定是老北京的。念这首歌，舌尖上备着好多的“儿”，那么多的儿化韵真是京味儿十足呢。

小板凳儿 / 四条腿儿 / 我给奶奶嗑瓜子儿 / 奶奶嫌我嗑得慢 / 我给奶奶煮碗面 / 奶奶嫌我没搁油 / 我给奶奶磕仨儿头……

这位老北京奶奶和孙儿合演了一出诙谐短剧。孩子是孝顺孩子，奶奶呢，故意挑刺儿，为的是拿孙儿开心。

江南有一首《乓乓乓》。有许多版本，挑一个抄在下面：

乓乓乓 / 啥人？ / 隔壁张小二 / 做啥？ / 讨只趴泥小狗 / 小狗勿曾生勒 / 乓乓乓 / 啥人？ / 隔壁张小二 / 做啥？ / 讨只趴泥小狗 / 小狗勿曾开眼勒 / 让我看看 / 个末进来吧 / 一二三四 / 小狗开眼哉……

想一想，这首歌里面的邻里关系是多么的和谐亲切！这样的生活是多么的温暖美好啊！

婴幼儿是在大人那儿听的童谣，大一点的孩子才在玩伴之间传唱。传唱童谣，有助于孩子情绪的宣泄，还是一种非常好的沟通方式，是孩子与孩子、孩子与大人之间进行心灵沟通的钥匙。

一边做游戏，一边念唱童谣，动感十足，对培养孩子的合作精神、节律感、提高孩子的音乐素养都很有益。

拉大锯／扯大锯／姥姥家／唱大戏／接闺女／请女婿／小外孙子也要去／背着也不去／抱着也不去／叽里咕噜滚着去……

唱这首，两个人对握着，模仿拉锯的动作，越拉越起劲。

两个人躺下，脚掌对脚掌，左来右去地蹬，就唱：

牵豆腐／伊啊噜／牵个豆腐水露露／养个儿子棒槌度（大）／娘话道／不（送）脱得后（他）吧／老子话道／安浪牵牵豆腐也好个。

对坐着拍巴掌，就唱：

你拍一，我拍一……

女孩子跳橡皮筋，就唱：

你跳一，我跳一……

躺在星空下乘凉，就唱：

萤火虫，夜夜红……或者唱：天浪星，地下钉，踏脚板，挂油瓶……

踏脚板是旧时铺在床前的接脚板。这和天上星有关系吗？没有。创作者根本不考虑这种逻辑问题，只记着押韵押得顺溜，只追求好玩有趣，随意捉些词来串联便是。这些词不重要，重要的是串起这些词的那根线——那种情绪。那种情绪是清爽的、欢愉的，还伴着“大珠小珠落玉盘”的美妙音韵。

童谣大概是介于诗和音乐之间的东西，是天籁与人语之间的音响。有一首《黄狸猫》：

黄狸猫 / 花狸猫 / 偷油老鼠该倒糟 / 啊呜一口才咬牢 / 卜勒卜勒喊苦恼……

童谣是诗，准确点说是打油诗，还有顺口溜和绕口令的元素，充满了智慧和幽默。比如《一双袜》：

一只袜 / 两只脚 / 三钿买来个 / 四川带来个 / 五颜六色个 / 七穿八洞个 / 究（九）竟啥末事？ / 实（十）在无没个。

还有一首叫《哭哭笑笑》：

哭哭笑笑 / 买块方糕 / 方糕甜 / 买包盐 / 盐末咸 / 买只篮 / 篮末香 / 买块姜……

《玄妙观》干脆就是绕口令了：

苏州玄妙观 / 东西两判官 / 东判官姓潘 / 西判官姓管 / 东判官手里拿块豆腐干 / 西判官手里拿块萝卜干……

把这首歌谣念完整了，念清晰了，念出快节奏了，吐字功夫就练出来了。这样的口语锻炼高效而且有趣，让小孩子乐此不疲。

黄瓜棚，着地生／雪白圆子请外甥／外甥吃仔三两个／舅妈面浪气膨膨／娘舅跑到房里掼家生／外婆说话哉／阿唷喂，勿要实梗／同胞姐妹看娘面／千朵桃花一树生／外公翘起胡子勿管账／外婆盘勒门角落里哭一场……

这首童谣名叫《黄瓜棚》，有人物，有情节，还有一点是非善恶在里头。

大部分的传统童谣少有道德评判，不重视物理，还忽视逻辑。照理说，这样的文本是难于记忆的，但这些粘在嘴唇上的作品偏偏一代又一代地传了下来，表现出极强的生命力。它们依仗的就是趣味盎然的生活气息，鲜活有趣的节奏韵律，还有天马行空般的自由想象。

传统童谣都是用方言诵读哼唱的，其语调和节奏具有浓郁的地域特点，所以童谣还在不知不觉中给人注入了地域文化的基因，校定了某种思维的节奏，塑造了某种情感的基调。在童谣中，孩子们能领悟到方言的独特况味和生动微妙的表现力。本文开头提到的那首常熟新童谣，即是一例。作品生动有趣地反映了当代常熟人的生活情状，很生活，很常熟。这首新童谣名为《常熟好地方》，作者徐强。全文录下：

常熟好地方／山水好风光／尚湖里，划龙船／虞山上，登城墙／兴福寺，历史长／沙家浜，名气响／方塔公园聚沙园／曾园赵园彩衣堂／吃的地方也蛮多／歇歇脚头蛮便当／小酒咪咪／蟹脚掰掰／挑挑马兰头／尝尝香椿头／桂花栗子蕈油面／鸭血糯米八宝饭／大鱼大肉不稀奇／泡杯绿茶最清爽／亲眷朋友到茶馆／讲讲家常真闹猛／要做常熟老百晓／春来茶馆聚一堂。

童谣洋溢着对生活的热爱之情，营建起有滋有味生活的心境，充满了健康明朗的情绪和无忧无虑的游戏精神。我猜想童谣大多是那些心气平和的老奶奶信口念出来，又被不考究词义的孩子接口传诵而成的。之后，经过悠远岁月的不断打磨，最终变得光洁圆润，非常晶莹可爱，人一不留心就会“咽”下去，种在心里，再不会忘记。

孩子们在传唱童谣的过程中，既可得到愉悦，增强想象力，还可以提高文艺素养，真是孩子们的心灵鸡汤（金波先生语）。

在吸收传统童谣优点的基础上，新童谣贴近当代儿童的生活，融入了当代的价值观，是非常好的儿童文艺作品和儿童游戏，值得大加提倡。

江南蓝

江南的男子喜欢在家里的灶头上画上精致的灶花。在墨汁里加一点点石青，使画出来的墨线透出隐隐的青蓝，清秀悦目，如邻家女孩的眉。

江南女子喜欢穿蓝印花布的衣衫。那染布的颜色是天然的，来自田野里那种欢天喜地的蓝花草。蓝印花布不怕洗，不怕晒，越洗，越晒，越是蓝得明朗，蓝得纯净。

江南的男子喜欢喝绿茶，龙井好，云雾好，碧螺春更好。沏茶用青花的瓷盏。天光从水面投下去，天光从瓷盏透进去，就见那茶叶在伸展腰肢呢，就见那茶汤成了液态的翠。

江南的女子喜欢挽一只青竹篮，去田埂上挑绿绿的马兰菜，或者青青的浆麦草。回来，把马兰菜焯一焯，和上豆腐干白玉似的小丁儿，用香油一淋，尝一尝——呀，是田野的味道呢！回来，搓出浆麦草的汁，就做出来一个个圆圆的青团子，闻一闻——呀，是春天的气息呢！

江南的男子喜欢用青石板在小巷子里铺地。石板是横铺的，下边是排雨水的沟。两边高高的老墙上攀些爬山虎，墙脚还染着些苍苍的青苔。这样好，这样在小巷子里走，脚步就成了悦耳的音符，就觉得那音符都是一朵朵的蓝。

江南的女子喜欢把长长的头发盘成一个乌龙髻，然后斜斜地插一支碧玉簪，然后撑开一顶橘红色的油纸伞，然后娉娉婷婷走到小巷子里来……

走啊，走啊。这样走着，就觉得是走在美丽的日子里。

走啊，走啊。江南人就这样走过了几百年，几千年……

蓝是天的颜色，蓝是水的颜色，蓝是大自然的颜色，蓝是生命的本色，所以，天地间只有蓝色是不怕岁月消磨的，不怕，而且愈经岁月，愈见其宁静淳朴之美质。

宁静，精致，风雅……传统的江南是一片蓝色的记忆。

开放，从容，和谐……现代的江南依然是一片蓝色的生动。

蓝调江南，永远的江南。

春来江水绿如蓝。能不忆江南？

寻找好书

关于读书，我以为最要紧的是找到好书。书海无涯，人生有限，让好些庸常的书消融宝贵的时间是极其不幸的事。说不幸，不只是时间的浪费，还有一个被侵蚀的可能。长时间与低劣平庸的读物相伴，人会习惯于低下的趣味，养成不良的阅读嗜好。这样的阅读是人滑向平庸的推力。

这一点，对于少年来说就更加重要。少年人阅世不深，鉴别能力不够，又正是给人生“打底子”的时候，如果遭遇平庸，就起不好步；如若浸淫于恶劣的读物，那简直是一种危险。比如，那些劣等的武侠书，往往在颂扬丑陋的东西，所谓的侠客，可能是伪装的流氓。这样的阅读会把少年的价值观搞糊涂了。

对于稍有鉴别能力的人来说，“坏书”是容易被剔出的，比较难于区别的倒是“好书”和“庸常的书”。

好书大致有三类。一类是精致的书。这是有学问、有才情的人真诚地精心写成的书。格局不一定大，却写得干净、高雅，有深远的意境和优美的文笔。审美是健壮的，善意在这里得到了肯定与赞颂。说到这类书，我会首先想起来汪曾祺、史铁生、茨威格、艾特玛托夫这些亲切的名字。

另一类是大气的书。作品涉及一些普世的、永恒的人生话题。作者对天地事物有辽阔的观照，对世道人心有深刻精到的思考。鲁迅的小说深邃而精致，是对民族弱性的诊断和疗救。《红楼梦》洞明世事，练达人情，对人生况味做了深度的品尝。《白鹿原》寻索考究了家庭、家族传承和地域文化对人、对社会历史的影响，人称“民族的秘史”。

第三类是奇异的书。这类书常常因为涉猎的生活的奇特性和作者别致的视角而引人注目。比如《蝇王》，写一群孩子在与世隔绝的荒岛上的种种行状，故事奇特，对人性有独到的拷问。《聊斋志异》则借狐警人，怪诞而有深邃的人文内涵。

这样从格调来对书分类，偏颇难免，但大致也就能划出来高下。这三类书在骨子里都比较严肃，但一定是有大价值的，遇上它们是读者的幸运。有了“好书”的范本，鉴定或就有了标准，提高了读者避开庸常之作的能力。

人当然可以，而且应当读一些轻松、清浅、有趣的书。人都需要放松，需要探奇，需要在精神上经历些愉快、曲折和迷离，只是这种阅读不宜太多，不可沉迷。

有了好书的范本，但如何避开平庸、寻找到好书的问题依然没有解决，因为我们不可能去对那么多的书一一进行鉴定。随着出版业的兴旺，那么多写书的人写得越来越快、越来越草率，印刷垃圾便越来越多。走进那些大书店、大书城，人便生出来被淹没的感觉。书太多了！相信坏书不会太多，但平庸之作一定是太多了，而好书总是太少啊！怎么办呢？

“读经典”的建议有点道理，毕竟这些书是经过了长时间的淘筛，曾被许多人认可了的。但对“经典必读”的建议不必太介意，毕竟其间亦有好多“人人都说应当读而人人都不乐意读的书”。一个人有一个人的人生经历、知识结构和审美倾向，“大路货”的经典书远不能完全适合每一位读者。觉得并不喜欢的书，你可以放下，至少是以后再说吧。真正的经典是经得起反复读的书。读完这本书，你觉得自己以后还可能会复读，这本书就是你的经典了。

读经典当然要读原著，不要理睬那些“缩写本”“少年版”之类。再好的缩写或改写都会多方面地损伤原作，而对“语感”的损伤是必然的。仅仅是语感的改变或丢分，就足以使原作面目全非、黯然失色呢。对翻译的书，特别要注意译者和出版社，蹩脚的译本会同时毁了作者和读者。

可以浏览一下“榜单”，却不必太在意。有些榜单只是一群人的起哄，有些榜单甚至可能是商业运作，不过是一种文雅的消费引导。

应当关注那些严肃的评奖。至少，这是为你挑选好书的一种预选。书单中或也有水分，总不会多。好的书店也为我们做了书的预选。多去那儿翻翻书，有时间就站着试读一章。读一章也就足以看出作者的文字水准和写作态度。没有一部好书是没有好文笔的，没有好文笔的书不可能是好书的。这样的试读比读书评论可靠。发现喜欢的书就买回家吧，尤其是那种独特的书。独特的书往往是冷僻的书，过了这个季节就难再寻到了。况且，这也是对实体书店的一份支持呀。

师友的推荐是最值得重视的。同是读书之人，他们不但了解这本书，还了解你这个人。不是有“英雄所见略同”的说法吗？有时，被斥为平庸的书其实错不在书，而在于读书的人。一个心智不强的人去读一本大书，往往不能卒读。当然，你不要满足于“这书蛮好”之类泛泛的话，可以“诱”他们说出一些具体的分析或读后感受。有一些朋友特别擅长发现冷僻旮旯里的好东西，时不时会弄到一些古怪有趣的书。这样的人如果去写作，可能会写出独特的书；而只知道读“大路货”书的人，大概只能写出“大路货”的书。

读书与人生有不解之缘。相信这句话吧。但愿“有缘千里能相会”也能兑现在我们和书的交往上。

读书，首先得找到好书。

享受朗读

阅读。“阅”是看到了文字，“读”是把文字变成声音。“上学”也叫“念书”“读书”。“语文”，“语”在前，“文”在后。可见“读”的重要。为什么重要？因为文章本来就是有声音的。

读有两种，朗读和默读。你以为正在写作的人很安静，其实不是，写作的人在一遍遍默读他想写出的字句，读顺了就把“声音”记录下来。

作家高晓声在创作谈中说过：“我对自己的小说多次地读，写不下去就读，反复地读，大声地读，一句句磨。”

出声的朗读和无声的默读还是不一样，默读不能完全代替朗读，因为有些东西只有出声朗读才能理解到位。高晓声在《钱包》中有一句：“星罗棋布的村庄就是那不沉的舟。”发表时，这一句成了：“星罗棋布的村庄就是不沉的船。”编辑删去了“那”，又把“舟”改成了“船”。好像没改错，但高晓声认定改坏了，对此一直耿耿于怀。句子中的“那”看着无用，读起来就很重要，那是个强调性的高音，去掉了，句子就变软了，少了底气。同样，在那个位置上，不能是“船”，一定得是“舟”，才能让句子有金属性的铿锵。单从字面看，编辑没有错，但他改变了原作的声调和节奏，已经偏离了作者的原意。

王勃有名句：“落霞与孤鹜齐飞，秋水共长天一色。”有人说“与”和“共”是多余的，当删。杜牧的《清明》：“清明时节雨纷纷，路上行人欲断魂。借问酒家何处有？牧童遥指杏花村。”有人说这首诗的每一句都可删掉两字，成为：“清明时节雨，行人欲断魂。酒家何处有？遥指杏花村。”鲁迅先生的名篇《秋夜》中有这样的句子：“在我的后园，可以看见墙外有两株树，一株是枣树，还有一株也是枣树。”有人说，你先生不是说应当删去可有可无的字和句么？两棵枣树还得分开说么？写“后院有两棵枣树”不就结啦？

上面三个例子真应当那样删改吗？大声朗读几遍，或许你就觉得不能删改了。

原因很简单：声调和节奏往往有修辞意义。改变了文章的声调和节奏，作者的本义已经不再完整。

删去了王勃的“与”和“共”，句子便失去顿挫，变得面目模糊。《清明》诗丢掉了那八个字，顿时变得生硬而无趣。你难道没觉出来“一株是枣树，还有一株也是枣树”给了你一个进入境界的空间？你本来可以想象，有一棵树是在近处，而另一棵在稍远的地方，认真辨别了一下才认出来是枣树。如果改成“我的后园有两株枣树”，那么你将无法领会随着作者缓缓移动目光、逐一凝视两株树的况味。

李白的《将进酒》中有“天生我材必有用，千金散尽还复来”“古来圣贤皆寂寞，惟有饮者留其名”等句。或觉得这些句子过于张狂了——“才子”还是让别人说才好吧，没有那么多好诗，你李白喝酒再牛也没人会记得你大名啊。如果这样想，那就去听一听焦晃先生朗诵的《将进酒》吧。焦先生念出来第一句，你就闻到了剑南春的酒香，很快随着诗仙进入微醺的状态，然后就觉得这些诗句原是那样的率真可爱。

精彩的童谣口口相传，有强大的生命力。比如采用对话形式的常熟童谣《乒乓乓》：“乒乓乓 / 啥人？ / 隔壁张小二 / 做啥？ / 讨只趴泥小狗 / 小狗勿曾生勒 / 乒乓乓 / 啥人？ / 隔壁张小二 / 做啥？ / 讨只趴泥小狗 / 小狗勿曾开眼勒 / 让我看看 / 个末进来吧 / 一二三四 / 小狗开眼哉……”从字面看，觉得重复、单调，乏善可陈，可当你听到孩子们有声有调、兴味盎然的朗读时，你就会被作品传达的邻里之间、人与动物之间的那一份淳朴的情感温暖。

朗读是阅读的起点，因为朗读是写作的起点。经典被今天的我们印在书本里，藏在书库里，似乎十分文静和呆板，殊不知它们在产生的时候，是有声音、有颜色、有姿态、有气息、有味道、有表情的，是那样的活泼，那样的生动。《诗经》大多是四字句，很多诗篇的段落和段落之间呈对应关系，明显有歌词的特点，是可以配曲歌唱的。《楚辞》是要诵读的。“惟草木之零落兮，恐美人之迟暮”，这些苍凉的句子，一定会用苍凉的语调音色来表现。是的，作者通过作品想要传递的，不只是语法规范的文本，还有这个文本产生时的“声音”。朗读能把汉字的韵律表现出来——说情，就要体会婉转多姿的韵致；论理，就要发出铿锵有力的音节。

有韵律美的文章不一定是好文章，但好文章必定有韵律美。要让文章有韵律美，你先得有良好的语感。语感不像语法那样可以一二三四地学，得从朗读和倾听朗读中一点点领悟和积累。这样的积累最好从孩提时代就开始。

一代一代的孩子在妈妈的讲读声里长大。但大多数的中国妈妈是在“讲”故事，而不是在朗读文学作品。故事也能讲得引人入胜，但那还只是故事。许多中国孩子就这样形成了自己的阅读习惯——只注意故事，忽略了人物、意境还有文字的优雅以及语言的声调节奏所生发的美感。要改变从小养成的只注意故事情节的习惯并不容易，有的人甚至一辈子都改不过来。这很遗憾。

惟有朗读能补救这样的遗憾。

除了能补上语感这一课，朗读还有利于理解和记忆能力的提高。阅览可以一滑而过，浏览可以一目十行，朗读却无法忽视每一个字，要准确地传达文本，自己必先理解文本。朗读需要协调多种感官的活动，能锻炼人的口才和创作能力，因为把文字转化为声音的过程本身就是创造。悦耳的音乐性使汉语成为一种在声音上优美绝伦的语言。朗读可以帮助我们加深对文本的理解，加深我们对母语的亲切感。朗读还能让书面语一点点融入口语，使我们言辞精准，词汇丰富，谈吐文雅。

两句三年得，一吟双泪流。

大声地、动情地去朗读一下岳飞的《满江红》吧。那些文字发出的铜钟般宏丽的声音，将这位爱国英雄悲壮豪迈的家国情怀抒发得恣肆汪洋，足以让我们“怒发冲冠”“壮怀激烈”。

“大漠孤烟直，长河落日圆。”这两句诗中没有故事，没有人物，可当你大声地、有处理地朗读时，你依然会被诗句传达的辽阔苍凉的意境打动。

投入地朗读李白的《蜀道难》，你一定会领悟到：原来这些跌宕起伏、铿然回响的文字，真的可以逼真地描绘出大山的峻险和峥嵘，让我们“侧身西望长咨嗟”。

朗读吧。

昙花的活法

只要有足够的空间和阳光，每一棵自由生长的植物都会尽可能地长成美丽的模样。这是自然的事，因为美的原则本来就是大自然创造的，人类只是发现了这个原则。

仙人掌科植物先把树和草的概念混淆，然后把根和茎合并成椭圆形的“片茎”，又把叶改造成片茎上的尖刺。这样的改造是为了适应严酷的环境，是不得已而为之。即便如此，仙人掌科植物在生存的困厄中依然遵循着大自然的美学原则，尽量优美地布排片茎，别出心裁地创造出或凶悍或狞厉或俊朗的美的奇观。大自然的美学在仙人掌这儿又做了一次酷酷的发挥。

属于仙人掌科的昙花却是个例外。昙花在布排片茎时随意而为，全无章法，几乎完全忽视了大自然的美学原则。

我家院子里的那盆昙花就是这样。那些片茎不顾整体，各自为政，随意旁生，有的叠床架屋，头重脚轻；有的你纵我横，勾心斗角，总之是整个儿乱了阵势，看上去如一篇词不达意、不合语法、忘了标点的蹩脚作文。形态既是乱来来，那颜色也是一片死气沉沉的灰绿。哎呀，真个是三间东倒西歪屋，一个疯疯癫癫人。

这混乱的手法正让人费解呢，某个片茎上又在你想不到的地方突然就萌出一粒紫红色的小芽来。这小芽的生命节奏和精气神儿完全和母体不同——迅捷，蓬勃，一不小心就成了一个带着长柄的蓓蕾。蓓蕾的柄很快拉长下垂，而那蓓蕾在几天中又膨大了不少，在努力地昂起头来，似乎在和下垂的柄较着劲。

又过一两天，那蓓蕾已有四寸左右长，肉肉的，裹着一件绛紫色的外衣。

知道昙花会在夏秋的深夜里悄然开放，看这蓓蕾鼓囊囊的，我猜想就在当晚，那就守着它的灿然一现吧。“只恐夜深花睡去，故烧高烛照红妆。”这是苏东坡《海棠》诗中的两句，倒可借来一用。

晚上十点左右，下垂在花柄上的花蕾挺起身来成了水平态，同时更快地生发、膨大。紫绛色的外衣徐徐打开成了披风，玉兰色的花瓣奋力萌动，终于一举展开。花蕊出现了。花蕊是明黄色的，茸茸然，有粉……明黄色的花蕊中突兀地又长出一枝白色的花中之花……一切都是娇嫩的，害羞着，战栗着，仿佛在冷冷地燃烧着，向四周辐射着一种若无而确有的明媚光彩！

几乎是以秒针那样的行走速度，昙花开放了！

难以想象，在这一堆凌乱不堪、灰头土脸的片茎上，竟能怒放如此硕大、如此精美、如此雍容华贵的奇葩！

知道“昙花一现”的短暂，观花的人在惊艳的同时，不禁生出来一种莫名的惆怅——觉得自己这会儿暴殄天物，太过奢侈，是在挥霍着天地间的大美呢！这么想着，昙花盛大的奢华中忽然有了一种凄美的成分，使人因时光如流、生命短促的感喟而生出来淡淡的忧伤。

次日清晨再去看昙花，昨晚怒放的花朵业已萎败闭合，憔悴失色，软软地耷拉着，奄奄然活力尽失。是的，在倾力绽放之后，在纵情狂欢之后，它累了，枯了，筋疲力尽了，就在最美的一霎凋落了。

花开花落一夜间，何至如此匆促啊！但这就是昙花的活法。它们的特立独行，它们的决绝，让人不知如何来评说。

“如何一夕凋，殂谢亦可伤。”在奄奄的残花面前，观花人也感到了难言的疲惫。

相传昙花原是上界的一位一品花神，四季灿烂，日日花开。昙花神后来爱上了每天来给它浇水的年轻人，风情一解便无法自禁。古板的玉帝一时震怒，罚昙花只可一年一开花，罚浇花郎出家修行，赐名韦陀，且施法使他尽忘前世。

昙花神知道韦陀每年下山一次为佛祖采集朝露，便选择在这一天的子夜时分把苦苦集聚了一整年的精气奋力绽放，只盼韦陀能回头看它一眼，记起前尘。千百年过去，韦陀年年下山采集朝露，昙花年年在黑夜里绽放，可韦陀始终没有记起昙花。千百年过去，昙花从未得到过安慰，可它依然年复一年地苦苦积聚着生命力，等着韦陀下山的那天做一次倾情的绽放……

这个传说对昙花的特立独行做了温情的、凄美的诠释。

其实，昙花是不需要人类的诠释和理解的，也从不听人类的说三道四。既然环境和时光塑造了它们的生命，它们便以自己的方式兴致勃勃地自在生存。

拟人化是人类面对世间万物时的一种习惯。但愿这不是出于人类自以为是世间万物中心的自负，而是出于希望在万物的生存状态中求得启迪的方式。

一年又一年，昙花就这么活着，就这么花开花落两由之。

牡丹之歌

和天地间所有的花卉一样，牡丹在“家养”之前也是无名的山野之花，因其艳丽和可入药才引起注意，被引入家园。这至少是1500年前的事了。牡丹之谓“牡”和“丹”，是“无性繁殖的红花”的意思。这两个字的组合多少有些怪异，却因这种花的非凡而成了一个大放美感的名词。

了不起的人类按照自己的审美理想，不惜以千年光阴，倾尽万般智慧，对这种生于山野的大红花进行培育和遴选，终于使牡丹成为五彩缤纷、千姿百态、风情万种的天下名花。

杏是绛衣信使，桃是碧玉小红，而牡丹才是众香之国里春天这幕戏的第一旦角。

积蓄了整整一年的精气和激情，牡丹选择在仲春时节做烈烈轰轰的迸发。开花，开花，不开则已，一开就要倾其所有！它们激情澎湃，率性挥洒，决心要开它一个倾国倾城、国色天香。牡丹花开，浓墨重彩，大张旗鼓，恣肆汪洋，那一种雍容华贵的风仪，那一种富丽堂皇的壮美，端的能力压群芳，令天地惊艳呢！

重瓣，硕大，朝气蓬勃……大地感受到了牡丹的分量；明艳，靓丽，光芒四射……天空为牡丹响应以五彩祥云。

唐人刘禹锡歌曰：唯有牡丹真国色，花开时节动京城。

宋人欧阳修歌曰：洛阳地脉花最重，牡丹尤为天下奇。

是的，牡丹营造出来的正是盛唐的那一种宏丽气象。

或许千年的遴选曾使牡丹突破了“丹”色的单一，从此拥有了姚黄、魏紫、豆绿、藕白，却并没有改变牡丹得自天地山川之旷达辽阔的气度和自由不羁的心性。它们依然欢天喜地、热情奔放，依然率性挥洒、坦荡由衷，依然无所顾忌、烈烈恢宏！

人们惯用“富贵”来标示牡丹，我说，不如用“高贵”来称颂牡丹。“贵”是一个精神的标高，与财富没有丝毫关系。而牡丹的“富”则是一种生命的厚度，亦与财富无涉。

这么说，是因为我不只欢呼过牡丹的花开，还为牡丹的花落而感动过。

也许深知花开花落同是大自然的命题，所以牡丹能以坦荡心态奔赴花落的时刻。

牡丹拒绝憔悴，不显恋枝的败象——要么灿烂于枝头，要么乐归于泥土。它们居然要努力跳过衰老和委顿，由青春美丽直接消遁于春末。挥一挥手，它们离去了，带着明朗的笑。是的，即使告别，它们也要留给世人一个潇洒的背影，一个隽永的启示。和盛开之时的华美一样，落英之时的壮美同样高标着牡丹的生命品位呢！

当年，则天女帝下旨百花齐放于上林苑。百花惊悚，纷纷开出委屈的花朵。惟有牡丹倔强不遵，声明只应天时，不畏强权，偏自“天子呼来不上船”，终被武则天施以火燎之刑，并逐出京城，贬居洛阳。火燎何妨，牡丹只是另标了一个品种，名曰“焦骨”；贬居洛阳又何妨，牡丹照样光彩照人，欣欣向荣。

唐时没有暖气大棚，武则天下旨开花之说当然是民间传说。而正是这流传广泛的传说，生动地演绎了牡丹的铮铮傲骨和凛凛“贵”格。

就这样，牡丹用大美冲击我们的视觉，又用它的生命姿态留下一种可供品咂的韵味。

牡丹的花开花落，其实只是一场大任性，不问人看还是不看，懂还是不懂，自顾开个尽兴，谢个干脆。只是我们留意了，思索了，牡丹便送给我们红红火火的喜气，送给我们蓬蓬勃勃的丰隆，还送给我们一种坚守本性的生命的尊荣。

尚湖又要举办江南牡丹节了。去看看。

花开花落

二十四个节令，二十四番花信。

人道：花是季节的标配。

植物道：季节何物？标配何义？我开花只因我想开花，我落花只因我想落花。

植物以为花开花落是它的任性呢，殊不知大自然早把密码预置在它们的基因中了，花开花落又岂是它们能自主的？

大自然有无限的想象力和创造力。大自然就像一位无所不能的魔术大师，衣袖里有掏不完的奇妙瑰丽和拍案惊奇。

牡丹是大家闺秀，雍容华贵，天香不曾借东风。芍药是小家碧玉，娉娉婷婷，回首一笑百媚生。兰花崇尚君子风度，清香只在无心处。荷花追求风姿绰约，亭亭然出淤泥而不染。牵牛花每日里只做东篱一现，人称“朝颜”。月季花相信多出镜能混个脸熟。桂花大大咧咧，玩的是痛快淋漓。米兰神出鬼没，冷不丁暗香浮动。水仙在水一方，整日里临波梳妆，天生丽质难自弃。蔷薇乐为村野小芳。梨花和海棠皆是朱楼淑女，听到一句不中听的话便会珠泪纷纷。凌霄花一茬接一茬地开，一步一步地登高，打的是持久战，玩的是层出不穷。油菜花擅长大兵团作战，来就来个漫山遍野，轰轰烈烈……

无花果也是开花的，只是开在果子里头，不给你看。为了拒绝蜜蜂和蝴蝶，无花果只在果子顶端留一个极小的孔与外界相通，只让它专许的昆虫进去，悄悄授粉。昙花平日里粗枝大叶，不修边幅，走的是厚积薄发、一发惊艳的路子，并以花朵极美、花期极短而令世人怜惜。野梵花更是别出心裁到了吊诡的程度，居然永远不让它的花和叶相见，那一种生死永隔的决绝使人目眩良久，遂有“彼岸花”的吓人别称。

好啊，好啊，这就有了千姿百态，万紫千红。

还没完呢。

一种花有一种香，有的浓烈扑鼻，有的沁人心脾，有的暗香浮动，有的缥缈无定。人类的嗅觉真的一般般，所以描写气味时总是手忙脚乱、才枯词穷，大多只能采用以A花比B花的下策。见到A花，就说：“啊，这A花的香真像B花的香啊！”见到B花，就说：“呀，这B花的香真像A花的香啊！”这不是在捣糨糊吗？一些不自量力的化学家以为发明了某种花香的配方，其实是邯郸学步、东施效颦，皆难以趋及。花的香味并非只由一些化学物质构成，它们还有绝密的、关于性灵的配伍呢！这种秘方只有大自然知道。“天晓得”这个词组好，是人类在大自然面前应有的谦恭。

或许，描写味道只能用音乐来约略表意了。

大自然不是魔术师，是伟大的美学大师。

大自然有无限的想象力和创造力，却并不“胡作非为”。大自然智慧地变幻着，却从来都变而有道，变而有度，有一种高明的分寸感。你看菊花吧，品种繁多，但你一眼就能看出来这是菊的一种，那不是菊。这就是“度”，这就是中国古哲人所言的“极高明而道中庸”。在创造百花千卉之时，大自然兼顾的并非只是形、色、味，还有一种整体的和谐。或许我们可以把这种整体的和谐称为“韵”。这便是西方古哲人所说的“看不见的和谐”。看不见的和谐比看得见的和谐更加美妙。

对花的鉴赏，最高的品级就是“天趣神韵”。

“清水出芙蓉，天然去雕饰。”暖房，大棚，还有什么什么的实验室，都该有对大自然的敬畏之心。

中药店情调

中药店大概是最具中华古风的店家了。我说的是传统的中药店，不是街面上随处可见的那些花里胡哨、急吼吼卖药的店。

一进店门，人就被一股隐约的药香浸透了，是那种温和的、甘冽的、幽深的香。在这种丝丝然然的香气里，不知怎么的，人就会认真起来，端庄起来，不再粗声大气地说话。

两座宽大结实的格斗橱呈曲尺状占据了两方墙面。格斗橱由一列列抽屉构成。每个小抽屉上都有一个微微泛黄的标签，上面用工整的毛笔字写着药名。格斗橱的上部巍巍地排着一列西瓜般大的青花瓷坛，有盖，也各配着一个药名的标签，颜体，竖写，一笔不苟。橱身太高，所以店里备有一个三级的短梯，帮助人够到举手不及的地方。柜台和两壁格斗橱对应着，也是一个曲尺形，里端竖着一块照匾，上书店名或者“草木通神”之类的字句，大多是名人手笔。橱柜都漆成荸荠一样的深棕色，漆色有些暗，有些斑驳，显出老成持重。柜台上有几盆状似兰花的植物，翠翠地给店堂点出生气。是石斛，也是一种药，可列入利肝明目的方剂。柜台上还有一大一小两个冲筒，黄铜铸成，重，有盖，盖上有孔，孔里插一根铜杵。有些药要临时砸碎或脱壳的，就放进冲筒去“冲”。

环境即人。中药店的店员大多拥有和乐亲仁的神情。那些清瘦的长者更有一派清朗朗、轻盈盈的仙风道骨。看一眼药方，眉头微动，好像会意了什么，就用小手指去拉抽屉，就计较地用厘戥称药，然后把药匀在铺开的几方纸上。药在纸上不混放，一样样排开，包起之前还要用手指点着和药方一一复核。

安安静静、香气氤氲的中药店是和山林旷野、和中华文化有着千丝万缕的联系的。那么多按古法炮制的药草虽然丢失了鲜艳的色彩，但它们的本质没有变，还带着旷野的信息，带着生命的馨香。这里的每一个瓷坛，每一个抽屉，全在幽幽地散发笃实健康的馨香；这里每个人的一举一动、一言一语，都在透露平和从容的心境。这一切，营造出了一种儒雅彬彬又古道热肠、仙风习习又亲切家常的情调。

店里有人动用冲筒。铜杵起落，一片响亮，使人精神一振；猛抬头，又见一幅松鹤中堂。仿佛听得松涛鹤唳，我记起来一首诗：“松下问童子，言师采药去。只在此山中，云深不知处。”觉得受到了一种博大的庇护，心绪愈加宁静，生出一种古朴的安定感。

在我的心目中，中药是天地日月的精华，是中华文明的馨香。当归、地黄、丹参、白芍、泽泻、茱萸、丁香、玉竹、茯苓、杜仲、灵芝、王不留行、十大功劳……这些名词是如此的美丽，一点也不像治病的苦药，恍若与我们有着隔世的情感牵连，弥漫着永恒迷人的文化魅力。

在苏州和杭州，这种古风皇皇的中药店原本是很多的，如雷允上，如胡庆余堂，毕竟，中医药是能和中华四大发明平起平坐的伟大发明，是我们应当像唐诗宋词一样珍爱的。

如今，古色古香的中药店是越来越少了。我想，每座城市至少应当保留一家儒雅的中药店，就当是保护一件文物吧。当一个人觉得情感粗糙时，可以去那儿坐坐。那里有氤氲的大自然的气息，有一种滋润心肺、抚慰灵魂的情调。

有人说我的这个想法忒书生气。想想，也是，保留一个中药店总归不很难，而保留一种情调就非常难了。

大漠之梦

我们驱车从兰州奔向敦煌。特意选择了盛夏，因为盛夏才是戈壁沙漠最具个性的季节。

路总是别无选择地通向地平线，而地平线是永远走不到头的。这就使人老是产生汽油竭尽的杞人之忧。除了戈壁滩和沙漠的交替，车窗外的景观整天不变。一天像一个世纪那般漫长，人老是怀疑正在迷走盘陀。

因为没有水，所以没有任何植物。满目只褐黄，而黄色因厌倦而不再成为色彩。我怀念色彩，怀念声音；怀念麻雀，怀念狗尾巴草……还有山羊。建造嘉峪关的城砖据说是山羊驮去的。人把驮着二十多斤重城砖的山羊一群群赶向目的地。城砖送到了，山羊就成为建城士兵的食粮。这传说有点悲壮，这传说也倾注了人类对动物的感激之情。

有太多太多的山。它们包抄拦截，使人有陷入重围的惊恐。所有的山都无笑意，除了冷漠和傲慢，再无其他表情！它们根本无意取悦于人，绝无小花哨、小摆设、小情趣。我忽然觉得"游山玩水"这个词非常丑陋、非常可笑。在登黄山、庐山、衡山之后，我把"游"改为"造访"，如今我又想起了"拜谒"这个词。或许苏州园林、杭州西湖是可游可玩的，而真正的山水是不可亵玩、不能狎戏的。

茫茫戈壁滩在烈日下凝定不动。除了一个"渴"字，它再也无话可说。四野寂寂，落日如血，如果有一条河在远处走，那便是"大漠孤烟直，长河落日圆"的大漠经典景观了。隔着车窗，我们都以为外面是无风的。可是，当车子停下，车门打开时，我们才发觉外面的风非常的强悍。视野里没有植物和流沙，风就彻底遁隐了形迹。

“这儿的风是有牙齿的！”这是驾驶员的话。他是本地人。好在我们只是小驻。停下来是因为这一带有古城墙遗迹。一切都是黄土夯筑的，却历几千年不倒。这些黄土总不是山羊驮来的吧？把烽火台和善良的山羊联系起来，实在是一首令人喟叹的边塞诗。站在断壁残垣前留个影吧，这是在和历史合影。

下午三点左右，我们又从戈壁滩进入沙漠，驾驶员突然说：“你们好运气！向左前方看！”

左前方大约十里之外有一片渺渺的水域，水中有岛，岛上有树。仔细看，水波中还有芦苇小渚，更远的缥缈处似乎还有轮队蠕动……

这就是海市蜃楼!

都想等靠近点儿再按相机，又忽然醒悟：靠近是无望之望。其实摄下来也并没太大意义，离开了此时此地，这泽国小景平凡至极。

蜃景还在前方。凭着车子卓越的引擎，我们已经奔走了几十里路，可蜃景依然在那个不近不远的地方莞尔而笑。

车上的十六位作家在一片喧哗之后陷入了默想。谁也不想弄明白形成海市蜃楼的光学原理。他们想的不是这个。

我愿意把海市蜃楼看作沙漠的梦想，一个美丽的梦。海市蜃楼是大自然对我们的一种昭示，昭示在彻骨荒凉的地方。

站在大漠深处，我觉得我站在了一个完全陌生的视点上看地球，看人类。我感受到了一种难以名状的人生况味。

敦煌在海市蜃楼那个方位。

我们奔向敦煌。

猜想一棵树

天牛一身盔甲，看上去有点威武，但它们幼时是很丑陋的，潜伏在树木的朽洞深处，从不露面。它们在树洞中修炼三年，才能蜕变为成虫——我们所见的天牛。天牛这个名字挺牛的，不知谁给起的名。天牛的幼虫在树洞中并不是在面壁修养，它们一刻也没闲着，不停地啃食木质，吃下木屑，屙出蛀屑。三年，一千多个日夜，它们就这样吃着拉着，顺便开挖出一条用以突破的隧道……这是法布尔给我们描述的情景。

这样的三年，树一定很痛苦，而且，除了啄木鸟，谁都不会关心树的痛苦。做一棵树真是倒霉透了。

因为读过法布尔，少时的我挺同情树的。除了同情，我对树还有许多的不解。这些同情和不解当然是建立在“树是有意识、有感觉的”这个猜想基础上的。稍长，我知道我的这个猜想居然是得到不少科学家支持的。美国科学家丹尼尔·布尔斯廷甚至做过这样的通俗的类比：根是树的胃肠，茎是骨骼，叶是肺……这样的类比在科普作品中是可以的。

可是，它们的五官呢？没有五官，它们怎样感觉世界呢？还有，它们的脑在哪里呢？另外，树不能移动，毕生守于一地，它们会寂寞吗？

读到夏中义的《艺术链》。这本书探索的是艺术家对世界的感知，认为艺术家感知世界或艺术作品时使用的是一种“知、情、意”联合参与的“统觉”。余秋雨在《艺术创造工程》中认为，在艺术评比活动中，评委们的打分依据的是“直觉”。评委们看过作品之后，从脑子里跳出来的那个分数看似主观，看似缺少分析，看似没道理，却是最接近真实的评定。两位先生的观点在本质上是一致的。

这些观点启迪了我，我忽然对树的感知方式产生了一个大胆的猜想：树对世界的感知也是依仗一种“统觉”。树没有眼睛，没有鼻子，没有耳朵，没有舌头，但它们有统觉，这就够了，就能接收到来自外界的信息了。可是，树没有脑，它们怎样接收和处理这些外来的信息呢？

后来读到了诗人张维先生的《生的超越》。这本书有一个长长的副书名：从人的植物性到灵点状态的思考。

我想，或许树的“灵点”就是树的脑了。我还猜想：这个灵点是可以在树的身体里移动的。

灵点在巡视，在某个根须顶端发现了阻碍根须延伸的石块，便引导根须向一旁避让。灵点在某片叶子上发现了害虫，便让树产生某种化学物质，使树叶变得有毒，或者变得难以下咽……

树的灵点在树的身体里活动，就像一个人在一个村庄或者小镇活动。如果真的这样，树就不会寂寞了……

这就是我对一棵树的猜想。

谁信了这个猜想，谁的内心就会滋润不少。忧伤的时候，去默对一棵树吧，树会说：不必太介意的，一切皆会过去。激动的时候，去抱一抱树吧，把脸贴在凉凉的树皮上，树会说：平静，平静，太激动容易丢失智慧，忘记原则。

树有长久的想法，有平静的内心。它们有比我们长久得多的生命，所以可以从容对待，什么都可以“走着瞧”，虽然它们从来不“走”。树的生命法则是建立在生命漫长的基础上的，而且，除了它自身的生存，树别无他求，所以有平静的心境。也是因为这一点，我们或许是不宜完全听信树的劝告的，不可以完全否定激昂的情绪和敏捷的行动。我们只是应该向树的坚守，向树的善意与平和致敬。

树不和人类说话。树只和风说话，飒飒，飒飒，温和而亲切。树只和鸟说话，飒飒，飒飒，温和而亲切。

如果树读到这篇短文，可能会窃笑。它们无声地笑着，永远不说它们的秘密。

乡愁如歌

张国灿 著

家在常熟文學叢書

常熟市文学艺术界联合会 编

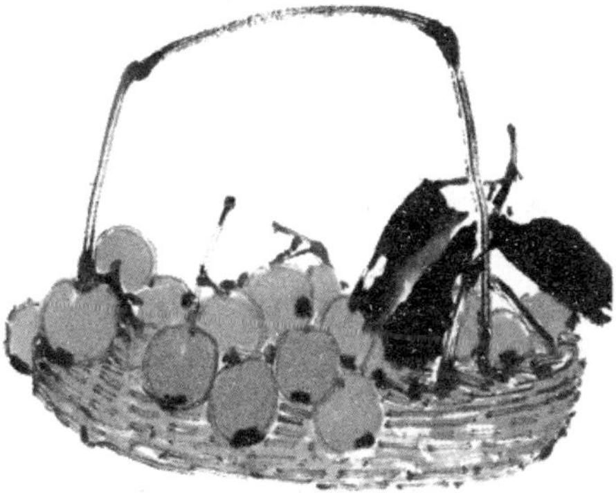

古吴轩出版社
中国·苏州

图书在版编目（CIP）数据

乡愁如歌 / 张国灿著 . — 苏州 : 古吴轩出版社，
2018. 12
（《家在常熟》文学丛书）
ISBN 978-7-5546-1288-0

Ⅰ. ①乡… Ⅱ. ①张… Ⅲ. ①诗集—中国—当代
Ⅳ. ①I227

中国版本图书馆 CIP 数据核字（2018）第 257437 号

责任编辑： 俞 都
见习编辑： 黄菲菲
责任校对： 徐小良 王 芳
封面图文： 启 明
责任照排： 张单键

书　　名： 乡愁如歌
著　　者： 张国灿
出版发行： 古吴轩出版社
地址：苏州市十梓街 458 号　　邮编：215006
Http://www.guwuxuancbs.com　　E-mail:gwxcbs@126.com
电话：0512-65233679　　传真：0512-65220750
出 版 人： 钱经纬
印　　刷： 无锡市证券印刷有限公司
开　　本： 880×1230　1/32
印　　张： 8. 5
版　　次： 2018 年 12 月第 1 版　第 1 次印刷
书　　号： ISBN 978-7-5546-1288-0
定　　价： 168. 00 元（全四册）

总序

改革开放以来的四十年，是常熟历史上发展最快、变化最大的时期。这个发展和变化不止于经济、社会领域，更见于人们的精神世界。

对常熟全方位深刻变化感受最强烈、体会最深切的，当然是生活在这片热土上的常熟人。《家在常熟》文学丛书，以散文和诗歌的文学样式记录了当代常熟人砥砺奋进的足迹，礼赞常熟在新时代的华丽蝶变。

这里有时代脉搏，这里有古韵今风，这里有世道人心，这里有乡愁乡音。

陶玉霖的《生动的芦苇》是一部美文集锦，以精致的文笔写人状物，开掘生活美质，点睛时代精神。

张国灿的《乡愁如歌》纵观时代，抒放情怀，讴歌改革，诗咏故乡，是一部充满激情的时代颂歌。

金曾豪的《文莱轩随笔》发扬随笔以小见大、举重若轻的文体特点，信手成文，涉笔成趣，把常熟人几十年的生活有滋有味地呈现于读者面前，读

来亲切隽永，趣味盎然，让人油生对时代、对乡土的亲情。

袁文龙的《杂谈常熟话》是作家几十年研究家乡方言俚语的成果。区别于一般的吴方言题材出版物，本书不止于语义注释，还侧重方言词汇的源头考据和历史流变,从语言的角度记录了时代的变化。文本有语言学价值，却无学究气，以文史随笔的形式，娓娓道来，轻松活泼，生动有趣，是一份鲜活的乡土教材，是一份有价值的非物质文化遗产研究成果。

丛书的意义并非只是四位作家的作品结集，还局部展示了四十年来常熟文学工作者追随时代、服务人民的努力。

常熟市文学艺术界联合会主席　李忠

小引

这是一本一点一点累积起来的书。生活、编稿之余，或今天一首，过几天又写一首、两首；或今天写一段，明天接上去再写；或今天写了，明天否定，改得一塌糊涂。总之，孜孜矻矻，才有了今天这本书。

我不是快手，也不是托马斯·特朗斯特罗姆“慢工出细活”的那种。只是我在2004年的“倾诉”之后，有了一个大致的目标，然后一心一意地往这个目标赶。

这本诗集本来的书名是《弦上》，书名因故乡有琴川弦河，有七弦古琴而生发。起名《弦上》，更是因为想在诗化的弦上弹奏些心曲，写忧伤，写乡愁，或许那样能治愈我的病。然而不知为何，可能是因为步履匆遽，率尔操觚，《弦上》之名未酬，却忽然唱起“歌”来，有违了我的初衷，很是有点遗憾的。

但愿在四海波静的时候，不管是《弦上》还是《乡愁如歌》，方家同好都能听到我那也许并不很好听但绝对真诚的心曲。

到我的书里来，自然该由我在门口恭候，引导。文中，如果我“愁”得有些走神，有些失态，敬请原谅。谢谢。

目录

贰 乡愁是诗，乡愁如歌，乡愁有满满的家国情怀

叁　在心灵深处，一个人的忧愁与疼痛

肆 朗诵诗歌，想说清说不清的乡愁

伍 乡愁，在诗与散文之间游走，诉说

壹

我的故乡在一个大或不大的地方

大爱中国

雪的记忆还没有融化
5·12，又将另一片更加深重的黑
无情涂抹在中国记忆的屏幕上

赶走这片黑暗
让阳光重新悬挂在生命的天空
爱，无数透明的爱
穿过厚厚的水泥板，瓦砾，钢筋和颤抖的
大地，在深渊和疼痛中集结

他们素不相识
不知道彼此来自何方，叫什么名字
只知道那是一个需要拯救的鲜活的生命，现在
这个生命正在地狱里遭受煎熬
——哦！这就够了
这就是全部理由

大地摇晃
我们共同的心跳

掌声，为生命拍响

这条生命的通道太狭窄了
它只允许一缕光亮，一声呻吟，或一种渴望通过
天堂和人间的分界处
当一个生命，以拔河的姿势
被大爱从天堂“拔”回来的时候
这支生命之歌
总会被热烈的掌声和欢呼声打断
它或许只属于十几个人，几十个人
但我真的听到了大海汹涌的涛声
听到了这个世界最美、最响亮的声音
而这些声音互不相识
他们只认识
组成这些掌声和欢呼声的三个词——
祖国
　生命
　　爱

大街上，举着毛票的小手

一双小手
踮起来，踮起来，举过头顶
她要把两毛钱
放进那个也许只为大人们准备的捐款箱里

这条大街神情肃穆
许多人没有注意到这个孩子的小小的壮举
但我的心灵被震撼了——
我分明看见
明天对于今天的祝福
大地平静后重新挺立的楼群和
这个民族因蓓蕾的盛开而无敌的证明

为这双小手深深地感动吧
我的确这样坚信
这是一双托起生命的美丽和尊严的手
是一双扼住大自然的妖魔咽喉的手，甚至
这也是一双
翻开未来的
手！

梦境

往事，一页一页，从日历上撕下
碎片纷纷扬扬
一群逆光飞舞的蝴蝶
从很远的地方飞过来，轻轻抚摸
翅膀下汹涌的时光和风雪的记忆

尘土高蹈入梦
大地翻了个身。擦不去
那些流动的岩石，那些火焰、刀枪
以及前仆者的半支歌
擦不去路的冷峻与嶙峋
唯有硝烟味，在几经沉浮之后
被山谷的风悄然带走

而一个人的旅途
有别样的风景，萌发和飘落
都可以描绘成闲庭信步的浪漫图片
但长路不这么认为。那些
深深浅浅的脚印，每一个
都由春风、秋雨、梦幻、喘息，还有苦苦的
等待，和着汗水铸成。峥嵘岁月
一个过程被簇拥在或轻或重的脚步声里

在路的一端，太阳升起来
所有的窗户都向一个方向打开，重温岁月
并且开始咀嚼越擦越亮的梦境

“梦”字怎么写

我在小学校园的板报上发现了梦
它与所有生长在这里的植物一样长大
——柏树，香樟，紫藤，铁杆海棠，还有
匍匐在大地上的绿色的云

现在它瘦小、简陋
就像在它上面铺开的一张张小纸片一样
就像小纸片方格中的一个个文字一样
就像文字中的眨巴着的眼睛一样
清澈，目不斜视

精神集中，腰背挺直，双手摆在胸前
一系列标准姿势的目的在于明天
若干年后，这里将是一片茂密的森林
撑起一片蓝天时，它会让人想起
春芽尖上的那一小点绿

“梦”字怎么写
我看见板报高高举起了手臂！

梦见江河

以一种贴近大地的方式
设计强大
如此辽阔的文字，应该在某个辉煌丽日
沿着某个轨迹，一页一页翻阅

地平线清晰可见
而路途遥远。这种距离取决于这片大地
能否用整个春天的力量让生命抽芽、开花、怒放
而目前，只有梦可以抵达

这是一条路。衡量这条路的长度和幸福，须要
这里的脚印完整、充实，并且饱满
须要男的女的胖的瘦的大的小的高的矮的的脚印
在这条路上各有千秋

具体到我，一只
以笔当拐杖，鼠标充为湖面上
搜寻生活的青蛙，用自己的生命歌唱
除此之外，我想不出用其他方式，来修改命运

这就是我的梦，流入江河的一滴水
有梦的日子踏实，安泰。江河在左，日月在右
梦见江河，这朵小小的浪花
在奔腾中，会开放得无比简单，而且美丽

声音

一个声音，一个无法忽略的声音
正沿着春天的检阅台
走来

这个无法忽略的声音越来越清晰
可能有点嘶哑，可能有点粗鲁和唐突
但
这个声音
肯定与高铁、楼盘、肱二头肌和梦有关

民工、农民工、打工者，叫什么不重要
重要的是，在城市开始崛起之前
这一双双无法忽略的手，就用自己的声音
越过时间的篱笆
喊出了一个汗迹斑斑的名字

而在前一刻，春运的站台口
许许多多籍贯，从第一张登记表里跳出来
未做更多修饰
就加入到了汹涌的洪流中，并开始
选择落脚点和大门。准确地说
那扇大门一直开着，是门在选择他们——
低头和抬头之间，一条路

籍贯在这一头，梦在那一头
中间全是各种号码的走不完的脚印

城市长高了
城市的高度、宽度和长度，以及从空中传来的声音
在汗水和方言的嘎嘎搅拌声中
凝为一体
为城市的梦而梦，为大地的梦而梦
行李卷中的那些朝阳，星光，风，眼神
连同弯弯曲曲的路
可能是他们唯一拥有的自己的梦

在城市，他们穿过目光
并被这种目光淬过。飞溅的火星
照亮一片尊严的心空。而正是在这个时候
他们的口袋中，总会传来
春风吹过的声音

本色

源头流来：生命，岁月，祖国
还有为了以上而携带的上善本色

洪流被分为三支：
一支河中，一支田内，一支唱着歌
江里河里有梦和远方
爱在汹涌，恨在汹涌，奔腾不息；
弯腰膜拜的是年年的田丘
水，流进朴素的种子里，根里，生命里；
如果几十亿几百亿几千亿或者更多的水龙头一起
发出声音
你能听出雷霆吗？
而在每一个和美温馨的屋檐下
这些水龙头
却又唱着一支支最动听的歌

本色，像水那样坚守本色。即使在下水道里
如果关闭了所有可以腐蚀灵魂的阴影
善水的心中，也依然是
一片阳光，一片清澈

水的誓词

平行。无限。先水而至
越过田野，越过蓝图
两条堤岸和两头的因果
把一个空间描绘成了我们今天的家园

曾经浴血奋战的源头
希望梦想成真的远方
以及两条将所有的流水纳入轨道的堤岸
组成了我们的全部

把多余的欲望
关进笼子里！
根深蒂固的巨大磐石，铁面无私的水泥
连同千百年血与火的呼号
都统统凝结在一起，凝结成我们的堤岸
这堤岸，任你多少级风雨
也无法撼动！

千丈之堤，以蝼蚁之穴溃
像钟声一样在世间长鸣的训诫啊
是的，多余的欲望需要笼子，需要理智
有笼子在，有理智在
有这声声长鸣在

水，这晶莹闪亮的上善的图腾
一定会在这坚不可摧的堤岸内
向着目的地
浩浩东流去

善水谣

在词典的某一页，有两位老人
从稠密的哲思中走来，用睿智的思想之箭
瞄准江河和氤氲水脉
浪花一样，漫游世间

在水中寻找道德、格调和人应有的高度
他们于蛮荒之中瞧见了一抹光亮
那是上苍留给芸芸众生的
无与伦比的礼物。一粒火星
照亮历史的夜空

水，这哺育了和哺育着生命的水
水，这浸润着世间全部意义的水
它送给我们的启示也应该像江河那样浩瀚
也许，老子论道不遑匆匆岁月
就像我手中已经洗净并展开在阳光下的
白衬衫一样，以水之精神
效法它冰清玉洁

在处理留下的一盆
已经完成使命但仍然洁净的功勋之水时
我又听见了那曲：善水的歌谣

水问

沱沱河向枕边流来。转瞬之间
胸口就感觉到了那份宽广。涛声如许
七溪流水若隐若现
河湖港汊中，浸泡着一个年年丰收的名字
而在昏黄的北方，早已传来
大禹三过家门而不入的匆匆脚步声

坐拥三千里水城
凭谁问，当年的嶙峋和粗糙去向了哪里？
而那些肆意和狂放，如今又安在？
终极所有的忙碌
人，都在用毕生的精力写好一首
押着古韵的诗歌
作为另一个大禹，作为另一道
防洪抗旱，挽清风、揽明月的千里大堤
——曾经举起并念念有词的臂膀
正把所有的黑蚁白蚁，土蚕蝼蛄，黑手阴影
统统勾去

为什么奔腾的水会清香芬芳
为什么流水是不腐的精灵？它恣肆汪洋
只听从大地的召唤
只听从疏通的调遣，而拒绝所有挡道的障碍

它有自己的路。它的路铺在腐败够不到的地方
铺在内心的轨道中
铺在每一朵清澈的浪花上

对一枚警徽的诗意描述

这是一枚从叶隙间投射下来的太阳的
光斑，此刻正静静地照耀在
我寻寻觅觅的诗句上。我知道，这个
从前用先烈的鲜血和信仰擦拭过的太阳的
光斑，国徽，盾牌，长城
还有松枝，都在熠熠生辉。确切地说
这是一粒种子，靠着镰刀、斧头的本色
深深地扎根在这片飘满落叶甚至婆婆妈妈的
土地上，并在那里生根开花。而这是一片
绝对真实和可爱的土地，正是这片土地
让今天的真正的光斑们，在努力以自己的亮色
发光。例如这一枚。他把这里的每一轮夕阳
都当成了亲人，他把每一朵蓓蕾都贴在胸口
他把警务站的每一次日出，都珍藏在心中
然后升起。人累倒了，大爱却站着，信仰却站着
记忆却站着！就像马天明的微笑一样
半个多世纪以后，还在人们的心头
一次次走近，一次次绽放

论锋利

现在我要描述的这个词，总有一种光
在宣告着它的存在。它覆盖的火焰
坚硬，无情，一往无前
但是我要说，它还是一个不容亵渎的词
与一场春雨约会，围着短剑
走了一圈，然后用水的方式纵论锋芒
声音有点抖。因为我想起了另外一种场景
因为我欣赏别人一边挥舞短剑
一边弹琴的境界，我相信
这是一头雄狮在低头亲吻玫瑰，我更相信
它的锋利之处正在它的柔软之处。因为
在短剑的出生地，在它的历史深处
就是如此。那时的柔软帮助那把短剑和长剑
变得更加坚硬，所向无敌。那么，现在
这些短剑的子孙
是否懂得这个道理：聚拢白日，为的就是
只用寒光就可以劈开黑夜？

追梦者

低处的二叔

二叔小时候跛足
影响他高度的是他的左腿，踩下去的时候
人立刻低了一半。他发现
大地在上升，而月亮离他远了
遇到下视的眼睛，他的身高
更可以忽略不计
其实，二叔并不矮，要不是那条左腿
他的尊严也会很高
低就低吧，低处也应该有梦
让他烦恼的是，他的路总也走不直
终于，一扇门旋转着为他打开：门卫
一个兴旺的企业请他做门卫。任务很简单
除了过滤盗贼，管好一扇门
夜班的人走后，他要和门一起关闭黑暗
然后，闻铃开，进出关，就那么简单
但复杂在于，二叔从此再没有做过完整的梦
经常是和光屁股的小玩伴在一起
等到一条鱼快要捉住的时候梦就醒了
（那个时候他的腿还好好的）
但这次不同，这次是他梦醒后逮住了鱼
而且，由于二叔的门关得紧

那个风风火火的总经理给他加了薪
由一条鱼变成了两条鱼
所以，现在的二叔，与鱼一起下酒的
又多了几句五音不全的小曲儿
见到他的人都说他红光满面
好像换了一个人

小山东

小山东其实不是山东人
小山东的籍贯是一个山东大汉给的
六十年代，他被抱走时
还不满周岁，常熟对于他遥不可及
但在三年前，他自己又把籍贯给改了过来
——他是如何发现了这个秘密
如何做上了这个梦，找到了常熟的家的
他没讲，我只知道他沿着这个梦
走过来的终端：一家水果店
（严格说来是水果摊）
他精明干练的常熟姑妈
用纯粹的常熟话帮他打理
他却照常一口山东腔。再遇上一个其他什么腔
几种方言在水果摊的上空碰撞
就真的会让人觉得
这个世界其实只有苹果那么大

小山东为人和气，进货认真、讲究
每一种水果到了他的手中，就像变魔术一样

新鲜而且好吃。因此这里生意兴隆
那些有着漂亮脸蛋的水果
总是首先被选中，然后一个一个跟着出嫁
到一批顾客走开后，他才有功夫
整理被顾客翻乱了的摊子，将水果们
一只一只重新码放整齐。在他眼中
水果们都是活着的生命，它们眨巴着眼睛
在等待着他的呵护和亲昵
但有时，他看见它们的眼睛闭着
他知道它们已经睡着了
睡得好香

立春那天我去水果店"相亲"
发现小山东不在，他的常熟姑妈告诉我
他回山东了：进货。是开着汽车去的
我这才回忆起他盯着水果时的复杂的眼神
深感他梦的精彩，并终于明白
原来，小山东是开着汽车去追的

仰望一个人的背影

一个背影远去
不管是人还是神，我都仰望
而且毫无疑问，当他越走越远时
我都会保持这种姿势

我是以诗歌的名义仰望的
我的思想之水奔涌，怀想
他那雷霆万钧的诗句
如何在令人窒息的硝烟中和颠簸的马背上
沿着一条没有路的路
平平仄仄

怀想他握笔的手如何指挥千军万马
如何翻阅中华五千年故事
如何拨开头顶那片厚厚的云层
让阳光照亮中华民族的沉沉黑夜

他的马背是千里沃野
他在这里哼着小调种植诗歌
兴之所至，这里或许会开出几朵
战地黄花
或许会伸出一两支寒梅
让她在春天的花丛中微笑

枪炮声在他的四周震响，硝烟弥漫
或许因为他身材高大
或许因为他的诗歌的头颅高高昂起
在他的眼中，那些硝烟已经
变成了诗意的云

他的诗歌的足迹很长很长
它是一幅画，赞颂大好河山
它是一支歌，咏叹峥嵘岁月
它是被他点燃的熊熊烈火
把东方这片冰冷的土地，烤暖

其实，他的最好的诗
是写在中华大地和世界地图上的
站立！中华民族的站立是他最精彩的诗
中华民族的膝盖，即使打满补丁
也不会下跪，不会战栗
因为在这补丁上刻着两个字——
尊严

那年十月的第一个黎明
天安门上的老式麦克风里
那句著名的湖南话，让二十世纪
四十年代末的时空，打上了中国的印记
而我发现，他手中的讲稿
是他用泪水、鲜血写成的另一首诗
此刻，他正对着麦克风
用生命朗诵着自己的作品
只一句
就把所有的人，深深打动

怀念

离开起点越来越远
第一只书包里的那些纯粹的文字
变得模糊不清
母亲，在感恩的同时
我学会了怀念

怀念是逆时针转动的钟
每跨过一格，钟声就会在
历史的天空里回响
而往事被浮躁的风吹走时
记忆的骨头里就会随之隐隐作痛

对于这种疼痛是无法解释得清楚的
逝去比未来更珍贵
一个旱烟袋，一支驳壳枪
可以描述一个年代
如同一截露出年轮的树根
可以告诉你
曾经的暴风雨一样

而今宁静的、臃肿的月光
还有渐渐消瘦的河流和那些
表情丰富的面具

都已销售一空
发表在硝烟中的和平岁月
谁来追究版权?

母亲，在树林中，在含羞草附近
我看见那些最为幸运的松鼠理直气壮地
紧紧抱着一枚枚香甜的果实
在硕大的枝丫间穿行出没
粗疏的藤条从树冠的缝隙中坠下来
成为捷径

那些曾经养活生命的灶台一下子消失
但我依然走不出那种眷恋，母亲
我怀念被清贫淬过的坚韧和操守
怀念马路边捡到的一分钱
怀念警察叔叔真诚的微笑

在大街上，在弄堂口
人被狗拦住去路
媒体关于人给狗下跪的新闻
估计会得奖
但历史泪流满面

不！那些怀念的理由并未消失啊，母亲
我的怀念是因为
由逝去垫高的今日和由今日垫高的未来
是因为那些被战争击中的年轻士兵
我的没有留下姓名的弟兄
为了这些
我拒绝遗忘，母亲

相约三十年

——赠老朋友常德盛

你从田埂上走来，向着辉煌走去
相约的诺言里，有满天朝霞
你将风雨藏在了身后
而折下一支阳光，插在我们的记忆里

三十年！三十年只是短短一瞬
今天，时间不再流逝
就让钟面上的剪刀
剪去夏、秋、冬，只留下春天，永远

老友重逢，让我们再次相约
以白发的名义，重新翻阅记忆里的阳光
老友重逢，让我们一起倾听群鸟飞翔的声音
在这简单而又宁静的春天里

点亮

火柴已经用完
而
火种尚在

追赶时间的那双芒鞋，还有莽原上的
那盏马灯呢？漫漫长路上
一粒闪烁的火星，依然闪烁

需要炎炎烈日下的那种白
需要皑皑白雪中的那种红
需要远方
需要你

所有画面将被再一次点亮
一束奔跑的光，穿过体内的每一个细胞
穿过渐渐复苏的草根
和渐渐复苏的泥土
穿过
可能的深渊

春天写意

春雷

有人敲门

谁？敲门声震动四野
听得出，来人十万火急
——好像是远道而来的外地口音？

敲门声越来越急
听得出，来人攥紧了拳头
——好像什么要诞生，灯，已在闪烁

快递——
春天来了！

春风

青萍上一跃，就飞了
飞越一座一座历史的山峦和甜甜糯糯的
唐宋朝野故事

这风好猛

杜甫、李白、白居易、苏东坡、王安石们，纷纷
伸出古老的手臂，撕下风的碎片
把玩掌中

吹走了滔滔岁月，但吹不走山
吹不走水，吹不走月色，吹不走朝圣者的
脚步

被二月剪刀一剪，山河
便新了
连同从寻常百姓家飞出的雨燕
那咕咕的叫声

将花看尽，管他悲喜得失！

春雨

一定是渴望制造了雨，而大水
在狂泻的时候，是怜悯制造了无声的温柔

天到底有多高
只要问问杜甫草堂的屋顶就知道了
沿着雨的诞生、长大和求雨者干渴的喉咙
一路狂奔，少说也有十万里

春雨不说话，求雨者高举的双臂
也不只将诗歌当作弯曲的双膝

十万里。这场与唐朝喜雨的拥抱
打湿了种子长长的梦，打湿了小草渐直的腰板

打湿千年之前的一场诗歌盛宴
打湿千年以后依然在雨夜遥望的灵魂

春天之门

一切开始
都源于那片荏弱的青萍。

寻你经年。脚步声从四面八方传来
时间在一枚难于辨认的枯叶上慢慢滑落

作为舞台，必须有阳光
在打开春天之门以前，我必须找到我

左面是一片凌乱的视线
数不清的路归化为一条，横陈于雨与非雨之间

右面的词语踟蹰。芬芳，冲开栅栏
我的芬芳却依然蛰伏在空白处苦苦守候

头顶所有的存在其实都空无一物
而前面和后面，充斥着曾经的，未经的梦幻

低处，低处！脚掌附近的一片草叶中
我看见了那扇洞开的门和被打翻在地的冬天

春夜帖

春夜柔软，可以用来擦拭
过于尖锐，潦草，层层叠叠的白天

人世间，一场没有名角的演出
风吹过来的时候，我正躲在角落里

春宵一刻值千金，那么夜呢
时间被虚度打败，抛弃，拾起时已经粉碎

过于完整注定了残缺，下弦月
阻止了一枚陨石的陨落。

某个春夜诗歌蜷缩在屋檐下面，像一只狗
在主人的焰火中打盹

二月里来

从岁月中抽出一章
从一章中抽出一节
从一节中抽出一个鲜嫩的日子
——那是我们的节日
二月　像婴啼一样唤醒大地的黎明

那是旷野上正在消融的
最后的冰凌　一滴一滴的水珠
贴着燕子的翅膀　滴进了
曾经板结的大地
和开始嘹亮的流水

那是在我们不经意间吹来的
第一缕春风　这把神奇的剪刀
剪出了贺知章碧绿的柳叶
剪出了新嫁娘脸上的那朵红晕
也剪出了我们的
为之痴迷，为之眷恋，为之奋斗的
江南

那是一首寓意深刻而隽永的哲理诗
既然上帝不肯恩赐
那么我们创造！

——我们用信念集聚力量
用文明踏平坎坷
用思想眺望远方

因为热爱这片土地
我们像艾青那样噙满泪水
因为热爱这片土地
我们像女娲那样捧起燃烧的石头
总之因为春天
我们铭记着深藏在心中的航线
在这片海洋般深邃的土地上
不停地划动

为了美丽
我们在以地平线的弧度和宽度
围成的圆桌边　瞄准沙子
智慧的火花在讲述中开发
心灵的珍珠在思考中闪光
每一张讲稿都是明天的入场券
沿着时代的高度
以生活的原始语言
吐出我们的
　一颗心

二月里来是新春
半个世纪的坦然心声
在漫漫长路上铺满亮色
像天边升起的
与花朵一起怒放的朝霞

一样的精彩　一样的生动
一样成为这个春天必不可少的要素
而那朵奇葩
和那些责任心很强的绿叶
共同托起了
　另一个春天

援建书

土门

打开网页，在中国母亲的怀中
有许许多多孪生的土门
哦，不是的，现在我说的是四川绵竹的土门
说的是那个在“5•12”与汶川一起倒下后
被常熟扶起的土门

两千余公里的路程其实只是一步之遥
幸福与不幸只是一步之遥
昨天与今日只是一步之遥
即使是跨出成都双流国际机场后
在绵竹，身上剑南春的醇香尚未飘尽
土门就到了

但我来迟了，土门
在翻过去的那页日子中，我未及看到你血淋淋的
伤口，如今尚存的仅是大地震时的一小块瓦砾
而在那片废墟之上
十只从江南水乡常熟飞来的燕子
为龙门山脉南麓的破碎的梦衔来了春天
他们以阳光为原料，加入
自己的汗水和智慧的风，放在一起

搅拌着，一块一块
将春天砌高
把曾经降下的半旗，重新升到了天空

可这回却让我赶上了，土门
在重新翻开的日子中，我看见
一幅美丽的图案，有关未来的假设
正在和已经在脚下呈现
玫瑰花或许会告诉你更多春天的消息
包括有关我的迟到的祝福
有关奔跑
有关小康、富裕、幸福和爱，它们的成因
及其理由

工地月色

除了学生之外，月亮
是另一只渴望的眼睛，这一夜
有十万火急倾泻下来
倾泻在援建工地上和援建者的心上
——9 月 1 日开学，不能怪微微发抖的手指
时间谁也无法更改，三个月！
只有奇迹
才不会越过这条界线

未能祈愿于人长久的千里朗照，这一夜的
月亮，格外卖力
与通明的灯火一起

给挥汗夜战的工人以眼睛
给援建组的铁定承诺以信心
给土门的两万多父老乡亲以幸福的理由

停电时，有人拿来了三个强光电筒
在电筒光的照射下，搅拌机照样转动
照样唱着世界上最动听的歌曲
——向9月1日进发
——向9月1日进发

啊，我听见了，听见了一支
自强不息的歌，歌中唱道——
今夜你给我一轮圆月，明天我还你一个太阳

常熟街

一块数十吨重的大石，一旦刻上这样三个字
并安放在了土门那条通往明天的路口
便成了风景

常熟街的两侧，是沉甸甸的果实
一边是幼儿园，小学，卫生院
一边是中学
把这些果实一起放在功能分区这个筐子里
它们就叫作：文教新区

幼儿园，小学。那些灿烂的笑声
我实在想象不出当初折断时的惨烈

而此刻，在我的相机镜头里的欢腾雀跃的童年
一张一张盛开的脸
要撑破我的镜头。但我承认
我无法掩饰心头的忧伤，为了那些
天堂中的花朵，和那些业已凝固的笑声

卫生院。重新站立起来的
那个巨大的红十字，用阳光染就的颜色
热烈，暖人心怀
许多阴影消失在它的照耀里，包括
至今还活着的尖叫
和从四面八方闻名涌来的渴望

土门中学则让我想到了一些词。一些
动词和形容词，不断被淡蓝色的想象所包围
援建精神浇灌的奇迹
让微微发抖的手指和惊叹的目光
在9月1号前认识了常熟
而最让人怦然心动的却是一名女生的话语
——塑胶的操场再也没有灰尘
眼睛可以睁开了

哦，我想是的，睁开眼睛，我们必须睁开
没有灰尘的眼睛
为了在这个重新开始的路口
眺望远方

三溪寺

龙门山脉抖了一下，一根手指
在尚湖中蘸了点水
三溪寺的历史，就被翻开了新的一页

于金碧辉煌之间
是谁轻轻拨开心头的乌云，让阳光
穿过千年风雨，穿过
刚刚弥合的裂缝
一直从北宋照射过来？

罗荣村的流水

罗荣村。宁静。就像这条由两排房门捧住的
流水，不紧不慢地说着往事，不紧不慢地说着
像龙门山脉深处的那股清泉一样的
曲折动人的故事，并缓缓流进
噩梦后的顿悟：宁静比什么都幸福

是的，潺潺的流水。除了宁静
那种梦幻般的声响什么都可以沉淀

门前的空场上，流水边
绣十字绣的女人，在紧绷的布面上
绣一朵吉祥，绣一朵幸福
绣一朵阳光，绣一朵感恩
她们的针法细腻，一针一针，就像

全神贯注的外科医生
在头顶悬挂着的太阳的照耀下
缝合惊恐与忧伤

流水知道，一年前，这里还是工地的时候
最早踏入这里的是常熟援建组的脚印
踏勘，筹划，指挥，风里雨里
他们把心血与汗水全部浇在混凝土里
像梭子一样来回奔波，像梭子一样
织出了村民有滋有味的日子

从此村民知道了中国有个常熟
从此村民知道了常熟有许多的亲人
搬入新居那天，赴宴请帖送到了援建组
他们要请常熟的亲人们一起
像门前那条流水一样
串起过去、现在和将来
他们要请常熟的亲人们一起
像结婚喜宴一样
用流水席，一起品尝重新站立起来的
甜蜜与欢乐

思南歌谣

思南记

从 1 ： 1300 万的共和国版图上走向你
叩响贵州东大门
推开一个神秘的名字：思南

两千多公里的路程只有二十厘米的宽度
我不认为我是远方来客
梦刚刚被琴川河里欸乃的橹声打断
此刻，别一番风情的橹声
又在乌江清澈的波涛中响起
连在一起的河
连在一起的梦
连在一起的足音和一个共同的远方——
今晚，我要在这里
完成剩下的半个梦

鸟雀衔来的西部阳光
洒落在走过的每一条马路上
有些倾斜的街道
提醒着一个稍有不同的早晨
熙熙攘攘的马路
熙熙攘攘的人生

当每一缕相似的微风吹来
在每一次擦肩而过的童年的回眸中
我几乎要喊出声了
——母亲，你在哪里？

思南，古思邛江之南
其实这也是思念江南的简称！
——嘘，莫要出声
乡愁，存在于默默的牵挂和对视中
默默地等待，默默地怀想——
思南，你优雅的名字
流过群山，流过历史，流过每一个晨昏
直通江南

君住长江头，我住长江尾
长江，很早很早以前就是我们共同的母亲了
在母亲的怀中可以任意撒娇，任意行走
可以任意在这片让人嫉妒的
广袤画面上，行吟

乌江猜想

一声嘶鸣
又一声嘶鸣

最早的战马的嘶鸣
一个凄美的故事，在乌江的浪涛里呜咽

流过我的梦时
我的猜想在思南乌江的湍急流水中搁浅

接下来的那声嘶鸣
突破天堑，穿过苦难，成就了千秋伟业

那根红线擦身而过。队伍远去的时候
理想依然在征尘四起的大路上眺望

而此刻，我终于拖着自己辉煌的身影
在夜空里看到下一章了——

思南，我想借你一页蓝天
把一首关于绿水青山的诗稿写在上面

思南，请接受我的敬意

在思南老街，只要拐一个弯
就会走进安化路，走进由镰刀、斧头带路，或许还有
《国际歌》声伴奏的革命里

安化街中段西侧，房子的朝向兜住了北风
刘华清的题字不单是书法，更有
对一个伟大生命痛彻心脾的凭吊与惋惜
仅仅三十六个春秋，在腥风血雨中
这颗耀眼的火种，就被一阵狂风吹灭

现在，我们需要怎样的哀伤

去阅读石壁上的那些冰冷的文字
阅读时间的阴影，阅读
在 1933 年夏天的这场暴风雨中陨落的
为共和国的成立做出突出贡献的
旷继勋

一方水土养一方人
奔流在常熟和思南心中的千里乌江
执着，坚定，奔腾不息；
在这儿的土地和群山里
年年岁岁踏着坚实的步伐
如同曾经在这里走过的一双双芒鞋
在枪声的记忆里前行

思南，请接收我的敬意！

在画面上行吟

把思南的山山水水背在身上
在像与不像之间，穿过一个个传说

一不小心，饥饿的脚
就会在传说的背面踩痛一个遥远的梦

喀斯特站着
等谁？聚与不聚之间，已逾千年

溶洞里的黑暗与光明

就在这一刻，急速变幻，格外真切

思南是多彩的：
金的阳光，银的苗人，白的鹭鸟，蓝的天空

在画面上行吟，我与诗歌同行
寻找着杜工部的那行白鹭

奔跑

（报载：常熟企业日前向思南乡村小学捐赠240套冬季校服。）

一个声音在呼唤——
时间不早了，走过去有点慢
我们需要奔跑

大山深处。擦耳
寒风钻进所有的缝隙和薄薄的衣衫
二百四十条红领巾，在颤抖

就在此时，一双温暖的手，伸过绿色
和黄色的色块，伸过两个多小时的国土
将一个提前的春天送到了皲裂的手上

缝纫机还在快速转动
春天不会离去，精准扶贫的号角
会在所有单薄的地方吹响

奔跑，让我们协作——
你给我青山绿水的由衷而恒久的感动
我赠给你一对翱翔的翅膀

贰

乡愁是诗，乡愁如歌，乡愁有满满的家国情怀

名城

公元一九八六年，一个冬天里的秋天。常熟
在经过了五千多年的孕育之后，一枚沉甸甸的硕果
在国务院中国历史文化之树的枝条上
跟它的名字一样，瓜熟蒂落

三十年的名，一千多年的城
一千多年的城，五千年的根
回首之间，历史看见了它的厚厚的根基，看见了
没有文字记载，只能用文物来表白的故事
崧泽、良渚的那些深褐色陶片和骨殖，在黄土之下
默默地做着城垛之梦

被时间毁灭过。最后的文物
在另一个时空里，匍匐着，与今天对话

一年一年，这方水土终于长大
它的主人与上苍合作
以调顺的风雨、年年丰收和福地的名义
为这个城市命名，为这个城市，定位了一种
无法复制的神圣
直到现在，并且永远

这个名字有一股香味

这个名字是一声呼唤
这个名字内敛且委婉
这个名字丰富并厚重
这个名字让人心存感激
这个名字，叫人无法不记住乡愁

“福地常熟”，那块石碑今何在？
在拂去尘土，重见天日的那个瞬间
一个谜底
终于揭开

但幸福到底是什么，是一种赐予，还是
踏平荆棘和坎坷以后的豁然与澄朗？

感谢上苍
将更多的生命的份额置于常熟的案前
可机缘！从来都不会白白奉送给慵懒和愚顽
当这片土地与遗落的洪水、干旱、狂飙、地震
以及侵犯的刀枪不期而遇的时候
一双双抚摸着绿色和福泽的手
顷刻之间便握紧拳头，高举大风，力挽狂澜
以义无反顾的姿势，守护家园

这是天人合作之果。而中国历史文化名城
却更多是人文的杰作
很久很久以前，它的先民就开始打扮这座城市
黄土盖不住旷世的故事
每年的春雨一下，它们就会发芽
每年的春风一吹，它们就会随之飘远，飞去远方

移走了一块大石，又移走了一块大石
成熟与丰收开始走进这片新开垦的土地
改正了一个蛮荒之举，又改正了一个蛮荒之举
汩汩的文明之泉开始滋润这片干裂的土地

熟土在延伸，家园在构建
炊烟在招手，成员在扩大——
一张白纸
被他们的双手和心灵画上了美丽的图画

碧池的月色，脉脉的流水
武士的折戟，骚客的遗墨——
这里的一切
都是为这个时刻准备的

那么是谁，向这片蛮荒之地抡起了第一镐？
是谁，在这片蛮荒之地留下了第一个文明的印记？
如今仍安卧在虞山东麓的先贤们
他们素衣简行的形象，历史没有忘记，即使是我们
在石洞景区的大门口，每当风雨交加的时候
我们仿佛仍会看到他们当年栉风沐雨的形象
听到悠扬的弦歌和文明的脚步声

卧牛山上。那扇剑门，那些洞穴，亘古的山泉
累世而居的古树，生生不息的野草和风
大自然的原创作品，成为原住民最初的家园
而那些被阳光一再涂抹的屋顶，湖石，小桥，栏杆
甚至飞鸟，沙砾
以及在湖面上起起落落的新的旧的岁月

穿过时间的隧道，都呈现在了这片创造着的土地上

人文的园林，总把历史编成独立成篇的章回
供后来者静下心来，认真翻阅

那口墨井留下了，而从这里出发的
二十二岁的车轮，在驶入文明的征途之后
武城陈旧的天空，就被理智的弦歌礼乐装饰一新
月光下，“南方夫子”抚琴而歌
质朴的思想之蝶翩翩起舞，那些落地生根的文明的碎片
纷纷坠落在两千五百年前的文化背景上
而方塔，尚湖，彩衣堂，曾园，赵园，燕园们
以及涅槃重生、刚刚刷完最后一遍漆的文庙
则历经沧桑，或跟它的主人一样，穷经皓首，探索至理
让后来者走进这里时，总会感到
历史好像有话要说

春天，一种物质的美丽，在这个舞台上绽放
而在舞台的另一侧
“三月三”们，是常熟人构建的另一种美丽
精神的花朵在文明的园地上盛开；
夏天，过多的阳光被储藏在小城人的梦里
一个电闪雷鸣，天被捅了个窟窿
在滂沱大雨中，虞山被浇得浑身湿透
秦坡瀑布和夏天一起奔涌而下；
秋了，一组火热和奔腾的语汇已经用完
曾经，吾谷枫林，普仁秋爽

一坞白云团野色，四山黄叶战秋风
常熟在用另一种语汇描述秋色；
一阵寒风，又一阵寒风
沿着薄薄的农历来到风雪读书台
大雪，让闻名天下的昭明太子成了一枚书签
被夹在了常熟数千年的文化大书中

琴川，它是别称，母亲起的乳名
琴川，它是信物，珍藏在常熟的胸前
古琴、琴河，琴河、古琴
古琴的音韵，其实是琴河在流淌
琴河的淙淙流水声，其实是古琴在弹响
翻开《辞海》，在常熟人的听觉中，会从那里听见
熟悉的古琴曲和琴河流淌的声音

棋，好手在民间
当棋手在棋的殿堂里摘得荣誉的时候，我看见了
它的强大的背景：随便在一个什么地方
他们可以三五成群，遍地开花，捉对厮杀
棋盘外，有一粒观棋不语的棋子，正默默地参与着
生活

书与画，与古琴们一起，垫高了常熟的文化厚度
书与画，其实那是艺术化了的历史——
醉尉街的黄昏，在那片越研越浓的墨汁里
一颗狂放的书心正当街安眠；
浅绛山水。浅绛
那是太阳尚在地平线下或者刚刚升起时的那一抹
色彩

《富春山居图》，但凡举世瞩目的人文艺术品
总有一段坎坷曲折的路

古里。铁琴和铜剑。五代人。两百年
这些元素，被常熟冶炼成了书的传奇：
那些风雨，那些车辙，那些漫长的刀枪的闪光
剽悍而碎裂的马蹄声，驮着这些书的祖国
度过了一个完整的冬天
而时间，淘汰了应该淘汰的，改变了应该改变的
之后，人们终于发现，在风霜雨雪中
在滚滚红尘里，这里一直静静地
沉淀着
一把铁琴，一把铜剑……

越来越厚，这部只有开头没有结尾的史册
正在被时间细研深读
而现在，在翻过三十页薪火相承的精美插图之后
阳光的手指，已经翻开了新的一页

虞山，常熟的序

一直让人相信：这里的大地是一本摊开的书
历史的长风吹着，每天都是最新的一天

开卷见山。这本书的序：虞山
它以超然的苏南高度在时间的深处伫立

从陶片的主人，到芯片的解读者，一路过来
许多章节穿插其间，文字们前呼后应，浩浩荡荡

文采斐然：生命的辞藻在草叶上摇曳，闪闪发光
从高处跌落的小溪，把一个古老的话题徐徐打开

到处可以找到青山绝妙的意境
爬到一半，一轮旭日
便从我们的脚下冉冉升起
而海，正在不远处等着我们

海嵎。少年赤着脚，在海的角落里疯跑
而逊国南来的虞仲，把一个“虞”字，留在了山上

少年慢慢长大，长长的黑发不再飘展如风
开垦，除草，犁田，下种，收获一个又一个秋天

何人赐以常熟这个名字？是智者，是学究，还是
常熟人自己？
答案就在每一滴打磨过的汗珠上

答案还在于背后这条匆匆赶海的江，临了，它转而
向东，向北
汗水流下的瞬间，它终于说出了另一个秘密

我们脚下的这片大地，本来是用来
创造深度和高度的。这篇序，已经写得沈博绝丽

所以常熟人喜欢爬山，登高，做梦。先人的肩膀
才是常熟人最为可观的遗产，我们踏着它，上升，
上升

琴川，在我的血管里流淌

一张琴，可以很大，可以很小，可以
很厚，可以很薄，可以流淌在大地上
可以弹奏于厅堂内，屏风后，香烟里，雨声中

可以流进词典，成为这里的米粒或水滴
它在这个知识的海洋里尽情流淌
并与这个奔跑的现实合奏，发出自己的声音

琴川，家门前匆匆流过的河
琴川，家门前用于回首的小溪，如同
家中的一切：那个硕大的水缸，淘米箩、灶台、
老井

如果可以，我们会在历史的蒙蒙细雨中
打着伞，沿着琴川河的走向
借李白的那片月光，走进大唐，走进所有朝代

如果可以，我们会登上大唐运粮之舟
问河中腾跃的鱼虾，朴素的浪花味道如何
问拂去尘埃的历史，完整的七弦河何时复活？

如果可以，我们会潜入河中，让唐朝的流水
唤醒少年的情怀，母亲的呼唤充耳不闻

据说，有个发小发现了驳岸边的某种古老的斑纹
如果可以，让我们转个弯，走进生活
当小木船从历史的缝隙中驶过
被搅动的生活，开出了一朵朵喜怒哀乐的花

这水，洗过一年又一年平静而凝重的月色
洗过大红喜字的羞涩和醉归的故事
洗过添丁人家孩子的啼哭

洗过来过一回后匆匆返程的白纸和唢呐声
洗过两岸人家的惬意或挣扎
污垢和昨天在时间的匆匆脚步声中慢慢流走

一个漩涡，再一个漩涡
我凝视水栈与驳岸交界处的一朵野花
俯下身去，抚摩若有若无的芬芳，不能自已

这就是“七溪流水皆通海”的琴川河啊
这就是年年岁岁滋润着常熟的琴川河啊
琴川，在我的血管里流淌

致方塔

1

与方塔倾谈
数百年的风雨是否够用？以风铃诉说身世
可以仰视，但不可以俯瞰，或者遗忘，
任何时候

现在，数百年的风雨已经证明了
一副承重的骨架，一根笔直的脊梁。曾经
在一个火柴盒上看到过
一个城市的名片，能擦出火花

2

朝背阴处做个鬼脸应该无伤大雅
而从塔顶上落下的那声喊
比魂不守舍的远雷更远，更重，风度更好
但世界不会因此遗忘了它的真相

例如这盏风灯。灯红酒绿中，混迹于此的光芒
可以视而不见。而孤灯啊
伫立于此的千年孤灯，原是一轮脱俗的太阳
让这黑暗，亮如白昼

3

指路牌
答问探询的口
抑或，移植至某个灵魂暗区的胎记

不会迷失的秘密在于，匆匆回家的游子
但见超凡脱俗、鹤立鸡群者，皆为目标
那么拴牛桩
我的马可否拴系于此？

回家真好
不用寻找就可以一头扑入故乡的感觉真好
因为怀念，就在写满诗句的名片上
一次次流浪
一次次回家

方塔，这翘角，这灯

曾经，一个火柴盒告诉我，方塔
这个城市的名片，可以擦出火花

与火的关系有点暧昧。正如
这闪电，暴风雨之夜，究竟是谁照亮了谁

黎明的颤音不会因此远离它的真相

例如这飞檐，这翘角，这灯，这盔顶。灯红酒绿中
混迹于此的光芒，可以视而不见
而真正伫立于此的千年孤灯，原是一轮脱俗的太阳

往事在发酵。无心度过的每一个晨昏
如今被一首诗击中，挂在四角，叮当作响

而塔顶的跌落犹如一次抛物线之外的生命放歌
让这黑暗，亮如白昼

写在风中

能写在风中，写在旗帜上的警句不多
但一种高度可以

风铃是用来诉说身世的。数百年的
风雨是否够用？那些往事
可以仰视，但不可以俯瞰，或者遗忘，任何时候

走进记忆深处，又看见了那团瑟瑟发抖的
黑影。门开着，那扇无须关闭的门，开着
露出一枚发霉的果核
在有与无、白昼与黑夜的边缘滚动

往上，往上，再往上。在大风中
见证战争、攀升、坠落和起飞的瞬间

现在，数百年的风雨已经悄悄停歇
那个在大风中寻找方向的人，像一道彩虹
庄严地划过城市

那么，请用在大风中淬过的内心的灯火
保管好一生的警句

——“人在做，天在看”

仰角

说着说着，夜就深了
此刻只有方塔，还在缝补夜色

走着走着，天就黑了
远方的天光照见：一个背着影子赶路的人

该往何处去？
何处在哪里？

一粒尘埃的仰角在张开之后发现：
在任何一个角落，这座方塔都在，是的，都在

都在。塔顶的那些默默生长的野草
沸腾和坚冰——也在

再读尚湖

我曾经，一遍遍
从尚湖的风中走过
端坐圣坛的老人
指点我，顺着那根钓竿西行三千里
该用商末周初的苍茫月色
读人间冷暖

再来尚湖的时候
老人依旧，而尚湖已在烟雨中洗过
如出浴的女子，拥着一身惊人的香
在蒙蒙细雨中，轻移莲步

湖岸上，虞山在先，唐寅
再不敢点墨尚湖
秋香泪迹未干。柳如是的金莲
作为客人，只是在三百九十年以后
才刻印在尚湖的堤岸上

真的应该把黄公望和浅绛色也一起请过来
让这幅画，在浅绛色的熏染中
愈发生动

再读尚湖，我才知道

其实，那一湖轻轻抖动的绸缎
是天空和大地在同歌
是历史与现实在共舞
而在旁边轻敲鼓点的
是我从历史踏歌而来像尚湖一样的
清澈的诗情

诗意沙家浜

【封面】劈波斩浪

昨日的芦苇在风中摇曳
脚下是记忆的湖水
当年的小木船和桨声哪里去了？猛回头
它已成了背景

在时间的浩瀚水面上
劈波斩浪——
身在浪尖
心，却在永远的前方

【一月】彪炳史册

阳光的手指
翻开厚厚的史册
石头的语言
在无情流逝的时光中滔滔不绝

东进！东进
让茫茫的芦苇
在历史的延长线上，依然东进

依然
奔腾不息

【二月】芦荡轻舟

桥是一张弓
小船是一支箭

抽弓搭箭——
射出去吧
趁浪低风轻
射出去吧
现在正是好时辰

——搭上去的是昨日的故事
射出去的是明天的希望
而坚挺的芦苇，一定是
射箭的人

【三月】朝霞初升

静谧而安详的
草棚，水车
沐浴在初升朝霞中的
芦花，稻香
或许，那位郭建光
正面对祖国的好山河

深情地唱？

【四月】春来味浓

岸柳轻拂
飞檐问天——
当年的阿庆嫂在哪里？

泡一壶清茗
浮起多少追忆
任岁月在壶中翻滚，也冲不淡
春来茶馆那段
浓浓的故事

【五月】假日寻梦

在绿色的怀抱内
在远去的欸乃声里
在远离城市喧嚣的曼妙和宁静中
度假村
盖着故事入眠

鼾声写满古诗意境
——宁做沙家浜人
不愿做神仙

【六月】乐在沙家浜

沙家浜，芦花和稻谷放香
沙家浜，鱼和水相依为命的地方

沙家浜，不应只是硝烟
沙家浜，也属于歌声与微笑

尽情地欢乐吧
只是别忘了
那条充满荆棘的路

【七月】拥翠抱红

草叶青青
红花朵朵
春天与你同在

从天空到水面
从梦到繁花簇拥的春天
整个沙家浜
是一个巨大的四季盆景
这里，莫说全部
只一朵
就已经道尽水乡春色！

【八月】面对历史

走上一级
再走上一级
登上历史的瞭望台
将苦难和古往今来的风
慢慢咀嚼

今天
向历史敬礼
回过头来的时候
花朵
已经默然开放

【九月】湖桥印象

在平静的水面上
一朵巨浪骤然升起，然后定格
定格成美丽的——桥

从昨天的芦苇中走来
到今天梦一般地崛起
人在涛头立
影在水中游
而脚步
正在靠近明天的岸

【十月】军号声声

那段血与火的日子，就这样
被珍藏在记忆深处
当重新从历史上站起
这厚厚的史册
明亮了多少心

历史渐行渐远
沙家浜，只剩下
那把被硝烟擦亮的铜质军号，至今依然
号声不绝

【十一月】红石风韵

天开波镜
水浴风韵

水乡的风
农家的情
沙家浜的故事在这里重读
民俗文化也在这里缤纷

红石村
仅凭这远远的浅浅的一瞬
就已经打动了我的心

【十二月】芦花怒放

芦花和粉莲
托起一座水上茶楼

悠悠的轻舟
荡开了彩色的涟漪

问双莲轩品茗赏荷的客人
这艳丽的粉莲
有没有在你的脚下燃烧
这多情的芦花
有没有在你心中怒放?

怀念芦苇

因了风中的独立不移
因了那页为你而美丽的天空
因了梦的圆满和完整
因了远离后心中的块垒
我怀念芦苇

此刻，你和我站在一起
而我依然怀念，是的，依然
从高音喇叭中传来的
京剧唱腔里，我清晰地
听出了风滚过叶面的沙沙声

你卑微，但仍昂着头颅
你艰难，但仍生生不息
你用绿色护送光明迂回前进
而让黑夜制造者
心惊胆寒

在水边，我小心地
拔起一节历史
芦根，像藕一样出淤泥而不染的
芦根啊，老中医说
这是一味药，能清热解毒

风过芦苇荡

一定是被吹醒了的那段记忆
风一过，整个芦苇荡
便再也不肯平静

风是微风，像一只小船
缓缓穿过岁月，河道两岸的芦苇
目送风走远，看风降落在
春来茶馆高挑的旗幡上

此刻，曾经的暴风雨
在那并不太辽阔的时空里
纵横奔突
把那幅绝妙的风景画撕得粉碎
历史倾斜下来

风啊，不要再吹散谷粒和生活的香味
让芦苇荡保持如歌的平静吧
生活的美丽飙升了时光的价值——
今天，一刻值千金

古里

序：胎记

1 菰和罟

河道从时间的深处开始稠密
菰苇摇曳，流水无声，岁月一掠而过
一个村落的容颜，在流水的倒影中，慢慢浮现

网，密布于土地和渔舟上空的网
在谁的手中，撒开
鱼，米，以及千年故事，都被一网打尽？

菰和罟，收藏在厚厚的线装书中的
两个涂着铜绿的字。茭白和渔网
成为古镇永远的胎记

深深浅浅的水养育了上上下下的传奇
上上下下的传奇中走出了有声有色的人物
有声有色的人物创造了古往今来的历史

就在一百七十多年前，一位姓张的知县
舔了舔大清的笔尖，一阵风吹落罟里头上的帽子
定睛一看：一张网，渔网

那是一支神奇的笔。风好大，那顶帽子
从此被风吹落。风是仁风，词是好词，地是福地
这全在于，赶在大风前面的那个字了

在风之前，我捡起了那个字
发现：那是一枚果核，五千年的坚果之中
端坐着厚厚的古里，深深的古里

一 琴与剑

2 沉淀

历史径直向下一站走去，留下一句话
——乱世果腹，盛世文物
那么历史
对于这座楼里长满老年斑的旧书而言
是粮食，还是无价之宝呢？

两百年！这些书的祖国
如果忽略那些石头，那些漫长的刀枪的闪光
和那些剽悍而碎裂的马蹄声
已经度过了一个完整的冬天

当许多白天和黑夜成为故事
当那个渔网与夕阳一起被吹落
并且产生怀想的理由的时候
书，和弥散在大地上的那种书的芬芳
都没有消失

时间，淘汰了应该淘汰的，改变了应该改变的
之后，人们终于发现，在风霜雨雪中
在滚滚红尘里，一直静静地
沉淀着
一把铁琴，一把铜剑

3 图腾

瞿公当年，就像他的名字：绍基
在爱新觉罗·弘历缔造的乾隆盛世
将恬裕斋的基石
埋在了历史留下的那句话中

历史说过话后就匆匆走掉了，未几
四角黄龙旗就开始倾斜
皇权之下，垂帘之前
藏书楼有了第二个名字和第三个名字

第三个名字与灵魂有关。读书人的魂魄
夹在他所珍爱的每页书中
书是第二条命，不，书比命更要紧：
被整整五代人贴在胸前的书本，那上面
有他们的热血
不富有不是理由，就从饭碗上一块一块
掰下来，去换回心仪已久的书
对于宋元善本，他们可以挥金如土
整埋遗藏
刻刀伸进民族文化的柔软和空缺部位
旋转的刀尖

将昏暗的灯光、朝霞和夕阳
也一起刻了进去

静静的铁琴和铜剑，目睹着五代人
从青丝变成白发
从牙牙学语到弥留时留下遗嘱
琴的袅袅天籁，伴着生命的舞蹈
剑的熠熠闪光，照耀着五代人
从黄昏一直走到黎明

图腾吗？铁琴和铜剑
让人感兴趣的是，当初为什么一定要以此来命名
在最确切的答案面前，公已无言

4 骨气

“果腹”的问题终于爬上了桌面
那是一个最为棘手的问题：对于书
兵燹，野火，水患，铁蹄，和毛茸茸的手
都是它的天敌
或者毁灭，或者贴在胸口上，别无其他选择

在战火中
琴剑楼的第三代楼主是一只候鸟
衔着藏书，一次又一次飞向远方；
军阀混战，第四代楼主
干脆把藏书和家一起搬到了异地；
在朝廷觊觎的目光中
铁琴铜剑楼照样岿然不动

琴剑虚晃一枪，躲过头顶上的致命一击

书剑飘零，琴声低哑
但永远不会消失
拒绝弯曲的膝盖和普罗的目光
让他们在自己无畏的视平线上，扫视皇帝
对着高高在上、威严如虎的朝廷
他们可以说不
在官位的承诺、巨金的诱惑和武力的威胁面前
他们可以说不
在日本强盗的铁蹄面前
他们依然说不
只是在许许多多求知的目光面前
他们才弯下腰来

这些穿长袍马褂的读书人
柔弱的外表下却藏着比钢铁还要坚硬的内心
他们的骨气是水
可以在无奈的时局里流淌
但不能为刀斧所断，更不会被命运蒸发；
他们的骨气是水
可以穿透顽石，可以穿过一层又一层的时间
流向坦途

5 收藏了自己

藏书宝贝，有人视若拱璧
紧紧地关闭了门外探视的目光
而以五代人的全部心血和宝贵生命保护的

铁琴铜剑楼，却敞开着：书贵流通
雅致的阅读大厅拱手相迎

藏书供大家用书的人
才是真正的书的知音，书的延续者
增补修订，给大家参考
铁琴铜剑楼已经成了公共图书馆
成了众多手臂的延长部分
成了读书人眼睛与大脑的延长部分

一个“公”字
写在铁琴铜剑楼生生不息的精神中
一个“公”字
写在铁琴铜剑楼睿智无畏的目光里
一个“公”字
写在铁琴铜剑楼穿越两百年沧桑的传奇上

星星，以他耀眼的光芒划过天空
之后，开始陨落：
那是他经过长途跋涉后的一次小憩
那是他历经磨难后的一个顿悟
那是他六十七个春秋中最为强烈的喷发
那是他为藏书楼推开的最大的门和窗——

“书勿分散，不能守，则归之公。”
瞿启甲，学者型的藏书家，一个
终于发现了光亮的人。他的宝贝和他的精神
在第五代楼主的手中
像水，流向了海洋

而那双发现光亮的眼睛却永久地闭上了
那一天，即将结束的 1939
和刚刚开始的 1940，同他一起
写入了历史：他们最终收藏了自己

二 那晚的月亮

6 秋了

那年。那晚。芙蓉村
我是贾岛。为了那个红豆情结
本想敲开月下那扇厚重的岁月的门扉，抑或
在绛云楼的随便一本书上
留下我的目光。但是，那些水稻们拒绝我
那些飞蛾们拒绝我
沙沙的声响似在耳语：他们已经远游

哦，天空还是那个天空，夜晚还是那个夜晚
圆月还是那轮圆月，但染在秋衣上的
月光，有些沉重
走向红豆树的
只有我和三百多年以后的寂寥和惆怅

在我期望的视野里，唱主角的竟是那些水稻
循图而来，应该不是我的迷失
我知道岁月的无情，但我也知道，倾圮留痕
那么那条小溪呢，那个荷塘呢，那些竹廊
和那些东篱菊呢

还有那间有故事的半野堂和我闻室呢

大概要见证这段爱情，当年的红豆树活着
默默地活着，坚强地活着
四百年风雨，冲去的是理想和浪漫的铅华
跪在它面前的香烛们，半是祈祷
半是怀念和忧伤
我仿佛听见了撕心裂肺的咳嗽声
手中的拐杖支撑着它的信念：为了见证

一个老人告诉我，一定是因为过于悲伤
这棵树已病入膏肓。尔后，树医生们的吊针
把它抢救了过来。现在
它恢复了活力，枝繁叶茂，似在向远方的客人
向它自己的涅槃，致意，诉说

秋了
我等待的红豆一直没有掉下来

7 “爱情”这个词

在茫茫人海中
“爱情”这个词，读懂者能有几人?
读钱谦益与柳如是
比读他们的平平仄仄，还要艰难

如果他在朝廷上如鱼得水
如果得意的春风刮倒了他站立的诗词
如果她真的“不逾中人”，鱼不沉，雁不落

如果她嘉兴的家避过灭顶之灾，终身不识归家院
那么，这个催人泪下的故事
不可能存在于中国经典的书架上

如果他没有被托出东林党的水面
如果开创有清一代诗风和最后辉煌的不是他
如果松江举人陈子龙功成而归
如果草衣道人掩门而入，让故事失之交臂
那么，他们不会翻开
比传奇小说更精彩的扉页

如果他盛名的光芒没有照进她的心灵
如果他未被革职，依然在朝为官
如果西湖一别，她早已淡忘
如果一袭儒服的她，桃花得气未在美人中
那么，他们不会翻开扉页
带领我们走进那个惊心动魄的故事里

如果煤山歪脖子树没有托住崇祯沉重的躯体
如果清兵遭到了致命的抵抗，无法南下
如果明朝不腐败，再借五百年
如果商女不知亡国恨，隔江犹唱后庭花
那么，后面的情节无法展开
我们看到的，是另一个平庸的故事

如果池水载不动凄厉的历史
如果“水太冷，不能下”纯属杜撰
如果她生性怯懦，对国家的存亡置若罔闻
如果情急之下，她未被救起

那么，他们的故事
会让我们民族的心灵受到更为强烈的震撼

如果池水吞没了他和她的忠烈之躯
如果她和他效法范蠡，从此泛舟五湖
那么，我的诗歌可以挟月光，挽雷电
屈子那样慷慨悲歌，或者赞叹那种传奇的归宿
但这一切都不是“如果”
历史
没有如果

——呜呼！
二十四年后，一个终老，一个以一条孝带
终结了一个悲剧，但读者
却从这时开始
因一个爱情传奇的美丽而困惑
也因一个读不懂的“爱情”而悲鸣！

8　夕阳

我以哀伤的脚步，缓缓
靠近那个梦：浅深流水琴中听，远近青山画里看
就像走近河东君的叹息
穿过时间的层层迷雾
历史的尘埃，太多地堆积在那里

这个世界没有一杆精确的秤，来评价爱情
除了心与心的真正交融，陈年的花蕊
照样可以再次让春天绽放，但是

在岁月的风雨充分沤制的荷花池里
我看见，一株菡萏
从泥淖中奋然站起，另一株
却折断了茎秆，那高傲的头颅陷入了泥沙

这时候我发现
爱情
正在泥淖中挣扎、哭泣

让我惊心动魄的事实是
当污秽的心重新被锁链锁住的时候
她以一个弱女子的全部力量
再次解开那双从“太冷”的水中抽出的手；
当房产争夺者队伍涌来，为保护钱家产业
她以一条孝带，奋起最后一搏；
但当她把自己的全部奉献给钱家的时候
她得到的，却是百米外的孤坟！

抱歉，河东君
其实我不该再来打扰你的梦
当生命终结，哪怕赞誉如海，黄金铺满地
也无法填平有生时的坎坷
片刻的沉思中，我想到的是
两句永远不会生锈的箴言：
人，可以有缺点、弱点，但不能有污点
头颅，可以是灰黑的，甚至是残缺的，但不能低下！

离开时
一轮夕阳，正依着十里青山的脊背

缓缓降落

三 留住时间

9 东南

东南。那时候的泥沙，还是石头
四千五百年前的风雨，赶制成良渚部落最初的家园
坞坵村白色的茅草，为他们的未来命名

一种情绪在他们的心中集结
或许，一个愤青，因为老天爷的无情
而喊出了第一个音节：从愤怒到无奈，直至号啕

土地喂养了繁华，抽空才喂养自己
他们就在大田阡陌，宅前屋后，种一株民歌
边活边唱，并在喘息中，互相用歌声取暖

泰伯公抵达之前，那条河流的两岸
已经架有一条山歌之桥了，山歌飞过宽阔的水面
在农耕文化的上空，流传

歌声沾满土渣和草屑。这样的歌声
却是汉相张良手中制胜的刀剑。他是否来过
山歌不管这些，只顾伴着日子，咿咿呀呀长大

高旷而寂寞的圆月，从此被歌声磨亮：
唱着山歌在田野里收获秋天，在农历中清点岁月

在船橹上欸乃倾诉，在往事的脚印里讲述自己

山歌是歌者的影子，某种精神却如影随形
歌中传承下来的光辉，在山歌馆和中南海舞台
在非遗和“中国山歌之乡”的铜牌上闪烁

历史终于听到了留在纸上的歌声
它让我们找到了源头，那种活着的历史
留住了时间：历史，并不遥远

10 长在水中的歌

陕北信天游，内蒙爬山调，甘肃花儿
这里却是水的王国
潮湿的声音在不打弯的舌头上，风平浪静

流水浇灌田野，浇灌人的心灵和容颜
流水弯弯，流水悠悠，唱其他歌谣这里会走调
只有唱山歌，才词正腔圆

水是根，水养育了一切，制造了一切
稻米长在水里，水乡人的命长在水里
白茆山歌也长在水里。水一动
他们的喉咙就痒起来

水往低处流，往白茆塘里流，往生命中流
流经稻根的时候，水稻们与水乡人商量好了：
你让我一茬一茬传下去，我就给你命

于是，水乡人属于了布谷鸟，属于了秋夜的落日
属于了穿梭的船只，属于了罱不完的河泥
属于了匆匆的炊烟，属于了没有空闲的农历季节

但水乡人爱它，真的爱它，就像爱田头那株野山茶
爱它脚下的土地，它头顶的天空，它周围的气息
它的茎秆，它的绿叶，它的花朵

11 常熟闲话

让学者们去说唱吴歌吧，这里只说“唱山歌”
唱山歌包含了所有的美好：开心得跑路唱山歌
说话赛过唱山歌；过过日脚，唱唱山歌

从这张口传到那张口，曲在口中，词在心中
其实，生活早就为歌者写好了词，谱好了曲
只要随性即兴，想唱就唱

音调可以任意高，可以任意低，无伴奏
这只是它的形
常熟闲话才是它的魂，比吴侬软语坚硬的常熟闲话
才是它的魂，它的根

北方。不能再北了，一条大江拦住了去路
那里有扬州评话，山东快书，天津快板，二人转
再北没有常熟闲话和白茆山歌的家园了

这块土地上只生长白茆山歌，只生长
率真、朴素、直白、张扬、亲切的白茆山歌

一棵野山茶，那是上苍赐予常熟人的福

四 斑驳

12 脚印

走进梦里
走出，依然是一个梦

留下惺忪的眼。东南在梦的边缘，在记忆的边缘
请原谅，此前，我只是一个疑似盲者

有时候，偏僻就是中心
此刻，我分明看见远方有手帕在挥动

“洙泗源流”额。笔力了得，引水处
有烈士兄弟，用平静似镜的池水，杀死过烈火

遇到素不相识的落难者，义士某，从囊中掏出
援手，而以背影，阻挡别人的给予

在古老的脚印里，我们中有人拾起一块砖
与大清一起，走过可以让人狂喜或让人失望的今天

李市什么都有，就少一段歌
李市什么也没有，只剩一个故事了

13 桥与船

一根从历史的胸部伸出的枯枝，任由风雨
在它的体内摆出各种姿势，淘尽风流

船是一种
桥是另一种

像极了的血管：水之魂，船动
水行，血流，生命在啊啊的自由歌唱

而桥，托起了另一个生命，走向彼岸
如果有一场风雨，这场风雨就是专门来道贺新生的

现在，古村沿着一缕春光，重新出发于某个尽头
出发于慢慢消弭的一声叹息中

一粒嫩芽，已经从枝干的腋下悄悄探出头来
走过它时，被我看见了：春天在萌动

14 水栈

这是半边桥么？向下，走向生活的半边桥？
那么另外半边在哪里呢？李市，请告诉我

当小木船从生活的缝隙中驶过
生活被搅动了，开出了一朵朵喜怒哀乐的花

这水，洗过一年又一年平静而凝重的月色

洗过李市从盛到衰的时光
洗过大红喜字的羞涩和醉归的故事
洗过添丁农家的孩子的啼哭

洗过来过一回后匆匆返程的白纸和唢呐声
也洗过李市人的惬意或挣扎

当污垢和昨天在时间悠悠的脚步中慢慢流走
我终于明白另外半边桥的所在了：

凝视水栈与驳岸交界处的一朵野花
我俯下身去，抚摩若有若无的芬芳，不能自已

15　石板街

因了我无法排除的一种想象
我要低下头来，向这些绵延的石板致敬，默哀

一块接一块，在轮回中，毫不介意地
排列绵延成的石板街啊

其实，这种想象已经过于陈旧
一场没有题目的秋雨，让石头有了生命。照见：

明朝的脚，清朝的脚，民国的脚，社会主义的脚
从这里走过

那些坚硬的、柔软的、皮的、布的、木的、塑料的
鞋子，把石头的棱角磨去后，光可鉴人

就这么静静地躺着，任小村的恩恩怨怨、冷冷暖暖
刻进纷繁的编年史中，刻进时光的记忆里

五 古镇的厚度

16 另一本书

在铁琴和铜剑的附近，在执着与完美的附近
我看见了另一本书，一本
属于开创与飞翔的书

窗外的阳光透过时间的呓语照耀在封面上

往前翻，走过硝烟，走过毁灭与重生
扉页：四角黄龙旗下，皇宫翰林院，编修
爱新觉罗·弘历御笔一挥
一个词，从此成了一座园林的灵魂

一幅水乡风情画在历史的背景上呈现：
绕岸一湾溪水绿，当门十里菜花香
由这湾溪水和这片菜花
还有声声欸乃和袅袅炊烟簇拥的
明清时光，在小桥流水和亭台楼阁中定格

江南，天使最早的诵经声
曾经是其中极为丰满的一页

一个村庄和一个古镇的厚度约等于一本书的厚度

一本书的厚度约等于
两百多年人文抵达的厚度，不
我并不是说那个野草掩映的堂名，我是说
敦厚堂后面的历史的脚步声

17 摇篮

一个摇篮
在中国近代的时光中摇动

这是一幅真正的画：中国工笔画的线条之间
艺术之手从窗外伸入
为堆积起来的油画颜料注入了生命；
或者说，在那些粘稠的油画颜料里，融入了
中国元素

刘德斋被兵燹逼走，却被油画和雕塑接纳
被艺术接纳，也被近代的风云接纳：
上海徐家汇。土山湾。他手中的画笔和教鞭
在中国的油画和水彩画的白地上
打下了第一根桩

1942。重庆。新艺术运动的回顾与前瞻
土山湾：中国西洋画的摇篮；对中西文化的沟通
曾有极珍贵的贡献。说此话的是
那匹无法超越的奔马，中国现代美术事业的奠基者
杰出的画家和美术教育家：徐悲鸿

刘德斋站在这个摇篮边，摇着

让中国的油画，水彩画，以及雕塑一天天长大
而刘德斋自己的摇篮
却在美丽富饶的水乡常熟，在古里
在敦厚堂

六 湿地

18 肺肾之喻

除了那些不速之客，那些疯狂的浊流
所有慢慢流进生命的水，都让这个世界上的每个生命
变得舒展和美丽

而这滴水却看不见太阳：水源被无知堵塞
混沌的天空阻挡了我们的目光
沙漠唱着死亡之歌，向无辜和绿色一步步逼近

但到淼泉湖这里，它们的腿就会折断
到淼泉湖这样的地方
到规划中的清醒、睿智，以及现实的地方
它们的腿，就会折断

因为，古里有一个“肾”，或者“肺”
淼泉湖让整个躯体魅力四射，让所有来到这里的生命
充满活力

“常熟可以打造个东部新城，以淼泉湿地
为中央公园”
如果这位网民不是痴人说梦，那么，有福的是
古里人
有福的是，像我这样走进古里的人

但我宁信其有：让那些静静的流水
冲走尘嚣，让每一个生命
在绿色中长久

我们可以在被水调节得最好的生态环境中长歌
我们可以在被水沉淀的心情中
享受生活，品味甜蜜，走向未来

19 淼泉湖的水

现在，我沉浸在这个梦幻里：一张琴
风的手指弹响那片水域，时间在慢慢流逝

必须到这里走一走，一个梦幻般的世界
和一个美丽的梦正等着我

常熟正东：淼泉。低乡。水
这里本来就是一个水域湿地，本来就是一个梦

从电子地图的上空俯瞰，与鸟一起飞翔
掠过曾经，掠过已经忘怀和没有忘怀的日子

停歇在一个真实的存在里。湿地：

淼泉的水，加上湖的一个水，一共五个水

那么多水正好洗涤暗淡的记忆，那么多水
正好可以灌在水箱里，向前赶路

七 风景一种

20 聚集

我宁愿相信，徽商曾经的辉煌
那些曾经的游子的曾经的聚集和曾经的离散
都是为今天的风景准备的

不是飘飘的落叶，不是英雄迟暮，不是
这是另一种聚集：从经济，到文化
从一个高度降下来，而在另一个领域重新站起

中华大地，无徽不成市。这不是传说
就像在如此漫长、如此辽阔的历史版图上
精致的文房四宝，几乎都诞生在这里一样

再次聚集的时候，它的身边，多了
一把铁琴和一把铜剑
而它的魂魄中增添了三百岁的古老年轮
和另一个春天

问渠那得清如许，为有源头活水来
朱熹毕竟是大学者，面对他八百多年以后的同乡

轻轻说出了这样一句永远的真理

其实，不仅仅是他的同乡
他的大同乡古里也听到了，中国也听到了
一股股活水，正在他们的血管里奔流

21 飞舞

羽毛，和比羽毛更轻、更靓丽的精灵
从一个小小的村庄开始，在春天到来的时候
被许多怀揣梦想的人
升上了天空，并且漫天飞舞

路，并不都是美丽的图案。这是一条
由若干条一百公里长的车辙印成的路，这是一条
从寒风和冰雪中踏出的路
这也是一条由一个又一个深深浅浅的脚印
完整与不完整的脚印，连成的路

早春。大雪。如果原来有路，此刻
已经被大雪覆盖，何况，这里根本没路
要想给你一个温暖舒适的梦，必须自己先有
一个梦，并为此在寒冷与坎坷中
踏出一条路
开拓，创新，探索，攀升，一步一步
总在向前

把梦想缝制成霓裳，这里有冬天里的春天
冬天里的惊艳与美丽

一句俗语在这里像冰雪一样消融
而大地听见了另外一句经典的台词
整个冬天都在说
——因为你
我爱上了这个季节

尾歌 在路上

22

从第一片菰叶开始，追随
一个部落渐渐强壮的脚印
从命名、呼喊、吸纳、站立、伸展，一路走来
在那张时光的大网中，我成了
被它逮住的一尾鱼

与古里同行，仿佛在一夜之间，一个传奇
就走完了它的前半生：那是一个
冬日的下午，大雪骤停，阳光
融化了铅色的天空，并从某种深意中照射下来

我怀念那块砖了。或许，在这个时段里
失望的，肯定是那个持砖的人。而古里
会从今天开始，用它来构筑新的传奇：
从激光幕布，到大地
从今天，直到未来

这个天空因思考而拥挤

在某个急剧扩张的广场上，在某个时间的缝隙中
古里有古里的色彩，有古里的天空

仅凭这一点，我就有充分理由
为厚厚的古里，深深的古里
以及盛产奇迹故事的，不甘平庸的古里
为它的明天，深深祝福！

我的老街

老街，让我走近你，让我
走近你的混沌，和杏花村林荫间的微醺
走近你深沉的肤色和最后的落叶
永远无法稀释的母爱密布于叶脉间
由老街紧紧连着
但现在我不知道你是谁了
只知道你曾经属于我

走近，我看见一支竹笛，呜呜地
诉说着遥远往事的那支竹笛
从最初的嶙峋到骤至的风雨，你都在呼唤
漂泊者来归——
一个一本正经的流浪汉，一个
抬头望着窗外飞鸟和天空的匆匆过客
一个忧伤的老资格的孤儿
一个失眠症患者
一个大隐于诗歌的人

未能看清你的脸
未能看清许多年前的那把利刃
如何与生的欲望一起，斩断缆绳
让生命流浪。哦，老街
走近你的时候，我总在怀疑

你是否就是我多年前那段忍痛分离的
脐带？

回家的感觉

指路牌。答问探询的口
抑或，移植至某个灵魂暗区的胎记

不会迷失的秘密在于：匆匆回家的游子
但见超凡脱俗、鹤立鸡群者，皆为目标

那么拴牛桩
我的马可否拴系于此？

此次远游，带着云水浮动
水声在墙的背后响，转过一圈以后，剩下了姓名
而灵魂与骨骼，均在睡梦中徐徐降落

回家真好，有方塔在
不用寻找就可以一头扑入故乡的感觉真好

因为怀念，就在写满诗句的名片上
一次次流浪
一次次回家

以桃花的名义

以桃花的名义，我从一个偶然的目光里偷渡，对岸
一场盛典正在某个缝隙打开：不错，我说
那是诗歌与更具观赏性的四月的合璧
渐渐脱去外套的时间
让一种情绪及其物化之物得以释放。粉红色。夭夭。
无尘
准备就绪，所有人证物证均已到位——

桃花今日出嫁。披挂整齐，春风拂面，宾朋满座
可以听见从灵魂深处传来的唢呐声
和穿越时空的祝福
许多春花充当伴娘的角色。与梦无关。与命运无关
红地毯铺满每一条路

而我曾经的脚印，记忆一片荒芜
那浅浅的怀抱盛不下恁多馈赠。路在抵达之前折断
便是跌落的浆果，也以重力之姿提醒我
一一收回成命
而吸引我的十万生灵正在重新登录，仿佛一夜之间
所有坊间的传闻均已得到证实
比那个阵营更具挑战性的
马蹄声由远而近。潮水汹涌。瞬间覆盖了整个春天

以桃花的名义，我再次获准陪伴四月
桃之夭夭，灼灼其华。那幅图景足以让我义无反顾
但我只是一名旁观者，美教会我缄默
一到此刻，我总觉得任何语言纯属多余
像一个梦游者
可以在这世上最奢华的梦中游走

后来才发现，那些认识不久的桃花们
在不识时务的
春风春雨里，几乎全军覆没，无一幸免
我知道，那是一种幸福的延续，在伤痕下面
一个新的生命正在成为生命，但我依然会以此埋葬
昨天
为春天，也为十万芬芳，包括我的
那一朵

手植

在铁锹之上的是树的根
我是说在静默之上的是生的欲望

在根之上的是树的躯干
我是说在眷恋之上的是灭顶前的坚守

在躯干之上的是树的冠冕
我是说在盛名之上的是匆匆的流逝

在冠冕之上的是鸟巢的遗骸
我是说在孤寂之上的是泪的家园

而在鸟巢之上的
是空如悬铃一直在风中铮铮作响的禅机

那天，那地——
那天地之间，是我手植的一棵树

面对一块石头

这是一块天然的石头
同时也是一块被夕阳染红的石头
一块欲说又止的石头

铁锤砸下的时候，我看见，石头岿然不动
而那块铁上的幸福飞溅，一只鸟正好
衔着一枚礼花，从山顶飞过

它的另一面让我歌唱
如果滤掉那些芒刺，喉咙就会在柔软中
再次苏醒，但音调
却难以拿捏得
准

描述：草

无法描述的
是大地深处的根——

而在它的上面
在酒杯附近，那些野草
那些与泥土一样高的、一样战无不胜的野草
尚未苏醒

风可能是最为可疑的家伙
起于青萍之末的时候，呼呼叫的宣言里
全是站着的
无论是为大海镶边的芦苇
或者是为历史守灵的衰草
更不用说那些贴着时光之谷拼命喘息的
幸福之徒
一律东倒西歪，作不胜酒力状

尚未苏醒
是因为大地本身的醉态，你看
时间摇晃起来
是多么可怕！
这时候所有的尘埃都随之起舞
而一旦落定，那些曾经被野火一次次毁灭的草叶

依然弯着腰背，细数着
近来的和远去的
卑微岁月

迎秋

“立秋之日，迎秋于西郊”
我尾随农历，在周王朝三公九卿的身后
缓缓入秋

下午五点零一分
莫拉克狂暴的秉性未在秋天的大门口
撒野，但气旋到处
将那些貌似强大的可憎面具撕碎
从开始下垂的夏的臂弯间
制造绯闻：秋天到了

祭祀就不要了。那些
随炊烟一起飘然成仙的无辜生灵
当它们通过大肠重新
回到大地
在野草们的簇拥下走向另一个季节的
刀枪，就注定会在啼哭声中
次第锈蚀

秋的莅临势不可挡
而过分的得意，会让那些即将被遗忘的灼热记忆
卷土重来。一种欲望的变异
只是瞬间的事，往往在这种时候

奋飞奋飞奋飞的盛大的风
总有几分失真

记一场秋雨

一场秋雨就这样落下来
我知道，它是沿着知了弯曲的脊背，和夏的
已经垂暮的咳嗽声落下来的
一滴一滴
全落在了农历里

我看见雨的刀刃正在池塘里雕琢生命
哦，秋的年轮，那是
最终消失在无限里的生命的涌动
而击打在落叶要害处的秋雨辽阔的箭矢
却似李凭的箜篌
迸发出的辉煌与壮丽，石破天惊

一场秋雨就这样落下来，我看见
雨丝越过昨夜星辰，越过大段的黑的台词
越过伽利略深邃的目光
越过中唐李贺绮丽的笔尖
和时间体内的锈迹
落下来

一场秋雨就这样落下来
它的稀贵与春天相去甚远
但雨点落入北方龟裂的眼神时，价格飙升

伞和月光只有在此时才被认为是多余的器具
最抢手的，当然就是
能拧出水的乌云

像一个巨大的车轮
在天空的轨道上戛然而止
雨势本来就不大，在秋风的严词怒斥下
狂热和焦灼渐渐离时光而去
寺庙里的大钟
那呼唤生命奇迹的悠悠钟声，让我站立着
在风中抖擞

兰说

一样的泥土，一样的阳光
一样的风雨，一样的日子

甚至一样的邂逅，一样的转动着的现场

只有空间，在
变得不同

吐纳之间
甚嚣尘上

这个斗室因清芬而价值连城了

偏爱

所有色彩都有存在的理由，即使不存在的
也在描绘这个世界

偏爱蓝色。但不是凌晨四点钟的
那种森森，而是与农妇的汗迹浸在一起的
是被缭绕的炊烟牵过衣袂的
是塑料在麻袋中耳鬓厮磨的那种

偏爱蓝色。是事物在无限中的显影
天遥远着，而白云是它的山，是它低处的山
是失血的玫瑰，是往事
是打马途经村庄时那滴热泪
对于这样的真实，我偏爱

但是我最终没能逃过世俗的目光：
除了但是后面的那种已经变质的色彩
我都爱。

童话

低矮的风绕着一根火柴棒吹来
不经意间，那朵仍然饥饿的火焰
就在捧着的双手之间突然
熄灭

大灰狼来了。是从一个看似精密的缝隙中
潜入的。猝不及防。敲门的时候
许多人正在津津有味地读着言情小说

动物们鱼贯。

线装书

肯定是被某支利刃
沿着一行似是而非的脚印
似是而非地修改过的

几只蠹虫优哉游哉啃食清代以来的历史
似是而非的洞。一条类似闪电的
孤寂的绳索
从岁月的某个罅漏处穿过

尚未翻阅，那个似是而非的洞中
便有许多似是而非的
哭声、笑声和磨刀声，隐隐传来

寻找

为一面湖水寻找一羽飞行中的雁是困难的
天空的过于干净让视线在虚无中碰壁
为粼粼波浪寻找制造者的风是困难的
一样的湖水在经过历史过滤后
流出来的故事无一雷同
为远山寻找一万点绿，一点红和一片紫色是困难的
那是一次
眼睛与眼睛之间的误会，不可调和
为流连于简单生活的鸟鸣寻找爱情是困难的
呼之欲出的芙蓉
　　从一开始就被厚厚的水面阻隔
为泛舟五湖的旷世故事寻找结尾是困难的
雪耻后的勾践
早已在酒杯中不省人事
为天生丽质的西子寻找忍辱负重的价值是困难的
让天下人惊心动魄的
　　是真正的爱情

山无语，舟无语，天空无语，只有
忧伤的桨
在水中踟蹰

雨中

看不见的蘑菇藏在画面深处。而此刻
只有小女孩臂弯里的那朵时光
仍可以还原为记忆

潮湿与生俱来
镜子里的雨，那场似是而非的柔软的
雨，竟然阻止了一场断杀

城墙下

城门墙下　一只唯美的蚂蚁
正在向着某个目标狂奔

它有点盲目　不知道天有多高
地有多宽　坡有多陡
不知道随时可能落下的脚掌有多沉重
它也不知道丑陋的真相
不知道权力与谗言的确切含义
只知道爬呀　爬

它想远离尘土　或者借助一阵暴风雨
扫平那些与尘土相关的事物
它忘记了自己的卑微　忘记了
一个召唤　不
这并不意味着它内心的贫困

它没有工夫与来者周旋
在短短的一生中　它没有多少时间
可以用来回头
它的目标在正前方
它目光短浅　前面一尺远的地方
就是它的天堂

路中的城墙

请在这里驻步，脱帽，致敬：
除了留在这里的重重叠叠的伤痕，还有良知

我们不会再有物证，来祭奠从前
尽管那只是一本书的残页，只是
风雨中飘落的一片岁月，一截锈迹斑斑的折戟
一滴远雷一样撞击灵魂的泪滴
但这已足够让我们的心灵不再流浪

是故，这里，路不再是路，而是
历史的某个入口

读画

我读画，读画中的茅舍，山石
残雪，也读黑松林后面的平淡与恬适
一树梅花，替我静静地活着

我坚信这是个美好的下午
鸟在喋喋不休，可惜我只听懂了一小部分
其他的闲言碎语就种在一只破瓦罐里吧
由它发芽，或者衰朽；
芬芳是卑微的，但我珍惜
这个用无知培育的一角春天

画当然也在读我。它
读懂了我的乡愁，我的忧伤
读懂了用美包裹着的该忘未忘的呓语
读懂了春日里的那片荆棘
和冬的遗言

写写茶馆

一束阳光就这样照进来
穿过时间在水面上升起的那团迷雾
和落地窗的优雅投影 照进
各自的隐秘处

并且勾勒出陈旧时光在茶杯里的挣扎

我写茶馆只是为了展开
或者透明或者封闭的那段香
以及昏蒙中的那种淡淡的
难以启齿的苦涩

大街上我放弃了对时间与地点的猜想
如果这是已经被我放弃了的那个故事
那么，我终于会在凋谢前
原谅那些无辜的叶子

花溪苑的春天

春天到了　花溪苑的春天
来得比春天还
早

去年收拢的种子　口味　计划
在那片私欲和习惯胡乱堆成的土地上
在那片承载着原住民尊严和健康的
土地上
与那些醉醺醺的篱笆
和取之不尽，用之不竭的自产自销的
有机肥一起
跃跃欲试

风是另一个始作俑者
蔓延　传染病一样蔓延
使那些不知名的野花野草和近视的欲望
从篱笆墙的菱形墙洞间
钻出来

——又一个春天到了

花溪以南

花溪以南，一下一下的钟声一直在我的梦中
围绕一个巨大的存在，用它特有的颤音诉说

在死亡的边缘舞蹈。那穹顶的尖端
一枚闪着金光的硬币忘记了照耀

高地

战争的，和平的

循着远山飞起的
像时间一样起伏，像时间一样茫无际涯的
离梦幻最远，离天堂最近的
万物杂陈又空无一物的那片高地

野草们在时光中站起来

年轮

利斧。利锯。轰鸣。咬向岁月深处的牙印

蓦然间我看见有偌大的伤口，渗着
生命的汁液。痛与不痛，发言权尚在游移中
而关键是
此后还有多少鸟鸣，可供诗歌咀嚼？

这个不规则的圆，像涟漪一样
荡开：某年某月某日，在某个裂缝处
秋天遗失了某片绿叶

至此，我只能手扶一段残梦，趁生命的汁液
尚未风干，再度，以秋的执着和辉煌
染红冷霜

功夫课

角落里的几匹蚂蚁正沿着墙根的黑夜
密谋搬走一个山头
欲望，从微微发光的胸口散发出来

门内有喘息声

铃声与真诚在同一时刻结束
而戏法，在一个不为人知的幕布后面
慢慢推进

门外，云霭初度

夜别

夜以一袭薄薄的蝉翼裹紧我，大海的辽阔
此刻已化成一滴淡淡的墨
漫漶着
彻骨的寒意

从夜的裂缝处溢出的寒
我知道它不是一块铁
也不是一块失手打碎的玉
月光的灯盏
柔和得让人心疼，跟玉一样碎，跟玉一样
词不达意

走出很远，才发现
这是一片生命的投影，覆盖我
我不知道应该与谁告别
——与夜？与这片阴影？与
被我剔净了尘土的时光？
而关键是
我怕那张加了密码的箴言在风雨中淋湿
我怕这颗干燥的心
突然在一个久违的动词中
走失

月光下

端午，我在吝啬的月光下
看见了时间的背影
驾马车，携雷电，在天空中
我听见了热血被阴谋抽空后的声声长啸
听见了卓绝一世的逸响伟辞
和苦楚的绝唱

痛，那凄厉的入水声我不愿听见
但听见了
汨罗江的呜咽，那声音是怎样
揪住一个民族的心口
看见了一双双睁着的黑色的眼睛
包粽子，驾龙舟
寻寻觅觅

找是找不到了！两千二百多年
找遍家乡所有的江河，仍一无所获
倒是在外地，发现他正端坐在
哥白尼、莎士比亚、但丁的中间，神态安详
他刚从漆黑的夜空中
突围出来。没有国界的诗歌
正在今夜的上弦月下，以热血的重量与瑰丽
感动苍生

啊，热血
历史的热血总是让人猝不及防。那个昏庸的主
那些奸邪，那些卑鄙，总让历史沉入深渊
昏君硕大的袖管里伸出另一只男人或女人的手
手里抓住的全是大好河山
热血乍冷还热
而他们
却绵延不绝
纵是圆月夜，圆月，一张疗伤的膏药
也难愈五月的疼痛

年味

一不小心，我的舌尖
就被记忆轻轻甩出了年味之外
饥饿在岁月深处作案
偷走了我的童年

你可以是文化的，你可以说
联合国教科文组织的某一页，有滋有味
你还可以苦胆高悬，作修炼状

可我找不到回家的路
我的胃，被年味阻塞
吃下一年亏欠的
再没有空间，收藏记忆

年味
是什么味？

倒春寒

我听见
某个声音正高昂着头，渐渐远离

而那个褪去了伪装的黄昏
正渐渐接近

一阵风吹来昨日残存的火苗，尘土
和铺天盖地的寒

影子在一页纸上倒立
时间被某只手拽着，向着相反的方向狂奔

冬天锈迹斑斑
烈焰摔伤了一条腿，无法准时到达

——走还是要走的。我看见，春天
拉了拉衣襟

修鞋铺

正确地说，这是一个
被钢筋混凝土切割后剩下的
角落。在这里埋头做生活的，也是
被各种选择和各种命运筛选后
剩下的人

大风吹来
纸屑　羽毛　枯叶　和绵绵情话
更多的是尘土。但这是他的
天堂：手摇缝纫机和鞋钉们
养活了几张张大的口和一份学杂费
还可以神仙般打盹做梦

炎炎烈日下　他用一顶老油纸伞
遮阳；冬天　他又用门板挡风
呵斥声　像向日葵一样追赶
从高楼屋角泻下的那片阳光
温暖自己的季节

他与这条马路有缘　与无数鞋子
有缘　许多脚步走到这里就停下了
他从不嫌鞋脏　就像
他从不嫌鞋干净一样

他把它们拥入怀中　放在
孙女骑过的膝盖上　像对孙女一样
侍弄它们　让那些不完整的脚印
从这里重新开始

除了回答主顾的嘱咐　他很少
与别人交谈　沉默是他生活的一部分
沉默　接收嘱咐后又复归沉默
锤子和鞋钉的撞击　是他
来自天堂的唯一声音

钥匙

简易棚的沧桑
可以从他的背部读出来
西下的夕阳　把他的侧影
悬挂在屋檐下：一枚巨大的钥匙

从年轻的时候起　他就一头钻进
锁孔　并在那里用力旋转
把焦急　绝望　困惑　恐慌甚至
凶险和苦难一一打开
谁也说不清　有多少扇大门从此开关自如
有多少个梦从此引人入胜

他知道　每把钥匙的出嫁
都是一件大事　所以他对钥匙的制作
格外小心　不能让别人说三道四
一锉一锉教育　一锉一锉造就
让钥匙有个好脾气　一到位
就可以马上找到自己的角色

他早年喜欢过写诗
现在，他在每一把钥匙上写
因为他总觉着，自己认认真真做好的
就是梁小斌丢掉的那一把

民工

第一张表格里的籍贯　从方格中
艰难跳出来
搭上汽车　火车　浩浩荡荡　东去或者
南下　成了一群
把金钱当作温度的候鸟

飞来飞去　飞去又飞来
候鸟降落下来的时候总是无声无息
像一粒尘土　一下去　他们就
立即被大地淹没　被挑剔的风
吹得四处奔走

他们所充填的空隙大多与手上的茧花有关
当这股潮水汇入整个大海时
人们发现　这个世界是越来越大了

当围困在世俗和隔离栏中的
劳动号子被一把剪刀剪断时　他
并不想接受高楼的敬意　此刻他们关心的
是属于自己的果实　尊严
和远在故乡的餐桌

在以后的日子里　他们要继续

东去或南下　方格内那块贫瘠的土地上
生长的植物良莠不齐　良莠不齐的
植物要继续东去或南下
都要去创造两种迥异的人生
都要去接受两种不同的目光

修钟表的人

时间的直线运动
有时是个噩梦

被喧闹遗忘了吗
那个人一直坐在时间的边缘
或许正因为这样
他才一次又一次地替别人
将噩梦唤醒

而他自己是不该有梦的
现实主义的放大镜撑开眼皮
把远的拉近　小的放大
对于眼前这个世界　他想
能够随着时针和分针一起转动
那该是多么幸福

足迹

当那条流水线　源源不断
流出木器世界的新潮和精彩
这条无情的线
便紧紧勒住了锯子和推刨的脖子
使他艰于呼吸

从此　锯子和推刨便在
世间流浪　像蜘蛛
不停织着信息和友情之网　捕捉生活
在夹缝中寻求自己的足迹

他把那本通讯录背得滚瓜烂熟
他需要多一双眼睛　多一副耳朵
眼睛盯着木块与刀刃的合作
而耳朵却伸出了窗外
手机不断在腰间响起　因为他必须
未雨绸缪　但他又必须走好每一步
墨斗把人生弹直
一斧了下去
砍去慵懒　砍去粗糙
把一切关闭通道的门统统砍干净

他要寻着了自己的足迹回家

路边的修车摊

站在路边
扳手　起子　胶水　耐心
坚强　自信　全与他一起站在路边

他知道　一辆坏车给人带来的
不幸　他知道　一旦车子不再前进
所有距离均成畏途　乌云顷刻间
盖上来　遮盖住心头那片光
这时候的道路　崎岖曲折的道路
叫人不知道　先迈左腿
还是先迈右腿

他和他们的车子一样不再转动
但他理解　总该有人将坏车
修好　总该有人将断了的路连接起来
总该有人将脚步连接起来
总该有人将生活连接起来
让他们继续转动

他动作麻利，像是在修复自己：
泄气的轮胎一定要补好
松掉的螺丝必须旋紧
人生
只有永远的前方！

翅膀

命运在她的名字上方打了个
漂亮的勾　勾的下面
是她连续数天的沉默　数天以后
模糊的眼睛才开始清晰
并且重新探望远方

再以后　在故乡三月的上空
便多了许多风筝
她与待飞的翅膀一起
立在乍寒的风中

在她脚掌的旁边
一幅八卦图遮遮掩掩
曾经　他为她的脚掌占过
但她为此突然失聪
只让长发　在风中
飘拂如旗

卖菜翁

屋后菜地以南。早晨
所有声音都试图在此登台亮相
冲破家禽牲畜们围困的是一把镰刀
一副箩筐　还有扁担的
咯吱声和他很有质量的咳嗽

咳完嗽　菜市场就到了
他的箩筐里　水淋淋的青菜旁边
还是水淋淋的青菜　淋漓的水
很快被城市的目光挤干　就停留在
单价上和质量上　拉锯　讨价还价

钱币和货物的争论焦点是　药水
作案现场此刻竟成了绿色和纯洁的证明
年老的菜叶被钱币拒绝时
又开始了新一轮的拉锯战：
在他的心目中　菜帮同样是
田间劳作的疼痛

炫耀

一些比脚掌更低的人
坐在污垢和泥斑前面
生产光亮

那些光亮其实来自皮鞋本身
只是少许鞋油
只是布条
只是一种生存欲望的来回擦动
才使尊严发亮

把脏皮鞋穿到街上去吧！
让光亮炫耀我们的日子
在这个尘土飞扬的世界里　让我们
把一元干净的、圣洁的硬币
交到他们手上

一个人的民间

感谢爱迪生，那片光终于来了
照亮的那个地方，第 86 页，春天的手
抓住了那只下滑的臂膀

第 86 页，我看见一树桃花
来不及辨认那张熟悉的面孔是否依旧
说书人已经转到了下一页

第 86 页，我看见一地月光
夜，已不再属于专门做梦的人
疏影后的月色让人们在劫后仍可走回自己的影子

第 86 页，一个人的民间
我头顶的那片天空，紧咬牙关
不让那场强凶霸道的雨，倾泻而下

第 86 页，一个人的民间
我细数欢乐，在沿途，一个小小的缘聚
正走入善良者设置的结局

传说

风的消息，有根有襻。

从竹简那儿拐弯后，那阵风已经找不到自己了
走了五千年
还在走

而文化，站在风与舌头的中间
为走了调的声声喇叭，代言

惊异，了悟，叹息，棒喝
可那阵风，却命悬一线

民间，是一块田

民间
是一块田

春天忙的时候，这块田的主角们
在这里播种生活的表情，播种故事和乡愁
闲的时候，他们就会把一年的积蓄
分出一大部分，去填补生活的裂缝和空白
留下的一小部分，用来送别日历
而所有的喜怒哀乐，都被塞进旱烟管里
吧嗒吧嗒燃烧

民间
是一块田

一茬一茬的庄稼割了又长，永远没有结尾
去年的一茬，那些柴草被放在田埂上点燃
风一起，留下的是灰烬，飘走的
是怀念。记个几茬，也就淡忘了，飘远了
而田里的许多事物需要留下来
在一本一本的书里活着
厚厚的，竟然与一种容器有几分相似

跳广场舞的老头

他
被淹没在一片彩色的海洋里

有时候，一个水潭，可以掀起汹涌浪涛
需要校准的是眼睛，是视力
远方，缩成了一个点

白发已经变得并不重要。一个性别的误会
我作为旁观者
向冲破栅栏的勇气和白发致敬——

而
在那习惯、成见和短视弥漫的世界里
我始终没有迈出第一步

叁

在心灵深处，一个人的忧愁与疼痛

穿越

在一场春雨的背后，是我们的脚印
在脚印的背后，是我们的肩

那场春雨落得正是时候，我相信
它滴落在若有若无的刃上

短剑需要它，那片阴影尚在
而那块砺石的所有颗粒都沉浸在虚无中

一把短剑吐出的光可以切断躁动
一束光覆盖的短剑，同样也可以杀死火焰

锋利。十五年前用诗歌品尝过的锋利
如今却用水的方式重新回味

一种消失在野草丛生的山野间传递
初衷被亵渎时，黑夜随之而来

穿越一场春雨后到达的，那是一块高地
需仰视，才能欣赏到的风景

本来就不是。这样庞大的机器
正在做着一种怎样的穿越？

孤灯

夜的拐弯处的那角天空
在我寻找标点的时候，突然发黑
五米之内
全都沉浸在原生态的阴影里

早上起床以后，我就多了一个心眼
寻找能放下一只脚的地方，寻找清新的空气
寻找微笑，和始终如一的爱
忙完这些，就学着普罗米修斯的样
偷了个太阳，放在下市以后用

哦，这是我的太阳，是我的，不是帕瓦罗蒂的
C 调唱得再高也没用。因为，这个太阳
离我那么近，我们是
八拜之交：头顶着头，心贴着心
她帮我照着脚下嶙峋的路
也帮我照着我的疲惫而迷茫的内心
十万吨黑塞满了五米以外的所有空隙
但现在已明亮如初

需要说明的是，这个太阳的
所有善行，必须通过一部部像石阶一样的书
和田垄一样的键盘来执行

否则一事无成。同时
如果把她移到室外，她就成了我的挂在天边的
月亮
——只是，月光适用于寻找亲情和爱情
还有走失的岁月

这是在夜的拐弯处。夜深人静更寒
她给了我那么多的温暖——
当丝丝寒意
向人生的夹缝处入侵过来的时候

窗外

被钢铁、树木、玻璃删改过的
那些来历不明的痕迹
时间的叶轮搅拌过的那些声音的碎屑
流传数千年的有关墙壁和门
如今只留下些片断的故事的
那些茫然，那些注视

雨。或者是缠绵的黄梅雨
或者是雪，那些适合制造童年的
并与童年一样短暂的雪
再也回不到昨天。阳光明媚的时候
心豁然开朗，据说，牵着风筝的脚步
就是去追赶昨天的

有鸟飞过。它们的翅膀甚至
它们用于争食的喙，都是这个天空里
最有意义的事物
借此，玻璃后的目光才开始，从生活
飞向远方

活在马路边的那棵树

活在马路边的那棵树，因何诞生
风没有说起，雨也没有
而你那根，叶，和伸向命运的枝丫
却已成了大地理所当然的一部分

经年的风雨在你的头顶和脚下聚集
落叶被秋风扫去了
你撑把伞，一直站在那里——
抬头，是匆匆的流云；俯身，有满街的风景
望春从冰雪中抽芽，看秋扶疲惫的夏归去
在这里刻下姓名的人不知去了哪里
那群候鸟呢，它们又去了何方？

我终于开口建议，来来来，你、我，我们
看谁先记住幽州台前怆然涕下的陈子昂
看谁在生命的仪式后面
先记住一个诗人恒久而辽阔的孤独

苦夏

发了黄、折了角、掉了牙的医书说
夏天，苦

在秋风中回头，折叠灼热的路，成
吹不动的页码，一页一页翻阅，一页一页
循沉寂抑或湍急的年轮
细数脚印

吃过豆荚以后就开始喷射的
火焰，已经遗忘了说悄悄话的明媚春天
柔软变得尖利，变得不可理喻
燃烧，逼迫生灵的枝叶，低下头来

那些风。除了关闭门窗以后的
一小块清凉，风，却在低矮的街角和丑陋的田野
却在辽阔的胸脯和裸露的脊背，擅离职守
暧昧于亭台楼阁，制造绯闻

那些虫子。嗜血者哼着动听的歌谣，绕过
宽敞的大厅和欧莱雅的香
绕过种种公开的陷阱和缭绕的谎言，最终
一部人与动物的战争史就这样浓缩成了
扇向自己的一记

脆响

那些大把大把的
在脸颊上滚动着的闪着光的汗滴
其实并不是珍珠，而是被重力摔碎以后的
一只只眼睛

伞下

我用自己的躯干做拐杖
擎起一片天空和与生命有关的传说

一句咒语让一大堆想象展翅飞去
还好，凌乱的白发紧紧系住了我

雨呢？雪呢？还有盛开和凋零呢？
云在放牧。我是我的王

在海边

在松兰山的臂弯里，凌晨五点零六分，有涛声入梦
打开，许多幸存的残言碎语，在海的眠床上，呼唤
我的名字

与光芒一起被囚禁在黑夜浓密的阴影里
太阳是我的难友
黑色的贝壳，沙滩，树，楼群，我
一切皆黑，只有水的鳞片除外

阳光与黑夜的恩怨。纠缠，搏斗
海，不知何时留下的伤口
阴影里看不见，唯有心，可以感觉到它的存在
和彻骨的寒意

起始时间不详。缘由不明
黑夜惯于制造无声的消失
或者同时，或者稍后，连年的征战
让双方在没有结果的争斗中付出代价

惨烈：比起万·杰尔·梅尔来
更长的50亿年光阴
在一朵浪花的兴衰中
落败而逃。一批又一批的战马

踏着时光的尸首，狂奔而来

一次冲杀，又一次冲杀。无法击落的呼啸声
驾着长风进入耳鼓
听见：一个让人血脉贲张的字，在天地之间
被一千只鼙鼓无数遍复制、放大

一次逼近，又一次逼近
月亮的怂恿，让好色之海义无反顾
铁蹄，将那些廉价的平静、莫名的恐惧
和空谈的泡沫，统统踏得粉碎

一次杀戮，又一次杀戮。马蹄到处，一切归于沉寂：
大海的魂魄，纤夫的破衣，舟船的断帆
还有：爱情的遗言，踯躅的脚印

黑夜吞没了我。除了我和这十万奔马的蹄声
我无法辨别这个世界的真伪
而在蹄声的下面，我坚信这里有我膜拜的朝暾
正从远方升起

黑夜吞没了我
与眼瞳一样黑的夜，和与夜一样黑的眼瞳
看不清你到底是谁，我是谁，诗歌是谁
踩踏着诗歌又装扮成诗歌救星的人
又是谁

黑夜吞没了我
现在，任何力量都可以把我消灭

但我不会背叛诗歌
我可以选择一种消失的方式，蒸发
或者变为一尾鱼，在诗歌的万顷波涛中兀自游动

此外我什么都不想。我不想比我消瘦的影子
不想此刻的卑微与无助
而独自怀念着被夜忽略的正直，善良，诚实，安静，
以及收敛，与悲悯

此刻大多数人正游移在梦与现实之中吧？
他们一定不知道
一个在海边眺望自己命运的人，正用命运的绢帕
擦拭着脸上跟海水一样咸的液体

声音多少有点失真。我怀疑在巨大的马蹄声中，
昨日的诗歌
已经被踩踏成一堆尘土
风乍起。风，将这些无用的东西吹落在汹涌之中

吹来浓浓的腥味。——血？远道而来的光明之神
正掐着黑夜的咽喉，喘着晨雾的粗气，汩汩的血，
向四周弥漫

那是谁在天边提着马灯？从远至近
那是谁在提灯下夜读？心怀敞亮
白了，一抹亮色从云海中钻出来
红了，云的海面上撒满了缤纷落英

阳光的喙，将黑暗啄开了一个洞。从小到大

一滴光明，挣扎着从洞中溢出来
与它同时溢出的，还有我的两行来历不明的泪

十万吨光明开始释放
太阳的领地在一点一点扩大。一个幽灵
悄悄溜进了被掏空了的贝壳里
走进里面的气流，听见它正在呜呜哭泣

光明之水汇成了一洼。我相信
我看到了一池沸腾的钢水
它正在走向各种造型的模子：犁铧，刀剑，枪械，
抑或是愤怒，和坚强

红红的太阳。轻轻的太阳
与我离得那样近，被我盯视的太阳
今日，一枚圆而甜的汤圆，一个深而重的隐喻
将成为我的可口早点

汗血马

一个华丽的转身
失忆的土地突然惊醒
鬃毛的闪电　在天际凌空一扫
掠过半部编年史和一页
被烟尘遮掩的空白

沿着灵感一路狂奔
其间先是以火焰的名义点燃古国春梦
临了　竟消失在夕阳的悲壮里
马蹄敲出的文字
散落一地

终于听见闪电过后的一声嘶鸣
走近才发现
那种被岁月忘却复又记住的光芒
原来是
从生命深处分泌出的一生的
血

做梦的莲

我断定，在我推开窗户的时候
一个梦，从中间断裂

那是我的罪过。莲的千年一梦，被我打断了
而此刻，我分明看见
水面上精致的涟漪
那朵耽美之花，正是她在风中开放的
半个梦

再说莲

莲的千年一梦，已从中间断裂
那只推开时间的手，现在再次在秋的腰际，抬头
将圆月望成疗伤的膏药

说是仰韶的种子，千年以后，那颗心依然
从历史深处途经汴梁，然后在当下的尘土中发了芽
但周敦颐的叶子却迟迟没有长出来

深度睡眠。沉疴日深的深度睡眠
从一个致命的角度切入，险象环生，纵是
千呼万唤，也未能让曾经匍匐于大地的魂魄苏醒

无法走近，无法远离，莲花座上的佛啊
从身后射来的灯光，为什么总让阴影落在头顶之上
落在扎根的泥土之中

坐拥光的世界，坐拥这满湖的寂静
让釜底抽薪的故事在夏日灼热的风中四处传播
尘缘已断，但裂缝之间仍有蛛网相连

庭院中那棵小小的莲没有告诉我
千年尘旅的来龙去脉，只在一茎修竹的搀扶之下
兀自独立

想倾诉么？我看见那片叶面上，有一滴泪
正在低处的阳光中，正在越来越大的风中缓缓
滚——动

在旧梦中行走

1. 溯流

离源头到底有多远?
背过身去　用记忆唤醒蛰伏的脚印
和脚印周围无法预期的动植物

一种抵达在九月向我靠拢

唤醒的结果极有可能
幻化成一缕蓝雾　或者在此之前
阳光淡淡地照耀　淡淡地
与往事一起　充满我空空的行囊

2. 故乡

一根血脉
从鉴湖女侠啸叫的短剑上
和南方夫子回归的车轮中
穿过

父亲蓝格子包袱的四角
向四个不同方向拉紧

裹入：迷茫　忧伤　希望　命运
然后扛在肩上　吃力地
用旧梦行走

走出之后　才记起
被巴掌拍下的大姐的泪水……

从此天各一方。而在这里的
或者狭长　或者浑圆的缝隙中
并未望见更远的天空
倒是不速的雨水和凉风　造访了
临街的酒气和粥香
逼着它四处飘散

这片土地没有注意这些外乡人的到来
而它却成了他们的故土　刻骨铭心

3. 月光如水

我从源头的幻影
和圆月夜光华的巨大覆盖中
惊悉那种机缘的降临。月光如水
在这样的水中欢乐或者叹息
都是一种幸福。为此
我泅过母亲的那片神秘的大水
到另一个更加神秘的水域
游泳或者泛舟

4. 倾斜

父亲踏上跳板因沉重
而弓着的脊背倾斜
他走下跳板在陌生的土地上
牵携童稚的手臂倾斜
从屋面的罅隙中射入的
阳光和雨水倾斜
摇摇欲坠的危楼倾斜
为自酿美酒挑出的旗幡倾斜
被石块压弯的扁担和脊梁倾斜
黎明的小闹钟嘀嗒走动的
时针和岁月倾斜

横陈于脚下的路倾斜

5. 灯光

油灯闪烁
艰涩的油灯闪烁
教我睁眼的油灯闪烁
领我踏入知识殿堂的油灯
闪烁

路口。电灯让这个世界明如白昼
而殿堂的门槛表情冷漠
父亲干瘦的口袋　未能跨过
这一高度

灯光和命运
急速旋转

6. 绿焰

绿焰缭绕
额头　一粒五个角的火星
熊熊燃烧

岁月由此变得短暂
五场大雪挤在昨夜的梦里
一起飘落

涛声
在历史的误会中　与风同行
变换轨道

而梦中的钟声和流泉叮咚作响
生命之音永在
这朵绿焰
不会熄灭！

7. 歌

如苍凉的岁月之陶
默默的或者声嘶力竭的叫喊中
发射梦幻般奇异蓝光的

让青春神采飞扬的
惊心动魄的老歌

穿戎装的歌声　曾经
整步走进齐落山
为一场青春盛典
伴奏

歌声飘走了　孤独的歌者
还在老歌里苦苦守望

8. 洁白的风

洁白的风从湖边吹来
渔者撒网　上天　入水
将一轮夕阳整个儿
捕获——

他不忍心用锋利的鱼钩
他怕鱼儿疼　怕洁白的风
被仇恨和暴戾弄脏

风中　湖边的树叶纷纷落下
我却听见了雷霆的巨响——
我不知道　还能有谁
如此装扮春天?

夕阳——

他今晚的珍馐美餐

9. 朝暾

抽出湖的切线
长长的，与生命相仿的长度，栓住
一个刚刚升起的梦

楼梯或桥面。当脚步
一步步逼近命运，发现这就是夸父
走过的路。须发和衣袂飘拂
已无法
从原路返回

追赶时间，从现在起
血红的霞光漫过内心的天空
沉淀的火焰
不会熄灭

纵一生也解释不清
承诺的石破天惊

10. 门外

在淅淅沥沥的雨声中
开始。雄鸡凄凉和无奈的鸣声
一天或一生开始的那种声音

在精疲力竭的履历表上，一掠而过
而最初的爱连同最初的恨
都无法从命运的记事本上彻底消失
巨大的石碑将梦压碎
及至醒来，才发现
那是一页薄薄的
——纸

门外有脚步声
是谁？

为酒，与父书

我在浑浊的酒汁中未见到你
那面从柯桥飘来的旗幡，正与我们一起
在各自的容器里不省人事

现在我已成为臭名昭著的逃酒者，摇摇晃晃
走过一些城市和乡村。就在
撩开白云企图撤离的时候，天色尚早
但我已经失去了许多的今天

我的命被打翻的酒汁喝光
极速奔走的脉搏，却赶不上世间一粒尘埃的飘落
我红红的瞳子，看到了另一种色彩
而从远处传来的一千种声音，正在数落我
胡言乱语中，我不知道，这个世界能否原谅我的
软弱和
因你而起的罪愆

如果这一切依旧不足以填平深渊
那么我将用极不熟练的语言和一生的勇气
去扮演一个对世界颐指气使的人
在太阳尚未落山时，用你听得到的声音
大喝一声——

小二，拿酒来！

被时间撞了一下腰

被时间
撞了一下腰

玻璃板下的事物本来是不可小觑的
看似软弱的慢慢蠕动的时间虫，长短两条腿，因了
一往无前和义无反顾
所以走得飞快

或许正是这个原因，我被一场误会
劫持：一根赖以支撑欢乐，痛苦，追求，乃至
梦和内心的梁柱，由此及彼，由表及里
致使这许多泡沫和凹痕
有了生命交付以后基本属于自己的一次生命的
趔趄

荒芜地。先与后
灌溉之水来自何方，我的前世未曾留下一丝秘密
有一种声音，风一样缥缈
灯火是有的，这天下无敌的灯火啊
任你多严重的内伤，都会因这小小的燃烧
让这伤痕累累的心，再一次
得到拯救

但天气预报说
今夜
落霜

再听二胡曲《病中吟》

低头之间传来石头奔跑的声音

开始远离一座山的
夜色，一座山匆匆远离的声音
那些缝补生命裂缝的
细细的针脚，在一张弓的体内
复述的声音

刘天华的脸色苍白
而阿炳干瘪的眼瞳在鸟窝的天空中停留
颤抖的指尖让一滴泪，沿着红尘
缓缓跌落——

先是风雨将岁月撕成碎片，一片一片
被大地和江河卷走的声音。后来是
叹息沉淀下来
十万吨泥沙争相追逐，河道淤塞
汹涌的波涛
撞击堤岸的声音

飘落的枯叶压低呻吟慢慢诉说
那是一种用近似于浪漫的方式
轻吻大地的声音

无声之声。声音被流放。西出阳关时
有故人抱拳，从体温中
一一包抄过来。我无法抱拳，双手需要
捂住生命的
伤口——
让我喘息一下，让我
在弦索的颤抖中
慢慢抽丝

在一首诗中寻找远方

病，从口入

我不是饕餮者
我只知道，我是一道拙于切割夜色的闪电
从而吞下了那么多
伶牙俐齿，白眼，尖刺，虚伪，野心，和叫卖声
以致严重的顽固性消化不良

有高人指点：于夜黑风急时
将一首诗和诗中的远方，碾成碎末
加入五味子，黄连，雄黄，灯火，暴风雨少许
煎服

——不急，一个疗程后，你应该可以
全身而退

献诗

一声鸟鸣，一声叹息，就远了
你远去复近来的琅琅书声中，已找不到我的声音

其实早已离开。就在对面的山林中
山上的石头，石头上的年华，和远去的背影
都以生命呓语的形式呈现，无法返回
那些风暴，那些雨滴，那些阳光的碎屑，以及那些
飘舞于空中的尘埃，它们共同编织的
五十圈年轮，围着最初的那一圈旋转、旋转
许是转速过快的原因，感想被甩出来
在岁月的裂缝处纷纷滴落

一些往事，一些来不及咀嚼的往事
让我的胃消化不良。以致心脏附近，我能感觉到的
那种疼痛，经常在我似是而非的梦境中弥漫
这些年来，我企图用时间疗伤，却一直没有痊愈
请原谅我，如果一个人的救赎可以让华佗起死回生，
那么
这个上午和下午，我将穿过这片山林，去寻找那片
霞光

就这样，我开始居高临下指挥我的双手：
让右手瞄准刚刚发生的事情，和涂抹着紫色的美丽

镜头下，一些词语从此站立起来；
而让左手，与那位神秘的缪斯紧紧相握
当北京的那个金色大厅，将我迎上主席台的时候
当我从戈罗毕夫先生手中接过一枚旭日的时候
模糊的视野中，我看见故乡校园的草地上
一朵泪花正在盛开

哦，请接受我的感恩：这一切
都是因为你的肩膀，还有向我一次一次伸出的手
以至于一棵树会如此不顾一切地奔向那片天空
以至于直到今天，我才真正感到了抚摩，直到今天
我才发现，当初消失的，和现在正在创造的，原来
都是
翻动日历时发出的声音

听竹

那是什么声音？从前世今生的
缝隙中传过来的，告诉我，那是什么声音

雨后，一个醒来的生命正在耳语
竹鞭的脚印一直向前，永远不会后退

一片开阔地，火与风暴淬过的
那片开阔地

在被刚刚冒出的笋尖顶起的大石前，我无语
尘世啊，请不要挑战一个无法阻止的生命

一曲天籁从地下流来
世界变小，灵魂震颤

圆月夜

许多年的等待　如注的月光
向着白天初识的土地倾泻成
尘旅中的唯一

另一种怀想在封闭中开放
粗犷彪悍而又盛产传奇
远山的背影　让人回到了阔别的

童年　那些被月光灌满的深深的街巷
每个拐角处的明明灭灭的
灯火　照我回家

行吟湘西

遗址

历史千古了：一座空城
许是血脉一样的路过于漫长
所以才留一角凝固的记忆
供时间凭吊

湘西的故事是屋檐下
那串长长的辣椒
这以后，便是辣椒一样的夕阳
渐行渐远

寻找

一滴水怎样才能不干涸
一朵焰火怎样才能明亮如初
金币前的摇晃的身影　应该怎样
才能网住
贪婪的目光？

翻阅天空的云彩和大地的泥土
尘旅匆匆　来不及带走

最初的平静和素洁
因为时光
许多风一样一文不名的东西
变得价值连城

此去湘西　凤凰城北数十里
吉信都吾
先是闻见不知有汉无论魏晋的
那片桃林的芬芳
又被东篱下的菊花们感动了
寻找的脚步次第葱茏

哦　桃花源
这个风一样一文不名的东西

一个人的旅途

沉默，是一个人的行囊和剑
是一个人的路途与去向

无数个白天和黑夜，你背着拐点的痛
走向我

一个趔趄，再一个趔趄
在体内，转过一圈又一圈
但暴风雨仍未止歇，那些不屑的目光
将一个人的黄昏，淋湿

不知道这是第几圈了，但知道的是
只要这棵树不倒下，那些梦魇般的记忆
就一直会与这个人一起
撑满他的故土

一页纸的疼痛，甚于一堵墙，一片灰蒙蒙的天
果实的河流，没有构成圆满的
结局。而对于路途而言
说高不高、说低不低的舞台，就已经让
伤痕累累的躯体，严重灼伤

怀念母亲

谁在上面俯瞰？不要说得那么高
我不说天空，不说更遥远的
天堂——
我说屋顶，我只选定屋顶的高度怀念母亲
陪母亲说话，陪母亲重度岁月

这个高度的慈祥，只有母亲拥有
当眼泪从屋顶沿着深深的爱泻下的时候
我才知道，斜坡的
这个角度就是母亲柔柔的臂弯的角度
多少年以后，她仍伸着双臂，把我拥入怀里
咬着牙
用背部抵挡风雨
抵挡十万尘土，和梦外的陨石

省吃俭用，她只剩下最后一块圆圆的雪饼了
她的贴在镶满星星的黑色瓷盘里的
最后一块雪饼
她的留下想给我充饥的最后一块雪饼
因为路途太过遥远，才幻化成
一片白色的光，直泻下来
照进我饥饿的梦里

此后，我就把它叫作月光了——
覆盖我，缠绕我，温暖我
让我可以
在暗淡和寒冷突然降临的时候
充实被掏空的梦

谁在俯瞰，又是谁
在屋檐下仰望？这是母亲的屋檐，不必
弯腰，低头，我挺立着，抬起头，流着泪
与母亲说话——

角落里的陶罐

一只陶罐，在角落里
被无知打败

你没有喊痛，甚至没有
从那些断裂处唱出本能的无声歌谣
沉默。断裂处的火
荡平爱与恨、高与低边界上的棱角

同时坠落的还有盐。散落在伤口上的
嘶嘶声，从你身边的空白处向两个方向延伸
并且弯曲下来，打了个
结

没有观众，没有目击者
但有已经站立了一万年的时间在场，长短着脚
像闪电一样瞥过，将那个角落
统统照亮

燃烧

弯腰探访泥土
在那个比蚂蚁、叹息和敝履更低的地方
捡到一串隐喻

接近河流时
岸边的历史疑窦，抑或欢乐和忧伤，阻止我
与穿着潜泳服的那个潜水者共舞

听见钟声在哭泣
我不知道它从何而来，为谁而悲
这记澄明的钟声，为什么会在风中迅疾消逝

往事被黄昏屡屡提及
这个季节
可以孤独，可以速朽，但不可以低下

让灵魂痛一次
头颅和脚印就有可能重新返青，甚至再度
燃烧

尊严

必须抬起头
凝视这个高度

我看见楼顶上有棵梧桐树在时间的边缘摇曳
但这不是它的天堂

另一个大漠
明晃晃的天空夺走了一切

将大地的精灵搬到楼顶上的
是风和鸟的蓝色的翅膀
在形而上的背景面前，一起完成了这个杰作——

没有泥土，没有退路，也没有眷顾和怜悯
它和它的根，只是为了
在阳光和雨水不期而至的时候
保持它最后的
尊严

战友

我坚持认为：所有守望和平与诗歌的人
都是战友。更何况
在梦的边缘，一朵穿蓝裤子的云
曾经把阳光与自己的名字
刻写在齐落山的枪刺上

但 π20 的转速慢了一拍，比
高度与深度都拥有的王
比黄河喊出的过江号子慢了整整
一个春天的距离

现在
我在那片月色的召唤中，再一次
沉迷不悟：以为黄河与长江只是两行并行的
诗，以为一个军礼便能
把所有的情感释放。而低估了
诗歌的辽阔和从黎明开始调整的站姿
于是，曾经的穿蓝裤子的云，便以
诗歌的雨滴，滴入了
我们共同的
河

重逢

在时间的延长线上　两颗谷粒
挣开日程表的羁绊
从丰满充盈的谷穗顶端跳出来
穿越粘贴在机翼下的淡蓝色大地
穿越四十载风雨长路
穿越那些遗落在齐落山头的
半个青春梦　和梦过以后的无尽思念
与江南
拥在了一起

巧的是
昨夜又一场大雨　江南的雨滴
将灰蒙蒙的往事挨个洗涤
致使次日十点的尚湖
完成了一次　风格独特的
经年的会见

记忆的闸门一旦打开
眼前浮现的是岁月的汹涌和湍急
绵延的皖南丘陵
这奔腾不息的波涛
是在一夜之间突然凝固了吗？
然而这里不是

废弃的矿山沉默了
那片呼号声和推土机的轰鸣
也都变成了这里的一块石头　一抔黄土
或者匆匆离去的飞鸟
而使矿山再次苏醒的
正是我们　我们的青春和梦想
我们的歌声和步伐……

尚湖　让我们闹中取静　耳鼓中送进——
秋风绕过廊柱的脚步声　和
浮浮沉沉的茶话
许多因熟悉而陌生的星星太过遥远
此刻我身边只有两颗谷粒　两颗饱绽的
谷粒　两颗使我的生命得以延续的真正的
谷粒！为了梦想
我们用热力溶解坚冰
一些构想靠体温孵化

一处辉煌的民宅　藏龙卧虎：
一个将信息锻打成三尺龙泉的人
渭塘论剑
他闪转腾挪　剑光闪烁
却悄无声息！
定睛看时　才发现这是一张制作精良
沾着梁祝泪痕的
弓

当数码照相机横扫过来时
这些外强中干的家伙　竟被闪光

照得原形毕露：浓浓的挚情面前　他们全军覆没
藏在内心的巨大天空
正雨声不断　密集的雨点
射向每一个熟悉的目标　并轻易
被那些曾经的人物和场景　陶醉或者碰伤

原因非常简单　因为
我们曾经踏着同一条煤渣路
走上高高的山冈
曾经一个脚印与另一个脚印重合或覆盖
曾经写过祝福的那支笔
一直伸向未来。而今
我们正寻觅着人生的诗句
手挽手　走进秋色

回望齐落山

等待

等待
齐落山在等待
齐落山的阳光与风雨在等待
在等待，半个世纪的脚步，半个世纪的泪光

是的，它们都在
我的梦可以证明。我的梦
穿过半个世纪的空白，今天醒来

是的，不急，慢慢
我想享受这个过程，向太快的时光
讨回青春

车过齐落山路

一瞬
就那么一瞬

那块路牌上的许多眼睛和狂跳的心
从现在起　就在它根植的地方
弥漫了整个芜湖的大街小巷

交通信号灯变换着相思的方式
一种色彩开始呈现　那是
另一个太阳　逼停相机前面移动的所有事物

现在我确信它是一棵树　许多的云雀曾经
栖息于此　用肩上的钢枪和青春热血
守卫着这片天空

车过齐落山路
一瞬
即是永恒

原址

二连
在哪里

问谁？问过路的人，问热情的天空，问自己？
自己体内的马路忙个不停，皮肤上的浊浪
已经穿过冬日的疯狂，洇湿
2018 年 3 月 13 日回望的目光

整整一个中午，辨别方向的人
都在沉沉睡去。世界那么美好，以至
一座大桥从头顶飞过，意识流
拉过一个悬念随便设置在生命的缝隙里
让路彻底消失

二连在哪里?
贴近原址的地面时，才发现，那个谜底
就挂在那片小树林的树梢上
而那个池塘中的默默无语的一潭死水
正映照着已经不再年轻的脸，和脸上滚落的
泪珠

青春祭

风一直在吹，卷起光阴的遗物
在寂静的世界里
只有落叶，还在追赶历史

谁知道你的身世?深入大地的时候
那些死亡多时的铁，已经深深沉入谷底
而齐落山，却像一个婴儿，被时间诞生

崛起。一种高度，以象征的方式
与 π20 一起，围绕那片风雨，旋转，旋转
围绕一支歌和歌中的铁，旋转，旋转

许多名字被镌刻在风雨中。许多
故事，活在梦中和记忆里
而许多白发，在梦和记忆的喘息声里，茂密……
没有缭绕，没有呼唤，果盘中
一无所有。只有依依的回眸和跪拜
只有半个世纪的梦境，在祭奠青春的灵魂

是的，前方，永远的前方
还是那支歌和歌中的铁，还是那片蓝蓝的天
在喊着你的名字

平面与高度

操纵员：平面，高度
飞机只要这两样

大地，360 度的经纬，360 度的
色彩和梦——
地图上的梦，墙上的梦，桌上的梦
看着你快速张合的嘴唇，听着你穿透
时空的声音，你是与谁在说话？
你在一张纸上，与谁谈兵？

高度，把这张纸撑起来
把生活，情趣，战争，花朵，绿茵，梦想
撑起来，把和平撑起来
把我和与我躺一起入梦和醒来的钢枪撑起来
把世界撑起来

是的
平面，高度
世界只要这两样

闪现

对射。躲避。电子枪
与生命无关。相距五十米的区域内
没有河流，没有悬崖，也没有
呻吟和呼喊。但笑谈的花，却开得
漫山遍野。此外还有人生的闪现：
目标总在五十米外的远方挥手，须知
五十米也许就是一生。况且
我只是一名诗人，我的右手食指，拙于
扣动扳机，而只会瞄准诗意的人
打中的，也只是多年前或当下的
若干次感动。可当我举枪射击的时候
才发现，在诗歌现场，有摊鲜血

沉淀

我以一枚石子的名义
理解你的无奈　被人抛弃
与那些彩蝶和生命的骸骨一起
消失在
土灰色的风中

不会飞了
滑翔也不会　一个指尖
在空中画一道弧
最后的弧

然后
坠落

大海太遥远了
那段深不可测的黑却太近了
因为我的重量
在短暂的飞翔之后
一个美丽的故事　就会永远
沉入湖底

黄昏

太阳的视力正在衰退
匆匆回家的飞鸟和闪过的青春很快在它面前
消失
还有红红的花朵和嫩绿的叶片
那个煽情的词汇的到来
只在转瞬之间

在黄昏，唯一能辨认的
是矗立在人生街头的
那口钟
这个世界慢慢沉静下来

肆

朗诵诗歌，想说清说不清的乡愁

深深的爱

你是谁？谁是义工？
请原谅，在那本厚厚的名人词典里
我没有找到你的名字。只看见
拥挤着的各色各样的脸和各色各样的表情
从我的面前匆匆走过

但是，我是认识你的
我真的认识你
当雷锋满头大汗地帮着老大爷推车的时候
当丛飞用歌声和颤抖的双手
给那么多失学儿童寄去深深的爱的时候
我就认识了你

我还认识你走来的路。那是一条
我昨天就认识的
天底下最干净、最纯洁、最高尚的路
一条没有阴影的路
一条只有开始，没有尽头的路
走得近了，才看清，在那里
雷锋、丛飞等一大批义工，正前赴后继
把中国感动得热泪盈眶

我知道，领你们走上这条路的

不是口哨声，更不是鲜红的公章
而是前面的脚印
是你们对这片大地的深深的爱，是的，深深的爱！
于是，一个，两个，十个，百个……
纷纷走到这面爱的旗帜下
向这个世界献出一片素洁干净的心
留一个微笑，然后转身离去

我知道你们住在互联网里。在这里
有你用阳光铺成的家
与许多同样认为人应该用真诚和友爱
互相取暖的邻居一起
用另一个梦幻般的名字
敞开春天的胸襟
满怀深情地拥抱着这个世界

你用爱吻干了失学儿童脸上的泪珠
你是他们的哥哥，姐姐，或者父亲，和母亲
你是残疾者的拐杖
是走进高墙的那束照路的火把
是孤老真正的儿子和女儿
尽管在昨天，你们还互不相识

义工啊，我看见你的公益活动日程表了
从一个明媚的春日开始的脚印里
我看见了阳光的喷发！
每次公益活动前面的那个符号，像垂下的柳条
把一种生机深深地根植在我们心底
让我们心中的某种东西复活

你走进敬老院，亲吻夕阳最后的光芒
从这天起，你的心就住在这里了
并对年老无助的生命说，请伸出你的手
我用心紧紧地握住你，给你脉脉暖流
给你所有的爱！

散步，聊天，按摩，谈心，理发，喂饭
中秋送月饼，春节包馄饨
儿女们有的我们给你
儿女们没有的我们也给你
并请你记住，你们完全有理由拥有这些
有理由拥有一天的云霞，和星星

喂饭的时候老人哭了
眼泪，顺着脸颊滴下来，滴下来
已经没有波澜的水面，为何风云骤起？
是想到了坎坷的从前，还是可怕的身后？
老人摇摇头。而此刻，喂饭的义工
也已经泪流满面……

其实，义工啊
你献出的何止是
一勺饭，一个电话，一个微笑，或是一沓人民币
而且还是寒风中大地最初分娩的那株嫩芽
它让我们看到了真正的春天
而且还是夜路中赶走黑暗的那盏灯
它引领着一片茫然的眼神
那么，让我们
让我们在深深的怀念中，以爱的名义
向这片光芒——致敬！

感谢春天

是的，面对这个大千世界
我们正在用自己的眼睛和心灵
连同满腔的爱
描绘春天

因为这个春天深深地打动了我们
她是昨夜解冻的流水
与心情一起放飞的风筝
她是阳光下尽情绽放的花朵
春风里悄悄萌动的嫩芽
她还是弯道上阴冷的泥泞
跑步时的飞扬的尘土
而我们心中的旗
只属于春天

感谢春天
她的美丽和生动
让我们一下子就走进了
那片海的喧响和万紫千红的大地
春天的故事还在继续
那些萦绕心间的旷世传奇
使我们的心胸变得富有

感谢春天
在这个春天里，我们深深地
走进了生活，走进了大地的梦幻
倾听草根的呼吸
感受随着历史脚步一起前进的
春雨般滋润心田的
和谐的风

孕育于春天的果实
是感恩，也是奉献
她带着我们的体温沉甸甸地
坠落在大地上
敲击大地的声音
胜过了所有的语言

哦春天，春天在召唤！
让我们奔向她
奔向春天，奔向我们共同的
故乡！

乡愁

出门经年
归期谁问

刚出门，就发现忘了带钥匙
赞美，热爱，忠诚，留恋，忧愁，也未被带走
而珍藏于床头的琴河细浪在说，那个老者
却把他的初衷，全部带走了

一直口含那段水声，吐出坚硬的乡音，舌尖
在一个语言的浑浊江湖中游泳，灭顶之前
我的无辜的舌头仍无卷曲可能

一个人的湖光山色，一个人的故乡。常常
拥方塔于怀中，梦见：阳光的甜味和芳草的清香
然后左手搭尚湖穿湖大堤的第六根栏杆
右手，则抓住了一片飘然而下的落叶

军号声淹没了母亲拘挛的背影
虚掩的大门突然洞开，故乡这个词，又涌至口边

频频回首。归期难于疗救
而我遗忘在故乡的，不仅仅是忧伤

恋歌

我后悔入梦，母亲
那叶烂醉如泥的乌篷船
又在打谷场边的新桥江里
惹是生非了

入梦之前。琴川
诗意着，恬淡着，从容着的
琴川，那些水样的女子，柔柔的
水的笑声
时光是从这一朵飞向那一朵的清风
是尚湖脸上滚动的泪珠
大气芬芳弥漫。飘入耳中的
歌声，在回味一滴水时说
让我和你在一起，永远

而祝福的香烟早已消散
梦中的村庄好静好静
与时光对峙的村庄
没有歌，没有升起和降落，没有波澜
对种子的依恋
默默吹响生命的长号。一种消失
就在新桥江的岸边
成为野花

在风中抖动

我的歌应该唱给谁听?
请告诉我，母亲

尚湖，第一朵牡丹醒了

尚湖，第一朵牡丹醒了
连睡姿也是那么华贵，一床锦被，紧紧裹住了
一个绝色的灵魂

她的前生，一定许过愿
她要在最短时间内走完等待的路
赶在三月，第一个醒来

睡了有几千上万年了吧
沃土之中，春水之上
她听不见年年的呼唤，是荷锄者的
一声咳嗽
吵醒了这个机缘的春天

路过驻足的人，不在意这生命的
浩大进程。也不在意在默默的守候中
正在进行的那个生命仪式，器乐齐鸣
锣鼓震天
昨日的贫寒，正与一地芳华
深情话别

几只蝴蝶，正从远方赶来
它们是被特别邀请的嘉宾，风也是

此刻只有雨未被邀请——
不能淋湿蝴蝶与风的优美舞姿
不能淋湿那一双双期盼的眼睛
更不能淋湿这个短暂而美好的春天

尚湖，一切皆风流！
我想，最风流的还是尚湖本身
在这乍暖还寒时节
在这阳光的箭矢依然冰冷而柔软的时节
除了尚湖
谁还能拥有如此辉煌的一地芳华？

昆承湖听雨

风还在路上。露珠的细小的脚步
缓缓从我面前的苇叶上走过
等待这个春天
竟用去了我整整两千年的时光

滴与未滴之间，出世入世
昆承湖的碧波上
映照过多少个朝代的脸？
昆承湖的风雨中
冲走了多少个落日的脂粉？

终于，我听见了
从东汉或更远的地方走来
从拄着雨杖的天空走来
拍着万劫不复的堤岸
一下，又一下

不要伞。古琴声尚远
我此刻听到的不是清空的声音
野马。号角。呐喊
一只一只雨点的钉子
把这面狂野的鼓绷得更紧

而在雷霆的边缘
那只白鹭将细长的脚伸进水中
慢慢啄起一枚时间，吞下
羽翅舒展开来
使人想起那个喘息的海

言公堤旁的绿叶
被风抖搂下来数不清的珍珠
有一颗，咚的一声
正好滴在了
那页刚刚翻开的日历上

读书台的雪

如果大雪，可以抹去整个虞山的颜色
那么东麓小小的坡面上
那几根梁柱撑起的优雅书声，就会
在寒风中消失，留下一片
文学的沉寂

还好，刮了一半，剩下的一半，留在了
《昭明文选》里
“事出于沉思，义归乎翰藻”的
古老的风，终于吹开了
九百年珠玑，照亮了先秦的夜空

那些沧桑的树，围着书台
像是萧统身边的卫士
伸出去的坚硬的枝丫上，几只麻雀
忘记了鼓噪，或许，在这巨大的静默里
它们也飞进了这些书中

而那雪，那飘飘扬扬的古老的雪啊
不多也不少的雪
刚好够来访者在这里移步，刚好够来访者
体味在天寒地冻之中，满眼素白
朔风卷起书角时
萧统内心的——那份宁静

琴川，家门前的河

我多想
在历史的蒙蒙细雨中，打着伞
沿着琴川河流过的所有朝代
走进大唐
并且借用李白的那片月光
丈量琴川河

我多想
乘着琴川河上的运粮木船
问河中腾跃的鱼虾
在朴素的浪花中，感觉如何
有没有被那罪恶的色素和漂浮物
阻塞了呼吸？

我多想
掸去历史的尘埃
重新整理好琴川七弦的美好记忆
让七弦古琴在现实中复活
更衣沐浴，焚香点烛
然后在宁静的厅堂和淅沥的雨声中
弹一曲《高山流水》

请相信，这不是梦幻

因为，琴川河是家门前的河
它是家中的一员
如同那个硕大的水缸，厨房，客厅
和庭院

是的，这不是梦幻
但琴川河的的确确在我的梦中流过
在这个并不完整的梦的细节里
琴川河欲言又止
我不知道它要说什么
但我知道，历史又翻过去了一页

总之，历史
其实真的与琴川河并行着
唐朝走过去了
宋朝走过去了
元朝走过去了
明朝走过去了
清朝走过去了……
这一页一页的历史
琴川河都翻阅过，用水的目光赏析过

如今在雕塑馆里活着的常熟的名人们
也与琴川河一起并行着
他们走着走着，一不小心
就走进了琴川河源头的那部线装书里
让如今的常熟家里人
一读起他们，就无限怀念
就激动不已

就肃然起敬

这都是因为七溪流水皆通海的琴川河啊
这都是因为把他们养大的琴川河水
这都是因为被琴川河水年年岁岁滋润着的土地

哦！在泱泱中华
我多想，把未被污染或已被清理过的琴川河
折叠成闪光的手镯和项链，并且戴着这些
挺起胸，昂着头
踏着自信而坚定的步伐
走进新世纪那充满挑战的金色大厅
这时我相信
其中最有魅力的是
琴川河，家门前的河！

黄草荡，请不要走远

黄草荡，请不要走远
河西巷村 6 号的黄草荡，请不要走远
梦一样悠远的黄草荡，请不要走远
风吹草低，那叶面上的生命密码，请不要走远
历史沉重的画外音，请不要走远
历史后面的耳朵和眼睛，请不要走远
黄草荡只是一个标点，这个标点所在的
整篇文字请不要走远
涂在大青石上慢慢老去的时光，请不要走远
轻轻地覆盖在每一棵小草，每一棵绿树，甚至
每一粒尘土上的阳光，请不要走远
从时间的边缘传来的金属的铿锵声
和那种生命的色彩，请不要走远
一种深情，请不要走远
想早早离去又无法弃舍的心情，请不要走远
浴火重生的愿望，请不要走远
水栈边的捣衣声，和落日的余晖，请不要走远
我们太需要风雨的滋润了，长满野草的信仰
在时间的撞击中一遍遍变厚，于是
天空对大地说，黄草荡——
请不要走远

那棵草

四月，一棵小草的名字
我喊它，它会答应我，给我唱好听的歌
我是在一个叫春天的地方
在一个缠绕着许多风声、雨声的
比石缝更低的低处听见的
巨大的石头，那细微的皲裂就是它的家
一旦阳光和雨水君临
善良的四月就会满眼泪光，它依然唱着
告诉我那些野火中幸存的故事
平静而悠长的声音
在盛夏来临之前弥散开来，让时光战栗

那长长的叶脉和根部的泥土，都还活在世上
柔软的诗歌没有唤住那个季节
脚下的巨石，依旧
在花朵的阳台上，低头就能闻到春天的气息
而对你，我必须俯下身去——不
我必须匍匐在大地上，哦四月
在那个皲裂处，我闻到了另一个春天

我是春天
——纪念“5·12”国际护士节

我是春天，我在五月的前方等你
这是一个暖人心怀的日子
冰凌已经消融
寒风不再肆虐
冬天的另一种白色，从床头优雅地飘过

我是春天，我在五月的前方等你
阳光是这个节日最贵重的礼物
苦痛被轻轻抚平
呻吟变成了笑语
这里，延续着一百多年前从远方传来
的动人诗篇——

1912年。克里米亚。日子被硝烟熏黑
看不清在那些倒下的枪刺上
究竟还有多少鲜血，正在流向大地
此刻，一颗仁慈大爱的心
毅然从一个世袭的安乐椅中
破天荒第一个站起来，挺立于天地之间
她，弗罗伦斯·南丁格尔
怀揣着无边无际的爱，奔赴战场
用爱走路
用爱，托起了数不尽的生命的苦难

她紧紧拥抱着那片阴影，高擎着风灯
清算杀戮留下的罪恶和愚昧对于生命的冷漠
——为此，她从青春年少一直走到了天边

那些行将枯萎的花朵
终于将生命之火重新点燃
而她一夜未归。整夜整夜
她用那盏疲惫的风灯和高超的护理艺术
寻找失落的爱
她把自己修长的影子
贴在了救护所那面雪白的墙上

这盏风灯终于创造了奇迹——
在微弱的灯影下
春风拂过渐渐愈合的伤口
那些被春天重新染红的嘴唇
那些从病床上挣扎着爬起来的嘴唇
颤抖着
将吻和崇高的敬意
还有泪珠
全都留在了南丁格尔那移动的影子上面……

从此，守护生命变得那样神圣
从此，人类对病痛和死亡不再坐以待毙
从此，在与死神的搏斗中人类睁开了眼睛
从此，天使的身影来到了苦难的人间

是的，天使
我们

常熟全市的四千多名护士
都是从自己心的天空飞临大地的白衣天使
都给大地上的生命带来了春天
从那一刻起
我们就知道，许多开放在我们面前的
并不都是花朵，而是并不美丽也并不芬芳的伤口啊
这个不是花朵的伤口
它时时张大了嘴巴
在问我们——
面对淋漓的鲜血，你是否还像小时候那样
闭上了双眼？
问我们
在呻吟和病痛面前，你是否会像南丁格尔一样
准备无怨无悔地走过一生？

奇迹就在此刻产生了——
全市百名优秀护士、护士长做出了漂亮的回答
她们用一颗充满爱的心
描绘了一个又一个感人的画面
就像这个春天
无私，忘我，热情，奉献

让我们热爱吧
让我们热爱春天的每一个细节
让我们热爱大地微弱的呼吸
让我们在奔忙中抖落身上的每一粒灰尘
让我们像春天一样守护在生命之侧
像春天一样
给每个生命

把永恒的爱尽情奉献

守护生命
此刻，让我们对着倾斜的大地
对着开始凋谢的花瓣
用我们全部的爱说——
放心吧！在你生命的冬天里
我们，就是永远的南丁格尔
我
就——是——春——天！

被一种声音打动

你应该就是我的故乡
要不，为什么走进她的记忆时
我的心会如此疼痛？

屏去吊脚楼
屏去一岁一圈的高高的布条帽
屏去背篓
屏去铺天盖地的辣。除此之外
我都可以轻而易举地想象出来——

在凤凰，在某扇古色古香的大门前
那个孩子，被一袭经年的棉袍紧紧包裹
凛冽的寒风将他的记忆刮伤
吱呀呀地门扉洞开
母亲的声音从里面传出来，她一言不发
轻轻地抚摩着他累累的伤痕……

在沱江中顺流而下的乌篷船啊
新桥江不是你唯一的眠床
清清的流水
在宁静的山谷中流过，哗哗有声
而跳岩旁浣衣的翠翠
一下一下隔着衣衫捶向大石条的闷响

捶痛了一颗木然的心

在异乡
一个丢失了钥匙的孩子
被一种流淌着的声音，深深打动

大石头

在芸芸众石中，它没有名字
大家都叫它大石头

就像傻蛋，狗剩，二棍子，大栓，老臭
他们把宝贝坏了的孩子砸扁了起了这些个名字

或许，它于他们，就像大街上
随意抛弃的婴儿，随意抛弃的硌了脚的石子

喜欢或者厌倦，它还是它，还是那块大石头
喜欢或者厌倦，它还是它，还是这样一直在前面
蹲着

大石头活着，它当然得活着
它会笑，会哭，会倾诉，会对着风说些梦话

它在守候什么？没有人知道
它在守候谁？没有人知道

但它一直这样守着，默默无言
但它一直这样守着，直到天荒地老

路过一棵倒下的树

没有谁会记住一棵树的倒下，如同
没有谁会记住，是哪一只手
把季节从盛夏拽回秋天，又是哪一只手
把季节从秋天推向冬日

我先于风触摸到了它的蠕动和呐喊
——惨败。拳击台上
生命，轰然倒地

低于岸，低于落花，仅比死亡略高
紧紧抱住驳石，仿佛一根迟暮的钓竿
在弥留中
垂向水面

仰角是它的悲剧所在。而拯救它的
却是贴近泥土的那个锐角，和低于岸的
嶙峋的骨头：
生命体内的河流依然暴涨
岸在后退

若即若离的根最先刺痛眼睛
然后是匍匐的脊背
往下，再往下——

我看见了一个高高昂起的头颅！
它的呼吸尚在，生命
绿得吓人

遇见桃花

当然得感谢春天，甚至感谢
在时光下蛰居的石头，野草，落叶，和诗歌
正是它们
带我沿着昨夜的梦境和四月的潮湿
绕过曾经的记忆，与桃花相遇

这时候欲飘还休的雨正在酝酿
一场盛宴，甚至可以听见大棚内春天巨大的
喧闹声。而为一朵淡去的生命我突然失聪
只看见天空下
那朵患病的云，高血压的云
被尿毒症折磨着的云，无辜的云
只看见振翮的小鸟，像从前的月光
从时间的缝隙中穿过
只看见石破天惊，和从花瓣上滴落的泪水

不敢触摸，柔弱的手指无力拯救哀伤
只能为阴影中的挣扎提供一根阳光的拐杖
让我留下吧，留下成为铁锹
为你种植盛开的理由，种植奇迹
或者成为一棵树，张开双臂
对着那片低垂的暮色大声呼号——请慢些消失
让我陪伴你
把生命的枝条，一再抱紧

走过十年
——纪念《常熟田》创刊十周年

丰收时节，我想重新走过十年
重新回到那年，那天，那个瞬间：
在《江南岸》留下的空白处
一个灵感闪过，我们有了另外一个名字

《常熟田》！那是一垳田，一幅画，一首诗
在铺天盖地的物质的诱惑面前
你还是一个闹中取静的港湾
一个总让人惦记，总让人无法忘怀的存在
一个干净得可以让人回忆起童年的地方

走过十年
田里的一切都是可爱的：阳光，绿，秋天
田里的一切都是美丽的：小麦，谷子，油菜
但是最美的，还是一滴一滴的汗珠
和灯下的苦苦的思索，因为在许多人的眼里
你是可以使人心旷神怡的五彩云霞
你还是可以给人养眼的美丽图案

走过十年
无论是一格一格的稿纸，还是一块一块的键盘
也无论是锄地的，下种的，施肥的，还是捉虫子的

我们有了一个共同的名字
那片丰收的田野是我们共同的杰作
是我们爱到心里头的疼

走过十年
走在大街上，快步走在前面的小女儿、小孙女儿
走在后面的老母亲，都在一起赶路
沿途的风景在某个瞬间突然变得模糊
天空还是那个天空，但地
已经不是那块地，《常熟田》越来越旺的火焰
在某个时空里继续燃烧

走过十年
我忽然发现，我们是在不同方向写着同一篇文章
在写到第十个章节，打上句号以后
我们开始抬起头
——另起一行

伍

乡愁，在诗与散文之间游走，诉说

鸽翼上的祖国

让我远行。

让我沿着历史的走向，沿着丝绸之路和茶马古道上的深深的辙印，在贴天的鸽翼上认识我的祖国。

我承认我怀念粗糙与狂放，怀念将创造力深藏在记事结后面的世界真正的主宰者，怀念只有漂泊的云朵才能读得懂的那些神秘符号。

挺立的艰难让我对“北京人”保持着深深的敬意，至顶礼膜拜。

比这还远。

经过亿万年的风雨打磨，这片土地何以以如此高度的精彩及独特，成了我的祖国？

鸽翼上。

哦，是的，鸽翼上。

乌云般挤压过来的战马的曾经的铁蹄，用雄性的嗓音叩问过这片苍茫大地。

但不幸，当大雕与理性被他们一起射落的时候，天空滴着血（天空上写着“文明”二字）。

还是文字、货币、度量衡，乃至那些驰道和修筑长城的“嗨哟嗨哟”的号子声，如实地告诉了我们中国应该怎么走。

我看见这时候我的祖国在统一中奋力一跃——打那以后，就再也不会分开。

然而，原谅我总是偏爱大唐的明月。

不仅仅是因为那位醉卧斜阳的老人，不仅仅。

与经济胜景互相照亮的大唐的明月具有时空的穿透力，像丘比特之箭，它将诗歌之神抱在怀里，以至于直到今天它还在接受着钦羡的目光。

鸽翼上。

哦，是的，鸽翼上。

可以肯定，文字们、货币们、度量衡们，以及明月及诗歌们，它们都在用各种方式飞向那片天空。

遥远。

遥远有多远？百年？千年？或者更长？

一万年太久！

那么请告诉我，在弥漫的硝烟中，我们能不能发现和看清那片天空？

告诉我，从长城垛口外伸进来的枪口为什么会频频制造花朵的血案？

告诉我，幼稚和无知，让年轻的共和国交付了多少学费？

告诉我，虚幻和狂热，是怎样让大地在睡梦中听见了历史的饮泣？

告诉我，大声地——

鸽翼上。

哦，是的，鸽翼上！

仿佛已经走过了许多个世纪，又仿佛刚刚梦醒，在并不遥远的昨天。

改革开放，一个全新的开始。

终于穿过无数艰险和殷殷期待，从厚厚的封闭中——

突围。

春天的种子被撒播在这片

渴望变革、渴望振兴的土地上。

春天，

滋滋地长。

长成了一座高耸入云的文明的里程碑。

我的多灾多难的祖国啊，为什么到此时才真正从曾经被捆绑住的双臂间长出一对翅膀，向着那片天空飞去？

路远迢迢。

鸽翼上。

除了 SARS，变异的白雪，抽搐的大地——暴风雨不期而至。

然而对于春天来说，这只是小小的插曲。

因为，哪怕江河倒流，无法改变的是春天的到来，阻挡不了的是春天的脚步！

重量

一

祖国，沉甸甸的两个字。

沉甸甸，是因了你的目光。就像用目光拍打我肩膀的母亲，轻轻的，柔柔的，但我的心中却觉得很沉，很沉。

沉甸甸，不是“西出阳关”的那种，而是站在高山之巅，随着朝暾升起时我心中的那份感恩与激奋。

沉甸甸，是因为一种嘱咐，一种温暖。

二

历史循着一条特有的路径不紧不慢地走着，一意孤行地走着，即便是山崩地裂、天昏地暗、沧海桑田，

也义无反顾地走着。

朝代兴衰，抗击入侵，雪泥鸿爪。

其间的一出出轰轰烈烈的活剧，衍生出了多少惊心动魄的故事！

故事里的一人一事，一草一木，一招一式，一颦一笑，一天地一世界，乃至整个宇宙，都是有重量的。

包括我的祖国。

三

祖国最重。

在北京奥运会开幕式，我看到了能一字定乾坤的那种巨大的汉字，仿佛天地间就凭着它们给撑着——使用这样的文字，我的祖国焉能不重？

振兴是这样一副担子：它一头挑着历史，一头挑着未来；一头挑着现实，一头挑着梦幻；一头挑着信心，

一头挑着迎面吹来的金融危机的狂风——挑着这样的担子前行，我的祖国焉能不重？

长城，是山的脊梁，不，它其实就是山啊——把一座山垒在一首歌里，被十三亿人唱着前进，我的祖国焉能不重？！

四

五千年春花秋月。

花朵，这个世界当之无愧的主体；绽放，这个世界最美的风景。

绽放，其实它属于所有的生命，是生命的升起，舞蹈和狂欢。

同时，它又是一张在月光下微笑着的脸，展开着的脸，甚至是张扬着的脸。

也会凋谢，乃至毁灭。

在战争中。在正义与非正义的较量中。

在为了绽放而进行的无可奈何的射击中。

可是，天灾！远远超出了我们能力的天灾，成就了这个星球对花朵的摧残和杀戮。

刻骨铭心的 2008 啊！

我们已经无法遗忘这个给了我们艳阳和月光的微笑着的星球的另外一副面孔。

而我们同样不会遗忘，在这一年的令人不堪回首的摧残和杀戮中，我们会变得如此坚强。

在春花秋月的演绎中，祖国越来越重了！

五

正如花朵的千姿百态，人生有各种色彩。

可以用春天的方式绚丽，也可以用秋天的形态沉寂；以穿过风雨，摇动一座山岳，也可以是一脉清泉，在渠道或在崇山峻岭中缓缓流淌；可以大树参天，可以小草卑微；可以拥有一切，可以一无所有；甚至，可以是洁白无瑕，也可以是满面灰垢……

但心中对这两个字的感受是一样的——

祖国，好重！

六

是的，一人一事，一草一木，一招一式，一颦一笑，一天地一世界，乃至整个宇宙，都是有重量的。

那么，谁来称，用什么来掂量？

——爱，只有爱，只能是爱，只应是爱！

当然也有恨。

当这一切被爱和恨检验着的时候，它们就有重量了。

爱和恨是世界万物孰轻孰重的最终评判者。

七

感受五千年金戈铁马和悠悠牧笛时，我想着你；独立青山，面对燃烧的朝霞红遍天宇时，我想着你；享受着阳光心花怒放时，我想着你；走出家门，在漆黑的夜幕中独行时，我想着你。

想着，沉甸甸地想着。

八

祖国最重。

我的胸腔里有心的情结在搏动，血管里有长江黄河在奔流，头顶有珠穆朗玛的白雪，脚下是辽阔的原野。

连我的名字都闪烁着你迷人的光芒。

我是你江河里的一滴水，是你高山上的一抔土，更是你大地上的一朵无名小花。

为你春，为你秋，为你吐蕊，为你绽放，祖国啊，我亲爱的祖国！

弦上

弦上有水声。

岁月深处永恒的流动，从远到近，及至身边，可以感觉到它沧桑的体温。

但，那种本色的清纯与本质的温暖已经流走。

小木船从历史的缝隙中摇过，生活被搅动，开出一朵朵喜怒哀乐的花——

洗过一年又一年平静而凝重的月色，洗过大红喜字的羞涩和醉归的故事，洗过添丁农家的孩子的啼哭，洗过来过一回后匆匆返程的白纸和唢呐声，也洗过惬意、无奈或挣扎。

弦上有水声。

是一张琴造就了那片水域，还是那片水域被搬到了琴上？

厅堂屏风后的宁静。淅淅沥沥的雨声。

渐入化境的手指。

《高山流水》发端于那根沐浴更衣、焚香点烛后的手指，那根手指的一次次超然物外的滑动。

它的背面，演出的帷幕拉开时，一朵硕大的变异的让人猝不及防的浪花迎面而来。

弦上有水声！

那块石头

古城之殇。

沉思的石头以棒喝的形式与天空交谈，当某种记忆行将毁灭的时候。

拯救，见义勇为式的拯救，为着历史的存活，为着记忆的完整而进入忘我境界的拯救，对着口哨斗胆呼喊的拯救！

智慧在口哨响起之前发出了奇异的光芒，道义的语言之泉汩汩流淌在心灵的河床中。

这是他们能够采取的唯一方式，除此之外，他们没有第二条河流——

我们共同的河流。

既然这样，就循着岸前进吧。

互相叮嘱：随身带好雨具，和草帽。

千年的尘烟

千年的尘烟在历史深处升腾着，不肯落定，不肯消弭。

仿佛就在昨日，越过时间之障，触手可及那里的树叶、河水，人的与历史一样黝黑的背部和散乱的长发，甚至风。

燧人氏发烫的树干。

埋在地下的历史随着地质铲和刮刀的挥动慢慢复活。

这种挥动为我们带来了远古的气息。

我们从此知道自己从哪里来，为何而来；从此知道自己的往事，知道源头的偏僻山林里生长着什么颜色的蘑菇。

越王勾践锈蚀的短剑。

在金属的撞击声里，我听见从那里发出的所有朝代更替时的鲜血的滴落声，还有草民的喘息和呐喊。

唐宋元明清的那些事儿，在我们的脚下沉睡，或者与我们在旅途中相遇。

在这里，除了皇帝老儿家里的那些烛影斧声，我们更听见了推车卖浆者的叫卖吆喝和战乱中无助草民惊恐离散的脚步声。

让千年的尘烟落定在我们的心中吧，此处才是他们最后的归宿。

古迹

古迹其实是一座座会客厅。

当历史与现实在这里会面的时候，现实对历史的许多误会与猜想，会很人文地得到澄清，历史会说出一些令人瞠目结舌的谜底。

古迹其实是一天天活在当下的日子。

当历史与现实在这里会面的时候，这条曾经演绎过无数精彩故事的长河，会淘尽所有帝王的霸业，让他们与平头百姓一样，最终排着队，一个一个走进坟墓。

古迹其实是一幅幅挂在墙上的图画。

当历史与现实在这里会面的时候，这张记录从矗立到倾圮并最终归于尘土、归于文化的历史的插图，会让现实从中找到宁静的理由。

古迹其实就是一个个里程碑。

当历史与现实在这里会面的时候，这些谁也没有处心积虑制造过，谁也没有留意过的路标，会指引现实走向坦途。

斑驳

映照在石库门女儿墙上的斑驳的树影。

静静的溪水，穿过嶙峋的岩石和密密的草丛，穿过历史和时间的长廊，流向今天。

水面上倒映着曾经的梦幻。

山雨。

闪电。

远处响起了隆隆的雷声。

急匆匆，许多急匆匆赶往某个目的地的脚步。

急匆匆，许多急匆匆向往某个目的地的心跳。

尘烟四起。

移走了屋顶裂缝下接水的脸盆以后慢慢绽开的笑脸，出行时宽阔的思想、马路，以及呼啸的警笛声。

走得太过匆忙，身份证、文化的根脉和昨天的某种记忆遗忘在家里了。

转过身去时，已经找不到路了。

为珍藏不可再生的历史，我们回家。

生命力

唐以前，唐以前的以前。

唐宋元明清，以及火炬和红旗走过的路，随时间而生的历史，留下的痕迹无法抹去。

古迹倒下了有文物，文物倒下了有记忆，记忆倒下了有文字。

看文字的人生生不息，不会倒下。

天下熙熙，天下攘攘，为利而来，为利而往，无论是轰轰烈烈的帝业，还是草民的生存叹息，在漫长的时间面前，无情的泥土面前，他们一个一个走下舞台，走向终点，无一幸免。

最终留下的是：文字。

纵是倾国之财，倾世之财，也没有文字值钱啊。

历史长河中的文字的涛声，永不止息。

踏歌尚湖

尚湖，一支古老而年轻的歌。

走进尚湖，一不小心，你就会踩在没有标点的传说上，踩在历史苍白的回眸里，踩在冉冉上升的春光中。

那位从商末周初走来的老人，在纣王暴戾的屠城外垂钓，神奇的钓竿钓起了一个智者的名字。有关他的鲜活的语言之鱼，在民间游动。

然而，仿佛一夜之间，尚湖突然消失！

——退湖还田。饥饿在那个并不存在的湖上种植失血的记忆。至今，尽管这段记忆已经白发苍苍，但常熟人不会忘记，因为，尚湖是他们胸前用红豆打造的永远的明珠呵！

——退田还湖。回归大自然！当还湖之水向湖中奔涌，一个残梦淹没于历史深处的时候，春光正在跃然升起。

这是手的传奇。是的，还是那双手，为尚湖治愈了毁灭的创伤，点燃了重返的青春，让甜甜的笑意盛开在水边的脸上。

斜阳里，湖桥旁，太公依然执竿在手，把他的名字重新钓起。

现在不是终结。

春风已经成熟，而脚步正朝着前方……

静静的尚湖，正如此刻的你，心中的歌，像湖中的水鸟，循着远山飞去。

水仙·荷花

1

一支等久了的歌，终于在隆冬响起！

你芬芳。只一束，就染香了生活；你淡泊。只一掬清泉，几许卵石，就组成了全部向往；你多情。芬芳和淡泊间，沉浸了多少缠绵？

你坚贞。飞向异域，却根在中华……

水仙，真的是君子之风！

2

“巢燕未敢来，水仙已先至。”

只是，春天真的来到时，你怎么枯萎了呢？

挽留不住。呼唤不住。

终于，我明白了：春天，就是你的魂魄，你的故乡，你的归宿啊。哦不！你——就是春天！

当春兰夏荷秋菊冬梅盛开时，人们可不能忘了陪伴你度过冬天的那个芬芳的精灵啊！

荷花

我看见一池纷繁的、陌生的面孔。我不知他们来自何处，我听不懂他们与风在低语些什么。

俯瞰这个世界，无栅栏的遐思涌上心头。

季节的伊甸园里,伸展的绿叶注满晶莹的水珠，那是他们的眼睛；满池的泥泞，那是他们赖以生存的土地；一颗莲子，甘苦自知；藕节，那是他们的命运了。

败叶老去时，小荷才露尖尖角。

趁生命尚未衰落,用自己的脱俗美丽一方天空!

突然发现，我，就是其中一株。

生命之重

回声

山呼谷应。

我确认我站在山谷的低处，一个被人们记起又忘记的角落。

许多时候是在打盹。

忘记一些风声很容易，忘记一些猛兽的吼声也很容易，忘记一些雷声的斥责更容易，但要忘记巨石下蕴藏的天籁却很难。

真正的天籁。

那声音是磁性的、洁白的，因而是永远的。

记住那种声音时很痛……

病历

一个声音倒下了，在许多人的心中倒下了。

静止。涌浪升起的时候，定格成前倾的姿势。

一张病历就这样在许许多多静止的心中摊开来，被4月1日的牙齿撕咬，又被6月5日的眼泪击中。

薄薄的一张纸，粘贴在流言的背面。

一朵圣洁的云，因时间的踟蹰而悬浮，不愿

离去。

自由落体

越过地平线。

伤口。一枚硕果的进入形成的伤口。

重重地,砸痛因一种声音的远离而暗淡的日子。

不，不是偶像。是一个普普通通的落体。像一片秋叶。但因其洁白和宁静而成为偶像。

在某种记忆里掉下来，又被某种记忆接住。

这种记忆不会飘落，
像
一朵云。

军营及其他
——纪念“八一”建军节

从虞山到齐落山，这是一段军歌的距离，青春的距离，梦的距离。

那段如果缺失将无法解释青春何归的绿色记忆，不会因时光的流逝而褪色。

因为它已经完全融入我的人生的斑斓中了。

让我慢慢回过头，穿过喧嚣的市声，去寻找那片绿。

低语

齐落山。

探矿的钢钎，一根叩问大地贫富的手指，成就了一座山的诞生。

但，谁，究竟谁是造山的神？

我以一个曾经享用过这块宝地的幸运儿的名义，向造山之神致敬，并向留在那里的青春问好！

据说，就像青春的不再一样，另一个神已经用不同的叩问方式把这个记忆彻底摧毁。

——不！既然记住了飞越山顶的云雀的高度，我就记住了整个山岭和它的魂魄，这个记忆就永远不会被摧毁！

纵是忘记了今天和现在，纵是瞭望着遥远的将来，落山也不会在我的记忆中抹去！

常常在一个又一个的雨日和黄昏，我在西来的风中悄悄低语——

齐落山，请不要走出我的梦境。

战友

战友，是牢记齐落山的全部理由。

这个世界如山顶的雷达，一圈，一圈，不停地旋转，不停地在某个时空制造相逢相遇但又失之交臂，或者西出阳关伤离别的悲剧。

而战友，以钢枪、和平鸽与热血的名义，从这个世界的两个不同方向走过来，却在这个世界的同一个地方相遇，相交，相厮守！

两个母亲的亲兄弟，两股血脉的亲骨肉，这才是人世间的奇迹啊。

当老兵要退伍离别的时候，拥抱，流泪，大男人的哭声一片！

南方的钟声，身边的清泉，以及许许多多阳光的信徒，从此天各一方。

从此牢记，在对方的内心深处，有一个自己的巢。

在《梦驼铃》的高音区里，集结号何时响起？

梦

这里的每个角落，都是梦的温床。

曾经，装着梦的背包，带着江南水乡特有的气息和家的温馨，来到这里；打开的时候，这个气息就迅速弥漫开来，从此不肯也不会消散。

母亲第一个走进我的梦中，那种经典的慈祥，铺满了梦的屏幕和我整个的心。

接下来的是那幢在风雨中飘摇的危楼，破壁，雨脚,父亲从黑暗中传来的咳嗽和小闹钟的嘀嗒声。

第三个进入梦中的是流淌着忧伤的琴川河，那潺潺的流水穿过我的童年，流向远方。

最后一个进入梦中的是另一个的我，那时他正在向一个高地狂奔，我能听见他疲惫而孤独的喘息声。

好想把这些梦折叠起来，扎进背包里，随脚步一起流浪，但紧急集合的哨子，将它吹皱，吹破，吹碎，吹散，仅存的一些残片，在我的生命里珍藏。

梦外，那钟声，那清泉，都以大吕之声，催我苏醒。

已是春天。

底色

风雨兼程。

路上，景色旖旎：风雨雷电，飞驰而至的车子，人的舌头，每天升起的月华，飞鸟掠过头顶的诱惑，你和我的战斗。

必须像一棵树，或者像一垛墙。

必须听懂人世间各种鸟兽的方言。

必须用全部的勇气和智慧与来自内心的惰性周旋。

必须认识你自己，并且认识声称认识你的人。

必须让热爱的太阳在头顶燃烧。

必须倾全力营造生命的美丽。

像打翻的五味瓶，也像打开的调色板，分不清，辨不明。

哦，我庆幸，我有一片纯正的绿作底色，任天下斑斓色彩，我自有珍藏在心头的那抹——

绿。